TIMOTHEUS BUGMAN

Zelduin
Die Reise zum Nullpunkt
Jumatahoni-Saga 1
Teil 2 von 2

TIMOTHEUS BUGMAN

ZELDUIN

JUMATAHONI-SAGA

Die Reise zum Nullpunkt

Teil 2 von 2

Autor: Timotheus Bugman
Titelhintergrundbild: Jason Coates
Illustration: Timotheus Bugman

© 2018
Herstellung und Verlag: BoD – Books on Demand, Norderstedt.

ISBN: 9783748108481

Hoho!

Dieses Buch beinhaltet nur Teil **II** von Zelduin – *Die Reise zum Nullpunkt*. Es knüpft nahtlos an Teil **I** an. Daher beginnt die Geschichte auch bei Kapitel 18!

Es ist zwingend erforderlich, den ersten Teil gelesen zu haben, ansonsten wird euch diese Geschichte zutiefst verwirren!

Zelduin – *Die Reise zum Nullpunkt* ist auch als komplettes Buch (Teil **I** und **II** in einem Band) erhältlich.

Gruß von Timotheus Bugman

~

Dieses Buch ist allen menschlichen Zeitreisenden gewidmet…

…besonders denen, die noch nicht am Ende ihrer Reise angekommen sind.

~

~

Ich habe ihnen Leben eingehaucht,

sie bevölkert,

ihnen Schönheit gegeben,

und doch hat es nichts genützt,

sie beginnen allmählich zu welken … meine Welten.

~

Nul Heggbor

Üüüüüürrrüüüüüü

Käpitulus 18

Jumatahoni-Galaxis,
Planet Dogomor,
4092. Weltenzyklus

Gleißende Helligkeit raubte ihm die Sicht. Allmählich lichtete sich der Schleier; die letzten rötlichen, hellen Punkte wuselten wie Glühwürmchen vor seinem Auge umher, bis auch diese verschwanden. Er war wieder auf Dogomor, lag auf dem Rücken, und über ihm war Zegolas. Er hatte die Zrakzange in der Hand und musterte sein Ebenbild äußerst besorgt. Der Jäpa sagte etwas, doch Zelduin verstand ihn nicht, denn er war auf beiden Ohren taub.

Zelduin stützte sich auf seine Ellenbogen. Schlagartig drangen alle Umgebungsgeräusche zurück in sein Gehör; das Flüstern des Windes, das leise Quäken von Acirus, der hinter dem Meowinger stand und nicht weniger besorgt dreinschaute, und Zegolas zittrige, flehende Stimme.

„...du mich hören, Zelduin? So sage doch etwas."

Zelduin verspürte plötzlich einen stechenden Schmerz, der hinter seiner Stirn irgendwo im Kopfinneren entstand und sogleich wieder verging. Außerdem schlich Übelkeit seine Kehle hinauf.

Als er sich umschaute und die drei toten Gibali und die Gehirnmasse, die überall auf dem Boden verteilt war, erblickte, fiel ihm wieder ein, was er Törichtes getan hatte.

Er schüttelte sich und schaute dann verdattert zu Zegolas auf: „Ich habe Palaäon gesehen, Zegolas."

Anstatt zu antworten, fiel ihm der Meowinger um den Hals und drückte ihn ganz fest an sich. „Ich dachte schon, ich hätte dich verloren, Zelduin." Mit schniefenden, aufgequollenen Augen ließ er schließlich von ihm ab. „Wie geht es dir?"

„Mir ist speiübel", erwiderte Zelduin und schluckte den angesäuerten Speichel hinunter, der sich immer schneller in seinem Mund sammelte. Kurz darauf wurde das Übelkeitsgefühl so stark, dass er sich übergeben musste. Als er sich von seinen Mageninnereien entledigt hatte, wandte er sich wieder seinem Gefährten zu, der noch immer Tränen der Erleichterung vergoss. „Hast du den Zhuk wieder aus mir herausgezogen?"

„Nein, er ist noch in dir. Als du ohnmächtig geworden bist, habe ich versucht, das Ding wieder aus dir herauszuholen, aber es gelang mir nicht. Und dann bist du plötzlich wieder aufgewacht."

„Wie lange bin ich denn im Land der Träume gewesen?"

„Etliche, sekundenlange Glockenschläge."

Zelduin schaute sein Gegenüber eindringlich an. „Ich habe merkwürdige Visionen gehabt", sagte er. Sein Blick schweifte auf den toten Zwerg, aus dem er den intakten Zhuk herausgeholt hatte. „Ich glaube, es waren seine Erinnerungen, Arjons Erinnerungen."

„Arjon?"

„Ja."

„Es kann alles Mögliche gewesen sein", sagte Zegolas. „Und merkst du in diesem Moment noch irgendetwas anderes?"

„Ja, mir ist übel."

„Der Zhuk in deinem Kopf wird dir Übelkeit bereiten. Das sollte bald vorübergehen. Aber spürst du nichts anderes? Kannst du auf den Chip zugreifen?"

„Wie soll ich das machen?", fragte Zelduin verwirrt.

„Keine Ahnung. Ich hatte noch nie einen Erinnerungschip in meinem Gehirn. Du spürst also nichts?"

Zelduin strengte sich an und hielt sich die flache Hand an die Stirn, dort, wo er den Zhuk vermutete. „Mein Kopf fühlt sich ein bisschen wärmer als sonst an."

„Naja, wenigstens bist du nicht verrückt geworden", antwortete Zegolas; dennoch sah man ihm auch ein wenig Enttäuschung an, denn auch er hatte wohl gehofft, dass Zelduin mit Hilfe des Zhuks auf einen zehntausendjährigen Erfahrungsschatz zurückgreifen könnte, der sicherlich viele Rätsel gelöst hätte. Nach einer Weile fragte er: „Was waren das für Visionen?"

Zelduin schilderte dem Meowinger, was er in der Traumwelt erlebt hatte. Während der Erzählung musste sich Zelduin noch ein weiteres Mal übergeben. Als er alles erzählt hatte, sagte Zegolas: „Vielleicht waren es die Erinnerungen des Zwergs, aber vielleicht war es auch nur eine Mischung aus deiner eigenen Fantasie und den Dingen, die du erlebt hast", mutmaßte er.

„Es war verdammt real", sagte Zelduin. „So als ob ich das alles tatsächlich erlebt hätte…"

Plötzlich erzitterte die Landschaft! Zelduin und Zegolas wussten, was das zu bedeuten hatte, denn sie hatten es beide oft genug erlebt. Die Zeit würde sich gleich zurückdrehen. Scheinbar war König Gomril Hagadals Bitte, die er mit dem Kommunikator losgeschickt hatte, nachgekommen, oder aber der Zerghherrscher Zarxaurus hatte mit seinem göttlichen Werkzeug am Rad der Zeit gedreht. Wer es auch war, es spielte keine Rolle, dachte Zelduin.

Kurz darauf war das beinahe unmerkliche Beben vorüber. Die drei Gibalileichen und ihre Innereien waren verschwunden. Heftiger Regen hatte eingesetzt. Die Zeit hatte sich zurückgedreht und alle nicht konstanten Dinge in der Zeit zurückversetzt. Wie viele Sekunden, Stunden oder Jahre sich die Zeit zurückgedreht hatte und von den Wesen erneut durchlebt worden war, konnten die beiden Meowinger nicht feststellen.

Der Leichnam Aicarus' war auf dem Felsen liegen geblieben. Sein Federkleid saugte sich langsam voll mit dem Regenwasser. Wie erwartet erwachte der konstante Riesenvogel nicht wieder zu neuem Leben.

„Kannst du aufstehen?", fragte Zegolas seinen Blutsbruder nervös.

„Ich denke schon." Wankend kam er auf die Beine. Ein pochender Schmerz klopfte plötzlich wieder von innen an seine Schädelplatte. Der Zhuk bereitete ihm mächtig Ärger.

„Dann nichts wie weg von hier", sagte Zegolas energisch, doch es war schon zu spät. Auf dem Felsenkamm in unmittelbarer Nähe erschienen Hagadal und seine beiden Wächter. Die drei Zwerge waren durch die Benutzung des Zeitenrads wieder zum Leben erwacht und stürmten nun erneut auf die Meowinger zu. Acirus, der nicht verstand, warum die Zwerge plötzlich wieder lebendig waren, stieß mehrere laute und leise Schreie in seiner rätselhaften Vogelsprache aus.

„Ruhig Acirus", sagte Zegolas.

„Was machen wir jetzt?", fragte Zelduin noch immer ein wenig benommen.

Bevor der Jäpa antworten konnte, brüllte Hagadal dazwischen: „Seid gegrüßt, Elgrams." Die Zwerge postierten sich mit einem gewissen Sicherheitsabstand zu den beiden Spitzohren und ihrem Riesenadler. Zegolas schwieg diesmal. „Ich bin Hagadal, Wächter der Landen Dogomors. Seid ihr vom Wege abgekommen, ho?", fügte der Gibali hinzu und zupfte seinen Silberhelm zurecht.

Die beiden Meowinger tauschten überraschte Blicke aus. Alles schien sich zu wiederholen, doch Hagadal und seine Kumpane schienen sich nicht an sie erinnern zu können, was vermutlich daraus resultierte, dass Zelduin und Zegolas die konstanten Erinnerungschips aus den Gehirnen der Gibali herausoperiert hatten.

„Das ist äußerst verwirrend", dachte Zelduin und runzelte die Stirn.

Trotz dieses kleinen, gedanklichen Vorteils gegenüber den Zwergen wussten die beiden Jäpas, dass ihre Reise hier ein jähes Ende finden könnte, denn wenn die Gibali auch Acirus töteten, dann würden sie nirgendwohin mehr fliegen können.

„Ja, das sind wir", log Zegolas. „Wir mussten vor einer Horde Zergh fliehen. Ich denke, dass wir uns verirrt haben."

„Zergh? In diesen Landen? Das ist recht ungewöhnlich", antwortete Hagadal betrübt. „Alles scheint am Verwelken zu sein." Er schielte mit beiden Augen an den Jäpas vorbei auf Aicarus. „Was ist mit dem Adlorus passiert, ho?"

„Er wurde auf der anderen Torseite von einem wilden Tier angefallen und ist hier verendet", sagte Zegolas und tischte den Zwergen ein weiteres Märchen auf.

„War es ein grüner Lindwurm, ho?", brummte der Blondbart, und seine grauen Augen wurden schärfer.

Zegolas antwortete nicht sogleich. Er schien zu überlegen, ob das eine Finte sein könnte. „Äh, ja."

„Hekit Haggenäu!", rief Hagadal zu seinen Soldaten, die daraufhin ihre Armbrüste hoben und vorwärts marschierten. Zelduin zuckte zusammen, bis er realisierte, dass die Schützen auf das Tor zielten und nicht auf ihn und Zegolas. „Diese Biester sind verdammt gefährlich. Manchmal kommen sie durch die Tore gekrabbelt, sofern sie denn hindurchpassen, denn einige Exemplare sind zu groß für sie. Ihr habt Glück, dass ihr dem Schuppenwesen entkommen seid."

„Scheinbar sind noch nicht alle Glücksgeister von uns gewichen", erwiderte Zegolas scherzend.

Während der rotbärtige Armbrustschütze am Rahmen des Portals herumwerkelte und es deaktivierte, musterte Hagadal Aicarus. Stumm umkreiste er den vom Regen durchnässten, toten

Vogel. „Der Lindwurm, der euren Vogel angefallen hat, hatte der eine Strahlenwaffe in der Hand, ho?", fragte er zynisch. „Die kreisrunde Wunde ist das Werk eines Blitzstrahls."

Zelduin schluckte. Hagadal hatte sie erneut durchschaut, dachte er. Sie mussten rasch handeln. Da kam ihm ein findiger Geistesblitz, wahrscheinlich dank Rolotarios schlitzohriger Zauberschule. Er holte die defekte Blitzwaffe aus seiner Tasche und sagte: „Ich habe den Vogel hiermit von seinem qualvollen Schicksal erlöst."

Hagadal schien das zu schlucken, denn sein kurzfristig etwas düsterer gewordenes Gesicht wurde nun wieder freundlicher. „Ihr tragt für Jäpas verbotene Waffen, ho?", wunderte sich der Zwerg und lachte dann, während er die Kisten auf Acirus' Rücken inspizierte. „In dieser Galaxis ist nichts mehr so, wie es mal war, aber vielleicht wird Jumatahoni auf diese Weise ja gerettet. Wer weiß das schon."

In jenem Augenblick bemerkte Zelduin, dass auch Hagadals Strahlenwaffe wieder an seinem Gürtel hing, obwohl Zelduin ihm diese nach seinem Tod ja abgenommen hatte. Balin hatte ihm einst von diesem Phänomen erzählt. Er hatte gesagt, dass es ab und zu passieren könne, dass Dinge, die während Zeitverschiebungen in der Nähe von konstanten Wesen waren, sich verdoppelten. Genau das schien hier passiert zu sein.

„Ist das da ein Bildkasten auf dem Rücken eures Adlorus, ho?", fragte Hagadal plötzlich.

Zelduins Herz begann erneut wilder zu klopfen. Sie bewegten sich auf Messers Schneide.

„Ja", erwiderte Zegolas zögerlich.

„Wo habt ihr ihn her, ho?", fragte der Zwerg und trat noch näher an den Riesenadler heran, um den Bildkasten etwas besser in Augenschein nehmen zu können.

Zegolas warf Zelduin einen halbwegs verzweifelten Blick zu. „Von einem Trödelhändler aus Luaem."

„Ich wusste gar nicht, dass man so etwas in Luaem bekommen kann, aber der Schwarzmarkt ist ja bekanntlich groß auf den Halblingswelten, hoho."

„Ja, sehr groß."

Hagadal stellte sich auf die Zehenspitzen, um das alte, giblische Relikt begutachten zu können.

Gleich dreht er sich mit gezückter Strahlenwaffe um und tötet uns", dachte Zelduin mit bangem Blick.

„Ein hübsches Stück", sagte Hagadal. „Kommt mir irgendwie vertraut vor. Ich könnte schwören, dass ich so ein Ding auch mal gehabt habe, aber erinnern kann ich mich daran nicht."

„Er kann sich nicht erinnern", dachte Zelduin. *„Oder spielt er uns vielleicht nur etwas vor?"*

„Ho. Kommt erstmal mit in unser Lager und wärmt euch bei einem heißen Fledermausgrog auf. Ihr seht müde aus, Elgrams."

Zelduin sah im Augenwinkel, wie Zegolas erleichtert aufatmete. „Wir würden gerne bleiben, doch wir haben es eilig. Diese Landen scheinen uns nicht sicher zu sein."

Hagadal lächelte lieblich. „Eile braucht man in diese Tagen nicht zu haben, und Gefahr droht uns hier auch nicht. Das Tor ist deaktiviert. Der Lindwurm kann nicht mehr herauskommen, und Zergh gibt es in diesen Landen auch nicht. Jedenfalls wurden sie seit mehr als tausend Jahren hier nicht mehr gesehen, ho."

So allmählich dämmerte Zelduin etwas, und er wollte unbedingt wissen, ob es wirklich zutraf. „Darf ich fragen, warum ihr dieses Tor bewacht, wenn es hier keine Zergh gibt und das hier auch nicht die Route zum Nullpunkt ist?"

„Ho, das ist eine sehr gute Frage." Er grübelte und schien sich zu wundern, warum er in seinem Kopf keine Antwort darauf fand. Als er auf seine Kumpane schaute, zuckten diese stumm mit den Schultern.

„Sie können sich tatsächlich nicht erinnern, an nichts", dachte Zelduin. Er fand das irgendwie erheiternd, allerdings empfand er auch so etwas wie Mitleid mit den zwergischen Wesen.

Hagadal dachte noch eine ganze Weile nach und musterte die Jäpas mit wunderlichem Blick, so als ob sie skurrile Zirkusattraktionen wären. Schließlich brummte er gelassen: „Der Zahn der Zeit nagt scheinbar auch an unseren Erinnerungen. Allerdings finde ich das höchst merkwürdig", fügte er mit rätselhaftem Unterton hinzu, „denn ich müsste mich eigentlich erinnern können, weil sämtliche Informationen auf meinem Zhuk…"

Noch bevor der Gibali den Satz beendet hatte, schien ihm etwas bewusst zu werden. Zelduin verfluchte sich innerlich, denn er glaubte, mit seiner Frage etwas in dem Gibali geweckt zu haben, dass lieber hätte weiterschlafen sollen.

„Mein Zhuk!", sagte der Blondbart schockiert. Von der plötzlichen Panik ergriffen, tastete er mit beiden Händen seine Stirn ab, als könne er so herausfinden, ob der Erinnerungschip noch in seinem Kopf saß. „Jetzt weiß ich, warum ich mich so seltsam leer fühle. Sie sind alle fort, alle, alle…", jammerte Hagadal und vergrub sein Gesicht unter seinen Händen.

„Wer ist fort?", fragte Zegolas und spielte weiter den Unwissenden.

„Meine vielen Erinnerungen!", klagte der blondbärtige Zwerg und wandte sich an seine giblischen Soldaten. „Hedu hadwäk niloöt. Ilöra Krülus hedö, ho?"

„Hodor, zaakril hek Öe", erwiderte Arjon.

„Trköll treyk", sagte der Schwarzbart.

„Mikiz!", brummte Hagadal und drehte sich wieder zu den Jäpas um. „Vergesst alles, was ich gesagt habe." Die beiden Meowinger nickten zögerlich. Zelduin konnte sein Glück kaum fassen. Die Gibali schienen noch immer im Dunkeln zu tappen.

„Was ist los?", sagte Zegolas.

„Das weiß ich noch nicht", sagte Hagadal mit versteinerter Miene. „Entweder sind unsere drei Zhuks gleichzeitig ausgefallen, was nicht so ganz ungewöhnlich wäre, denn die Dinger gehen ständig kaputt. Vielleicht funktionieren sie wieder in unseren nächsten Leben. Aber vielleicht wurden wir auch von einem Zerghmagus verzaubert und können uns deshalb an nichts mehr erinnern. Diese Magusse sind mächtig", behauptete der Zwerg und schaute sich unruhig um.

„Welch *grässliche* Vorstellung", meinte Zegolas hochtrabend und bot sein ganzes schauspielerisches Können auf, das er zweifellos einst von Rolotario gelernt hatte.

„Ho. Ihr solltet von hier verschwinden. Vielleicht ist dieser Ort doch nicht so sicher, wie er scheint", sagte Hagadal und ließ seinen Blick durch die karge Umgebung schweifen. „Arjon wird eine neue Route in eure Kompasse einprogrammieren."

Zelduin atmete erleichtert auf. Sie waren scheinbar noch einmal mit dem Schrecken davongekommen. *„Danke, ihr Glücksgeister."*

Plötzlich begann eines von Hagadals Geräten, die er um seine Handgelenke trug, eine Abfolge von schrillen und dumpfen Pfeiftönen abzuspielen. Noch während des kurzen Pfeifkonzerts schaute der blondbärtige Zwerg auf den an seinem linken Arm befestigten Kupferkasten, an welchem nun ein rotes Lichtlein aufleuchtete. Er drückte auf mehreren kupferfarbenen Knöpfen herum.

„Mein Maschinenkörperüberwacher hat nun auch registriert, dass mein Zhuk nicht mehr funktioniert", sagte Hagadal und drehte an einem Goldrädchen des merkwürdigen Instruments.

„Das sagt dir der Apparat?", fragte Zelduin und wusste noch nicht, ob ihm das gefiel. Er hatte sich schon in Freiheit gewogen, doch er spürte, dass das Versteckspielchen nun wieder von vorn begann.

„Ho. Und er sagt mir auch, was ich zu tun habe." Angestrengt stierte der Gibali auf die kleine Glasscheibe des Kupferkästchens, wo plötzlich giblische Zeichen aufblinkten. „Wir bekommen Befehle von Maschinen, die wir konstruiert haben. Ist das nicht unheimlich, ho?"

„Ja. Und *was* sollst du tun?", fragte Zegolas verunsichert.

„Ich soll einen Körperscan durchführen, um meinen Erinnerungschip zu lokalisieren", erzählte Hagadal und drückte einen weiteren Kupferknopf, bis aus dem vorderen Teil des Kastens ein blaues Lichtlein entsprang, das sich kegelförmig ausbreitete und etwa fünf Hasensprünge weit reichte. „Das Licht kann durch unsere Körper hindurchsehen." Der Zwerg lenkte den breit gefächerten Lichtstrahl auf seinen Kopf, indem er sein Handgelenk drehte. Als das Blau sein Antlitz einhüllte, wirkte der Gibali wie ein Gespenst, fand Zelduin. „Ho, das ist merkwürdig." Noch mehrere Glockenschläge lang beleuchtete der Zwerg seinen Kopf. „Es hätte ein Signalton kommen müssen."

„Was ist das für ein giblischer Hocuspokulus?", dachte Zelduin.

„Das lässt nur einen Schluss zu", brummte der Zwergenanführer und wurde gleichzeitig weiß wie ein Schneemonster. Er sah plötzlich etliche Zyklen älter aus. „Mein Zhuk wurde zerstört … daran habe ich gar nicht gedacht."

Es musste schrecklich sein zu wissen, dass man seiner Erinnerungen beraubt wurde, glaubte Zelduin, während Hagadal mit dem lichtmachenden Apparatus auf Arjons Kopf zielte. Auch da blieb das Gerät stumm. Dann leuchtete er auf den dritten Zwerg im Bunde. Aber auch hier tat sich nichts, als das Blau den bärtigen Schädel durchforstete.

Hagadal starrte entgeistert in den Himmel. „Alle Zhuks sind mausetot, ho."

„Wurden die Zhuks durch einen Selbstzerstörungsmechanismus zerstört?", fragte Zegolas, der sich scheinbar verpflichtet fühlte, etwas zu sagen, um die Maskerade aufrechtzuerhalten.

„Welch eigenartige Idee, Elgram", meinte Hagadal und beleuchtete Zegolas mit dem blauen Licht. „Die Antwort auf deine eigentümliche Frage lautet natürlich nein. Einen Zerstörungsmechanismus haben die Zhuks nicht, denn die Aufgabe eines Zhuks ist ja gerade die, weiter zu existieren, damit der Zhukträger sich an die darin gefangenen Erinnerungen in einem anderen Leben oder nach einer Raumzeitverschiebung immer noch erinnern kann. Abgesehen davon würden unsere Technikusse einen Zerstörungschip nur bei den Dingen einbauen, die in Feindeshände geraten *könnten*…" Der Gibali tippte sich mit seinem kurzen Zeigefinger ein paar Mal an die Lippen, als er kurz darauf in einem geheimnisvollen Flüsterton sagte: „Vielleicht hat jemand unsere Zhuks gestohlen."

Zegolas öffnete seinen Mund und schloss ihn dann wieder. Ihm blieben sichtlich die Worte im Halse stecken, als ihm klar zu werden schien, welch dumme Frage er da gestellt hatte. Zelduin glaubte schon, dass sie sich damit verraten haben könnten, aber er irrte sich wieder einmal…

„Ihr Elgrams stellt manchmal faszinierende Fragen", sagte Hagadal und führte gedankenversunken seinen Monolog fort. „Irgendeine finstere Kreatur hat vielleicht unsere Zhuks aus unseren Köpfen geholt, um an unsere Erinnerungen zu kommen. Vielleicht hat ein Zerghmagus mit seinen dünnen, langen Fingern die Chips aus uns herausgeholt und sie sich in sein Gehirn eingepflanzt, damit er unsere Gedanken erforschen kann." Der Gibali schüttelte sein Haupt vor Grauen. Er schien allen zu misstrauen, nur den beiden Jäpas vor ihm nicht, was unter anderem daran zu liegen schien, dass durch die Zerstörung seines Zhuks seine Erinnerung an jegliche Arten von Schwertfischbrüdern nicht mehr existierte, denn ansonsten hätte er die verirrten Jäpas vermutlich schon längst getötet. „Allerdings würde der Magus schon bald sein blaues Wunder erleben, denn unsere Technikusse sagen, dass die Zhuks nicht von Kopf zu Kopf übertragbar sind, und wenn ein Zergh doch so töricht ist und es tut, dann wird er schneller sterben als ein Grüngnom im Kampf gegen einen geschuppten Großgnom, denn die vielen

Erinnerungen würden ihn irgendwann töten oder in den Wahnsinn treiben. Vielleicht würde sein Kopf auch explodieren und seine vier Augen herausquellen wie überreife Tomaten, wenn man draufdrückt." Die Miene des Zwergs verfinsterte sich wieder, während Zelduin schluckte, als er sich sein kommendes Schicksal ausmalte. „Nicht auszudenken, wenn die Langbärte und Technikusse falsch liegen und man gebrauchte Zhuks doch umpflanzen kann. Düstere Wunder hat es schon immer gegeben."

Das machte Zelduin wieder Hoffnung. Er wollte nicht verrückt werden oder sterben wie ein nichtkonstantes Wesen, das sich während einer Zeitverschiebung in der Nähe eines konstanten Wesens aufhielt.

„Welch düstere Zeiten wir doch haben", sagte Zegolas gestelzt. Zelduin verhielt sich ganz still, um ja keine Aufmerksamkeit zu erregen, denn er wusste, dass wenn der Gibali ihn anleuchten würde, er enttarnt und es dann vermutlich recht ungemütlich werden würde.

Hagadal musterte die Spitzohren mit undurchdringlicher Miene. „Es sind in der Tat außerordentlich düstere Zeiten, ho ho", pflichtete ihm der Zwerg bei und senkte den Lichtapparatus. Beim Herunternehmen des Geräts, streifte der Strahl Zelduins Kopf, und als er das tat, gab das Instrument plötzlich einen kurzen, kreischenden Ton von sich.

„Was zum… hoo?", sagte Hagadal, und seine Gesichtszüge entblätterten sich wie ein Blume, die nach einer langen Nacht die ersten Sonnenstrahlen genoss.

Zegolas schwieg. Er schien zu wissen, dass das Spiel langsam zu Ende ging, und auch Zelduin wusste das.

Rasch hob der blondbärtige Gibali die lichtmachende Maschine und richtete sie noch einmal auf Zelduins Kopf. Das Gerät kreischte wie ein kleines Kind, das gefüttert werden wollte. Hagadal fiel die Kinnlade herunter, und er bekam große Augen, als könne er nicht glauben, dass der Jäpa sich scheinbar einen ihrer Erinnerungschips in seinen Kopf eingepflanzt hatte.

„Das Spiel ist vorbei…", dachte Zelduin.

Zegolas, der genauso wie Zelduin zu wissen schien, dass Wörter nun nichts mehr bewegen konnten, griff den Zwerg unverhohlen an! Mit einer blitzschnellen Bewegung zuckte seine Hand vor und stibitzte sich die Strahlenwaffe des Zwergs, die an seinem Gürtel hing. Der völlig überrumpelt wirkende Gibali stand einen Moment wie versteinert da, während Zegolas mit der pistolenähnlichen Waffe auf den Zwerg zielte. Er drückte an mehreren Knöpfen der tödlichen Waffe herum, bis plötzlich ein weißer Blitz aus dem metallischen Lauf zischte, der die Rüstung des Zwergs durchschlug und in seinen Bauch fuhr.

„Hogmork, hogmork duwey…", rief Hagadal mit letzter Kraft, während er langsam nach hinten umkippte.

Durch das klaffende Bauchloch, aus dem ein rotes Gedärm halb heraushing, konnte Zelduin die beiden anderen Gibali sehen, die sich hinter ihrem Anführer postiert hatten und nun hektisch ihre Armbrüste luden. Stöhnend und blutend ging der Anführer zu Boden.

„Das Gespräch war sowieso langweilig gewesen", sagte Zegolas und zielte mit der Strahlenpistole auf die Armbrustschützen, doch diesmal versagte die himmlische Waffe. Purpurne Funken stoben aus ihrem Schlund.

Zelduin, der nicht weit von den beiden Schützen entfernt stand, sah dem Tod erneut ins Auge. Arjon zielte mit dem Lauf direkt auf ihn, als sich plötzlich Acirus in sein Sichtfeld schob und die beiden kleinwüchsigen Wesen verdeckte. Zwei surrende Geräusche verrieten, dass beide Armbrustbolzen abgefeuert worden waren, und zwei schmatzende Geräusche, dass sie ein weiches Ziel gefunden hatten. Laut kreischend wütete der Riesenadler zwischen den Gibali, deren Todesschreie kurz darauf über die Felslandschaft hallten.

Als Acirus sich umdrehte, war sein Federkleid blutbesudelt, und in seinem Schnabel hielt er einen abgerissenen Zwergenarm fest. Der Riesenadler schaute seinen Herr mit seinen großen, grauen Augen fragend an, als wolle er ein Lob haben oder eine Reaktion, die ihm zeigte, dass er etwas Gutes getan hatte.

Erst auf den zweiten Blick sah Zelduin, dass im rechten Flügel des Adlorus ein weiß gefiederter Bolzen steckte. Der Riesenadler ließ den blutenden Zwergenarm fallen und zog den Bolzen mit seinem Schnabel ruckartig heraus. Mehrere blutverschmierte Federn rieselten zu Boden. Das zweite Geschoss war tief in seine Brust eingedrungen. Acirus mühte sich, auch dieses tödliche Ding aus seinem Körper zu ziehen, aber die Eisenspitze schien sich verhakt zu haben. Qualvoll schrie er auf und setzte sich dann laut schnaufend in die Hocke.

„Acirus!", rief Zelduin entsetzt und stürmte auf sein Reittier zu. Die blassgrauen Augen des Vogels musterten seinen Herrn wie eh und je, aber sie wirkten diesmal glasig und trüb, so als ob etliche Lebensgeister bereits aus dem Adler gewichen waren, dachte Zelduin.

„Du darfst nicht sterben, Acirus", flehte sein spitzohriger Herr ihn an und betastete vorsichtig den Bolzen, der sich in den Leib des Vogels gebohrt hatte. Blut sickerte an den hellbraunen Federn hinunter und tropfte unaufhörlich auf den grauen Fels zu seinen Füßen, wo sich schon eine kleine Blutlache gebildet hatte.

„Es hat ihn übel erwischt", meinte Zegolas überflüssigerweise, der sich inzwischen an seine Seite gesellt hatte und die Wunde begutachtete. „Wir müssen den Bolzen rasch entfernen und die Blutung stillen."

Acirus gab einen weiteren langgezogenen Klageruf von sich. Behutsam zog Zegolas an dem Bolzen. Stück für Stück kam der blutverschmierte Schaft zum Vorschein. Die Widerhaken an der Pfeilspitze gruben sich knirschend durch das Fleisch. Acirus kreischte gellend. Als Zegolas den Bolzen ganz herauszog, schoss eine Fontäne dünnen, hellroten Blutes aus der klaffenden Wunde heraus. Zeitgleich sackte Acirus zusammen, der Vogel konnte seinen Hals nur noch mühsam aufrechthalten.

„Halte durch, Acirus!", sagte Zelduin bettelnd zu seinem fliegenden Gefährten, der ihm nach all den Jahren verdammt eng ans Herz gewachsen war.

Dann begann es in Zelduins Nase plötzlich wieder heftig zu kribbeln. Kurz darauf verwandelte sich die Welt um ihn herum in einen gleißend hellen Lichtstrahl, der alles verschluckte…

Nach ein paar Sekunden der Ohnmacht wurde Zelduin erneut in die Erinnerungswelt Arjons geworfen. Er war wieder im Jyrokopter gelandet, der nun auf der Stelle schwebte. Alric hielt das eigentümliche Fluggefährt mit dem Steuerknüppel in Balance. Bromdal, der hinter ihm gesessen hatte, war nicht mehr zu sehen. Die Bodenluke im hinteren Teil der Maschine war geöffnet und ein Seil, das an einer Winde befestigt war, war durch die Öffnung hinausgerollt worden.

„Die verfluchten Zergh werden immer schlauer, hoho", grummelte Alric vor sich hin. „Sie scheinen uns immer einen Schritt voraus zu sein. Jetzt sind die Biester schon wieder vor uns da. Diesmal ist sogar einer dieser scheußlichen Magusse dabei!"

Arjon nickte beklommen. „Ho. Wir müssen uns hüten", sagte er mutlos, als hätte er diese Schlacht schon etliche Male geschlagen.

Er kletterte über die Rückbank nach hinten, löste die Lederschlaufe, die seine Armbrust am Gürtel hielt, und ergriff das Seil. Als der Zwerg seinen Blick nach unten wandte, erkannte Zelduin sofort, wo sie sich befanden, und es überraschte ihn keineswegs. Sie schwebten nämlich über Luhems Adelsviertel, direkt über dem alten Gefängnisturm, der von Hunderten Zergh belagert wurde. Die riesenhaften Monster gaben ein schreckliches Geheul von sich. Sie trieben die Menschen und Halblinge auf dem Marktplatz wie Vieh vor sich her und schlachteten sie regelrecht ab.

Erinnerungen kamen in Zelduin hoch, als er die grausame Szenerie beobachtete. Ganz unten am Seilende hing Bromdal. Der braunbärtige Zwerg baumelte direkt vor einem der Gitterfenster des großen Turms und befestigte dort einen Enterhaken. Dann brüllte er ein paar kehlige Laute in die Zelle hinein, die Zelduin von hier oben aus aber nicht verstehen konnte. Anschließend krabbelte Bromdal wieder ein paar Hasensprünge nach oben.

Es war für Zelduin äußerst faszinierend und unheimlich zugleich, das vergangene Geschehen aus einer völlig anderen Perspektive und Sichtweise mitzuerleben. Er erinnerte sich noch gut daran, wie er in dem Turm in der Falle gesessen hatte. Der Tod war ihm dort verdammt nahe gekommen. Beinahe hätten ihn die Zergh dort in Stücke gerissen.

Bromdal hob seine Hand und formte sie zu einer Faust.

„Es kann losgehen!", rief Arjon zum Piloten herüber.

Alric zog daraufhin am Steuerknüppel, woraufhin die Maschine ruckartig nach oben schoss. Das dicke Seil spannte sich knirschend, dann riss der Enterhaken das Gitterfenster krachend aus der Turmwand. Ein großes Stück Mauerwerk löste sich ebenfalls und fiel in die Tiefe hinab. Das Seil mit dem schweren Enterhaken und Bromdal baumelte wild hin und her. Der braunbärtige Gibali klammerte sich fest und wartete, bis sich das Seil langsam auspendelte. Dann kletterte er wieder nach unten. Inzwischen drang lautes, zischelndes Geschnatter aus dem offenen Mauerloch heraus.

Ein paar Augenblicke später sprang Bromdal geschickt durch das klaffende Loch. Arjon wartete gebannt und starrte hinab. Zelduin spürte, dass für den Zwerg die Sekunden unendlich langsam verstrichen, ähnlich einer Sanduhr, die mit zähflüssigem Honig gefüllt war.

Plötzlich waren aus dem Gefängnisturm das Splittern von Holz und das Klirren von Metall zu hören. Bromdal stieß mehrere Kriegsschreie aus, die noch lauter waren als das Geheul der Zergh. Ein schreckliches Gemetzel musste dort unten stattfinden. Zelduin hatte es selbst einmal erlebt und konnte sich nur allzu gut daran erinnern.

Kurz darauf sprang ein in ein grünes Elfenkostüm gewandeter Jäpa aus dem Kerkerloch. Er schnappte sich das Seil und klammerte sich daran fest, als wäre es sein letzter rettender Strohhalm.

„Ho! Wir haben ihn!", rief Arjon und betätigte die Winde.

Surrend wickelte sich das Seil auf und zog die spitzohrige Beute rasch nach oben. Als der Meowinger an der Luke angekommen war, streckte Arjon ihm die Hand entgegen und zog ihn an Bord. Er musterte den Jäpa nur kurz, aber dieser Augenblick genügte Zelduin vollkommen, um zu erkennen, dass dieser Jäpa niemand anderes als er selbst war! Sein Ebenbild trug sogar noch die aufgesteckten Wachsohren und hatte weiße Farbe im Gesicht, die ihm Elfja aufgemalt hatte, damit er noch elfischer aussah.

„*Elfja…*", dachte Zelduin. Sein Blick schweifte suchend umher. Luhems Markplatz unter ihm war verdammt klein, aber das zarte, reglose Wesen, das da in dem rot durchtränkten, weißen Kleid auf dem blauen Zirkuswagen lag, konnte er dennoch gut sehen, und das Bild traf ihn wie ein Schwertstich ins Herz…

Strahlend weißes Licht nebelte ihn erneut ein. Luhem verblasste allmählich, bis die Stadt ein unkenntliches Gebilde aus weißem, umherwaberndem Rauch war.

Ein paar Lidschläge später befand er sich plötzlich auf einer Wiese, deren gelbe Gräser kniehoch waren; sie bogen sich im seichten Wind. Es war heiß, die sengende Sonne erwärmte die Landschaft, wodurch dicht über den Grashalmen Hitzeflimmern entstanden. Neben ihm marschierte ein kräftiger Gibali mit hellbraunem Bart, den er zu einem einzigen großen Zopf zusammengebunden hatte. Er hatte eine große Armbrust, die er kampfbereit in der Hand hielt. Seine messerscharfen Augen waren unter buschigen Brauen versteckt und blickten angestrengt in die Ferne, wo eine Gruppe blauer Bäume aufragte; es waren Blautannen.

Zelduin erkannte den Ort des Geschehens sofort wieder, obwohl er das letzte Mal vor mehr als fünf Jahren hier gewesen war.

„*Das ist Ulmumahante*", dachte Zelduin.

„Diese Gegend ist verdammt gefährlich geworden, Arjon", wetterte der braunbärtige Krieger und durchforstete mit seinen Blicken den Blauwald, der zwei Kanonenschussweiten vor ihnen aufragte.

„Ho, wem sagst du das, Grimbosch", bestätigte ihm der Gibali, in welchem Zelduin steckte.

„Früher war alles anders", grummelte Grimbosch und schwelgte einen Moment in Gedanken. „Früher konnte man noch durch diese Landen spazieren, ohne Angst zu haben, von einem Zerghpfeil gespickt oder einem Squigg gefressen zu werden. Vielleicht laufen hier sogar schon dreiköpfige Affen herum, wer weiß das schon." Er fluchte leise in seinen Bart hinein. „Wie lange mag diese idyllische Zeit schon her sein, ho?"

„Ich habe schon vor langer Zeit aufgehört, die Zyklen zu zählen", erwiderte Arjon betrübt. „Aber mehr als siebentausend Jahre ist es bestimmt her, wo diese Landen noch frei von bösen Monstern waren."

Grimbosch warf einen kurzen, verächtlichen Blick über seine linke Schulter hinweg. „Warum tun wir das hier noch, ho? Diese Mission kommt mir inzwischen recht sinnlos vor. Die Elgrams sind schwach. *Wie* bei allen Weltengeistern sollen die unsere Galaxis retten?"

Auch Arjon drehte sich kurz nach hinten um. Etwa eine Bogenschussweite entfernt liefen ein in ein blaues Gewand gehüllter Jäpa und ein Gibali mit rotem Umhang und einem unverkennbaren, schwarzweiß gestreiften Bart. Es war zweifelsohne Zäbrik! Zelduins Herz fing an zu pochen, auch wenn er wusste, dass dies nur eine Erinnerungsblase war, in der er sich befand.

„Mir gefällt das auch nicht, Grimbosch, aber diese Jäpas sind vielleicht unsere letzte Hoffnung im Kampf um Jumatahoni", erwiderte Arjon, wenn auch recht mutlos. „Vielleicht bringen sie doch eines Tages alles wieder in Ordnung." Nach ein paar Schritten verfiel er in einen geheimnisvoll klingenden Flüsterton. „Mir machen andere Dinge im Moment viel mehr Sorgen, Grimbosch."

„Und welche sind das, ho? Doch nicht etwa diese tückischen Squiggs?!" Grimbosch lachte überheblich.

„Hoo", antwortete Arjon und zeigte mit dem Daumen nach hinten. „Es sind die neuen Rekruten. Einige verhalten sich seltsam."

„Was soll mit denen schon sein, ho?", fragte Grimbosch schulterzuckend. „Sie helfen uns doch."

„Ho, aber mit diesem Zäbrik stimmt irgendetwas nicht. Er kommt und geht, wann er will, und wenn sich die Zeit zurückdreht, dann ist er meist spurlos verschwunden. Ist dir das noch nie aufgefallen, ho?"

„Zeitverschiebungen sind tückisch. Das hat Meister Burlok selbst gesagt, und der sollte es wissen als Meistermaschinist der königlichen Flotte Mäols", erwiderte Grimbosch.

Arjon nickte einsichtig. „Ich bin mir trotzdem nicht sicher, ob Zäbrik auf unserer Seite steht."

„Ich glaube eher, du hast zu viel von diesem minderwertigen Menschenbier getrunken", sagte Grimbosch und warf dem alten Zäbrik, der in einiger Entfernung hinter ihnen hermarschierte, einen langen Blick zu.

„Wir sollten die Augen offen halten", mahnte Arjon mit zerknitterter Stirn.

„Das tue ich ja, ho ho", bejahte Grimbosch und durchforstete die Wälder nach bleichgesichtigen Riesen und die hohen Wiesen nach verdächtigen, rosafarbenen Ringelschwänzen. „Nur suche ich den Feind nicht in den eigenen Reihen."

Arjon drehte sich nochmals um. „Ho. Grimbosch, vielleicht ist genau das unser Fehl…"

Plötzlich zischte etwas durch die Luft. Dann folgte ein schmatzendes Geräusch. Als Arjon sich wieder umwandte, steckte in der Brust seines Gefährten ein dünner, pechschwarzer Zerghpfeil! Das lange Geschoss hatte den Brustharnisch einfach durchlöchert. Mit verdrehten Augen kippte Grimbosch nach hinten um.

„Haktök! Beim Barte eines dreiköpfigen Affen!", fluchte Arjon, ergriff den Rundschild, der auf seinem Rücken befestigt war, und packte seine zweischneidige Streitaxt fester an. Gleichzeitig stieß er einen lauten Ruf aus, um Zäbrik und den Jäpa zu warnen. Dann bemerkte er einen zischelnden, fadenscheinigen Schatten über ihm im Himmel. Gerade noch rechtzeitig hob er seinen Schild. Krachend bohrte sich der Zerghpfeil in das schützende Holz; die schwarze Eisenspitze lugte auf der anderen Seite ein paar Fingerbreit heraus und kitzelte seine Stirn.

Zelduin war plötzlich wie aufgewühlt, obwohl er wusste, dass das alles nur Erinnerungen Arjons waren, doch es fühlte sich für ihn an, als ob *er* es selbst war, der gerade eben nur um Haaresbreite dem Tode entkommen war.

Plötzlich erfüllte das hässliche Geheul mehrerer Squiggs die Luft. Als Arjon seinen Schild senkte, waren mehr als zehn rosafarbene Rattenschwänze zu sehen, die aus dem hohen Gelbgras herausragten und von zwei Seiten auf ihn zurasten. Am Waldrand der kleinen Baumgruppe erkannte Zelduin die hünenhaften, bleichen Umrisse mehrerer Zergh!

Zu spät bemerkte Arjon, dass ein weiterer Zerghpfeil auf ihn zuschnellte. Bedrohlich senkte sich das Geschoss auf ihn hernieder. Arjon warf sich zur Seite, aber der Pfeil traf ihn mitten in die Brust, verfehlte aber glücklicherweise sein Herz. Mit einem lauten Aufschrei und schwer atmend ging der Gibali zu Boden, denn der Pfeil hatte sich in seine Lunge gebohrt. Auch Zelduin spürte den rasenden Schmerz.

Die röchelnden Geräusche und Quieklaute der Squiggs wurden lauter. Kurz darauf kam eine der Bestien durch das hohe Gras gesprungen. Arjon drosch ihr die Axt ins Maul und schleuderte sie mit der Wucht des Schlags zurück. Die kurzfellige, an vielen Stellen auch kahlstellige Hunderatte winselte noch einen Moment, ehe der Tod über sie kam.

Arjon blieb nur ein kurzer Moment der Rast, denn schon war das nächste, klauenbewehrte Untier herbeigeeilt. Es pirschte sich vorsichtig an das vermeintliche Opfer heran. Der Gibali war zu schwach, um die Axt erneut zu heben. Er musste zusehen, wie das sabbernde Tier mit seinen nadelspitzdünnen Zähnen auf seine Brust kletterte. Die langen Krallen der Ratte gruben sich in seinen Oberleib. Das Rattenwesen schnappte aber nicht sofort zu, sondern schaute auf den Zwerg begierig und argwöhnisch zugleich herab wie eine Maus, die nicht glauben konnte, dass das große Stück Käse auf der kleinen Holzplatte mit der Metallvorrichtung extra für sie vor die Speisekammertür gelegt worden war.

Dann schien die Monsterratte alle Ängste abgelegt zu haben. Sie stieß mit geöffnetem Maul zu, doch Arjon war auf der Hut, und das Zögern des Tiers hatte ihm die nötige Zeit verschafft, um wieder etwas zu Kräften zu kommen. Er fing den Squigg mit seiner behandschuhten Hand ab und umklammerte ihn am Hals. Dann drückte er mit aller Kraft zu. Die Hunderatte quiekte panisch und strampelte mit ihren Vorderbeinen und Hinterläufen. Sie zerkratzte das Gesicht des Zwergs, konnte sich aber aus der eisernen Umklammerung nicht befreien. Allmählich wichen die Lebensgeister aus der Hunderatte, ihre schwarzen Augen quollen aus ihren Höhlen. Nachdem sie noch ein paar Mal zuckte, stieß die Riesenratte ihre letzten Luftreserven aus, bis die Zunge schlaff aus ihrem Maul heraushing. Arjon wartete noch einen Moment. Dann warf er das hässliche Tier fort und drehte sich mit schmerzverzerrtem Gesicht auf die Seite. Der mit Widerhaken besetzte Pfeil in seiner Brust ließ sich nicht herausziehen und bereitete ihm große Schmerzen.

Im Augenwinkel konnte Zelduin sehen, wie zwei Squiggs an ihm vorbeisausten. Sie rasten auf den Jäpa und Zäbrik zu, die Richtung Norden davoneilten. Das Gelände der Graslandschaft war abschüssig, so dass Arjon – obwohl er im hohen Gras lag – noch einen recht guten Überblick über die Landschaft hatte.

Die flinken Rattenwesen wuselten mit atemberaubender Geschwindigkeit durch die Gräser. Bald würden sie das ungleiche Paar eingeholt haben. Durch die Augen Arjons sah Zelduin, dass Zäbrik sich noch einmal umwandte und seine Armbrust abfeuerte. Der Bolzen brachte einen der rattenartigen Hunde zum Schweigen.

Zelduin sah, dass zwei Zerghpfeile durch die Lüfte zischten. Einer bohrte sich nur knapp neben dem Jäpa in den Boden, aber der zweite krachte mit einem hässlichen Geräusch direkt in seinen Schädel. Stumm fiel der spitzohrige Meowinger um und blieb bäuchlings im Gras liegen. Zelduin schluckte. Die Szenerie hatte sich nur zwei Axtwürfe weit entfernt von ihm abgespielt.

Also war es diesmal wieder ein anderer Jäpa, den Zelduin in Arjons Traumwelt sah, dachte der junge Meowinger. Für einen Moment hatte er geglaubt, dass er selbst der Jäpa neben Zäbrik sein könnte.

Dann spielte sich etwas sehr Seltsames ab. Ein lauter Pfiff ertönte und die vier noch übrig gebliebenen Squiggs stoppten jäh, hoben wedelnd ihre Schwänze und stellten sich auf ihre Hinterpfoten, um aus dem Gras sehen zu können. Sie blickten dabei zurück zu dem Waldrand, wo Zelduin die Zergh gesehen hatte.

Arjon schloss vor Schmerzen die Augen, so dass Zelduin für einen langen Augenblick der Sicht beraubt war. Er hörte nur das Rascheln der Grashalme, das Flüstern des Windes und das leise Fiepen der Squiggs.

Als Arjon die Augen wieder öffnete, war Zäbrik noch immer da. Er hatte die Armbrust merkwürdigerweise wieder weggepackt und kniete nun am Boden. Dann erhob er sich, drehte sich um, breitete beide Arme aus und zuckte verständnislos mit den Schultern. Er hatte ganz offensichtlich den Jäpa untersucht und seinen endgültigen Tod festgestellt.

Kurz darauf betraten die vier Zergh die Szenerie. Ihre widerwärtigen, vierbeinigen Helfer gesellten sich an die Seite ihrer Herren.

Eine Weile später trat noch ein weiterer Zergh in den beschränkten Blickwinkel Arjons. Er trug einen lilafarbenen Umhang und hatte eine gülden schimmernde Metallhaube auf dem Kopf; in seiner Rechten ruhte ein langer Stab, an dessen oberen Ende ein roter Kristall befestigt war.

„Ein Zerghmagier“, ging es Zelduin durch den Kopf, und es fröstelte ihn.

Das drei Meter große Wesen schritt mit ruckartigen Bewegungen auf den ihm gegenüber winzig wirkenden Zwerg zu; sein dicker Umhang flatterte dabei im lauen Wind. Die anderen Zerghkrieger verneigten sich unterwürfig, als ihr Anführer an ihnen vorbeistolzierte. Auch Zäbrik kniete vor dem mächtigen Wesen nieder.

Als sich einer der Squiggs zu nah an den toten Jäpa heranwagte, senkte der Magus seinen Stab. Das Rattenwesen fing auf gespenstische Weise zu schweben an. Dann ließ der Magier den Stab vorschnellen, und der Squigg wurde mindestens zwei Steinwürfe weit fortgeschleudert. Ein jaulender Ruf ertönte, als das Tier auf den Boden aufschlug.

Anschließend widmete sich der Zerghmagus dem Gibali. Mit einer beiläufigen Klauenhandbewegung erlaubte er ihm, sich wieder zu erheben. Zäbrik richtete sich auf. Der Magus stieß eine Abfolge zischelnder und kehliger Laute aus. Zelduin glaubte, auch ein paar palaäonische oder gibliche Silben herausgehört zu haben.

Dann erhob Zäbrik das Wort. Er gestikulierte wild, zeigte dabei immer wieder auf den toten Jäpa, zuckte mit den Schultern und schüttelte den Kopf. Es war nur allzu deutlich, dass Zäbrik nicht verstand, warum die Zergh den Meowinger getötet hatten.

Zelduin war zu weit entfernt, um jedes Wort verstehen zu können, aber hin und wieder trug der Wind dann doch etwas zu ihm, was ihn aufhorchen ließ. „…der Jäpa hätte es schaffen können … warum … getötet, Magus?"

„Zschh gshaak triskhaa."

„Wenn ihr ihn für andere Zwecke benötigt, dann verstehe ich das natürlich."

„Zshaha kashuuk zschch", antwortete der Magus, beugte seinen langen, dünnen Oberkörper nach vorn und schob den Gibali unsanft beiseite, damit er eine freie Sicht auf die Leiche des Jäpas hatte. Er steckte seinen Stab in die Erde, packte den toten Meowinger mit seiner linken Klauenhand am Kopf und hob ihn mühelos hoch, so dass der von den Zwergenkönigen ernannte Weltenretter wie eine Marionette, der man alle Fäden abgeschnitten hatte, herunterbaumelte.

Mit der anderen Klaue holte der Magus aus seinem lilafarbenen Mantel eine eigentümlich gebogene Spritze mit einem großen, gläsernen Behältnis hervor. Der Zergh beäugte den menschlichen Fang mit seinen vier Augen noch einen Moment. Dann rammte er dem toten Spitzohr die Spritze mitten ins Herz und zog an einer Metallvorrichtung, bis sich der Behälter mit hellrotem, magischem Meowingerblut füllte. Nach der verstörenden Prozedur ließ der Magus den bleich gewordenen Jäpa wie ein verfaultes Stück Obst fallen.

Der Zergh warf seinen lilafarbenen Umhang über die Schulter, so dass sein aschfahler, knochiger Rücken zum Vorschein kam. In seinem Rückgrat, dort, wo die Halswirbel endeten, war eine Art zylindrischer, handbreiter Metallkörper mit Glastank in seine Haut eingenäht worden. Eine hellrote Flüssigkeit schwappte in dem nur noch zu einem Viertel gefüllten Behälter herum, und Zelduin konnte sich nur allzu gut vorstellen, was das für eine Substanz war. Es schauderte ihn.

Der Magus öffnete mit einer Klauenhand geschickt ein Ventil der absonderlichen Apparatur, die scheinbar mit seinem Körper verwachsen war, steckte die Spritze hinein und ließ das frisch gezapfte, magische Blut in seinen Rückentank sprudeln.

Als der Inhalt des Spritzenbehälters geleert war, wiederholte der Zergh den widerwärtigen Akt und pumpte noch mehr Blut aus dem Leib des Jäpas, welches er sich anschließend wieder in den Tank auf seinem Rücken füllte. Als er scheinbar genug hatte, reckte er sich genüsslich und gab dabei ein paar schreckliche Zischlaute von sich.

Dann winkte er Zäbrik zu sich heran, der seinerseits eine Spritze in kleinerem Format aus der Innentasche seines Gewandes zückte. Auch er sollte scheinbar seinen Beuteanteil bekommen. Als er seinen roten Umhang zur Seite schob und sein Wams abnahm, überraschte es Zelduin nicht, dass auch der Gibali einen Metalltank mit Glasscheibe hatte, der mit dem Fleisch seines Rückens verwachsen zu sein schien. Sein metallener Zylinder war allerdings wesentlich kleiner als der des Zergh. Mit nur einer Blutladung füllte er ihn wieder randvoll auf. Anschließend schüttelte sich der Zwerg, als bereite ihm der Akt großes Unbehagen.

Zelduin stellte sich die Frage, was das Meowingerblut in den merkwürdigen Apparaturen bezweckte, aber eigentlich glaubte er, die Antwort schon zu wissen.

Außerdem bekam er in jenem Moment das Gefühl, dass plötzlich irgendetwas fehlte. Er brauchte eine Weile, bis er wusste, was es war: Es war das leise, gleichmäßige Schnaufen Arjons. Der Zwerg hatte aufgehört zu atmen! Auch seine Augen blinzelten nicht mehr. Wahrscheinlich war er schon vor ein paar Glockenschlägen eingeschlafen, dachte Zelduin, und er fragte sich, was

Arjon von der schaurigen Szenerie noch alles mitbekommen hatte, bevor der Tod über ihn gekommen war.

Auch wenn Zelduin noch immer nicht wusste, wie die ganzen Dinge miteinander verflochten waren, so wusste er nun zumindest, dass Zäbrik Teil irgendeiner Verschwörung war, und eine seiner inneren Stimmen sagte ihm, dass der Gibali noch eine gewichtige Rolle spielen würde, ob nun zum Guten oder Bösen.

Zelduin war noch eine ganze Weile in dem toten Körper Arjons gefangen. Er beobachtete, wie sich Zäbrik und der Magus unterhielten. Verstehen konnte er allerdings nichts, da sich der Wind gedreht hatte. Dann trennten sich die Wege des ungleichen Paares. Zäbrik stapfte zurück nach Süden, und der Zerghanführer und sein scheußliches Gefolge marschierten nordwärts weiter. Sie verschwanden bald schon aus Zelduins Blickwinkel. Die Squiggs eilten ihrem riesenhaften Herren voraus. Eines der Rattenwesen jedoch hielt genau auf Arjons tote Hülle zu.

Auf den letzten Metern pirschte sich das scheußliche Tier abwechselnd vorsichtig schnuppernd und laut hechelnd an. Zelduin sah dem Ungetüm direkt in seine kleinen, schwarzen Perlaugen. Es bleckte die Zähne und knurrte, als ob es spürte, dass in dem reglosen Gibali noch irgendein Leben schlummerte, das ihm gefährlich werden könnte.

Dann öffnete das Rattenwesen sein Maul, Speichelfäden troffen über die schwarze Unterlippe auf den Boden. Mit einem hässlichen, fauchenden Schrei schnappte das Biest zu, und Zelduins Sicht verdunkelte sich jäh. In diesem Moment war er auch ganz froh darüber, dass er nichts mehr sehen konnte und mit ansehen musste, wie Arjon aufgefressen wurde.

Er hörte noch einen Moment die ekelerregenden Kaugeräusche der Ratte und gelegentlich auch das Knacken von Knochen.

Dann blendete ihn ein heller Blitz, und ein lautes Summen, einem Insektenschwarm gleich, erfüllte die Luft…

Als sich die weiße Nebelwand langsam wieder auflöste, sah Zelduin eine karge, graue Felslandschaft, die ihm äußerst vertraut vorkam und von einem stürmischen Regen heimgesucht wurde.

Dunkle Gewitterwolken zogen über den Himmel, und vor ihm glomm ein kleines Lagerfeuer, welches mit Steinen eingefriedet worden war. Er erkannte die Landschaft sofort wieder: Es war Dogomor, und er befand sich im Lager Hagadals.

Er lag auf einer Liege, eingehüllt in eine warme Decke. Die Bäume über ihm fingen die meisten Wassertropfen ab. Er war taub, spürte aber die kühle Luft, die das Regenwetter hin und her peitschte. Dann, mit einem Paukenschlag, hörte er wieder die Klänge der Umgebung. Das Rauschen des Regens wurde gelegentlich von lautem Donnergrollen unterbrochen.

Blinzelnd richtete er sich auf und streifte die dicke Wolldecke ab. Seine Muskeln knirschten, seine Kehle fühlte sich trocken an. Kopfschmerzen jagten durch sein Gehirn, und Schwindel brachte ihn leicht aus dem Gleichgewicht. Er fasste sich an den Kopf und rieb sich die Schläfen.

Plötzlich hörte er ein lautes *Krahaa*, das ihn im ersten Moment zusammenzucken ließ, im zweiten aber ein Gefühl der Erleichterung und Geborgenheit schenkte, denn düstere Gedankenbilder hatten ihm bereits prophezeit, dass sein Riesenadler den Verletzungen erlegen war.

Geschwind drehte er sich um, und da hockte der Greifvogel unter einem der großen Bäume.

„Kraha, kraa!", machte Acirus erneut und freute sich genauso wie sein Herr.

Der rechte Flügel und der Hals des Adlorus waren mit bunten Tüchern verbunden.

Etwas ungelenk stand das stolze Tier auf, humpelte zu seinem spitzohrigen Herrn und stupste ihn sanft mit seinem gelben Schnabel an. Zelduin tätschelte den Vogel an den weichen Kopffedern.

Einen Wimpernschlag später erschien vor ihm im dunstigen Nebel die Silhouette einer menschlichen Gestalt. Sie rannte auf Zelduin zu! Kurz darauf erkannte er, dass es Zegolas war…

„Zelduin!", rief der Meowinger freudestrahlend und umarmte sein Ebenbild. „Wie fühlst du dich? Ich hatte schon befürchtet, dass die Götter dich nun endgültig mit in ihr Reich genommen hätten."

„Ich fühle mich elendig", stöhnte Zelduin. „Wie lange habe ich geschlafen?"

„Drei Mondphasen", erwiderte Zegolas nüchtern.

Zelduin schluckte hart. „*Drei Mondphasen!*", hallte es durch seinen Kopf. Er schüttelte sich, um die Schmerzen, die in ihm hausten, loszuwerden. „Das nächste Mal werde ich auf dich hören, Zegolas, ganz gewiss."

Sein Gefährte lächelte besonnen und vergoss eine Freudenträne.

„Ich habe wieder Visionen gehabt, Zegolas."

Der alte Jäpa nickte ernst. „Stärken wir uns erst einmal. Du müsstest eigentlich sterben vor Hunger", sagte er und drehte sich lächelnd um. Von seinem Rücken baumelte ein hasenähnliches Tier mit weißgrauem Fell und schwarzen Schlappohren herab. „Das sind die einzigen Tiere, die hier leben. Schmecken aber nicht schlecht."

Jetzt erst bemerkte Zelduin, dass sein Magen unaufhörlich knurrte.

Kurz darauf saßen die beiden am prasselnden Lagerfeuer und brieten das Hasenfleisch. Der Regen und der Sturm waren in der Zwischenzeit noch heftiger geworden, aber das grünbraune Blätterbollwerk über ihnen schützte sie gut vor dem kühlen Nass.

Zegolas erzählte, was sich während Zelduins dreitägigem Schlaf zugetragen hatte. Neue, böse Überraschungen kamen glücklicherweise nicht hinzu. Zegolas hatte seinen ohnmächtigen Gefährten ins Lager der Gibali geschafft, und Acirus hatte er mit Heilblättern, die er in seinen Reisesäcken stets mit sich führte, versorgt und wieder aufgepäppelt. Der Riesenvogel war zwar noch immer nicht der Alte, aber in ein paar Tagen könne er wieder fliegen, prophezeite ihm der Meowinger. Außerdem hatte Zegolas den drei Zwergen noch ein anständiges Begräbnis bereitet. Er wusste zwar, dass das ein sinnloser Akt war, denn irgendwann würde sich die Zeit wieder zurückdrehen, und dann würden die drei Gibali wieder leben und die Gräber leer sein, doch er hatte es für seine Pflicht gehalten, die Zwerge für *die* Zeit, in der sie nicht unter den Lebenden wandelten, zu begraben, so wie es sich gehörte in einer zivilisierten Welt.

Schließlich erzählte Zelduin, was er in seinen Visionen gesehen hatte. Als er endete, kaute Zegolas genüsslich auf seinem Hasenohr weiter, wobei er nicht aufhörte, die Stirn zu runzeln und ins Feuer zu starren, in welchem hin und wieder zischend ein Regentropfen verging.

Nach ein paar Augenblicken schaute der Meowinger Zelduin gedankenvoll an. „Das, was du gesehen hast, ist unglaublich und grauenhaft zugleich. Es ist so unfassbar und ungeheuerlich, dass es keine Hirngespinste sein können. Das sagt mir zumindest mein Verstand. Es scheinen tatsächlich die Erinnerungen Arjons gewesen zu sein."

„Ich bin mir nicht sicher, ob ich nur seine Erinnerungen gesehen habe. Der Zwerg war schon tot und ich konnte trotzdem noch sehen, was sich um ihn herum abgespielt hat. Ich wurde Zeuge, wie der Zwerg von einem Squigg aufgefressen wurde."

Zegolas verzog das Gesicht. „Dann zeichnet der Zhuk scheinbar auch nach dem Tode des Trägers noch alles auf. Erinnern können sich die Gibali an diese Nachtoderinnerungen scheinbar nicht, sonst hätte Gomril seinen Plan zur Rettung Jumatahonis wohl schon längst geändert."

„Was der Chip auch immer tut, ich habe Dinge gesehen, die die Augen eines Jäpas ganz bestimmt nicht sehen sollten."

Zegolas tippte sich ein paar Mal mit dem Zeigefinger auf seine Unterlippe. „Zweifellos, aber die Frage ist, was es uns in der jetzigen Situation nützt."

Zelduin hob bedächtig seine Augenbrauen. „Ich weiß nicht. Die Visionen haben mir gezeigt, dass die Gibali auf unserer Seite stehen. Sie wollen die Galaxis ebenso retten wie wir, auch wenn sich einige inzwischen vom alten Weg abgekehrt haben und nun denken, dass es das Beste für Jumatahoni ist, wenn sie uns Jäpas daran hindern, den Nullpunkt zu erreichen. Aber was die Zergh betrifft, so glaube ich, dass die irgendetwas sehr Böses im Schilde führen, dessen Ausmaß wir uns nicht im Geringsten vorzustellen vermögen. Und mich beschleicht das ungute Gefühl, dass wenn wir sie nicht aufhalten, es das Ende Jumatahonis sein wird."

„Die Zergh hegen seit Anbeginn der Zeit düstere Pläne", antwortete Zegolas kühl. „Viel beängstigenderer finde ich, dass sich scheinbar auch Gibali den Zergh unterworfen haben. *Das* macht mir Angst. Wie sollen wir da noch wissen, wer von diesem einstigen Herrenvolk auf der guten und wer auf der bösen Seite steht?"

„Vielleicht ist Zäbrik ja der *einzige*, der düstere Geschäfte mit den Zergh macht", munkelte Zelduin und knabberte ein Stück vom Hasenbein ab.

„Ja, hoffen wir, dass Zäbrik der einzige ist, der mit falschen Karten spielt."

Eine Weile herrschte betretenes Schweigen. Die vielen Fragen, die Zelduin quälten, ließen ihn nicht in Ruhe. Sein Gehirn ratterte unaufhörlich und wob die gruseligsten Zukunftsvisionen, einem riesigen, stetig wachsenden Spinnennetz gleich. Als ihm das Wort *Vision* durch den Kopf rauschte, stellte sich ihm noch eine weitere höchst beunruhigende Frage, die er unbedingt loswerden musste.

„Glaubst du, dass ich allmählich verrückt werde, Zegolas?"

„Wie meinst du das?", fragte der Jäpa und beugte sich nach vorn, so dass sein Gesicht vom Feuerschein unheimlich beleuchtet wurde.

„Du weißt, wie ich das meine", flüsterte Zelduin zurück, aber Zegolas schwieg. „Die Visionen kommen zurück und suchen mich wieder heim, nicht wahr? Träume ich dann wieder mehrere Mondphasen oder gar Wochen lang, vielleicht sogar einen ganzen Weltenzyklus? Bin ich irgendwann vielleicht für immer in dieser Erinnerungswelt gefangen?"

Es war Zegolas anzusehen, dass ihm das, was ihm auf der Zunge lag, die Kehle zuschnürte. „Ich weiß es nicht, Zelduin."

„Hagadal hat davon gesprochen, dass Wesen sterben oder verrückt werden können, die sich einen Zhuk einpflanzen lassen haben."

„Ja, aber selbst die Meistertechnikusse der Gibali machen Fehler."

Überzeugend klangen Zegolas' Worte nicht, fand Zelduin. „Aber du hast auch gesagt, dass schon andere Wesen verrückt geworden sind."

„Ich habe schon viele Geschichten gehört."

„Dann erzähle sie mir", bat Zelduin ihn höflich, obwohl er Angst vor der Antwort hatte. Er wollte trotzdem unbedingt wissen, wie schlimm es um ihn stand.

„Es gibt da nicht viel zu erzählen. Es sind die Geschichten von anderen Jäpas. Und diese haben die Erzählungen wiederum von anderen Sternenreisenden. Ich kann dir nicht mit Gewissheit sagen, ob sie wirklich stimmen, aber… in diesen Geschichten sind die vielen Jäpas, die sich einen Zhuk in die Nase geschoben haben, meist alle verrückt geworden. Sie haben nach einiger Zeit den Verstand verloren oder haben wirres Zeug geredet. Andere sind sofort tot umgefallen. Ein paar wenige sind mit dem Leben davongekommen, aber viele von ihnen waren danach anders. Sie lebten fortan zwischen zwei Welten…" Zegolas schaute seinen Blutsbruder mit sich kräuselnden Sorgenfalten auf der Stirn an. „…genauso wie du es nun tust."

Zelduin spürte, wie sich ein dicker Kloß in seinem Hals bildete. „Kann ich den Zhuk wieder herausziehen?"

Zegolas nickte langsam. „Ja, aber die Gefahr ist groß, dass dein Gehirn dabei irreparable Schäden erleidet. Ich würde es nicht tun. Du hast gesehen, was mit den drei Gibali passiert ist. Wenn überhaupt kann das nur ein Meistermedikus der Gibali machen. Nur wem können wir noch trauen? Die Gibali würden uns vermutlich sofort töten, wenn sie erfahren, dass du den Zhuk eines Gibali in dir trägst."

„Was war ich bloß für ein dummer Narr", dachte Zelduin. Andererseits hätte er so wahrscheinlich nie erfahren, dass Zäbrik ein doppeltes Spiel spielte, und diese Information könnte später noch einmal über Leben und Tod entscheiden, vielleicht sogar über das Schicksal Jumatahonis.

„Vielleicht muss ich bald sterben, Zegolas. Die Wege der Götter sind unergründlich. Wir dürfen daher keine Zeit verlieren und müssen möglichst bald aufbrechen, bevor ich verrückt werde."

Zegolas nickte ernst. „Ja, aber wir müssen Acirus noch ein paar Tage Rast gönnen, bevor wir weiterfliegen können. Seine Wunden sind noch nicht verheilt."

Kraaaa machte Acirus.

Die nächsten Stunden wurde Zelduin von einer kribbelnden Angst im Nacken begleitet. Er befürchtete stetig, dass er wieder in der Erinnerungswelt Arjons versinken könnte und dann nicht mehr herauskommen würde … aber er blieb in der Realität. Der Zhuk bereitete ihm nur höllische Kopfschmerzen und gelegentlichen Schwindel.

Die Nacht war nass, rau und windig. Zelduin hatte sich in eine warme Wolldecke eingekuschelt. Er blieb noch lange wach, denn er fürchtete sich davor, dass er am nächsten Morgen nicht mehr aufwachen würde.

Schließlich schlummerte er doch irgendwann ein, als der große, violett schimmernde Mond Dogomors am regnerischen Himmelszelt schon längst aufgegangen war.

Als er das nächste Mal die Augen aufschlug, blendete ihn ein gleißendes Licht. Er dachte schon, dass er wieder in die Traumwelt geschleudert werden würde, aber es war nur der helle Schein der Sonne. Der feurige Himmelskörper lugte über den Rand einer Gebirgskette hervor und raubte Zelduin die Sicht.

Er hob eine Hand an die Stirn, um sich vor dem blendenden Sonnenschein zu schützen. Zegolas war schon auf den Beinen und grillte einen kopfgroßen, blauen Käfer, den er an einem Stock befestigt hatte und über das Feuer hielt. Das Krabbeltier hatte gewaltige Kneifwerkzeuge und ein hellrotes Geweih auf dem Kopf.

„Guten Morgen", begrüßte ihn der alte Meowinger freundlich.

„Morgen", gähnte Zelduin.

„Es gibt gleich Frühstück. Ich habe diesen merkwürdig aussehenden Käfer gefunden."

Zelduin musterte das eigentümliche Tier eine Weile, das in der Hitze gelegentlich knackte. Es sah nicht sonderlich schmackhaft aus, aber es würde ihren Hunger sicherlich stillen.

Als er den Jäpa eine Zeitlang beobachtete, fiel ihm wieder auf, wie ähnlich sie sich doch sahen. Zegolas' Stirn war ein bisschen höher und sein Gesicht kantiger, so dass seine Wangenknochen hervortraten. Zum ersten Mal stellte Zelduin sich die Frage, warum sie nicht vollkommen gleich aussahen, denn eigentlich müssten sie das tun. Taidos hatte seinen Sohn, aus welchem später sehr viele Jäpas hervorgehen sollten, nach Palaäon gebracht und ihm dort den Zrak eingepflanzt.

„Hätten sich die Jäpas dann nicht immer gleich entwickeln müssen?", dachte Zelduin und grübelte eine Weile darüber nach, ehe er sich an sein Ebenbild wandte. „Zegolas, warum sehen wir eigentlich

verschieden aus? Wir müssten uns doch eigentlich bis aufs Haar gleichen. Wir sehen aber nur aus wie Zwillinge."

Zegolas grinste gewitzt. „Diese Frage habe ich mir in der Vergangenheit auch häufig gestellt. Taidos hat mir darauf eine Antwort gegeben, als ich mich mit ihm im Sternenkanal unterhalten habe. Er sagte, dass magisches Blut nicht leicht zu bändigen sei. Es würde sich stetig verändern, je nachdem aus welcher Richtung die Winde der Magie wehen. Und deshalb sehen wir so verschieden aus, sagte er."

„Die Magie", flüsterte Zelduin fasziniert. „Da tragen wir so viel magisches Blut in uns und wissen nicht einmal, wie man den kleinsten Tropfen davon benutzt."

„Vielleicht lernen wir es irgendwann."

„Taidos hätte uns bestimmt sagen können, wie sie funktioniert, die Magie…"

Zelduin sann noch ein paar Augenblicke über seinen Vater nach, und als er das tat, spielte sich eine Erinnerung vor seinem inneren Auge ab, die er unmöglich selbst erlebt haben konnte. Er wusste natürlich sofort, wessen Erinnerung das sein musste, und trotzdem war es ihm irgendwie unheimlich.

Er sah einen großen Mann mit spitzen Ohren und wallendem, blondem Haar. Er trug eine edle Tracht mit braunrot gestreiften Ballonhosen, weißen Kniestrümpfen und einem orangefarbenen Oberteil mit weiten Ärmeln und güldenen Knöpfen. Der stolze Mann stand in einer königlichen Halle und hielt ein kleines Kind mit spitzen Ohren in den Armen. Der Herr war von einer Traube neugieriger Menschen, Halblinge und Gibali umringt, die ebenso fein gekleidet waren; sie schienen Adlige vom Hof zu sein. Sie beäugten das Balg mit hoffnungsfrohen Mienen, einige von ihnen blickten aber auch sehr argwöhnisch drein und tuschelten leise miteinander…

Dann verschwand die mysteriöse Szenerie, und Zelduin sah wieder das knisternde Lagerfeuer und Zegolas, der ihm ein knusprig braun gebranntes Käferbein vor die Nase hielt.

„Ich habe Taidos gesehen", flüsterte Zelduin und nahm sich das Käferbein. Er hatte zwar noch nie ein Bild seines Vaters gesehen, aber aus einem unergründlichen Gefühl heraus wusste er, dass er es war.

„Wann und wo?", fragte Zegolas verwirrt.

„Gerade eben. Er war direkt vor mir."

„Ein *Tagtraum*", sagte Zegolas, wobei er das letzte Wort voller Abscheu betonte.

„Ist das gefährlich?", fragte Zelduin ungewiss.

„Ich weiß es nicht, aber beten wir lieber, dass diese Phase rasch vorübergeht."

„Vielleicht sind die Tagträume nützlich. Vielleicht erfahren wir dadurch etwas Neues."

„Mir wäre es lieber, wenn du wieder der Alte wärest… ohne Visionen, von denen wir nicht einmal wissen, ob sie wirklich stattgefunden haben…"

Kaum hatte der Meowinger die Worte ausgesprochen, manifestierte sich vor Zelduins innerem Auge das nächste blasse, halb durchsichtige Bild: Es zeigte den Hof eines Schlosses, auf welchem viele, gut betuchte Leute herumwuselten. Über den dunkelgrauen Himmel tanzten zahlreiche Feuerbälle, die von riesigen Katapulten abgefeuert worden sein mussten. In der Mitte des Platzes stand ein großes Luftschiff, ein weißer Zeppelin, der mit roten Seilen vertäut war. Zelduin bewegte sich genau auf jenes eigentümliche Flugobjekt zu, dessen riesiger Flechtkorb groß wie ein kleines Schiff war. Mehrere Edelherren und Frauen waren bereits an Bord gegangen.

Für einen kurzen Moment sah Zelduin eine schwielige, kurzfingrige Zwergenhand, die über seine schweißnasse Stirn wischte, und da wusste Zelduin mit Gewissheit, dass er wieder in den Erinnerungen Arjons steckte!

Als der Zwerg über die Reling des Luftschiffs kletterte, schaukelte der Zeppelin sanft. Dann drehte er sich um und reichte einem hochgewachsenen Menschen die Hand, um ihm den Einstieg in den Flieger zu erleichtern. Der große Mann trug einen grauen Kapuzenmantel, so dass sein Antlitz größtenteils im Verborgenen blieb. Außerdem hatte er die eine Hand unter dem Mantel versteckt, als ob er irgendetwas verbergen wollte.

Der flackernde Lichtschein eines über den Himmel rauschenden Feuerballs erhellte die Schatten unter der Kapuze des Mannes für einen Lidschlag, und Zelduin wunderte sich nicht, dass er in das Gesicht Taidos' blickte…

Dann verblassten die Bilder jäh und Zelduin fand sich in der Realität wieder.

„Alles in Ordnung mit dir, Zelduin?", erkundigte sich Zegolas mit besorgter Miene. „Du hattest eben ganz glasige Augen."

Zelduin schüttelte sich, um auch die letzten schemenhaften Schattenbilder loszuwerden. Dann nickte er, um seinen Gefährten nicht zu beunruhigen. „Ja."

Nachdem die beiden Meowinger schweigsam ihr kleines Mahl eingenommen hatten, fragte Zelduin: „Kannst du dich noch an deine Kindheit erinnern?"

„Natürlich", erwiderte der Jäpa. „Ich werde nie vergessen, wie ich mich erschreckt habe, als mich der riesige Gronk mit seinem behaarten, gruseligen Affengesicht im Wald gefunden hat und…"

„Nein", unterbrach ihn Zelduin. „Ich meine, als du noch jünger gewesen bist – bevor du nach Palaäon gekommen bist. Die Kindheit vor dem Zirkusleben."

„Du meinst die Zeit vor Palaäon?", wiederholte Zegolas. Gedankenversunken rollten seine Augen hin und her. „Nein, ich kann mich nicht erinnern. Da war ich … da waren wir auch noch sehr klein gewesen. Kannst du dich daran erinnern?"

„Nein."

„Warum fragst du?"

„Ich hatte gerade eine merkwürdige Vision, die in einer Zeit gespielt haben muss, bevor unser Vater uns nach Palaäon gebracht hat. Arjon muss Taidos gekannt haben."

„Taidos Hemania war Königius Tadrons von Meowing. Er war der Herrscher eines ganzen Inselreichs. Viele Wesen haben ihn gekannt."

Zelduin hätte gerne noch mehr von der Rückblende gesehen, aber er fürchtete sich auch davor, irgendwann für immer in den Tagträumen und Erinnerungen Arjons zu versinken…

Ein plötzlicher Schwindel brachte seine Welt kurz ins Wanken. Alles um ihn herum zitterte für einen Moment, bis sich die Wogen wieder glätteten, ähnlich einem einsamen, zarten Windhauch, der das Blattwerk eines Baums kurz durcheinanderwirbelte. Kurz darauf spürte er einen stechenden, kurzweiligen Schmerz in seinem Hirn, als hätte ihm jemand eine lange Nadel in den Kopf geschoben. Dann war der Spuk wieder vorbei.

„Zegolas?"

„Ja?"

„Versprich mir, dass du dich gut um Acirus kümmerst, was auch immer mit mir geschieht."

Zegolas gab darauf keine Antwort. Er schaute ihn nur tiefgründig an, wobei Zelduin glaubte, dass der Jäpa ganz leicht mit dem Kopf nickte.

Drei Sonnen- und Mondphasen vergingen, ehe die Reisenden das Horn zum Aufbruch bliesen. Acirus hatte sich recht schnell wieder erholt und war flugbereit. Schwer beladen stand der Riesenadler am Rande der kleinen Baumgruppe, wo die beiden Meowinger ihr vorübergehendes Nachtlager aufgeschlagen hatten. Auf seinem Rücken waren gleich zwei Sättel mit Rückenlehnen angebracht worden. Zegolas hatte es sich schon auf dem hinteren Sitz bequem gemacht, während Zelduin sich noch von jemandem verabschieden wollte.

Der spitzohrige Mann stand an dem Hang, wo Zegolas die drei Gibali verbuddelt hatte. Aicarus lag daneben. Zegolas hatte auch ihn in eine würdevolle, letzte Ruhestätte gebettet.

Zelduin kniete vor dem Grab Arjons nieder, schloss die Augen und sprach für ihn ein leises Gebet. In den letzten Tagen hatte er noch häufiger merkwürdige Tagträume und Visionen gehabt, die allerdings äußerst wirr waren und keinen Zusammenhang ergaben. Dennoch gaben sie ihm weitere Einblicke in das Leben des vorübergehend toten Zwergs.

Nach etlichen Wimpernschlägen öffnete Zelduin seine Augen wieder. „Mach's gut, Arjon. Tut mir leid, dass ich mir deinen Zhuk genommen und dich deiner Erinnerungen beraubt habe, aber vielleicht haben sich die Götter ja etwas dabei gedacht.“

In der Ferne grollte ein Gewitter. Bald würden die schwarzen Wolken über ihm sein und der Welt Dogomors wieder ein nasses Antlitz verpassen.

„Komm schon, Zelduin!“, rief Zegolas vom Rücken des Riesenvogels herüber. „Es wird hier bald ungemütlich. Wir sollten das gute Wetter ausnutzen und endlich von hier verschwinden.“

Nach einem letzten Blick auf die frische Totenstätte wandte Zelduin sich schließlich ab und trottete zurück zum Abflugplatz. Er stülpte sich die grüne Kapuze seines Gewandes über den Kopf, denn schon bald würde es wieder anfangen zu regnen, wie all die anderen Tage zuvor auch, dachte er sich. Dann kletterte er auf den gefiederten Rücken des Riesenadlers. Acirus stieß einen lauten Ruf aus, der nach Abenteuerlust klang, aber auch nach Ungewissheit.

„Machen wir uns wieder auf den Weg. Flieg, Acirus!“, rief Zelduin, während er es sich in dem Sattel bequem machte und ein Seil um seinen Bauch und Oberkörper spannte, da er Angst hatte während des Flugs herunterzufallen, falls er wieder in die Traumwelt Arjons abdriftete.

Raschelnd breitete Acirus sein prächtiges Federkleid aus. Mit gleichmäßigen, geschmeidigen Flügelschlägen erhob er sich in die Lüfte. Der frische Wind tat Zelduin gut.

Als der Adlorus luftige Höhen erreichte, trat leichter Nieselregen ein, der sich rasch in einen heftigen Regenschauer verwandelte. Der Wind Dogomors peitschte den Meowingern das Nass des Himmels in ihre Gesichter und zerrte an ihren Kleidern.

„Ich hasse diesen Planeten!“, rief Zegolas lautstark von hinten, um das Rauschen und Pfeifen des Wetters zu übertönen.

„Warum müssen wir auch unbedingt da hinfliegen, wo die schwärzesten Wolken sind?!“, antwortete Zelduin. „Gibt es keinen anderen Weg?!“

„Nein, das ist der einzige Pfad, der von hier aus nach Xiloris führt.“

„*Xiloris*…“, dachte Zelduin mit düsterer Miene. Mittlerweile wusste er gar nicht mehr so genau, was er auf diesem verfluchten Zerghplaneten überhaupt wollte. Er wollte Antworten. Aber würde er sie dort auch bekommen? Wahrscheinlich würde er dort nichts als Tod und Verderb finden, dachte er. Aber was sollte er sonst tun? Er könnte zum Nullpunkt reisen, aber dann würde er genau das tun, was die Zergh wollten, da war er sich inzwischen recht sicher. Und er wollte den Zergh nicht freiwillig in die Arme laufen wie eine dumme Maus, die auf der Suche nach etwas Essbarem so ziemlich in jede Falle tappen würde, wenn der Hunger nur groß genug war.

Er wusste im Moment nicht wirklich, was zu tun war. Zumindest würde er genügend Zeit zum Nachdenken haben, denn die Reise nach Xiloris würde noch sehr lange dauern. Vielleicht würde er das Ziel ihrer Reise auch nie erreichen, glaubte er in ganz finsteren Momenten, die er in der Zukunft noch häufiger haben sollte. Das kleine Flämmchen Hoffnung, das ihm immer wieder zuflüsterte, dass sich alles doch noch zum Guten wenden würde, erlosch jedoch nie, und dafür allein war *eine* Erinnerung verantwortlich, bei der er ganz genau wusste, dass sie auch wirklich real war, denn es war seine eigene. Es war die Erinnerung an Elfja. Das zarte Geschöpf rückte ihm immer dann ins Gedächtnis, wenn seine Zweifel am größten waren, der Mut ihn verließ und er sich fragte, wofür er das eigentlich alles tat.

Bald ließ der kalte Wind die Regentropfen halb gefrieren, so dass sie schmerzhaft auf Zelduins Haut prickelten. Der junge Jäpa wusste nicht mehr, wie viele Stunden sie durch das stürmische Wetter geflogen waren, als die düsteren Wolken über ihm plötzlich weiß wurden! Einen Lidschlag später zuckte ein greller, unnatürlicher Blitz über das Firmament, der alles andere in helles Licht tauchte…

„O nein, nicht schon wieder…", dachte Zelduin; er warf einen ängstlichen Blick über seine Schulter hinweg zu Zegolas und klammerte sich am Sitz fest, obgleich er wusste, dass dies nichts nützen würde. Es schien, als ob riesige, unsichtbare Trollhände seine Seele ergriffen hatten und nun fortzerrten in ein fernes Land…

Kurz darauf lichtete sich der weiße, undurchdringliche Nebel. Rasch stellte Zelduin fest, dass er sich wieder auf dem eigentümlichen Luftschiff mit dem eiförmigen, roten Ballon befand. Arjon schaute über Reling und ließ seinen Blick über die weite Welt schweifen. Die hügelige Graslandschaft unter ihm war mit kleinen, rauchenden Kratern gespickt, die durch fliegende, wagenradgroße Feuerbälle entstanden waren. Einige der Kugeln waren schon erloschen und dampften nur noch, doch andere brannten noch lichterloh. Die riesigen Katapulte, die die feurigen Geschosse pausenlos ins Himmelreich katapultierten, standen auf einer Hügelkette und wurden von Hunderten Zergh bedient, die ohne jeden Zweifel versuchten, den Zeppelin abzuschießen!

Unter und über sich entdeckte Zelduin weitere Zeppeline, die ebenfalls mit brennenden Kugeln beschossen wurden. Die Flugschiffe flogen alle in eine Richtung und schienen vor etwas zu fliehen. Der Planet wurde evakuiert, Zelduin konnte es in den Gedanken des Zwergs, in dem er steckte, lesen.

Als Arjon sich umdrehte, fiel Zelduins Blick auf das hölzerne Deck des Flugschiffs, das Ähnlichkeit mit dem eines alten Fischkutters hatte. Am Heck des Zeppelins, an einem großen Steuerrad, stand ein graubärtiger Gibali. Er hatte eine längliche Pfeife im Mund und trug einen imposanten, schwarzen Dreieckshut, solche, wie sie nur uralte Kapitäne trugen, die schon alle Wolkenmeere der Welt befahren hatten.

An Bord des Zeppelins waren außerdem etliche schwer bewaffnete Gibali in hellblauen Rüstungen und ein knappes Dutzend spitzohriger Meowinger, Taidos war auch darunter, er stand direkt vor Arjon und hatte seinen grauen Umhang bis zur Hälfte zugeschnürt. Den Kopf hatte er nach unten gesenkt und die eine Hand war hinter der linken Mantelseite verschwunden.

Als der pfeifende Wind für einen kurzen Moment abflaute, hörte Zelduin das leise, quengelnde Geschrei eines Kleinkinds. Arjon trat ein Stück näher an das hochgewachsene Wesen heran und spähte hinter die Mantelseite. Taidos hielt dort ein in eine braune Decke gewickeltes Kind versteckt, das nach Leibeskräften schrie.

„Er vermisst seine Mutter, ich fühle es", meinte Taidos mit Trauer in der Stimme. „Ich hätte sie retten können."

„Macht euch keine Vorwürfe, Königius", antwortete Arjon mit brummigem Unterton. „Ihr wisst, dass ihr für sie nichts hättet tun können. Die Zergh waren zu zahlreich und mächtig. Selbst wenn wir die Zeit hätten zurückdrehen können, wir hätten den Kampf um Meowing niemals gewonnen."

Taidos seufzte. „Gerade deswegen hätte ich in Maribur bleiben sollen. Vielleicht hätte ich sie retten können, Arjon."

Der Meowinger blickte zurück über die Reling, während er dem kleinen Knirps über den kahlen Schädel streichelte. Arjon folgte dem Blick des Meowingers. Am fernen Horizont erspähte er eine große Stadt aus weißem Stein. Maribur brannte, und tausende Zergh hatten sich um ihre weißen Mauern herum versammelt.

„So also sah Meowing einmal aus…", dachte Zelduin, obwohl er auch sah, dass der Planet schon im Begriff war zu verwelken.

„Verzeiht mir, Königius, aber das Leben eures Sohnes Lotorion ist wichtiger, vielleicht als alles andere. Er ist vom magischen Blute, genauso wie ihr es seid, ein magischer Meowinger mit Zauberkräften. Es gibt nicht viele von eurem Volke, die dieses Geschenk bekommen haben, und das müssen wir hüten, denn gegen die mächtigen Zerghmagusse hilft vielleicht nur mächtige Zauberei."

„Für unser Volk ist diese Gabe eher ein Fluch, glaubst du nicht, Arjon?"

Die Blicke der beiden Flugreisenden schweiften über die halb verwüsteten, vernarbten Ländereien, auf denen nun bleichgesichtige Horden ungestört umherwanderten und Angst und Schrecken verbreiteten.

Vier Bogenschussweiten von ihnen entfernt ging ein Zeppelin plötzlich in Flammen auf! Er war von einem Feuerball getroffen worden. In wenigen Sekunden war er bis auf das Holzgeripppe niedergebrannt. Schreiende Menschen und Gibali stürzten in die Tiefe, als das Flugschiff wie ein Stein vom Himmel fiel.

„Fluch und Segen liegen meist nahe beieinander. Das ist mit vielen Dingen so", sagte Arjon, während er die Flugbahn des abgeschossenen Zeppelins ungerührt verfolgte, bis dieser am Boden zerschellte und die Schreie der Insassen jäh verstummten. „Hellseher besitzen die seltene Gabe, in die Zukunft sehen zu können. Sie sehen alles. Die schrecklichen und märchenhaften Zeiten, die irgendwann einmal passieren werden. Sie können ihre Könige vor schrecklichen Zeiten warnen, doch ändern können sie nichts, denn alle Geschichten sind im großen Buch der Gotter bereits geschrieben worden. Sie sind unabänderlich. Die Hellseher müssen mit der Qual leben, alles sehen und doch nichts tun zu können, so oft sie das Rad der Zeit auch hin und her drehen würden. Ist diese Gabe nun ein Segen oder ein Fluch für sie, Königius?"

Taidos dachte einen Moment lang nach. „Wenn die Gabe die Zukunft nicht ändern kann, ist sie ein Fluch, denn sie quält dich nur."

Arjon schüttelte den Kopf. „Ihr habt vergessen, dass die Hellseher auch die märchenhaften Zeiten sehen können, und wenn diese auch in ferner Zukunft liegen, so sind die Hellseher doch manchmal die einzigen, die verlorenen Völkern die Hoffnung zurückgeben können, die sie brauchen, wenn die Seher ihnen von friedvollen Zeiten erzählen, die irgendwann einmal kommen werden."

„Meiner Meinung nach kann man allein mit Hoffnung keinen Krieg gewinnen", sagte Taidos.

Arjon seufzte. „Königius, ich verstehe eure Trauer, aber ihr dürft das Schicksal eines einzelnen nicht über das von Jumatahoni stellen. Ihr Meowinger vom magischen Blute werdet in der Zukunft gewiss noch eine tragende Rolle spielen, weil ihr die seltene Fähigkeit besitzt, durch Raum und Zeit reisen zu können, ohne von den Zeitenrädern beeinflusst zu werden, und ihr besitzt die Künste der Magie, die euch im Kampf gegen das Böse helfen werden."

Taidos' Stirn legte sich in tiefe Falten. „Es ist euer Krieg, nicht der unsere, Arjon", sagte der Königius wütend und verbittert zugleich. „Euretwegen sind die Welten im Chaos versunken."

„Ho, das ist wahr", gab Arjon zu. „Genauer gesagt, ist es Heggbors Schuld, denn er allein hat die Weltentore erschaffen, die all das Chaos verursacht haben. Ein dreiköpfiger Affe soll ihn fressen. Dennoch werden wir Gibali diese Bürde alle gemeinsam tragen und so lange kämpfen, bis wir entweder zusammen untergehen oder siegen." Der Gibali räusperte sich. „Königius, ihr seid vielleicht unsere letzte Hoffnung. Wenn dein magisches Volk nicht bereit ist, für uns zu kämpfen, dann ist Jumatahoni vielleicht schon verloren…"

Plötzlich verblasste die Szenerie. Dann hüllte ein greller, weißer Lichtstrahl alles ein. Zelduin kniff innerlich die Augen zu, aber es nützte natürlich nichts, denn es waren ja nicht seine Augen, durch die er blickte.

Mehrere Herzschläge vergingen, ehe das blendende Licht endlich wieder verschwand und sich eine neue Kulisse aus Arjons Erinnerungswelt aufbaute.

Arjon befand sich nun im Publikum eines großen, runden Saals. Die kuppelförmige, gläserne Decke, die von vier wuchtigen, weißen Steinsäulen getragen wurde, war mindestens so hoch wie zehn übereinandergestapelte Elefanten, schätzte Zelduin. Er konnte durch das Glas einen blauen Himmel erkennen, über den gelegentlich eine weiße Wolke huschte. Die Säulen des runden Saals trugen hübsche, weiße Reliefs aus Blumenmustern, und die Wände waren mit einfarbigen, grauen Wandmalereien verziert worden. Sie zeigten Gibalikönige, bartlose, fürstliche Gibalifrauen und andere Edelherren des kleinwüchsigen Volkes.

Die steilen Zuschauerränge boten Platz für mehr als eintausend Leute, und die waren auch gekommen. In der ersten Reihe des Rundsaals saßen etliche Gibali in prunkvollen Rüstungen, dahinter Hunderte spitzohrige Meowinger mit langen, blonden oder hellbraunen Haaren. Zelduin erspähte auch ein paar kleine Halblinge, die mit ihren pompösen, bunten Ballonhüten gut zu sehen waren. Auf der gegenüberliegenden Seite erblickte Zelduin außerdem einen altbekannten Zwerg. Es war Balin! Sein roter Sichelkamm auf dem Kopf war unverkennbar, und dennoch hätte er seinen alten Weggefährten beinahe nicht erkannt, denn dieser Balin trug keine Augenklappe; er musste sein Augenlicht erst zu einem späteren Zeitpunkt verloren haben.

Neben dem kräftigen Krieger saß ein Gibali in einem edlen, grünroten Umhang und mit einem besonders langen, weißen Bart, der von mehreren güldenen Spangen zusammengehalten wurde. Er hielt ein Zepter in der Hand und saß auf einem imposanten Steinthron, dessen Armlehnen in riesigen, grauen Löwentatzen endeten. Zelduin hatte den gedrungenen Herrscher noch nie zuvor gesehen, aber irgendwoher wusste er, dass es Großkönig Gomril Langbörson war, der König aller Gibalikönige.

In der Mitte des Saals stand Taidos. Er war in eine edle, grauweiße Tracht mit weiten Ärmeln gewandet und trug ein silbern glitzerndes Amulett um seinen Hals. Auf den Rängen wurde leise miteinander getuschelt, bis Taidos seine Hand hob und Zeige- und Mittelfinger von seinem Ringfinger und dem kleinsten Finger abspreizte. In der runden Halle wurde es jäh still, und die Meowinger erwiderten den Gruß mit derselben Geste.

Dann erhob Taidos das Wort: „Ich grüße euch, ihr Letzten unseres verwelkenden Volkes." Er machte eine Pause und kehrte kurz in sich, bevor er fortfuhr: „Groß und zahlreich sind wir einst gewesen. Wir waren ein stolzes Volk, und unsere weißen Städte und Paläste waren wunderschön und strahlten sogar noch in den finstersten Nächten, wenn schon alle Lichter erloschen waren. Diese Zeit liegt nun schon viele Weltenzyklen zurück. Seit wir Meowing mit den Flugschiffen verlassen haben, ist viel geschehen. Unser Heimatplanet ist mittlerweile unbewohnbar. Die scheußlichen Zergh haben ihn nahezu vollkommen zerstört." Er kam ins Stocken. Die Erinnerung an den Verlust seiner Heimat schien ihm große Schmerzen zu bereiten. „König Gomril Langbörson hat uns hier auf Mäol eine neue Bleibe geschenkt, wofür ich ihm danke, wenngleich einer seines Volkes das Chaos in dieser Galaxis heraufbeschworen und somit auch den Untergang Meowings eingeläutet hat."

Er warf einen vielsagenden Blick auf den weißbärtigen, alten Gibalikönig, der wie erstarrt auf seinem Thron saß und den Worten des spitzohrigen Redners stumm lauschte.

„Die Gibali sind an allem Schuld!", rief ein aufgebrachter Meowinger durch den Saal und ballte seine Fäuste. Sein hallender Zwischenruf fand große Zustimmung bei seinen Brüdern, die nun ebenfalls wilde Parolen herausposaunten.

„Man kann ihnen nicht trauen…"

„Sie denken nur an sich…"

„Und sie haben Gott gespielt, ohne zu wissen, was sie damit anrichten!", rief ein anderer Meowinger erbost und stand von seinem Platz auf.

„Und sie wurden dafür bestraft!", donnerte Taidos Stimme und brachte den Großteil der wütenden Menge damit wieder zum Schweigen. „Denn auch Mäol wird sich unter dem Ansturm der Zergh nicht mehr lange halten können. Wir können die Gibali für ihr Tun später verurteilen, aber dieser Krieg ist nicht mehr nur der Krieg der Gibali, es ist der Krieg aller Wesen dieser Galaxis!" Etliche Spitzohren, die vor Zorn aufgestanden waren, setzten sich nun wieder. „Brüder und Schwestern, wir müssen uns zusammenschließen und uns gemeinsam gegen das Verwelken Jumatahonis stemmen, denn sonst hat das Böse schon gewonnen."

In jenem Moment stand Gomril Langbörson auf und stellte sich an Taidos' Seite. Er ging dem Königius Tadrons nur bis zur Brust. Der Großkönig der Gibali ließ seinen Blick mit ergriffener Miene durch den Saal schweifen und zupfte sich dabei an seinem weißen Bart, so dass die Spangen und Goldringe darin leise klimperten. Er öffnete seinen Mund mehrmals und schloss ihn dann wieder, ohne etwas gesagt zu haben. Sein Gesicht strahlte größte Dramatik aus. Und dann fand er schließlich doch zu seiner Stimme.

„Seit tausenden Weltenzyklen weilt dieser Himmelspalast nun schon auf dem höchsten der Berge Mäols", sagte der edle Zwerg mit brummiger Stimme. „Kein Sturm war heftig genug, um ihn von der Bergspitze zu fegen, kein Blitzgewitter war mächtig genug, um ihn zu zerstören, und kein Feind war listig und stark genug, um ihn zu erobern, aber…" Er holte noch einmal tief Luft, so dass sich sein ohnehin schon dicker Leib noch weiter aufblähte. „…die Zeit ist gekommen, wo er fallen wird, ho. Der Himmelspalast wird fallen und Mäol wird untergehen. Wir können die Zergh nicht aufhalten. Das Zeitenrad hat uns bisher nichts genützt und in der Zukunft wird es das vermutlich auch nicht. Es hat uns nur ein wenig Zeit verschafft, denn so oft wir es auch zurückgedreht haben, und so oft wir die Schlachten um Mäol auch geschlagen haben, die Zergh waren am Ende doch immer siegreich." Seine tiefgründigen, grauen Augen wurden feucht, als er die oberen Ränge, wo all die spitzohrigen Meowinger saßen, mit seinen Blicken durchforstete. „Keine Worte sind groß genug, um das unsägliche Leid, das Nul Heggbor mit dem Bau der Weltentore heraufbeschworen hat, verzeihlich zu machen. Aber in dieser so finsteren Stunde brauchen wir eure Hilfe, ihr magischen Meowinger. *Jumatahoni* braucht eure Hilfe. Ho."

Gomril schloss seine von buschig weißen Brauen halbkreisförmig umrahmten Augen, senkte sein Haupt und kniete nieder. Völlige Stille kehrte ein. Zelduin spürte, dass noch nie zuvor ein Großkönig dieses uralten Volkes, das sich selbst für die Krönung der Schöpfung hielt, eine solch untertänige Geste gezeigt hatte.

Nach etlichen schweigsamen Lidschlägen setzten hier und da wieder leises Gemurmel ein. Es dauerte eine ganze Weile, bis ein in ein grünes Gewand gekleideter, alter Meowinger mit langen, hellgrauen Haaren aufstand und plötzlich ein Lied anstimmte. Er sang in der alten Sprache seines Volkes, von der Zelduin nichts verstand. Lange, helle Töne füllten den Saal. Es hörte sich wunderbar und vertraut an, dachte Zelduin.

Nach einiger Zeit erhoben sich weitere Meowinger, die in den Gesang mit einstimmten. Die hellen Klänge hallten von den Wänden wider. Mehr und mehr der hochgewachsenen, magischen Wesen standen auf und sangen mit, bis sich schließlich auch der letzte Meowinger von seinem Platz erhob.

Ein Gibali mit dunkelschwarzem Bart schob sich halb in Arjons Sichtfeld. „Was singen die da, ho?", fragte er laut, um den aus hunderten Kehlen stammenden Gesang zu übertönen.

Als Arjon seinen Kopf drehte, erkannte Zelduin, dass der schwarzbärtige Zwerg Alric war.

„Es ist ein uraltes Klagelied."

„Und was hat das zu bedeuten, ho?", brummte Alric.

„Sie werden mit uns in den Krieg ziehen…"

Ein gleißend helles Licht füllte plötzlich den Saal. Zelduin kannte dieses Spielchen mittlerweile schon. Kurz darauf wurde er in das nächste von Arjon bereits erlebte Abenteuer teleportiert.

Vor ihm zeichneten sich die Umrisse einer riesigen Stadt ab, die Zelduin sofort erkannte, Ankthus, die Hauptstadt Palaäons mit dem hoch aufragenden Königspalast.

„*Meine Heimat…*", dachte Zelduin sehnsüchtig.

Arjon stand an einem Waldrand und starrte eine ganze Weile auf die gut vier Kanonenschussweiten entfernt liegende Stadt. Der Himmel über ihm war azurblau, und die grünen Wiesen und Felder ringsum gediehen prächtig. Es war ein schöner, lauwarmer Sommertag auf Palaäon. Zelduins Heimweh wurde in jenem Moment jäh größer.

Einen Moment später gesellten sich zwei rotbärtige Gibali an seine Seite. Balin war der eine, den anderen kannte Zelduin nicht.

„Es ist alles vorbereitet, Arjon", sagte Balin. „Wir haben ihm reichlich Morgorpulver verabreicht. Er schläft tief und fest. Du kannst mit der Operation beginnen."

„Ho", antwortete Arjon und atmete ein paar Mal tief durch. „Mögen die Götter mir in diesen dunklen Glockenschlägen eine ruhige Hand schenken."

Balin und der andere Zwerg nickten ihm aufmunternd zu. Arjon drehte sich um. Hinter ihm befand sich eine kleine, überdachte Gebetskapelle für Wandersleute. Mehrere schlichte Steinsockel zum Hinsetzen waren um das in der Mitte befindliche steinerne und vom Moos ganz grün gewordene, menschliche Götzenbild aufgereiht worden. Vor einem der Steinsitze kniete Taidos nieder. Er hielt einen jungen, spitzohrigen Knaben in den Händen, der seelenruhig schlummerte.

„*Das bin ich…*", dachte Zelduin ergriffen.

„Ich hoffe, dass wir das Richtige tun, Königius", sagte Arjon ernst. „Der Eingriff ist vielleicht nicht ohne Nebenwirkungen. Vielleicht wird er sogar sterben."

Taidos nickte wissend. „Die Reise zum Nullpunkt ist noch gefährlicher. Und wenn wir scheitern sollten, ist er vielleicht unsere letzte Hoffnung, denn viele Magier unseres Volkes gibt es nicht mehr. Wir sind wenige geworden."

„Ho. Dann beginnen wir nun", sagte Arjon mit Schwermut in der Stimme, und Taidos legte den jungen Knaben mit zitternden Händen auf den Steinsitz vor ihm.

Neben ihm auf einem der grauen Steinsockel lagen mehrere merkwürdig aussehende Zangen und Metallwerkzeuge und ein kleines, rundes, silbrig schimmerndes Objekt, das Zelduin seltsam vertraut vorkam. Arjon griff sich eine kupferne Zange mit drei Greifern.

Mit prüfendem Blick ließ Arjon die sonderbar geformte Zange auf- und zuklappen. Dann klaubte er mit den drei Greifarmen vorsichtig die silbrige Kugel auf. Er drehte das Objekt, das im Sonnenlicht glitzerte, hin und her, bis er glaubte, die richtige Position gefunden zu haben. Anschließend wandte er sich dem Jungen zu, dessen Kopf Taidos mit beiden Händen fixiert hatte, damit er sich im Schlaf nicht bewegen konnte.

„*Wenn er durch mich stirbt, dann soll mich ein dreiköpfiger Affe fressen*", dachte Arjon und atmete tief durch, damit er eine ruhige Hand bekam. Dann schob er das Silberding mitsamt der merkwürdigen Zange in die kleine Nase des jungen Meowingers hinein. Zelduin spürte, wie sich Schweißperlen auf der Stirn des Gibali bildeten. Mit zittriger Hand drückte er die Zange gefühlvoll weiter, dann ließ er die Greifer los und zog das Kupferwerkzeug wieder heraus, ohne die Silberkugel. Mit seinem Ärmel wischte er sich über seine nasse Stirn, während der kleine Lotorion tief und fest weiterschlief und von alledem nichts mitbekam.

Arjon griff nach einem anderen, stabähnlichen Ding, an dessen Spitze eine winzige Kugel saß, die durch einen einfachen Mechanismus geöffnet werden konnte. Der Gibali schnappte sich ein kleines Fläschchen mit der Aufschrift *Snorrlinge*. Das Wort kam Zelduin bekannt vor. In der Flasche blubberte eine hellgrüne Flüssigkeit. Als Zelduin ganz genau hinschaute, glaubte er, winzig kleine, gelbe Punkte zu sehen, die in der grünen Substanz umherirrten. Er erinnerte sich plötzlich daran, wie Balin ihm einst davon erzählt hatte, dass in dem Zrak, den der Zwerg einst aus seinem Kopf geholt hatte, kleine Lebewesen leben würden, die sich von seiner Gehirnmasse ernährt hatten, eine geistige Verbindung mit ihm eingegangen waren und auf diese Weise verhindert hatten, dass Zelduin zur Konstante geworden war. Zelduin hatte dem einäugigen Zwerg die Geschichte damals nicht wirklich abgenommen, aber sie schien tatsächlich der Wahrheit entsprochen zu haben, dachte der Jäpa. Je länger er darüber nachsann, desto weniger wunderte er sich, vermutlich weil er schon viel zu viele Kuriositäten in dieser neuen Welt gesehen hatte.

Währenddessen träufelte Arjon mehrere Tropfen in die kleine, aufklappbare Kugel hinein. Dann gab er noch ein wenig gelbes Pulver hinzu, das er aus einem schwarzen Beutel herausholte. Anschließend verschloss er die Kugel wieder und führte sie in die Nase des Jungen ein, damit das Gemisch seine Wirkung entfalten konnte. Kurz darauf zog Arjon das seltsame Werkzeug wieder heraus. Ein dünner Blutfaden lief dem Knaben aus einem Nasenloch.

„Ho. Der Zrak ist eingepflanzt. Lassen wir die kleinen Snorrlinge ihre Arbeit tun. Bald schon wird der Junge nicht mehr konstant sein. Jetzt können wir nur noch beten, dass er den Eingriff überleben wird“, sagte der Gibali und holte ein merkwürdiges Gerät aus der Tasche. Es glich einem Kompass, nur hatte es keine Zeiger, sondern einen grünen Bildschirm, auf welchem ein gelber Punkt blinkte. „Der Peilsender in dem Zrak ist aktiviert. Der Junge kann nun geortet werden. Er wird nach dem Aufwachen vielleicht noch ein paar Sonnenphasen verwirrt sein, und seine Nase wird ihm natürlich auch wehtun… *wenn er denn aufwacht.*“

Taidos nickte und legte seine Hand auf die Stirn des Kindes. Dann murmelte er etwas vor sich hin, einer magischen Formel gleich.

„Er wird überleben“, sagte er nach ein paar Sekunden mit Gewissheit. Der Anflug eines Lächelns huschte über sein Gesicht. „Gute Arbeit, Arjon.“ Dann wandte er sich wieder dem Jungen zu und küsste ihn auf die Stirn. „Mach's gut, Lotorion. Die Götter Palaäons werden nun über dich wachen.“ Er streichelte dem Sprössling über den Kopf, seine Augen wurden feucht. „Vielleicht sehen wir uns irgendwann wieder, mein Sohn.“

Während Arjon seine Werkzeuge und anderen Utensilien einpackte, kamen Balin und der zweite, rotbärtige Gibali wieder näher.

„Wir sollten nun gehen, Königius“, sagte Balin mit tiefer Zwergenstimme. „Die Zeit drängt. Wir müssen fort von hier und die Weltentore des Planeten versiegeln, damit Lotorion sicher ist und die Zergh nicht hierherkommen können.“

Taidos gönnte sich noch einen kurzen Moment des Abschieds. Dann wickelte er den spitzohrigen Knaben in eine hellgrüne Decke ein, hob ihn hoch und legte ihn sanft vor dem Götzenbild in der Mitte des Steinkreises ab.

Die vermooste, uralte Statue repräsentierte einen der zahlreichen Menschengötter Palaäons. Der Gott hielt einen großen Stab in der Rechten, und die starren, grauen Augen in dem bärtigen Gesicht waren nach unten gerichtet, ganz so, als würde er Wache halten über das Balg, das ihm zu Füßen gelegt worden war.

Plötzlich wurde die Welt wieder weiß, und ein durchdringendes Summen erfüllte die Luft…

Ein paar Augenblicke später erwachte Zelduin auf dem Rücken von Acirus. Über ihm schoben sich dunkle Regenwolken über den Himmel, und der Wind peitschte ihm ins Gesicht und zerrte an seinen Kleidern. Der Regen hatte ihn bis auf die Haut durchnässt, und jemand hatte ihn sorgfältig am Sattel festgebunden, so dass er nicht herunterfallen konnte.

Bevor Zelduin wieder ganz zu sich gekommen war und etwas sagen konnte, bemerkte Acirus, dass sein Herr wieder zum Leben erwacht war. Der Adlorus stieß mehrere laute Schreie aus und machte vor Freude einen kurzen Sturzflug. Durch das ungewöhnliche Verhalten des Vogels wurde auch Zegolas aufmerksam, der direkt hinter Zelduin im zweiten Sattel saß. Er beugte sich nach vorn und umarmte Zelduin.

„Willkommen zurück in der Welt der Lebenden.“

Zelduin nickte dankend. Er wollte etwas sagen, doch seine Kehle fühlte sich so trocken an, dass er kein Wort herausbrachte. Er musste mehrmals schlucken, bevor er seine Stimme wiederfand. „Wie lange, Zegolas?“

„Du hast sechs Mondphasen geschlafen.“

„*Die Zeiten werden immer länger*“, dachte Zelduin mit einer riesigen Portion Unbehagen im Magen. „Wo sind wir?“, fragte er, aber als er den wolkenverhangenen Himmel noch einmal bewusst betrachtete, wusste er wieder, wo er war.

„Das hier ist noch immer Dogomor“, sagte Zegolas und reichte seinem Ebenbild einen Wasserschlauch.

Zelduin trank. Plötzlich tauchte vor ihm zwischen der silbrigen Wolkenlast die Silhouette seines Vaters auf. Schemenhaft schwebte er da, hob die Hand zum Gruß und spreizte dabei die Finger, so dass sie ein V bildeten. Dann verschwand Taidos wieder.

„*Mein Zustand verschlimmert sich immer mehr*“, dachte er, während sich die Angst in seinem Nacken festbiss wie ein hungriger Vampirus. „*Ich weiß bald nicht mehr, was real ist und was nicht. Vielleicht bin ich ja jetzt schon verrückt und das hier ist eine Geisterwelt. Vielleicht bin ich in einer der Parallelwelten gelandet, von denen Balin mir erzählt hat. Vielleicht bin ich auch in jenem Moment gestorben, als ich mir den Zhuk eingepflanzt habe. Vielleicht existiert das hier alles ja nur in meinen Träumen…*“

„Zegolas?!“, rief er panisch nach hinten.

„Ja?“

„Ist das hier echt?“

Zegolas legte ihm eine Hand auf die Schulter. „Ja, mein Freund, das ist echt.“

Das beruhigte Zelduin. Dem Jäpa rannen mehrere Tränen aus den Augen über die Wangen, wo sie sich mit den Regentropfen vermischten. Er war froh, dass jemand da war, der auf ihn aufpasste.

Die nächsten Reisestunden grübelte Zelduin darüber nach, was er bloß tun konnte, um aus dieser misslichen Lage wieder herauszukommen. Es schien, als ob er in immer kürzeren Abständen in die Traumwelt Arjons geschleudert werden würde, und dort auch immer länger gefangen zu sein schien.

Aber vielleicht lag die Antwort ja auch irgendwo auf dem Zhuk in seinem Hirn. In irgendeiner Erinnerung von Arjon könnte die Lösung versteckt sein. Auch die Gibali mussten ähnliche Probleme geplagt haben, dachte Zelduin. Schließlich mussten auch sie mit dem zehntausend Jahre umfassenden Erinnerungsschatz, der auf den Zhuks gespeichert war, zu kämpfen gehabt haben. Dieser riesigen Wissensquelle waren bestimmt nicht alle Gibali gewachsen, genauso wenig wie Zelduin ihr gewachsen zu sein schien.

„Irgendwo auf diesem verdammten Zhuk muss es doch einen Hinweis geben…“, dachte er, und während er weiter darüber nachbrütete, nahmen die Wolken über ihm plötzlich wieder eine weiße Färbung an. Auch die Regentropfen wurden weiß. Sie sahen aus wie Schneeflocken, nur rauschten sie wesentlich schneller in die Tiefe hinab. Dann zuckte ein weißer Lichtblitz über das Firmament. Zelduin hatte befürchtet, dass es wieder geschehen würde, allerdings nicht so rasch…

Der Jäpa war wieder in Arjons Traumwelt teleportiert worden, da war sich Zelduin sicher. Nur diesmal war es anders. Er konnte nichts sehen! Alles war schwarz. Zelduin bekam Panik, sein Herz klopfte schneller.

„Vielleicht schläft Arjon nur“, dachte er und versuchte, sich zu bewegen und die Augen zu öffnen, aber er konnte es nicht. Dann überkam ihn plötzlich der Hauch einer ihm bis dahin unbekannten Angst. *„Vielleicht bin ich auch tot!“*

„Hallo?! Palanta?“, rief er in Gedanken. Nichts passierte, es gab nicht einmal ein Echo. Mehrere Flüche gingen ihm durch den Kopf.

Und da spürte er plötzlich etwas! Es war ein ruhiger, gleichmäßiger Herzschlag. Es war nicht sein eigener, denn sein Herz klopfte wie wild; es musste *Arjons* sein. Das langsame, rhythmische Pochen des Zwergenherzes beruhigte ihn auf eine gewisse Weise.

Dann hörte er dumpfe Geräusche. Er lauschte gebannt. Nach einiger Zeit erkannte er, dass es Stimmen waren. Sie waren allerdings so verzerrt, dass er sie nicht verstehen konnte, nicht einmal Bruchstücke.

„Ho?“, hallte plötzlich ein zarter Ruf durch Zelduins Kopf. Der Ruf war leise, beinahe flüsternd, aber Zelduin erkannte sofort, dass er von Arjon kam. Also war Arjon irgendwo im Dunkeln…

„Ho?!“, machte er noch einmal, diesmal etwas lauter. Anschließend stöhnte er, denn er hatte große Schmerzen, die auch Zelduin spürte.

Nach ein paar Sekunden drang wieder eine der dumpfen, unverständlichen Stimmen in sein Ohr. Sie war nun ganz nahe. Dann wurde es plötzlich schrecklich hell. Kurz darauf wieder etwas dunkler. Zelduin erkannte nun, dass zwei dicke Gibalifinger das Augenlid Arjons aufgeklappt hatten.

Dann hatte Arjon also tatsächlich nur tief und fest geschlafen, vermutete Zelduin erleichtert.

Es dauerte eine Weile, bis sich die Augen des Zwergs an die neuen Lichtverhältnisse gewöhnt hatten. Und dann sah Zelduin zum ersten Mal in das Gesicht einer Zwergin. Das gedrungene Wesen stand in einem Raum mit metallischen Wänden und hatte sich weit über Arjon gebeugt. Sie hatte ein breites Pfannkuchengesicht mit weichen Zügen, große, blaue Augen, eine ausgeprägte Nase, wie sie für die Gibali typisch war, und ein herzliches Lächeln aufgesetzt. Ihr goldgelbes, dicksträhniges Haar war zu einem regelrechten Kunstwerk mit vielen hübschen Zöpfen verwandelt worden.

Die Zwergin redete unaufhörlich weiter. Ihre verzerrte Stimme klang für Zelduin wie das Geschnatter von Bergtrollen. Erst ganz langsam nahm das Gehör Arjons wieder seine Arbeit auf, bis er die Zwergin klar und deutlich verstehen konnte.

„…gut?“, fragte sie, wandte sich um und rief: „Meister Burlok, der hier ist wach.“

Als Arjon seinen Kopf auf die Seite legte, bemerkte er, dass er nicht der einzige Patient war. In dem schlichten Raum mit den grauen Metallwänden, der unverkennbar zu dem Krankendeck eines der Himmelsschiffe Mäols gehörte, lagen noch weitere Gibali auf hölzernen Operationstischen, die von den merkwürdigsten Apparaturen umgeben waren. Die Zwerge schienen alle seelenruhig zu schlafen. Einigen lief allerdings Blut aus der Nase, und ihre Gesichter waren schneeweiß.

Kurz darauf waren schlurfende Schritte zu hören. Ein paar Zwergenherzschläge später rückte das Gesicht eines alten Gibali in Arjons Blickfeld. In seinem langen, grauen Kinnbart hing ein halbes Dutzend güldener Spangen, und sein Schnurrbart war fein säuberlich nach oben gekräuselt. Die grauen, klugen Augen musterten Arjon interessiert, während er seinen Zeigefinger auf die Stirn des Patienten drückte.

„Tut das weh, ho?“, fragte er.

„Bei allen dreiköpfigen Affen, ho!“, bellte Arjon vor Schmerz.

Burlok nahm seinen Finger wieder weg und ließ beide Hände in den Taschen seines Gewandes verschwinden. „An was kannst du dich erinnern, Arjon?“

„Ho?“

„Ein Erlebnis in der Zukunft? Kannst du dich an die Zukunft erinnern?“

Arjon hob verwirrt eine Augenbraue und lachte. „Hohoho, du machst wohl Witze, Burlok.“

„Nein, tue ich nicht. Mit dem Zhuk müsstest du sie eigentlich sehen können, die Zukunft.“

Arjon begriff, dass der alte Zwerg es scheinbar tatsächlich ernst gemeint hatte. „Aber ich kann sie nicht sehen…“

„Dann streng dich an und denke nach“, donnerte Burlok; Wut und Verzweiflung schwangen in seiner krächzenden Stimme mit.

Zelduin spürte, dass Arjon nun noch verwirrter war. Trotzdem dachte der Zwerg angestrengt nach und durchforstete jeden noch so entlegenen Winkel seines Hirns. Mehrere Male glaubte er, etwas gefunden zu haben, aber alle vermeintlichen Zukunftsvisionen entpuppten sich dann doch als Hirngespinste.

Burlok wartete nervös, ohne dabei mit der Wimper zu zucken, während Arjon weiter nach dem Unbekannten in seinem Kopf forschte. Nach einer Weile beendete er seine erfolglose Suche und sagte: „Tut mir leid, Burlok, da ist nichts.“

„Ragosh!“, fluchte der alte Gibali. Seine Augenbrauen zogen sich nach unten. Kurz darauf holte er eine silbrige Zange mit kleinen, spitzen Greifarmen aus der Tasche hervor. „Dann fangen wir noch einmal von vorne an. Der Zhuk funktioniert nicht. Ich hole ihn wieder heraus.“

Als Arjon die funkelnde Zange erblickte, bekam er es mit der Angst.

„Warte, Meister Burlok!“, rief er, denn er bekam plötzlich eine merkwürdige Vision, die auch Zelduin schemenhaft sehen konnte. Es war etwas, an das sich Arjon eigentlich nicht hätte erinnern dürfen, zumindest nicht ohne einen funktionstüchtigen Erinnerungschip.

„Ich sehe etwas.“

„Hooo?“, argwöhnte der Graubart.

„Ich sehe, wie ich von Squiggs verfolgt werde. Die Szenerie spielt in einem Wald… der Blauwald. Ich bin auf Rätgart…“ Ein paar Sekunden verstrichen, ehe Arjon weitersprach. „Jetzt haben mich die kleinen Monster eingeholt. Zwei Ratten erschlage ich mit meiner Axt. Eine springt mir auf den Rücken und beißt mir in den Hals. Ich blute stark, mir wird schwindelig, und ich falle um.“ Wieder verstrichen ein paar Sekunden. „Nun ist ein ganzes Rudel über mir. Sie beginnen… mich aufzufressen. Mir… wird allmählich schwarz vor Augen. Jetzt sehe ich nichts mehr.“

Zelduin spürte, dass Arjon ganz weiß geworden war, sein Herz raste. Er schien sich über die schemenhaften Bilder, die er gesehen hatte und sein Gehirn irgendwo aufgenommen haben musste, selbst erschrocken zu haben.

„Du hast deinen eigenen Tod gesehen! Das ist fabelhaft! Dann hat es funktioniert, es hat funktioniert!“, rief Burlok begeistert und streckte jubelnd beide Arme empor. „Der Zhuk funktioniert. Du hast die Zukunft gesehen! Du hast gesehen, was dir widerfahren ist, bevor sich die Zeit zurückgedreht hat.“ Burlok rieb sich vor Freude die Hände, sein Mund formte sich zu einem stolzen Lächeln. „Fortan wird jedem giblischen Heldenkrieger ein Zhuk eingepflanzt. So sind wir den Zergh immer einen Schritt voraus...“

Ein weißer Lichtblitz zuckte durch den Saal. Die Szenerie verblasste jäh und machte Platz für ein neues Erinnerungsbild...

Arjon stand nun in einem anderen Raum. Er befand sich aber immer noch an Bord von einem der Himmelsschiffe Mäols. Durch die metallischen Wände war das leise Rattern und typische *Flapp, flapp, flapp* zu hören, welches die mächtigen Rotorflügel der Flugmaschine stetig erzeugten.

Zelduin sah im Augenwinkel, dass neben Arjon weitere stämmige Gibali in Reih und Glied standen; Balin, Alric und der blondbärtige Hagadal waren auch darunter, und vorne auf einem kleinen Podest thronte der alte Burlok und hielt eine Rede. „...und wer sich der Vergangenheit nicht erinnert, ist dazu verdammt, sie abermals zu durchleben. Das haben bereits unsere alten Vorfahren gewusst, und es ist wahr. Wir Gibali aber können uns zukünftig nicht nur an unsere Vergangenheit erinnern, sondern auch an das, was noch gar nicht passiert ist, an die Zukunft.“ Er faltete seine Hände. „Ihr seid eine neue Generation von Kriegern. Mit den Zhuks, die in eure Gehirne eingepflanzt worden sind, solltet ihr gegenüber den Zergh einen entscheidenden Vorteil haben, da ihr euch fortan an all das erinnern könnt, was in der veränderbaren Zukunft bereits geschehen ist. Alles, was ihr seht, hört, riecht, schmeckt und spürt wird auf dem Zhuk aufgezeichnet. Er beinhaltet euer ganzes Leben und wird bald auch all die Leben beinhalten, die ihr durchschreiten werdet, völlig gleich, wie oft die Zeitenräder zurückgedreht werden. All die Erinnerungen könnt ihr abrufen, es erfordert lediglich Willenskraft und Konzentration.“ Burlok hob den Zeigefinger und seine buschigen, grauen Augenbrauen. „Mit der Erfindung des Zhuk haben wir Meistermaschinisten die Welt revolutioniert! Wir wissen bald, wo die Zergh als nächstes auftauchen. Wir sehen bald, was sie vorhaben. Wir werden ihnen bald immer einen Schritt voraus sein. Wir können sie besiegen. Der Vorteil, den wir aus dieser mächtigen, neuen Waffe schöpfen können, ist größer, als ihr euch auch nur im entferntesten Sinne vorstellen könnt...“

Ein schwarzbärtiger Gibali in der ersten Reihe schnappte plötzlich nach Luft und blies mehrmals die Backen auf. Er lief rot an und griff sich an den Hals, dann gurgelte er und kippte stumm nach vorne um. Mehrere Zwerge eilten ihm sofort zu Hilfe. Sie drehten ihn auf den Rücken. Blut lief dem Gibali aus der Nase und aus beiden Ohren. Zelduin konnte sehen, dass er nicht mehr atmete. Schließlich trat Burlok näher, beugte sich nach unten und musterte die leblosen, schwarzen Augen des Zwergs.

„Er ist tot“, verkündete Burlok recht nüchtern, richtete sich wieder auf und seufzte. Er spielte einen Moment an seinem nach oben gezwirbelten Schnurrbart herum, ehe er fortfuhr. „Ho, natürlich funktionieren die Zhuks noch nicht ohne Nebenwirkungen, und vielleicht werden sie es nie tun. Ihr seid die erste Generation Zhukkrieger. Die Wissenschaft steckt sozusagen noch in den Kinderschuhen. Einige Zhuks verursachen unvorhersehbare Begleiterscheinungen wie zum Beispiel Nasenbluten, Ohnmacht, Schwindel, Kopfschmerzen, Wahnsinn und ...Tod. Ho, außerdem können Halluzinationen auftreten. Gelegentlich kommt es auch vor, dass man sich an etwas erinnert, dass man selbst gar nicht erlebt hat. Diese Erinnerungen werden euch unglaublich real vorkommen ... weil sie es sind. Es sind keine Halluzinationen, denn es sind Erinnerungen von euren Jäpas in den Parallelwelten. Wir haben für dieses Phänomen keine Erklärung, wissen aber, dass es existiert.

Bei ganz starken Erinnerungserlebnissen kann es sogar sein, dass ihr in eine Art Trance versetzt werdet, die ebenfalls tödlich enden kann. Es ist in seltenen Fällen vorgekommen, dass Zhukträger zwischen der Realität und der Erinnerungswelt, die auf dem Zhuk gespeichert ist, ständig hin und her reisen, ohne es kontrollieren zu können. Solche Erinnerungsreisen können viele Mondphasen andauern, bis man wieder aufwacht. Einige Versuchspatienten sind sogar für immer in diesen Traumwelten geblieben und nie mehr aufgewacht, bis sie gestorben sind."

Ein Raunen ging durch das Publikum der Zhukkrieger. Ein paar Gibali grummelten etwas in ihre Bärte hinein, andere bliesen ihre Backen auf oder verloren etwas Farbe im Gesicht, und auch Zelduin spürte einen Stich im Herzen, als hätte ihm ein Zergh mit seinem Krallenfinger hineingepiekt.

„Der Fortschritt fordert immer seinen Tribut, aber das sollte uns nicht zu sehr beunruhigen, denn schließlich können wir die Zeit immer wieder zurückdrehen, falls etwas außer Kontrolle geraten sollte." Der Graubart zupfte sich an seinem buschigen Bart. „Außerdem arbeiten wir Meistermaschinisten Tag und Nacht daran, die Kinderkrankheiten der Zhuks zu heilen."

Der alte Gibali machte eine kleine Pause und griff in die Tasche seines langen, grauen Gewandes. Als er die Hand wieder herauszog, brachte er einen kleinen, seltsam grünlich leuchtenden Pilz zutage.

„Wir haben herausgefunden, dass Ürüpilze einen ganz besonderen Stoff enthalten. Er vertreibt nicht nur die Kopfschmerzen und den Schwindel, sondern auch die Halluzinationen, die die Zhuks verursachen können. Ürüpilze besitzen ganz außergewöhnliche Heilkräfte. Sie können euch gar vor dem Tod retten. Wenn ihr Anzeichen von Sinnestäuschungen wahrnehmt, dann esst einfach einen Ürüpilz. Die wachsen fast in der ganzen Galaxis. Sie schmecken nach Trollkotze, aber sie helfen."

Burlok biss von dem grünen Pilz ab und kaute genüsslich darauf herum…

Ein Meer aus weißen Lichtern umkreiste Zelduin plötzlich. Sie drehten sich wie ein Wirbelsturm um ihn herum und wurden immer schneller. Die Erinnerung verblasste allmählich, bis sie schließlich gänzlich verschwand. Zelduin fühlte sich plötzlich seltsam schwerelos. Er konnte sich nicht daran erinnern, dass er ein solch merkwürdiges Gefühl während einer Erinnerungsreise schon einmal erlebt hatte.

Vor ihm flackerte der große Kopf von Acirus auf, dann verschwand er wieder. Die umherschwirrenden Lichter färbten sich plötzlich gelb, dann wechselten sie in einen rosaroten Farbton. Er spürte einen pochenden Schmerz im Kopf.

Ein paar Wimpernschläge später tat sich vor Zelduin ein Tor in eine andere Welt auf. Es war Dogomor, das erkannte er sofort. Er schaute von oben auf die Welt herab und konnte Zegolas und Acirus sehen. Sie saßen an einem kleinen Lagerfeuer auf einer idyllischen Waldlichtung, die von hohen Laubbäumen mit goldbraunen Blättern umgeben war.

Und dann sah er etwas, das ihn wieder einmal zutiefst verwirrte. Er sah sich selbst! Er oder seine menschliche Hülle lag in eine grüne Decke eingewickelt neben dem knisternden Feuer und schien tief und fest zu schlafen. Zegolas und Acirus warfen hin und wieder einen besorgten Blick zu ihm herüber.

Zelduin schwebte über der Waldlichtung wie ein Ballon. Die merkwürdige Beobachterrolle empfand er als äußerst verstörend. Dann bekam er es mit der Angst, denn er erinnerte sich an die alten Märchen Palaäons, die ihm Rolotario einst vorgetragen hatte, als er noch ein kleiner Junge war. In den Geschichten hieß es, dass die Toten zu den Himmeln wandern würden und ihre leblosen Überreste einfach auf der Erde zurückließen, wenn ihr letztes Stündlein geschlagen hatte…

„Bin ich jetzt ein Geist?!", fragte sich Zelduin erschrocken. Die Haare stellten sich ihm zu Berge.

Von plötzlicher Panik ergriffen, ruderte er mit seinen unsichtbaren Armen vorwärts, um zurück auf den Erdboden zu gelangen, wo sein seelenloser Körper lag.

Es funktionierte tatsächlich! Er näherte sich der Waldlichtung und schwebte ganz langsam zu Boden. Dann, als er seine schlummernde Hülle beinahe erreicht hatte, wurde er wieder fortgezogen von irgendeiner unsichtbaren Macht. Er stemmte sich mit aller Kraft dagegen, aber es half nichts. Acirus schaute in jenem Moment nach oben und glotzte mit seinen blassgrauen Adleraugen in den abendlichen Himmel. Zelduin entfernte sich wieder von der Lichtung.

„*Neeeiin!*", rief er in Gedanken. Sein Wille stellte sich wie ein Felsen in die hohen Wellen, die ihn fortzuzerren versuchten. Eisern blieb er an Ort und Stelle und gab nicht eine Handbreit nach.

Erneut ruderte er mit den Armen, die er nicht sehen konnte, vorwärts. Es fühlte sich an, als ob er in einem morastigen Moor feststecken würde. Langsam, ganz langsam schwebte er wieder auf die Erde hernieder.

Zelduin streckte seine unsichtbare Hand aus, als sein Körper abermals zum Greifen nahe war. Seelenruhig lag sein Körper neben dem Lagerfeuer. Er sah irgendwie bleich aus, als ob sämtliches Leben daraus entwichen war. Seine Haut war eingefallen. Er sah keineswegs gesund aus, sondern irgendwie…

„*….tot …mausetot*", dachte Zelduin und nahm das Wort in den Mund, das er nicht auszusprechen gewagt hatte.

Und dann berührte er seinen eigenen Leib. Plötzlich wurde alles um ihn herum schwarz!

Er spürte nun ein schwaches Pulsieren, das ihn von Zeit zu Zeit durchströmte. Er brauchte eine Weile, um festzustellen, dass es sein eigener Herzschlag war. Langsam öffnete er seine Augen. Er lag auf einer Waldlichtung, war in eine grüne Decke eingehüllt und sah über sich einen sternenklaren Abendhimmel. Neben ihm knisterte ein wärmendes Feuer.

Zelduin wollte sich bewegen, aber es gelang ihm nicht, er war zu schwach. Seine Augen rollten hin und her, und selbst das bereitete ihm Schmerzen.

„Kwaahaak", schallte es plötzlich über die Lichtung.

Der Adlorus stieß noch einen zweiten erregten Schrei aus. Sofort sprang Zegolas auf und kümmerte sich um den kranken Jäpa.

„Zelduin!", rief er mit einer Mischung aus Freude und Schwermut. Er stützte den Kopf seines Ebenbildes, hielt ihm einen Wasserschlauch hin und träufelte ihm ein paar Schlucke in den Mund.

Das kühle Nass fühlte sich wunderbar an, dachte Zelduin. Trotzdem war er noch immer unendlich schwach. Er versuchte, Wörter zu formulieren, aber seine Zunge war wie festgeklebt.

Und dann geschah etwas, vor dem er sich mittlerweile am meisten fürchtete. Die gelben Sterne über ihm wurden weiß! Er wusste, was das zu bedeuten hatte. Die Traumwelt hatte wieder ihre Fangarme nach ihm ausgestreckt. Gleich würden sie ihn schnappen und wieder in ihr Reich ziehen und wahrscheinlich für immer einverleiben.

Zelduins Sinne schwanden, und in Gedanken rief er so laut er konnte: „*Üüüüüürrrruuuuu…*"

Taidos' Verschwinden

Käpitulus 19

Jumatahoni-Galaxis,
Planet ?
? Weltenzyklus

„Diese Zhuks, die man uns eingepflanzt hat, sind mir ganz und gar nicht geheuer, Balin", nörgelte Arjon lauthals. „Eher würde ich einem dreiköpfigen Affen trauen."

Als der blondbärtige Zwerg seinen Kopf nach rechts drehte, sah Zelduin, dass neben ihm Balin, Alric und drei ihm unbekannte, rotbärtige Gibali marschierten. Sie waren in dicke Rüstungen mit ledernen Umhängen gehüllt und mit zahlreichen, altertümlichen Waffen ausgerüstet.

Die kleine Zwergentruppe lief durch einen Wald mit riesigen Laubbäumen, deren Stämme so dick waren, dass mindestens zehn Menschen vonnöten waren, um einen geschlossenen Kreis um sie herum bilden zu können. Zelduin schätzte, dass die Bäume bestimmt eine ganze Bogenschussweite in die Höhe ragten. Die Riesenbäume glichen gewaltigen, hölzernen Tempelsäulen. Sie trugen orangefarbene Blätterdächer, die so stark miteinander verflochten waren, dass das Sonnenlicht nur selten hindurchkam. In den wenigen Lichtsäulen tanzten eigentümliche Insekten und fliegende, faustgroße Käfer. Von überall schallte fröhliches Vogelgezwitscher herbei, und es duftete nach frischen Tannenzapfen.

„Ho, ich mag es auch nicht, wenn man mir etwas in die Nase schiebt, von dem ich nicht weiß, was es mit mir macht“, antwortete Balin mit seiner kehligen Brummstimme. „Allerdings funktioniert mein Zhuk ganz fabelhaft. Wie Meister Burlok vorhergesagt hat, kann ich mich an all jene Dinge erinnern, die ich in der Zukunft und der Vergangenheit erlebt habe, ganz egal, wie oft die Zeit zurückgedreht worden ist.“

„Mein Zhuk funktioniert immer noch nicht! Egal was ich tue, ich kann mich nicht an das erinnern, was ich in meinen anderen Leben erlebt habe“, wetterte Arjon. „Am liebsten würde ich mir das winzige Silberding eigenhändig wieder herausreißen, aber Meister Burlok hat ja gesagt, dass dadurch all meine Erinnerungen verloren gehen könnten, alle. Was man nicht alles tut für die Wissenschaft, ho ho…“ Arjon unterbrach sich, denn plötzlich spürte er ein heftiges Pochen, das sich allmählich in seinem ganzen Hirn ausbreitete. „Das Einzige, was mir das Ding bereitet, sind höllische Kopfschmerzen… und diese Wahnvorstellungen und schemenhaften Illusionen, die ich nur undeutlich erkennen kann und mir absolut nichts sagen. Ich weiß nicht, ob es nur Hirngespinste sind oder ob ich diese Dinge wirklich einmal in einem meiner früheren Leben erlebt habe.“ Ein heftiges Schwindelgefühl befiel den Gibali plötzlich. Der blondbärtige Zwerg fasste sich an die Schläfen und stieß einen pfeifenden Laut aus. „Rats! Es fängt schon wieder an.“ Er kramte in einem Lederbeutel herum, den er griffbereit an seinem Gürtel befestigt hatte, bis er einen grünlich schimmernden Pilz in der Hand hielt. Voller Abscheu betrachtete er die kleine Waldfrucht und biss dann zaghaft von ihr ab. „Diese Ürüpilze schmecken grauenvoll, ho“, jammerte er und legte den angegessenen Pilz zurück in den kleinen Beutel.

„Sei dankbar, dass es die Pilze gibt, denn ohne sie, wärst du wahrscheinlich schon längst dem Wahnsinn anheimgefallen“, warf Alric ein.

„Du hast gut reden, hoho. Du musst sie ja auch nicht essen. *Dein* Zhuk funktioniert ja auch ganz hervorragend. Ich darf wahrscheinlich bis an mein Lebensende diese scheußlich stinkenden, grünen Pilze fressen!“

„Wir haben geschworen, dass jeder seinen Teil zur Rettung Jumatahonis beiträgt, Arjon“, sagte Balin barsch. „Du hast kein leichtes Los gezogen, aber im Vergleich zu anderen musst du nur ein kleines Opfer bringen, wenn du alle paar Tage von einem widerlich schmeckenden Pilz abbeißen musst, um wieder einen klaren Verstand zu bekommen. Vielleicht ist dies einfach dein Schicksal und vielleicht soll es genauso sein. Vielleicht spielt dein Zhuk noch einmal eine gewichtige Rolle.“ Balin blinzelte ihn vielsagend an. „Wer weiß schon, was die Götter in der Zukunft mit uns vorhaben, ho?“

Arjon schnaufte ein paar Mal tief durch, um sich wieder zu beruhigen. Dann knurrte er: „Meister Burlok hat wahrlich meisterliche Dinge erfunden, aber diese blöden Zhuks gehören nicht dazu, ho.“

„Aber wir können damit in die Zukunft schauen“, antwortete Balin. „Wenn sich die Zeit zurückdreht, dann bleiben unsere Erinnerungen bestehen, und so wissen wir immer, was die Zergh vorhaben und wo und wann sie auftauchen.“

„Balin“, begann Arjon vorwurfsvoll. „Und was haben uns die Zhuks bisher genützt, ho?“ Die anderen Gibali schwiegen, selbst das fröhliche Vogelgezwitscher war verstummt. „Wir wissen vielleicht, wo die Zergh als nächstes auftauchen werden, aber spielt es eine Rolle, wenn wir wissen, aus welcher Richtung der Tod auf uns zukommt, ho?“ Arjon fuhr mit einer Hand durch seinen gestriegelten Bart. „Was nützt es dem Fisch, wenn er weiß, was mit ihm geschieht, wenn er am Angelhaken hängt, ho? Sterben wird er, unweigerlich.“ Im Augenwinkel konnte Zelduin erkennen, dass Balins Stirn sich in tiefe Falten gelegt hatte. „Die Zergh sind einfach zu zahlreich. Es sind zu viele. Wir können sie nicht besiegen…"

Plötzlich hallte ein gedehnter, zischelnder Ruf durch den Wald! Es war ein unverkennbarer Laut, den sowohl die sechs Zwerge als auch Zelduin nur allzu gut kannten.

Die Gibali blieben jäh stehen und zogen ihre Schwerter, Äxte und Armbrüste. Es war still geworden, denn auch die Vögel hatten aufgehört, ihre Lieder zu singen. Sie schienen sich ebenfalls vor dem zu fürchten, was da in ihrem Wald sein Unwesen trieb.

Balin holte aus der Innentasche seines Gewandes einen kleinen, schwarzen Apparat heraus und drückte einen daran befindlichen Knopf. Anschließend hielt er das Ding vor seinen Mund und sagte in die kleine Muschel, die oben an dem Kästchen befestigt war: „Hier spricht Balin Bärntson."

Der handliche Kasten rauschte leise, während die sechs Zwerge ihre Blicke unruhig durch den Wald schweifen ließen…

Ein weiterer scheußlicher Zischlaut hallte durch den Wald, diesmal aus einer anderen Richtung!

Dann meldete sich plötzlich eine Stimme aus der knisternden Box: „Taidos Hemania hört!"

„Königius, ihr müsst die östliche Route nehmen. Der Nordweg ist nicht sicher. Hier sind Zergh. Wir wissen noch nicht, wie viele es sind", antwortete Balin.

„Verstanden. Mögen die magischen Winde uns beistehen."

„Vielleicht trennen sich unsere Wege hier. Viel Glück auf eurer Reise, Taidos. Äönde."

Es herrschte einen Moment lang eine knisternde Stille, bis Taidos antwortete: „Unsere Wege werden sich hier nicht trennen, mein treuer Balin."

Die rauschende Stimme des Meowingers ließ keinen Spielraum für etwaige Zweifel übrig. Zelduin spürte, dass Arjon, der dem Gespräch gebannt gelauscht hatte, innerlich aufatmete. Er konnte in den Gedanken des Zwergs lesen, dass Arjon sich zwar die Frage stellte, wie diese Art von Magie funktionierte, die durch Taidos floss und ihn gelegentlich in die Zukunft schauen ließ, aber er wusste auch, dass man sich auf seine rätselhaften, magischen Prophezeiungen stets verlassen konnte.

Balin steckte den muschelförmigen Apparat wieder in die Tasche zurück, als zeitgleich am Horizont zwischen den Bäumen die Silhouetten mehrerer, bleicher Riesen erschienen. Wie graue Geister betraten die Zergh die Waldbühne, und ihre unheimlichen, zischelnden Stimmen eilten ihnen voraus.

Plötzlich erfüllte scheußliches Geheul und Gekläffe die Luft. Am nördlichen Waldrand hoben sich pinkfarbene Rattenschwänze aus den grünen Büschen empor; sie rasten mit unglaublicher Geschwindigkeit auf die kleine Zwergengruppe zu!

„Sie haben Squiggs dabei!", rief Alric.

Zwei rotbärtige Gibali luden ihre Armbrüste und zielten auf das raschelnde Gestrüpp vor ihnen. Als kurz darauf einer der hässlichen Rattenköpfe einen kurzen Augenblick aus dem Gras herauslugte, zögerten die Schützen keine Sekunde und feuerten ihre tödlichen Boten ab. Die Bolzen zischten durch die Lüfte und verschwanden schließlich unter der hohen, grünen Grasdecke. Ein jaulender Aufschrei und eine kleine hochspritzende Blutfontäne verrieten, dass die Geschosse ihr Ziel gefunden hatten. Sofort spannten die Gibali neue, gefiederte Bolzen in die Ladevorrichtung ein und suchten sich ein anderes, raschelndes Ziel.

Es dauerte nur fünf Lidschläge, bis zwei Dutzend Rattenhunde mit fletschenden Zähnen und sabbernden Mäulern von allen Seiten aus dem Gehölz stürmten. Zwei Squiggs wurden von den Armbrustschützen sofort niedergestreckt, ehe sie in die Axt- und Schwertreichweite der anderen Gibali kamen.

Dann begann ein fürchterliches Gemetzel; dunkles Rattenblut und abgetrennte, behaarte Gliedmaßen wirbelten durch die Luft. Die vierbeinigen Monster konnten nicht viel ausrichten gegen die gut gepanzerten, gedrungenen Krieger. Arjon schlug mit seiner Axt einer Hunderatte den Kopf ab und spaltete eine weitere in der Mitte, wo das Rückgrat am Zerbrechlichsten war. Anschließend trat er noch ein paar Mal mit seinem eisenummantelten Stiefel auf den noch zappelnden Körper des behaarten Tiers, bis die Riesenratte sich nicht mehr rührte.

Nach weniger als zehn Herzschlägen lagen alle Squiggs tot am Boden. Die Zwerge hatten nur leichte Blessuren und Schnittwunden zu beklagen; der richtige Kampf aber sollte erst noch kommen, und er kündigte sich durch einen drei Ellen langen, schwarzen Pfeil an, der nahezu geräuschlos durch den Wald flog und sich durch den Brustpanzer in das Herz eines rotbärtigen Gibali bohrte!

Stumm kippte der Zwergenkrieger nach hinten um. Die Squiggs hatten ihren Herren genügend Zeit verschafft, damit sie sich an den Spähtrupp der Gibali heranpirschen konnten. Mindestens zwanzig der bleichgesichtigen, elefantengroßen Wesen bewegten sich ruckartig und dennoch rasch auf die Zwerge zu und beschossen sie mit Pfeilen, die Rüstungen und Schilde wie Papier zerschnitten. Balin wurde an der Schulter getroffen, wankte einen Schritt zurück, konnte sich aber auf den Beinen halten. Dann wurde ein weiterer Gibali mit den tödlichen Zerghgeschossen gespickt und fiel gurgelnd zu Boden, ehe es zum Nahkampf kam.

Mit einem lauten Kriegsschrei warf sich Balin ins Getümmel; der Pfeil, der in seiner Schulter steckte, schien ihn dabei nicht zu stören. Mit ihren speerlangen, schwarzen Klingen attackierten die Zergh die dezimierte Zwergengruppe. Sie durchbohrten Alric, bevor er zu seinem ersten Streich ausholen konnte. Der schwarzbärtige Gibali sank auf die Knie. Er rang mit dem Tode, bäumte sich dann aber noch einmal auf und warf seine doppelschneidige Axt auf den vor ihm stehenden Zergh, der von der schweren Zweihandwaffe in der Mitte gespalten wurde. Seine zwei Hälften klatschten Blut spritzend zu Boden. Dann kippte auch Alric nach vorne über und blieb reglos liegen. Dem letzten, Zelduin unbekannten, rotbärtigen Zwerg, erging es nicht anders. Er fand ein ähnlich rasches Ende, zumindest aber konnte er noch drei seiner Widersacher mit in den Tod reißen, bevor ihm ein Zergh seine Schwertklinge von hinten in den Rücken bohrte und ihm seine Lebenslichter raubte.

Jetzt kämpfte nur noch Balin an Arjons Seite. Der Zwerg mit dem feurig roten Haarkamm auf dem Kopf wütete wie im Berserkerrausch zwischen den Reihen der doppelt so großen Kreaturen. In seiner Linken umklammerte er seine riesige Runenaxt und in der anderen sein bläulich schimmerndes, magisches Kurzschwert. Er wich den Schwerthieben der Angreifer geschickt aus und tänzelte an den hochgewachsenen, grauen Wesen vorbei wie eine menschliche Tänzerin. Seine beiden Waffen ließ er dabei unaufhörlich kreisen, sie schnitten durch Arme, Beine und ganze Leiber, selbst die schwarzen Schwertklingen durchtrennten sie wie weiche Butter. Balin richtete fürchterlichen Schaden an. Bald waren nur noch zwei Zergh von der monströsen Meute übrig, die anderen waren entweder tot oder so verstümmelt, dass sie kampfunfähig am Boden herumzappelten, wo sie allmählich verbluteten.

Dem einen Zergh schlug Arjon seine Axt ins Knie. Der bleiche Riese verlor sein Gleichgewicht und stürzte. Der blondbärtige Zwerg nutzte die Gelegenheit und tötete das vieräugige Wesen mit einem gezielten Stoß in den Hals. Vom Blut überströmt blickte er auf und sah, wie Balin den letzten Zergh mit seinem Blauschwert enthauptete, Blut spritzte aus dem Halsstumpf. Das kopflose Monstrum torkelte noch zwei Schritte vorwärts, ehe seine dürren, drahtigen Beine einknickten und der aschfahle Körper leblos zusammensackte.

Die beiden Gibali keuchten erschöpft und ließen ihre Waffen sinken. Sie hatten einen kleinen Sieg errungen, aber Zelduin konnte in den Gedanken Arjons lesen, dass dem Zwerg der Triumph nur wenig Hoffnung machte.

Arjon hatte sich an der Stirn eine klaffende Wunde zugezogen. Sein eigenes Blut rann ihm unaufhörlich in die Augen und verschleierte ihm die Sicht. Als er sich den roten Lebenssaft wegwischte und sein Blick wieder ungetrübt war, sah er am Waldrand die Silhouetten von vielen neuen, langbeinigen Monstern! Die kleine Gruppe Zergh, die sie besiegt hatten, war scheinbar nur ein Spähtrupp gewesen. Wie graue, unwirkliche Gespenster kamen sie näher. Ihre ruckartigen, behäbig erscheinenden Bewegungen erweckten den Eindruck, dass sie langsam waren und man leicht vor ihnen weglaufen könnte, doch der Eindruck täuschte, denn wo die Zergh einen Schritt taten, da mussten die Gibali drei tun. Zelduin erschauerte beim Anblick der monströsen Streitmacht.

„Wie sollen wir Jumatahoni vor so einer Übermacht bloß beschützen, ho?“, flüsterte Arjon laut denkend vor sich hin.

„Die Zergh müssen gewusst haben, dass wir Königius Taidos und die Meowinger über diese Route führen“, keuchte Balin. „Dies ist ein Kampf, den wir nicht gewinnen können, Arjon.“

Der einäugige Zwerg mit dem sichelförmigen Irokesenschnitt steckte sein Blauschwert weg und streifte die leichte Lederrüstung, die seinen Unterarm bedeckte, nach oben. Ein kupfernes, uhrenähnliches Ding kam zum Vorschein, das an seinem Handgelenk befestigt war.

„Ich werde eine Nachricht nach Mäol schicken“, sagte Balin mit seiner tiefen Zwergenstimme. „König Gomril soll die Zeit zurückdrehen. Vielleicht können wir so Taidos‘ Armee retten.“

Balin drückte mehrere Knöpfe an dem Gerät. Daraufhin blinkte ein kleines, gelbes Lämpchen an dem Kupferding auf. Der Gibali nickte zufrieden und versteckte den kleinen Apparat wieder unter seinem Ärmel.

„Jetzt können wir nur noch beten, dass unsere Botschaft rechtzeitig ankommt und König Gomril uns erhört.“

„Mögen die Götter Jumatahonis mit uns sein“, erwiderte Arjon und schaute der heranstürmenden Monsterhorde mit düsterem Blick entgegen. Zelduin spürte, dass die Gedanken des Zwergs nur wenig Zuversicht in sich trugen, aber zumindest waren sie nicht ganz mutlos und enthielten noch ein Flämmchen Hoffnung.

Balin lockerte seine Schultern. „Lass uns Zergh töten gehen, Arjon.“

Arjon dachte, wie sinnlos das war, wo doch alle wieder leben würden, wenn die Zeit sich zurückdrehte. Balin drosch seine schwere Zweihandaxt in den Leib eines bereits am Boden liegenden Zergh, dem ein Bein abgeschlagen worden war und der versuchte davonzukriechen. Mit einem schmatzenden Geräusch zog er seine Runenwaffe aus dem nun reglosen Körper wieder heraus und stürmte den Zergh, die das Schlachtfeld neu betreten hatten, entschlossen entgegen. Arjon heftete sich mit erhobener Axt an die Fersen des stämmigen Geschöpfs. Die wilden Kriegsschreie, die die beiden Gibali bei ihrem Angriff ausstießen, verwirrten die vieräugigen Monster einen Moment lang. Sie vermuteten wohl einen Hinterhalt ob der Zuversicht, die die kleinwüchsigen Wesen ausstrahlten. Als aber keine weiteren Gibali auftauchten, marschierten die Zergh weiter vorwärts.

Dem ersten Zergh, auf den Balin stieß, hackte er das Standbein weg, so dass dieser laut zischelnd zur Seite umfiel. Kurz darauf verschwand er in einer Masse bleichgesichtiger Körper. Zelduin sah hin und wieder eine Blutfontäne hochspritzen, und zweimal flog ein hässlicher, vieräugiger Kopf in die Höhe. Dann war der Blick für einen kurzen Moment wieder frei auf Balin. Der stämmige Krieger war bereits von einer Klinge durchbohrt worden und hatte seinen Schwertarm verloren, aber er ließ seine gewaltige Axt, die er linkshändig führte, noch immer tanzen. Bevor ihm die Lebenslichter ausgingen, schlitzte er noch zwei hässlichen Vieraugen die Bäuche auf, so dass ihre Gedärme herauspurzelten. Dann waren seine Beine nicht mehr imstande, ihn zu tragen, und er knickte ein und stürzte zu Boden, wo er still liegen blieb. Mit lautem, triumphierendem Zischeln trieben die Zergh ihre langen Schwerter noch mehrmals in den leblosen Leib des Zwergs hinein, ehe sie ihn für tot erklärten und von ihm abließen.

Arjon überlebte noch ein paar Lidschläge länger als sein Kumpan, ehe auch über ihn der Tod kam. Er hatte einen Zergh getötet und vier weitere schwer verwundet. Dann wurde er von einem speerähnlichen Zerghpfeil regelrecht aufgespießt, der ihm einen schnellen Tod bescherte.

Mit offenen Augen war er eingeschlafen. Zelduin befand sich erneut in der toten Hülle Arjons. Der Zhuk hatte die Geschehnisse auch nach seinem Tod weiter aufgezeichnet.

Einer der bleichen Zergh, gehüllt in eine leichte Lederrüstung, kam näher und betrachtete den toten Zwerg misstrauisch mit seinen vier pechschwarzen, mandelförmigen Augen. Bevor das langbeinige Wesen weiterstakste, stieß es das schwarze Langschwert noch einmal in den Kopf des Zwergs. Dadurch wurde Arjons bereits ganz blass gewordenes Gesicht auf die andere Seite gerollt. Zelduin konnte nun die ganze, gewaltige Streitmacht der Zergh sehen. Sie bewegten sich schnell und ruckartig; wie Menschen auf Stelzen staksten sie durch den Wald. Zelduin schätzte ihre Zahl auf über einhundert.

Und dann sah der in dem Zwergenleib gefangene Meowinger noch etwas: Am fernen Horizont zwischen den Riesenbäumen stahl sich ein in einen roten Umhang gewandeter Zerghmagus auf die Waldbühne. Im Vergleich zu den anderen Zergh, die um ihn herumwuselten, war er schrecklich groß, er war sogar größer als alle anderen Zergh, die Zelduin jemals gesehen hatte. In seiner Rechten hielt er einen langen Stab, an dessen Spitze ein roter Edelstein funkelte.

Mit lauten, zischelnden Befehlen trieb der Magus seine untertänigen Kreaturen zur Eile an. Der Riesenzergh kam genau auf Arjon zu. Bald hörte Zelduin seinen rasselnden Atem, der wie das Knurren eines Löwen klang. Die lange, rote Kutte flatterte hinter dem Magus im Wind. Zelduin fiel auf, dass der magische Zergh eine güldene, schlichte Krone auf dem Kopf trug, die allerdings so verblichen war, dass sie an keiner Stelle mehr glitzerte, was auch der Grund war, warum er sie aus der Ferne nicht gesehen hatte.

„Ist das etwa ein Zerghkönig?", dachte Zelduin; ein kalter Schauer jagte über seinen Rücken. Ihm ging dabei unweigerlich der Name Zarxaurus durch den Kopf, der König aller Zergh, von dem Zäbrik ihm einst erzählt hatte.

Der imposante Magus stapfte an Arjons Leichnam vorbei und warf einen flüchtigen Blick auf den Toten. Als das hünenhafte Wesen ganz nahe war, entdeckte Zelduin, dass um den Hals des Magiers ein auffällig funkelndes Medaillon hing. Dann entschwand der König aus Zelduins Sichtfeld.

Zelduin beobachtete, wie die ganze Zerghhorde an ihm vorbeizog, und er musste ihre Zahl dabei noch einmal gewaltig nach oben korrigieren. Vielleicht waren es doppelt oder gar dreimal so viele, wie er anfangs geglaubt hatte.

Kurze Zeit später waren alle Zergh an ihm vorbeigelaufen. Nun war er allein im Wald. Um ihn herum lag ein Haufen toter Zergh und Squiggs und natürlich die gefallenen Kameraden Arjons.

Nach einer kleinen Weile kamen die ersten Fliegen, Insekten, Käfer und anderes krabbelndes, blutsaugendes Getier und Gewürm herbei, die sich an der reich gedeckten Essenstafel laben wollten. Dann kamen die größeren Waldtiere, die ihren Teil abhaben wollten; rotpelzige Ratten und hundeähnliche Säugetiere mit zotteligem, schwarzem Fell und spitzen Schnauzen, die mit messerscharfen Zähnen besetzt waren. Später kamen menschengroße, dunkelblau gefiederte Laufvögel, die sich mit ihren roten und wie Axtklingen geformten Schnäbeln immer wieder große Stücke aus den Toten heraushackten und sie dann gierig hinunterschlangen.

Zelduin beobachtete die grausige Szenerie eine ganze Weile. Am liebsten hätte er die Augen verschlossen, aber das ging nicht. Er konnte nicht einmal wegsehen. Er war froh, als sich endlich einer der blaugefiederten Laufvögel auf Arjons Leib stürzte und der Zwerg mit einem der mächtigen Krallenfüße auf den Bauch gedreht wurde, so dass Zelduin nur noch Grashalme und Erde sehen konnte.

Nach einer ihm ewig vorgekommenen Zeit verschwammen die Konturen des Erdbodens plötzlich um ihn herum. Zelduin kannte diese Veränderung der Natur bereits. Eine Zeitverschiebung kündigte sich an. Offensichtlich war Balins Hilferuf bei König Gomril angekommen. Der Zwergenherrscher musste sein Zeitenrad benutzt haben; die Zeit würde sich also gleich zurückdrehen. Diesmal musste es aber anders sein, dachte Zelduin. Er würde nicht an Ort und Stelle bleiben, denn Arjon war nicht konstant, er war kein Meowinger. Der Gibali würde sich in der Zeit zurückbewegen, wie auch alles andere nicht konstante Leben Jumatahonis. Zelduin war gespannt, wie dieses Ereignis vonstattengehen würde, aber es sollte recht unspektakulär werden, wie sich kurz darauf herausstellte.

Vor Zelduins Augen spielte sich eine Art Zeitraffer ab, der ganz offensichtlich alles, was Arjon in seinem letzten Leben durchlebt hatte, noch einmal zeigte, nur in umgekehrter Reihenfolge. Die blassen Bilder zeigten den Kampf mit den Zergh, dann die Squiggs, und schließlich die lange Reise der sechs Zwerge durch jenen riesigen Wald, in dem sie sich befanden. Die Geschehnisse spielten sich allerdings so schnell vor seinem Geiste ab, dass er nur einen vagen Eindruck von dem bekam, was Arjon tatsächlich alles durchgemacht haben musste.

Dann wurde der Bilderlauf jäh langsamer. Die verwaschenen Konturen der Landschaft um ihn herum gewannen an Schärfe. Und dann, mit einem Paukenschlag, blieb der Zeitraffer stehen, die Geräusche und Gerüche des Waldes drangen wieder in seine Nase und Ohren, und alles schien wieder ganz normal zu sein. Arjon war wieder zu neuem Leben erwacht, genauso wie Balin, Alric und die anderen drei Zwerge. Sie befanden sich noch immer in dem großen Wald. Gomril konnte die Zeit daher nicht weit zurückgedreht haben, entschied Zelduin.

Während Balin, Alric und die anderen drei Rotbärte jäh innehielten, stapfte Arjon noch ein paar Schritte weiter, drehte sich dann aber um, als er merkte, dass seine Kameraden wie angewurzelt stehen geblieben waren, und fragte: „Was ist los, ho?“

„Gomril hat die Zeit zurückgedreht“, antwortete Balin und schaute auf seinen am Handgelenk befestigten kupfernen Zeitmesser. „Drei Stunden sind wir zurückgereist.“

Zelduin spürte, dass Arjon sich an nichts erinnern konnte. Alles, was sich in den letzten drei in der Zukunft liegenden Stunden abgespielt hatte, war für ihn noch nicht geschehen.

„Haitok! Grumbosh! Zhok zhok!“, fluchte er in giblischer Sprache. „Mein verdammter, funktionsuntüchtiger Zhuk! Und was habe ich alles verpasst, ho?“, fragte er grummelnd.

„Wir wurden von Squiggs und Zergh angegriffen und sind alle gestorben“, antwortete Balin.

Arjon versuchte, sich an irgendetwas zu erinnern, aber es gelang ihm nicht. „Wie viele Zergh waren es, ho?“

„Es war eine ganze Armee, ho. Es war unheimlich!“, versicherte ihm Balin, während er in seine Tasche griff und die Sprechbox hervorholte. Er drückte wieder den daran befindlichen Knopf, sagte seinen Namen in die Muschel und wartete gebannt.

Drei Lidschläge später ertönte eine knisternde Stimme: „Hier spricht Taidos Hemania! - (sschhh) - Wir werden angegriffen! Wir… (sschhh).“ Aus der Fernsprechmuschel drang lautes Rauschen, stürmischen Winden gleich. Im Hintergrund war leiser Schlachtenlärm zu hören. „…auf dem Ostweg…“, meldete sich Taidos noch einmal, dann verstummte der Apparat.

Balin zog sein Blauschwert aus der Scheide, und auch die anderen Gibali wappneten sich für den nächsten Kampf. Dann preschte der muskulöse Anführer mit dem sichelförmigen Haarkamm los, sein Gefolge eilte ihm treu hinterher.

Die sechs Zwerge liefen querfeldein durch das Unterholz des großen Waldes. Sie kamen an blauen Pilzen vorbei, die größer als sie selbst waren, und rötlichen Felsen, die mit trompetenartigen, weißen Blumen übersät waren.

Nachdem sie mehr als drei Kanonenschussweiten durch das Dickicht des Waldes gelaufen waren, vernahmen sie plötzlich leises, zischelndes Gefauche; ihre bleichgesichtigen Stimmgeber waren aber noch nicht zu sehen. Dann hörten sie auch menschenähnliche Rufe. Es war eine Sprache, die Zelduin erst nach ein paar Augenblicken richtig einzuordnen wusste, denn es war die alte Meowingersprache. Er hatte sie in Arjons Erinnerungen schon oft gehört.

Noch konnten die Zwerge von dem Kriegsschauplatz nichts sehen, denn das dichte Unterholz des Waldes versperrte ihnen jegliche Sicht. Etwa fünf Steinwürfe weiter stießen die Gibali auf eine giraffenhohe, grüne Wand, die aus Dornenbüschen, Lianen und anderem Gestrüpp zusammengehalten wurde. Mit unverminderter Geschwindigkeit schlugen sich die Zwerge mit ihren Äxten einen Weg durch das Pflanzengeflecht.

Auf der anderen Seite stolperten sie auf eine große Lichtung, in deren Mitte ein grasbewachsener Hügel aufragte. Auf seiner Spitze hatten sich hunderte Krieger mit langen, blonden Haaren und grünen Gewändern versammelt, ihre silbernen Langschwerter und Schilde funkelten im Sonnenlicht. Es waren Meowinger, und auf dem höchsten Punkt des Berges stand Taidos Hemania wie eine Statue, doch hatte er ihnen den Rücken zugekehrt.

„Taidos lebt, und die Schlacht hat noch nicht begonnen, hoho!", sagte Arjon hoffnungsfroh.

Mit einer lockeren Handbewegung forderte Balin seinen Trupp auf, ihm zu folgen. Als sie dem gut befestigten Hügel näher kamen, sah Zelduin, dass am Fuße des flachen Berges etliche Gibali standen, die in schwere, silbrige Rüstungen gekleidet waren, breite, ovalförmige Schilde mit bunten Mustern trugen und kantige Eisenhelme aufgesetzt hatten. Die zwergische Leibwache der Meowinger war bereit, das magische Volk mit ihrem Leben zu verteidigen.

Von überall aus dem Wald, der die Lichtung ringförmig umschloss, drang hässliches Zerghgeschrei herbei.

Als Balin mit seinen Mannen am Hügel eintraf, hatte Taidos den rotbärtigen Zwergenanführer längst gesehen und winkte ihn zu sich heran. Der kleine Spähtrupp bahnte sich einen Weg durch die Krieger Meowings hinauf zur Hügelspitze. Auf dem höchsten Punkt angelangt, konnten die Zwerge auf die andere, ihnen bisher verborgen gebliebene Seite des Hügels schauen. Zwischen den riesigen Bäumen am Waldrand warteten hunderte Zergh. Hier und da blitzten ihre metallenen, schwarzen Schwerter auf. Sie fauchten wild, griffen aber nicht an. Sie schienen auf ein Signal zu warten.

„Habe ich nicht gesagt, dass wir uns wiedersehen?", sagte Taidos mit weiser Stimme und begrüßte Balin, indem er seine Hand hob und seine fünf Finger zu einem V formte.

„Ho, hast du. Ich dachte nur, dass wir uns bei Speis und Trank und einem prasselnden Kaminfeuer wiedersehen, nicht auf einem Kriegsschauplatz", erwiderte Balin mit einem betrübten Lächeln.

„Die magischen Winde haben entschieden, dass es so sein soll."

„Ho."

Taidos lächelte gütlich. „Dein Warnruf kam zur rechten Zeit, Balin", fuhr der König der Meowinger fort. „Hätten wir den Nordwald betreten, wäre mein Volk jetzt vielleicht schon vernichtet. Im Wald ist es gefährlich. Von dieser Position können wir uns besser verteidigen."

„Wir sitzen hier wie auf dem Präsentierteller…", las Zelduin in Arjons Gedanken.

„Ho", machte Balin mit finsterer Miene. „Im Riesenwald wimmelt es nur so von Zergh. Auf dem Nordweg sind uns hunderte begegnet. Scheint so, als ob der Kampf zwischen Gut und Böse hier entschieden wird", fügte der Zwerg zähneknirschend hinzu. Dann fluchte er: „Zakotuk! Eyö he Gizmók!"

Taidos antwortete mit der ruhigen Stimme eines Gläubigen, der keine Furcht vor Dämonen oder gar dem Tod hatte. „Ich weiß, dass auf der Reise zum Nullpunkt Gefahren und Schatten drohen. Aber sei dir gewiss, Freund Balin, am Äönde, wie es in eurer Sprache heißt, siegt stets das Gute…"

Der Wind frischte auf und trieb nun auch von der anderen Seite der Lichtung die zischelnden Stimmen der Zergh zu ihnen herüber. Die riesigen Scheusale hatten sie in der Zwischenzeit eingekreist. Dann hallte ein unmenschlicher, durch Mark und Bein gehender Schrei über die Lichtung!

„Der Zerghkönig…", dachte Zelduin, und es schauderte ihn.

Die knapp vierhundert Meowinger, die sich auf dem Hügel verschanzt hatten, hielten inne und beobachteten misstrauisch das Randgebiet des Waldes. Auch die Zergh waren verstummt. Nur vereinzelt war hier und da noch ein Zischeln oder Fauchen zu hören.

Rings um die baumlose Lichtung knarrte es plötzlich, es war das Knarren dutzender Bogensehnen, die bis zum äußersten Punkt gespannt wurden. Kurz darauf wehte ein weiterer grauenvoller Zerghruf durch die Lüfte. Einen Wimpernschlag später stoben hunderte Pfeile aus den orangefarbenen Baumkronen empor. Pfeifend jagten sie durch die Luft und senkten sich auf den Berg mit den Meowingern hernieder.

„Götter und Geister der Erde, der Luft, der Wälder und des Glücks, kommt alle herbei", flehte Arjon in Gedanken.

„Schildwall!", rief Taidos.

Seine Krieger hoben ihre Schilde über die Köpfe. Die schwer bewaffneten Gibali duckten sich und suchten ebenfalls Schutz unter Schilden oder ihren großen Axtblättern. Dann brach der Pfeilhagel über sie herein. Klirrend prallten die gefiederten Todesboten an den dicken Rüstungen der Gibali und Schilden der Meowinger ab, aber einige fanden auch schmatzend ihr Ziel. Sie töteten vier Meowinger und verletzten knapp dreimal so viele.

Den Spitzohren und Zwergen blieb nur ein kurzer Moment der Rast. Ein äußerst einprägsames Geräusch, das einem wildgewordenen Bienenschwarm gleichkam, verriet, dass der nächste Pfeilhagel losgelassen worden war. Die nachtschwarzen Pfeile durchbohrten diesmal zwanzig Soldaten, von denen acht sofort tot waren, darunter auch ein Gibali; der Pfeil steckte im Sichtschlitz seines Helms. Einige verletzte Meowinger schrien vor Schmerzen und krümmten sich am Boden wie Würmer.

„Bleibt standhaft!", rief Taidos. „Jumatahoni braucht uns!"

Die Moral der Meowinger schwand jedoch rascher wie ein Stück Eis bei sengender Hitze. Angst und Entsetzen spiegelten sich nun in vielen Augen der edel gekleideten Krieger wider. Nur noch in den bärtigen Mienen der kampferprobten Gibali, die sich der Armee angeschlossen hatten und diesen Krieg schon seit Jahrtausenden fochten, blitzte die nötige Entschlossenheit auf, um einen Kampf dieser Art bestehen zu können.

Die nächsten Pfeilschwärme brachten noch mehr Tod und Verderb mit sich. Zelduin sah Pfeil um Pfeil an Arjon vorbeirauschen. Der Zwerg hatte sich unter seinem Buckelschild verschanzt, in welchem mittlerweile zwei, speerlange Zerghgeschosse steckten.

Dann traf ihn ein Pfeil am Unterschenkel, so dass der Gibali stürzte! Bevor er sich wieder aufrichten konnte, wurde er von einem weiteren Pfeil in den Bauch getroffen und regelrecht am Boden festgepinnt. Zelduin spürte den heftigen Schmerz, unter dem der Zwerg litt.

Bewegungsunfähig und stark blutend blieb der Gibali liegen. Balin schützte ihn mit seinem Schild, bis er merkte, dass er für seinen blondbärtigen Kumpan nichts mehr tun konnte.

„Wir sehen uns im nächsten Leben, alter Freund!", rief er.

Arjon war zu schwach, um etwas sagen zu können. Stattdessen antwortete er mit einem stummen Lächeln. Sein Atem rasselte schwer, und seine Kräfte schwanden mit jedem Lidschlag.

Taidos' Armee war schon beträchtlich zusammengeschrumpft, als die Zergh mit lautem Gebrüll aus dem Wald stürmten. Etliche der langbeinigen Wesen waren in schwarze und braune Lederrüstungen gehüllt. Ihre dünnen, langen Hälse hatten sie weit nach vorn gestreckt, ihre mit messerscharfen Zähnen besetzten Mäuler weit aufgerissen und ihre vielen Augen zu engen Schlitzen zusammengezogen. Wie ein graues Meer aus zappelnden Gliedmaßen strömten die hellhäutigen Zergh aus dem Wald heraus.

Zelduin sah großen Missmut in Balins Augen. Der Zhukkrieger wirkte wie zu Stein erstarrt, als er das schreckliche Heer der Riesen beobachtete. Dann aber löste er sich plötzlich aus seiner kurzweiligen Starre und hob seine doppelschneidige Runenaxt.

„Tubuuk! Joooor Jumatahooooniiiii!", rief er und stürmte voran, seine kleine Einheit folgte ihm mit wildem Geschrei wie ein Haufen Irrer, der sich um Leben und Tod nicht scherte.

Zelduin spürte, wie der Boden bebte, als die erste Angriffswelle über sie hereinbrach. Balin, Alric und die anderen Gibali waren der Horde entgegengestürmt, um die magischen Meowinger zu verteidigen. Arjon konnte von der Bergkuppe aus die Schlacht gut überblicken. Die Gibali starben zuerst. Balin aber überlebte und fegte wie ein Wirbelwind mit seiner Axt durch die riesenhaften Feinde. Er hinterließ eine blutige Spur aus verstümmelten und getöteten Zergh.

Taidos blieb auf der Spitze des Berges stehen, seine Arme gen Himmel gereckt, als wolle er sich Beistand bei den Göttern holen. Dann aber formten seine Hände zwei Halbkreise, und fremdartige Silben huschten über seine Lippen. Plötzlich manifestierte sich zwischen seinen Handflächen ein glühender Ball, den er der schreienden Horde entgegenwarf. Der Feuerball wuchs während des Flugs zu der Größe eines Zwergenkopfes heran, bis er auf die feindlichen Heerscharen traf. Mehrere Zergh gingen in Flammen auf und verbrannten in wenigen Herzschlägen zu Asche.

„Also stimmen die alten Geschichten über die magischen Meowinger tatsächlich! Sie sind wahrhaftige Zauberer!", dachte Zelduin ehrfürchtig.

Taidos aber war nicht der einzige, der Flammenbälle heraufbeschwören konnte. Da waren noch mindestens sechs andere, zaubernde Meowinger, die Feuerkugeln auf die monsterhaften Angreifer warfen. Auch die mit Schwert und Schild ausgerüsteten Meowinger kämpften tapfer. Sie hatten ihre Angst scheinbar vergessen, und durch die erhöhte Position besaßen sie gegenüber den vieräugigen Wesen einen entscheidenden Vorteil. Viele Zergh starben durch die geschickt geführten Schwerter der spitzohrigen Krieger. Die toten Leiber der riesigen Kreaturen rutschten den Hügel einfach hinunter und bildeten dort bald einen kleinen Wall aus Fleisch und Knochen, der den Vormarsch der nachrückenden Monstereinheiten erschwerte.

Zelduin schätzte die ursprüngliche Zahl der Angreifer auf sechshundert. Die Hälfte von ihnen war schon gefallen, aber auch die Streitmacht der Meowinger und Gibali hatte schon viele Verluste hinnehmen müssen; es waren nur noch knapp über einhundert Überlebende, darunter allerdings noch ein halbes Dutzend Feuermagier, die bisher jeglicher Bedrohung trotzen konnten und mit ihren Flammenbällen jede Menge Angst, Schrecken und Schaden verursachten.

Das Gemetzel dauerte lange, und Zelduin hatte schon geglaubt, dass dies das Ende der Meowinger wäre, doch es kam anders. Nach vielen, vielen Glockenschlägen waren alle Zergh tot oder verstümmelt und kampfunfähig. Die Meowinger um Königius Taidos herum hatten gesiegt!

Doch der Preis für den Sieg war hoch gewesen, denn es lebten nur noch drei Handvoll Meowinger und zwei Feuermagier, Taidos war einer von ihnen.

Balin war der einzige Zwerg, den die Zwergengötter am Leben gelassen hatten. Allein dreißig Zergh waren auf sein Totenkonto gegangen.

Nach der siegreichen Schlacht rottete sich Taidos' übrig gebliebene Kampfeinheit auf dem blutigen Leichenberg zusammen. Sie hatten gewonnen und dennoch verloren, denn mit dieser Handvoll Krieger war die Aussicht auf einen Erfolg der Mission zu einem kleinen, mickrigen Punkt zusammengeschrumpft. Selbst Balins grimmiges Zwergengesicht zeigte tiefste Erschütterung, als er blutüberströmt über die vielen Gefallenen zu Taidos auf den Totenberg hinaufkletterte.

„Die Winde der Magie wehen nicht mehr so wie früher, Balin", sagte Taidos kummervoll. „Eine merkwürdige, dunkle Präsenz hat sie durcheinandergewirbelt. Dennoch haben wir das Böse besiegt."

„Nur für diesen Augenblick, Taidos", antwortete der rotbärtige Gibali, der sich an die Seite des spitzohrigen Magiers gestellt hatte und seinen Blick über das schreckliche Totenfeld schweifen ließ. „Beten wir, dass die Zergh eine Weile tot bleiben."

Balins Gebete jedoch sollten unerhört bleiben. Der Gibali schaute über seine Schulter hinweg auf Arjon. Die haselnussbraunen Augen des Zwergs sahen betrübt aus und zeigten eine Art von Trauer, die Zelduin noch nie bei dem Zwerg gesehen hatte.

Erst jetzt bemerkte Zelduin, dass Arjon aufgehört hatte mit den Augen zu blinzeln, und auch sein Brustkorb hob und senkte sich nicht mehr. Arjon war eingeschlafen.

Balin nickte Arjon zu, als würde er noch leben. Dann wandte er sich von seinem Gefolgsmann ab und wollte gerade seine Stimme erheben, als sein Blick am Horizont etwas einfing, das ihn zu Stein erstarren ließ. Seine Augen weiteten sich.

Auch Zelduin sah es, und auch Taidos hatte die neue, vieräugige Bedrohung sofort gesehen. Es war ein riesiger Zergh mit einem roten Umhang, der im Wind flatterte.

Als Zelduin genauer hinschaute, bemerkte er außerdem, dass die Gestalt, die eben aus den Schatten des Waldes ins Licht getreten war, eine verblichene Krone auf dem Kopf trug.

„Bei allen Waldgeistern und Wolkengespenstern, was ist das?", flüsterte Taidos.

„Ein Zerghmagus", antwortete einer seine Gefolgsmänner.

„Schlimmer noch, ho ho", erwiderte Balin verbittert. „Es ist Zarxaurus, der Herrscher aller Zergh. Man bekommt ihn nur selten zu Gesicht. Scheinbar ist er wegen uns gekommen."

„*Er* war es, der die magischen Winde durcheinandergebracht hat", sagte Taidos. „Die weiße Magie verschwindet von diesem Ort."

„Was auch immer das bedeutet, es klingt nicht gut, ho?"

Taidos Stirn legte sich in Falten wie ein alter Teppich. „Ist er stärker als wir?"

Balins Miene verdüsterte sich. „Ho."

Einer der Offiziere brüllte Befehle, und die letzten, treuen Diener scharten sich um ihren Königius. Sie schienen bereit zu sein, für ihren alten Herrscher Taidos Hemania zu sterben.

Der in die rote Kutte gewandete Zerghmagus marschierte auf seinen langen Beinen vorwärts. Der schwarze Stab, den er in seiner Rechten hielt und an dessen Spitze ein roter Edelstein funkelte, benutzte er als Gehstock; dabei bohrte er ihn willkürlich in die Leiber der toten Wesen, über die er stakste, und er machte dabei keinen Unterschied, ob ihm Zergh, Gibali oder Mensch zu Füßen lag.

Nachdem das grauenerregende Wesen die Weite eines Speerwurfs zurückgelegt hatte, blieb es jäh stehen. Es stellte seinen krallenbewehrten Fuß auf einem Meowinger ab, der noch ein wenig Lebenssaft in sich trug und leise wimmerte. Zarxaurus beendete sein Leben, indem er das stumpfe Ende seines Zauberstabs in den Schädel des Spitzohrs rammte, so dass seine Knochen splitterten und Gehirnmasse aus mehreren Öffnungen austrat. Es herrschte beinahe eine Totenstille, nur das leise Ächzen anderer halbtoter Meowinger und das zarte Zischeln einiger Zergh, die ebenfalls halbtot waren, zerrissen die Stille hin und wieder.

Zarxaurus starrte mit seinen vier schwarzen Augen eine Weile auf den armselig wirkenden Haufen Meowinger, den seine langbeinigen Untertanen nicht hatten töten können. Er schien abzuwägen, ob er den letzten Kampf gewinnen könne, aber Zelduin irrte sich.

Der Magus griff sich plötzlich an seine Brust und löste eine Halskette, an der ein güldenes, metallenes Objekt baumelte. In aller Ruhe hielt er das medaillonähnliche Schmuckstück vor seine vier Augen und werkelte mit seinen knorrigen Krallenfingern daran herum.

Zelduin glaubte zu wissen, um was es sich dabei handelte, und auch Balin schien plötzlich bewusst zu werden, was der Magus da zwischen seinen Krallen hatte!

„Beim Barte Gomrils! Das ist das zweite Zeitenrad! Hagatuk! Okrumba!", fluchte der rotbärtige Zwerg und lief mit hoch erhobener Axt los, so schnell ihn seine kurzen Beine tragen konnten.

Das vieräugige, Furcht einflößende Wesen war gute drei Axtwürfe weit entfernt, und es machte keinerlei Anstalten zu fliehen, als der stämmige Zwerg mit dem sichelförmigen Haarkamm auf ihn zustürmte. Es schien sich in Sicherheit zu wiegen und stand einfach nur da; ein dürrer, langer Krallenfinger schwebte zuckend über dem kleinen Zeitenrad.

Balin rannte brüllend weiter und fluchte dabei lauthals auf Giblisch. Der Zerghmagus stierte den heranstürmenden Zwerg voller Abscheu an, und dennoch hatte es den Anschein, als ob ihn der Mut des kleinen Wesens auf eine gewisse Weise imponierte. Zarxaurus legte seinen hässlichen, aschfahlen Kopf schief, und kurz bevor der axtschwingende, furchtlose Gibali ihn erreichte, zuckte sein Krallenfinger ruckartig nach unten und betätigte etwas an dem Zeitenrad...

Arjons regloser Blick wurde plötzlich trüb. Die Landschaft zitterte, und die Töne und Stimmen der Umwelt verstummten jäh.

Zelduin wusste, was diese seltsamen Ereignisse zu bedeuten hatten, und auch Balin schien es zu wissen, denn er verdoppelte seine Laufgeschwindigkeit jählings. Nur noch wenige Hasensprünge trennten ihn von dem Zerghkönig...

Balin sprang in die Höhe, rief dem düsteren Herrscher noch eine letzte, giblische Bosheit entgegen, holte mit seiner Runenaxt weit aus und schlug zu! Die Zweihandaxt mit den grünen Intarsien funkelte, und ihre Schneide senkte sich bedrohlich auf das Haupt des Zerghmagusses herab. Zarxaurus rührte sich nicht. Er schien hinter seiner versteinerten Maske zu lachen und grinsen, als die Welt langsam blass wurde und die Zeit für einen kleinen Augenblick still stehen blieb. Balins Axtklinge blieb nur zwei Handbreit vor dem grauen, kahlen Schädel der albtraumhaften Kreatur stehen. Dann begann die Zeit sich zurückzudrehen...

Wie in einem Zeitraffer spielte sich nun alles vor Zelduins Augen ab. Die Zeit lief wieder rückwärts: Balin lief zurück zum Totenberg und gesellte sich wieder an Taidos' Seite. Nach wenigen Sekunden erhoben sich allmählich die Toten vom Leichenfeld. Den Zergh und Gibali wurde wieder neues Leben eingehaucht; sie fochten den Kampf noch einmal aus, nur in umgekehrter Reihenfolge. Immer mehr Tote richteten sich auf, nur die Meowinger blieben leblos am Boden liegen; ihr konstantes, magisches Blut verhinderte, dass sie wieder in die Welt der Lebenden zurückkehren durften. Ihre vergänglichen Leben waren endgültig erloschen.

Immer weiter drehte sich die Zeit zurück, bis auch Arjons Herz wieder schlug; der Pfeil hatte sich aus seiner Brust gelöst und flog zurück zu seinem schwarzäugigen Schützen. Die Zergh liefen mit ihren ruckartigen Bewegungen zurück zum Wald und bezogen dort erneut ihre alte

Schlachtfeldformation. Die auferstandenen Gibali wanderten bis zu dem Punkt zurück, wo sie den Abwehrkreis um den Hügel gebildet hatten.

Zelduin fiel auf, dass weder Taidos, noch seine übrig gebliebenen Meowingersoldaten sich bewegten, schließlich waren sie auch konstante Wesen, die von Zeitverschiebungen nicht betroffen waren.

Überaschenderweise blieb aber noch ein anderes Wesen an Ort und Stelle stehen, und zwar Zarxaurus! Während sich alles um ihn herum bewegte, blieb er an einem Fleck und hantierte an dem Zeitenrad herum, als ob er in einer unsichtbaren, unantastbaren Blase stehen würde, die ihn vor Bewegungen der Zeit schützte.

Zelduin war nur im ersten Moment von dieser Seltsamkeit überrascht, im zweiten nicht mehr, denn er hatte schon seit Langem eine düstere Vorahnung gehabt, die sich schon sehr bald bewahrheiten sollte.

Schließlich verlangsamte sich der rückwärts laufende Zeitraffer, dann kehrten Geräusche und Stimmen zurück in Arjons Gehör. Er bekam auch wieder einen klaren Blick. Und dann lief die Zeit wieder vorwärts.

Die drei Dutzend Gibali, die die Leibgarde der Meowinger bildeten, hatten sich wieder am Fuße des Berges eingefunden. Arjon, Balin und Alric standen in Taidos' Nähe. Die Zeit hatte sich demnach nur um ein paar Stunden zurückgedreht, etwa genauso lange, wie die Schlacht angedauert hatte.

Die wenigen Spitzohren, die den Kampf überlebt hatten, und die Gibali standen den bleichgesichtigen Riesen, die in jenem Moment aus dem orangefarbenen Wald traten, erneut gegenüber.

„Zarxaurus scheint unheimliche Kräfte zu haben", mutmaßte Balin in Anbetracht der Merkwürdigkeit, dass der Zerghmagus sich ebenso wenig bewegt hatte wie all die anderen konstanten Meowinger, als die Zeit sich zurückgedreht hatte.

Arjon, der sich wegen seines defekten Zhuks an den Kampf nicht erinnern konnte, fragte Alric: „Wie oft haben wir diese Schlacht schon geschlagen, ho?"

„Einmal", knurrte der schwarzbärtige Zwerg.

In Scharen betraten die schrecklichen Wesen nun die Lichtung. Sie umzingelten den Berg, bis sie ihn ringförmig eingeschlossen hatten und es kein Entkommen mehr gab.

„Welche Prüfung haben uns die Götter bloß auferlegt, ho?", fragte sich Balin laut denkend.

„Jede Prüfung ist lösbar, ist sie noch so rätselhaft und kniffelig", antwortete Taidos immer noch Zuversicht ausstrahlend. „Dennoch trennen sich unsere Wege nun, Freund Balin." Der Königius reichte dem rotbärtigen Zwerg die Hand. Der Gibali nahm den Handschlag zögernd an. Dann verabschiedete sich der Königius auch von Arjon, Alric und zwei anderen Zwergen, die er offenbar gut kannte.

„Mögen wir uns eines sonnigen Tages wiedersehen, wenn die Götter es denn so wollen", erwiderte Balin trotzig.

„Das wird leider nicht geschehen, Freund Balin. Die magischen Winde wollen es nicht."

Balin nickte beklommen und wandte sich dann seinen grimmigen Kriegern zu. „Hooo! Macht euch bereit oder wollt ihr ewig leben?!", rief er mit seiner brummigen Zwergenstimme und hob seine magische Axt. „Konzentriert den Angriff auf König Zarxaurus. Mir nach! Für Jumatahooooniiii!"

Balin stürmte voran, der übermächtigen Zerghhorde entgegen. Es folgten ihm Alric und Arjon und die anderen drei Dutzend seiner Sippe.

Kurz darauf gab auch Taidos den Befehl zum Angriff. Sein kleiner Tross folgte ihm pflichtbewusst.

Die brummigen Schlachtrufe der kleinwüchsigen Angreifer übertönten das Gefauche und Geheul ihrer hundertfach überlegenen Widersacher, die nun ebenfalls von ihrem schwarzäugigen Herrscher in die Schlacht getrieben wurden. Und dann begann der Kampf von Neuem, doch diesmal stand der Sieger schon vorher fest.

Arjon befand sich bald mitten im Getümmel zwischen bleichen Leibern. Die Zwerge versuchten, sich eine Bresche zum Zerghmagus durchzuschlagen, der über allen anderen wie eine Gottheit aufragte. Balin lief an der Spitze und war umgeben von riesigen Ungetümen, die er mit wilder Entschlossenheit zurückdrängte. Arjon deckte die rechte Flanke des Zwergentrupps und hackte sich den Weg mit seiner Axt frei. Hinter sich hörte er die gellenden Todesschreie einiger Gibali. Durch die Augen Arjons sah Zelduin nur noch ein Gewirr aus bleichen Gliedmaßen und Körpern, schwarzen Klingen und jeder Menge dunklem Blut, das hier und da hochspritzte.

Einen Wimpernschlag später flog ein Feuerball über seinen Kopf hinweg. Die feurige Kugel zerbarst vor ihm und begrub ein halbes Dutzend Zergh unter sich und fügte doppelt so vielen schreckliche Verbrennungen zu. Einer der Feuermagier lebte also noch! Vielleicht war es auch Taidos selbst gewesen, der den Flammenball heraufbeschworen hatte.

Im Augenwinkel sah Zelduin, wie Alric strauchelte. Er prallte gegen einen Zergh, der ihn mit einem wuchtigen Schwerthieb zu Boden warf. Dann entschwand er Zelduins Blicken. Vor ihm wühlte sich Balin durch die bleichgesichtigen Riesen wie ein mausschneller, stachelbespickter Maulwurf durchs Erdreich. Er blutete aus vielen klaffenden Wunden, und an seinem aufrecht stehenden Haarkamm schimmerte das dunkle Blut seiner Feinde.

Auch Arjon lief und lief und funktionierte wie ein wildgewordener Tanzteufel, der keine Müdigkeit kannte. Er begnügte sich meist damit, mit seiner Axt die ungeschützten Beine der Zergh zu durchtrennen; anschließend fielen sie wie Bäume um. Manchmal schlüpfte er auch einfach durch die langen Beine hindurch. Dann konnte Zelduin durch die graue Masse einen Blick auf die monströse Gestalt Zarxaurus' erhaschen. Der düstere Fürst war plötzlich ganz nahe, zum Greifen nahe!

Balin erschlug mit seiner gewaltigen, zweihändigen Axt zwei weitere graue Hünen und trennte einem anderem sein langes Stelzenbein ab, so dass dieser kreischend zur Seite umkippte.

Und dann stand der rotbärtige Gibali tatsächlich von Angesicht zu Angesicht mit dem König aller Zergh! Er beschleunigte seine Laufgeschwindigkeit abermals, sprang in die Höhe und flog mit ausgestreckter Axt auf Zarxaurus zu…

Der riesige Zergh mit der Krone auf dem Kopf streckte dem gedrungenen Wesen seinen Zauberstab entgegen und flüsterte etwas dämonisch klingendes vor sich hin. Einen Herzschlag später schoss ein roter Blitz aus der Stabspitze! Als der Lichtstrahl den Zwerg berührte, fiel dieser wie ein Stein vom Himmel und rührte sich nicht mehr. In seiner Brust klaffte ein faustgroßes, rötlich glühendes Loch, aus dem eine rosarote Rauchsäule emporstieg.

Arjon rannte weiter, duckte sich unter einem Schwerthieb hindurch und wich einem anderen Streich aus. Von allen Seiten drang hässliches Gezischel herbei. Ein flüchtiger Blick über seine Schulter verriet ihm, dass die anderen Gefolgsmänner entweder alle gefallen oder im Schlachtgetümmel verloren gegangen waren. Hinter ihm war niemand mehr. Arjon stand nun allein vor dem Furcht einflößenden Wesen. Die Angst packte ihn wie eine riesige Trollhand, die sich um seinen Nacken gelegt hatte. Arjon glaubte nicht, dass er gegen den riesigen Magus etwas ausrichten konnte, aber er lief weiter. Er holte mit seiner Axt aus, schlug zu und brüllte dabei: „Juuumaatahoooniii!"

Zarxaurus wich dem Hieb spielerisch aus, als hätte er bereits in der Zukunft gesehen, was gleich passieren würde. Er senkte seinen Stab und fauchte ein Zauberwort, woraufhin die Spitze der Zauberwaffe hellrot aufglomm. Arjon wurde zurückgeschleudert und landete direkt neben

Balins toter Hülle. Zarxaurus magischer Stab zuckte abermals vor. Die unsichtbaren Zaubermächte rissen dem Zwerg Axt und Schild aus den Händen. Mehrere Zergh wollten Arjon mit ihren langen Schwertern aufspießen, doch Zarxaurus stieß einen ungemütlichen Schrei aus, so dass die Meute von dem Gibali rasch zurückwich.

Arjon konnte sich nicht bewegen. Irgendeine Hexerei hielt ihn fest. Hilflos kauerte er am Boden wie ein Käfer, der auf dem Rücken lag. Der Zerghmagus schnaubte lüstern, als er sich auf den Zwerg zubewegte und sich ganz tief zu ihm hinunterbeugte, so dass Zelduin die winzig dünnen Blutäderchen in den vier pechschwarzen Äuglein des Magus sehen konnte. Zarxaurus zischelte etwas in seiner schaurig klingenden Sprache, als wolle er dem Zwerg etwas sagen. Zelduin fiel auf, dass es ruhig geworden war auf dem Schlachtfeld. Scheinbar war Arjon der letzte Überlebende der Allianz zwischen Gibali und Meowingern, und dieses Kunststück schien Zarxaurus höchstpersönlich würdigen zu wollen, auch wenn weder Arjon noch Zelduin sein hässliches Gezischel verstanden.

Der Zerghmagus kam noch ein Stück näher an das Gesicht Arjons heran, zischelte unentwegt, so dass ab und zu, wenn sich seine Mundwinkel auseinanderzogen, seine nadelspitzdünnen, silbergrauen Zähne und seine spitze, schwarze Zunge zu sehen waren.

Im Augenwinkel machte Zelduin plötzlich ein bläuliches Funkeln aus, direkt neben ihm auf dem Boden, halb von Balins Körper verdeckt. Auch Arjon schien das verräterische, blaue Leuchten gesehen zu haben, das zweifellos von Balins magischem Blauschwert herrührte. Als der Zerghherrscher seinen Hals kurz zur Seite drehte und nicht alle seine Augen auf den Gibali konzentriert waren, da löste sich plötzlich die unsichtbare Fessel, die Arjon festhielt. Bevor der Magus irgendetwas tun konnte, griff Arjon blitzschnell nach der Waffe und trieb sie dem scheußlichen Wesen in eines seiner vier Augen.

Zarxaurus schreckte mit einem grässlichen Geheul hoch und zog das Kurzschwert wieder heraus, an welchem sein schwarzer Augapfel aufgespießt war. Eine braune Masse schoss aus seiner leeren Augenhöhle heraus.

Wutentbrannt stürzte sich der Zerghkönig auf den blondbärtigen Zwerg. Er stellte seinen krallenbewehrten Fuß auf den Brustkorb Arjons und beugte sich abermals tief hinunter, so dass das Blut und die braunen Innereien seines Auges direkt auf das Gesicht des Gibali tropften. Arjon ächzte unter der Last des Zerghkönigs, der wieder etwas in seiner finsteren Sprache zischelte, plötzlich aber in ein gebrochenes Giblisch wechselte: „Deinen Kopf ich als Trophäääe mitnehme zschh, und spääter meinen Squiggs zum Fraaaß vorwerfe zzschhh!"

Zelduin spürte, dass Arjon mittlerweile zu schwach war, um sich gegen den Riesen stemmen zu können, und Zarxaurus schien nicht die Absicht zu haben, noch lange mit seinem widerspenstigen Opfer spielen zu wollen. Das bleiche Wesen griff nach der Axt Balins und hob sie ebenso mühelos hoch wie der ehemalige, gedrungene Besitzer es getan hatte. Dann ließ der Zerghherrscher die mächtige Waffe herabsausen. Sie trennte Arjons Kopf vom restlichen Leib ab. Der Kopf purzelte ein Stück im Gras umher. Arjon war tot, aber Zelduin sah noch immer, was um ihn herum geschah. Der Zhuk hatte auch das hier alles gespeichert.

Zarxaurus ließ einen grauslichen Schrei los, der sogar den Zergh Angst einflößte, denn sie wichen alle ruckartig ein paar Schritte zurück. Dann packte das nunmehr dreiäugige Wesen Arjons Kopf am Schopf und hob ihn hoch. Zelduin wurde hin und her geschaukelt, so dass er eine Zeitlang nicht wusste, wo oben und unten war, Himmel und Erde drehten sich im Kreis. Der Zerghkönig fauchte und keifte unentwegt. Und dann hatte die Schaukelei jäh ein Ende. Zarxaurus ließ einen urgewaltigen Schrei los! Arjons Kopf wurde plötzlich mehrere Halblingslängen in die Höhe gestreckt, so dass er das ganze, grauenvolle Ausmaß des blutigen Gemetzels überblicken konnte. Die Zergh jubelten zischelnd.

Kurz darauf sah Zelduin, warum er sich plötzlich in einer solch luftigen Höhe befand. Der Zerghherrscher hatte Arjons Kopf auf die Spitze seines Zauberstabs aufgespießt, ganz offenbar als Trophäe, so wie er es versprochen hatte.

„Schhtz, havazsh, zsschaaaarr!", rief der König aller Zergh, woraufhin seine Untertanen auseinanderströmten und damit begannen, die Leichen zu fleddern und zu sortieren. Zelduin stellte bald fest, dass sie die toten Meowinger herauspflückten und die getöteten Gibali und Zergh wie faules Obst beiseite warfen oder achtlos liegen ließen.

Zwischen den langbeinigen Wesen konnte Zelduin plötzlich eine dickbeleibte, äußerst hässliche Kreatur ausmachen. Sie glich äußerlich einem Zergh, nur war sie extrem fett, hatte einen hervorstehenden, schwabbeligen Wanst, dicke Arme und ein haarloses, mit etlichen Pickeln übersätes Doppelkinn. Vielleicht war die Kreatur eine Abart der Zergh, aber vielleicht auch nur ein besonders fetter Zergh, dachte Zelduin.

Als das widerliche Geschöpf sich behäbig umdrehte, sah Zelduin, dass das Monstrum einen riesigen, wagenradgroßen, runden Glasbehälter auf dem Rücken trug. Er war bis zur Hälfte mit hellrotem, glitzerndem Blut gefüllt, das hin und her schwappte, wenn sich der fette Zergh watschelnd bewegte.

Die Zerghsoldaten, die um ihren abscheulichen Artgenossen herumwuselten, trugen merkwürdig geformte Kupferspritzen in ihren Klauen, mit denen sie den Meowingern ihr Blut absaugten und es anschließend durch kleine Öffnungen in den Tank des mächtigen Zergh spritzten.

„Sie sammeln magisches Meowingerblut…", dachte Zelduin. Ihm lief dabei ein Schauer über den Rücken, zumindest im Geiste. *„Aber wofür bloß?"*

Seine Frage blieb vorerst unbeantwortet, doch wenn er gewusst hätte, was Zarxaurus mit all dem Blut vorhatte, dann wäre ihm wohl sein eigener Lebenssaft in den Adern gefroren, und vielleicht hätte er dann die Reise zum Nullpunkt niemals fortgesetzt.

Während die Zerghhorde ihrer schaurigen Arbeit nachging, gesellte sich plötzlich eine Gruppe Zergh zu ihrem König. Zelduin konnte die Neuankömmlinge zunächst nur hören, weil sie irgendwo hinter ihm waren. Er hörte fauchende Zerghstimmen, dann aber ertönte noch eine andere Stimme, eine kehlige Zwergenstimme, und sie kam Zelduin äußerst vertraut vor! Die Haare stellten sich ihm zu Berge.

„Mein Meister hat mich gerufen", sagte der Zwerg unterwürfig, und dennoch konnte Zelduin heraushören, dass auch Verbitterung und Erbostheit in der Stimme mitschwangen, die das gedrungene Wesen aber zu unterdrücken versuchte.

Zarxaurus wandte sich gemächlich um und drehte dabei auch den auf den Zauberstab aufgespießten Kopf Arjons mit, so dass Zelduin einen Blick auf die Neuankömmlinge werfen konnte. Es waren zwei in purpurfarbene Kutten gehüllte Zerghmagusse, die einen gedrungenen Zwerg mit silberner Rüstung, rotem Umhang und schwarzweiß gestreiftem Bart flankierten, der kein anderer als Zäbrik Drachenson war! Zelduin hatte ihn bereits an seiner Stimme erkannt, daher war er nicht mehr überrascht, ihn zu sehen, doch das merkwürdige Treffen dieser unterschiedlichen Wesen gruselte ihn trotzdem.

Der alte Gibali mit den grünen Augen musterte den aufgespießten Zwergenkopf voller Abscheu, aber er versuchte, Haltung zu bewahren und sich nur wenig anmerken zu lassen.

„Azshhu, schtt", sagte der Zerghkönig und schnitt eine hässliche Grimasse, so dass seine silbrig fauligen Zähne zum Vorschein kamen. Dann sprach er langsam und mit vielen Pausen weiter. „Ich mich bei dirrr bedanken wollte … fürrr deine Dienstää, zshht. Diese magischen … Elfenmenschen unsere Plääne vielleicht durchkreuzt hätten, wenn nicht du uns hättessst verraten, wo wirrr finden können sie, zshhh tzshh." Zäbrik erwiderte nichts. „Ich dich bald erlösen werrrde von deinem … Leid, zshh, zsh zsh!" Die letzten Worte klangen wie Gelächter. „Ich deine Gedaaanken lesen kann. Ich fühle, dass du mich töööten willst, zshh zshh zsch. Es dirrr nicht gelingen wirrrd. Ich fühle, dass du möchtest dich selbst töööten. Tue es! Dann ich mir hole einen neuen Heggborrr. Du kannst mir nicht entfliehen. Diene mirrr und ich dich bald erlöööxen werrrde! Diene mirrr und dein Volk bald in Frieden leeeben wirrrd, zzsshhhh."

„Ich werde dir dienen, mein Meister", versprach der alte Gibali dem schrecklichen Wesen.

„Guuut. Zschh", zischelte Zarxaurus; er holte unter seinem roten Umhang eine eigentümliche Spritze mit Glasbehälter hervor und reichte sie dem Zwerg. „Deine nächste Aufgabe es issst, mir zeigen zu, wie man Dinge maaacht konstant, zschh. Elfenmenschen wir nun haaaben genug, zschh, sschh sschh."

„Ich habe dieses Wissen nicht, mein Meister", antwortete Zäbrik.

„Tzsahuk! Hozshorbak! Zsss!", fluchte Zarxaurus, wobei ihm vor Wut gelber Speichel aus dem vogelschnabelähnlichen, fleischigen Maul flog. „Du mirrr gehorchen wiiirst! Ich deine Gedanken lesen kann, ragokzshh! Du dieses Wissen sehr wohl haaast!"

Die drei schwarzen Augen des Zergh ruhten sehr lange auf dem kleinen Wesen, das nicht einmal halb so groß war wie er, während aus seiner leeren Augenhöhle brauner Schleim herauslief. Ungeduldig hielt der Zergh dem kleinen Wesen das kupferne Spritzenwerkzeug vor die Nase.

„Ich kann es versuchen, mein Meister", gab Zäbrik schließlich nach, da er wohl wusste, dass es aussichtslos war, dem Magus etwas zu verheimlichen. Er nahm die merkwürdig gebogene Spritze an sich und marschierte zu dem Platz, wo die Zergh etliche tote Meowinger aufgereiht hatten. Der Zerghkönig gab ein gereizt klingendes Zischeln von sich und stakste hinter dem alten Gibali her. Zäbrik kniete vor einem toten Feuermagier nieder, die unschwer zu erkennen waren an ihren langen, grünen Kutten mit den weiten Ärmeln. Er rammte dem magischen Wesen die Spritze mitten ins Herz und zog an der Kupfervorrichtung, bis sich das Glasbehältnis der Blutsaugapparatur randvoll mit dem hellroten Lebenssaft gefüllt hatte.

„Die Prozedur wird nur mit magischem, glitzerndem Meowingerblut funktionieren", erklärte das bärtige Wesen und stand auf. „Es muss das gleiche, reine Blut sein, das nun auch durch unsere Körper fließt, jenes Blut, das wir von den Magiern der anderen Meowingerarmeen haben."

„Die anderen Elfenmenschen derrr anderen Elfenarmeen schwach wie Kobolde waren, zsshh, zschh zshh", spottete Zarxaurus, sein Mund verzog sich zu einem diabolischen Grinsen. „Aber gut, du das sagssst, zschhhh", fügte er lüstern hinzu. „Es Zeit wirrrd, mein Bluuut zu erneuern, Zzhhhhha."

Der Zerghkönig holte eine zweite Spritze unter seinem Umhang hervor und stach sie in einen scheinbar willkürlich ausgesuchten, toten Meowinger. Der Spritzenbehälter füllte sich mit rotem Blut, aber es war kein hellrotes Glitzerblut. Zarxaurus fluchte und spritzte den Lebenssaft in die Luft.

„Nicht rein genuuug, zschahh."

Er suchte sich ein neues, totes Opfer aus, diesmal nahm auch er einen Meowingermagier. Das Blut, das in das Behältnis sprudelte, war hellrot und schimmerte zauberhaft. Zarxaurus gab ein zufriedenes Zischeln von sich.

Dann konnte Zelduin die gleiche, widerliche Prozedur beobachten, die er in Arjons Erinnerungswelt schon einmal hatte mit ansehen müssen: Der Zerghherrscher streifte seinen roten Umhang ab. Auf seinem knochigen Rücken kam eine der merkwürdigen Apparaturen zum Vorschein, die er auch schon bei einem anderen Zerghmagus und auch bei Zäbrik gesehen hatte. Ein zu einem Drittel mit hellrotem Blut gefüllter, gläserner Tank, eingebettet in eine

Metallvorrichtung, war dort befestigt. Die Schläuche der Apparatur gingen unter die ledrige, bleiche Haut des Wesens und pumpten stetig neues Meowingerblut in den Körper des Zergh. Was dieses Blut bewirkte, war nur allzu klar: Zarxaurus hatte sich damit zu einem konstanten Wesen gemacht. Er musste scheinbar nur dafür Sorge tragen, dass er auch immer Nachschub von dem glitzernden, roten Saft bekam.

Der dreiäugige Herrscher öffnete eine Klappe an seinem mit vielen Rädchen betriebenen Apparat und füllte den roten Spritzeninhalt hinein. Anschließend schloss er kurz seine Augen und atmete genießerisch ein, als ob er das neue Blut spüren konnte.

Aus einer schattigen Ecke in Zelduins Kopf kroch plötzlich ein merkwürdiger Gedanke hervor. Der Jäpa überlegte, warum die Gibali nie darauf gekommen waren, sich selbst konstant zu machen, genauso wie Zarxaurus und Zäbrik es gemacht hatten? Dann könnte Gomril mit einer riesigen, konstanten Zwergenarmee zum Nullpunkt marschieren oder heldenhafte Gibalikrieger, wie Balin, zum Nullpunkt schicken und in der Galaxis wieder Recht und Ordnung herstellen. Vielleicht fehlte den Gibali die Fantasie dazu, vielleicht fehlte den zwergischen Technikussen das Genie eines Nul Heggbor, dachte Zelduin. Eine großartige Persönlichkeit wie Heggbor wird nur alle zehntausend Jahre geboren, hatte Balin einmal zu ihm gesagt.

In der Zwischenzeit hatte Zäbrik einen halb im Erdreich vergrabenen, weißen, kopfgroßen Stein freigelegt und vor seine Füße positioniert. Anschließend träufelte er das Blut aus seiner Spritze über den kleinen Felsbrocken, bis dieser rundum rot gefärbt war. Zarxaurus beäugte das Zwergenwerk äußerst misstrauisch.

„Der Stein ist nun konstant, mein Meister", verkündete Zäbrik und richtete sich wieder auf.

„Sooo einfach es issst, zschhhhh?"

Zäbrik nickte, während Zarxaurus den Zeigefinger seiner linken Klauenhand auf den Stein richtete und eine unheimlich klingende Formel flüsterte. Einen Wimpernschlag später schoss ein roter Blitz aus seiner Fingerkuppe heraus, der den Stein zertrümmerte und in mehrere Teile spaltete. Dann nahm der Zerghkönig das Zeitenrad, das um seinen Hals hing, in die Hand und werkelte einen Moment daran herum.

Augenblicke später wurde die Welt trüb und die Zeit drehte sich zurück, allerdings nur um ein paar Lidschläge. Alles bewegte sich in der Zeit rückwärts, alles bis auf Zäbrik, die beiden Zerghmagusse und König Zarxaurus… und der Stein, der rot gefärbte Stein blieb ebenfalls zertrümmert.

„Wie ihr seht, mein Meister, hat es funktioniert", sagte Zäbrik. Zelduin konnte ein unscheinbares, tückisches Lächeln im Gesicht des Zwergs erkennen, das anderen Wesen, die die Natur und Gestik der Gibali nicht kannten, vermutlich im Verborgenen geblieben wäre.

„Zshhhähaa", zischelte Zarxaurus. Der Zerghherrscher traute dem Braten scheinbar noch nicht und betrachtete die Gesteinsstücke argwöhnisch. Dann ergriff er eine ungewöhnliche und ekelerregende Maßnahme. Er lockerte seinen edlen Gürtel, platzierte sich breitbeinig über den Gesteinsstücken und urinierte darauf, bis der rote Lebenssaft abgewaschen war. Anschließend verpackte er seine Männlichkeit wieder unter seiner Robe. Dann schielte er mit mindestens zwei seiner drei Augen auf Zäbrik, der zu schwitzen begonnen hatte. Schließlich hantierte er wieder an seinem Zeitenrad herum und drehte die Zeit erneut zurück, wieder nur um ein paar Lidschläge…

Und diesmal bewegten sich die Steinstücke in der Zeit zurück, bis der Stein wieder seine ursprüngliche Form angenommen hatte und strahlend weiß vor ihnen lag, halb eingebuddelt im Erdreich.

Die Blutäderchen in den Augen des Zerghkönigs glühten vor Zorn. Er stieß einen lauten Fluch aus. „Waaas das issst, zschh?!", fauchte er erbost.

„Euer Urin hat das magische Blut abgewaschen, wodurch der Stein seine konstante Eigenschaft verloren hat, mein Meister", sagte Zäbrik der Wahrheit entsprechend.

Zarxaurus stieß einen heulenden Schrei aus. „Ich Dinge brauchää, die iiimmer konstant bleiben, Dienerrr, zschhhh!"

„Dieses Wissen besitze ich nicht, mein Meister", sagte Zäbrik untertänig, aber Zelduin spürte, dass seine Ergebenheit nur gespielt war, und er spürte auch, dass der Zwerg Angst hatte.

„Ich dich töööten sollte, szchhsxis! Aber ich dirrr nicht tun werde diesen Gefallen! Du mirrr dienen wirssst, bisss ans Ende aller Taaage, wenn du nicht mirrr zeigst, wasss ich will, zzzschhh!"

Zarxaurus stieß noch ein paar wilde, zischelnde Flüche aus, als plötzlich der unmenschliche Schrei eines Zergh über das Totenfeld wehte! Der Zerghkönig wandte sich jäh um und richtete auch seinen Stab mit Arjons aufgespießtem Kopf anders aus, so dass auch Zelduin sehen konnte, was passierte: Ein Zergh wurde im hohen Bogen durch die Lüfte geschleudert und blieb dann reglos am Boden liegen. Zuvor musste ihn ein feuriger Ball getroffen haben, denn die Hälfte seines Körpers war schwarz verbrannt. Einer der Feuermagier schien das Gemetzel tatsächlich überlebt zu haben, dachte Zelduin.

Am südlichen Ende des Schlachtfelds, vor dem einsamen Berg, hatte sich eine Traube der hochgewachsenen, bleichen Kreaturen gebildet. Mit langen Schritten stakste der Zerghkönig zum Ursprung des Aufruhrs. Auf seinem Weg dorthin sah Zelduin, wie ein weiterer, brennender Zergh aus dem Mittelpunkt der Ansammlung fortgeschleudert wurde.

Zarxaurus fauchte laut, so dass ihm seine Untertanen Platz machten und eine Gasse bildeten. Und als sich der Wald aus bleichgesichtigen Riesen lichtete, sah Zelduin endlich den letzten, noch lebenden Meowinger: Es war Taidos!

Der Königius war schwer verwundet und stützte sich mit beiden Händen auf den Knien ab. Blut rann ihm aus mehreren Wunden, und sein Atem ging schwer, doch noch schienen in dem Edelherrn ein paar Lebenslichter zu glühen.

Als Taidos bemerkte, dass der monströse Zerghherrscher auf ihn zukam, richtete er sich noch einmal zu seiner vollen Größe auf und streckte ihm seine geöffnete Handfläche entgegen.

„Faliminus", flüsterte er, und seine Fingerkuppen begannen zu glühen. Die Umrisse eines schemenhaften Feuerballs manifestierten sich in seiner Handmulde. Bevor die Feuerkugel jedoch eine klare Gestalt annahm, richtete Zarxaurus seinen linken Zeigefinger auf Taidos und sprach ebenfalls einen Zauber aus. Ein grüner Blitz stob aus dem Krallenfinger heraus, traf den Feuermagier am Kopf und schleuderte ihn hart zu Boden. Stöhnend rollte sich Taidos auf den Rücken. Er hob seine Hand, doch er schien zu schwach zu sein, um einen erneuten Zauber wirken zu können.

Zarxaurus drückte dem Feuermagus das stumpfe Ende seines Stabs in den Bauch, so dass Taidos Blut spuckte und sich nicht mehr bewegen konnte.

„Was willst du, zerstörerisches Wesen?!", rief Taidos mit rasselndem Atem. Er stöhnte laut, als der Zerghherrscher seinen Stab noch ein Stückchen tiefer in den Magen des Meowingers trieb.

„Jumatahoniii, zshhhh", hauchte Zarxaurus, während die anderen Zergh wieder näherkamen und einen Kreis um ihren riesenhaften König bildeten.

„Du wirst diese Galaxis niemals beherrschen. Das Gute findet immer einen Weg…", erwiderte Taidos kraftlos.

„Zschahahaha! Dein Volk ein verwelkendes issst. Du nun sterben wirrrst, aber dein Bluuut wird in mirrr weiterleben, zschhhh!"

Der Zerghkönig griff nach seiner Spritze, platzierte die Nadel dort, wo Taidos sein Herz hatte, und drückte sie ganz langsam in das weiche Fleisch hinein, als genieße er jeden Augenblick.

Die drei pechschwarzen, mandelförmigen Augen des Zergh waren dabei weit aufgerissen, ihnen fehlte jede Menschlichkeit.

Zelduin betrachtete die schaurige Szenerie von seiner erhöhten Position angewidert. Er hätte am liebsten die Augen geschlossen, als Zarxaurus sich anschickte, die Spritze in Taidos' Herz zu stechen, um ihm den letzten Lebenssaft zu rauben, doch er konnte die Augen nicht schließen, denn es waren nicht seine, es waren Arjons.

Als Zarxaurus die silbrige Nadel bis zum Anschlag in die Brust seines Opfers geschoben hatte, schrie Taidos stumm auf vor Schmerzen. Langsam zog der Zerghkönig am Kolben, so dass sich der zylindrische Hohlraum allmählich mit glitzerndem Blut füllte. Anschließend betrachtete er das kostbare Gut im Sonnenschein. Dann entleerte er den roten Lebenssaft in seinem Glasbehälter auf dem Rücken. Diese scheußliche Prozedur wiederholte er noch weitere sechs Male, und er lachte dabei immer wieder heimtückisch. Taidos' Antlitz hatte sich inzwischen zu einer Maske der Qualen verzogen. Er war schon ganz weiß geworden, doch zu Zarxaurus' Erstaunen war der Meowingerkönigius noch immer nicht tot.

„Saftiges Bluuut du in dirrr trägst, Elfenmenschenkönig. Saftig und viel, und du immer noch nicht bissst tooot. Widerspenstig du bist, Elfenmensch! Das mich erfreut, zshhhhahaha!"

Taidos war zu schwach zum Antworten. Erneut schob der bleiche Riese sein blutbeflecktes Werkzeug in den Leib des Meowingers, der leise aufstöhnte. Blut quoll aus seinem Mund. Als Zarxaurus die Spritze noch ein Stückchen tiefer in die bleiche Brust drückte, sprudelte noch mehr Blut aus dem Rachen des spitzohrigen Wesens heraus. Der Riesenzergh betrachtete dies mit tiefer Genugtuung; er lachte hässlich und schob sein Werkzeug mehrmals vor und zurück, so dass das Blut stoßweise aus dem Opfer quoll. Es schien dem dreiäugigen Wesen großes Vergnügen zu bereiten. Dann ließ er die Spritze in der Brust stecken und beobachtete die dünnen, roten Rinnsale, die aus dem Mund des gepeinigten Wesens liefen. Auch der Glasbehälter der Spritze füllte sich ganz automatisch mit Blut, wie ein Brunnen, aus dem Wasser sprudelte, dachte Zelduin, und mit diesem Gedanken stand er nicht allein…

Zarxaurus verharrte plötzlich in seiner Bewegung. Seine unergründlich schwarzen Augen verzogen sich zu engen Schlitzen, als ob er über irgendetwas nachsann. Dann zog er die Spritze aus dem Leib des Meowingers wieder heraus, ganz sanft, so als ob er ihn nicht verletzen wollte.

„Leeebend", hauchte der langbeinige Herrscher. „Zschhh, ihrrr Elfenmenschen leeebend viel nützlicherrr seid."

Zelduin konnte beobachten, dass Zäbrik, der sich inzwischen an die Seite des Zerghherrschers gesellt hatte, im Gesicht kreidebleich geworden war. Die Entdeckung, die sein Meister gerade eben gemacht hatte, schien dem Zwerg jegliche Hoffnungsschimmer genommen zu haben.

„Wir noch meeehr lebende, magische Elfenmenschen brrrauchen, zschhh. Maaagische Elfenmenschen, niemals versiegende Quellen. Quellen, die immerrr sprudeln, zshhahahahahaha."

Taidos ächzte. „Es gibt keine magischen Meowinger mehr, Kreatur der Unterwelt! Ihr habt all unsere Armeen, die sich auf die Reise zum Nullpunkt gemacht haben, vernichtet."

Zarxaurus neigte seinen Kopf zur Seite, ganz so, als versuche er, in Taidos' Kopf hineinzuschauen. Ein paar Augenblicke später verwandelten sich seine schmalen, grauen Lippen zu einem höhnischen Grinsen.

„Zschahahaha! Du lügst, dummer, dummer Elfenmensch!", sagte das große Wesen. „Du einen Sohn hasssst. Lotorion errrr heißt! Ich essss in deinen Gedanken seeehen kann, zshhh."

Taidos hüllte sich in Schweigen. In seinen blauen Augen spiegelten sich Verzweiflung und Missmut wider. Er richtete seinen Blick nach oben, dort, wo strahlend weiße Wolken friedlich über den Himmel glitten. Ein leises Geflüster huschte über seine Lippen. Es musste sich um ein altes Meowingergebet handeln, glaubte Zelduin, und er betete mit ihm, ganz still und heimlich in Arjons aufgespießtem Kopf…

Kurz darauf drang ein summendes Geräusch in seine Ohren; die Welt verblasste und wurde milchig, bis sie gänzlich verschwand. Eine neue Szenerie baute sich gemächlich vor ihm auf. Er befand sich wieder im Körper Arjons, und diesmal lebte der Zwerg wieder. Neben ihm marschierten Balin, Alric und drei weitere rotbärtige Gibali, die ihm mittlerweile nur allzu vertraut vorkamen. Um sie herum ragten die großen, altbekannten Bäume mit den orangefarbenen Blätterdächern empor.

„Eilt euch!", rief Balin und lief los.

„Was ist passiert?", fragte Arjon.

„Es gab zwei Zeitverschiebungen. Sie sind alle tot!"

„Die Meowinger?"

„Ho, es gab eine große Schlacht. Und wir haben versagt", erklärte Balin zähneknirschend.

Im Laufschritt rannte die kleine Zwergentruppe durch den großen Wald, bis sie jene Lichtung erreichte, wo die schreckliche, später einmal vielbesungene Schlacht stattgefunden hatte. Von dem blutigen Gemetzel zeugten allerdings nur noch die toten Leiber der Meowinger, die von rothälsigen Aasgeiern belagert wurden. Die anderen nichtkonstanten Wesen waren alle wieder zum Leben erweckt worden. Die Zergh waren fort, und die Gibali der Leibwache hockten niedergeschlagen auf dem Hügel. Von der anderen Seite der Lichtung trafen noch weitere Zwergenspäher ein, die die Bilder, die sie sahen, erschüttert in sich aufsogen. Sie waren zu spät. Alle Meowinger waren tot. Ein übler Geruch der Verwesung hing in der Luft.

„Taidos war der letzte Meowingerkönig…", erklärte Alric mit jammervollem Unterton. „Er ist tot. Dies hier war die letzte Meowingerexpedition zum Nullpunkt. Nun wird eine düstere Zeit für Jumatahoni anbrechen."

„Es scheint ein Götterfluch über uns zu liegen", sagte Balin kummervoll und zupfte sich an seinem feurig roten Bart.

Zelduin spürte, dass Arjon nicht glauben konnte, was er sah. Es dauerte eine Weile, bis der Zwerg seine Stimme wiederfand. „Wir sollten sie alle begraben, und Taidos dort oben auf dem Hügel, damit er seinen Frieden findet", meinte er bedrückt. „Das sind wir dem letzten Königius von Meowing schuldig."

„Ho", stimmten die anderen Gibali wie im Chor zu.

Sie machten sich auf die Suche nach dem spitzohrigen König, doch konnten sie ihn nicht finden. Er schien wie vom Erdboden verschluckt zu sein.

„Er ist nicht hier", meinte Alric, als sich die Zwerge im Mittelpunkt des Schlachtfelds erneut zusammengefunden hatten. „Taidos ist nicht hier."

„Ho. Dann lebt er noch", posaunte ein anderer Gibali übereifrig heraus.

„Ho ho, oder Zarxaurus hat ihn mit einem Zauber zu Asche pulverisiert", sagte ein schwarzbärtiger Zwergenkrieger.

„Wohin er auch immer entschwunden ist", begann Balin und blickte in den Himmel, „die Götter werden sich hoffentlich etwas dabei gedacht haben."

Arjon betrachtete den blassen Halbmond, der hoch über ihm stand und dem späten Nachmittagshimmel etwas Zauberhaftes verlieh. „Beten wir für ihn, und für all die anderen Geister, die die Meowinger hier verlassen haben."

Stumm knieten die Zwerge sich nieder, falteten ihre Hände vor der Brust und schickten ein düster klingendes Gebet gen Himmel, das kein Ende zu nehmen schien…

Dann wurde die Welt jäh wieder milchig und trüb. Ein rasch lauter werdendes Summen erfüllte die Luft. Einen Augenblick später wurde Zelduin in die nächste Erinnerung, die in Arjons

Zhuk gespeichert war, geschleudert, und es sollte nicht die letzte Gedankenreise sein, die er durchleben musste. Viele, viele Traumwelten sollte er noch besuchen. Einige brachten ihm neue Erkenntnisse verschiedenster Art, andere wiederum - und es waren die meisten - waren belanglos und spielten keine Rolle für ihn.

Wie ein niemals endendes Puppentheater spielten sich die verschiedenen Szenen vor seinem inneren Auge ab. Er hörte irgendwann auf, die unzähligen Abenteuer, die Arjon während seines zehntausendjährigen Lebens einst erlebt hatte, zu zählen, denn es waren einfach zu viele.

Allmählich verlor er den Verstand. Er konnte sich aber noch an die Welt erinnern, in der er aufgewachsen war und wirklich lebte, auch wenn sie mehr und mehr verblasste; Zegolas, Acirus, …Rolotario, Gronk, Tagonix, …Elfja! Er hatte sie nicht vergessen, noch nicht, aber irgendetwas nagte an seinem Hirn und fraß seine eigenen Erinnerungen Stück für Stück auf. Er wusste bald nicht mehr, ob das, wo er jetzt war, wirklich noch Arjons Traumwelt war oder etwas anderes. Vielleicht war er schon längst tot, hatte er nur allzu oft gedacht.

Zelduin verlor sich immer mehr zwischen den Welten, ohne zu wissen, wo sich sein richtiger Körper befand. Er hatte oft darüber nachgedacht, wie viele Sonnenphasen wohl in der realen Welt vergangen waren, seitdem er in diesem endlosen Traum gefangen war. Vielleicht hatte Zegolas ihn längst verlassen. Vielleicht lag seine leibliche Hülle irgendwo in einem dunklen Wald und wurde von Ratten und anderen Wildtieren aufgefressen. Vielleicht war er auch schon längst verwest und bestand nur noch aus Staub und Knochen…

Hildelia

Käpitulus 20

Jumatahoni-Galaxis,
Planet Majong,
4093. Weltenzyklus

Irgendwann, zu einem viel, viel späteren Zeitpunkt – Arjon wanderte gerade über ein gülden schimmerndes Kornfeld - geschah dann plötzlich etwas sehr Merkwürdiges. Die Welt um Zelduin herum verschwamm urplötzlich. Der junge Meowinger kannte dieses Anzeichen bereits. Es kündigte gewöhnlicherweise einen Erinnerungswechsel an. Diesmal war es aber anders, denn die verzerrte Welt wurde plötzlich wieder scharf, ganz so, als habe sich die Erinnerung überlegt, doch noch nicht aufgelöst zu werden. Dann wurde die Umgebung plötzlich wieder durchsichtig. Die Welt flimmerte, im ersten Moment war sie deutlich erkennbar, dann wieder neblig und in weiter Ferne, als ob sich der Herr über die Traumreisen nicht entscheiden könne, hierzubleiben oder woandershin zu gehen.

„*Woandershin…*“, ging es Zelduin plötzlich durch den Kopf. In jenem Moment wurde ihm wieder bewusst, dass es noch ein anderes Leben gab, ein Leben außerhalb dieses Universums, das aus Tausenden längst vergangenen Geschichten bestand.

Ein durchdringendes, schrilles Pfeifen ertönte plötzlich! Zelduin hatte das Gefühl, dass ihm gleich die Trommelfelle platzen würden.

Dann bekam die Welt Risse wie ein altes, mit Ölfarbe gemaltes Gemälde. Sie brach regelrecht auseinander wie ein Spiegel, der am Boden zersplitterte, nur spielte sich alles im Zeitlupentempo ab.

Der kreischende Pfeifton wurde unerträglich laut, bis er plötzlich jäh abriss. Es wurde gespenstisch still. Gleichzeitig wurde alles um Zelduin herum schwarz. Er fühlte sich auf einmal merkwürdig schwach, irgendwie ausgemergelt und krank.

„*Jetzt ist es soweit*“, dachte er. „*Der Totengott kommt, um mich zu holen.*“

Stattdessen aber bekam er höllische Kopfschmerzen, und ein scheußlicher Geschmack machte sich in seinem Mund breit, merkwürdigerweise kam er ihm äußerst vertraut vor. Irgendeine zähe Flüssigkeit lief seine Kehle hinunter, und sie schmeckte nach Verfaultem. Zelduin würgte. Alles um ihn herum war noch immer dunkel wie die Nacht.

Ein nach Pestilenz riechender Gestank drang nach ein paar Augenblicken in seine Nase. Dann lief ein weiterer zäher Schleimklumpen seinen Hals hinunter. Er musste erneut würgen und fing an zu husten. Wieder und wieder würgte er. Er bekam Atemnot! Schweiß bildete sich auf seinem Gesicht, seine Knie wurden weich, und ein flaues Gefühl pochte in seinem Magen. Aber erst als er spürte, dass sein Herz zu rasen anfing, wusste er, dass noch immer ein Lebenslicht in ihm glomm…

„*Ich bin nicht tot*“, dachte er und schlug die Augen auf.

Das grelle Licht blendete ihn arg, so dass er seine Lider rasch wieder schloss. Langsam, ganz langsam öffnete er die Augen wieder. Alles war weiß. Er konnte nichts sehen, so dass er schon glaubte, blind geworden zu sein, aber das stimmte nicht. Es dauerte sehr lange, bis sich erste Schatten im weißen Licht bildeten. Eine gefühlte Ewigkeit später sah er dann alles um sich herum in bunten, schillernden Farben.

Er befand sich in einem lichtdurchfluteten, kleinen, hübsch eingerichteten Zimmer mit niedriger Decke. An den hellbraunen, runden Holzwänden hingen Bilder, die Landschaften und Blumen zeigten, vor den runden Fenstern flatterten dunkelgrüne Gardinen im seichten Wind. Vor ihm auf dem Boden lag das weiche, zottelige Fell eines weißen Wildtiers mit katzenähnlichem Kopf und schwarzen Pinselohren. Auf der rechten Seite standen ein kleiner Bambustisch und zwei Hocker und ein irrwitzig geformter Hutständer, der mit mehreren bunt gestreiften Ballonmützen behangen war. Daneben ragte ein schmales Bücherregal empor, das an die nach außen gewölbte Wand angepasst worden war. Ihm fiel auf, dass alle Möbelstücke ausgesprochen klein waren, auch das Bett, in das er schräg hineingelegt worden war. Mit dem Kopf stieß er bereits an die obere Bettkante an, und die weiße, flauschige Decke, in die man ihn eingekuschelt hatte, ging ihm nur bis zu den Fußknöcheln.

Zelduins Panik verging rasch und machte Platz für ein Gefühl, das er schon lange nicht mehr gespürt hatte … eine Art von Geborgenheit.

Er glaubte schon zu träumen, bis ihn erneut der scheußlich bittere, seltsam vertraut vorkommende Geschmack im Mund wachrüttelte. Erst jetzt bemerkte er, dass man ihm einen durchsichtigen Schlauch in den Rachen gesteckt hatte, durch den stetig hellgrüner Schleim in ihn hineinlief. Das andere Ende des Schlauchs war an einem Glasbehälter oberhalb der Bettkante befestigt, in welchem die undefinierbare, grüne Substanz schwappte und gelegentlich leise blubberte.

Der junge Meowinger packte den Schlauch und zog ihn langsam aus seinem Hals heraus. Dabei ergoss sich ein ganzer Schwall des stinkenden Gebräus in seinen Mund. Er würgte, drehte sich zur Bettseite, spuckte das Zeug aus und übergab sich. In jenem Moment erhob sich das zottelige Tierfell plötzlich! Zelduin schreckte zurück vor dem Tier, von dem er geglaubt hatte, dass es tot war. Das Katzentier mit den schwarzen Pinselohren, das nun von oben bis unten mit grünem Schleim besudelt war, fauchte laut und floh dann mit zwei Sprüngen aus dem Raum. Es entschwand durch einen Bambusvorhang, der in ein Nebenzimmer führte.

Als Zelduin versuchte aufzustehen, spürte er Schmerzen am ganzen Körper und ließ seinen Kopf rasch wieder zurück ins Kissen sinken.

„Haidebulja!", rief plötzlich eine aufgeregte, fröhliche Frauenstimme.

Kurz darauf stürmte eine kleine, dicke Frau mit kurzen Armen und Beinen ins Zimmer. Es war eine Halblingsfrau. Sie trug eine bunte Tracht, die grüngelb gestreift war, eine Schürze mit einem Blumenstickmuster und Ledersandalen. Unter ihrem blonden Haar versteckte sich ein freundliches, breites Pfannkuchengesicht, das von zwei hin und her pendelnden Zöpfen eingerahmt war. Ihre roten Bäckchen und weichen Züge verliehen ihr ein freundliches Antlitz.

Die gedrungene Frau mittleren Alters klatschte mehrfach vor Freude in die Hände, als sie Zelduin erblickte.

„Haidebulja! Hagirta dolfius, Haidebulja!", rief sie. Zelduin verstand kein Wort, aber es war offensichtlich, dass sie sich riesig über sein Erwachen freute.

Die Halblingsfrau hielt ihre Hand an Zelduins schweißnasse Stirn, nickte zufrieden und lächelte den Jäpa dann einen langen Moment ganz entzückt an. Anschließend sagte sie wieder etwas in ihrer ulkigen Sprache und deckte ihren Patienten fürsorglich zu.

„Wo… bin ich hier?", fragte Zelduin, und er spürte zeitgleich, wie viel Kraft es ihn doch kostete, diesen einen Satz auszusprechen. Seine Zunge fühlte sich unendlich schwer an. Er musste eine lange Weile in Arjons Traumwelt gefangen gewesen sein.

„Ubelia?"

„Wer … bist du?", hauchte Zelduin mit dünner Stimme.

„Obelior druhumi."

Die Frau verstand kein Wort, fand Zelduin recht schnell heraus. Wo war er hier bloß, dachte er.

Nachdem die dicke Frau ihm die Haare aus dem Gesicht gekämmt hatte, steckte sie ihm den Schlauch, aus dem das widerliche Gebräu kam, wieder in den Mund. Zelduin spuckte ihn gleich wieder aus.

„Was ist das…?!", fragte er, bis ihm sein trockener Hals die Stimme verschlug.

„Orgüt, Orgüt! Hatschimamai!", antwortete die kleine Frau erbost und drückte den durchsichtigen Schlauch wieder durch die zusammengepressten Lippen hinein in den Mund des Meowingers. Anschließend hob sie mahnend ihren stummligen Zeigefinger und machte ein äußerst säuerliches Gesicht. Zelduin wagte es nicht, das Ding erneut auszuspucken. Es schien ihm sowieso zwecklos zu sein, denn in seinem jetzigen Zustand konnte er sich nicht einmal gegen ein kleines Kind erwehren. Daher fügte er sich einfach in sein Schicksal. Außerdem handelte es sich bei dem grünen Zeug bestimmt um irgendeine Medizin, die ihm gut tun würde, dachte er sich.

Plötzlich fiel ihm ein, warum ihm der widerliche Geschmack so vertraut vorkam, er kannte ihn aus Arjons Erinnerungen…

„Ürüpilz", flüsterte er leise vor sich hin. Arjon hatte die Pilze oft genug gegessen, so dass er ihren scheußlichen Geschmack nur allzu gut kannte. Er begann allmählich zu verstehen: Der alte Meister Burlok aus Arjons Welt hatte einst gesagt, dass die geheimnisvollen Stoffe, die der Pilz absonderte, wie ein Gegengift gegen die unkontrollierbaren Erinnerungsreisen wirkten. Der Saft des Ürü musste ihn aus seinem langen Schlaf geholt haben. Er würde hoffentlich auch dafür sorgen, dass die langen Tentakel der Traumwelt ihn so schnell nicht wieder dorthin zurückzerren würden.

Die Halblingsfrau nickte beherzt. „Ürü, gunda, *gunda*."

Dann verschwand die kleinwüchsige Frau wieder durch den Vorhang, dessen an dünnen Fäden aufgehängte Bambusröhrchen leise klimperten. Zelduin schluckte die scheußliche Ürüsuppe hinunter und stellte sich vor, dass es Elfjas köstliche, grüne Erbsensuppe wäre. Rasch musste er einsehen, dass seine Vorstellungskraft dafür nicht ausreichte. Er wusste aber, dass der Saft des Ürüpilzes ihm gut tun würde und dafür sorgte, dass er hier – wo und wann das auch immer war – bleiben würde, und deshalb schluckte er das Zeug - wenn auch widerwillig - hinunter. Auch Arjon hatte die Pilze ständig essen müssen, um nicht dem Wahnsinn anheimzufallen, und auch die kleine Halblingsfrau schien das Geheimnis des merkwürdigen Pilzes zu kennen. Er glaubte, dass er hier in guten Händen war, auch wenn sie klein, dick und verschrumpelt waren.

Nach einer Weile beschäftigte ihn die Frage, was wohl aus Zegolas und Acirus geworden war. Wahrscheinlich war es sinnlos, die alte Frau nach seinen alten Gefährten zu fragen. Er tat es trotzdem, als sie das nächste Mal das Zimmerchen betrat, um ihm eine Tasse heißen Tee, der nach Honig und Blumen duftete, zu bringen. Ihre Augen blitzten auf, als Zelduin seinen spitzohrigen Gefährten beim Namen nannte.

„Zegooolas, dawi haitazan, fuchua", antwortete sie und lächelte dabei freundlich. Dann ging sie wieder hinaus. Was das auch immer bedeutet hatte, er würde es wohl bald herausfinden, hoffte er.

Nachdem er den heißen Tee, der nach süßen Kräutern schmeckte, ausgetrunken hatte, steckte er sich ganz freiwillig den Schlauch wieder in den Mund, denn er wollte nie wieder in Arjons Erinnerungswelt versinken, auch wenn er dadurch Dinge erfahren hatte, die unglaublich waren und im Kampf um Jumatahoni vielleicht noch einmal eine große Rolle spielen würden.

Plötzlich hörte er gackernde Kinderstimmen. Er wandte seinen Kopf nach links und erblickte die breiten, mit roten Sommersprossen übersäten Gesichter etlicher Halblingskinder, die durch das runde Fenster hereingafften. Als Zelduin in ihre Richtung sah, duckten sie sich rasch, um nicht gesehen zu werden. Einige besonders mutige Kinder wagten noch einen zweiten, vorsichtigen Blick. Dann rannten sie kichernd davon. Kurz darauf blickte ein älterer Halblingsmann mit langem, weißem Bart durch das Fenster hinein. Eine silberne Brille saß auf seiner schmalen, roten Nase. Sein Gesicht war alt und faltig. „Jojok", sagte er freundlich und verschwand dann wieder, während er irgendetwas auf Halblingsch vor sich hin nuschelte.

Scheinbar war Zelduin in einem Halblingsdorf gelandet, und offenbar war er hier eine Art Attraktion. Wahrscheinlich hatten die kleinwüchsigen Bewohner einen großen und so merkwürdig gekleideten Menschen, der noch dazu spitze Ohren hatte, noch nie zuvor gesehen.

Allerart verworrener Gedanken gingen Zelduin durch den Kopf, während er an die dunkle, mit etlichen Holzknästen übersäte Decke starrte. Nach etlicher Zeit wurde er plötzlich rasch müde. Er kämpfte eine ganze Weile gegen die Schläfrigkeit an, denn er fürchtete sich sehr davor, in einer Traumwelt zu landen, aus der er nicht wieder hinauskam, aber nach mehreren Glockenschlägen verlor er den Kampf gegen die Müdigkeit schließlich doch und schlief ein. Bald fing er an zu träumen, und er träumte von Arjons Abenteuern, aber diesmal war es sein eigener Traum und nicht die uralten, abgespeicherten Erinnerungen des blondbärtigen Zwergs.

Am nächsten Morgen erwartete ihn eine große Überraschung. Als er blinzelnd um sich schaute und die Welt um ihn herum allmählich scharf wurde, blickte er in ein altbekanntes

Gesicht. Es war Zegolas! Im ersten Moment war er sich nicht sicher, ob er nur träumte, aber als sein alter Schicksalsgefährte ihn in die Arme schloss und kräftig drückte, wusste er, dass es die Realität war.

„Wie geht es dir, du Schlafmonster?", fragte Zegolas lächelnd. Ihm kullerten vor Freude ein paar Tränen über die Wangen.

Auch Zelduin war zu Tränen gerührt. Nun wusste er mit Gewissheit, dass er in seiner alten Welt gelandet war, aus der er einst fortgerissen worden war. Er zog den Schlauch aus seinem Mund und sagte: „Mir ist speiübel von diesem grünen Zeug."

Zegolas lachte. „Hildelia macht die beste Ürüsuppe weit und breit, mein Freund. Ich habe sie selbst einmal gekostet. Sie trifft nicht ganz meinen Geschmack, aber sie ist äußerst nahrhaft, und außerdem hält sie dich von bösen Albträumen fern."

„Du meinst wohl bösen Erinnerungen."

Sein spitzohriger Gefährte nickte ernst. „Das nächste Mal hörst du lieber auf die Worte eines älteren Bruders, bevor du dir wieder Dinge in die Nase schiebst, von denen du nicht weißt, was sie mit dir machen."

„Das werde ich ganz gewiss, Zegolas." In jenem Moment entdeckte Zelduin die weiße Katze, über die er sich am gestrigen Tage unabsichtlich erbrochen hatte. Sie hockte am Eingang des Zimmers, leckte sich über ihr grün eingefärbtes Fell und warf hin und wieder einen argwöhnischen Blick auf ihn. „Wo bin ich hier? Und wer ist diese Halblingsfrau, die die geheimnisvollen Kräfte des Ürüpilzes kennt?"

„Hildelia? Nein, sie hat sie nicht gekannt. Sie hat dich gesund gepflegt, nachdem ich ihr den seltsamen Stoff gebracht habe, von dem ich glaubte, dass er dich heilen würde."

„Du wusstest von der Heilkraft des Pilzes?", fragte der junge Meowinger erstaunt.

Zegolas schüttelte langsam den Kopf. „Nein, ich wusste nicht einmal, dass es einen solchen Pilz gibt. *Du* kanntest die Kraft des Pilzes." Zelduins Stirn legte sich in Falten. „Du hast es mir gesagt, ganz leise, kurz bevor du in den letzten, tiefen Schlaf gesunken bist. *Üüüüürrrüüüüü* hast du gesagt. Das war dein letztes Wort. Ich wusste nicht, was du mir damit sagen wolltest, aber ich habe gespürt, dass es wichtig war." Dann hat er mich also doch gehört, dachte Zelduin und hörte weiter zu. „Also habe ich mich auf Rätseljagd begeben. Nun, wie du ja weißt, bin ich ein begeisterter Artefaktsammler. Außerdem besitze ich eine kleine, aber feine Büchersammlung, darunter auch ein paar alte Lexika. Das Wort Ürü kam mir Giblisch vor, also schlug ich das giblische Lexikon auf. Und tatsächlich, ich fand das merkwürdige Wort *Ürü*, glücklicherweise war dort auch eine Zeichnung von einem Pilz abgebildet. Sie war nur schwarzweiß, aber zumindest wusste ich nun, wonach ich suchen musste. Ich band dich auf Acirus' Rücken fest und flog weiter. Wir flogen von Dogomor fort durch ein Weltentor und landeten hier auf Majong, einer der wenigen idyllischen Inseln Jumatahonis, die noch nicht von Krieg und bösen Schatten heimgesucht sind.

Die Suche nach Ürüpilzen erwies sich als außerordentlich schwierig. Die riesigen Grünwälder Majongs beherbergen zwar eine üppige Pflanzenwelt, aber nach einem speziellen Pilz zu suchen, war wie die Suche nach der Nadel im Heuhaufen. Also nahm ich Kontakt zu den einheimischen Halblingen auf. Wir landeten in vielen Dörfern und Städten, doch niemand konnte oder wollte uns helfen. Ich wusste, dass Majong eine friedliche Welt ist, die von friedlebenden Halblingen bewohnt ist. Trotzdem musste ich stets auf der Hut sein, denn es gibt nichts, was Halblinge mehr hassen als die Veränderung. Und zwei spitzohrige Reisende auf einem Riesenadler konnten jede Menge Veränderungen mit sich bringen. Ich war also nicht überall willkommen, und hin und wieder musste ich auch um unsere Leben kämpfen.

Nach dreißig Sonnenphasen kam ich nach Emeldia, einem kleinen Dorf auf einer der grünen Hochebenen Majongs. Hier traf ich auf Hildelia, die Stammesälteste Emeldias. Als ich ihr die Zeichnung des Ürüpilzes zeigte, ist sie sofort losgelaufen und kam kurz darauf mit einem Korb der geheimnisvollen Früchte zurück. Außerdem zeigte sie mir, wo man die Pilze finden könne. Sie nahm dich in ihre Obhut, und wie man sieht, hat sie dich wieder aufgepäppelt, auch wenn es eine sehr lange Zeit gedauert hat."

„Wie viel Zeit?", wollte Zelduin wissen.

„Ein ganzer Weltenzyklus."

„*Ein Weltenzyklus!*", geisterte es in Zelduins Kopf umher. „Ich habe ein Jahr geschlafen?!"

„Nun, wenn man die Reisezeit bis nach Emeldia noch dazuzählt, dann war es sogar noch etwas mehr als ein Zyklus." Zegolas biss sich auf die Lippen. „Ich habe jede Nacht für dich gebetet, und ich war jeden Tag fort, um die besten und schönsten Ürüpilze für dich zu sammeln."

Zelduin bekam wieder feuchte Augen. Ihm steckte ein dicker Kloß im Hals. Er schien dem Tode wieder einmal nur knapp entkommen zu sein. Aus irgendeinem Grund ließen die Götter ihn am Leben, und Zelduin hoffte, dass sie das auch in der Zukunft tun würden.

Als sich der Frosch in seinem Hals aufgelöst hatte, sagte er: „Wenn ich ein Jahr geschlafen habe, dann haben wir uns ja wieder vom Nullpunkt entfernt."

„Ja, aber nur ein Jahr. Zeit spielt keine Rolle in dieser Galaxis."

Da war sich Zelduin inzwischen nicht mehr so sicher. Bei dem Versuch sich aufzurichten, stellte er fest, dass ihm jemand ein Lederband, an welchem ein kleiner, grauer Stein befestigt war, um den Hals gehängt hatte. Als er den Stein betrachtete, sah er, dass eine weißlich schimmernde Rune darauf prangte.

„Das ist dein alter Talisman mit der Glücksrune", sagte Zelduin erstaunt.

„Die Zwerge sagen, dass der Besitzer mit einem mit dieser Rune beschrifteten Talisman mehr Glück hat als jemand, der ein ganzes Fass voller Glücksgeister mit sich herumträgt."

Zelduin schmunzelte.

Plötzlich verdunkelte sich das Zimmer, und Zelduin hörte ein lautes, wohlvertrautes Krächzen! Durch das runde Fenster lugte Acirus hinein. Seine blassgrauen Adleraugen glänzten. Der Adlorus stieß das Fenster sanft mit seinem Schnabel auf und schmiegte seinen gefiederten Kopf an den seines Herrn.

„Mein treuer Acirus", sagte Zelduin und kraulte den Riesenvogel an seinem Federkamm. Es war schön, das pulsierende Herz und den warmen Körper des Vogels zu spüren. Fast war die Welt wieder in Ordnung.

Dann wandte er sich wieder an sein spitzohriges Ebenbild. „Zegolas, wir dürfen keine Zeit verlieren … wir müssen nach Mäol."

Die letzten Worte hatte er nur noch hauchen können, da seine Stimme vor Kraftlosigkeit allmählich wieder versagte.

„Wenn du wieder der alte bist, reisen wir weiter", sagte der Meowinger. „Ich möchte dich nicht noch einmal verlieren."

„Zegolas, ich habe Dinge gesehen, schreckliche Dinge. Und Taidos habe ich auch gesehen…"

Plötzlich kam Hildelia stampfend in das Zimmer gelaufen. Sie schimpfte wie ein kleiner Blaugnom und steckte dem Jäpa den Schlauch wieder in den Mund. Zelduin glaubte, dass das Katzenvieh am Eingang des Zimmers in jenem Moment unmerklich lächelte.

„Ruhe dich erst einmal aus. Du bist hier in sehr guten Händen", sagte Zegolas. „Wir haben noch jede Menge Zeit, über deine Träume zu sprechen."

Zelduin spürte, dass die Schläfrigkeit wieder zurückkam und sich in seinen Knochen ausbreitete, obwohl er gerade eben erst aufgewacht war. Er fragte sich, wie lange es wohl dauern würde, bis er wieder auf seinen eigenen Beinen stehen konnte. Die Frage konnte ihm natürlich niemand beantworten, aber es sollte fünfzig lange Sonnenphasen dauern, bis er wieder genesen war.

Während dieser Phase hatte Arjons Traumwelt gewiss versucht, ihre Fühler nach ihm auszustrecken, aber bekommen hatte sie ihn nicht. Hildelias selbstgemachte Ürüsuppe hatte alle bösen Geister vertrieben, die sich ihm genähert hatten. Er hatte sich an den beißenden Geschmack des Ürü nie gewöhnt, und er sollte sich auch nie an ihn gewöhnen, aber er wusste, dass das eigentümliche Zeug seinem Geist und Körper gut tat, und daher schluckte er es während jeder Sonnen- und Mondphase artig hinunter.

Schließlich kam der Tag des Aufbruchs. Es war der einundfünfzigste Tag nach Zelduins Erwachen. Die dreiköpfige Abenteuergruppe hatte sich auf dem steinernen Hauptplatz der kleinen Siedlung eingefunden. Sie war umringt von runden Bambushäusern mit grünen Blätterdächern, und in der Mitte ragte ein steinerner Brunnenplatz empor; der Wasserspeier hatte die Form einer Meerjungfrau mit üppigen Brüsten und einem Dreizack in der Hand. Die rund einhundert kleinwüchsigen, in bunte Trachten gekleideten Dorfbewohner waren alle gekommen, um ihre seltsamen Gäste zu verabschieden. Die gastfreundlichen Siedler beschenkten die Reisenden mit Blumen und Früchten aller Art, und sie gaben ihnen auch etliche primitive Waffen aus Holz mit. Sie wurden geehrt wie Ritter, die in die Schlacht hinauszogen. Vielleicht hatten ihre Götter ihnen ja erzählt, dass die beiden spitzohrigen Wesen auf dem Weg zum Nullpunkt seien, um ihre Welt zu retten.

Die alte Hildelia hatte Zelduin zum Abschied einen Ürüpilzkuchen mit Blaukirschgeschmack gebacken, und außerdem noch ein sehr großes Bündel roher Ürüpilze für die lange Reise mitgegeben. Zelduin bedankte sich mit einer langen Umarmung. Die kleine Halblingsfrau war ihm sehr ans Herz gewachsen, auch wenn er sie nie verstanden hatte.

„Vielleicht sehen wir uns irgendwann einmal wieder", sagte Zelduin. „Auf Wiedersehen, Hildelia."

„Gorim garum guru, Mawanga", sagte die alte Frau und streckte dabei ihre kurzen Arme gen Himmel, als wolle sie die Götter um etwas bitten. Dann stellte sie sich zu den anderen der kleinen Dorfgemeinschaft und lächelte zufrieden. Ihre blonden Zöpfe flatterten im seichten Bergwind.

Zegolas war schon auf Acirus' Rücken gestiegen und zurrte die letzten Ledersäcke fest. Zelduin ließ sich über den gelben Fuß des Riesenvogels zu seinem Sattel hochheben. Sein Sitz war vorne direkt am Hals des Riesentiers.

„Lebt wohl!", rief Zegolas vom hinteren Platz und winkte den Halbwüchsigen zu.

„Endlich geht es wieder los", sagte Zelduin. Er wechselte einen kurzen Blick mit Zegolas. „Flieg, Acirus, flieg!"

Der Adlorus stieß einen übermütigen Schrei aus und erhob sich majestätisch in die Lüfte, dabei wirbelte er jede Menge Staub auf. Die kleinen Halblingskinder bekamen große Augen. Alle Dorfbewohner winkten fleißig, als der Riesenvogel mit den beiden Spitzohren an Bord langsam in den hellblauen Himmel aufstieg. Zelduin blickte nach unten. Die kleinen Bambushütten wurden rasch kleiner. Acirus drehte noch zwei Runden um das idyllische Dorf auf dem grüngrauen Bergplateau. Hildelia hob ihre Hand zum letzten Gruß. Die fröhlichen Rufe der Kinder hallten noch eine Weile in Zelduins Ohren. Dann verschluckte sie der laue Höhenwind.

Bald schon schrumpfte das Dorf zu einem winzigen Punkt, so dass es fast nicht mehr zu sehen war. Zelduin ließ seinen Blick über die Weiten Majongs schweifen. Majong war eine hügelige Welt mit grünen Bergen, türkisfarbenen Flüssen und knorrigen Bäumen mit hellblauen Blätterdächern. Große Vogelschwärme flogen über die Ebenen oder nisteten in den wenigen Wäldern, die hier ihre Wurzeln geschlagen hatten.

Als Acirus einen ohrenbetäubenden Schrei von sich gab, suchten die anderen Vögel ringsum schnell das Weite oder versteckten sich unter den Baumkronen unter ihnen oder in den Wolkenbänken über ihnen. Selbst die großen, langhalsigen Grüngeier, die die Einheimischen Kruxu nannten, mieden den seltenen Himmelsgast und flogen rasch davon.

„Endlich fliegen wir wieder. Wo auch immer die magischen Winde uns hinbringen werden“, sagte Zelduin.

„Was?“, rief Zegolas.

„Das hat Taidos immer gesagt.“

„Und was soll es bedeuten?“

Zelduin zuckte mit den Schultern. Er packte den in grüne Blätter eingewickelten Ürükuchen von Hildelia aus und biss genüsslich von dem braunen, mit Blaukirschen gespickten Gebäckstück ab. Er bot auch Zegolas etwas von der bittersüßen Leckerei an, der aber dankend ablehnte. „Schmeckt gar nicht so übel“, sagte der junge Meowinger, während der stürmische Flugwind sein blondes Haar zerzauste.

Als Zelduin noch einmal zurückblickte, war der Berg mit dem Dorf Emeldia unter einer dünnen Nebelschicht verschwunden. Er sollte Hildelia sein Leben lang in Erinnerung behalten, aber wiedersehen sollte er die alte Frau mit dem guten Herzen nie wieder. Er wurde ein wenig traurig, denn Abschiede taten ihm immer sehr schwer.

Nach einer Weile unterbrach Zegolas Zelduins Nachdenklichkeit. Der alte Meowinger fragte: „Bist du dir noch immer sicher, dass du dorthin möchtest?“

Zelduin hatte viele, viele Sonnen- und Mondphasen Zeit gehabt, darüber nachzudenken, und er war sich sicher, er war sich sogar äußerst sicher.

„Wir müssen nach Mäol“, antwortete er entschlossen. Acirus stieß einen lauten Ruf aus. „Ja, genau, mein fliegender Gefährte. Du hast richtig gehört. Wir fliegen nach Mäol.“

„Die Gibali könnten uns gegenüber feindselig sein“, hielt Zegolas dagegen. „Vielleicht wissen sie längst, dass die Zergh ein falsches Spiel mit ihnen spielen. Vielleicht haben sie längst herausgefunden, dass es töricht war, uns Jäpas auf die Reise zum Nullpunkt zu schicken, weil es genau das ist, was die Zergh wollen. Und wenn dem so ist, dann werden sie nicht eher ruhen, bis sie alle Jäpas wieder eingefangen haben.“

„Zegolas, wir müssen nach Mäol“, rief Zelduin durch den brausenden Wind, „weil dort alles begonnen hat. Und nur dort kann es beendet werden.“

„Vielleicht sollten wir trotzdem eine Route nehmen, die nicht mitten durch die *Hölle* führt. Ich kenne einen Weg, der um Xiloris herumführt. Er dauert vielleicht einhundert Mondphasen länger, aber er ist sicher.“

Zelduin wandte sich um, sein Gesicht zeigte eine steinerne, unbeirrbare Miene. „Ich weiß nicht, wie viel Zeit uns noch gegeben wird, um Jumatahoni zu retten, aber irgendwann wird die große Weltensanduhr abgelaufen sein. Die Zeit drängt, Zegolas. Außerdem ist *kein* Weg mehr sicher, denn die Welten sind stetig im Wandel.“

Und so setzten die drei konstanten Wesen ihre Reise fort. Die Rollen der beiden Meowinger hatten sich vertauscht. Nun war es Zelduin, der den Weg bestimmte und die kleine Reisegruppe durch das Labyrinth aus Welten- und Zeitentoren führte.

Während er geschlafen hatte und durch Arjons Erinnerungswelt gereist war, hatte er viel von Jumatahoni gesehen; aber auch die Orte der Galaxis, die er nicht gesehen hatte, kamen ihm nun auf seltsame Weise vertraut vor. Es schien, als konnte er auf sämtliche Erinnerungen des blondbärtigen Zwergs zugreifen, ohne es bewusst zu tun. Anders konnte er sich jedenfalls nicht erklären, warum er plötzlich von Dingen wusste, die er noch nie zuvor gesehen hatte und die er sich nicht einmal in den kühnsten Träumen vorzustellen gewagt hätte. Er wusste nun, wo die geheimsten Weltentore versteckt waren und wohin sie führten, warum ein Jyrokopter fliegen konnte, obwohl er doch gar keine Federn besaß, und wie man eine Rune in den Stein hauen musste, damit sie ihre Macht entfalten konnte. Er besaß plötzlich ein hervorragendes, technisches und geistiges Wissen über all jene Errungenschaften und Erfindungen der Gibali, selbst das Geheimnis der Runenmagie kannte er nun.

All das konnte er sich nur durch Arjons Zhuk erklären, der noch immer tief und fest in seinem Kopf steckte. Zelduin schien auf irgendeine Art und Weise mit dem Zhuk und dem darauf abgespeicherten Wissen kommunizieren zu können. Es war, als ob ihm ständig ein unsichtbarer, winziger Gnom etwas ins Ohr flüsterte. Er verstand plötzlich Dinge, von deren Existenz er bis vor kurzem noch gar nichts wusste. Und er hatte auch endlich verstanden, was Balin ihm all die Zeit einzutrichtern versucht hatte, nämlich, dass die Welten nicht scheibenförmig waren, sondern runde Kugeln mit magnetischen Kernen, die dafür sorgten, dass man auch auf der Unterseite des Planeten nicht herunterfiel. Er konnte sich das wahrlich noch immer schwer vorstellen, aber er wusste, dass es wahr war.

Die Nebel vieler rätselhafter Dinge hatten sich nun gelüftet. Er war natürlich nicht allwissend, aber es kam ihm zumindest so vor.

„Sagt dir der Zhuk, dass das hier der richtige Weg ist?“, rief Zegolas nach einer Weile von hinten.

„Nein, mein Kompass sagt mir den Weg. Ich habe ihn vor der Abreise umprogrammiert“, antwortete Zelduin wie selbstverständlich.

„Du hast das Ding verzaubert?!“, fragte sein spitzohriger Gefährte verdutzt.

„Mit Zauberei hat das nichts zu tun. Es ist lediglich ein Wunderwerk der giblischen Technikusse. Zeig mal deinen Kompass.“

Zegolas streckte seinen linken Arm nach vorne, an welchem der kupferne Wegfinder fest mit seiner Haut verbunden war. Zelduin drückte einen winzigen Knopf an dem Kupferding. Er hielt ihn mehrere Sekunden lang fest, bis auf der anderen Seite plötzlich ein winziges, goldenes Zahnrädchen heraussprang. Der junge Meowinger drehte es hin und her, bis die rote Kompassnadel sich wild im Kreis zu drehen begann. Auf der gläsernen Oberfläche flammten plötzlich gelbe, giblische Runen auf, die Zelduin nacheinander mit dem Zeigefinger berührte. Er gab eine Art Zahlencode ein. Dann flammten andere Zeichen auf. Zegolas schaute verblüfft zu. Nach einer Weile war Zelduin fertig. Der Wegfinder piepte leise, das Zahnrädchen zog sich wieder in das Innere des Uhrenwerks zurück, und die gelben Zeichen verschwanden ebenfalls. Anschließend richtete sich der rote Kompasspfeil neu aus.

„Dein neues Ziel heißt nun Mäol.“

Zegolas verschlug es für einen Moment die Sprache. Dann sagte er: „Der Zhuk hat wahrlich einen neuen Menschen aus dir gemacht.“

„O ja“, sagte Zelduin nachdenklich und nickte beklommen.

Die Reise über Majong verlief ohne Zwischenfälle. Es war eine der letzten, friedlichen Welten, die sie sehen sollten und die noch nicht von Zergh heimgesucht worden war, ein kleines, idyllisches Plätzchen inmitten des wütenden Chaos, das sich wie die Pest über ganz Jumatahoni ausgebreitet hatte.

Acirus trug die beiden Spitzohren immer weiter, bei Sonnen- und Mondphase. Der Riesenvogel ruhte nur selten, und wenn er keine Kraft mehr hatte, dann ließ er sich vom Wind treiben, bis er neue geschöpft hatte. Zelduin hatte seinem fliegenden Gefährten zugeflüstert, dass große Eile geboten war, und daher flog Acirus wie der Wind.

Obwohl Majong eine friedliche Welt war, hielten die beiden Meowinger abwechselnd Wache. Die scharfen Augen des Adlers waren zwar unübertrefflich und imstande, auch den kleinsten

Gnom am Boden zu entdecken, aber die beiden Meowinger waren lieber doppelt vorsichtig und hielten ebenfalls Ausschau nach möglichen Gefahren. Während der eine in einem der selbstgebauten, gemütlichen Sättel schlief, durchforstete der andere mit seinen Blicken die Horizonte und Ländereien Majongs.

Zehn Tage lang durften Zelduin und Zegolas die wunderschöne Landschaft Majongs noch bestaunen, ehe sie durch ein Zeitentor traten, das riesengroß und auf einem hoch gelegenen Bergkamm erbaut worden war.

Zelduin wusste, dass die Welten, die sie nun durchreisen mussten, vor langer Zeit schon von den Zergh erobert worden waren. Acirus flog deshalb meist über den Wolkenbänken, damit sie vom Boden aus von neugierigen Augen nicht gesehen werden konnten. Zelduin war zwar fest davon überzeugt, dass die Zergh ihnen nichts tun würden – denn schließlich wusste er aus Arjons Erinnerungen, dass Zarxaurus die Jäpas für irgendetwas brauchte -, aber er hatte festgestellt, dass sich die Spielregeln auch rasch wieder ändern konnten und daher wollte er kein unnötiges Risiko eingehen. Außerdem hatte Zelduin während des Flugs oftmals Squiggs am Erdboden entdeckt, und diese scheußlichen Geschöpfe mochten ihren Herren vielleicht auf eine gewisse Weise gehorchen, doch Zelduin würde seine Hand dafür nicht ins Feuer legen, dass die Zergh ihre Haustierchen immer zurückpfeifen konnten, denn wenn die Squiggs einmal Blut gerochen hatten, waren sie meist nicht mehr zu bändigen.

Die nächsten Welten, die sie durchreisten, waren allesamt düster und finster. Sie beherbergten nur wenig Leben. Entweder waren die Tiere während der Kriegsjahre ausgelöscht worden oder sie versteckten sich im Unterholz der Wälder oder in den lichtlosen Tiefen der Ozeane.

Ab und zu erblickten die Reisenden aber doch einen verirrten Vogel oder den Schatten eines großen Meeressäugers. Ihr Anblick erwärmte Zelduins Herz immer wieder aufs Neue. Das Leben, das sich in diesen trostlosen Gegenden zurechtfand, gab ihm Hoffnung und zauberte ihm oft ein Lächeln aufs Gesicht. Es gab immer Dinge, für die es sich zu kämpfen lohnte, dachte er sich nur allzu oft.

Auf der langen Reise wurde Zelduin gelegentlich schwummerig oder er sah die Welt weißlich aufleuchten; der Zhuk in seinem Gehirn rebellierte ab und zu noch immer. Zelduin holte dann immer rasch einen Ürüpilz aus seinem Proviantsack und biss davon ab, so dass die Visionen schnell wieder verschwanden. Er hatte von Hildelia einen so großen Vorrat an Ürüpilzen mitbekommen, dass er damit vermutlich bis ans Ende aller Tage auskommen würde.

Knapp einhundert Tage reisten die beiden Jäpas durch die düstersten Landen. Sie durchschritten drei weitere blaue Weltentore und ein gelbes Zeitentor, welches sie dem Nullpunkt wieder ein Stückchen näher brachte. Während der stockdunklen Reise zwischen den Planeten, in den sogenannten Sternenkanälen, hatte Zelduin immer wieder versucht, Kontakt zu Taidos aufzunehmen; es war aber vergeblich, der Vater aller Jäpas gab keine Antwort mehr.

Während ihrer seltenen Zwischenlandungen, die sie machen mussten, um ihre Nahrungs- und Wasservorräte aufzufüllen, mussten sie sich gelegentlich auch ihrer Haut erwehren. Fleischfresser und vor allem Squiggs kreuzten manchmal ihre Wege. Die Tiere hatten aber nie eine Chance gegen die kampferprobten Meowinger und den Riesenadler, der das Wild und die hässlichen und stinkenden Rattenwesen anschließend meist verspeiste.

Die Flugreise war lang und ereignisreich, doch ohne große Geschehnisse, die ihre Welt ins Wanken hätte bringen können. Dann aber ereignete sich doch wieder etwas, das Zelduin äußerst nachdenklich stimmen und seinen Plan gewaltig durcheinanderwürfen sollte…

Der Wandel geht um

Käpitulus 21

Jumatahoni-Galaxis,
Planet Eendor,
4020. Weltenzyklus

Es dämmerte bereits auf Eendor – einer trostlosen, baumlosen Welt, die nur aus Felsen zu bestehen schien -, als Acirus plötzlich einen lauten Schrei von sich gab, was höchst ungewöhnlich war, denn Zelduin hatte dem Adlorus immer wieder zugeflüstert, dass er keinen Mucks von sich geben solle, damit sie unentdeckt blieben.

Zelduin klopfte dem Riesenadler sanft auf seinen langen Hals, um ihn zu beruhigen. Gleichzeitig spähte er in die Dämmerung hinaus, um den Ursprung von Acirus' Nervosität zu finden. Während er die violett gewordenen Horizonte mit seinen Blicken durchforstete, schlief Zegolas im hinteren Sitz seelenruhig weiter. Das Himmelszelt über ihm war sternenklar und mit zahlreichen gelben und unheimlich grünlich leuchtenden Himmelskörpern gespickt.

Acirus murrte leise und ließ seinen Kopf in eine bestimmte Richtung vor- und zurückschnellen. Der Adlorus wollte seinen Herrn auf etwas aufmerksam machen, aber Zelduin hatte keine Adleraugen, und in der Nacht, wenn es zu dämmern begann, war er nahezu blind.

Zelduin beugte sich zur Seite, um einen der zahlreichen Ledersäcke, die an dem riesigen Körper des Vogels hinunterbaumelten, hochzuziehen. Er öffnete den Beutel und kramte darin herum, bis er fand, wonach er gesucht hatte, seiner alten, gelbglasigen Nachtsichtbrille.

Durch den Zhuk in seinem Hirn wusste er mittlerweile, dass die Brille nicht verzaubert worden war, sondern ihre fantastische Eigenschaft allein dem Erfindergeist der Gibali zu verdanken war. In die Brillengläser hatten die Technikusse eine Art Winziglichtvergrößerer eingebaut, der auch das schwächste Leuchten in der Dunkelheit um ein Vielfaches verstärkte, so dass dem Brillenträger gestattet war, auch in der düstersten Nacht zu sehen wie am Tage.

Als Zelduin die Brille aufgesetzt hatte, verwandelte sich die dämmernde Welt in eine helle, glitzernde Landschaft. Und kurz darauf entdeckte der junge Meowinger das, was Acirus so beunruhigt hatte. Am fernen Horizont flog ein riesiger Vogel, und darauf saß eine kleine Gestalt!

„Noch ein Jäpa!", dachte Zelduin hocherfreut. *„Er scheint die gleiche Wanderroute zu benutzen wie wir. Ein weiterer einsamer Ritter auf dem Weg zum Nullpunkt..."*

Zelduin weckte Zegolas und zeigte ihm den seltenen Himmelsgast, der etliche Bogenschussweiten vor ihnen flog und scheinbar noch nicht bemerkt hatte, dass er von Menschen seines Volkes verfolgt wurde.

„Wir müssen vorsichtig sein", warnte Zegolas. „Vielleicht ist auch er ein Schwertfischbruder, aber wenn nicht, dann könnte er uns gegenüber feindlich gesinnt sein."

Zelduin erinnerte sich noch gut daran, wie misstrauisch er anfangs gegenüber Zegolas gewesen war. „Ich weiß", sagte Zelduin. Er wusste, dass sie stets auf der Hut sein sollten. „Trotzdem kann er wichtige Informationen für uns haben. Es gibt schließlich immer Neuigkeiten in Jumatahoni. Vielleicht schließt er sich uns auch an."

Er erlaubte Acirus, einen lauten Schrei von sich zu geben, um den Jäpa vor ihnen auf seine Verfolger aufmerksam zu machen. Mehrmals posaunte der Adlorus einen schrillen Schrei aus, der über viele Ländereien zu hören gewesen sein musste. Der Wind stand allerdings ungünstig, so dass der einsame Himmelskrieger nichts hörte, zumindest flog er stur geradeaus weiter. Acirus erhöhte daraufhin den Rhythmus seines Flügelschlags, um den Jäpa einzuholen.

Nach einer Weile glitt der Riesenadler vor ihnen langsam zu Boden. Unter sich konnte Zelduin nur eine graue, zerklüftete Felslandschaft erkennen. Der fremde Meowinger verschwand kurz darauf mit seinem Flugtier hinter einem Felsenkamm. Als Acirus den Punkt erreichte, sahen seine beiden Passagiere auf ein gedehntes, felsiges Tal hinab, in welchem nur wenige, dafür aber sehr hohe Bäume mit elefantenohrgroßen, gelben Blättern wuchsen.

Die beiden Spitzohren erblickten den fremden Jäpa dicht über dem Erdboden. Vor ihm, zwischen zwei imposanten Bäumen, blitzte der blaue Schimmer eines Weltentors auf.

„Er will zu dem Portal", rief Zegolas von hinten.

„Ja. Das ist zwar nicht unsere Reiseroute, aber wir werden ihn trotzdem weiter verfolgen und auf der anderen Seite hoffentlich wiedersehen", antwortete Zelduin. *„Wie die Dinge sich doch ändern"*, dachte der junge Meowinger. *„Vor nicht allzu langer Zeit, da war es Zegolas gewesen, der mir Dinge erzählt hat, die ich nicht glauben wollte. Und nun, wo ich selbst zum Schwertfischbruder geworden bin, da bin ich es, der Jagd auf Meowinger macht, um sie davon abzuhalten, zum Nullpunkt zu fliegen, weil dort irgendetwas Schreckliches auf uns alle wartet."*

In jenem Moment fragte er sich, ob er bereit war zu töten, falls der Jäpa sich weigerte, ihm zu glauben. Diese Entscheidung aber sollte Zelduin nicht fällen müssen. Jemand anderes sollte sie ihm abnehmen…

Drei Augenblicke später flog der einsame Reisende, der in ein grünes Gewand gehüllt war, auf seinem Riesenadler durch das blaue Tor und verschwand darin. Selbst von der gewaltigen Entfernung aus konnte Zelduin erkennen, wie der innere Kreis des Portals Ringe schlug.

Als Acirus die letzte Bogenschussweite zum Sternentor hinter sich gelassen hatte, verlangsamte der Riesenvogel seine Geschwindigkeit. Die mächtigen Bäume, die das Tor umgaben, waren dick wie Kanonentürme und hoch wie zehn Riesentrolle.

„Was erwartet uns auf der anderen Seite?", fragte Zegolas etwas nervös.

„Lemuria. Die Welt heißt Lemuria", antwortete Zelduin, als ob er schon etliche Male dort gewesen wäre; doch dabei kannte er sie nur aus Arjons Erinnerungen.

Kurz darauf tauchte Acirus mitsamt seinen beiden Reitern in das bläulich schimmernde Weltentor ein. Dann umgab sie die vertraute Schwärze und die unheimliche Stille. Etliche Wimpernschläge verstrichen, ehe sie auf der anderen Seite wieder herauskamen.

Sie landeten auf einer Lichtung inmitten eines Waldes mit riesengroßen, spitzzackigen, gelbblättrigen Bäumen, die turmhoch waren und knarrend hin und her wankten. Über ihnen strahlte ein hellblauer Himmel, über welchen kleine, weiße Wölkchen huschten, als hätten sie es besonders eilig. Am Ende der baumlosen Waldstelle, die sieben Axtwürfe lang und vier breit war, lag der riesige Adler, den sie eben noch verfolgt hatten, zusammengerollt auf dem Boden; er schien zu schlafen oder vor Erschöpfung zusammengesackt zu sein. Sein Herr war jedoch nicht zu sehen.

„Obacht, jetzt!", mahnte Zegolas und lockerte vorsichtshalber die kleine Lederschlaufe, die sein Schwert in der Scheide hielt.

Zelduin war auf eine eigenartige Weise aufgeregt. Er wusste, dass irgendetwas nicht stimmte. Der fremde Adlorus hätte die Neuankömmlinge eigentlich schon längst bemerkt haben müssen, denn die Riesenadler schliefen niemals tief und fest, damit sie vor möglichen Gefahren rasch fliehen konnten. Es ließ also nur zwei Schlüsse zu: Entweder war es eine Falle oder der Adler war tot, und beides gefiel Zelduin nicht.

Langsam wankte Acirus vorwärts. Zelduin spürte, dass auch sein geflügelter Begleiter unruhig war. Als sie den am Boden liegenden Riesenvogel halb umkurvt hatten, entpuppte sich Zelduins letztere Vermutung als richtig: Der Adlorus war mausetot! Blut floss aus seinem gelben Schnabel heraus und von seinem Kopf herab und hatte einen großen Teil seiner weißbraunen Halsfedern rot gefärbt.

Zelduin zückte geschwind sein Blauschwert. Als Acirus im großen Bogen um den toten Vogel herumgelaufen war, erwartete die beiden Reisenden die nächste böse Überraschung; es war sogar ein äußerst verstörender Anblick. Hinter dem ausblutenden Riesenvogel lag sein einstmaliger, spitzohriger Reiter, gekleidet in eine grüne Robe, blutüberströmt und aufs Übelste zugerichtet, sein Kopf lag ein paar Meter neben seinem Körper, das Gesicht zu einer ängstlichen Grimasse erstarrt. Ein paar Hasensprünge hinter dem getöteten Meowinger stand ein Zelduin altbekannter Gefährte, ein Gibali, der gerade seine gewaltige Streitaxt auf seinem Rücken verstaute und - als er die Neuankömmlinge mit seinem einen Auge erblickte - genauso verdutzt dreinschaute wie Zelduin und Zegolas, die plötzlich wie versteinert waren.

Der Zwerg fuhr sich mit einer Hand durch seinen sichelförmigen, feuerroten Haarkamm. Er rückte seine schwarze Augenklappe zurecht und setzte eine sichtbar gespielt betrübte Miene auf.

„Ho, seid gegrüßt, edle Sternenkrieger", sagte der Gibali feierlich und ironisch zugleich. „Der Elgram und sein Flugtier haben die Reise durch den Weltenkanal leider nicht überlebt. Sie sind tot aus dem Portal gefallen wie Feuerelfen, die mit Wasser in Berührung gekommen sind", fügte der Gibali ergriffen hinzu, schüttelte den Kopf und seufzte.

Zelduin betrachtete den schrecklichen Schauplatz und den abgetrennten Meowingerkopf voller Argwohn. „Seit wann verliert man seinen Kopf im Sternenkanal?"

„Muss kaputt sein das Weltentor, ho. Oder aber ein böser Dämon lauert dort zwischen den Welten und hat den Elgram samt Vogel verunstaltet."

„Du warst noch nie sonderlich gut im Lügen, Balin!“, antwortete Zelduin barsch.

Die linke buschige Augenbraue des Zwergs senkte sich nach unten. „Kennen wir uns, Elgram?“

„Wir sind eine lange Zeit Gefährten gewesen. Ich bin Zelduin und das ist Zegolas.“

„Zegolas, nie gehört. *Zelduin*… ho, ich erinnere mich. Wie ich sehe, trägst du mein Blauschwert noch immer bei dir. Ich hoffe, es hat dir gute Dienste geleistet, ho?“

„Was hat das hier zu bedeuten, Balin?“

„Ho. Wie gesagt, es ist gefährlich, durch Sternenkanäle zu reisen. Sie sind äußerst tückisch. Ich könnte dir erklären, wie sie funktionieren, aber ich glaube nicht, dass du das verstehst, Elgram“, sagte der kräftige Zwerg unfreundlich.

Zelduin grinste überlegen und war dennoch unsicher, was das seltsame Verhalten des Zwergs zu bedeuten hatte. „Ich verstehe weit mehr, als du dir auch nur im entferntesten Sinne vorstellen kannst“, erwiderte er angriffslustig.

Balin lachte in seinen feuerroten Bart hinein. „Ach ho?“

„Die thaumaturgischen Energien, die die Portale miteinander verbinden, sind für uns Meowinger und alle anderen konstanten Wesen vollkommen ungefährlich. Nur Wesen, die nicht konstant sind, können durch die starken Magiefelder, die in giblischer Sprache *Margruks* heißen, positiv aufgeladen werden, was in manchen Fällen dazu führt, dass sich ihre Innereien aufblähen, bis sie platzen.“

Balin machte ein äußerst überraschtes Gesicht. „Ich bin beeindruckt. Wer hat dir das gesagt, ho?“, fragte er und ging langsam auf die Neuankömmlinge zu. Es trennte sie nur noch ein halber Axtwurf voneinander.

„Niemand direkt.“ Zelduin hob sein Blauschwert einen Tick höher. „Bleib stehen, Balin!“

„Was willst du, Elgram?“, fragte der Zwerg ebenso bestimmt wie höflich und ging langsam weiter.

„Du hast meine Frage noch immer nicht beantwortet.“

Balin breitete resignierend seine Arme aus. „Es spielt eigentlich keine Rolle, ob du die Wahrheit kennst, denn alles ist am Verwelken, aber wenn du unbedingt möchtest, dann erzähle ich sie dir, Elgram.“ Er zeigte mit seinem dicken, stummeligen Daumen nach hinten über die Schulter. „Dieser Jäpa musste sterben, weil er unwissentlich zum bösen Spielball im Kampf um Jumatahoni geworden ist und seine Absichten genau das Gegenteil von dem bezweckt hätten, was er damit hatte erreichen wollen.“

Nach diesen Worten war Zelduin mehr als überrascht. „Du bist ein Schwertfischbruder geworden?“

„Hoho, dein Verstand ist wahrlich messerscharf“, spöttelte Balin und erhöhte seine Gehgeschwindigkeit. Er gähnte laut und reckte sich, so dass seine Hände hinter seinem Kopf verschwanden, dort, wo der oberste Zipfel seines Axtstiels emporragte.

Zelduin war wie erstarrt, denn er konnte nicht glauben, was aus Balin geworden war und was er getan hatte.

„Flieg Acirus, flieg!“, rief Zegolas ängstlich.

Der Adlorus breitete seine mächtigen Schwingen aus, stieß sich mit seinen gelben Füßen kraftvoll vom Boden ab und erhob sich in die Lüfte. Gleichzeitig griff Balin nach seiner imposanten Runenaxt, deren Schneide blutverschmiert war, schwang sie im Kreis und warf sie mit tödlicher Genauigkeit. Die im Sonnenlicht funkelnde Runenwaffe zischte mit rasender Geschwindigkeit auf den Riesenadler zu, der in letzter Sekunde einen Haken schlug und so der Waffe ausweichen konnte. Während Acirus sich in die Höhe schraubte, beschrieb die Runenaxt eine Kurve und flog zischelnd zurück zu seinem Besitzer wie ein Falke, der nach erfolgreicher

Jagd zu seinem Herrn zurückkehrte. Balin fing die mächtige Waffe mit nur einer Hand sicher ein. Zelduin war nicht überrascht über die Macht der Zwergenwaffe, denn der Gibali hatte ihm einst erzählt, dass seine Axt mit der Meisterrune der Flugkraft verziert worden war, die dafür sorgte, dass sie immer wieder zu ihrem Meister zurückfand.

Balin wollte soeben zu einem zweiten Wurf ansetzen, als er jedoch zu merken schien, dass der Riesenvogel schon außerhalb der Reichweite war. Er ließ die Waffe sinken und blickte den Reisenden mit seinem einen Auge zornig hinterher.

Zelduin, der noch immer geschockt war, befahl seinem gefiederten Gefährten, auf einem der Baumwipfel zu landen. Acirus gehorchte und suchte sich einen Wipfel aus, der kräftig genug war, um ihn zu tragen. Das gelbe Blätterdach wankte hin und her, als der riesige Vogel seine Krallen in die relativ dünnen Äste grub. Der Baum, auf dem sich der Adlorus niedergelassen hatte, war hoch wie zwei Kirchtürme. Balin wartete unten am Stamm und warf den für ihn unerreichbaren Spitzohren finstere Blicke zu.

„Was hat der Jäpa gesagt, bevor du ihn getötet hast?", rief Zelduin hinunter. „Oder hast du ihn gar nicht angehört?"

„Was geht dich das an, Elgram?", kam Balins gereizte Antwort. Verzweiflung und Trauer schwangen in seiner Stimme mit.

„Ich weiß, was er wollte. Er wollte zum Nullpunkt reisen, um Heggbor daran zu hindern, das erste Weltentor zu errichten und so Jumatahoni zu retten. Das ist doch eine ritterliche Aufgabe. Und dafür musste er sterben?"

„Ihr Elgrams werdet nie verstehen, was auf der großen Weltenbühne gespielt wird!", fauchte Balin.

„O, da irrst du dich gewaltig." Balins Auge blitzte auf. „Jahrtausende lang haben die Zergh uns Jäpas auf unserer langen Wanderschaft bekämpft, bis sie irgendwann eine teuflische Entdeckung gemacht haben, von der man bis jetzt leider nichts Genaueres weiß. Seitdem aber sind ihnen die Jäpas am Nullpunkt scheinbar herzlich willkommen. Die Zergh haben den Spieß umgedreht und warten nur darauf, dass Gomril noch mehr Jäpas zum Nullpunkt schickt. Ich weiß nicht, was sie dort mit uns Jäpas tun, aber vermutlich planen sie etwas Bösartiges mit uns und…"

„Ho, das tun sie! Was es ist, weiß ich nicht genau, aber ich weiß, wie man es verhindert!", brüllte Balin zurück und warf seine magische Axt mit einem wütenden Schrei nach oben. Die grünlich leuchtende Klinge drehte sich im Kreis und wirbelte durch die Lüfte. Sie zerschnitt Ast- und Blattwerk und kam den Reisenden gefährlich nahe. Acirus breitete nervös seine Schwingen aus, doch da verlor die Axt schon an Geschwindigkeit und machte schließlich auf halber Strecke kehrt. Zielsicher landete die Runenwaffe wieder in Balins Hand. Der Zwerg stieß ein paar hässlich klingende, kehlige Flüche aus. Er konnte sie nicht erreichen.

„Und wie willst du das verhindern?", rief Zelduin vom Baum hinunter. „Indem du uns Jäpas etwa tötest? Willst du so Jumatahoni retten?"

„Jumatahoni ist am Verwelken, Elgram!"

„*So* kannst du es jedenfalls nur hinauszögern, Balin. Es ist gut, dass es Wesen wie dich gibt, die erkannt haben, dass es noch eine andere Wahrheit gibt, aber es ist nicht *unsere* Schuld, dass diese Galaxis mit all seinen Planeten und Rundhimmelskörpern am Abgrund steht und…"

„Bemerkenswert!", unterbrach ihn der Gibali mit sarkastischem Unterton. „Du hast also endlich eingesehen, dass unsere Welten rund und nicht scheibenförmig sind. Wie ich sehe, hat sich dein Geist entwickelt."

„Wie gesagt, du würdest mir nicht glauben, was ich inzwischen alles weiß", antwortete Zelduin heimlichtuerisch und behielt das Geheimnis von Arjons Zhuk lieber für sich. „Hat König Gomril Langbörson dir den Befehl erteilt, Jäpas abzuschlachten, um so die Galaxis zu retten?"

„Gomril ist ein alter Mann, ein Narr, der zu blind ist, um zu sehen, was um ihn herum geschieht“, sagte Balin hoffnungslos. „Er klammert sich an seine alten Methoden fest wie eine Zecke an einem Tier, das längst tot ist und nur noch schlechtes Blut abgibt.“

Das war interessant, fand Zelduin. Er überlegte, ob er den Zwerg in die Pläne ihrer Mission einweihen sollte, denn eigentlich kämpften sie nach wie vor für die gleiche Sache. Schließlich gab er zumindest einen Teil davon preis.

„Auch wir sind Schwertfischbrüder. Und wir sind auf dem Weg nach Mäol, um deinen König davon zu überzeugen, dass der Lotorionplan nicht mehr funktioniert und keine Jäpas mehr zum Nullpunkt geschickt werden dürfen.“

Obwohl der Zwerg sehr weit weg war, konnte Zelduin sehen, wie sich seine Lippen zu einem höhnischen Grinsen verwandelten.

„Äußerst amüsant, hohohoho. Jetzt gibt es sogar schon Elgrams, die sich Schwertfischbrüder nennen. Ich habe von diesen Gerüchten gehört, aber nun weiß ich nicht, ob ich heulen oder weinen soll.“

„Du bist früher einst ein ritterlicher Gibali gewesen, Balin“, rief Zelduin von der Baumkrone herab. „Du hast ehrenhaft an Taidos‘ Seite gekämpft und bist einen wahren Heldentod gestorben. Was ist bloß aus dir geworden?“

Balin erstarrte kurz in seiner Bewegung. Vermutlich wunderte er sich darüber, woher der Elgram Dinge wusste, die er nicht wissen konnte. Dann aber brach der rotbärtige Gibali mit dem Irokesenschnitt in ein höllisches Gelächter aus, das weit in den Wald hineinschallte. „Hohoho, du sprichst so, als bist du dabei gewesen, wie Taidos seine letzte Schlacht geschlagen hat“, antwortete er und wischte sich eine Träne aus seinem ihm übrig gebliebenen Auge fort.

„*Das war ich auch*“, dachte Zelduin.

Balins Gelächter verwandelte sich plötzlich in ein leises Kichern. Er hielt kurz inne, dann aber prustete er wieder los und lachte lauter als zuvor.

„Wir sollten von hier verschwinden“, schlug Zegolas vor. Zelduin nickte niedergeschlagen.

„Wir machen uns wieder auf die Reise, Balin“, rief Zelduin hinunter. „Mir scheint, dass du verrückt geworden bist.“

Balin kicherte weiter vor sich hin und hielt sich dabei seinen dicken Bauch. Dann wurde er jäh wieder ernst. „Ohne meine Verrücktheit wäre der Krieg vielleicht schon längst verloren, Zelduin. Vermagst du zu wissen, wie sich die Dinge entwickelt hätten, wenn all die Zirkusaffen hier den Nullpunkt erreicht hätten?!“ Der Zwerg drehte sich dabei mit ausgebreiteten Armen im Kreis wie ein Löwendompteur, der nach seiner Aufführung Applaus forderte.

Erst jetzt bemerkte Zelduin, dass das Portal auf einem kleinen Hügel stand und ringsum an den Hängen überall die knöchernen und fleischigen Reste etlicher Meowinger, die teilweise noch in grüne oder blaue Roben gekleidet waren, lagen, und die Skelette und halb verwesten Überbleibsel vieler Riesenadler konnte er auch sehen. Er konnte die ganze schreckliche Totenstätte von diesem Baumwipfel aus nicht überblicken, aber es waren viele, sehr viele tote Nullpunktreisende, darauf deutete allein der beißende Geruch der Verwesung hin, der ihm im gleichen Augenblick in die Nase kroch.

Balins Frage konnte Zelduin nicht beantworten, schließlich war er kein Hellseher. Und selbst wenn der irre Zwerg mit seinen unehrenhaften Taten die völlige Zerstörung der Galaxis hinausgezögert hatte, so verurteilte Zelduin das Handeln des Zwergs dennoch. Er konnte nicht verstehen, wie man so unmenschlich werden konnte. Es gab andere Wege, auf denen man die Finsternis bekämpfen konnte, glaubte Zelduin.

Aber welchen Dämonen der Gibali seinen Verfall auch immer verdankte, Zelduin versuchte, Balin als guten Freund in Erinnerung zu behalten. „Mögen deine Götter dir verzeihen, Balin.“

„Wir sehen uns spätestens auf Mäol wieder, wenn ich euch nicht schon vorher finde, hoho!", verkündete Balin mit einem hässlichen Grinsen und schwang seine Faust; dann fing er wieder an zu lachen. „Alles räudige Zirkusaffen, es ist eine Welt voller Zirkusaffen, die mit Affenschrumpfköpfen jonglieren…"

Zelduin wandte sich von dem Zwerg ab. Es schien, als ob er wieder einmal einen treuen Gefährten verloren hatte. Er streichelte Acirus über seine hellbraunen Halsfedern. „Auf geht's. Fliegen wir weiter. Hier gibt es nichts mehr, was wir tun können, Acirus."

Der Adlorus folgte dem Befehl seines Herrn und schwang sich in die Lüfte. Als sie weit über den Baumkronen Lemurias waren, sahen Zelduin und Zegolas erst das wahre Vernichtungswerk, das Balin angerichtet hatte. Rundherum, am Fuße des kleinen Berges, auf welchem das Weltentor stand, lagen die toten Körper zahlreicher, verstümmelter Meowinger und fast ebenso viele Riesenadler. Balin musste schon viele Jahre hier wachen und sich seiner neuen, schrecklichen Aufgabe widmen. Es war ein ganzer Leichenberg, den der Gibali im Laufe der Zeit hier angehäuft hatte.

Obwohl Acirus schon sehr hoch in der Luft war, war Balins Gelächter noch immer zu hören. Der muskulöse Zwerg mit dem Irokesenschnitt war aus dieser Höhe nur noch so klein wie ein Kobold, und dennoch konnte Zelduin ganz genau erkennen, dass der Zwerg an einem Gerät herumhantierte, das an seinem Handgelenk befestigt war. Kurz darauf trat genau das ein, was Zelduin sich schon gedacht hatte: Die Zeit drehte sich zurück!

Die Landschaft veränderte sich unmerklich, am Himmel waren ein paar Wolken mehr zu sehen, der Wind frischte auf und brachte die gelben Blätterdächer, die bis an den Horizont reichten, zum Rascheln. Die konstanten, toten Meowinger blieben mit ihren Reittieren an Ort und Stelle liegen, aber der einäugige Zwerg war fort, er war wie weggezaubert.

„Balin muss einen Funkspruch zu Gomril geschickt haben", mutmaßte Zelduin.

„Und dann hat Gomril das Zeitenrad benutzt", vollendete Zegolas den Satz.

„Ja, der wahnsinnige Zwerg kann jetzt überall sein."

„Wir müssen auf der Hut sein. Sieht so aus, als ob wir nun einen Feind mehr haben."

Acirus nahm wieder Geschwindigkeit auf und ließ den schaurigen Totenberg rasch hinter sich.

Nach einer Weile sagte Zegolas: „Es ist irgendwie verrückt."

„Vieles ist verrückt in dieser Geschichte", bejahte Zelduin.

„Ich meine, alles scheint sich zu wandeln. Jetzt sind es die Gibali, die uns jagen, und die Zergh diejenigen, die uns auf der Reise zum Nullpunkt beschützen, auch wenn sie es nicht offen zeigen, weil sie ihren Plan sonst verraten würden."

„Zumindest werden die Zergh uns nichts tun, *bis* wir den Nullpunkt erreichen", pflichtete Zelduin ihm bei. „Denn wenn wir dort sind, werden die Zergh ihre Masken fallen lassen und ihre wahren Gesichter zeigen, dessen bin ich mir sicher."

„Ja, dabei sind ihre vieräugigen Fratzen schon hässlich genug. Was glaubst du, haben die Zergh am Nullpunkt mit uns vor?"

Zelduin schaute nach oben, wo weiße Wolkenfetzen über den Himmel huschten, und ließ seine Blicke umherschweifen, als säße dort irgendwo zwischen den Wolken die Antwort auf Zegolas' Frage. „Ich weiß es nicht", sagte er nach ein paar Sekunden der vergeblichen Suche. „Aber es wird nichts Gutes sein."

Während der nächsten Reisetage geisterten Zelduin die Worte von Zegolas noch oft im Kopf herum. Alles schien sich zu wandeln, hatte er gesagt, und das tat es wirklich. Zelduin und all die anderen Jäpas hatten eigentlich schon genug Feinde, aber es schienen von Tag zu Tag mehr zu werden. Die Welt war im Wandel und alles schien sich gegen das kleine Volk der Spitzohren gestellt zu haben. Vielleicht hatte Balin auch recht. Vielleicht mussten alle Jäpas sterben, um noch größeres Unheil abzuwenden. Zelduin fragte sich oft, wie schwer die Bürde noch werden sollte, die das Volk der Meowinger auf sich nehmen musste, um diese verdammte Galaxis zu retten. Hin und wieder piekste ihn einer der seltenen Impulse, die ihm einzureden versuchten, aufzugeben oder sich irgendwo zur Ruhe zu setzen, da sowieso alles recht sinnlos erschien. Aber jedes Mal musste er dann unweigerlich an Elfja denken, und dann krochen die mutlosen Gedanken rasch wieder zurück in die dunklen Ecken seines Hirns, wo sie sich erneut auf die Lauer legten, um zu einem späteren Zeitpunkt noch einmal auszubrechen.

Am späten Abend des fünften Tages auf Lemuria, zu Beginn der Mondphase, wuselten in Zelduins Hirn wieder einmal die düstersten Gedanken umher. Sie malträtierten ihn Tag und Nacht, und sie waren ebenso düster wie der Horizont, der sich zum Abend hin immer dunkelrot färbte. Eines seiner Hirngespinste musste er aber unbedingt noch loswerden, bevor Zegolas, der seinen Wachdienst gerade beendete hatte, einschlief.

„Hast du schon einmal darüber nachgedacht, dass König Gomril von den Zergh verzaubert worden sein könnte und er deshalb so blind und närrisch ist, wie Balin behauptet hat."

„Wer hat dir denn diesen pinkfarbenen Gnom ins Ohr gesetzt?", fragte Zegolas irritiert.

„Es würde zumindest erklären, *warum* ein so alter Mann auch dann noch auf seine eigene Weisheit hört, wo doch alles um ihn herum längst im Chaos versunken ist", meinte Zelduin.

„Die Gedanken alter Wesen bewegen sich meist nur geradeaus. Ich wette mit dir, dass giblische Dickköpfigkeit dahintersteckt und keine Hexerei. Falls du jedoch recht haben solltest, werden unsere Leben wohl rasch verwelkt sein, wenn wir Mäol erreichen und Gomril gegenüberstehen."

Falls wir Mäol überhaupt jemals erreichen, dachte Zelduin.

Zegolas rieb sich vor Müdigkeit die Augen. „Vielleicht ist es doch keine so gute Idee, nach Mäol zu reisen."

„Aber nur dort kann es beendet werden", sagte Zelduin leise, dem all die Gefahren nur allzu bewusst waren.

Zegolas gähnte. „Wie viel Zeit benötigen wir noch bis nach Mäol?"

Zelduin schaute auf seinen Kompass und drückte ein paar Knöpfe, bis gelbe und rote Zahlen über das Glas huschten. „Der Navigator sagt, dass wir in etwa drei Weltenjahren dort sind."

„Dann ist es ja nicht mehr so weit. Verzeih, aber ich mache ein Weilchen die Augen zu." Zegolas kuschelte sich in sein blaues Gewand ein, denn die Nächte auf Lemuria waren bitterkalt.

Acirus setzte den Weg rastlos fort und ließ sich von den Winden jener Welt tragen. Zelduin grübelte noch die ganze Mondphase über allerlei Dinge nach, denn das Wiedersehen mit Balin hatte ihn nachdenklich gestimmt, und nur die vereinzelten Schreie der Zergh, die sich irgendwo unter den gelben Blätterdächern versteckten, unterbrachen seine düsteren Zukunftsvisionen für kurze Momente.

Neunzehn Sonnenphasen später…

Es war früher Morgen auf Lemuria. Der Himmel war violett gefärbt. Zu dieser frühen Morgenstunde krähten rot gefiederte Laufvögel, die die beiden Meowinger nur einmal zu Gesicht bekommen hatten, immer um die Wette. Dazu mischten sich das Geschnatter kleinerer Vögel und das Geheul fremdartiger Säugetiere. Aber wenn man ganz genau hinhörte - und Zelduin tat das immer, wenn er nicht gerade schlief, - dann hatte dieses so harmonisch klingende Konzert leider ein paar unschöne Makel. Hin und wieder wurde es nämlich durch die zischelnden Rufe der Zergh gestört, und an diesem Morgen waren sie besonders zahlreich und heftig, was wahrscheinlich daran lag, dass sie ihr nächstes Etappenziel erreicht hatten, ein Weltentor. Sie konnten es aus ihrer luftigen Höhe nicht sehen, denn es war irgendwo unter dem nahezu lückenlosen Flickenteppich aus gelben, braunen und orangefarbenen Blätterdächern versteckt, aber die Kompasse der beiden Spitzohren verrieten, dass es direkt unter ihnen liegen musste.

„Hörst du das?", fragte Zegolas schaudernd.

„Ja. Die Zergh scheinen dieses Weltentor gut zu bewachen", antwortete Zelduin.

„Eine ganze Horde scheint dort unten ihr Unwesen zu treiben. Das ist ungewöhnlich."

Zelduin schüttelte den Kopf. „Das hier ist nicht die Route zum Nullpunkt. Die Zergh rechnen hier nicht mit Jäpas, aber ich wette mit dir, dass sie weggehen, wenn sie uns hören oder sehen, denn sie *wollen* ja, dass wir Meowinger den Nullpunkt erreichen, also werden sie sich uns wohl kaum in den Weg stellen. Höchstens werden sie uns einen Schrecken einjagen."

Obwohl Zelduin ein wenig mulmig bei der Sache war, befahl er Acirus, dicht über den Baumkronen, die ringsum das Portal wuchsen, hinwegzufliegen. Der Riesenadler kreiste eine ganze Weile über dem Gebiet und gab gelegentlich einen lauten Schrei von sich, um Aufmerksamkeit zu erregen. An einigen Stellen, wo der Wald nicht so dicht bewachsen war, sahen Zelduin und Zegolas hin und wieder die bleichen Riesen. Sie hatten den Riesenadler mit seinen Reisenden längst bemerkt, denn sie waren merklich ruhiger geworden und glotzten nach oben.

Dann blitzte etwas im Wald unter ihnen verräterisch auf. Als Acirus über die Stelle hinwegflog, sah Zelduin, dass es Sonnenstrahlen waren, die durch die güldene Metallhaube eines Zerghmagiers reflektiert wurden. Ein Magus war also auch unter ihnen, und auch diese abscheuliche Kreatur hatte die fliegenden Besucher mit seinen vier Augen ins Visier genommen. Dann verschwand er mit einer ruckartigen Bewegung unter einem orangefarbenen Baumwipfel.

Kurz darauf dröhnte ein fürchterlich klingender Laut, der zweifelsohne von dem Zerghmagus herrührte, durch den Wald. Die zischelnden Stimmen verstummten jäh. Acirus flog noch vier weite Kreise über das im Verborgenen liegende Portal. Die Zergh waren verschwunden.

„Sie sind alle fort", sagte Zelduin, allerdings nicht mit letzter Überzeugung.

„Vielleicht verstecken sie sich auch nur", munkelte Zegolas.

„Sie wollen uns nicht töten. Sie wollen, dass wir alle zum Nullpunkt kommen."

Zegolas hob skeptisch eine Augenbraue. „Aber du hast in Arjons Träumen auch gesehen, dass die Zerghmagusse hin und wieder einen Jäpa töten, um ihren Vorrat an magischem Blut aufzufüllen. Das hast du doch, oder?"

Zweifel machten sich in Zelduins Kopf breit, denn diese finstere Vision hatte er in eine dunkle Ecke seines Hirns verdrängt. „Ich wünschte, du hättest mich nicht daran erinnert." Er rieb sich nachdenklich sein Kinn. „Die Zeit drängt leider, Zegolas. Wir haben keine andere Wahl mehr."

Langsam trudelte Acirus in die Tiefe und flog durch eine lichte Stelle im sonst so dicht verwachsenen Walddach, dessen runde Blätterdächer wie die Wellen eines gebändigten Meeres sanft auf und ab wippten.

Im Schatten der Bäume herrschte völlige Stille, nur hin und wieder knackte hier und da ein Ast. Die aschfahlen Stämme, hoch wie dreißig übereinandergestapelte Zwerge, waren breit wie Wagenräder und mit einer dicken, knorrigen Rinde gepanzert. Am Fuße eines Stammes entdeckten die beiden Meowinger das Weltentor. Es war kaum auszumachen, denn es war mit roten Ranken umschlungen und aus grauem Stein, der die gleiche Farbe wie die Bäume hatte. Von den Zergh war nichts mehr zu sehen, wohl aber von ihren Hinterlassenschaften. Der Waldboden war platt getreten, es gab drei erloschene Feuerstellen, daneben türmten sich Knochen fremdartiger Tiere übereinander. An etlichen Zweigen hingen Seile, an denen stinkendes, rosafarbenes Fleisch aufgehängt worden war. Wenn Zelduin sich nicht irrte, dann konnte er zwischen den fleischigen Stücken auch ein paar spitze Ohren erkennen. Unter etlichen

Bäumen waren dicke und dünne Äste in den Boden gerammt und kreisförmig angeordnet worden, so dass sie behelfsmäßige Unterschlüpfe bildeten, ähnlich wie Indianerzelte. Die dreieckigen Eingänge der Schlafstätten waren düster, doch Zelduin konnte sehen, dass sie kein Leben beherbergten.

Acirus landete elegant und sanft, raschelnd zog er seine Flügel ein und murrte leise. Die beiden Spitzohren hatten ihre Schwerter gezückt, doch der Feind hatte sich scheinbar tatsächlich zurückgezogen; der penetrante Geruch der riesigen Wesen und der ihrer vierbeinigen, hässlichen Helfershelfer hing aber noch in der Luft.

„Sie sind fort", flüsterte Zegolas.

„Scheinbar lassen sie uns passieren", erwiderte Zelduin und bekam eine Gänsehaut.

Die beiden Gefährten stiegen ab und näherten sich dem Tor.

Plötzlich raschelte etwas vor ihnen im Gebüsch. Einen Herzschlag später sprang ein Squigg hinter einem dicken Stamm hervor, kläffend und zähnefletschend! Mit weit aufgerissenem Maul flog die Hunderatte auf Zegolas zu! Zu spät hatten die Meowinger die Gefahr erkannt. Zegolas konnte sein Schwert nicht mehr rechtzeitig heben, um den Angriff abzuwehren. Das sabbernde Tier war nur noch zwei Ellen von Zegolas' Kopf entfernt, doch plötzlich verharrte das hässliche Geschöpf mitten in der Luft - als sei es auf eine magische Barriere gestoßen - und landete jaulend auf der Erde. Ein Zauber war dennoch nicht im Spiel, denn der Squigg war mit einer rostigen Kette an einem Baum angekettet. Mehrmals noch versuchte das vierbeinige Rattenwesen, an die grün und blau gewandeten Fremdlinge heranzukommen, aber die Kette ließ nicht nach.

„Das Glück ist uns hold", sagte Zegolas und atmete tief durch. Mit einem geschickten Schwerthieb beendete er das Leben des angriffslustigen und höchst widerlichen Geschöpfs. Der Rattenkopf kullerte Blut spritzend über den Boden, bis er an einem Stamm liegen blieb. Dann herrschte wieder Totenstille. Für einen Moment glaubten die beiden Schicksalsgefährten, dass sie vielleicht in einen Hinterhalt geraten waren, aber es blieb weiterhin still.

„Scheinbar haben die Zergh eines ihrer Haustiere hier vergessen", meinte Zegolas und säuberte sein blutverschmiertes Schwert an seinem blauen Umhang. „Keine Spur von den bleichgesichtigen Schwarzaugen. Trotzdem sollten wir hier rasch verschwinden, bevor der Zerghmagus seine Meinung noch ändert und zurückkehrt."

Zelduin schaute sich mulmig um und nickte bejahend. Er trat etwas näher an das Weltentor heran. Das Portal aktivierte sich durch die bloße Anwesenheit des Meowingers und begann, bläulich zu schimmern.

„Wir sind wirklich faszinierende Wesen, nicht wahr?", sagte Zelduin. „Allein unsere magische Aura vermag die Tore zu öffnen."

Zegolas nickte. „Wir können uns später über die Wunder Jumatahonis unterhalten. Dieser Ort hier ist mir unheimlich. Verschwinden wir lieber von hier."

Schließlich traten Zelduin, Zegolas und Acirus durch den uralten Steinkreis und verschwanden darin. Dunkle Schwärze umhüllte sie sekundenlang, dann wurden sie auf der anderen Seite des Sternenkanals wieder ausgespuckt und landeten inmitten einer Stadt auf einem kleinen, idyllischen Marktplatz. Es war Nacht, doch es stand ein goldfarbener Mond am Firmament, der die Straßen und Gassen, die weißen und türkisfarbenen Fachwerkhäuser mit den Spitzdächern aus Stroh und den kleinen Platz beleuchtete. Zusätzlich glühten hier und da ein paar gelbfeurige Laternen an den Häuserwänden und Wegrändern, die dem Städtchen etwas Heimeliges verliehen.

Leise Flötenmusik und fröhliches, dumpfes Stimmengewirr kamen aus einem größeren, zweistöckigen Haus, aus dessen Strohdach ein mächtiger, rauchender Schornstein emporragte und aus dessen Buntglasfenstern helles Licht auf den Hauptplatz schien. Über dem breiten Eingang knarrte ein hölzernes Hängeschild im Wind; schnörkelige, güldene Buchstaben waren darauf abgebildet, die weder Zelduin noch Zegolas zu lesen vermochten. Vor dem Gasthaus, auf einer Holzbank, saßen vier in weite, bunte Kleider gehüllte Menschen. Es waren ältere Männer, die Bierhumpen in den Händen hielten, Pfeife rauchten und scheinbar nicht so recht glauben konnten, was da direkt vor ihrer Nase aus dem alten, gespenstisch blau leuchtenden Marktplatztor geschlüpft war. Sie machten große Augen und zupften sich stumm an ihren Bärten.

„Eine Menschenstadt", sagte Zegolas erleichtert und steckte sein Schwert wieder weg. Er winkte den alten Herren auf der Bank vor der Schänke zu. Die alten Leute glotzten verdutzt zurück und rührten sich nicht. „Die ahnen nichts von dem, was da vor ihrer Haustüre lauert."

Zelduin machte sich derweil an dem steinernen Rahmen des Portals zu schaffen. Der Steinrahmen wies ein feines Muster auf, in welchem es winzig kleine, gut versteckte Steinknöpfe gab. Zelduin drückte sie in einer bestimmten Reihenfolge, bis das blaue Schimmern verschwand. Das Tor war wieder deaktiviert.

„Jetzt können uns die Zergh nicht mehr folgen, wenn sie es denn überhaupt beabsichtigt haben", sagte Zelduin.

„Hast du das auch von Arjon gelernt?", fragte Zegolas erstaunt.

Zelduin nickte. „Sein Wissen habe ich stets bei mir."

Plötzlich wurde Zelduin wieder schwindelig. Er kannte das fiese Gefühl. „Ah, es wird wieder Zeit", brummte er und holte aus dem kleinen Säckchen an seinem Ledergurt einen Ürüpilz heraus, biss davon ab und steckte ihn wieder weg. Es dauerte einen Moment, bis sich der Schwindel wieder legte. Dann schüttelte er sich einmal wie ein nasser Hund und sagte zu Zegolas: „Es kann weitergehen."

„Aye", sagte Zegolas und wollte gerade wieder aufsatteln, als ihm der Geruch von süßem Teiggebäck in die Nase stieg. Auch Zelduin roch den verlockenden Duft, und ihm lief das Wasser im Munde zusammen.

„Was hältst du davon, wenn wir in diese heimelige Taverne einkehren?", fragte Zegolas. „Wir haben lange nichts mehr gegessen."

Auch Zelduin sehnte sich mal wieder nach etwas Herzhaftem zwischen seinen Zähnen, doch er wusste auch, dass Kontakt zu Einheimischen gefährlich war, denn überall konnten Schwertfischbrüder und Assassinen lauern, die für ein bisschen Gold jeden Jäpa töteten. Er ließ seinen Blick umherschweifen. Ein solch friedliches Plätzchen hatte er schon lange nicht mehr gesehen. Schließlich siegte auch *sein* Gelüste über die Vernunft.

Als sie den heimeligen Gasthof betraten, grüßten sie die alten Herren auf der Bank, die wie gelähmt zurückstarrten, nur einer nickte zaghaft. Acirus wartete murrend draußen.

In der Taverne, die zu so später Mondstunde noch recht gut besucht war, gab es glücklicherweise weder Schwertfischbrüder noch andere übelgelaunte Gäste, die ihnen an den Kragen wollten. In einer Ecke prasselte ein Kaminfeuer, rundherum saßen Menschen in großen, ledernen Ohrensesseln und wärmten sich oder flambierten Würstchen über den Flammen. Auf der anderen Seite spielte ein Flötenmann ein fröhliches Lied, zu dem mehrere Frauen in langen Röcken und Männer in Kniestrümpfen tanzten und klatschten.

Die Menschen in dieser Stadt sprachen eine sonderbare Sprache, die nicht einmal Zegolas verstand. Der dicke Schankwirt, der eine Mütze aus seidenglattem, weißem Stoff trug, war zunächst etwas scheu und argwöhnisch, als die seltsamen Gäste seine Schänke betraten, doch nachdem Zegolas zwei große, paläaonische Goldmünzen auf den Tresen legte, begannen die Augen des Wirts zu leuchten, und er servierte den beiden Meowingern einen üppigen Festschmaus.

Nachdem die Jäpas gespeist hatten, wie sie es lange nicht mehr getan hatten – es gab zarte, knusprige Krötenkeulen, heiße Kartoffeln, dazu eine Pilzsoße mit großen, roten Zwiebeln, eine Käseplatte, süffiges, wohltuendes Schaumbier und kleine, süßlich schmeckende, grüne Früchte mit gelben Dornen –, machten sie sich wieder auf den Weg. Sie wären gerne noch geblieben, aber sie wussten, dass das zu gefährlich war. Es sprach sich meist schnell herum, wenn Fremdlinge in der Stadt waren, und sie wollten lieber kein weiteres Risiko eingehen, denn sonst wären sie wahrscheinlich doch irgendwann erdolcht worden. Für die Flugreise hatten sie sich zwei kleine Reisebierfässer mitgenommen, die sie auf dem Rücken des Riesenadlers festschnallten.

„Wenn der Krieg vorbei ist, sollten wir diesen gastfreundlichen Landen unbedingt noch einmal einen Besuch abstatten“, schlug Zegolas vor, als sie schon wieder hoch oben in der Luft waren. Er lallte ein wenig, denn er hatte zu viel von dem goldenen Menschenbier getrunken, das die Gibali Zaätokk nannten. Mit großen Augen schaute er auf seinen Zeitmesser. „Fanfaria heißt diese Welt. Ja, wir sollten unbedingt - hick - noch einmal herkommen.“ In der einen Hand hielt er einen Bierhumpen, der randvoll mit dem schäumenden Gebräu gefüllt war, und die andere hielt seinen vom Essen kugelrund gewordenen Bauch.

„Ist eine fabelhafte Idee, Zegolas“, sagte Zelduin, der einen halb geleerten Bierhumpen umklammerte und ebenfalls schon reichlich beschwipst war, und es war ein gutes Gefühl, fand er, denn die Sorgen waren so nur noch halb so schlimm, und dennoch hatte er sie nicht verdrängt. „Aber ich befürchte, dass der Krieg noch lange nicht vorbei ist.“

Zegolas schwieg eine Weile, denn er wusste scheinbar, dass sein Gefährte recht hatte. Dann aber brach er die Stille rasch wieder. „Trinken wir - hick - auf Palaäon!“

Zelduin schwelgte ein paar Herzschläge lang in Gedanken. „Und auf Elfja!“

„In meiner Geschichte heißt sie aber – hick - Elfalja“, beschwerte sich Zegolas scherzhaft.

„Ja, und wir sollten Rolotario, Gronk und … den fiesen Tagonix auch nicht vergessen“, fügte Zelduin hinzu, und als er an seine alten Gefährten dachte, spürte er, wie Heimweh ihm die Kehle zuschnürte.

„Trinken wir einfach – hick - auf die guten, alten Tage!“

Dann stießen die beiden Spitzohren krachend an, hoch oben über den Wolken, die nächtliche, funkelnde Welt Fanfarias zu ihren Füßen. Der Mond erhellte ein Meer in weiter Ferne, es schimmerte silbern.

Es war eine der schönsten Nächte, die Zelduin auf seiner abenteuerlichen Reise zum Nullpunkt erleben sollte. Seit Langem fühlte er sich mal wieder wohl in seiner Haut, was hauptsächlich dem schäumenden Gebräu zu verdanken war, das sie an jenem Abend in rauen Mengen tranken. Sie leerten ein halbes Fass, und zu noch späterer Stunde stimmten sie sogar ein altes, palaäonisches Lied an. Sie brüllten es laut in die Nacht hinaus, so dass es noch weit über Fanfarias Landen zu hören gewesen sein musste. Und auch Acirus krächzte mit.

Fanfaria war der letzte Planet, den die beiden Gefährten durchreisten und der größtenteils noch nicht von den Schatten des Krieges heimgesucht worden war. Die nächsten Welten, die auf ihrer Reiseroute lagen, waren alle von den bleichen Riesen erobert und die einstigen Völker, die dort gelebt hatten, entweder ausgerottet oder versklavt worden. Es waren verbrannte, öde Welten; die jahrelangen Kriege hatten gewaltige Narben auf ihnen hinterlassen.

Erst in diesem Teil der Galaxis wurde Zelduin klar, wie weit die Zergh ihre schrecklichen Fangarme schon ausgestreckt hatten. Sie hatten sich hier am nördlichen Rande Jumatahonis alle bewohnbaren Himmelskörper einverleibt. Die Welten waren am Verwelken, nur selten gab es noch Erde, die von den Zergh unberührt war. Doch obgleich die Planeten vielerorts zerstört worden waren, so waren sie doch nicht totzukriegen, denn die Natur fand immer einen Weg; auch auf den von den dicksten Aschewolken bedeckten Landen spross hier und da noch ein zartes Pflänzchen oder gar eine Blume.

Die Reise der beiden Schicksalsgefährten war scheinbar endlos. Sie reisten durch die unwirklichsten Gegenden, flogen durch heftige Stürme, über grünen Meeren und den höchsten, schneebedeckten Gipfeln hinweg. Alle Welten waren andersartig, doch Zelduin kamen sie irgendwann alle gleich vor, vielleicht weil er etliche aus Arjons Erinnerungen bereits kannte. Manchmal bekam er das Gefühl, dass sie im Kreis flogen, doch er wusste, dass das nicht der Fall war.

Etliche Welten- und Zeitentore, durch die sie schlüpften, waren von Zergh bewacht, doch wenn die spitzohrigen Reisenden mit ihrem Furcht einflößenden Riesenadler sich ihnen näherten, huschten die riesigen, bleichen Geschöpfe meist mit ruckartigen Bewegungen rasch davon, so dass Zelduin und Zegolas leichtes Spiel hatten. Sie wurden höchst selten in Kämpfe verwickelt. Die Zergh bewegten sich nahezu alle nach dem gleichen Muster, nur ihre vierbeinigen, rattenähnlichen Haustierchen hielten sich gelegentlich nicht an die Spielregeln und attackierten die Meowinger, doch ohne Erfolg. Früher oder später landeten sie meist in Acirus' Bauch, der beim Essen nicht sonderlich wählerisch war.

Die Dinge hatten sich geändert, so wie es Zelduin vorhergesagt hatte. Zumindest hatten sich die Dinge für ihn geändert, denn Zarxaurus hatte scheinbar schon vor sehr langer Zeit herausgefunden, dass die magischen Meowinger lebend nützlicher waren als tot. Zelduin fand, dass es sich wesentlich unbeschwerter reiste, wenn man wusste, dass der eigentliche Feind dich gar nicht töten wollte. Trotzdem mussten die beiden Jäpas höllisch aufpassen, denn rasch konnte sich alles wieder ändern.

So ging nun ihre endlose Reise weiter. Auf Gibali trafen sie in diesen verdammten, von Zergh verseuchten Landen nicht, auch Balin hatte sich nicht wieder gezeigt. Das war auch nicht weiter verwunderlich, denn sie befanden sich nicht auf dem Weg zum Nullpunkt, sondern reisten weit abseits der Route, die die Gibali einst in ihre Uhrenwerke einprogrammiert hatten. Und daher überraschte es Zelduin auch sehr, welch unerwarteter Gast sich ein paar Sonnenphasen später unbemerkt an ihre Fersen geheftet hatte…

Die Maskerade fällt allmählich
Käpitulus 22

Jumatahoni-Galaxis,
Planet Uxirma,
4008. Weltenzyklus

Es war früher Morgen auf Uxirma. Gleich zwei Sonnenbälle – wenn auch klein wie Monde – krochen beinahe zeitgleich über den fernen Horizont und brachten das Meer, über das Acirus mit seinen beiden Passagieren schon seit fünf Sonnenumläufen flog, zum Glitzern. Die See war rau und formte unermüdlich mannshohe Wellen, die scheinbar ziellos hin und her schwappten. Das stetige Meeresrauschen wirkte einschläfernd auf Zelduin. Hin und wieder fielen ihm die Augen zu, obwohl er Wachdienst hatte. Seit mehreren Tagen schon hatte er vom salzigen Seewasser einen widerlichen Geschmack im Mund. Der frische Seewind wehte ihm ins Gesicht und zerrte an seinen Kleidern. Die beiden Sonnenbälle standen in seinem Rücken und erweckten den Eindruck, als stiegen sie direkt aus dem Meer empor. Sie bewegten sich geschwind in die Lüfte und entfalteten bald ihre ganze Leuchtkraft.

Plötzlich aber wurde die Welt für einen kurzen Augenblick etwas düster, als ob jemand die glühenden Gestirne verdunkelt hätte. Der Himmel über Zelduin war wolkenlos, daher wunderte ihn das Lichtflackern sehr. Rasch drehte er sich um, und dann sah er, was der Ursprung für diese Ungereimtheit war. Hinter ihm flog ein riesiger, schwarzer Vogel, der noch größer wirkte als Acirus. Das monströse Tier erinnerte Zelduin an die alten Sauriervögel, die sie während ihrer Reise über den Hochbergen Zezarias gesehen hatten.

Die Flügel des schwarzen Riesenvogels waren ledrig und halb durchsichtig; sie ähnelten denen von Fledermäusen, und an den Flügelenden befanden sich klauenartige, dreifingrige Hände. Der drahtige Körper war nur äußerst spärlich mit kurzen, schwarzen Haaren bedeckt. Sein schwarzer Schnabel war lang und spitz und voll messerscharfer, nadelspitzdünner Zähne. Der Kopf des Tiers war allerdings am Imposantesten, denn ein länglicher Knochen, der die Form eines Ambosses hatte, thronte auf seiner Stirn. Das Fledermaustier konnte dieses Furcht einflößende Horn gewiss als Rammbock oder Waffe einsetzen, dachte Zelduin. Dem jungen Meowinger lief ein Schauer über den Rücken.

Als der Urzeitvogel noch einmal vor eine der hell strahlenden Sonnen flog und sie verdunkelte, erkannte Zelduin, dass auf dem behaarten Rücken des Geschöpfs eine gedrungene Gestalt saß! Es handelte sich zweifelsohne um einen Gibali; sein Körperbau und sein langer Bart, der durch den Wind nach hinten wehte, waren unverkennbar. Mehr war von dem mysteriösen Reiter auf dem ungewöhnlichen Fledermaustier aber nicht zu sehen, denn die blendenden Sonnen in seinem Rücken verwehrten einen besseren Blick auf ihn.

Zelduins Herz fing an zu klopfen. Der Sauriervogel war nur noch eine Bogenschussweite von ihnen entfernt, und er holte stetig auf. Der Jäpa zog sein Blauschwert aus der güldenen Scheide und weckte seinen Gefährten, der ihn mit müden Augen anblickte.

„Wir haben Besuch", sagte Zelduin und deutete mit seinem Zeigefinger nach hinten.

Zegolas wandte sich um. „Das wird doch wohl nicht Balin sein, oder?", fragte er sich stirnrunzelnd, es schwang auch ein wenig Panik in seiner Stimme mit.

„Ich weiß es nicht, aber ich habe da ein ganz mieses Gefühl", erwiderte Zelduin.

Acirus stieß einen entsetzten Schrei aus, als auch er den monströsen Fledermausvogel hinter sich erblickte. Zelduin beruhigte den Riesenadler und klopfte ihm mehrmals sanftmütig auf seinen langen Hals. „Ja, mir ist der Urzeitvogel auch nicht geheuer. Und sein Herr erst recht nicht."

Mit kräftigen Flügelschlägen holte der gigantische Vogel rasch auf, bis er auf zwei Steinwürfe weit an sie herangekommen war.

„He da! Ho!", rief die zwergische Gestalt plötzlich und hob zum Gruß eine seiner kurzfingrigen Hände.

„Es ist nicht Balins Stimme", meinte Zegolas leise zu seinem Weggefährten.

„Nein", hauchte Zelduin mit prickelnder Gänsehaut. „Es ist Zäbriks. Das ist Zäbrik!"

„Zäbrik?! Dieser alte Kauz, von dem du mir so oft erzählt hast und den du auf Arjons Erinnerungsreisen gesehen hast?"

„Genau der."

„Das ist ja äußerst merkwürdig. Der Zwerg findet uns *hier*, irgendwo am Rande Jumatahonis?"

Zelduins Gedanken schwirrten im Kreis. „Wenn ich so darüber nachdenke, überrascht es mich eigentlich gar nicht so sehr, ihn hier zu treffen."

„Wie meinst du das?", hinterfragte Zegolas.

„Nun, die Wahrscheinlichkeit ist gering, dass er rein zufällig hier ist. Er muss also über unsere Route informiert worden sein. Und ich denke, ich weiß auch von wem."

„Von Balin?"

„Nein, vermutlich von einem Zerghmagus. Ich habe es schon zweimal erlebt, wie er im Schlaf gesprochen und dabei einen Dialog mit irgendjemandem geführt hat, den er seinen Meister genannt hat. Das war höchstwahrscheinlich ein Zerghmagus, wenn nicht gar Zarxaurus höchstpersönlich. Sie müssen mit Zäbrik auf magische Weise kommunizieren können.“

„Du hast vielleicht recht“, stellte Zegolas erschrocken fest und nickte beklommen.

„Von diesen goldhaubigen Zerghmagussen haben wir sehr viele auf unserer Reise gesehen, und auch wenn sie vor uns alle weggelaufen sind, sie haben uns gewiss beobachtet, vielleicht tun sie es jetzt noch und haben Zäbrik über unseren Aufenthaltsort stets informiert. Wir können ihm nicht trauen.“

„Wir sollten niemandem mehr trauen. Und wir sollten schleunigst versuchen von diesem Gibali wegzufliegen.“

„Wenn ich mich richtig erinnere, dann wird uns das nicht gelingen, denn diese Vögel sind schneller als Riesenadler“, meinte Zelduin.

„Gibt es eigentlich noch irgendetwas, das du noch nicht in Arjons Träumen gesehen hast?“ Zelduin zuckte mit den Schultern. „Und was sollen wir jetzt tun?“

„Wir hören uns an, was er uns zu sagen hat“, sagte Zelduin und wandte sich dann dem Neuankömmling zu, der auf seinem fliegenden Riesensaurier schon gefährlich nahe gekommen war.

„BWAAAARRK!“, röhrte der Fledermausvogel mit weit aufgerissenem Schnabel und zeigte dabei seinen tiefen Schlund. Mit zwei kräftigen Flügelschlägen holte der Urzeitvogel Acirus schließlich ein und flog mit einem gewissen Sicherheitsabstand, der ungefähr fünfzehn Hasensprünge betrug, neben ihm her.

Jetzt konnte Zelduin erkennen, dass es tatsächlich Zäbrik war, der auf dem fliegenden Ungetüm saß. Er hatte dem Vogel eine Art Zaumzeug umgelegt und saß ebenfalls in einem ledernen Sattel. Sein schwarzweiß gestreifter, zu mehreren Zöpfen geflochtener Bart wehte nach hinten über seine Schulter, seine silberne Rüstung funkelte im Sonnenlicht und sein roter Umhang flatterte im Wind.

„Seid gegrüßt, Elgrams!“, rief Zäbrik fröhlich. „Habt keine Angst vor meinem Pterodaktus.“ Er streichelte dem Vogel über seinen Knochenaufbau auf dem Kopf. „Der ist völlig harmlos und interessiert sich nur für Fische, für große Fische, hoho.“

„Wir haben keine Angst“, log Zelduin mit schweißnasser Stirn.

„Und warum hast du dann dein Schwert gezogen, Elgram?“

Zelduin steckte das Blauschwert wieder zurück in die Scheide. „Man kann nicht vorsichtig genug sein in diesen düsteren Zeiten. Überall lauern Gefahren, auch wenn einige vielleicht auf den ersten Blick nicht so aussehen.“

„Ho, da sagst du etwas Wahres“, rief Zäbrik zurück und lachte. „Und diese Landen hier sind besonders gefährlich. Ich habe viele Zergh gesehen.“

„Die haben wir auch gesehen, doch wenn man seinen Feind kennt, dann braucht man ihn manchmal gar nicht fürchten“, antwortete Zelduin kühn.

Zäbrik lachte gekünstelt. „Hoho, ihr scheint euch gut verteidigen zu wissen, denn ihr seid weit gekommen, aber dennoch wundere ich mich, dass ich in den schrecklichen Ländereien Uxirmas auf Elgrams treffe.“

„Das gleiche könnte ich dich fragen, *Zäbrik*“, sagte Zelduin streitlustig.

„Oh, du kennst meinen Namen“, sagte der alte Gibali freundlich lächelnd und fuhr durch seinen schwarzweißen Bart. „Dann sind wir uns wohl schon einmal begegnet. Ich kann mich nicht an jeden Elgram erinnern, denn ich bin schon mit tausenden gereist, bitte verzeih mir also. Wie sind eure Namen, ho?“

„Zelduin und Zegolas.“ Der junge Jäpa glaubte nicht, dass es ein Vorteil wäre, wenn er ihre Namen vor dem Zwerg verheimlicht hätte. Wahrscheinlich gab der Gibali sowieso nur vor, sie nicht zu kennen, glaubte er.

„Zegolas, der Name sagt mir leider nichts, und Zelduin … habe ich auch noch nie gehört, wenn ich mich recht entsinne.“

„Das ist merkwürdig, denn wenn man einen Erinnerungschip in seinem Kopf hat, ist es eigentlich unmöglich, auch nur irgendetwas zu vergessen.“

„Du vergisst, wie alt ich bin, Elgram“, sagte Zäbrik freundlich lächelnd.

Dann wollen wir dem alten Zwerg mal auf die Sprünge helfen, dachte Zelduin furchtlos. Er glaubte nicht, dass Zäbrik ihnen etwas antun würde, selbst wenn er ihn entlarvte. „Wir sind zusammen durch die Landen Ulmumahantes gereist, bis du plötzlich verschwunden bist, und auf Meowing haben wir uns wiedergesehen.“

„Ho, das mag sein. Wie auch immer, ist schon lange her.“ Er holte tief Luft und wechselte das Thema, da ihm das alte ganz offensichtlich unangenehm war. „Seid ihr vom Wege abgekommen, oder was treibt euch in die gottverlassenen Landen Uxirmas, ho?“

Zelduin verlor allmählich die Lust, um den heißen Brei herumzureden. Aus einer unergründlichen Eingebung heraus hatte er irgendwie gewusst, dass er eines Tages noch einmal auf Zäbrik treffen würde, und daher hatte er sich gründlich überlegen können, was er ihm sagen würde.

„Hat dein *Meister* dich hergeschickt, Zäbrik?“, fragte Zelduin plötzlich und beendete damit das harmlose Wortgeplänkel.

Das gespielte Lächeln, das der Gibali aufgesetzt hatte, verschwand schlagartig aus seinem bärtigen Gesicht und wich einem unsicheren Grinsen.

„Mein Meister, *ho*? Du meinst wohl Großkönig Gomril Langbörson“, sagte Zäbrik.

„Nein, ich meine Zarxaurus, deinen Meister“, erwiderte der junge Jäpa und legte die Karten damit offen auf den Tisch.

Zelduin sah, dass der alte Zwerg schluckte. „Du sprichst in Rätseln, verwirrter Elgram.“

„Du verstehst mich nur allzu gut. Ich weiß ganz genau, *wer* du bist, Zäbrik“, erwiderte Zelduin forsch und streifte seinen linken Ärmel hoch, wo hinter seinem kupfernen Zeitmesser der goldfarbene Kommunikator, den Zegolas einst dem Zwerg Hagadal abgenommen hatte, mit einem Ledergurt festgebunden war. Zegolas hatte ihm den Apparatus schon vor einiger Zeit gegeben, nachdem Zelduin aus seinem langen Schlaf erwacht war und plötzlich all die Apparate der Gibali zu bedienen wusste.

Gut sichtbar für den alten Gibali blitzte das Gerät im Sonnenlicht auf.

„Ist das ein Kommunikator, ho?“, fragte Zäbrik mit großen Augen.

„Ja“, sagte Zelduin und drückte mehrere Knöpfe an dem goldgelben Uhrenwerk, bis eine Reihe von giblischen Zeichen über die Glasscheibe huschte.

„Was machst du da, Jäpa, ho?“, fragte Zäbrik mit einem Hauch von Verwirrung in der Stimme.

„Ich habe Gomril eine Nachricht geschickt mit der Bitte, die Zeit für ein paar Glockenschläge zurückzudrehen.“

Zäbrik runzelte die Stirn. „Wirklich komisch, hoho. Als ob *du* das könntest, Elgram.“

„Du wirst es bald sehen, wenn Gomril mich erhört.“

Sichtlich irritiert schaute sich der schwarzweißbärtige Zwerg um, aber noch waren keine Anzeichen einer Zeitverschiebung zu erkennen gewesen.

„Es passiert nichts…“, rief Zäbrik von seinem Fledermausvogel herüber, doch just in jenem Moment begann die Welt plötzlich unmerklich zu flimmern.

Nach einem Wimpernschlag war der Spuk auch schon wieder vorbei. Es hatte sich nicht wirklich viel verändert. Die Wellen schwappten noch immer über den Ozean, wenn auch ein wenig schneller, und der Wind blies von einer anderen Richtung. Zäbrik flog mit seinem Pterodaktus noch immer neben ihnen her, als wäre nichts geschehen.

Zelduin warf einen Blick auf seinen Zeitmesser. Die Zeit hatte sich um mehr als eine Stunde zurückgedreht. Gomril hatte ihn erhört, auch wenn der Großkönig mit absoluter Sicherheit glaubte, dass einer seiner Gefolgsmänner hinter der Botschaft steckte und nicht ein spitzohriger Jäpa.

„Die Zeit hat sich zurückgedreht", sagte Zelduin.

„Herzlichen Glückwunsch! Ich bin beeindruckt", sagte Zäbrik sarkastisch, doch Zelduin konnte in seinem Antlitz erkennen, dass der Zwerg nervös war. „Und was willst du damit bezwecken, ho?"

Zelduin fand allmählich Gefallen daran, den Gibali auf die Folter zu spannen. „Warum bist du noch hier?", fragte er den alten Zwerg, obgleich er die Antwort schon kannte.

Zäbrik grinste verlegen. „Wo sollte ich denn sonst sein, ho?"

„Du bist doch ein Gibali. Du und dein Urzeitvogel, ihr dürftet nicht mehr hier sein und hättet in der Zeit zurückreisen müssen."

„Recht hast du, Elgram. Erklären kann ich mir das auch nicht. Muss wohl an eurer starken, magischen Präsenz liegen", versuchte Zäbrik sich herauszureden.

„Falsch. Dafür gibt es eine wesentlich einfachere Erklärung."

„Hoo?"

„Der mit Meowingerblut gefüllte Glasbehälter auf deinem Rücken, der dich zu einem konstanten Wesen macht."

Nun funkelten Zäbriks grüne Augen teuflisch. „Ho, lassen wir die Maskerade fallen, Zelduin." Der alte Zwerg kam mit seinem Pterodaktus etwas näher an den Riesenadler herangeflogen. Der Sauriervogel schnatterte laut und Acirus murrte nervös. „Jetzt brauchen wir nicht mehr so zu schreien." Er grinste gewitzt, sein Antlitz strahlte Schläue und Überlegenheit aus. „Weißt du, ich pflege äußerst vorsichtig mit meinem Geheimnis umzugehen, daher interessiert es mich sehr, wo du gesehen hast, wie ich meinen Tank mit Blut aufgefüllt habe. War es auf Ulmumahante, ho?"

„Du wirst es nie erraten. Du würdest nicht im Traum darauf kommen", erwiderte Zelduin; er wollte das Geheimnis des Zhuk in seinem Kopf nicht preisgeben und lieber für sich behalten.

Zäbrik beugte sich nach vorn, musterte den Jäpa gründlich von Kopf bis Fuß und nickte dann mitwissend. „Ach, da wäre ich mir nicht so sicher. Verrätst du es mir freiwillig, ho?"

„Nein."

Zäbrik lachte. „Auch nicht schlimm. Ich weiß es sowieso, aber woher der Argwohn, ho? Habe ich dir nicht stets geholfen, ho? Ich habe dich auf Ulmumahante vor Squiggs beschützt, auf Meowing habe ich dich vor giblischen Schwertfischbrüdern gerettet, und ich habe dir zu deinem fliegenden Adler verholfen. Übrigens kommt dieser konstante Pterodaktus auch von Meowing. Es gibt sie nur auf den Drakeninseln im Süden Meowings, wo sonst niemand hinkommt." Der Urzeitvogel hob seinen langen, spitzen Schnabel in die Lüfte und röhrte laut. „Ein prächtiges Tierchen, nicht wahr, ho?"

„Eher Furcht einflößend", dachte Zelduin und versuchte, seine Angst mit einer grimmigen Miene zu überspielen. „Was erwartet uns am Nullpunkt?", fragte er schließlich bestimmt und ignorierte die Fragen des Zwergs.

Der Gibali lachte in sich hinein und hielt sich dabei seinen dicken, stählernen Bauch. „Du wirst es nie erraten. Du würdest nicht im Traum darauf kommen", wiederholte Zäbrik die Phrase seines Gegenspielers. Sein Grinsen wurde so breit, dass seine hinteren Goldzähne zu sehen waren und aufblitzten. „Und du wirst diese Information auch leider auf deinem *Zhuk* nicht finden.“ Zelduin schluckte. Zäbrik zupfte sich an seinem bauchnabellangen Bart. „Tja, ich kenne dein Geheimnis, Zelduin. Möchtest du wissen, woher ich das weiß, ho?“

Zelduin war mehr als überrascht. Woher nur kannte der Gibali sein Geheimnis?

„Ich bin so nett und verrate es dir“, fügte Zäbrik im gemütlichen Plauderton hinzu. „An deinem Umhang kleben grüne Ürüpilzreste. Hast du dir wirklich einen Zhuk in die Nase geschoben, ho? Das war mutig von dir. Du bist nicht der einzige Jäpa, der so etwas Törichtes getan hat. Die meisten sind allerdings daran gestorben, hohoho.“ Der Zwerg lachte finster. „Was hast du auf dem Zhuk noch alles gesehen, ho?“

„Genug“, antwortete Zelduin knapp und klopfte sich die hellgrünen Pilzreste vom Umhang ab.

„Ha! Anscheinend aber nicht genügend, wenn du nicht weißt, was dich am Nullpunkt erwartet.“ Zäbrik verschränkte die Arme. „Wenn du wirklich wissen willst, was dort ist, dann musst du schon hinreisen. Du wirst keinen Zhuk finden, der diese Erinnerung abgespeichert hat, denn kein Gibali hat den Nullpunkt jemals gesehen. Eine Ausnahme gibt es natürlich. *Ich* war schon dort.“

Das hatte sich Zelduin schon gedacht. Abwartend löcherte er den Zwerg mit neugierigen und argwöhnischen Blicken; Zäbrik aber machte keinerlei Anstalten, etwas über jenen geheimnisvollen Ort, wo alles begonnen hatte, preiszugeben. Seine Körpersprache verriet, dass er nicht das kleinste Detail verraten würde. Stattdessen witzelte er: „Das soll übrigens keine Aufmunterung sein, mich zu töten, um meinen Zhuk zu stehlen. Nicht dass ihr das schaffen würdet, hoho, denn den alten Zäbrik hat noch nie jemand übers Ohr gehauen, nicht körperlich und auch nicht geistig.“

Zelduin sagte mutig: „Das mag sein, und dennoch habt ihr einen Meister.“

Zäbriks Heiterkeit schwand aus seinem Gesicht und machte einer zornigen Maske Platz. Der Zwerg schwieg jedoch.

„Warum hast du dich mit den Zergh verbrüdert? Oder kontrolliert Zarxaurus dein Handeln auf eine magische Weise?“, fragte Zelduin.

„Weder das eine noch das andere stimmt“, sagte Zäbrik finster.

„Aber du kannst nicht leugnen, dass du düstere Geschäfte mit diesen Scheusalen pflegst.“

„Ich muss mich hier vor niemandem rechtfertigen. Erst recht nicht vor einem *Elgram*!“ Das letzte Wort sprach er so aus, als sei er davon angewidert.

Aus Arjons Erinnerungen glaubte Zelduin erkannt zu haben, dass Zäbrik Zarxaurus eigentlich feindselig gegenüberstand, und trotzdem diente er ihm. Er wollte unbedingt wissen, warum er so handelte. „Zäbrik, warum hast du dich dem Bösen unterworfen?“, stocherte er nach.

Zäbriks Augenlider zuckten. „Weil ich endlich in Frieden leben möchte!“, donnerte der alte Zwerg und breitete beide Arme aus, als erwarte er eine göttliche Botschaft. Dann richtete er seinen wilden Blick wieder auf den Meowinger. „Zarxaurus ist mein Meister. Ho, du hast ganz recht. Er hat mich im Jahre Null besucht. Ich habe mich ihm *nicht* unterworfen, aber ich habe mit ihm einen Pakt geschlossen, damit er mich und meine Jäpas endlich in Frieden leben lässt.“ Zäbrik funkelte ihn aus seinen tiefgrünen Augen an. „Ho, du hörst ganz richtig. Von mir gibt es nämlich auch *Jäpas*, andere Zäbriks, nenne sie, wie du willst. Natürlich muss bei mir und meinen Jäpas ein wenig nachgeholfen werden, da wir ja von Natur aus nicht konstant sind.“ Er klopfte grinsend auf seinen versteckten Bluttank auf seinem Rücken. „Zarxaurus kann sich von meiner gebeutelten Seele beliebig viele Duplikate holen, genauso wie es die Gibali mit dir machen. Er braucht nur in die Vergangenheit reisen und mich dann mit eurem Meowingerblut konstant machen. Unheimlich kurios, nicht wahr?“ Der Gibali erwartete keine Antwort und redete nach einem gedehnten Seufzer weiter. „Tja, wie du siehst, Zelduin, bist du nicht der einzige, der Ebenbilder, sogenannte Jäpas, von sich selbst hat. Vor mir gab es viele andere Zäbriks, die dem Zerghkönig gedient haben. Diejenigen, die ihm die Hilfe verweigerten, hat Zarxaurus getötet. Die meisten meiner Jäpas sind inzwischen alle tot, aber viele leben noch... viele arme Seelen.“ Zäbrik unterbrach sich und schaute nachdenklich in den Himmel. Sein Gesicht spiegelte Trauer wider. „Ich bin Zäbrik der einhundertelfte.“

Zelduin hatte irgendetwas Schreckliches erwartet, allerdings nicht so etwas. Zäbrik war also ein Jäpa, genau wie er selbst. Er hatte gehofft, ein paar Rätsel lösen zu können, stattdessen taten sich neue auf.

„Was ist das für ein Pakt?“, fragte er nach einiger Zeit und sehr viel einfühlsamer.

„Ich habe einen Eid abgelegt und Zarxaurus meine Treue für die nächsten eintausend Jahre geschworen. Als Gegenleistung verlangte ich nicht mehr, als mich und meine Jäpas endlich in Frieden schlafen zu lassen. Wenn ich meine Aufgabe erfüllt habe, wird Zarxaurus nie wieder in der Zeit zurückkreisen, um sich einen neuen Jäpa von mir zu holen.“

Zelduins Stirn legte sich in Falten. „Was für eine höllische Aufgabe ist das?“

„Du kennst sie, du bist ein Teil davon.“

Zelduin mochte es nicht, wenn jemand in Rätseln sprach, und dennoch glaubte er, die Aufgabe des Zwergs längst zu wissen.

„Glaubst du wirklich, dass Zarxaurus sein Versprechen einlösen wird, wenn du deine Aufgabe erledigt hast. Und selbst wenn er es tut, dann hast du vielleicht deinen und den deiner Jäpas Frieden gefunden, aber Jumatahoni wird wegen dir vielleicht untergehen.“

„Diese Galaxis ist sowieso verloren mit all ihren jämmerlichen Geschöpfen! Sie ist am Verwelken. Alle Planeten sind am Verwelken, die einen früher, die anderen später, aber irgendwann werden die Zergh sie alle erobert haben und nichts wird sie aufhalten können, völlig gleich, was wir tun.“

„Du hast Jumatahoni also schon aufgegeben? Früher bist du bestimmt einmal anders gewesen. Was ist denn deine edle Aufgabe?! Verirrte Jäpas wieder auf den richtigen Weg bringen und uns Jäpas alle zum Nullpunkt zu begleiten?“

„Hooo, aber das ist nur eine Aufgabe, die ich zu erledigen habe“, sagte Zäbrik melancholisch.

„Ich bin mir sicher, dass die anderen nicht weniger ehrenvoll sind“, antwortete Zelduin sarkastisch und packte seinen letzten Joker aus, um Zäbrik vielleicht doch noch auf die gute Seite zu bewegen. „Warum hat Zarxaurus gerade dich ausgesucht, Zäbrik?“

Der Zwerg überlegte eine lange Weile. Dann antwortete er schwermütig: „Ich habe wohl einen recht guten Erfindergeist.“

„Deine bescheidene Seite kannte ich bis jetzt noch gar nicht, Zäbrik. Du bist doch der größte und berühmteste Meistertechnikus deiner Zeit, nicht wahr? Wahre Wunder hast du vollbracht, man sieht sie in der gesamten Galaxis. All die Weltentore, die *du* errichtet hast.“

Zäbrik schaute ihn an, als hätte ihn der Blitz getroffen, und dennoch schien er die Wahrheit nicht preisgeben zu wollen oder verdrängt zu haben. „Ho? Wovon sprichst du, Elgram?“

„Ich dachte, dass wir die Maskerade schon fallen gelassen hätten ... *Heggbor*!“

Das letzte Wort hatte bei Zäbrik Eindruck hinterlassen. Zelduin konnte nicht beschreiben, was er in den glasigen Augen des Zwergs in jenem Moment sah, aber es war ein sehr seltsamer Ausdruck. Der Gibali schien wie gelähmt zu sein und suchte sichtlich nach Worten; es war still, nur der säuselnde Wind und das Flügelflattern der beiden Riesenvögel waren zu hören gewesen.

Nach einer langen Gedenkpause ergriff der alte Gibali wieder das Wort: „*Heggbor*... diesen Namen habe ich schon lange nicht mehr gehört.“

„Auch wenn du es vielleicht vergessen hast, *du* bist Nul Heggbor.“

Gedankenversunken und mit gesenktem Haupt murmelte Zäbrik etwas vor sich hin. Dann riss er seinen Kopf hoch und sagte: „Heggbor ist schon lange tot! Zarxaurus hat mich einst geholt und auf den Namen Zäbrik getauft. Ich bin nur ein Jäpa von Heggbor, der einhundertelfte Jäpa Heggbors."

„Das macht keinen Unterschied. Von mir, Lotorion, Sohn von Taidos, gibt und gab es tausende Jäpas. Wir mussten alle mehr oder weniger das gleiche Schicksal erleiden, aber wir können und konnten immer frei handeln. Schwierig ist es nur herauszufinden, wo die gute Seite anfängt und die böse endet. Jumatahonis Schicksal liegt in unseren Händen, Heggbor."

Zäbriks feucht gewordene Augen schauten ins Leere. „Diese elendige Galaxis kann man nicht mehr retten", antwortete er hasserfüllt. „Zarxaurus und seine Handlanger sind zu mächtig. Niemand kann den Zerghkönig besiegen. Hast du dir schon einmal die Frage gestellt, warum die Zergh so jämmerliche Kreaturen wie euch nicht schon längst getötet haben, ho?"

Der schwarzweißbärtige Zwerg machte eine kurze Pause, während Zelduin über all die Erlebnisse, die er mit jenen schrecklichen Kreaturen hatte, nachdachte. Durch Arjons Erinnerungen wusste er inzwischen, dass es noch eine andere Wahrheit gab.

„Ho-o, ich sehe, dass du bereits gezweifelt hast", sagte Zäbrik mit hässlichem Unterton. „Die Zergh spielen nur mit euch, weil ihr ein nützliches Werkzeug für sie seid. Sie brauchen euch *lebend*!" Zelduin wusste das bereits, und trotzdem machten ihm die Worte Angst. „Sie spielen die ganze Zeit nur mit euch, zumindest tun sie das *noch*. Das kann sich nämlich rasch ändern, zumindest für euch, wenn ihr die Spielregeln weiterhin missachtet. Die Zergh beobachten euch schon eine lange Zeit. Ihr verhaltet euch nicht so wie die anderen Elgrams, weil ihr nicht auf der Hauptroute zum Nullpunkt fliegt. Ihr seid weit vom Weg abgekommen. Gut möglich, dass sie euch bald töten werden. Und glaubt mir, sie können euch mit Leichtigkeit töten. Ich weiß, dass ihr nicht zum Nullpunkt fliegen wollt, sondern über Xiloris nach Mäol. Was ihr dort wollt, weiß ich nicht, aber ihr werdet auf Xiloris sterben." Innerlich zuckte Zelduin zusammen, er fragte sich, woher der Zwerg das wusste. „Ho, die Magie der Zergh ist stark. Denkt an meine Worte: Ihr seid des Todes, wenn ihr nach Xiloris fliegt und nicht rasch wieder auf die Hauptroute, die zum nullten Zyklus führt, zurückkehrt."

„Und wenn wir das tun und zum Nullpunkt reisen, was passiert dann mit uns?", fragte Zelduin mit bedrücktem Gefühl.

„Dann werdet ihr *leben*", antwortete Zäbrik laut und sprach das letzte Wort äußerst beschwingt aus.

„Ich glaube dir kein Wort!", antwortete Zelduin.

„Das brauchst du auch nicht. Es spielt sowieso keine Rolle mehr, denn das Ende dieses Zeitalters naht."

„Du hast Jumatahoni also wirklich aufgegeben?!" Zäbrik hüllte sich in Schweigen. „*Heggbor*, es gibt immer etwas, wofür es sich zu kämpfen lohnt!", rief Zelduin zurück, und als er das sagte, sah er Elfjas Antlitz vor seinem inneren Auge.

Zäbriks Gesicht, Heggbors Gesicht, wurde grimmig. „Ich will einfach nur in Frieden gelassen werden, verstehst du das denn nicht, Elgram?! Die Welten werden unabänderlich verwelken! Die Götter haben uns längst verlassen!"

Dann riss Zäbrik die Zügel seines Reittiers nach links. Krächzend drehte der Pterodaktus ab. Mit einem lauten Schrei schoss der Fledermausvogel in die Tiefe; seine schwarzen Lederflügel flatterten dabei laut wie ein zerrissenes Segel im Sturm. Kurz vor der rauen Meeresoberfläche begab sich der monströse Vogel wieder in eine horizontale Lage und flog mit atemberaubender Geschwindigkeit dicht über den Wellen dorthin zurück, wo er hergekommen war.

Zelduin, Zegolas und Acirus blickten dem einsamen Reiter auf seinem ungewöhnlichen Sauriervogel hinterher.

„Was für ein gruseliger Zeitgenosse", flüsterte Zegolas.

Die knisternde Anspannung, die sich wie eine Schlinge um Zelduins Hals gezogen hatte, löste sich nur langsam auf. Er war innerlich noch immer aufgewühlt. Er hätte Zäbrik gerne als Mitstreiter gewonnen, aber der alte Gibali schien die Galaxis längst aufgegeben zu haben, zumindest ein großer Teil von ihm.

Als Heggbor mit seinem Pterodaktus schon zu einem kleinen, schwarzen Punkt zusammengeschrumpft war, sagte Zegolas: „Woher hast du gewusst, dass Zäbrik in Wirklichkeit der sagenumwobene Nul Heggbor ist?"

„Gewusst habe ich es nicht, es war eher eine düstere Vorahnung."

Die wildesten Gedanken huschten durch die Köpfe der beiden Jäpas.

„Er hat uns durchschaut", meinte Zegolas nach einer Weile. „Zäbri… Heggbor wusste, dass wir nicht auf dem Weg zum Nullpunkt sind und etwas im Schilde führen, und dennoch hat er uns nicht getötet, was er mit einer seiner tödlichen Strahlenwaffen oder sein riesiges Ungeheuer bestimmt mit Leichtigkeit hätte tun können. Er hat uns am Leben gelassen."

Zelduin nickte in Gedanken schwelgend und sagte leise: „Ja, weil er noch Hoffnung hat."

„Was? Den Eindruck hat der alte Zwerg aber ganz und gar nicht erweckt."

„Ich habe es gespürt."

Eine Zeitlang schwiegen die beiden Jäpas, während Acirus gemächlich weiterflog und dabei immer wieder nach hinten blickte, um zu schauen, ob der Furcht einflößende Urzeitvogel mit seinem unheimlichen Herrn nicht doch noch einmal zurückkehrte, aber das tat er nicht.

Schließlich war es Zegolas, der die Stille wieder brach: „Heggbor hat gesagt, dass wir sterben werden, wenn wir weiterhin quer durch die Galaxis und über Xiloris nach Mäol fliegen. Vielleicht will er uns nur von unserem Vorhaben abhalten, aber vielleicht stimmt es auch, was er sagt, weil… er vielleicht doch noch Hoffnung hat und uns vor dem Tode bewahren möchte… weil er glaubt, dass wir die Galaxis retten können."

Darüber konnte man sich in der Tat den Kopf zerbrechen, stimmte Zelduin seinem Gefährten im Stillen zu. Was sollten sie jetzt bloß tun? Die Frage hatte er sich schon so oft gestellt. Sie könnten natürlich wieder umkehren und auf der Hauptroute zum Nullpunkt fliegen. Dann würden sie genau das tun, was all die anderen Jäpas taten… und Jahrtausende lang ohne Erfolg getan hatten, und das allein war Grund genug, es nicht zu tun, fand Zelduin.

„Wir behalten den Kurs bei, Zegolas." In den blauen Himmel blickend fügte er hinzu: „Mögen die Götter wiederkehren. Wir werden sie brauchen."

Zelduin sollte diese Entscheidung später noch oft verfluchen, denn sie sollte ein schreckliches Opfer fordern…

Irgendwo zwischen Himmel und Hölle

Käpitulus 23

Sechzig Tage nach der mysteriösen Begegnung mit Heggbor hatten die beiden Sternenreisenden Unterschlupf in einem riesigen Schädel gefunden, der sie vor dem tosenden Unwetter, das schon seit mehreren Sonnen- und Mondphasen über den weiten Landen Mahajaks tobte, schützte. Sie hatten die knochigen Überreste des gewaltigen Tiers, welches die Meowinger der äußeren Form nach zu urteilen einem mächtigen Drachenwesen zuordneten, mitten in einem bis an den Horizont reichenden, lilafarbenen Pilzwald entdeckt. Die bleichen Pilzstängel waren breit und hoch wie Mammutbäume, und ihre spitzen, purpurnen Hüte waren mit unzähligen weißen und grauen Punkten übersät. Die imposanten Waldfrüchte hätten die Reisenden vor dem Regen gut geschützt, doch der Boden war durch den stetigen Regen so weich und matschig geworden, dass die beiden Jäpas den harten aber trockenen Unterkiefer eines riesigen Drachens, der hier vor langer Zeit sein Ende gefunden haben musste, bevorzugt hatten.

Acirus hockte unter den bleichen Knochen des windmühlenhohen Drachenbrustkorbs, der Ähnlichkeit mit dem hölzernen Geripp eines versunkenen Schiffs hatte. Auf dem schlammigen Boden unter dem gewaltigen Brustkorb lagen Hunderte vieräugiger Zerghschädel. Scheinbar hatte der Drache die bleichen Riesen zum Fressen gern gehabt. Die gezackten Knochenplatten auf dem Rücken des toten Ungetüms, das eine ganze Furchenlänge maß, reichten vom Kopf bis zum Schwanz, der sich wie eine Schlange zwischen den Riesenpilzen hindurchschlängelte. Zelduin und Zegolas hatten es sich im spitzförmigen Maul, das von zwerghohen, dolchartigen Zähnen umsäumt war, gemütlich gemacht. Irgendjemand, der vor den Jäpas hier gewesen war, hatte den Oberkiefer mit vier Knochen abgestützt, so dass man sich aufrecht hinstellen konnte. Vielleicht war es der tote Jäpa gewesen, den sie zu späterer Stunde im Schlamm zwischen den Krallen der rechten Drachenklaue gefunden hatten.

Der Abendhimmel hatte schon vor einiger Zeit angefangen zu dämmern, daher hatten die Reisenden ein kleines, wärmendes Feuer im Rachen des bizarren Geschöpfs entfacht. Der Rauch zog durch die leeren, radgroßen, mandelförmigen Drachenaugen ab und verflüchtigte sich dann rasch im silberhellen Regen, der laut auf den Pilzdächern und dem Schädel herumtrommelte. Zegolas, der zwischendurch einmal Feuerholz holen gewesen war, hatte erzählt, dass es durch den Feuerschein von draußen so aussähe, als würde der Drache gleich zu neuem Leben erwachen und Feuer speien.

Neben dem Meowingerskelett, das sie aus dem Schlamm gezogen und in seinem grünen, zerschlissenen Kapuzenmantel zu ihnen ans Feuer gesetzt hatten, hatten sie auch die Überreste eines Riesenadlers gefunden. Acirus hatte nach der Entdeckung eine ganze Weile leise vor sich hin gemurrt, vermutlich aus Trauer seines verstorbenen Artgenossen.

Im zerfledderten und dreckigen Gewand des glücklosen Nullpunktreisenden hatten die beiden Jäpas ein halb verrottetes, in dickes, grünes Leder gehülltes Buch gefunden; es war ein altes Tagebuch. Die meisten Seiten zerfielen beim Öffnen, waren mit Schlamm überzogen, so dass sie nicht mehr zu lesen waren, oder von winzigen, gelben Erdwürmern angefressen worden. Ein kleiner Teil des in Altpalaäonisch abgefassten Werks war allerdings noch recht gut erhalten geblieben. Zelduin las schon seit mehreren Stunden daraus hervor, während sie weiße Riesenlarven, die hier überall unter den Pilzen zu finden waren, über dem Feuer flambierten und aßen.

„…und im schwarzen Fluss zwischen den Welten habe ich wieder die Geisterstimme gehört. Sie macht mir Angst. Ich habe ihr nicht geantwortet, und dann verstummte sie jäh.

Tag 429. Scheibenwelt Iscet. Eine Welt voll mit Schnee und Eis. Es ist hier bitterkalt, so dass mein Atem gefriert. Hoffentlich ist die Reise auf dieser Schneewelt rasch vorüber. Der alte Märdrok hat mir einen seltsamen Stab gegeben. Er sagt, dass man damit Feuer machen könne. Hohoho.

Tag 430. Die erste Nacht auf Iscet war verdammt kalt. Ohne den dicken Bärenfellumhang, den mir der alte Zwerg gegeben hat, wäre ich wohl erfroren. Trotzdem riecht der Pelz nach Rattenpisse und Schweinestall. Märdrok sagte mir, dass der Gestank von Mammutusinnereien und dem Urin eines Riesensauriers herrühren würde, denn damit hätte er das Bärenfell eingerieben, weil die Squiggs sich davor fürchteten. Es sei eine der Mindestanforderungen für diese Welt, genauso wie diese merkwürdigen Hühnerfüße, die ich tragen muss. Ich würde den Herrn gerne kennenlernen, der die Mindestanforderungen für die Scheibenwelten bestimmt und ihn in ein mit Trollkotze und Koboldkacke gefülltes Affenkostüm stecken, einfach nur, damit er weiß, wie es sich anfühlt. Hohoho.“

Zelduin und Zegolas lachten laut. Ihr Gelächter hallte dumpf von den kahlen Wänden des ausgehöhlten Drachenschädels wider. Acirus blickte verwirrt auf. Als er merkte, dass alles in Ordnung war, igelte er sich wieder mit seinem Schnabel unter seinem rechten Flügel ein.

„Der Jäpa hat es auch nicht leichter gehabt als wir, aber er hat einen herrlichen Galgenhumor", meinte Zegolas, wischte sich die Freudentränen fort und biss von seiner kross gerösteten Riesenlarve ab.

Zelduin stimmte seinem Gefährten bejahend zu und überlegte, wann er das letzte Mal so herzhaft gelacht hatte. Es musste lange her gewesen sein, denn er wusste gar nicht mehr, wie es sich anfühlte. Er wischte sich mit dem Handrücken seine schniefende Nase trocken. Dann las er weiter, während der Donnergott über ihnen sein grollendes Lied sang und stetig gelbe Blitze in den dunkelblauen Abendhimmel schickte.

„Tag 455. Mir ist meine konstante Meowingertinte eingefroren. Ich trage sie jetzt immer eng am Körper, damit sie nicht mehr gefriert. Wir sind im Großen Tal angekommen. Letzte Nacht haben wir Zerghschreie gehört. Ihre Rufe kamen aus dem Osten. Nachts machen wir kein Feuer mehr, damit wir aus der Ferne nicht gesehen werden können.

Tag 457. Zur Mittagszeit hat uns ein riesiger, zweibeiniger, grün geschuppter, fleischfressender Saurier, der bei den Gibali Spitzzahn genannt wird, angegriffen. Märdrok hat seinen magischen Speer auf ihn geschleudert und mit dem ersten zielsicheren Wurf niedergestreckt. Der alte Zwerg ist tapferer, als ich dachte.

Tag 460. Ich habe immer noch nicht verstanden, wie man mit diesem blöden Feuerstab Feuer macht. Er scheint kaputt zu sein. *Flägüös*, heißt das vermaledeite Zauberwort. Wie kommt man bloß auf so ein Losungswort? Märdrok hat gesagt, dass Runengegenstände eine Art magisches Eigenleben beherbergen würden und manchmal etwas störrisch sein können. Ho-ho.

Tag 462. Heute hat sich die Zeit zurückgedreht und Märdrok ist verschwunden. Ich bin wieder allein; ein einsamer Ritter in der verschneiten Ödnis Iscets…

Tag 463. Ich habe heute diesen verteufelten Feuerstab, der störrischer als ein Eselsius ist, weggeworfen. Möge ihn ein Wandersmann finden und ihm Glück bringen.

Tag 464. Es gibt nichts, was ich mehr hasse als Schnee und Einsamkeit.

Tag 469. Meine Gebete scheinen erhört worden zu sein. Ich habe ein eisfreies Tal mit Seen und weiten Grasebenen erreicht, und allein bin ich auch nicht mehr. Hier wimmelt es nur so von Zergh und Squiggs. Hoho. Ich bin jetzt froh, dass ich einen nach Saurierurin und Mammutusgedärmen stinkenden Mantel trage.

Tag 470. Dem alten Märdrok sei Dank. Mein übler Geruch hat die Squiggs verscheucht, und die Zergh scheinen mich nicht gesehen zu haben. Meine kleinen Glücksgeister haben mich noch nicht verlassen.

Tag 475. Heute ist etwas sehr Merkwürdiges passiert. Ich habe das nächste Weltentor erreicht. Ich versteckte mich im Schatten des Waldes, denn das Tor wurde von einem Dutzend Zergh bewacht. Jedoch hat mich ein Squigg aufgespürt. Dem Rattenwesen schien mein Gestank nichts auszumachen. Ich tötete es mit meinem Langschwert. Bevor der Tod über das Tier kam, gab es noch einen heulenden Schrei von sich. Mehrere Zergh blickten in meine Richtung. Ich dachte, dass nun mein letztes Stündlein geschlagen hätte, doch die Zergh trotteten plötzlich davon, als wollten sie mich geradezu aufmuntern, das Tor, das nun verlassen und einsam auf der Waldlichtung steht, zu durchschreiten. Hier stimmt irgendetwas nicht! Wenn sich in den nächsten Glockenschlägen nichts tut, dann werde ich meine Beine in die Hand nehmen und durch das Tor laufen. Gut möglich, dass dies meine letzten Zeilen sind. Lang lebe Jumataho…"

Zelduin hielt das Buch ganz nah vor seine Augen, doch die folgenden, hastig niedergeschriebenen Zeilen waren so verwittert, dass sie nicht mehr zu entziffern waren. Erst viele Seiten später fand er wieder etwas, das lesbar war.

„Tag 680. Es wird alles immer verrückter. In Isgenderun habe ich Balin wiedergetroffen. Der Zwerg war wie verwandelt, als hätte ihn ein Zerghmagus verzaubert. Er hat zu mir gesagt, dass alles eine riesige Lüge ist und ich nicht zum Nullpunkt reisen darf, denn der Ort soll verflucht sein. Er sagte, dass ich umkehren solle, den gleichen Weg zurückfliegen und jeden Jäpa ebenfalls zum Umkehren bewegen soll. Ich habe Balin kein Wort geglaubt und ihn gefragt, ob er jetzt auch eine Marionette von Zarxaurus geworden ist. Ich habe lange mit ihm gestritten, und am Ende hat er zu mir gesagt, dass sehr schlimme Dinge geschehen werden, wenn ich zum Nullpunkt reise. Ich hatte beinahe das Gefühl, dass er mich mit seiner Axt erschlagen wird, wenn ich ihm nicht gehorche. Was bei allen Waldgeistern ist bloß mit dem guten, alten Balin geschehen, ho? Nach der unheimlichen Begegnung bin ich rasch auf Akikoros aufgestiegen und weitergeflogen. Es scheint so, als ob in Balin das Böse eingedrungen ist und...“

Der Rest der Seite war abgerissen.

„Interessant“, sagte Zegolas und richtete den knöchernen Schädel, der auf die Schulter des gefallenen Jäpas gesackt war, wieder gerade. „Du scheinst einiges durchgemacht zu haben, alter Sternenkrieger.“

Nach einer Weile fand Zelduin einen weiteren interessanten Eintrag, der noch recht gut erhalten war.

„Tag 772. Zwischen den Welten habe ich wieder die Geisterstimme gehört. Ich habe ihr diesmal geantwortet. Der Geist hat schon wieder behauptet, dass er mein Vater Taidos sei. Ho-ho. Er sagte, dass ich nicht zum Nullpunkt fliegen soll, weil der Ort vom Bösen heimgesucht worden wäre. Merkwürdig, das habe ich irgendwie schon einmal gehört. Ich glaube, dass ein fauler Zauber von Zarxaurus hinter der unsichtbaren Stimme steckt, denn ich weiß noch ganz genau, dass der Unsichtbare einmal zu mir gesagt hat, dass ich ihn befreien solle. Ich bin immer noch wild entschlossen, zum Nullpunkt zu reisen, auch wenn sich alle Wesen gegen mich verbündet zu haben scheinen. Am *Aönde* wird bestimmt alles gut, wie die Gibali zu sagen pflegen. Stehen die kleinen Zwergenwesen überhaupt noch auf meiner Seite? Ich weiß so allmählich nicht mehr, was ich glauben soll. Merkwürdige Tage sind das...“

Plötzlich erzitterte die Welt, und für einen klitzekleinen Augenblick verschwamm sie und wurde unscharf, als ob man durch ein dickes Buntglasfenster schauen würde. Dann war der Spuk auch schon wieder vorbei. Zelduin und Zegolas schauten sich um. Der Regen prasselte noch immer auf sie hernieder, nur war er noch heftiger geworden. Das Feuer war erloschen, und ein Großteil des gesammelten Brennholzes war zusammen mit dem toten Meowinger verschwunden.

„Die Zeit hat sich zurückgedreht“, sagte Zelduin in die Dunkelheit blickend. Acirus murrte leise und steckte seinen Kopf kurz in den für ihn viel zu kleinen Drachenschädel, um zu gucken, ob noch alle da waren. „Es ist alles gut, Acirus. Uns ist nichts passiert.“

„Kraah.“ Der Adlorus blinkte ihn mit seinen blassgrauen Augen an. Dann legte er sich wieder schlafen.

Zelduin sammelte rasch ein paar Zweige zusammen, die durch die Zahnlücken und die ausgehöhlten Augen des Drachens den Weg ins Innere des Schädels gefunden hatten, und häufte sie in der alten Feuerstelle auf. Dann schloss er seine Augen, die Handflächen vor seiner Brust zu einem hohlen Ball geformt.

„Isildu Lathonir Nocutrum Etihktus Zansilibaldur“, murmelte er leise vor sich hin. Es war die alte Sprache der Meowinger, die er nur kannte, weil er in Arjons Erinnerungen jahrelang an

Taidos' Seite gereist war. Taidos hatte die Sprache nur selten gebraucht, doch oft genug, dass Zelduin sie hatte lernen können.

Der junge Meowinger wiederholte den Spruch zweimal, bis plötzlich ein winzig kleines Flämmchen inmitten seiner Hände entstand. Es schwebte in der Luft und wurde allein durch Zauberkraft ernährt. Zelduin öffnete seine Hände und vollführte mit seiner Rechten eine unscheinbare Geste, woraufhin das Lichtlein langsam durch die Luft wanderte, bis es den kleinen Holzhaufen erreichte, in welchem es in einem knisternden Funkenregen verging und das Holz entflammte.

Zegolas hatte staunend zugesehen. „Ich werde nie verstehen, wie das funktioniert."

„Du musst Geduld haben. Auch du bist ein magischer Meowinger. Irgendwann verstehst du, wie sie funktioniert, die Magie."

„Wie auch immer, Holz kannst du nicht etwa herbeizaubern, oder?" Zelduin lachte. „Oder den Regen bändigen, das würde mir schon genügen", fügte Zegolas hinzu, aber beides musste Zelduin verneinen. Zegolas stülpte sich die blaue Kapuze über den Kopf und stand auf. „Na dann werde ich nochmal etwas Brennbares in diesem Regenpilzwald suchen, bevor das magische Feuerchen ausgeht."

Während Zegolas fort war, stöberte Zelduin weiter im Tagebuch herum; der matte Feuerschein spendete ihm dabei Licht. Einige Seiten waren vom Schlamm zusammengeklebt, so dass er sie mühselig mit den Fingernägeln auseinanderpulen musste. Es dauerte aber nicht lange, bis er wieder etwas Interessantes aufgeblättert hatte.

„Tag 944. Akikoros und ich sind heute durch ein weiteres blaues Weltentor geschlüpft. Es war von drei Dutzend Zergh bewacht, doch als Akikoros vom Himmel im Sturzflug auf sie zugeschossen kam, sind sie auseinandergestoben wie ein Haufen wilder Hühner. Keiner hat sich mir in den Weg gestellt, nicht einmal der hünenhafte Magus mit dem purpurnen Gewand und der Goldhaube auf dem Kopf. Er ist in den Wald geflohen… als hätte er vor einem kleinen, seltsam gewandeten Menschling wie mir Angst. Hoho. Merkwürdig, das ist mir jetzt schon ein paar Mal passiert.

Tag 945. Der Jäpa mit seinem Affen hat Recht gehabt. Die Zergh lassen mich tatsächlich durch alle Tore passieren. Allenfalls wollen die Zergh mir einen Schrecken einjagen, oder sie schießen schlecht gezielte Pfeile auf mich, aber aufhalten wollen sie mich ganz offensichtlich nicht. Mich wundert es, dass mir das vorher nicht aufgefallen ist. Hinter dem Sichtbaren verbirgt sich scheinbar noch eine andere Wahrheit, bloß welche? Ich hätte dem Jäpa auf der Dschungelwelt Datoine vertrauen sollen. Ich überlege, wieder umzukehren. Der Jäpa weiß bestimmt viel über Jumatahoni. Aber wahrscheinlich ist das keine gute Idee, nachdem ich bei meiner Flucht seinen Riesengorilla töten musste. Vielleicht ist der Jäpa inzwischen eh tot."

„*Nein, das ist er nicht*", dachte Zelduin. „*Er lebt noch.*"

Draußen knackten Zweige, und die lilafarbenen Riesenpilze wankten geräuschlos hin und her. Kurz darauf kam Zegolas wieder, unter dem Arm hatte er einen Stapel Zweige und Äste geklemmt, die er neben die Feuerstelle legte. Sein Gewand war durchnässt, und von seiner blauen Kapuze tropfte der Regen.

„Was für ein Teufelswetter", wetterte er, wrang seinen Umhang aus und setzte sich an das wärmende Feuer.

Zelduin tippte mit dem Zeigefinger auf das Tagebuch. „Dieser Jäpa hier scheint dich gekannt zu haben."

„Wie klein die Welt doch ist. Mag sein, ich habe viele Jäpas kennengelernt, doch die wenigstens konnte ich zum Guten bekehren."

Zelduin las Zegolas den Abschnitt noch einmal vor.

„Verdammt soll er sein", sagte Zegolas, nachdem Zelduin geendet hatte. „Ich erinnere mich an ihn. Er hat Gronk ermordet und ist dann in der Nacht verschwunden. Sein Name war Zeledeos. Er hat geglaubt, dass ich ein Diener der Zergh wäre. Tja, in diesen dunklen Tagen kann ich's ihm eigentlich nicht einmal übel nehmen."

Zelduin zuckte mit den Schultern. „Tag 946. Ich habe die ganze Nacht gegrübelt und mich endgültig entschieden, allein weiterzureisen. Wenn ich umgekehrt wäre und der Jäpa auf Datoine mir noch immer freundlich gesinnt wäre, so hätte er mir bestimmt vieles über die Galaxis erzählen können, doch *alles* bestimmt nicht, auch wenn er das behauptet hat. Er hatte zwar recht in dem Punkt, dass die Zergh mich nicht töten wollen, doch wenn er tatsächlich alle Rätsel gelüftet hat, wie er mir weiszumachen versucht hatte, so frage ich mich, wieso er die Galaxis nicht schon längst gerettet hat? Daher hat er mich entweder angelogen und er weiß gar nicht alles, oder aber er ist eine Marionette von Zarxaurus."

Zelduin ertappte sich dabei, wie er Zegolas einen langen, nachdenklichen Blick zuwarf. Ein uralter Argwohn war ihm kurz die Kehle hochgekrochen, um dann rasch wieder in seinem dunklen Rachen zu verschwinden.

„Was guckst du mich so an?", fragte Zegolas nicht gerade freundlich. „Glaubst du etwa, dass ich auf der dunklen Seite stehe?!"

„Nein, das tue ich nicht", antwortete Zelduin knapp, aber sein langjähriger Gefährte hatte scheinbar an seinem Unterton gemerkt, dass ihm die Antwort nicht ausreichte.

„Ich habe Zeledeos angelogen, um ihn auf die Seite der Schwertfischbrüder zu locken. Ich habe ihm erzählt, dass ich alles weiß über diese verdammte Galaxis, weil ich glaubte, ihn so bekehren zu können. Doch ich habe mich geirrt, aber was hätte ich ihm denn erzählen sollen? Reise bloß nicht zum nullten Zyklus, ich glaube, dass dort etwas Mysteriöses auf uns alle lauert, aber so genau weiß ich's auch nicht? Klingt wenig überzeugend, oder?!", bellte Zegolas mit heruntergezogenen Augenbrauen.

„Kraa, kraah", mischte sich Acirus ein, der scheinbar spürte, dass irgendetwas nicht in Ordnung war.

„Ich weiß nicht, warum du dich so aufregst, Zegolas."

„Ich schon", antwortete der alte Meowinger gereizt, warf einen nassen Ast in das Feuer und verschränkte seine Arme.

Zelduin fühlte sich plötzlich elendig. Er verdankte Zegolas sein Leben, und er wusste, dass er zur guten Seite gehörte, aber… da war etwas, das er wissen musste, etwas, das den Argwohn wieder wachgerüttelt hatte.

„Es ist nur so…", begann Zelduin und versuchte, die Worte nicht vorwurfsvoll klingen zu lassen. „Du hast mir nie wirklich erklärt, woher du weißt, dass uns Jäpas am Nullpunkt etwas Schreckliches erwartet."

„Ich weiß nicht, was mich trauriger stimmt: Dass du mir noch immer misstraust, oder dass du noch immer nicht verstanden hast, dass die dunklen Götter am Nullpunkt eingekehrt sind."

„Das stimmt nicht, beides tue ich nicht!", sagte Zelduin laut.

„Warum stellst du dann plötzlich so komische Fragen?! Der Zhuk hat *dich* doch zum Allwissenden gemacht. *Ich* bin es, der sich in deine Hände begeben hat. *Ich* folge dir, wohin du fliegst, obwohl es mir klar ist, dass du durch den Zhuk verrückt geworden sein könntest oder es irgendwann wirst. Aber trotzdem vertraue ich dir, noch immer."

Zelduin senkte seinen Blick und starrte in die gelben Flammen, die wie Tentakel aus der Glut zuckten und sich dann wieder zurückzogen.

Eine ganze Weile schwiegen die beiden Sternenreisenden, bis Zegolas die Stille brach und flüsterte: „Ich habe *nie* gewusst, dass etwas Böses am nullten Punkt haust. Es gibt nur unzählige

Legenden, Geschichten und Märchen. Sie stammen von Jäpas, die am Nullpunkt gewesen und lebend zurückgekehrt sind, zumindest haben sie das behauptet. Ich weiß nicht, ob sie stimmen, viele widersprechen sich und sind tausende Jahre alt, aber ich weiß, was ich gesehen habe, und ich sehe, dass in den hiesigen Zeiten genau das passiert, was in den meisten Legenden geschrieben steht: Die Zergh locken die Jäpas zum Nullpunkt, weil sie uns lebend brauchen. Früher war es vielleicht einmal anders, wo die Zergh vor uns noch Angst hatten, uns hinterherjagten und töteten. Aus dieser Zeit kommen vermutlich die anderen Legenden, die genau das Gegenteil erzählen. Wer weiß das schon genau, aber im Laufe der Zeit ist der Nullpunkt ein verfluchter Ort geworden, das ist gewiss, für mich."

Beide Meowinger starrten stumm in das knisternde Feuer und lauschten dem prasselnden Regen und dem grollenden Gewitter über ihnen. Schließlich widmete sich Zelduin wieder dem Buch zu. Er blätterte einen ganzen Batzen verklebter und vergilbter Seiten um. Seine Finger wanderten über die mit rotem Meowingerblut geschriebenen Zeilen.

„Tag 1161. Der Halbling Obeliox, den ich gestern in Shuashua kennengelernt habe, hat gesagt, dass ich Antworten auf *Mäol* finden werde. Er scheint eine ehrliche Haut zu sein. Er sagte, dass ich vorsichtig sein muss, wenn ich nicht auf der Hauptroute zum Nullpunkt fliege, sondern abseits der Wege, weil ich so die dunklen Augen der Zergh auf mich lenken würde, und sie mich dann vielleicht als Feind betrachten werden. Ich kann mir nicht vorstellen, dass die Zergh *so* schlau sind, aber wie oft musste ich meine Vorstellungskraft in dieser verdammten Galaxis schon erweitern?! Sehr, sehr oft.

Tag 1162. Obeliox hat mir eine Karte der Galaxis gegeben, mit der ich den Weg nach Mäol finden kann.

Tag 1163. Ich habe mich entschieden. Morgen breche ich mit Akikoros nach Mäol auf und…" Zelduin versuchte, die rasch dahingekritzelten Buchstaben zu entziffern, aber es gelang ihm nicht. „Den Rest kann ich nicht lesen", fügte er leise hinzu und blätterte weiter, bis er die letzten, mit zittriger Handschrift versehenen Seiten in der Hand hielt.

„Tag 1288. Meine Theorie war falsch. Ich habe Obeliox nicht geglaubt, dass die Zergh mich jagen werden, wenn ich nicht auf dem vorgegeben Weg zum Nullpunkt reise, aber ich habe mich geirrt. Die Zergh sind nun hinter mir her, so wie es Obeliox vorhergesagt hat. Bogenschützen haben mich am Sternenportal angegriffen. Ein Pfeil hat mich an der Schulter erwischt, ein zweiter meine Hand durchlöchert. Akikoros wurde von sechs Pfeilen getroffen. Nur mit Mühe und Not konnten wir entkommen.

Tag 1290. Die vieräugigen Monster sind sehr viel schlauer, als ich gedacht habe. Sie verfolgen mich nun auf geflügelten Riesenvögeln, bei Mond- und Sonnenphase. Akikoros ist schneller als sie, aber er blutet stark. Ich weiß nicht, wie lange er noch fliegen kann. Meine Pfeilwunde an der Schulter brennt, und das Fleisch beginnt zu faulen. Ich fühle mich miserabel. Wo seid ihr Götter? Kommt hervor aus euren Wolkenheimen! Ich flehe euch an! Hiiilfe!"

Ein greller Blitz zuckte über den mit Düsterwolken behangenen Himmel, gefolgt von einem rumpelnden Donnerschlag, der die Erde erbeben ließ. Dann verschwamm die Welt um sie herum plötzlich und klarte kurz darauf wieder auf. Zelduin und Zegolas wussten genau, was gerade eben geschehen war, und trotzdem trauten sie ihren Augen kaum. Die Zeit hatte sich erneut zurückgedreht, doch diesmal hatte sich alles um sie herum verändert. Die schwarzen Gewitterwolken waren verschwunden, und die frühe Morgensonne schien durch die Pilzdächer auf sie herab. Vogelgezwitscher drang von allen Seiten herbei, und über ihnen hörten sie noch andere laute Tierrufe, die dem Trompeten von Elefanten ähnelten. Das Drachenskelett war ebenfalls verschwunden. Nur ein paar Schädelknochen, die von der Aura der beiden konstanten Meowinger erfasst worden waren, lagen noch verstreut um sie herum. Zeledoes' und Akikoros'

Gebeine steckten im Grasboden neben ihnen. Dort, wo eben noch Schlamm und feuchte Erde waren, blühte nun eine grüne Blumenwiese.

Ein paar Lidschläge später kam eine Gruppe von sieben, gnomengroßen Laufvögeln zwischen den bleichen Pilzstängeln herausgelaufen. Die zweibeinigen Tiere hatten kurze, gelbe, gebogene Schnäbel, trugen hellblaue Federkleider und irrwitzige, rote Federkämme auf den Köpfen. Sie blieben stehen und beäugten die merkwürdigen, spitzohrigen Wesen und den Riesenadler neugierig. Mit hektischen Halsbewegungen staksten sie langsam auf die fremden Waldgäste zu und musterten sie mit ihren kleinen, gelben Augen. Die Paradiesvögel schienen vor den Fremdlingen keine Angst zu haben und gaben leise, glucksende Geräusche von sich.

Als sich einer der Vögel zu nah an Acirus heranwagte, schnappte der Adler zu, biss dem Laufvogel in den Kopf und hob ihn in die Höhe. Das dumpfe Gekreische des Paradiesvogels im Schnabelinneren erstarb rasch. Die dünnen Vogelbeine, die aus Acirus' Schnabel heraushingen, strampelten noch eine Weile, bis auch sie schlaff herunterhingen. Dunkles Blut lief in dünnen Fäden aus seinem Schnabel heraus. Laut fiepend stoben die Laufvögel in alle Himmelsrichtungen davon, während der Adlorus knackend und knirschend auf seiner Beute herumkaute.

Zelduin kannte die Fressgewohnheiten seines Riesenadlers zur Genüge, und dennoch schauderten sie ihn. Die beiden Jäpas schenkten sich einen flüchtigen, vielsagenden Blick. Schließlich standen sie auf und schauten sich um, als seien sie in einer neuen Welt gelandet.

Zelduin hatte viele Zeitverschiebungen erlebt, sehr viele, doch diese war anders. Sie hatte nicht nur die Natur um sie herum dramatisch verändert, sondern noch etwas Anderes, das Zelduin nicht in Worte fassen konnte. Er spürte, dass der Planet wieder frei atmen konnte und frei von allem Bösen war, und Zegolas schien seinem mannigfaltigen Gesichtsausdruck nach zu urteilen, dasselbe zu fühlen.

„*Wie merkwürdig*", dachte Zelduin, marschierte zu seinem geflügelten Gefährten herüber und sattelte auf. Zegolas setzte sich auf den hinteren Sitz. „Flieg, Acirus."

Der Adlorus schlang den zweibeinigen Leckerbissen hinunter, breitete seine braunen Schwingen aus und stieß sich vom Boden ab. Schnell gewann der Riesenvogel an Höhe und manövrierte geschickt zwischen den lilafarbenen Pilzhüten hindurch. Die morgendliche Sonne blendete Zelduin, als Acirus die riesenhaften Waldfrüchte unter sich zurückließ und auf einem besonders großen Pilz landete, der unter dem Gewicht des Adlers seicht hin und her wankte.

Als Zelduins Augen sich an die Helligkeit gewöhnt hatten, glaubte er zu träumen. „Ist das ein Traum oder sehe ich Gespenster?", fragte er und stieg ab.

„Das ist real", antwortete Zegolas knapp, der von dem, was er sah, ebenso in den Bann gezogen worden zu sein schien wie sein Gefährte.

Der nördliche Horizont glühte orangefarben im zauberhaften Morgenlicht. Kleine Singvögel mit langen, blauen Schwänzen und weiße Riesenmotten flogen ihnen um die Ohren. Im fernen Süden und Osten flogen riesige Geschöpfe durch die Lüfte, majestätisch und anmutig wie alte Gottheiten. Es waren Drachen! Durch die Zeitverschiebung waren sie wieder zu neuem Leben erweckt worden. Wie Delphine im Wasser bewegten sie sich über den Himmel und gaben gelegentlich ihre sonderlich klingenden, trompetenden Urzeitschreie von sich. Ihre Körper waren scharlachrot geschuppt, und ihre dünnhäutigen Flügel waren blutrot, das Sonnenlicht schimmerte durch sie hindurch. Die Drachenwesen schienen die Herren dieser Welt zu sein, aber das waren sie nicht. Es gab hier noch anderes Leben, intelligentes Leben, das die beiden Meowinger vorher nicht gesehen hatten, weil es bis eben gar nicht existiert hatte. Unter dem Nordhimmel ragten mehrere, gelbsteinige Pyramiden empor. Über den dreieckigen Bauten schwebten große, hölzerne Luftschiffe mit schwarzen, raupenartigen Ballons dahin. Im noch ferneren Norden glitten Dutzende Schiffe mit purpurnen, gezackten Segeln über ein glitzerndes, grünes Meer. Die Welt

Mahajak blühte wieder, als wären die schrecklichen Zergh nie hier gewesen. Ein lauer Windhauch brachte die Kleider der Jäpas zum Flattern.

„Was sind das für Wesen, die diese Welt beherbergt? Was hat das alles zu bedeuten?", fragte Zelduin. Ihm war es gar ein wenig unheimlich, dass aus dieser trostlosen, halbtoten Welt ein so blühendes Paradies geworden war.

Zegolas ließ sich Zeit mit der Antwort. „Vielleicht ist die Galaxis gerettet worden... ohne unsere Hilfe. Vielleicht ist es einem Jäpa gelungen, zum Nullpunkt vorzudringen und das Böse zu besiegen."

Das war möglich, dachte Zelduin, und er fühlte sich plötzlich beschwingt und befreit wie ein Vogel in der Luft, obgleich er wusste, dass die Veränderung Mahajaks auch ganz andere Ursachen haben konnte.

Doch falls sich Zegolas' Vermutung als Wahrheit entpuppen sollte, dann würden sie hier auf Mahajak wahrscheinlich bis ans Ende aller Tage gefangen sein, denn wenn es einem Jäpa gelungen war, Heggbor zu töten, dann wären die Weltentore nie gebaut worden. Er spürte plötzlich einen Stich in seinem Herzen, als hätte ihm jemand dort eine Nadel hineingepiekt, denn der Tod des Baumeisters der Weltentore würde ebenfalls bedeuten, dass Elfja nie geboren werden würde, weil das menschliche Leben auf Palaäon erst durch die blauen Portale entstanden war.

Welch grausames Spiel hatten sich die Götter bloß ausgedacht, dachte er, und er wünschte sich plötzlich für einen kurzen Augenblick, dass das seltsame Schauspiel, das sich ihm darbot, eine andere Ursache hatte als die, dass Jumatahoni gerettet worden war.

„Vielleicht ist es den Zergh in diesen Zeiten auch einfach noch nicht gelungen, Mahajak zu erobern", sagte Zegolas.

„Jaa... ja, vielleicht haben sich die Dinge diesmal anders entwickelt", erwiderte Zelduin nachdenklich.

Acirus murrte leise, als ein roter Drache in luftiger Höhe über sie hinwegflog. Die beiden Meowinger ergötzten sich noch eine lange Weile an der zauberhaften Landschaft. Sie schauten den Drachenwesen bei ihrem Himmelsballett zu und beobachteten, wie die Sonnenstrahlen die schattigen Pilztäler allmählich zum Leuchten brachten. Mit Hilfe seines kupfernen Fernrohrs fand Zegolas heraus, dass auf den gelben Pyramiden rothäutige Menschen in weißen Gewändern herumliefen.

Während die Sternenreisenden ihre Blicke umherschweifen ließen, wurde die Welt abermals durcheinandergebracht. Alles um sie herum verblasste kurz und klarte dann wieder auf. Die Zeit hatte sich schon wieder zurückgedreht, und diesmal war fast alles wieder so, wie sie die Welt bei ihrer Ankunft auf Mahajak vorgefunden hatten, von allen Göttern verlassen.

Es überraschte Zelduin, dass sich ein Teil von ihm über das Ereignis freute, denn es bedeutete, dass Heggbor noch lebte, die Weltentore gebaut worden waren und die Hoffnung auf ein Wiedersehen mit Elfja noch nicht erloschen war. Doch tief in seinem Herzen wünschte er sich, dass Jumatahoni gerettet worden wäre, auch wenn das bedeutet hätte, dass er Elfja niemals hätte wiedersehen können.

„Und so schnell ist der Traum vom guten Ende geplatzt", sagte Zegolas melancholisch. „Wie eine Seifenblase."

„Wir befinden uns irgendwo zwischen Himmel und Hölle. Das war die dritte Zeitverschiebung innerhalb kürzester Zeit", sagte Zelduin und drehte sich einmal um seine eigene Achse.

Über ihnen hing ein schwarzer Wolkenteppich, der die Sonne wie einen blassen Mond aussehen ließ. Wie Geisternebel schimmerten die dicken Wolken im fahlen Sonnenlicht. Alles war ergraut, auch die lilafarbenen Riesenpilze, die sich dicht an dicht gedrängt bis an alle vier

Horizonte erstreckten. Die gelben Pyramiden hatten sich zu grauen Ruinen verwandelt. Kein Drache flog mehr am Himmel, und auch die roten Menschen mit ihren schwarzen Ballonfluggeräten und purpurnen Schiffen waren verschwunden. Irgendwo in der Ferne heulte ein Zergh.

„Scheint so, als ob Zarxaurus und Gomril immer abwechselnd an ihren Zeitenrädern drehen", munkelte Zegolas und rieb sich das Kinn.

„Ja, irgendwo da draußen tobt ein großer Krieg", sagte Zelduin niedergeschlagen. „Ein sich ständig im Kreis drehender Krieg."

Nach einer Weile zückte Zelduin das alte Tagebuch aus seiner Gewandtasche und schlug die letzte Seite auf.

„Tag 1296. Im Sternentunnel habe ich die Geisterstimme diesmal nur ganz leise gehört. *Ich will schlafen*, hat sie immer wieder geflüstert. Ich habe dem Geist geantwortet, aber er hat mich nicht gehört, oder er wollte mich nicht hören. *Ich will schlafen, nur noch schlafen.* Und dann sagte er noch: *Er hat zu mir gesagt, dass ich nicht existiere. Ja, das hat der Jäpa gesagt, und wenn ich so darüber nachdenke, dann… spricht er wahrscheinlich die Wahrheit. Mich gibt es gar nicht mehr. Schlafen, jaja. Ich werde bald schlafen.* Ein verwirrter Geist, der Selbstgespräche führt. Was soll man dazu sagen: Ho-hoho. Werde ich allmählich verrückt?

Tag 1297. Ich bin auf einem Planeten namens Mahajak angekommen. Hier gibt es riesige Pilze und fliegende Draken. Die Zergh haben mich durch das Portal verfolgt. Wir haben seit zehn Tagen nicht mehr gerastet. Meine Haut an der verletzten Schulter ist schwarz geworden, ich habe Fieber, und mein Arm kribbelt merkwürdig. Meine Heilblüten sind aufgebraucht.

Tag 1300. Wir haben die fliegenden Zergh abgehängt, glaube ich. Vielleicht sind sie auch von den Draken gefressen worden. Wir sind in einem Pilzwald gelandet. Akikoros atmet schwer und zittert am ganzen Leib. Ich habe ihm alle Pfeile aus der Brust und seinen Flügeln herausgezogen. Wenn er stirbt, dann bin ich verloren. Dann sterben wir hier zusammen. Ich werde die ganze Nacht beten.

Tag 1301. Akikoros ist in das Himmelreich der Adler eingegangen. Was haben sich die Götter dabei gedacht? Was haben sie sich bloß dabei gedacht?!

Tag 1302. Ich habe Akikoros heute begraben. Ruhe in Frieden, altes Himmelspferd.

Tag 1303. Das Kribbeln hat sich in meinem ganzen Körper ausgebreitet. Ich sehe ab und zu bunte Lichter vor meinen Augen, und Glühwürmchen sind es nicht, hoho. Ich habe in einem Märchen gelesen, dass das Feenlichter sind. Die sollen kommen, wenn es Zeit ist. Ho-ho.

Dann schreibe ich mal meinen letzten Gruß: Möge ein anderer Jäpa auf seiner Reise zum Nullpunkt mehr Glück haben. Möge er stark wie ein Bärus sein, und möge sein Adlorus schnell wie der Wind sein. Vielleicht sehe ich Elfilia im Himmel ja wieder. Es grüßt Zeledeos von Palaäon, Taidossohn. Äönde."

Die beiden Jäpas brauchten einen Moment der Besinnung, denn sie wussten, dass Zeledeos' finsteres Schicksal auch sie einholen und jederzeit treffen konnte.

„Welch trauriges Ende der arme Zeledeos und sein Himmelspferd gehabt haben", meinte Zegolas.

„Hoffentlich sind die Götter mit uns gnädiger", antwortete Zelduin, schloss das Buch und kramte in der Innentasche seines Gewandes herum, bis er seine alte Pfeife aus der weißen Kralle des Tyruszrek in der Hand hielt. Er stopfte sie mit Tabak und ließ dann seine ausgestreckte Hand über der kleinen Brennkammer kreisen, bis sich das braune Kraut plötzlich entzündete, durch pure Magie.

„Taidos war dir wirklich ein guter Meister", sagte Zegolas staunend.

„Ja, auch wenn er mich nie gesehen hat", erwiderte Zelduin und sog an dem Mundstück, bis der Tabakgeschmack seinen Gaumen benetzte.

Zegolas ging zu Acirus herüber und durchwühlte eine der ledernen Satteltaschen. Nach kurzer Zeit kam er mit einem kleinen Reisebierfass, das sie aus der Taverne der Menschenstadt Fanfarias mitgenommen hatten, und zwei hölzernen Bierhumpen wieder und gesellte sich an Zelduins Seite, der es sich am Rande des lilafarbenen Pilzhuts bequem gemacht hatte. Zegolas öffnete den kleinen Goldhahn an der Vorderseite des Fasses, an welchem fremdartig verschnörkelte, ins Holz geritzte Buchstaben prangten, und füllte beide Becher mit dem goldenen Gebräu randvoll. Anschließend drückte er einen Krug Zelduin in die Hand.

„Ich würde sagen, dass wir das heuer brauchen, nach diesem merkwürdigen Tag", sagte er.

Zelduin stimmte ihm mit einem Kopfnicken zu. „Zegolas?"

„Ja?"

„Ich weiß, dass du nicht auf der dunklen Seite stehst. Und weißt du auch, warum ich das glaube?"

Zegolas schaute ihn schräg von der Seite an und zuckte dann mit den Schultern. „Weil du es auf magische Weise fühlst? Irgendein Hocuspokulus, den du von Taidos gelernt hast?", sagte er; sein scharfer Unterton verriet, dass er wegen Zelduins kurzweiligem Argwohn ihm gegenüber noch immer etwas angesäuert war.

„Nein, das kann man mit Zauberei nicht herausfinden." Er tippte sich mit dem Zeigefinger auf die Brust. „Mein Herz sagt mir das."

Zegolas zog seine blonden Augenbrauen hoch. „Dann sag deinem Herzen lieber, dass es sich nicht von den Märchen toter Jäpas aus längst vergangenen Tagen in die Irre führen lassen soll."

Zelduin nickte breit grinsend: „Trinken wir trotzdem auf Zeledeos?"

„Meinetwegen. Auf Zeledeos, sein Himmelspferd… und Gronk. Den Gronk von Datoine, den Zeledeos getötet hat. Diesen Gronk habe ich mit am Liebsten gemocht." Er blickte in den schummrigen Himmel. „Er war Gronk der Dreizehnte."

„Also dann. Auf alle glücklosen Wesen", sagte Zelduin.

Leise scheppernd krachten die Krüge aneinander, so dass das Bier überschwappte. Beide Meowinger ließen das Goldgebräu ihre Kehle hinunterlaufen und schauten der mondgleichen Sonne zu, die hinter der dicken, schwarzen Wolkenwand langsam immer höher kroch.

Zelduin hoffte, dass die Zeit sich noch einmal zurückdrehen würde und Mahajak dann wieder strahlen, die Drachen fliegen und alles wieder blühen würde, doch das passierte nicht. Die Zeit drehte sich nicht wieder zurück. Stattdessen erwachte der Regengott, denn es begann zu nieseln. Acirus breitete seine linke Schwinge aus und hielt das braune Federkleid schützend über seine spitzohrigen Herren, so dass sie nicht nass wurden.

Am nächsten Tag – sofern man von Tagen und Nächten auf Mahajak sprechen konnte, denn den kleinen, violetten Mond des Planeten hatten sie nur ein einziges Mal in einer tiefschwarzen Nacht gesehen – brachen die Sternenkrieger wieder auf. Sie hatten noch einen sehr langen Weg vor sich, und auch Zeledeos' abschreckende Geschichte konnte sie nicht zum Umkehren bewegen, auch wenn die Aufzeichnungen des Tagebuchs sie noch ein großes Stückchen nachdenklicher gemacht hatten.

Die Dinge ändern sich
Käpitulus 24

Jumatahoni-Galaxis,
Planet Wohomork,
4004. Weltenzyklus

Ein Jahr später...

Die beiden Jäpas hatten einen unheimlichen Ort erreicht. Kahl und verbrannt war die Welt, die die Gibali einst auf den Namen Wohomork getauft hatten. Die knorrigen, blattlosen und halb verrotteten Bäume und Stümpfe, die hier und da standen, zeugten allerdings davon, dass jene Welt früher einmal anders ausgesehen haben musste ... bevor die Zergh ihre Füße hier auf die Erde gesetzt hatten.

Aus der Luft betrachtet sah Wohomork nicht anders aus als all die anderen trostlosen Planeten, die sie zuletzt überflogen hatten, doch *unter* der Erdoberfläche bot Wohomork eine wahrlich zauberhafte Landschaft.

Die riesige Höhle, die die beiden Spitzohren und der Riesenadler vor drei Tagen betreten hatten, hatte nichts mit der zerstörten Oberfläche des Planeten gemeinsam. Hier hatte sich eine fantastische Unterwelt aufgetan. Fluoreszierende blaue Pilze klebten an den grauen Wänden und spendeten ihnen ein wenig Helligkeit; gelbe, langstielige Blumen, die scheinbar auch mit *wenig* Licht auskamen, wuchsen zwischen etlichen Felsspalten, Schwärme von lilafarbenen Glühwürmchen flogen überall umher, und mächtige, vom Boden emporwachsende Stalagmiten kreuzten ihre Wege. Der Tropfstein hatte eine märchenhafte Welt geformt, die unwirklicher nicht sein konnte. Eine lange Zeit waren die Meowinger an den Ufern eines funkelnden, unterirdischen

Sees entlang marschiert. Hin und wieder gluckste, blubberte und platschte es leise irgendwo in dem Gewässer. Zelduin hoffte, dass diese Geräusche nur vom herabfallenden Gestein oder von kleinen Fischen erzeugt wurden.

Als die Reisenden das Ende der großen Höhlenkammer mit dem dunkelblauen See erreicht hatten, da hörten sie es zum ersten Mal: der fauchende Schrei eines Zergh, der hallend von Wand zu Wand tanzte und sich durch das Echo vervielfachte, bis Zelduin beinahe glaubte, dass ein ganzes Heer der Wesen hinter der nächsten Ecke lauerte. Wie erstarrt blieben die beiden Spitzohren stehen und lauschten.

„In diesem Teil Jumatahonis gibt es wohl kein einziges Weltentor mehr, das nicht von diesen Monstern bewacht wird", flüsterte Zegolas.

„Wir müssen uns hüten", antwortete Zelduin und marschierte mutig weiter.

Die beiden Jäpas waren von ihrem Reittier abgestiegen und hatten ihre Nachtsichtbrillen aufgesetzt, so dass sie in der Dunkelheit gut sehen konnten. Trotzdem war es ein verdammt unheimlicher Ort, denn überall gab es dunkle Felsspalten, Nischen und Gänge, die so finster waren, dass die Jäpas meist nur wenige Hasensprungweiten in sie hineinblicken konnten. Hin und wieder glaubte Zelduin im Augenwinkel eine Bewegung gesehen zu haben oder das Augenfunkeln eines vieräugigen Wesens, aber immer dann, wenn er seinen Kopf in jene Richtung drehte, war da nichts als grauer Fels oder finstere Schwärze.

Schließlich verließen die beiden Gefährten die große Höhle mit dem See und betraten einen kleinen Gang, der sie schlangenlinienförmig immer tiefer in das Gebirge hineinführte. Der Tunnel hatte viele Abzweigungen, ähnlich eines Hasenbaus, und einige Tunnel waren ganz augenscheinlich künstlich erschaffen worden, als ob hier unten etwas lebte, und Zelduin hatte bereits eine düstere Vorahnung, was das war.

Der junge Meowinger führte sie geschickt durch das Höhlenlabyrinth. Er musste nur selten anhalten, um zu überlegen, welche Abzweigung die richtige war. Sein Spürsinn, der von Arjons Erinnerungschip gespeist wurde, hatte ihn bisweilen nie im Stich gelassen, sie nie in eine Sackgasse geführt, sondern immer zielstrebig zu den nächsten Weltentoren.

Die Stalaktiten, die überall von der Decke hingen, machten Acirus das Leben schwer. Teilweise war die Höhlendecke so niedrig und der Gang so schmal, dass der Riesenadler sich mit aller Kraft durch die Engstellen hindurchquetschen musste. Die Sitze auf seinem Rücken hatten die Jäpas zusammengeklappt. Ein ums andere Mal hatte Zelduin geglaubt, dass der Adlorus es nicht schaffen und steckenbleiben würde, aber er kam immer durch.

Zelduin und Zegolas marschierten mit gezückten Schwertern voran und hielten ständig Ausschau nach Gefahren. Dann hallte plötzlich wieder ein grauslicher Zerghschrei durch ihren Tunnel. Er war diesmal wesentlich lauter und ließ Zelduin erschauern. Vorsichtig und zu allen Seiten absichernd gingen sie weiter.

Nach einer halben Stunde erreichten die Reisenden einen steil abwärts führenden Pfad, an dessen Ende die Decke so niedrig war, dass sich sogar die beiden Spitzohren ducken mussten. Zelduin hatte Acirus gesagt, dass er hier bleiben solle, bis sie die andere Seite der engen Passage ausgekundschaftet hatten. Murrend blieb der Adlorus zurück. Der junge Jäpa war sich nicht sicher, ob sein fliegender Gefährte durch den Tunnel hindurchpasste.

Auf der anderen Felsseite befand sich der Eingang zu einer großen Grotte, die mindestens zwei Bogenschussweiten lang, eine breit und eine halbe hoch war. Die beiden Gefährten waren aus einem Gang herausgekommen, der auf mittlerer Höhe der Höhle lag. Eine unliebevoll gemeißelte Treppe führte hinunter auf den Grund der Höhle, in deren Mittelpunkt ein großes, von vier Lagerfeuern umringtes Weltentor stand. Die Lichter der Feuer reichten nicht bis zur Decke, so groß war die unterirdische Kammer. Zelduin konnte bleiche, langbeinige Wesen erkennen, die sich um die heißen Quellen geschart hatten – es waren Zergh! Der Meowinger zählte mindestens vier Dutzend. Ein leises, zischelndes Stimmengewirr lag in der Luft.

„Obacht jetzt", sagte Zegolas leise und verbarg sein silbernes Schwert unter seinem Gewand, da es im Lichtschein verräterisch funkeln könnte. Zelduin tat es ihm gleich.

„Da ist das Tor, das nach Xiloris führt", flüsterte Zelduin.

„Erinnerst du dich noch an die Worte Heggbors?", fragte Zegolas.

„Sie sind mir nicht aus dem Kopf gegangen. Die Zergh beobachten uns und töten uns vielleicht, wenn wir weiterhin abseits der Hauptroute reisen, hat er gesagt."

„Ja. Zeledeos haben sie auch gekriegt."

„Ich weiß, Zegolas, aber wir haben keine andere Wahl, denn die anderen Wege, die nach Mäol führen, würden viele Weltenzyklen länger dauern, und ich glaube nicht, dass wir noch viel Zeit haben, um Jumatahoni zu retten. Wir *müssen* durch dieses Tor."

„Hoffen wir, dass die Zergh ihre Gedanken über uns nicht geändert haben", sagte Zegolas. „Und mögen die Glücksgeister weiter um uns schwirren."

Die beiden Jäpas ließen ihre Blicke durch die große Höhle schweifen. Die bleichen Riesen schienen die Tore, die zu ihrer Heimatwelt führten, gut zu bewachen. Im düsteren Lichtschein konnte Zelduin nun auch mehrere Squiggs ausmachen, die an menschenähnlichen Knochen nagten oder faul auf dem Boden herumlagen.

„Die Höhle ist groß genug. Wir können mit Acirus durch das Tor fliegen", meinte Zelduin. „Wahrscheinlich sind die Riesen so überrascht, dass wir längst im Portal verschwunden sind, bevor sie merken, was vor sich geht."

Bevor Zegolas dem Vorschlag zustimmen konnte, wurden ihre Pläne jäh über den Haufen geworfen, denn ihr gefiederter Begleiter meldete sich plötzlich krächzend zu Wort! Der Vogelruf hallte mehrfach von den Wänden wider und erweckte so den Anschein, als ob ein ganzer Vogelschwarm in der Höhle wäre…

Rasch drehte Zelduin sich um. Acirus war ihnen nachgekommen, und es war das eingetreten, was er in den letzten Stunden schon mehrmals befürchtet hatte: Acirus steckte in dem engen Steintunnel fest und schien weder vor noch zurück zu kommen! Murrend begab sich der Riesenadler in sein Schicksal, blieb reglos unter dem elefantenschweren Gestein liegen und schaute seinem spitzohrigen Herrn mit seinen blassgrauen Augen hilfesuchend an.

„*Verdammte Erdgötter, lasst uns jetzt nicht im Stich*", dachte Zelduin.

„Zelduin…", sagte Zegolas mit einer merkwürdigen Betonung. „Ich schätze, wir bekommen hier oben gleich Besuch."

Langsam drehte sich der junge Meowinger wieder um. Unten am Grund der Höhle standen rund fünfzig Zergh, und sie blickten alle zu ihnen auf; ihre schwarzen Augen glitzerten im Feuerschein wie schwarze Diamanten. Es war ein schauriges Bild, fand Zelduin, dem gleich drei kalte Schauer hintereinander über den Rücken liefen.

Als das Echo des Adlers abgeebbt war, wurde es totenstill. Die Zergh schienen nicht zu wissen, was sie mit den ungewöhnlichen Neuankömmlingen tun sollten. Die Wachtposten all der letzten Weltentore waren allesamt fortgegangen, als sie auf die Meowinger aufmerksam geworden waren. Diese Zergh jedoch blieben, und dennoch schien die Order, die die Zergh von ihrem Herrscher einst bekommen zu haben schienen, noch immer Geltung zu haben, denn sie griffen die Jäpas nicht an. Heggbor mochte recht damit haben, dass Zelduin und Zegolas unter Beobachtung der vieräugigen Wesen standen, aber *noch* schienen die alten Gesetze, die Zarxaurus gemacht hatte, in Kraft zu sein. Kein Zergh rührte sich. Wie versteinert waren die Wesen, wie aus grauem Stein gehauene Monster. Von Jäpas schienen sie hier unten nur selten Besuch zu bekommen.

Plötzlich riss sich einer der Squiggs von seinem Holzpflock los, an dem er mit einer Kette festgebunden war. Kläffend und knurrend wetzte er auf die spitzohrigen Fremdlinge zu, die eiserne Leine zog er rasselnd hinter sich her. Rasch hatte die Hunderatte die Treppe erreicht, die zu dem hoch oben gelegenen Felseingang führte, in welchem die beiden Meowinger standen.

Zelduin band seinen Feuerstab vom Rücken los, ging an den Rand des steinernen Podests und senkte die magische Runenwaffe. Hastig sprang der hässliche Squigg die Stufen hinauf und fletschte dabei unablässig die Zähne. Seine Herren versuchten nicht einmal, das Tier zurückzupfeifen. Sie wussten wahrscheinlich, dass das vierbeinige, zottelige Geschöpf nun eh nicht mehr zu bändigen war.

„Flägüös!", rief Zelduin im Singsangton wie ein alter Zauberer, der schon Hunderte von Schlachten geschlagen hatte. Die knorrige Spitze des Stabs zitterte, dann verwandelte sich das scheußliche Rattenwesen in eine lodernde Flammenkugel. Der schreckliche Todesschrei, den der Squigg ausstieß, als er zugrunde ging und langsam niederbrannte, geisterte noch eine Weile laut in der steinernen Halle umher, bis er schließlich verklomm.

Dann herrschte wieder Stille, nur das Knurren der anderen Squiggs und das Wimmern von Acirus waren noch zu hören. Die Zergh glotzten die beiden Menschen weiterhin wie erstarrt an, als wollten sie die Eindringlinge mit ihren bloßen Blicken töten, finster genug waren sie dafür, fand Zelduin.

Am Fuße der Höhle klafften mehrere, runde und ovale Ausgänge, die wie die Erdlöcher von Riesenwürmern aussahen und aus denen nun etliche bleiche Zergh herauskrabbelten oder mit ihren albtraumhaften Monsterköpfen herauslugten.

„Was sollen wir jetzt tun?", fragte Zegolas mit einem Gesicht, das einem Geist ähnelte.

Zelduin spürte die Angst, die die Aura des Meowingers umgab. Er wusste *nicht*, was sie jetzt tun sollten, obgleich sie nicht viele Möglichkeiten hatten. Die vielen vieräugigen Blicke, die auf ihm ruhten, bereiteten ihm großes Unbehagen, und er fühlte, wie die Angst auch ihn umklammerte wie ein riesiger, unsichtbarer Kraken mit langen, kalten Tentakeln.

„Was die Kreaturen wohl denken?", dachte er laut.

„Vielleicht ist es besser, wenn wir es nicht erfahren. Vielleicht denken sie auch gar nichts und werden alle magisch kontrolliert", erwiderte Zegolas mit schauderhaftem Unterton und rannte zurück zu ihrem geflügelten Gefährten. „Wir müssen Acirus befreien!"

In jenem Moment begann eines der runden Felslöcher, das hoch genug für ein Mammutus war, rötlich zu leuchten. Es war eine Art dunkelroter, pulsierender Feuerschein. Die Zergh, die sich um das Loch geschart hatten, wichen mit ruckartigen Bewegungen zurück.

„Da geht etwas vor sich…", sagte Zelduin laut vor sich hin.

„Ja, und vermutlich nichts Gutes", munkelte Zegolas. „Komm, und hilf mir endlich!"

Flugs rannte Zelduin den kleinen Hang hinunter und packte zusammen mit Zegolas den Riesenvogel an seinem Gefieder. Sie zogen und zerrten daran mit aller Kraft und in alle Richtungen, aber was sie auch taten, es half nichts. Acirus krächzte verängstigt. Die Meowinger konnten ihr treues Reittier aus der misslichen Lage nicht befreien.

„WASSS IHRRR TUT HIERRR, ZSCHH?!", donnerte plötzlich eine zischelnde Stimme in schlechtem Palaäonisch zu ihnen hinauf.

Mit gezückten Schwertern liefen die Jäpas zurück zum Steinpodest und schauten herab in die Tiefe, wo nun ein imposanter Zerghmagus, gekleidet in ein lilafarbenes Gewand, inmitten der Horde seiner um gut einen Kopf kleineren Artgenossen stand. Auf seinem kahlen, grauen Schädel thronte eine güldene Metallhaube, und in seiner Rechten hielt er einen schwarzen Stab, an dessen Spitze ein roter, pulsierender Leuchtkristall glomm. Es war nicht Zarxaurus, das sah

Zelduin sofort, denn dieser Magus hatte noch all seine vier Augen; außerdem trug er keine Goldkrone auf dem Kopf. Es war also einer von seinen Lakaien.

„WASSS IHRRR TUT HIERRR, ZSCHHHHH?", wiederholte der Anführer seine Ansprache.

Zelduin war sich bewusst, dass sie diesen Ort höchstwahrscheinlich nicht mehr lebend verlassen würden, völlig gleich, ob er dem unheimlichen Wesen die Wahrheit sagte oder es anlog; er entschied sich trotzdem zu lügen, um dem Wesen das zu sagen, was es vermutlich hören wollte.

„Wir reisen zum Nullpunkt, um euch Dämonen dahin zurückzuschicken, wo ihr hergekommen seid!"

„Zshhh, zshhh, zshhh", lachte der Zergh und schaute dabei abwechselnd links und rechts über seine Schultern hinweg, wo seine Furcht einflößenden Monsterkrieger standen, die in das zischelnde Gelächter mit einstimmten. Dann hob der Magus ruckartig seinen Stab, und seine Untertanen verstummten jäh. Langsam und bedächtig sprach er weiter: „Wirrr wissen, dass ihrrr das nicht tut. Ihrrr reist nicht auf dem rrrichtigen Weg zum nullten Zyklusss, zshhhh. Du nicht mehrrr brrrauchsssst zu lüüügen. Ich mirrr die Antworrrt hole ausss deinem Kopfff, zshakuurr."

Der Zergh streckte seine linke Klauenhand aus, spreizte seine Finger und schloss die oberen seiner vier Augen. Zelduin wurde plötzlich verdammt unwohl. Er spürte, wie sich eine unangenehme Hitze in seinem Kopf ausbreitete. Er fasste sich an die Stirn, sie fühlte sich heiß an.

„Zshurukaliash shaaa! Shurukaiish!", fauchte der Magus und ließ seine Finger dabei auf und ab tanzen, als ob er auf einem unsichtbaren Musikinstrument spielen würde. „Wirrr deine Gedanken lesen können, zsshhh!"

Zelduin begann zu schwitzen. Er schüttelte sich und rief: „Verschwinde aus meinem Kopf!"

Plötzlich öffnete der Magus seine oberen beiden Augen und riss sie weit auf wie ein verschrecktes Reh, das einen Wolfus oder Wargus erblickt. Was er auch immer gesehen hatte, es schien ihn zutiefst zu beunruhigen.

„Duuu gefährrrlich bissst fürrr großesss Zerghimperium Kashuruk, zshhhhh. Du nun sterrrben wirrrst, ZZZELDUIIIN!", brüllte der vieräugige Magus.

Zelduin erschrak, als das Wesen seinen Namen ausspie. Es schien tatsächlich seine Gedanken gelesen zu haben; woher sonst sollte es plötzlich seinen Namen kennen. Der Magus ließ mehrere schrille Zischlaute los, hässlichen Flüchen gleich, und streckte seinen Zauberstab nach vorn. Die bleichgesichtige Horde, die sich um den Magus versammelt hatte, setzte sich fauchend in Bewegung, die Squiggs wurden von den Ketten gelassen und stürmten ebenfalls sabbernd und kläffend vorwärts. Zelduin zählte sechs Hunderatten, aber es konnten auch ebenso gut doppelt oder dreimal so viele sein, denn die steinige, mit vielen Tropfsteinen gespickte Felslandschaft zu ihren Füßen war unüberschaubar und bot viele Versteckmöglichkeiten.

„Wie schnell sich die verfluchten Dinge doch ändern", bemerkte Zelduin. „Jetzt wollen uns auch noch die Zergh tot sehen. Ich hätte es *wissen* müssen."

„Nichts bleibt für die Ewigkeit, Zelduin", antwortete Zegolas ängstlich. „Das Glück scheint uns zu verlassen. Gomril muss für uns die Zeit zurückdrehen!"

Zegolas schien Recht zu haben, dachte Zelduin. Gomril war vielleicht ihre letzte Hoffnung. Er streifte seinen Ärmel hoch, klappte den güldenen Kommunikator auf und drehte an einem Goldrädchen des Apparats. Dann schaute er noch einmal auf. Die Zergh und ihr Magus hatten sich in Bewegung gesetzt wie ein graues Meer, das von einem riesigen Leviathan aufgewühlt wurde. Er bekam plötzlich ein merkwürdiges Gefühl, ein Gefühl, etwas Wichtiges vergessen zu haben.

In Anbetracht des Todes zersprang Zelduins Herz beinahe. Das Herzrasen erinnerte ihn in dieser schrecklichen Sekunde plötzlich an Elfja, denn er hatte das gleiche Herzklopfen gespürt, als er die hübsche Menschenfrau zum ersten Mal gesehen hatte, damals auf Palaäon auf der sonnenbeschienenen Waldlichtung. Vor seinem inneren Auge sah er ihr wallendes Haar und ihr engelsgleiches Gesicht mit den weichen Zügen und großen, blauen Augen. Es war eine schöne Erinnerung… *Erinnerung.*

„Nein, das stimmt nicht", antwortete Zelduin laut rufend, um die bestialischen Schreie der Zergh zu übertönen.

„Was meinst du?!", fragte Zegolas irritiert.

„Erinnerungen! Erinnerungen bleiben für die Ewigkeit."

Zegolas warf ihm einen mehrdeutigen Blick zu. „Was soll das?! Ich bin kein Philosoph, aber ich weiß, dass Erinnerungen verblassen, wenn man älter wird! Auf was willst du hinaus, bei allen verwirrten Trollwesen?!"

„Auch wenn das Alter an ihnen nagt und einige frisst, so begleiten sie dich sogar mit ins Totenland, so steht es in vielen Legenden: Erinnerungen vergisst man nicht."

„Hat der Magus deinen Kopf vernebelt?!", rief Zegolas wütend und schaute Zelduin tief in die Augen wie ein Schwarzkünstler. „Erinnere dich lieber rasch daran, dass das ewige Spiel zwischen Gut und Böse noch nicht zu Ende gespielt ist und schicke Gomril Langbörson endlich eine Nachricht, sonst sind wir bald…"

„Verstehst du denn nicht, Zegolas!", unterbrach Zelduin den Jäpa. „Sie erinnern sich. Die Magusse der Zergh sind konstant. Sie *können* sich erinnern." Nun schien sein Gefährte allmählich zu begreifen, und leichte Verstörtheit zeichnete sich auf seinem Antlitz ab. Zelduin klappte den Kommunikator wieder zu. „Wir dürfen die Zeit nicht zurückdrehen, weil der Magus sich daran erinnern wird, dass wir zu jenem Zeitpunkt hier waren, und er dann seine Monster so aufstellen kann, dass wir nach der Zeitverschiebung umzingelt sind und nicht mehr den Hauch einer Chance haben zu entfliehen." Zegolas öffnete seinen Mund und schloss ihn dann wieder, ohne etwas gesagt zu haben. „So spielt man Krieg mit einem Zeitenrad, wenn man das Spiel verstanden hat, und der Magus wird es verstanden haben", befürchtete Zelduin verdrossen.

„Dann sitzen wir also in der Falle", erkannte Zegolas zögerlich. Die Maske aus Angst und Schrecken, die sich auf sein Gesicht gelegt hatte, wurde größer. „Die Zergh werden uns hier töten…"

„Die Zergh werden sich gleich daran erinnern müssen, dass auch feige Ratten kämpfen, wenn man sie in die Enge treibt", sagte Zelduin und versuchte, ein paar Mut machende Worte zu finden.

Zegolas' Antlitz verwandelte sich plötzlich in etwas Grimmiges. „Ja, und wir sind dressierte, feuerspuckende Zirkusratten."

Plötzlich wurde auch Zelduin wütend. Er wusste, dass sie kämpfen mussten wie Götter, um hier nicht zu sterben. *Bieten wir den Zergh einen letzten Höllentanz!*

Zelduin und Zegolas machten sich kampfbereit. Sie zielten mit ihren Feuerstäben auf die heranwetzenden Squiggs, die sie als erste empfangen würden.

„Ich fürchte weder Sturm noch Wind, denn ich bin ein Zirkuskind … sterbt!", schrie Zegolas den Bestien entgegen und ließ seinen Stab nach vorn zucken.

Die Meowinger riefen immer wieder abwechselnd: „Flägüös … Flägüös … Flägüös … Flägüös … Flägüös…"

Sie entluden einen ganzen Regen Feuerzauber, die erst dann sichtbar wurden, wenn sie auf die zotteligen Ziele trafen. Die Squiggs gingen nacheinander lodernd in Flammen auf, ihr haariges Fell brannte gut. Sie starben laut quiekend. Nur eines der widerlichen Geschöpfe überstand den langen Aufstieg unbeschadet. Als das vierbeinige Wesen auf sie zusprang, zerteilte Zegolas es mit seinem Langschwert. Ohne einen Todesschrei von sich geben zu können, klatschten die beiden stinkenden Rattenhälften zu Boden. Am Ende lagen mehr als ein Dutzend toter, halb verkohlter Squiggs am Boden, deren verbranntes Fleisch höllisch stank. Zelduin wurde ein wenig übel.

Kurz darauf prasselten die mehr als drei Ellen langen Zerghpfeile auf sie ein. Sie hatten sie nicht kommen sehen in der Finsternis. Zelduin erlitt einen Streifschuss am Unterschenkel. Zegolas hatte weniger Glück. Ein Pfeil fetzte in seinen rechten Oberarm und blieb dort stecken. Sein Arm erschlaffte, und der Feuerstab glitt ihm aus der Hand. Zelduin wehrte derweil ein weiteres Geschoss, das zielgenau seinen Kopf getroffen hätte, mit seinem Stab ab. Dann rannten die beiden Meowinger den kleinen Hang hinunter, um vor den fliegenden Todbringern geschützt zu sein. Klackernd zerbarsten die Pfeile an den Höhlenwänden, bis der Fernangriff nach einem unheimlichen Zischlaut eingestellt wurde.

Zelduin rang nach Atem und schaute seinen Weggefährten mit besorgter Miene an. Zegolas nahm sein Langschwert in die linke Hand, da er seinen Schwertarm scheinbar nicht mehr bewegen konnte. Er hing leblos herunter wie der Arm einer Marionette, mit der gerade nicht gespielt wurde.

„So darf die Geschichte nicht enden", sagte Zegolas entschlossen und schaute nach oben, als könne er durch den schwarzen Stein die Götter sehen.

Dann kam der erste Zergh über den Rand des Steinplateaus gekrochen. Das riesige Monstrum wartete nicht, bis weitere seiner Artgenossen eintrafen, sondern rannte fauchend und mit hoch erhobener Schwertklinge auf die spitzohrigen Geschöpfe zu. Scheinbar wollte er die spitzohrige Beute ganz für sich allein beanspruchen.

„*Du* kommst *nicht* vorbei!", rief Zelduin dem schrecklichen Wesen entgegen und stellte sich dem Scheusal allein in den Weg, denn sein Schicksalsgefährte war im Moment kaum imstande, sich auf den Beinen zu halten, so sehr schien ihm die Wunde zuzusetzen.

Wild fauchend kam das Wesen näher, sein fauliger Atem eilte ihm voraus. Dem ersten Streich mit dem lanzenlangen, schwarzen Schwert konnte Zelduin ausweichen, aber der zweite, ungestüm vorgetragene Angriff des Zergh hätte ihm beinahe den Kopf gekostet, wenn er nicht in letzter Sekunde sein Blauschwert hochgerissen hätte. Das magische Kurzschwert glitt durch die Schneide des Angreifers wie ein Messer durch weiche Butter. Klirrend fiel die obere Schwerthälfte der Zerghwaffe auf den Felsboden. Zelduin konterte mit einem flinken Hieb, der dem vieräugigen Wesen seinen linken Unterarm kostete. Dunkles Blut spritzte aus dem abgesäbelten Stumpf. Der Zergh gab aber nicht auf; stattdessen wurde er plötzlich noch wilder, als ob ihn eine tollwütige Krankheit befallen hätte. Das Furcht einflößende Wesen packte mit seiner ihm verbliebenen Klauenhand Zelduins Schwertarm, so dass der junge Jäpa nicht mehr vor oder zurück konnte. Kräftemäßig war ihm das Riesenmonster weit überlegen, das nun mit seinem verstümmelten Armstumpf auf den Meowinger einschlug und ihn mit dunkelrotem Blut besudelte.

Zelduin wand sich wie ein Aal hin und her, aber er schaffte es nicht, sich aus dem eisernen Griff zu befreien. Das viele Zerghblut, das über seinen Kopf lief, verschleierte ihm die Sicht. Er konnte gerade noch verschwommen erkennen, wie der Kopf des Monsters mit vier finster dreinschauenden, pechschwarzen Augen und weit aufgerissenem Maul auf ihn zuschoss. Die spitzen Zähne, zwischen denen sich gelbe Speichelfäden wie Spinnenweben verfangen hatten, würden sich gleich in Zelduins Hals festbeißen und ihm all seine Lebenslichter auspusten, dachte der junge Meowinger…

Zelduin sah den Tod schon vor Augen, als plötzlich ein weißer Lichtblitz an ihm vorbeischoss und sich in den Kopf des Zergh fraß! Das Monstrum gab noch ein Zischeln von sich, ehe es zusammensackte und tot liegen blieb. Zelduin schaute über seine Schulter hinweg, um zu erfahren, was die Ursache für die scheinbar göttliche Hilfe war. Hinter ihm stand Zegolas. Er hielt eine der tödlichen Strahlenwaffen in der Hand, solche, die die Gibali zu benutzen pflegten.

„Ich wusste, dass ich das Ding noch einmal brauchen würde", sagte Zegolas und wendete die handliche, schwarze Fernkampfwaffe mit der runden Öffnung hin und her. Der alte Jäpa hatte die Strahlenwaffe einst einem toten Gibali abgenommen. Er hatte sie immer bei sich getragen, doch nie benutzt, weil er wusste, dass sie rasch den Geist aufgeben konnte.

Beide Meowinger waren sich nur allzu bewusst, dass die magische Waffe sie vor der Zerghhorde nicht würde retten können, denn die giblische Blitzkanone brauchte immer eine Weile, bis sie wieder aufgeladen war, und diese Zeit würden sie nicht bekommen.

Acirus krähte hinter ihnen. Der Vogel versuchte, sich zu befreien; er hatte seine Flügel schon blutig gescheuert, doch er kam aus dem Höhlenpass nicht heraus.

Lautes Zerghgeschrei wehte durch den Tunnel. Zelduin wischte sich den süßlich schmeckenden Lebenssaft aus dem Gesicht und sah, dass sich der Höhlengang mit Zergh füllte. Die schrecklichen Wesen hatten ihre Mäuler weit aufgerissen, fauchten wie besessen und bewegten sich furchtlos vorwärts. Zelduin hob seinen Feuerstab und schickte einen unsichtbaren Zauber auf die Reise, der eines der Geschöpfe den Oberschenkel verbrannte. Die haarlose Haut des Zergh fing kein Feuer, aber die Kreatur geriet vor Schreck ins Straucheln und fiel so ungeschickt, dass etliche nachrückende Zergh zu stolpern und taumeln begannen und schließlich stürzten. Einige Zergh kamen durch, doch der Großteil der Horde hatte sich in einem wirren Knäuel aus langen, bleichen Gliedmaßen verheddert. Das würde die Zergh nicht lange aufhalten, das wusste auch Zelduin, aber es verschaffte ihnen ein wenig Zeit. Zegolas versuchte, die Strahlenwaffe abzufeuern, doch sie versagte, denn sie war noch nicht wieder aufgeladen.

„Diesen Kampf können wir ohne Gottes Hilfe nicht bestehen…", dachte Zelduin. Dann schoss ihm plötzlich ein Geistesblitz durch den Kopf. „…*aber vielleicht mit Magie*", vollendete er seine Gedanken. *„Ich habe schließlich häufig genug gesehen, wie sie funktioniert."*

Er steckte den Feuerstab zurück in die lederne Hülle auf seinem Rücken und schob auch sein Blauschwert in die Scheide an seinem Gürtel, damit er beide Hände frei hatte.

„Was bei allen roten Gnomen…?", begann Zegolas und brach mitten im Satz ab, als er sah, dass sein Gefährte die Augen geschlossen, die Handflächen zu einem hohlen Ball gekrümmt hatte und etwas in der alten Sprache der Meowinger vor sich hinmurmelte.

Mit schnellen, ruckartigen Bewegungen kamen die Zergh, die nicht zu Boden gefallen waren, näher, während in Zelduins Händen ein kleines, glimmendes Lichtlein entstand, das kurz darauf wieder erlosch. Er holte tief Luft und konzentrierte sich noch stärker. Silben der alten Meowingersprache huschten über seine Lippen wie ein auswendig gelerntes Gedicht.

„Isildu noktru Duwenaian Zamborius…"

Er spürte die Magie, die alles umgab und überall allgegenwärtig war, und in Gedanken griff er nach der schimmernden Materie, aus der alle Zauber geformt wurden.

Dann glomm plötzlich wieder ein kleines, flammendes Licht in der luftleeren Mitte seiner Handflächen. Das Feuer fühlte sich warm an, aber es war nicht heiß, als es sich rasch ausbreitete, bis es lodernd brannte und die Größe einer Zitrone erreicht hatte. Der Zauber war gewirkt! Taidos sei Dank, dachte Zelduin und warf das magische Gebilde auf die vieräugigen Angreifer. Der Feuerball, der während des Flugs noch größer wurde, traf den vordersten Zergh mit voller Wucht, der wie eine Strohpuppe in Flammen aufging und kurz darauf kreischend zu Asche zerfiel. Seine neben und hinter ihm her laufenden Artgenossen wurden ebenfalls in Brand gesetzt. Das magische Feuer fraß sich mit Leichtigkeit durch die bleichen Zerghleiber. Die Feuersbrunst wirbelte durch die Reihen der hässlichen Monster, bis sie alle zu schwarzer Asche verwandelt worden waren. Nur die im Wirrwarr feststeckenden Zergh entgingen dem vernichtenden Zauber. Vor Erschöpfung stützte Zelduin sich auf seinen Knien ab. Er war selbst überrascht, welch zerstörerische Zauberei er imstande war zu wirken, doch große Magie heraufzubeschwören war kräftezehrender, als er geglaubt hatte.

„Bei allen Waldgeistern, du bist immer für eine Überraschung gut", sagte Zegolas verblüfft und stützte seinen Kameraden mit seinem noch funktionsfähigen Arm.

„Ja, ich habe viel von unserem Vater gelernt", erwiderte Zelduin keuchend und atmete ein paar Mal tief durch.

Zegolas' Gesicht zeigte noch immer großes Erstaunen, einem Kleinkind gleich, das zum ersten Mal einen geschuppten Meermenschen sieht. „Die Zergh werden nicht lange ruhen", sagte er.

Allmählich befreiten sich die Zergh von ihren eigenen Artgenossen. Das Durcheinander aus Leibern, Köpfen, Augen und Gliedmaßen lichtete sich. Mehrere Zergh blieben jedoch verletzt am Boden liegen, einige bewegten sich auch gar nicht mehr. An den Höhlenwänden der großen Grotte bildeten sich die tanzenden Schatten weiterer dünngliedriger, hochgewachsener Geschöpfe ab. Der Strom aus Monstern würde noch lange nicht verebben, das wusste Zelduin.

Zur Überraschung der beiden Jäpas griffen die Zergh jedoch nicht an, sondern blieben auf ihren langen Stelzenbeinen zögernd stehen und stierten mit ihren vielen Augen verwundert in den düsteren Tunnel. Wahrscheinlich stellten sie sich die Frage, was wohl mit ihren Artgenossen geschehen war, die sich scheinbar in Luft aufgelöst hatten, denn nur Fetzen ihrer Kleider, Rüstungen und Waffen lagen noch verstreut auf dem Felsboden herum.

Stumm schauten die beiden Meowinger zu, wie sich noch mehr Zergh am Rande des Tunnels versammelten. Einige wagten es, sich langsam vorwärts zu pirschen, als wateten sie durch ein sumpfiges oder mit Fallen bespicktes Gebiet, wo jeder Tritt tödlich enden konnte. Es war das erste Mal, dass Zelduin so etwas wie Angst in den Augen der Geschöpfe erkennen konnte.

Zelduin richtete sich auf, krümmte seine Hände zu einer Kugel und murmelte wieder dieselben Zauberworte vor sich hin. Diesmal konnte er die Magie um sich herum jedoch nur noch ganz schwach spüren, als sei sie fortgeflogen, aber er wusste, dass er nur zu schwach war, um sie zu greifen. Nicht einmal ein winziges Flämmchen wollte in seinen Händen Halt finden. Seine magischen Kräfte schienen nach nur einem Großzauber erschöpft zu sein.

Wankend rückten die Riesenmonster nun wieder näher, nachdem sie sich scheinbar halbwegs in Sicherheit wogen. Einige Zergh holten ihre Langbögen hervor; knarrend spannten sich die Sehnen. Kurz darauf zischten die ersten, tödlichen, mit schwarzen Eisenspitzen versehenen Pfeile auf sie zu! Im letzten Moment sprangen die beiden Spitzohren beiseite und versteckten sich hinter einem Felsvorsprung der rauen Höhlenwand. Was hätte Zelduin nun für einen gut geschmiedeten, paläaonischen Rundschild gegeben. Sehr viel, dachte er, obgleich es seinen Tod wahrscheinlich nur um ein paar Momente hinausgezögert hätte.

Die Pfeile zersplitterten an den Felswänden, einer traf Acirus an seiner rechten Schwinge. Der Riesenvogel, der fast den gesamten Gang ausfüllte, kreischte vor Schmerz. Sein Ruf war so schrill, dass Zelduin sich am liebsten die Ohren zugehalten hätte. Wütend schreien war aber alles, was der zwischen dem Felsgestein eingekeilte, machtlose Adlorus tun konnte. Die langbeinigen Riesen ließen sich von dem Gekreische nur kurz abschrecken, dann rückten sie langsam weiter vorwärts und schossen weitere Pfeile auf den Adler ab. Jeder Schuss war ein Treffer, der Zelduin fast genauso viele Schmerzen bereitete wie seinem fliegenden Gefährten.

Acirus war wie eine riesige Zielscheibe; selbst die als schlechte Schützen bekannten Halblinge hätten den Vogel vermutlich mühelos getroffen. Der Adler blutete bald aus einem halben Dutzend neuer Wunden. Die Pfeile hatten ihn noch nicht getötet, aber die Zergh würden mit ihm leichtes Spiel haben, dachte Zelduin, wenn sie ihn und Zegolas erst getötet hatten, was für die Monstren ebenfalls ein leichtes Spiel werden würde, sie wussten es nur noch nicht.

Am Ende des Tunnels erschien plötzlich der Zerghmagus mit der güldenen Metallhaube. Der Stein auf der Spitze seines Stabs glühte scharlachrot. Als seine Untertanten ihn bemerkten, machten sie unterwürfig Platz und stellten jegliche Kampfhandlungen ein. Der schaurige Riesenzergh wollte es sich scheinbar nicht nehmen lassen, die vom Wege abgekommenen Jäpas eigenhändig zu töten. Die Furcht einflößende Gestalt postierte sich in der Mitte des Ganges, senkte ihren schwarzen Stab und spuckte ein paar unheimliche Worte aus.

„Zshtatuzshor ixchu Irrrzoschhkh!"

Ein greller, roter Blitz löste sich aus dem roten Kristall und sauste zuckend durch die Luft. Das magische Energiebündel rauschte um Haaresbreite an den Jäpas vorbei und krachte gegen die massive Steinwand, wo ein klaffendes Loch entstand. Die Höhle vibrierte dabei stark, als ob tief unter ihnen ein Vulkan rumorte oder ein alter Erddämon erwacht war.

„Zshtatuzshor, Zshtatuzshor, Zshtatuzshor! ZSHTATUZSHOR!", zischelte der Magus wie ein Besessener.

Die roten Blitze flogen den Meowingern nur so um die Ohren! Der Fels bot ihnen noch eine recht gute Deckung, doch er begann zu bröckeln mit jedem Einschlag.

Plötzlich stöhnte Zegolas hinter ihm laut. Als Zelduin sich umwandte, sah er, dass ein Blitz ihn mitten in die Brust getroffen hatte! Stumm sackte der Jäpa zusammen wie eine Marionette, der man alle Fäden abgeschnitten hatte. Sein Brustkorb bewegte sich aber noch auf und ab, wenn auch nur unmerklich.

„Neeeiiinn!", rief Zelduin und wollte seinem Gefährten auf die Beine helfen, als er im Augenwinkel sah, dass ein rötlich glühender Zauber auf ihn zueilte! Wie im Affekt duckte er sich und machte eine Rolle vorwärts. Das Energiegeschoss versengte sein blondes Haar und pulverisierte das Gestein, wo er eben noch gestanden hatte. Er blickte zwischen Zegolas und dem Magus hin und her. Würde er jetzt zu seinem Blutsbruder eilen, wären sie beide gleich mausetot.

Zelduin mobilisierte seine letzten Kraftreserven, die er in seinem gebeutelten Körper noch finden konnte. Er stand auf, zückte sein Blauschwert und rannte auf das Wesen zu, das beinahe doppelt so groß war wie er. Seine Gedanken waren voller Hass und Wut, aber er sah auch Elfja vor seinem dritten Auge, als er unerschrocken auf das riesige Geschöpf zusprang und mit seinem Schwert weit ausholte. Scheinbar mühelos parierte das Wesen den Schwerthieb mit dem schwarzen Stab, der auch der magischen Klinge zu widerstehen vermochte. Noch bevor Zelduin wieder den Boden berührte, ließ der Magus seinen Zauberstab vorschnellen. Das stumpfe Ende traf ihn am Kopf. Ihm schwanden die Sinne. Bäuchlings landete er auf dem harten Gestein. Dann spürte er, wie sich ein großer Fuß mit spitzen Zehen in seinen Rücken krallte und ihn zu Boden drückte. Der Zerghmagus beachtete ihn nicht mehr und zielte mit seinem Stab nun auf Acirus. Kurz darauf zuckte ein roter Blitz aus dem Stabschaft. Knisternd rauschte er durch die Lüfte und hielt genau auf den Kopf des Riesenvogels zu. Acirus duckte sich. Der Blitz versengte ihm die braunen Kopffedern und krachte dann über ihm in die Höhlendecke, wo sich ein großer Brocken und mehrere Steine aus der Gesteinsschicht lösten. Staub und Felssplitter rieselten auf den Adler herab und begruben ihn mit einer grauen Schicht, so dass er nicht mehr zu sehen war...

Zelduin wollte schreien, doch er war zu schwach. Dann sah er, dass der graue Steinberg sich bewegte! Der Adlerkopf mit dem gelben Riesenschnabel hob sich im wahrsten Sinn des Wortes wie Phoenix aus der Asche! Einen Augenblick später bewegte sich seine linke, mächtige Schwinge, die durch die heruntergefallene Höhlendecke frei geworden war. Sie breitete sich aus wie ein Fächer. Laut krächzend kämpfte sich der Riesenadler aus dem Geröllhaufen heraus, und dann war er frei!

Acirus schüttelte sich, um den Dreck, der sich in seinem Federkleid verfangen hatte, loszuwerden. Seine neu errungene Freiheit begrüßte er mit einem ohrenbetäubenden Schrei.

„KRAAAAAHHHHH!"

Dann plusterte er sich auf und griff an! Seine blassgrauen Augen zu engen Schlitzen verzogen und laut kreischend sprang der mit etlichen Pfeilen gespickte Adlorus auf den Zerghmagus zu, der so überrascht zu sein schien, dass er seinen Zauberstab erst in dem Moment hob, als es zu spät war. Acirus' gelbe Krallenfüße umklammerten den Stab und zerknickten ihn wie ein Streichholz. Der Magus öffnete seinen mit dünnen, spitzen Zähnen besetzten Mund zu einem stummen Schrei. Acirus biss ihm in den Kopf und riss ihn vom Körper ab. Rotes Blut spritzte im hohen Bogen aus dem riesigen Leib des Zergh, der in jenem Moment zur Seite umkippte. Als er auf den Stein aufschlug, klirrte es, und ein Teil des zerbrochenen, gläsernen Tanks, der mit der Haut und dem Gewebe auf seinem Rücken fest verwachsen zu sein schien, wurde unter seinem lilafarbenen Umhang sichtbar. Das glitzernde Meowingerblut lief in alle Richtungen und suchte sich kleine Löcher im Gestein, wo es dann versickerte. Die Zergh ringsum wichen verschreckt zurück.

Acirus spuckte den hässlichen Kopf sogleich wieder aus. Dann beugte er sich zu seinem Herrn hinunter. Behutsam hob er den kraftlosen Meowinger mit seinem Schnabel hoch und verhalf ihm so auf seinen Rücken, wo sich Zelduin im Federkleid festkrallte. Wankend lief der Adlorus zu Zegolas herüber, packte ihn mit seinem linken Krallenfuß und hob ihn in die Höhe. Zelduin zog ihn zu sich herauf.

Als alle wieder an Bord waren, wandte sich Acirus um und stürmte mitten durch die verängstigten Zergh hindurch. Einige der Riesengeschöpfe pressten sich an die Höhlenwand, andere drehten sich um und flüchteten, doch etliche waren nicht schnell genug. Der Adlorus trampelte vier von ihnen tot und riss einem weiteren mit seinem axtgleichen Schnabel im Vorbeilaufen den Kopf ab. Dann schoss er aus dem Tunnel heraus, stieß einen lauten Ruf aus und rauschte im Sturzflug in die Tiefe, genau auf das Weltentor zu.

Zelduin wurde kurz schwarz vor Augen. Als sein Augenlicht zurückkehrte, sah er unter sich Heerscharen von Zergh! Jeder freie Platz in der Grotte war von einem Zergh eingenommen worden. Und noch mehr kamen hinzu. Sie krochen aus den vielen, wurmähnlichen Löchern heraus und strömten alle in die Höhle hinein, ähnlich einem Haufen aufgescheuchter Gnomlinge, in deren Bau man einen roten Runenstein geworfen hatte.

Schwarze Pfeile, die in der schummrigen Höhle kaum zu sehen waren, zuckten durch die Luft. Einige trafen Acirus, aber der Riesenvogel flog unbeirrt weiter. Er umkurvte mehrere riesige Stalagmiten, bis das graue Portal endlich vor ihnen emporragte. Kurz bevor sie es erreichten, begann der innere Torkreis bläulich zu schimmern, so wie es immer geschah, wenn sich ein magischer Meowinger einem Sternentor näherte. Acirus rauschte pfeilschnell durch die milchige, blaue, wabernde Wand hindurch.

Dann umspielte Zelduin wieder endlose Schwärze, und es wurde totenstill. Plötzlich wurde ihm schwindelig. Es war allerdings nicht der Schwindel, den der Zhuk hin und wieder verursachte. Diese Art von Schwindel war eindeutig von der kräftezehrenden Magie, die er ausgeübt hatte, hervorgerufen worden. Sein Körper schien überfordert zu sein. Er fühlte sich wie ein schwaches, neugeborenes Kind. Dann wurde es Nacht um ihn herum...

Mach's gut, Zegolas
Käpitulus 25

Jumatahoni-Galaxis,
Planet Xiloris,
4004. Weltenzyklus

Ein leises Klingeln in Zelduins Gehör kündigte an, dass seine Sinne allmählich wieder zurückkehrten. Als er blinzelnd zu sich kam, pfiff ihm ein frischer Wind um die Ohren, der sein schulterlanges, blondes Haar zerzauste und an seinen Kleidern zerrte. Er schien bewusstlos gewesen zu sein. Irgendwo hoch oben in den Lüften befand er sich, seine Hände hatten sich in dem Federkleid des Adlers festgekrallt, als ob sie dort verwurzelt wären. Acirus war scheinbar unermüdlich weitergeflogen. Über ihm schoben sich gelbliche Wolken über einen hellgrünen Himmel. Beim Anblick des unwirklichen Horizontes war sich Zelduin für ein paar Augenblicke nicht ganz sicher, ob er vielleicht doch schon tot war, doch dann fiel ihm ein, dass er schon weitaus skurrilere Dinge gesehen hatte als ein grünes Himmelszelt mit gelben Wolken.

„*Zegolas!*", dachte er.

Rasch drehte er sich um. Zegolas war noch da! Er lag bäuchlings auf dem Rücken des Vogels und klammerte sich verbissen in den Langfedern fest. Die Augen hatte der Meowinger geschlossen. Der Pfeil steckte noch immer in seinem Arm, Blut strömte aus der Wunde, und seine Brust und seine Kleider waren vom magischen Zerghgeschoss stark verbrannt. Er sah nicht gut aus.

„Zegolas?", sagte Zelduin, löste eine seiner steif gewordenen Hände und rüttelte seinen Gefährten vorsichtig. Zegolas' Augen öffneten sich halb. „Halte durch, Zegolas. Wenn wir den nächsten sicheren Ort gefunden haben, werde ich dich gesund pflegen."

„Ich könnte jetzt ein kräftiges Zwergenbier gebrauchen", hauchte Zegolas mit geschwächter Stimme und dem Anflug eines Lächelns.

Zelduin schmunzelte, zumindest für einen kurzen Augenblick. Dann schaute er besorgt nach unten. Er sah eine wüste Sandwelt, gespickt mit wenigen, grauen Felsen. Einige waren mehrere Baumlängen hoch, andere nur ein paar Hasensprungweiten. Sie glichen Steinpilzen, denn sie waren dick am Fuß, wurden dann dünner und endeten in flachen steinernen Dächern. Auf einem dieser merkwürdig geformten Felsplateaus, das eine halbe Baumlänge hoch war, sah Zelduin drei in schwarze Lederrüstungen gehüllte Zergh stehen. Es schienen Späher zu sein. Die grässlichen Wesen schauten dem Riesenadler hinterher. Sie schienen zu wissen, dass sie mit ihren Bögen den Adlorus nicht erreichen konnten, denn sie versuchten es nicht einmal.

„Flieg weiter, Acirus, flieg immer weiter", sagte Zelduin und streichelte seinem treuen Reittier über die vom vielen Blut verklebten Halsfedern.

Der Adlorus blickte ihn kurz mit seinen blassgrauen Augen an und wandte sich dann wieder nach vorn. Zelduin hörte, dass der Vogel schwer atmete. Etliche Pfeile steckten in seinem Federkleid. Auch sein fliegender Gefährte brauchte eine Rast, denn seine Wunden mussten dringend versorgt werden.

Zelduin hielt Ausschau nach einem geeigneten Landepunkt. Sie könnten auf einem der größeren Steinpilze landen. Dort wären sie halbwegs sicher, glaubte er. Es sei denn die Zergh besaßen ähnliche Reittiere wie er oder Zäbrik, dann würden sie dort wie auf dem Präsentierteller sitzen.

„Hier ist es wahrscheinlich nirgendwo sicher", dachte er und schaute auf seinen Zeitmesser. Dort glühten die roten Buchstaben *Xiloris* auf. *„Dann sind wir also tatsächlich auf diesem verdammten Zerghplaneten."* Er ließ seine Blicke über alle vier Horizonte schweifen. Am östlichen Firmament entdeckte er ein großes Gebirge mit schneebedeckten Gipfeln, und im Westen sah er ein hellblaues, glitzerndes Meer mit schäumenden Wellen. Direkt vor sich, mitten in der Wüste, erhoben sich mehrere, kleine Plantagen mit riesigen, gelbblättrigen Bäumen und türkisfarbenen Tümpeln, auf denen purpurne Seerosen schwammen. *„Xiloris habe ich mir irgendwie anders vorgestellt. Weitaus hässlicher."*

Auch wenn Zelduin durch Arjons riesigen Erfahrungsschatz, der in seinem Zhuk schlummerte, eigentlich wusste, wie Xiloris' Flora und Fauna aussahen - denn auch Arjon war in den Zerghkriegen auf diesem Planeten gewesen -, so hatte er geglaubt, dass jener Geburtsort der Zergh doch anders aussehen musste.

Er hatte an eine Welt ohne Sonne, mit einem blutroten Himmel, feuerspuckenden Vulkanen und pulsierenden Lavaströmen gedacht, aber das hier war ganz und gar nicht das, was er sich über jene Welt ausgemalt hatte, denn sie besaß... Schönheit. Und trotzdem hätte er diese Zerghwelt am liebsten mit einem mächtigen Zauber vernichtet, denn er wusste, welch zerstörerisches Leben sie hervorgebracht hatte.

Viele, viele Glockenschläge lang flogen sie nordwärts. Es war schummrig geworden, also würde bald die Nacht eintreten. Zelduin hatte zwar auch schon Welten überflogen, wo es nie dunkel wurde, da sie von mehreren Sonnen beleuchtet wurden, aber er wusste, dass über Xiloris nur eine Sonne glühte.

Er steuerte einen der grauen Riesenfelsen an, dessen Spitze ganz platt war, als hätte sie ein riesiges Wesen mit einer Sense abrasiert. Zelduin wusste nicht, ob sie dort oben sicher waren, aber sie *mussten* eine kurze Rast einlegen. Acirus war während des Flugs manchmal hin und her gewankt wie ein betrunkener Matrose auf hoher See. Die Verletzungen zeigten allmählich ihre Wirkung.

Mit zwei letzten, kraftvollen Flügelschlägen erreichte der Adlorus schließlich den Landepunkt und ließ sich auf dem Riesenstein nieder, der mindestens drei Axtwürfe breit und zwei lang war. Der Adler sackte sofort erschöpft zusammen und legte seinen Kopf auf dem Fels ab. Zelduin half Zegolas vom Rücken des Tiers hinunter und lehnte ihn gegen einen kleinen Felsbrocken. Anschließend hielt er Zegolas den Trinkschlauch an den Mund und flößte ihm ein wenig Wasser ein. Dann kümmerte er sich um die Wunden des alten Jäpas. Er zog den Pfeil aus seiner Schulter, schüttete einen Tropfen von Märdroks Branntwein, den er sich aufgespart hatte, darauf und verband die Stelle mit einem Stofffetzen. Auf die vom magischen Blitz versengte Brust schmierte er Hildelias Salmononblätter und hoffte, dass sie helfen würden. Zuletzt knüpfte er den grünen Umhang seines Schicksalsgefährten zu. Zegolas hatte seine Augen nur noch selten geöffnet, sein Gesicht war bleich und schmerzverzerrt. Der Meowinger befand sich in einer Art Dämmerzustand.

„Alles wird gut", munterte Zelduin den Jäpa auf.

Zegolas hustete. „Keine Bange, so ein bisschen Hocuspokulus haut mich nicht um", antwortete er mit leiser Stimme, fast röchelnd, und hielt sich die Hände an den Brustkorb, wo die Zerghmagie ihn berührt hatte.

Zelduin streifte den Talisman, den Zegolas ihm einst um den Hals gehängt hatte, ab und gab ihn seinem spitzohrigen Gefährten. „Du brauchst ihn jetzt wieder mehr als ich."

Zegolas blinzelte und lächelte, als er den Stein, in dessen Mitte eine weiße, eckige Glücksrune schimmerte, mit seiner Hand fest umklammerte. Zelduin war sich nie sicher gewesen, ob der Stein überhaupt Macht besaß, er wusste auch nicht, ob es so etwas wie Glücksgeister gab. Ein alter Gibali hatte ihm einst erzählt, dass seiner Meinung nach so etwas wie Glück nicht existierte. Zelduin aber glaubte, dass wenn man an etwas fest glaubte, es manchmal Wirklichkeit wurde.

„Mögen die Götter ihn heilen", dachte Zelduin und eilte dann zu Acirus herüber, der schwer atmend auf dem kalten Stein lag. Acht Pfeile steckten in seinem Leib. Das Blut, das aus den Wunden herausfloss, tropfte von den Federn auf das graue Gestein und färbte es rot. Der Vogel musste seine letzten Kräfte aufgeboten haben, um mit diesen schweren Verletzungen überhaupt noch fliegen zu können.

Zelduin zog die langen Pfeile vorsichtig heraus und versorgte auch diese Wunden mit Salmononblättern. Anschließend setzte er sich erschöpft an die Flanke des Tiers. Acirus bedeckte ihn halb mit einer seiner riesigen Schwingen. Zelduin spürte, wie die Energie, die er durch den heraufbeschworenen Flammenball verloren hatte, langsam wieder in seinen Körper zurückkehrte. Er fühlte sich noch immer ein wenig fiebrig. Bis er wieder ganz der alte war, würde es vielleicht noch ein Weilchen dauern, dachte er.

Ein paar Lidschläge später rutschte er an Acirus' Flanke herunter und sank in einen unruhigen Schlaf. Als er wieder erwachte, war es düster geworden. Über dem westlichen und südlichen Horizont waren zwei lilafarbene Monde aufgegangen, die die Welt in ein unheimliches Licht tauchten. Es war still geworden, nur Acirus' gleichmäßiger Atem war zu hören. Zelduin befreite sich aus dem Federkleid und ging zu Zegolas herüber. Der Meowinger schlief und schwitzte stark. Der magische Blitz, der ihn getroffen hatte, machte ihm sichtlich zu schaffen. Es gab nichts, was Zelduin im Moment für ihn tun konnte. Sein Gefährte brauchte Zeit, um sich zu regenerieren, er brauchte viel Zeit.

Zelduin zog den Jäpa zu Acirus herüber und bettete ihn dort in das schützende Federkleid des Vogels ein. Dann legte er sich daneben und versuchte zu schlafen, und er betete, dass die Zeit alle Wunden heilen würde, und er hoffte, dass sie unentdeckt blieben. Es spielte wohl auch keine

Rolle, ob er Wache hielt oder nicht, denn Acirus war im Moment vermutlich ohnehin nicht in der Lage weiterzufliegen.

Der junge Meowinger beobachtete die Reise der beiden Monde, die langsam zum Himmelszelt aufstiegen, wo mittlerweile ein paar dunkelgrüne Sterne funkelten. Dann wurde er erneut ins Reich der Träume geschleudert.

Am nächsten Morgen öffnete er blinzelnd die Augen. Er fühlte sich ausgeruht und stark. Scheinbar war die Energie, die er durch die magische Beschwörung verloren hatte, wieder in seinen Körper zurückgekehrt.

Der Himmel war wieder hellgrün, und gelbe Wolken zogen gemächlich von Ost nach West. Zegolas und Acirus waren wach. Die Götter hatten ihnen einen weiteren Lebenstag geschenkt. Der Riesenadler senkte seinen Kopf zu seinem Herrn hinunter und begrüßte ihn mit einem leisen Murren. Dann streckte der Adlorus seinen Hals wieder in die Höhe, damit er möglichst weit sehen konnte, und durchforstete mit seinem scharfen Blick die Umgebung. Der Riesenvogel schien sich schon wieder recht gut erholt zu haben, dachte Zelduin, denn er wirkte voller Tatendrang.

Zegolas saß neben ihm. Erschreckenderweise sah er aus, als wäre er um hundert Jahre gealtert. Sein Gesicht war schweißnass und kalkweiß, als hätte ihn jemand eingepudert. Es erinnerte Zelduin an die weiße Pudermaske, die Elfja ihm früher immer gemacht hatte, damit er bei den Zirkusauftritten noch elfenhafter aussah.

„Wie geht es dir?", fragte Zelduin besorgt.

Zegolas hüstelte leise wie ein kränklicher Mann. „Ich könnte Mammutusbäume ausreißen, oder einen von diesen Glücksdrachen zähmen, die, die wir auf diesem einen Planeten gesehen haben. Mir fällt der Name gerade nicht ein. Ich würde es auch mit einem Flusstroll aufnehmen, aber nur mit einem einbeinigen", feixte er und lächelte müde.

Zelduin lächelte zurück, aber er wusste, dass es schlimm um seinen Gefährten stand. Die Wunde an seinem Oberarm blutete noch immer stark, doch das magische Geschoss, das in seine Brust eingedrungen war, machte ihm noch mehr zu schaffen.

„Das ist nur ein kleiner Gnomenkratzer", beteuerte ihm Zegolas.

„Ich werde dich schon wieder zusammenflicken", versprach Zelduin und klopfte ihm sanft auf die heile Schulter.

Anschließend bereitete er ein kleines Frühstück zu. Sie hatten noch reichlich gepökeltes Fleisch dabei, das von den verschiedensten Wildtieren herrührte. Dazu gab es Süßfrüchte, die aus einer harten, grünen Schale bestanden, in welche rosarotes Fleisch, gespickt mit gelben Kernen, eingebettet war.

Nach der kleinen Mahlzeit machte sich Zelduin daran, die Sättel auf Acirus' Rücken wieder aufzurichten und flottzumachen, und er säuberte Acirus' Federkleid, das von Blut und Höhlenstaub ganz verdreckt und verklebt war.

Nach der Arbeit verschaffte sich Zelduin erst einmal einen genaueren Überblick über jene Welt, aus der die Zergh stammten. Er ging zum Rand des pilzartigen Plateaus und schaute in die Tiefe. Mindestens zwei Bogenschussweiten ging es hinab. Unter ihm, zwischen den grauen Riesenfelsen, lag überall gelber Sand. Es gab aber auch ein paar grüne Gräser und einige seltene gelb- und blaublättrige Bäume mit irrwitzig geformten Stämmen, die ineinander so verschlungen waren, dass sie Schlangennestern ähnelten. Es gab in diesen Landen kaum Versteckmöglichkeiten. Die Berge im Osten waren weit weg, und die Plantagen, die hier und da aus dem Wüstenboden sprossen, waren nicht groß genug und nicht üppig genug bewachsen, um sich dort gut verstecken zu können, erst recht nicht für einen riesigen Adler.

Zum Glück konnte er keine Zergh entdecken, nicht einmal Spuren oder andere Anzeichen der Riesen. Vielleicht hatten sie sich aber auch gut getarnt – schließlich war das hier ihre Heimat - und lauerten direkt unter dem losen Wüstensand. Zelduin hatte einmal gehört, dass Zergh in Erdhöhlen leben würden. Wenn er sich nicht irrte, dann war es sogar Zäbrik höchstpersönlich gewesen, der gesagt hatte, dass Heggbor der Erste die schrecklichen Wesen bei seiner Ankunft auf Xiloris nur deshalb nicht entdeckt hatte, weil sie in unterirdischen Höhlen hausten und nur selten und bei Nacht an die Oberfläche kamen.

Wo die Zergh auch immer waren, sie würden nicht eher ruhen, bis sie ihn und Zegolas gefangen oder getötet hatten, das wusste Zelduin nun. Die Zergh hatten ihr wahres Gesicht gezeigt und die Maskerade fallen gelassen, weil die beiden Meowinger sich nicht an die Spielregeln gehalten hatten. Wären sie schnurstracks der in den Zeitmessern einprogrammierten Route zum Nullpunkt gefolgt, dann hätten die Zergh ihnen vermutlich nichts angetan, denn sie brauchten die Meowinger ja am Nullpunkt.

„…*was auch immer sie dort mit uns vorhaben*", dachte Zelduin mit düsterer Aussicht. „*Hätten wir bloß auf Zäbrik gehört. Er hat uns gewarnt, abseits der Wege zu reisen. Und Zeledeos' Tagebuch hätte uns endgültig zum Umkehren bewegen müssen. Ich war ein Narr, ein dummer, dummer Narr.*"

Der Tag verging rasch. Es war eine gelbe Wolkenwand aufgezogen, die sich wie eine wabernde, breiige Masse über den Himmel schob; ein unheimlicher Anblick, fand Zelduin. Allerdings hatte die dicke Wolkenschicht auch etwas Gutes, denn sie schützte sie vor der brütenden Sonne, die im Zenit heiß auf sie herabgeschienen war.

Zelduin hoffte, dass sich Zegolas und Acirus bald erholt haben würden, so dass sie die Reise fortsetzen konnten, denn nirgendwo fühlte er sich einsamer und verlassener als hier auf diesem gottlosen Zerghplaneten. Das nächste Weltentor lag nur zwei Tagesflüge von ihnen entfernt, das sagte zumindest Arjons Zhuk in Zelduins Kopf…

Plötzlich befiel ihn wieder dieser sonderbare Schwindel, der durch den Erinnerungsspeicher in seinem Hirn gelegentlich ausgelöst wurde. Routinemäßig griff er in die Tasche, holte einen grünlich schimmernden Ürüpilz heraus und biss davon ab. Anschließend setzte er sich an einen Felsbrocken und wartete, bis die merkwürdigen Symptome aufhören würden. Eine ganze Weile drehte sich alles in seinem Kopf. Er fühlte sich wie nach einer Karussellfahrt und schloss daher die Augen, bevor ihm noch übel wurde.

In jenem Moment krähte Acirus alarmierend! Zelduin schlug rasch die Augen auf. Mit verschwommenem Blick betrachtete er die Welt, die hin und her wankte, als befände er sich im Ausguck eines großen Schiffs. Und dann sah er, was Acirus nervös gemacht hatte. Am südlichen Horizont waren mehrere schwarze Punkte zu sehen, die sich hin und her bewegten. Vögel, es waren riesige Vögel!

Als sein Schwindel endlich nachließ und sich der Schleier vor Zelduins Augen lichtete, stellte der junge Meowinger erschrocken fest, dass auf den Vögeln Gestalten saßen, graue, hochgewachsene Gestalten…

„Zergh…", hauchte Zegolas, der in die gleiche Richtung stierte. „Sie haben uns gefunden."

„Wir müssen los!", rief Zelduin hektisch und sprang auf.

Er zurrte die Gepäckstücke, die um den Leib des Adlorus gespannt waren, fest und überprüfte noch einmal die Zurrgurte der beiden Sättel.

„Ich hoffe, du bist flugbereit, Acirus?", fragte Zelduin und streichelte den Vogel über den gelben Schnabel.

„Krahaa!", gab Acirus zur Antwort und schüttelte sich.

„Gut", sagte Zelduin und rannte dann zu Zegolas herüber.

„Das sind Sauriervögel", meinte Zegolas, der seinen Blick von den herannahenden Vögeln nicht abgewandt hatte.

„*Pterodaktusse*", dachte Zelduin und musterte die Bedrohung in der Ferne. Er hatte befürchtet, dass die Zergh die gleichen Flugtiere nutzen würden, von denen auch Zäbrik eines geritten hatte. Die konstanten Urzeitvögel waren schnell, groß und gefährlich. „Ein Grund mehr, von hier so schnell wie möglich zu verschwinden", antwortete er und wollte dem Jäpa auf die Beine helfen, aber der hob abwehrend beide Hände und schüttelte den Kopf.

„Ich bleibe hier, Zelduin. Ich würde euch nur aufhalten."

Zelduin zog seine Augenbrauen zusammen. „Was redest du da für dummes Zeug?"

„Es ist besser, wenn wenigstens einer von uns durchkommt…"

Zelduin packte seinen Gefährten an der Hand und zog ihn hoch. „Spare dir deine Kraft lieber für den Flug, als Unfug zu reden! Ich werde dich hier ganz bestimmt nicht zurücklassen."

Zelduin hievte Zegolas in den hinteren Sitz und sicherte ihn mit einem Ledergurt. Dann sprang er selbst in den vorderen Sattel und band sich ebenfalls fest. Die Urzeitvögel waren schon ein ganzes Stück näher gekommen. Vielleicht waren sie noch zwei Kanonenschussweiten entfernt, schätzte Zelduin.

Zitternd stand Acirus auf und ging zur Felskante. Der Riesenvogel war noch etwas wackelig auf den Beinen. Raschelnd breitete er beide Flügel aus und stieß sich dann kraftvoll ab. Er sauste in die Tiefe und taumelte dabei hin und her wie eine Schneeflocke im Wind. Als der Adlorus vierfache Hasengeschwindigkeit erreicht hatte, zog er hoch und flog mit kräftigen Flügelschlägen horizontal weiter.

„Flieg wie der Wind, Acirus!", befahl Zelduin seinem geflügelten Ross.

Trotz der zahllosen und noch nicht verheilten Wunden flog Acirus, als gäbe es keinen Morgen mehr. Zelduin war sich in jenem Moment jedoch nicht ganz sicher, ob er den nächsten Sonnenaufgang noch einmal sehen würde.

Mehr als eine Stunde lang flog Acirus pfeilschnell durch die Lüfte und versuchte, seinen Verfolgern zu entkommen, aber die Zerghreiter holten stetig auf. Immer wieder blickte Zelduin sich nach hinten um. Die Vogelschar, die aus acht Tieren bestand, war bis auf eine Kanonenschussweite herangekommen. Gelegentlich waren sogar schon die zischelnden Rufe ihrer bleichen Reiter zu hören gewesen, auch wenn der Wind die grauslichen Laute zerriss, so dass sie nur zerstückelt ankamen, was sie noch unheimlicher klingen ließ.

Zelduin konnte gleich zwei Zerghmagusse unter ihnen ausmachen, die in der Mitte flogen und von jeweils drei Vogelsaurierreitern flankiert wurden. Ihre metallenen, goldenen Kopfhauben funkelten immer dann, wenn die Sonne einen Weg durch die dicke, gelbe Wolkenwand fand. Ihre lilafarbenen, flatternden Umhänge und ihre schwarzen Zauberstäbe mit den rötlich leuchtenden Kristallen konnte Zelduin selbst aus dieser weiten Entfernung gut sehen.

Der junge Meowinger fragte sich, wie viele es von diesen scheußlichen Zerghmagussen wohl gab. Vielleicht waren auch nicht alle konstant, dachte er sich; dann würden die gefallenen, vieräugigen Zauberer nämlich immer wieder auferstehen, wenn die Zeit sich zurückdrehte. Das war eine ebenso grauenvolle Vorstellung wie die Tatsache, dass etliche von ihnen mittels der Bluttanks auf ihrem Rücken sich zu konstanten Wesenheiten verwandelt hatten und sich durch normale Zeitverschiebungen somit nicht mehr abschütteln ließen.

„Braver Acirus, flieg weiter", sagte Zelduin und klopfte dem Tier sachte auf seinen langen Hals.

Der Adlorus murrte leise. Hin und wieder hatte sich eine seiner verletzten Schwingen eingeklappt; er geriet dann immer ins Taumeln, konnte sich aber jedes Mal wieder fangen. Zelduin spürte, dass der Adler große Schmerzen hatte. Daher war es umso erstaunlicher, welche

Kraft der Vogel noch besaß, und doch musste Zelduin etwas tun, denn sie waren zu langsam. Acirus war unermüdlich, aber Zelduin hatte arge Zweifel, dass der Adlorus imstande war, zwei Tage lang ohne Rast zu fliegen, denn das nächste Weltentor lag noch mindestens zwei Sonnenumläufe von ihnen entfernt. Er musste schleunigst etwas unternehmen.

„Wir müssen leichter werden", sagte Zelduin und schaute sich um.

Zegolas blinzelte ihn müde an. „Komm nicht auf dumme Gedanken." Der alte Jäpa sah noch immer schlecht aus, doch zumindest hatte er schon wieder etwas an Farbe gewonnen, und sein Aberwitz schien auch wieder zurückgekehrt zu sein. Der frische Wind schien ihm gut zu tun.

„Alles, was wir nicht mehr brauchen, müssen wir über Bord werfen!", rief Zelduin.

Die beiden Meowinger warfen Essensvorräte weg, das letzte Reisebierfass und anderes Zeugs, das sie entbehren konnten. Zegolas trennte sich von einem Großteil seiner gesammelten Souvenirs, die er in mehreren hundert Jahren angehäuft hatte, darunter auch der klobige Bilderkasten, den er von Hagadal mitgenommen hatte. Sie kappten Seile und Riemen, und nur das Nötigste behielten sie. Die Ledersäcke und Kisten rauschten in die Tiefe und plumpsten in den weichen Wüstensand, wo sie jede Menge Staub aufwirbelten.

Immer wieder blickte Zelduin über seine Schulter hinweg. Er beobachtete den Vogelschwarm eine ganze Weile. Zu seinem Erschrecken musste er bald feststellen, dass es alles nichts genützt hatte. Die Pterodaktusse waren noch immer schneller, auch wenn sie ihnen jetzt nicht mehr ganz so schnell auf die Pelle rückten. Es würde bald zum Kampf kommen, das schien unausweichlich, wahrscheinlich noch bevor die Sonne sich schlafen legte. Und so kam es auch…

Drei Stunden später waren sie da und auf Schussweite herangekommen. Die Sonne stand tief, und es war schummrig geworden. Das erste Geschoss wurde von einem der Zerghmagusse heraufbeschworen. Es war ein roter Blitz, der durch die Dämmerung zuckte und den Riesenadler nur knapp verfehlte.

Zegolas erwiderte das Feuer und schoss mit seiner Strahlenpistole zurück. Der weiße Lichtblitz raste durch die Dunkelheit und erhellte die Wüstenlandschaft um sich herum. Die Riesenflugechsen mit den imposanten Knochenkämmen krächzten laut, als das Geschoss auf sie zu sauste. Es verfehlte die Zerghreiter jedoch und verschwand dann zischelnd im gelben Wolkenhimmel.

Dann entbrannte ein recht einseitiger Schlagabtausch. Nicht nur die beiden Zerghmagusse schickten ihre tödlichen Magiegebilde auf Reisen, auch die Zerghkrieger spannten ihre Langbögen und feuerten bald Salve um Salve auf die Jäpas ab. Die schwarzen Pfeile waren in der Nacht kaum zu sehen, während Acirus den leuchtenden Blitzen zumindest noch auszuweichen versuchen konnte.

Zelduin richtete Märdroks alten Feuerstab auf die Vögel und rief immer wieder das Zauberwort *Flägüös*, aber die Flugechsen mit ihrer ledrigen Haut erwiesen sich als schlecht entflammbar, und wenn sich doch irgendwo ein Flämmchen gebildet hatte, so verging es rasch wieder.

Zegolas musste immer mehrere Glockenschläge lang warten, bis sich seine Strahlenwaffe wieder aufgeladen hatte. Der dritte Schuss traf einen der Pterodaktusse am Flügel und hinterließ dort ein klaffendes Loch. Der Sauriervogel schrie laut und flatterte unkontrolliert hin und her wie ein junger Vogel bei seinem ersten Flug. Kurz darauf verlor er das Gleichgewicht und stürzte in die Tiefe. Sein bleichgesichtiger Reiter konnte sich noch eine kurze Weile festhalten, bis er schließlich abgeworfen wurde und hinab auf die Wüstenwelt fiel.

Stummer Jubel machte sich unter den beiden Jäpas breit, als sich postwendend ein Zerghpfeil in Acirus' Rücken bohrte. Ein zweiter krachte in Zegolas' Rückenlehne und blieb dort stecken. Einen Lidschlag später zuckte der nächste, leise knisternde Todesbote auf sie zu, heraufbeschworen von einem der goldhaubigen Magusse. Der rote Blitz rauschte durch die Dämmerung, versengte Acirus' Schwanzfedern und streifte seinen Unterleib; ein Pulk verkohlter Federn stob in die Luft. Der Riesenadler ließ einen halb unterdrückten Schrei los. Er geriet ins Wanken und büßte für eine kurze Zeit gewaltig an Geschwindigkeit ein, bis er sich wieder gefangen und zweifache Hasengeschwindigkeit erreicht hatte.

Die Zerghreiter holten in Riesensprüngen auf und waren dem Adlorus nun gefährlich nahe gekommen. Es lagen vielleicht noch zwei Axtwurflängen zwischen dem Adler mit den Jäpas und den Zergh.

Erst jetzt bemerkte Zelduin, dass die nunmehr fünf Zerghkrieger auf anderen Flugechsen ritten als die beiden Magusse, die zweifelsfrei auf schwarzen Pterodaktussen saßen, jenen monströsen Tieren, von denen Zäbrik auch eines geritten hatte. Die Flugsaurier der Zerghkrieger jedoch waren etwas kleiner, zartgliedriger und braunhäutig, was in der Dämmerung zuvor nicht zu erkennen gewesen war. Sie hatten ebenfalls spitze Schnäbel mit messerscharfen Zähnen und einem Knochenkamm auf ihrem Stirnansatz, doch war dieser nicht so gewaltig wie die der Pterodaktusse; er war länglich geformt wie ein krummer Piratensäbel. Der junge Meowinger vermutete, dass die Magusse ihre untertänigen Krieger wohl für nicht würdig genug hielten, um auf den prächtigen Pterodaktussen reiten zu dürfen, doch es hatte einen anderen Grund, den Zelduin schon bald erfahren sollte.

Die zischelnden Rufe der bleichgesichtigen Wesen waren nun laut und deutlich zu hören, sie hallten durch die Abenddämmerung und spornten Acirus an, schneller zu fliegen. Der Riesenvogel hatte inzwischen einen Zickzackkurs eingeschlagen, damit sie keine so leichte Zielscheibe mehr abgaben.

Erneut hagelten Pfeile auf sie hernieder, doch diesmal fand glücklicherweise kein einziger sein Ziel. Als die tödliche Gefahr vorerst vorüber war, wandte sich Zegolas um, zielte mit seiner Strahlenwaffe und drückte ab. Die empfindliche, giblische Pistole sprühte jedoch plötzlich grüne Funken und verweigerte seinem Herrn den Dienst.

Kurz darauf nahte ein roter Zerghblitz heran. Das magische Gebilde schnitt leise knisternd durch die Luft, traf Zegolas' Sitz, fraß sich durch die ledernen Gurte und brandmarkte den Meowinger am Oberschenkel. Zegolas schrie gellend auf. Zeitgleich geriet sein Sattel ins Rutschen, denn der Blitz hatte die Halteriemen zerstört; gerade noch rechtzeitig konnte er sich mit einer Hand an Zelduins Ledersitz festhalten, seine Füße baumelten in der Luft. Die Strahlenwaffe hatte er dabei fallen gelassen; funkensprühend sauste sie in die Tiefe. Kurz darauf kippte sein Sattel zur Seite und flog ebenfalls hinab. Im Augenwinkel sah Zelduin, wie die Finger seines Gefährten krampften und sich einer nach dem anderen von seinem Sitz löste…

Blitzschnell lockerte Zelduin seinen Gurt, drehte sich um und packte Zegolas in letzter Sekunde am Unterarm. Mit der anderen Hand klammerte er sich an der Sitzlehne fest, damit er nicht das Gleichgewicht verlor. Er zog mit aller Kraft, doch was er auch tat, es gelang ihm nicht, seinen alten Wegbegleiter wieder auf den Rücken des Flugtiers zu hieven.

Plötzlich senkte sich ein dunkler Schatten über den Adlorus! Zelduin hob den Kopf in den Nacken und schaute auf. Über ihm glitt ein Zerghkrieger dahin auf seinem braunhäutigen Flugsaurier! Der aschfahle Reiter spannte seinen Bogen. Zelduin sah seinen Tod kommen, und er packte Zegolas' Arm noch fester. In jenem Moment griff Acirus die Flugechse mit lautem Geschrei an. Der Urzeitvogel schreckte zurück und flatterte wild mit den Flügeln, so dass es seinem Reiter unmöglich war, zielgenau zu schießen. Der Pfeil sauste in den Abendhimmel. Zwei Augenblicke später hatte Acirus den braunen Echsenvogel eingeholt, biss ihm in den stummligen Lederschwanz und zog ihn zu sich heran. Die Krallenfüße des Adlers bohrten sich in den Leib des Sauriers. Die Flugechse röhrte und kreischte; ihre ängstlichen, rötlich funkelnden Augen zeigten, dass sie sich fürchtete.

Nach kurzem Kampf biss der Riesenadler dem Urzeitvogel den Hals durch. Blut spritzte aus dem Stumpf, als das Tier tot vom Himmel fiel, doch sein Herr rettete sich. Er sprang im letzten Moment ab und landete auf dem Rücken des Adlers, wo er sich mit seinen langfingrigen Klauenhänden festkrallte. Der Adlorus konnte den ungebetenen Gast, der sich langsam nach vorn kämpfte, nicht abschütteln.

Es sah düster aus für die beiden Gefährten. Zegolas' verschwitztes, kreidebleiches Gesicht zeigte nur noch wenig Leben. Sein Zustand hatte sich nach dem zweiten Blitztreffer wieder dramatisch verschlechtert. Der Meowinger schien am Ende seiner Kräfte zu sein. Zelduin wusste nicht, was er tun sollte. Die Situation schien noch hoffnungsloser zu sein als die in der Zerghhöhle Wohomorks. Es hätte nun wahrscheinlich nicht einmal etwas genützt, wenn Balin oder Zarxaurus die Zeit zurückgedreht hätte, denn es würde sich an der düsteren Situation vermutlich nichts ändern, vielleicht würde sie sich sogar noch verschlimmern. Ob die Zergh nun konstant waren oder nicht, sie würden zu der jetzigen Zeit genau an diesem Ort wieder auftauchen. Angenommen, die Zeit würde sich um fünf Tage zurückdrehen, dann hätten die Zergh schon vor fünf Sonnenumläufen gewusst, dass er und Zegolas in exakt diesem Zeitraum genau über jenes Wüstengebiet fliegen würden. Die Zerghmagusse hätten höchstwahrscheinlich Hunderte dieser Vogelsaurierreiter in diese Landen geschickt, um die beiden Jäpas abzufangen.

Kurz darauf merkte Zelduin, dass an seiner Theorie etwas nicht stimmten konnte, denn wenn die Pterodaktusse und die kleineren, braunhäutigen Flugechsen konstant waren, aber die Zerghreiter nicht – ausgenommen die künstlich konstant gewordenen Magusse -, dann musste es zwangsläufig zu einem Chaos kommen, wenn die Zeit sich zurückdrehen würde. Die konstanten Urzeitvögel müssten dann nämlich an Ort und Stelle bleiben, während ihre nichtkonstanten Reiter in der Zeit zurückkatapultiert werden würden und die Geschehnisse noch einmal durchleben müssten.

„Zeitreisen sind kompliziert", erinnerte er sich an die Worte Balins. Und das waren sie wahrhaftig. *„Hoho."*

Dieser Gedanke zauberte ein klitzekleines Fünkchen Hoffnung auf sein Antlitz. Unter größter Anstrengung verlagerte Zelduin sein Gewicht, um seine linke Hand freizubekommen. Hastig benutzte er den Zeitmesser an seinem anderen Handgelenk. Er drückte wild auf mehreren Knöpfen herum, bis gelbe, giblische Zahlen und Zeichen über das milchige Glas flimmerten. Als die unsichtbare Botschaft auf dem Geisterweg zu König Gomril war, packte er auch mit der zweiten Hand Zegolas' Arm und versuchte, ihn erneut heraufzuziehen, doch es gelang ihm nicht. Zegolas war inzwischen zu schwach, um noch irgendetwas zu tun. Seine Augen hatten sich bereits zu engen Schlitzen zusammengezogen. Die bösartige Zerghmagie schien das Siechtum im Leib des Jäpas zu nähren und gnadenlos voranzutreiben.

„Halte durch, Zegolas. Hilfe wird kommen", prophezeite ihm Zelduin, obwohl der größte Teil von ihm nicht mehr an Wunder glaubte. „Gomril wird uns hoffentlich erhören."

Zegolas hustete und spuckte Blut. „Alles wird … gut", antwortete er mit müder Stimme, zeigte ein zufriedenes Lächeln und schloss die Augen.

„Ja, alles wird gut", wiederholte Zelduin und glaubte selbst nicht daran. Ihm kullerten mehrere Tränen über die Wangen.

Es blieb ihm nichts anderes übrig, als auf Gomrils Hilfe zu warten, obgleich er wusste, dass Zeit im Moment das war, wovon er am wenigsten hatte. Der Zergh, der sich auf dem Rücken des Adlers festgekrallt hatte, hatte sich weiter vorgearbeitet. Zischelnd und mit weit aufgerissenem

Maul spuckte er den Meowingern grässliche Laute entgegen. Seine Klauenhände hackte er in den Leib des Vogels und zog sich so immer weiter vorwärts. Bald würde er sie erreicht haben.

Acirus schrie vor Schmerzen, und trotzdem flog er immer weiter. Über und unter ihm hatten sich die nächsten Zerghkrieger in Stellung gebracht. Ihre hässlichen, braunen Flugtiere quäkten laut und zeigten sich siegessicher. Auch die Pterodaktusse mit den Hexern an Bord hatten den geschwächten Adlorus eingeholt. Der eine glitt über ihnen und warf einen breiten Schatten über den Riesenadler; der zweite hatte sich unter ihnen postiert und schien auf herabfallende Beute zu lauern. Hin und wieder öffnete er seinen schwarzen Schnabel und machte dabei schmatzende Geräusche.

Der Zergh auf Acirus' Rücken kroch unermüdlich weiter und streckte dabei gelegentlich lüstern seine schwarze, spitze Zunge aus. Ein paar Augenblicke später war er in Greifnähe! Er musterte Zelduin finster mit seinen vier schwarzen Augen, während er seine Pranke in Zegolas' Schulter grub. Er zerrte den Meowinger zu sich heran, während Zelduin mit aller Kraft versuchte, seinen Gefährten nicht loszulassen. Zegolas wirkte wie eine Stoffpuppe, um die zwei Kinder stritten.

„Ushzam ashzar bsheeä!", zischelte die bleiche Kreatur, öffnete ihr Maul und näherte sich mit ihren nadelspitzdünnen Zähnen dem schlaff herabhängenden Meowinger…

Dann ging alles ganz schnell. Ein Ruck ging durch die Welt. König Gomril schien den Hilferuf Zelduins tatsächlich erhört und die Zeit zurückgedreht zu haben. Folgende Dinge ereigneten sich: Die beiden Pterodaktusse blieben mit ihren Zerghmagussen an Ort und Stelle, was Zelduin nicht verwunderte, da beides konstante Wesenheiten waren, die einen von Natur aus, die anderen künstlich erschaffen, aber was ihn verwirrte, war die Tatsache, dass sich sowohl die Zerghkrieger als auch ihre braunhäutigen Flugechsen in der Zeit zurückbewegt hatten. Sie befanden sich plötzlich am fernen südlichen Horizont. Auch der tote Zerghreiter war wieder in die Welt der Lebenden zurückgekehrt. Sie waren durch die Zeitverschiebung nun zwar wieder weit weg, aber es würde nicht lange dauern, bis sie Acirus wieder eingeholt hatten.

Zelduins Plan war nur halb aufgegangen, denn er hatte gehofft, dass die braunen Urzeitvögel ebenfalls konstant waren und somit ihre nichtkonstanten Herren ein ähnliches Schicksal erleiden würden, wie all die nichtkonstanten Wesen, die sich bei Raumzeitverschiebungen in der Nähe von konstanten Wesen aufhielten. Die Zergh hätten sich wahrscheinlich aufgebläht wie Ballons und wären dann irgendwann zerplatzt.

Es hätte Zelduin auch zufriedengestellt, wenn die Zergh ohne ihre Reittiere in der Zeit zurückgereist wären und dann wie überreife Früchte vom Himmel herabgefallen wären. In beiden Fällen wären die bleichen Riesenmonster tot gewesen. Aber die Zergh hatten ihre Reittiere offenbar mit Sorgfalt und Bedacht ausgewählt, damit genau diese Dinge nicht eintraten. Wieder einmal musste Zelduin feststellen, dass die Zergh alles andere als dumme Monster waren.

Zumindest aber war der Zergh auf Acirus' Rücken erstarrt. Ihn hatte jenes Schicksal getroffen, das alle nichtkonstanten Wesen traf, wenn sie sich bei Zeitverschiebungen in der Nähe von konstanten Wesen aufhielten. Zelduin dachte zurück an das Mammutus, das nach seiner ersten Zeitverschiebung vor seinen Augen zerplatzt war, und er dachte auch an Runner, das weiße Pferd, das ihn durch die Gnomenwelt Kajük getragen hatte. Dem Zergh würde gleich dasselbe Schicksal ereilen. Mit einem schwungvollen Fußtritt gelang es Zelduin, die scheußliche Kreatur in die Tiefe zu befördern.

Und wie die Schicksalsgeister es wollten, landete der leblose Zergh mitten auf dem Rücken des unter ihm fliegenden Fledermaustiers. Kurz darauf blähte sich der Leib des Zergh auf. Der Magus, der auf der schwarzen Flugechse ritt, versuchte hektisch, seinen Artgenossen vom Rücken seines Reittiers zu stoßen, aber dafür war es zu spät. Mit einem schmatzenden Geräusch zerplatzte der Zerghkrieger; Gedärme und dunkelrotes Blut flogen sternförmig auseinander. Durch die Explosionskraft wurde der Pterodaktus ruckartig nach unten gedrückt und kippte nach vorne über, bis er über Kopf flog. Sein Herr verlor den Halt und rauschte schreiend in die Tiefe.

Zelduin mobilisierte noch einmal all seine Kräfte und versuchte, Zegolas erneut hochzuziehen, doch schon bald musste er einsehen, dass er bereits zu geschwächt war. Zegolas rührte sich nicht mehr. Vielleicht war er schon tot, dachte Zelduin. Er konnte seinen Gefährten nur noch mit viel Mühe festhalten, denn das Blut, das seinen Oberarm stetig hinablief, machte seine Haut nass und glitschig. Zelduin drohte Zegolas zu engleiten…

„Gaschukk!", erklang plötzlich die zischelnde Stimme des Magus, der auf seinem schwarzen Riesenvogel über ihnen flog. Er hatte seinen magischen Stab auf sie gerichtet, aus dem sich in jenem Moment ein roter Blitz löste. Das zuckende Geschoss wirbelte durch die Dämmerung und traf Zelduin an der linken Schulter!

Ein elektrisierender Schmerz schoss von seinem Schulterblatt hinauf in seinen Kopf. Er spürte, wie sich die Energie des Blitzes durch Haut und Knochen fraß und ihn Stück für Stück lähmte. Er verlor allmählich die Kontrolle über seinen Körper. Ein Finger nach dem anderen löste sich von Zegolas' Hand. Schließlich gab auch der letzte Finger nach, und sein treuer Gefährte rauschte stumm in die Tiefe.

„Zeegooolaaaaaaaaaas…", rief Zelduin, bis ihm die Sprache versagte und der alte Meowinger aus seinem Blickwinkel entschwand.

Zorn und Hass füllten sein Herz und vertrieben die kurzweilige Lähmung, die sich in ihm breit gemacht hatte. Er schaute auf zu dem Zerghmagus, der dämonisch lachte und dabei all seine silbrigen Zähne zeigte.

Zelduin kratzte all seine ihm verbliebenen Kräfte zusammen, auch die, die sich in den dunkelsten Ecken seines Leibes versteckten, formte mit seinen Händen eine hohle Kugel und beschwor in der alten Sprache seines Volkes einen kinderkopfgroßen Feuerball herauf, den er mit einem wütenden Schrei auf den fliegenden Echsenreiter warf. Das höhnische Gelächter des Magus brach jäh ab. Der Flammenball zerschmetterte den linken Flügel des riesigen Fledermaustiers und seinen Reiter, der sofort zur Hälfte in Staub und Asche verwandelt wurde. Nur sein Unterleib blieb noch eine Weile auf dem Urzeitvogel sitzen, bis er schließlich zur Seite kippte und herunterfiel. Mit nur einem Flügel konnte sich auch der Pterodaktus nicht mehr in der Luft halten. Er gab ein paar schreckliche, abgehackte Laute von sich, als er trudelnd abstürzte.

Als die Gefahr gebannt war, richtete Zelduin seinen Blick noch einmal nach hinten. Die sechs Zerghkrieger waren mehrere Kanonenschussweiten von ihm entfernt. Zelduin kappte nun auch die letzten drei Ledersäcke, die mit Vorräten und anderen nützlichen Dingen gefüllt waren, damit Acirus noch weniger Last zu tragen hatte. Dann sackte er erschöpft zusammen und kippte vornüber, wo er sich in den Halsfedern verbissen festkrallte.

„Zeeegooolaaaas…", wimmerte er leise und fing an zu heulen. „Du hast mir versprochen, Mäol zu zeigen. Du wolltest mit mir … die Galaxis retten. Du…" Zelduin schniefte und wischte sich den Rotz von der Nase. „Mach's gut, Zegolas…"

Bevor ihm so richtig bewusst wurde, was eben gerade alles geschehen und wie knapp er dem Tod entronnen war, übermannte ihn eine schreckliche Müdigkeit, hervorgerufen durch seine alten Kriegsverletzungen, den durch die Zauberei verursachten Energieverlust und den roten Blitz, den der Magus auf ihn geschleudert hatte. Das alles war scheinbar zu viel für seinen zerbrechlichen, sterblichen Leib, doch was er kurz darauf entdecken sollte, sollte ihn für einen Moment noch einmal hellwach werden und sein Herz wieder höher schlagen lassen.

Als er niedergeschlagen und am Ende seiner Kräfte da lag und die Welt zu seinen Füßen betrachtete, sah er, dass Acirus etwas zwischen seinen Krallenfüßen festhielt. Es war eingewickelt in einen blauen Umhang und hatte spitze Ohren! Und auch wenn es recht leblos aussah, so hatte Zelduin keine Zweifel, dass es vielleicht doch noch ein wenig Leben in sich trug. Acirus musste Zegolas mit seinen Vogelfüßen aufgefangen haben, nachdem er aus Zelduins Händen gerutscht war.

„Zegolas! Vielleicht nimmt doch noch alles ein gutes Ende“, dachte er und schlief kurz darauf auf dem Rücken des Riesenadlers ein.

Als er wieder erwachte, war es dunkel um ihn herum. Die Nacht war über sie hereingebrochen, während er geschlafen hatte. Nur die beiden Monde, die hoch am Himmelszelt standen und lilafarben glühten, spendeten Licht und tauchten die Welt in einen unwirklichen Glanz. Die Landschaft hatte sich verändert, denn unter ihm zwischen dem gelben Wüstensand waren nun etliche fruchtbare Plantagenwälder mit kleinen Tümpeln zu sehen. Zelduin fühlte sich noch immer schwach, und er hatte Schmerzen, überall piekte und kribbelte es. Kurz darauf rückte ihm wieder ins Gedächtnis, was alles passiert war. Er schaute nach seinem alten Weggefährten, der noch immer schlaff zwischen Acirus‘ gelben Krallen hing.

„Zegolas, kannst du mich hören?“, rief Zelduin, doch er bekam keine Antwort.

Rasch wandte er sich nach hinten um und durchforstete mit seinen Blicken den südlichen Horizont. Bis auf die dunkelgrünen, düster schimmernden Sterne war nichts zu erkennen gewesen. Er setzte sich seine gelbglasige Nachtsichtbrille auf, doch auch dann konnte er nichts von seinen bleichgesichtigen Verfolgern sehen. Die sechs Zerghkrieger waren wie vom Erdboden verschluckt. Entweder hatten sie die Verfolgung abgebrochen oder aber Acirus hatte sie abgeschüttelt. Was auch immer mit den Zergh geschehen war, Zelduin war es recht, dass sie nicht mehr da waren. Er schaute wieder nach vorn und zeigte auf eine einladende, grüne Plantage, in welcher ein kleiner, pilzförmiger Fels emporragte.

„Flieg dorthin, braver Acirus.“

Und der Adlorus korrigierte seinen Kurs minimal und ließ sich mit weit gespreizten Flügeln hinuntergleiten. Inmitten des grünen Pflanzenfeldes sprudelten mehrere, blaue Tümpel, auf denen Hunderte rosafarbener Seerosen und andere Wasserblumen mit elefantenohrgroßen, gelben Blättern sprossen. Über den Wassern huschten riesige, rote Libellen geräuschlos hinweg, und grünlich leuchtende Käfer hatten sich an einigen Stellen zusammengerottet.

Als sie dem größten der Seen näher kamen, entdeckte Zelduin, dass dicht unter der Wasseroberfläche große, purpurfarbene Fische mit gezackten Schwanzflossen schwammen. Der Riesenadler landete neben dem großen Tümpel und setzte Zegolas behutsam auf dem Boden ab.

Flugs sprang Zelduin vom Rücken des Vogels herab und beugte sich zu seinem alten Weggefährten hinunter, der knochenbleich im Gesicht war und seine Augen zu friedlichen Halbmonden verschlossen hatte. Er brauchte den alten Meowinger nur anzusehen, um zu erkennen, dass er eingeschlafen war. Er fühlte die Magie nicht mehr, die Zegolas sonst immer umgab, die Magie, die alle Meowinger umgab. Er spürte, dass Zegolas‘ Herz nicht mehr klopfte. Zelduin sank auf die Knie, umarmte den Jäpa, mit dem er so viele Abenteuer erlebt hatte, und brach in Tränen aus. Für einen Moment vergaß er alle Gefahren und Schmerzen; seine Gedanken waren nur bei seinem spitzohrigen Freund.

Zelduin konnte sich später nicht mehr daran erinnern, wie lange er da lag und weinte, aber irgendwann stupste ihn Acirus sanft mit dem Schnabel an und murrte leise. Verheult schaute Zelduin auf und streichelte dem Adler über den Kopf.

Dann fiel sein Blick auf den alten, grauen Stein mit der Glücksrune, der noch immer um Zegolas‘ Hals baumelte. Auch der von einem Runenschmied angefertigte Glücksbringer schien nicht mächtig genug zu sein, um den Jäpa zu retten. Für einen kurzen Moment überlegte er, den

Talisman wieder an sich zu nehmen, doch dann verstaute er den Stein sorgfältig unter dem Gewand seines toten Gefährten.

„Ich möchte kein Glück mehr haben. Wenn die Götter nicht wollen, dass Jumatahoni gerettet wird, dann soll es so sein. Möge der Zwergenstein dir im Himmelsreich Glück bringen."

Erst jetzt bemerkte Zelduin, dass aus Zegolas' Zeitmesser und seinem Kompass dünne, purpurfarbene Rauchsäulen aufstiegen. Die giblischen Geräte mussten noch während des Flugs ihren Selbstzerstörungsmechanismus aktiviert haben, nachdem Zegolas' Seele in den Himmel gegangen war.

Zelduin fing wieder an zu weinen. „Wir müssen ihn begraben", schluchzte er mit rot umränderten Augen.

„Kraaaa", murrte sein fliegendes Reittier.

Zwischen zwei Dornenbüschen und mehreren hohen Sträuchern, am Fuße des großen Steinpilzes, fand Zelduin ein ruhiges Plätzchen. Acirus wühlte den weichen Boden mit seinem axtgroßen Schnabel auf. Anschließend legte Zelduin Zegolas' sterbliche Hülle in das Grab hinein. Er sagte noch ein altes, palääonisches Gebet auf, ehe er und der Riesenadler das Erdloch wieder zuschütteten. Dann legte er noch einen braunen Stein auf das Kopfende der Ruhestätte und ritzte dort mit seinem Blauschwert den Namen des toten Meowingers ein.

„Lebe wohl, alter Sternenkrieger", sagte Zelduin. Acirus hatte seine linke Schwinge um seinen Herrn gelegt, da er spürte, dass er trauerte. „Mögest du einen friedlichen Ort irgendwo in Jumatahoni finden."

Zelduin blickte auf und betrachtete eine Weile die grünlich schimmernden Sterne. Er war sich sicher, dass Zegolas bereits irgendwo dort oben war. Nach längerem Hinsehen bemerkte er auch ein paar kleine rötlich leuchtende Sterne. Sie waren winzig klein und traten merkwürdigerweise immer paarweise auf. Und es waren verdammt viele, die da am südlichen Horizont glommen, fand Zelduin. Acirus murrte nervös.

Plötzlich bewegten sich die roten Himmelskörper! Zelduin ahnte nichts Gutes. Er setzte rasch seine magischen Okulargläser auf, und die Schatten der Nacht wichen und enttarnten die verdächtigen Objekte. Es waren Augen! Die roten Augen Dutzender Pterodaktussc und ihrer braunhäutigen Artverwandten! Die Zergh waren zurück, und diesmal waren es sehr viel mehr. Zelduin schätzte ihre Zahl auf mindestens dreißig. Dem Meowinger und dem Adlorus waren scheinbar kein längerer Moment der Rast oder der Trauer vergönnt gewesen.

„Schnell, Acirus. Wir müssen fort von hier!", sagte Zelduin und kletterte auf den Rücken des Adlers.

Ohne zu quäken, schwang sich Acirus wieder in die Lüfte und flog nordwärts weiter. Zelduin blickte noch einmal zurück auf die kleine Plantage mit dem Steinpilz, an dessen Fuße er seinen Schicksalsgefährten beigesetzt hatte.

„Wir sehen uns im nächsten Leben", sagte er mit Tränen in den Augen.

Der Echsenvogelschwarm hinter ihm war noch mehr als drei Kanonenschussweiten entfernt. Die roten Augen der Urzeitvögel glühten gespenstisch.

Zelduin richtete seinen Blick wieder nach Norden. „Flieg, Acirus, es ist nicht mehr weit. Flieg wie der Wind."

Dicke Tränen rollten dem jungen Meowinger über die Wangen, während er sich verfluchte, denn hätte er einen anderen Weg gewählt, so hätte Zegolas vielleicht nicht sterben müssen.

Die grünen Sterne, Katzenaugen gleich, schienen in dieser Nacht besonders düster zu leuchten…

Eine lange Reise geht allmählich dem Ende zu
Käpitulus 26

Jumatahoni-Galaxis,
Planet Xiloris,
4004. Weltenzyklus

Als die Nacht schon alt war und die Monde langsam wieder untergingen, zog ein Sturm auf. Eiskalter Regen peitschte Zelduin ins Gesicht und nässte ihn bis auf die Haut. Die Sonne ging am nächsten Morgen nicht auf. Dicke, schwarze Wolken verhüllten sie und ließen nicht den kleinsten Sonnenstrahl hindurchkommen. Am östlichen Horizont flackerte ein gespenstisches Wetterleuchten, von dem hin und wieder ein dumpfes Grollen ausging.

Stundenlang flog Acirus mit seinem Herrn durch die düstere Welt, bis es wieder Nacht wurde. Unermüdlich flog der Riesenadler durch Wind und Wetter. Die schnatternden Sauriervögel mit ihren finsteren Wesen holten stetig auf, aber noch waren sie zu weit weg, um ihre tödlichen Blitze auf ihn werfen zu können.

Die zweite Nacht auf Xiloris war noch schwärzer, und der Sturm wurde noch heftiger. Der Adlorus wurde von den Windböen hin und her gerissen. Zelduin klammerte sich mit beiden Händen am Hals des Riesenadlers fest. Unter ihm befand sich eine gewaltige Gebirgskette, deren Gipfel schneebedeckt waren und im düsteren Mondlicht glitzerten.

Das Weltentor war nun nicht mehr weit entfernt, Zelduins Verfolger aber waren ihm inzwischen dicht auf die Pelle gerückt. Sie waren schon vor ein paar Glockenschlägen auf Schussweite herangekommen. Es war ein Rennen um Leben und Tod.

Wieder zuckte ein roter Blitz an ihm vorbei und schoss ins Leere, wo er in den dunklen Nebelschwaden verschwand. Zelduin hatte mindestens drei Zerghmagusse unter den Echsenreitern entdeckt. Sie beschossen ihn seit einiger Zeit, aber ihre todbringenden, magischen Gebilde trafen glücklicherweise nie ins Schwarze.

„Flieg schneller, Acirus! Es kann nicht mehr weit sein“, rief Zelduin durch den rauschenden Wind, und sein Flugtier verdoppelte seine Anstrengungen noch einmal.

Hinter der nächsten, spitz emporragenden Gebirgswand, über die sie hinwegflogen, tat sich plötzlich ein gedehntes Tal auf. Es war umringt von hohen Steinwänden und gespickt mit riesigen, steinernen Pilzen, auf denen sich so viele Sauriervögel und Zerghreiter tummelten, dass Zelduin gar nicht erst versuchte, sie zu zählen. Gelbes Gras hatte sich über die Hochebene gelegt, in welcher zahllose Lagerfeuer brannten und die aschfahlen, vom Mondlicht beschienenen Leiber Tausender Zergh standen. Die vieräugigen Riesenmonster hatten sich in Reih und Glied aufgestellt und waren bis an die Zähne bewaffnet. Selbst der Sturm konnte ihr lautes Gezischel und Geschnatter nicht übertönen. Zelduin hegte keine Zweifel, dass dies eine Invasionsarmee war!

Dem jungen Jäpa stockte der Atem. Ihm lief ein kalter Schauer nach dem anderen über den Rücken. Dann gefror ihm beinahe das Blut in den Adern, als die scheußlichen Wesen Acirus und ihn erblickten und zu ihm aufschauten. Ihre kahlen, bleichen Köpfe drehten sich in den schummrigen Mondlichtern.

Hinter einem der mächtigen, pilzförmigen Naturgebilde tauchte kurz darauf ein imposantes Weltentor auf. Es stand auf einem unscheinbaren Berg, und es war das größte, das Zelduin je zu Gesicht bekommen sollte. Man hätte zehn Elefanten übereinanderstapeln können und sie hätten immer noch mühelos hindurchgepasst, schätzte der Jäpa.

Zelduin bemerkte, dass sich auf dem pilzförmigen Felsen, der sich neben dem Tor erhob, ein Pterodaktus von einem außerordentlich kräftigen Wuchs und mit einem imposanten, schwarzen Horn auf der Stirn, das groß wie eine zweihändige Kriegsaxt war, befand, und auf diesem schrecklichen Wesen saß ein besonders hochgewachsener Zerghmagus. Er war in einen weiten, roten Umhang gehüllt, und merkwürdigerweise trug der Magus keine Goldhaube auf dem Kopf, sondern eine unscheinbare, gezackte Goldkrone. Er war umringt von einem halben Dutzend, nicht weniger Furcht einflößend dreinschauender Zerghmagusse und mindestens dreimal so vielen Zerghkriegern, die auf braunhäutigen Flugechsen saßen und lange Speere in den Klauen hielten. Das große, bleiche Wesen jedoch, das aus der Menge wie eine Gottheit hervorstach, hatte eine ganz besondere Anziehungskraft auf Zelduin. Misstrauisch beäugte ihn der riesige Magus. Zelduin bekam ein ganz mieses Gefühl, doch erst als er dem Wesen eine ganze Furchenlänge nähergekommen war, erkannte er das schaurige Detail, das er gesucht hatte und ihn sogleich in Ehrfurcht erstarren ließ. Das Monstrum von einem Zergh hatte nur drei Augen! Das vierte hatte ihm gewiss jemand ausgestochen, jemand, den er aus der Traumwelt genauso gut kannte wie sich selbst. Arjon.

„Das ist *Zarxaurus*…“, flüsterte der junge Meowinger. Sein Herz begann wild zu klopfen.

In jenem Moment reckte der riesenhafte Zerghmagus seinen langen Hals nach vorn und ließ einen durch Mark und Bein gehenden Schrei los. Daraufhin erhoben sich sein Pterodaktus und alle anderen Flugechsenkrieger, die auf seinem und den übrigen Felsen hockten, in die Lüfte und steuerten allesamt schnurstracks auf den einsamen, spitzohrigen Krieger zu.

Es schien so, als ob der Herrscher aller Zergh mit seinem Heer höchstpersönlich gekommen war, um den Jäpa aufzuhalten. Er schien zu wissen, wie gefährlich es war, wenn jemand an der Wahrheit kratzte, und wenn es auch nur ein kleiner, unbedeutender Jäpa war.

Rote Blitze zuckten bald überall durch die Luft, und der peitschende, heulende Wind zerrte an Zelduin, als ob unsichtbare Ungeheuer mit langen Tentakeln auf ihn einprügeln würden. Geschickt fand der Riesenadler einen Weg durch das magisch heraufbeschworene Blitzgewitter. Die roten Strahlen schossen mit fünffacher Hasengeschwindigkeit von allen Himmelsrichtungen an ihm vorbei. Die viele Magie, die in der Luft war, brachte das halbe Tal rötlich zum Glühen.

Kurz darauf flogen die ersten Zerghreiter an ihm vorbei und warfen ihm giftige, vieräugige Blicke zu. Einige beschossen ihn auch mit Pfeilen oder bewarfen ihn mit Speeren.

„Flieg, Acirus, flieg!"

Plötzlich senkte sich ein Schatten, der noch schwärzer als die Nacht war, über Zelduin. Zarxaurus war urplötzlich über ihm und stürmte auf seinem riesigen Pterodaktus heran. Der dreiäugige König schleuderte aus seinem schwarzen Stab einen unheilvoll knisternden, purpurnen Blitz. Acirus senkte blitzschnell seinen Kopf und ging im letzten Moment in einen Sturzflug über. Das zuckende Geschoss versengte seinen Kopfschmuck und schlug laut zischend in seinen rechten Flügel ein, wo es eine große Brandwunde hinterließ. Blutverschmierte Federn wirbelten durch die Luft. Der Adlorus krächzte laut und segelte taumelnd in die Tiefe, dennoch gelang es ihm, den Kurs auf das Riesenportal zu halten. Zelduin hielt sich derweil mit aller Kraft fest, um nicht herunterzufallen.

Dutzende Zerghreiter schossen an ihm vorbei, stachen mit ihren Speeren zu und versuchten, den Adlorus im Flug abzufangen, doch sie blieben erfolglos. Wie ein göttliches Licht rauschte Acirus an den Urzeitgeschöpfen mit ihren düsteren Herren vorbei. Und dann war der Weg zum letzten Weltentor plötzlich frei…

Zelduin warf einen Blick über seine Schulter. Der dunkle Himmel wimmelte nur so vor braunen und schwarzen Fledermausvögeln, die hinter ihm herjagten, und an der Spitze jenes urzeitlichen Schwarms flog Zarxaurus auf seinem Monstervogel, umringt von seinen treuesten Hexenkünstlern.

Zelduin richtete seinen Blick wieder nach vorn. Die Pterodaktusse um ihn herum röhrten und kreischten laut, doch die urgewaltige Stimme ihres gottgleichen Anführers stach laut aus dem krächzenden Gesang heraus. Er krähte nur ein Wort, das wie Donner grollte: „TZASCHTTTHHHOOOOOOOR!"

Daraufhin setzten sich alle Bodentruppen der Zergh in Bewegung, als würden sie von einem unsichtbaren Marionettenspieler alle gleichzeitig bewegt werden. Auf ihren langen, dürren Beinen stelzten die abscheulichen Kreaturen ruckartig vorwärts und strömten auf das Tor zu, als würden sie davon magnetisch angezogen werden.

Kurz bevor Zelduin mit Acirus das Sternenportal erreichte, glommen die Intarsien auf dem Torbogen hellgrün auf, und der innere Kreis begann, blau zu leuchten. Als er in das Tor eintauchte, verstummte das Geschrei der Zergh jäh und schwarze Finsternis umgab ihn…

Er war gerettet, dachte er, doch im gleichen Augenblick wusste er, dass es nicht so war.

Die Düsternis dauerte - wie schon hundert Mal erlebt - nur eine kurze Weile. Dann schoss Acirus mit unverminderter Geschwindigkeit aus dem Sternentunnel heraus und fand sich in einer taghellen Umgebung mit blauem, wolkenlosem Himmel und strahlendem Sonnenschein wieder. Das Firmament war wie gemalt, und dennoch hatte es ein paar unschöne Makel. Schwarze Rauchfahnen erstreckten sich hier und da raupenartig in die Höhe, und die Horizonte loderten rötlich, als wäre überall Sonnenuntergang. Auch diese Welt war ins Chaos gestürzt worden. Zelduin hatte es gewusst.

Das Tor, aus dem er und Acirus herausgekommen waren, befand sich auf einem grünen Hügel, welcher neben einem leblosen, schwarzen Vulkanberg aufragte, der der Mittelpunkt einer kleinen, runden Insel war. Rund acht Bogenschussweiten maß die mit Laubbäumen und Farnen bewachsene Insel an ihrer breitesten Stelle. Sie war von einem hellweißen Sandstrand umgeben, auf welchen unermüdlich sanfte Wellen mit glitzernden, weißen Schaumkronen anrollten.

Es war eigentlich ein recht idyllisches Plätzchen, fand Zelduin, wenn da nicht eine zu allem entschlossene Zwergenarmee ihr Lager aufgeschlagen und einen undurchdringlichen Ring aus gepanzerten, schwer bewaffneten Kriegern um das Tor und den Hügel in Stellung gebracht hätte. Ihre silbernen Rüstungen, eckigen Helme, gewaltigen Äxte und Schwerter strahlten im hellen Sonnenschein. Zahlreiche blaue Fahnen und Banner, auf denen güldene Hämmer mit Adlerschwingen abgebildet waren, flatterten zwischen ihren Reihen im Wind. Zelduin kannte diese Wappen aus Arjons Erinnerungen: Es waren die Wappen Mäols!

Hinter der aus Fleisch und Eisen bestehenden Mauer standen weitere Krieger, Schützen mit Armbrüsten und Donnerbüchsen, deren dunkle, trichterförmige Öffnungen äußerst bedrohlich wirkten. Einige Soldaten verfolgten den Flug des Adlerreiters. Hinter den Fernkämpfern standen riesige Speerschleudern, neun an der Zahl, die ringsum das Weltentor postiert und auf den inneren Torkreis gerichtet worden waren.

Zelduin war heilfroh, die vielen Zwerge zu sehen, denn er hatte lange keine mehr gesehen und glaubte noch immer, dass sie ihm gegenüber freundlich gesinnt waren, zumindest die meisten, doch plötzlich wurden etliche Armbrustläufe und schwarze Musketenmündungen auf ihn und seinen Adler gerichtet. Zwei nervös wirkende Gibali schossen ihre Bolzen auf den Adlorus ab, bis ein königlich gekleideter Gibali, der auf einem weißen Felsen stand, rasch seine gepanzerte Hand hochhielt und mit brummiger Stimme auf Giblisch rief: „Haktruur! Feuerus einstellen!"

Zelduin duckte sich. Die gefiederten Geschosse verfehlten den Riesenadler und sausten zischend in den Himmel. Die Gibali hatten ihn vermutlich für einen Zerghreiter gehalten, denn sie richteten nach dieser Schrecksekunde ihre Fernkampfwaffen wieder auf das bläulich schimmernde Portal.

Acirus glitt über die Köpfe der Gibalikrieger hinweg und trudelte auf den weißen Felsen zu, auf dem der edle Kriegsherr stand. Das gedrungene Wesen wedelte mit beiden, stämmigen Armen und machte dem Meowinger unmissverständlich klar, dass er weiterfliegen solle. Acirus umkreiste den Felsen und suchte nach einem Landepunkt, aber der in die prunkvolle Silberrüstung gesteckte Gibali wich nicht zurück, zeigte mit seinem eisernen Zeigefinger weg von sich und brüllte: „Flieg weiter, Elgram!"

Diesen Namen hatte er schon lange nicht mehr gehört. Er wusste noch immer nicht, was er bedeutete, obwohl auch die Gibali in Arjons Traumwelt diesen Namen häufig gebraucht hatten. Obgleich Zelduin zu wissen glaubte, dass diese Betitelung eher etwas Negatives denn etwas Positives zum Ausdruck brachte, so hatte sie doch irgendwie etwas Vertrautes an sich, dass ihm für einen kurzen Augenblick ein gewisses Gefühl von einer lange verloren geglaubten Geborgenheit schenkte.

„Da sind hunderte Zergh auf der anderen Seite!", warnte Zelduin den Kriegsherrn.

„Ich weiß!", posaunte der Gibali zurück, klappte das Visier seines mit großen, lilafarbenen Vogelschwingen verschönerten Helms herunter und zog ein goldenes Kurzschwert aus der Scheide an seinem Gürtel. „Wir haben diese Schlacht schon mehr als tausendmal geschlagen! Verschwinde von hier, fliege zum Nullpunkt und rette die Welten, denn es wird hier gleich verdammt ungemütlich werden, Elgram!"

In jenem Moment schoss ein Schwarm Echsenreiter durch das blaue Tor, an der Spitze flog König Zarxaurus! Es waren mindestens einhundert Vogelreiter, schätzte Zelduin, und es kamen mehr und mehr. Die Gibali zögerten nicht. Armbrustbolzen surrten durch die Lüfte, spickten einige Flugechsen von Kopf bis Fuß und holten sechs der riesigen Tiere vom Himmel, die beim Aufschlag auf den Erdboden etliche Zwerge unter sich begruben, die nicht schnell genug beiseite springen konnten. Den Musketenschützen mit ihren Donnerbüchsen gelang es gar, einen Pterodaktus mit einem Zerghmagus abzuschießen. Das tückische Schrot durchsiebte die Leiber und die dünnhäutigen Flügel etlicher Urzeitvögel wie Papyrus. Viele Tiere stürzten schwer verletzt ab oder trudelten langsam in die Tiefe, wo sie von den scharfen Axtklingen schwer gepanzerter Gibali in Empfang genommen wurden.

Dann kamen die Speerschleudern zum Einsatz. Die speerlangen Pfeile, dick wie Elefantenbeine, wurden von knirschenden Sehnen in die Lüfte befördert. Die meisten Riesenpfeile verfehlten ihr Ziel, doch einige von ihnen trafen und rissen die Flugsaurier buchstäblich in Stücke, so dass die Urzeitwesen nicht einmal Zeit zum Schreien hatten. Auch der Riesenpterodaktus von König Zarxaurus wurde von einem halben Dutzend Armbrustbolzen gespickt und jeder Menge Schrot getroffen, doch dem riesigen Tier schien das nichts auszumachen, denn es flog einfach weiter und röhrte wie wild.

Schließlich ging der König aller Zergh mit seinem Gefolge zum Gegenangriff über. Die braunhäutigen Flugechsen wüteten fürchterlich unter den Reihen der Gibali. Einer fliegenden Kavallerie gleich walzten sie kreuz und quer durch die Zwergenmenge und töteten mit ihren Klauenfüßen und spitzen Schnäbeln Dutzende der kleinen Krieger. Sie hackten und bissen und krallten sich die Kleinwüchsigen mit ihren ledrigen Füßen, um sie dann wie Puppen über das Schlachtfeld zu werfen.

Die Zerghmagusse schleuderten unentwegt Blitze auf die gedrungenen Wesen. Jeder von ihnen traf, und weder Schild noch Rüstung hielten den Energiegeschossen stand. Die Gibali wurden bei lebendigem Leibe verbrannt. Derweil reckte König Zarxaurus immer wieder seinen schwarzen Stab in die Höhe und rief dabei düster klingende Zischlaute in den Himmel. Über der Insel bildeten sich plötzlich schneeweiße Wolken, aus denen schwertklingengroße Eiszapfen regneten. Die silbrig glitzernden Frostpfeile prallten an den schwer gepanzerten Rüstungen und Helmen der Gibali ab, aber die nicht so stark geschützten Armbrust- und Musketenschützen, die meist nur in dicke Mäntel und Lederharnische gehüllt waren, erlitten schwere Verluste. Sie waren machtlos gegen eine solch düstere Magie und wurden von den himmlischen Geschossen aufgespießt wie Fische von Dreizacken. Auch einige Zerghreiter wurden von dem Hexenwerk ihres Oberhauptes getroffen und getötet.

Als Zelduin sich umschaute, stellte er fest, dass der Hauptmann der Gibali, der eben noch unter ihm auf dem weißen Felsen gestanden hatte, auf dem Weg zum Weltentor war. Er lief durch die Reihen seiner Krieger, sein goldenes, funkelndes Kurzschwert hatte er hoch erhoben, und seine brummige Stimme war selbst in dem tosenden Schlachtenlärm laut zu hören. „Hodor! Grumbalö eka Asthorus!"

Zur gleichen Zeit strömten Hunderte schaurig schreiender, vieräugiger Soldaten aus dem blauen Tor heraus! Bald würde die Insel im Chaos versinken, dachte Zelduin und befahl Acirus, rasch von diesem schrecklichen Ort zu verschwinden.

„Flieg, Acirus, so weit dich deine Schwingen tragen!", rief er dem Riesenadler zu, der daraufhin wieder in die Lüfte aufstieg und die Vulkaninsel rasch hinter sich ließ.

Der Adlorus nahm Kurs auf das grüne Festland, das am östlichen Horizont bergig aufragte und nur knapp vier Kanonenschussweiten von ihnen entfernt war. Auch in den drei anderen Himmelsrichtungen waren Landmassen zu sehen, doch waren sie sehr viel weiter weg und ihre Himmel brannten hellrot. Rauchsäulen stiegen an vielen Enden der Welt auf, und gelegentlich huschten hier und da auch brennende Feuerbälle über das Firmament. Auch der östliche

Horizont glühte in den Farben eines Hufeisens, das zu lange im Feuer eines Schmiedeofens gelegen hatte, jedoch flackerten die roten Himmelslichter im Osten nicht ganz so heftig wie bei seinen drei Brüdern.

Die Klauen des Chaos schienen ganz Mäol eingefangen zu haben, genauso wie Zäbrik es einst am Anfang seiner Reise erzählt hatte. Er erinnerte sich noch gut daran, dass der Jäpa Heggbors gesagt hatte, dass Mäol bereits im Zyklus dreitausendsiebenhundert von den Zergh angegriffen worden war. Zumindest schien er in diesem Punkt nicht gelogen zu haben. Der Krieg schien hier schon eine lange Weile zu toben. Von Arjons Erinnerungschip her wusste Zelduin, dass es auf Mäol weit mehr als einhundert Welten- und Zeitentore gab, die in die entlegensten Ecken der Galaxis führten. Die vieräugigen Kreaturen mussten einst vor langer Zeit durch mehrere Tore auf die Heimatwelt der Gibali gelangt sein, um dann ihre böse Saat zu säen.

Zelduin erschauerte beim Anblick jener Welt, die er so oft in Arjons Erinnerungen gesehen hatte. Er sollte daher eigentlich nicht überrascht sein, wie verwelkt sie war… und doch war er es. Es war etwas anderes, das mit seinen eigenen Augen zu sehen.

Er war am Ziel seiner Reise angelangt, doch fühlte er sich davon weiter weg als je zuvor. Mit einem Blick auf seinen kupfernen Zeitmesser vergewisserte er sich, dass dies auch tatsächlich jener Planet war, wo alles begonnen hatte. *Mäol* leuchtete auf dem kleinen Gerät auf. Es war also wirklich jene sagenumwobene Welt, wo die Gibali, die sich selbst die Herren Jumatahonis nannten, beheimatet waren. Zelduin schaute sich mit einem sonderbar mulmigen Gefühl um. Die Horizonte brannten. Mäol war wahrhaftig am Sterben. Die Zwergengötter mussten den Kampf gegen die Chaosgötter auf dieser Welt schon vor sehr langer Zeit verloren haben.

Acirus hatte die Hälfte der Strecke, die über das sanfte Blaumeer führte, schon gemeistert, als plötzlich ein grauslicher Saurievogelschrei über das Gewässer hallte und Zelduin jäh aus seinen Gedanken riss. Der Meowinger warf einen Blick über seine Schulter. Zarxaurus war mit einer fliegenden Kavallerie hoch in die Lüfte aufgestiegen und hatte denselben Kurs wie der Jäpa eingeschlagen! Ein Schwarm von rund fünfzig Echsenvogelreitern folgte dem dreiäugigen König. Zarxaurus schien noch immer ein unbändiges Interesse an dem Meowinger zu haben. Zelduin bekam eine kribbelnde Gänsehaut. Er konnte erkennen, dass auf der Vulkaninsel noch immer heftig gekämpft wurde, aber längst war klar, dass die mickrig erscheinende Zwergenarmee dem scheinbar niemals endenden Strom aus grauen, fauchenden Soldaten, der aus dem Tor kam, nicht mehr lange standhalten würde.

Acirus atmete schwer und wankte gelegentlich hin und her wie ein trunkener Tänzer. Der Riesenadler war am Ende seiner Kräfte, Zelduin spürte das, und dennoch verdoppelte er noch einmal seine Anstrengungen und schlug noch schneller mit seinen verbrannten Flügeln, als er den fürchterlichen Schrei des Riesenpterodaktus hörte.

Die grünen Berge am Ostufer ragten bedrohlich in die Höhe. Sie waren viel höher, als sie aus der Ferne ausgesehen hatten, fand Zelduin.

Acirus flog immer weiter. Nach einiger Zeit zuckte plötzlich ein roter Blitz an Zelduin vorbei! Er verfehlte ihn um Haaresbreite. König Zarxaurus war ihm mit seiner Vogelschar inzwischen gefährlich nahe gekommen.

„Gleich haben sie uns", flüsterte Zelduin mit trommelndem Herzen. „Steht uns bei, ihr Götter aller Welten!"

Blitze und anderes von den Zerghmagussen heraufbeschworenes Hexenwerk flogen ihm um die Ohren. Ein rosafarbener Feuerball streifte Acirus' verletzten Flügel und verschwand dann dampfend im Meer. Zelduin glaubte nicht, dass sein gefiederter Gefährte einen weiteren Treffer verkraften konnte, und er begann zu beten in der alten Sprache der Meowinger.

Keuchend schwang sich Acirus höher und höher, um die steile Bergwand zu überwinden, während ein schwarzmagisches Energiebündel nach dem anderen an ihm vorbeirauschte. Noch konnte Zelduin nicht sehen, was sich hinter der anderen Seite der Gebirgskette verbarg, aber plötzlich vernahm er ein ratterndes, gleichmäßiges Geräusch, das ihm nur allzu vertraut vorkam und sein Herz noch höher schlagen ließ.

Flapp, flapp, flapp…

Kurz darauf schossen sie über die Bergkuppe hinweg, acht Jyrokopter! Die skurrilen Fluggeräte der Gibali flogen in Keilformation, ihre Motoren dröhnten und ihre Propeller drehten sich schneller noch als das Rad eines achtpferdigen Wagengespanns.

Zelduin konnte den an der Spitze fliegenden Gibalipiloten in seiner kleinen, offenen Kanzel gut sehen. Er hatte eine grünglasige Fliegerbrille auf der Nase und trug eine braune Lederhaube auf dem Kopf, an dessen Seiten schwarze Rabenschwingen im Wind flatterten. Seine dunkelblonden Bartzöpfe standen durch den Fahrtwind über seinen breiten Schultern zitternd in der Luft.

Zelduin hoffte, dass die blendende Sonne den Piloten keine bösen Streiche spielte und sie ihn womöglich noch für einen Zerghreiter hielten. Doch auf die geschulten, scharfsinnigen Augen der Zwergenflieger war Verlass. Die kleinwüchsigen Kapitäne donnerten mit ihren Flugapparaten achtlos an ihm vorbei und schwärmten dann aus, um eine andere Kampfformation einzunehmen.

Noch mehrmals blickte sich Zelduin nach hinten um. Die zweisitzigen Jyrokopter schossen aus ihren am Bug hervorstehenden, eisernen Flammenkanonen und übergossen die herannahenden Flugechsen mit Feuer und Schwefel! Die Flugsaurier, die getroffen wurden, gingen in Flammen auf, ihre dünnhäutigen Flügel zersetzten sich rasch wie ein sich schnell ausbreitender Virus. Brennend und kreischend stürzten sie mit ihren Reitern in die Tiefe, wo sie zischend im Blaumeer versanken.

Aber auch die Jyrokopter waren nicht unverwundbar. Die Pfeile, die von den Zergh auf sie geschossen wurden, konnten den gut gepanzerten Flugmaschinen so gut wie nichts anhaben, aber die roten Blitze, die die Magusse auf sie schleuderten, waren wie Gift für die Motoren der fliegenden Himmelsgefährte. Sie fingen an zu streiken, wenn sie von den Energiebündeln getroffen wurden, und völlig gleich, welche Hebel und Knöpfe die Piloten zogen oder drückten, die eisernen Herzstücke blieben meist still. Lautlos stürzten sie ab und landeten klatschend auf den Wellen des Ozeans, wo sie langsam untergingen.

Einige Zerghreiter griffen die Flugmaschinen auch von oben an, was ihnen aber meist zum Verhängnis wurde, denn wenn sie in die schnell rotierenden Propellerflügel gerieten, dann wurden sie kurz und klein gehackt. Die Saurier hingegen, die die Jyrokopter aus der Tiefe attackierten, hatten meist mehr Erfolg, zumindest wenn sie den Bomben ausweichen konnten, die durch Bodenluken auf sie geworfen wurden. Aber wenn sie sich erst am Rumpf eines Fliegers festgekrallt hatten, dann hatten sie meist leichtes Spiel mit den Fluggeräten. Sie nahmen sie Stück für Stück auseinander und hackten so viele Löcher in die Holzwände, bis das Himmelsgefährt nicht mehr flog, oder sie zerrten den Piloten aus seiner Kanzel und warfen ihn über Bord. Als sich Zelduin das letzte Mal umdrehte, sah er, wie aus Zarxaurus' Zauberstab ein durchgehender, lilafarbener Energiestrahl herausschoss, der einen Jyrokopter am Heck traf. Die Flugmaschine geriet ins Trudeln und drehte sich wie ein Kreisel, während lilafarbene Blitze über das Gefährt zuckten, bis es laut scheppernd explodierte und in einem Flammenball aufging.

Es krachte, ratterte und zischte hinter Zelduin. Wildes Gekreische und das Röhren der Pterodaktusse erfüllten die Luft, während Acirus immer höher aufstieg, bis er schließlich die Spitze des Bergkamms erreichte und über sie hinwegflog. Das Bild, das sich Zelduin nun bot, war anziehend und schrecklich zugleich. Am Fuße des Berges erstreckte sich ein riesiger Wald, dessen

Bäume runde, hellblaue Blätterdächer trugen, die im Wind sanft hin und her wippten. Hinter dem Wald grenzte ein großes, hellblaues Meer an, auf welchem Dutzende Segel- und Panzerschiffe der Gibali fuhren. Einige brannten lichterloh, denn sie wurden von den Ufern aus mit Feuerbällen beschossen, die von großen Katapulten abgefeuert wurden. Eine an der Küste gelegene Hafenstadt brannte ebenfalls. Die Rauchsäulen, die von ihr aufstiegen, verdunkelten dort den Himmel. Und auch wenn sie verdammt weit weg war, so konnte Zelduin die bleichen, riesigen Geschöpfe sehen, die rund um die Stadt herumwuselten. Die Zergh schienen überall zu sein.

Über dem Meer erblickte der junge Meowinger einen weiteren Schwarm von Flugsauriern. Die Urzeitgeschöpfe kämpften dort gegen ein kleines Geschwader rot angemalter Jyrokopter und ein größeres Ballonschiff, das von zwei riesenhaften, weißen Ballons in der Luft gehalten wurde.

Im fernen Osten sah Zelduin eine weiße Stadt, die auf der Kuppe eines großen, einsamen Berges erbaut worden war. Ohne dass der Jäpa sie jemals zuvor mit eigenen Augen gesehen hatte, wusste er, dass es der Himmelspalast Mäols war; er hatte ihn oft in Arjons Erinnerungen gesehen. *Noch* strahlte und glänzte der Palast hell im Sonnenschein, doch Zelduin wusste, dass er im Laufe des jahrhundertelangen Krieges zerstört werden würde, so wie es immer geschehen war, völlig gleich, wie oft die Zeit sich zurückgedreht hatte.

Hoch über dem Palast, halb in den weißen Wolkenbänken versteckt, entdeckte Zelduin mehrere zylindrische Objekte, die dort wie Luftballons schwebten. Mehr konnte er aus der Entfernung nicht erkennen, doch er wusste, dass es die zeppelinartigen Flugschiffe des Großkönigs waren, der seinen Herrschersitz wegen den bleichgesichtigen Horden, die sein Land bedrohten, in die Luft verlegt hatte und nun von dort aus regierte. Die riesigen Schiffe der Himmelsflotte Mäols glitzerten wie Tagsterne.

„Dort oben sitzt König Gomril mit seinem Zeitenrad! Unsere Reise geht allmählich dem Ende zu, Acirus", sagte Zelduin fasziniert und ehrfürchtig zugleich.

Er wurde von den Bildern so in den Bann gezogen, dass er die schreckliche Vogelschar hinter sich beinahe vergaß, aber der dröhnende Schrei des Riesenpterodaktus holte ihn rasch wieder aus seiner Träumerei heraus. Er wandte sich um. Hinter ihm ragte die grüne Rückseite der Bergkette auf. Was dahinter stattfand, konnte er nur erahnen. Er hörte nur noch ein leises Rattern, das kurz darauf aber erstarb. Der letzte Jyrokopter schien zerstört worden zu sein.

Acirus war inzwischen in einen Sturzflug übergegangen und hechtete wie ein Raubvogel, der am Boden ein Beutetier erspäht hatte, fast senkrecht nach unten. Sein Atem rasselte laut, und sein rechter, von böser Magie gebrandmarkter Flügel klappte gelegentlich auf, als habe der Vogel keine Kontrolle mehr über ihn. Zelduin spürte, dass der Adlorus beim Flug über den hohen Bergkamm seine allerletzten Kräfte verbraucht hatte. Wie ein Stein fiel er vom Himmel, hob dann kurz bevor er die schunkelnden Baumwipfel erreichte seinen Schnabel nach oben und krachte dann fast ungebremst durch das blaue Blätterdach! Zelduin schloss die Augen und schmiegte sich eng an den gefiederten Leib seines Gefährten. Zweige peitschten ihm ins Gesicht. Einen Lidschlag später grub sich ein dicker Ast von der Seite in seinen Bauch, und er wurde aus dem Sattel gehoben wie ein Ritter beim Tjost. Ihm blieb die Luft weg, aber er schaffte es, sich an dem knorrigen Geäst festzuhalten. Acirus hatte er bereits kurz darauf aus den Augen verloren. Der Riesenadler rauschte krachend durch das dichte Gehölz, bis ein dumpfer Aufschlag verriet, dass er den Waldboden erreicht hatte.

„Acirus!", rief Zelduin, als er wieder Luft bekam. Eine Antwort blieb jedoch aus. Kein Krähen, kein Murren, nichts. Sofort schossen ihm Tränen in die Augen. Er wollte nicht *noch* einen Freund verlieren aufgrund seiner närrischen Entscheidung.

Rasch hangelte er sich unter herabrieselnden, blauen Blättern zum Stamm des dicken Baumes herüber. Dort kraxelte er hinunter. Fast zwei Axtwurflängen ging es in die Tiefe hinab, ehe der junge Meowinger endlich den moosbedeckten Waldboden unter sich spürte. Er spurtete durch das dichte, braungrüne Buschwerk, bis er die Absturzstelle seines geflügelten Gefährten unweit von dem Baum, in dem er hängengeblieben war, fand.

Der Adlorus war blutüberströmt, sein Federkleid zerzaust, teilweise verbrannt und voller Dreck. Er war direkt neben einem kleinen Tümpel, in welchem klares Wasser sprudelte, heruntergekommen, hatte sich hingehockt, als brüte er auf Eiern, und trank von dem Teichwasser. Als er seinen Herrn erblickte, krähte er schwach wie ein kleiner Singvogel. Zelduin eilte zu ihm und streichelte ihn am Kopf. Der Riesenadler schnaufte laut.

„Es wird alles gut, mein treuer Acirus", versprach ihm der Jäpa, war sich dessen in Wirklichkeit aber ganz und gar nicht sicher.

In jenem Moment rauschte der Urzeitvogelschwarm über sie hinweg. Die blauen Baumwipfel standen dicht an dicht wie Flickenstücke mit hauchdünnen Nähten. Hin und wieder sah er einen Schatten über sie hinweghuschen, der die Sonne verdunkelte, und er hörte das unnachahmliche Geschnatter der Flugsaurier. Die Vogelreiter hatten Zelduin scheinbar nicht gesehen, denn sie zogen ostwärts weiter. Bald schon waren ihre schrecklichen Rufe verklungen.

„Sie sind weitergeflogen", sagte Zelduin und konnte es kaum glauben.

Er holte seinen Trinkschlauch hervor und nahm ein paar kräftige Schlucke. Anschließend säuberte er die Brand- und Pfeilwunden des Riesenvogels mit dem klaren Teichwasser. Er fand auch ein paar Heilpflanzen in Ufernähe. Die gelben Blätter zerrieb er in seinen Händen und schmierte sie dann auf die blutigen Wunden des Vogels. Das war alles, was er für seinen gefiederten Gefährten im Moment tun konnte, doch er wusste, dass es vielleicht nicht ausreichen würde, obgleich der Adlorus in der Vergangenheit oft bewiesen hatte, dass er robust wie ein geschuppter Drache war, und scheinbar hatte er auch mehrere Leben, wie man es den Katzenwesen nachsagte.

Erschöpft lehnte sich Zelduin an die Flanke des Adlers und rutschte kraftlos an ihm herab, bis er mit seinem Hosenboden in das weiche Moos einsank. Der Adlorus brauchte eine lange Rast, um sich zu erholen, wenn er von der bösen Magie überhaupt jemals wieder genesen würde. Zelduin wusste, dass er das letzte Stück seiner Reise nun allein meistern musste, obwohl er Acirus nicht verlassen wollte, denn ohne ihn wäre er niemals so weit gekommen, und er glaubte, dass das auch für die Zukunft galt. Ohne einen fliegenden Riesenadler an seiner Seite würde er gewiss keine hundert Trollsprünge weit kommen, befürchtete er; abgesehen davon würde er sich ohne den Vogel bestimmt seltsam nackt fühlen.

Verzweifelt streckte er Arme und Beine von sich und warf seinen Kopf in den Nacken. Sein Ohr war ganz nah am nach Dreck und Vogel riechenden Federkleid, so dass er das Riesenherz seines Reittiers in der Brust leise hämmern hörte. Es hörte sich nicht mehr gesund an, eher wie das eines Hasen auf einer Schlachtbank, der spürte, dass gleich der Tod über ihn kommen würde. Mutlos dachte Zelduin daran, wie schön es doch wäre zu schlafen, einfach nur zu schlafen. Er erschrak sich darüber, dass er unbewusst die gleichen Worte benutzt hatte wie Taidos in Zeledeos' Tagebuchaufzeichnungen…

Gleichzeitig bemerkte er, dass über ihm aus der roten, ledernen Satteltasche ein schwarzes Buch herauslugte. Als Acirus schwermütig sein Gewicht verlagerte, um aus dem Tümpel zu trinken, rutschte das schwarze Buch gänzlich aus der Tasche. Es klatschte mit der flachen Seite an Zelduins Stirn und landete dann aufgeschlagen neben ihm auf dem Moosboden.

Zelduin rieb sich über seinen pochenden Kopf und beäugte das in schwarzes Leder gebundene Buch. Es war Zegolas' altes Lexikus. Auf dem vergilbten Papier waren giblische Runen und Zeichen in Altpalaäonisch gegenübergestellt. Eine Lautschrift stand in Klammern dahinter. Zegolas hatte ihm einst erzählt, dass es ein sehr, sehr altes Buch war, das uralte und teilweise schon vergessene Redewendungen der komplexen Ahnensprache der Gibali beherbergte. Zelduins Blicke überflogen die Seite.

„…Zabufi: Ein eitler Gibali, der ständig seinen Bart putzt und kämmt.

Zakold: Gold, das rötlich schimmert; wird auch Hexengold genannt, das man lieber nicht anrührt, da es verflucht sein könnte.

Zaling-Zaling: Steinerne Dämonenschutzmauer, an der böse Geister, die sich nur geradeaus bewegen können, abprallen.

Zarakalaz: Das älteste, giblische Brettspiel, das viele Mondphasen dauern kann und mit Runenmagie verzauberten Figuren gespielt wird, die ein gewisses Eigenleben beherbergen.

Zarong: Gutes, magisches Wesen, das manchmal erscheint, um Dämonen zu verbannen.

Zaronkk: Armee der Gibali, die das Gebirge verlassen hat und zu Tal schreitet; ein seltener Anblick.

Zasahkutu: Ein Gibali, der schon einmal über seinen eigenen Bart gestolpert ist.

Zatrok: Ein Bierkrug, der aus dem Schädel eines Trolls gefertigt worden ist.

Zaätokk: Minderwertiges Menschenbier, von dem man Kopfschmerzen bekommt.

Zaäätokk: Fürchterliches Halblingsbier, das man nicht anrühren sollte.

Zäkrit: Ein kleines Steinchen, das in den Stiefel gerutscht ist und schmerzlich piekt.

Zeäharuff: Schlechter, erfolgloser Goldsucher.

Zeeagol: Bösartiges Feenwesen, das so schnell fliegt, dass man es mit der Axt nicht treffen kann.

Zeetruhus: Ein Runenschmied, der sich mit Schwarzer Magie beschäftigt und dem man nicht trauen sollte.

Zeöbokol: Ein dickköpfiger Gibali, mit dem das Feilschen reine Zeitverschwendung ist.

Zergh: Vieräugiger, hellhäutiger, zweizwerghoher Dämon, der durch magische Portale in die Welt der Lebenden geschlüpft ist."

Ein plötzlicher Windhauch blätterte etliche Seiten um. Das Buch blieb an einer ganz bestimmten Stelle geöffnet, und Zelduin konnte sich nur schwerlich vorstellen, dass das Zufall war. Vielleicht handelte es sich ja um ein zwergisches Zauberbuch?

„…Ekäk: Winzig kleine, lästige Gnome, die sich in Mauselöchern verstecken und Speisekammern leer essen.

Eläom: Ein Gibali, der verbannt worden ist, weil er Böses getan und seinem Klan Schande gebracht hat.

Effächen: Kostbarer Diamantenstaub, der sich im Bart verfangen hat…"

Zelduins Blicke huschten ein paar Zeilen tiefer, bis sie fanden, wonach sie gesucht hatten.

„…Elgram: Hasenherziger, koboldschwacher Gibali oder Mensch, auf den man sich im Kampf nicht verlassen kann und mit dem man lieber keine Heldenreisen macht."

Zelduin las die Zeilen wieder und wieder. Er spürte, dass die Worte in dem uralten Buch etwas in ihm wachrüttelten. Er wusste noch nicht, was es war, aber es weckte in ihm eine Art von nachdenklicher Wut, die ihm neue Kraft gab. Scheinbar hatten die Götter hier ihre Finger mit im Spiel gehabt und das Buch genau dort aufschlagen lassen, wo es den Leser am meisten berührte.

„Elgram. Hasenherziger, koboldschwacher Mensch… mit dem man lieber keine Heldenreisen macht", flüsterte Zelduin vor sich hin. „So nennen sie uns Jäpas also…"

Dann grinste er schmallippig wie ein Wettläufer, der kurz vorm Ziel stolpert und deshalb nur zweiter wird und auf dem Podest trotzdem lächeln muss.

Merkwürdigerweise schöpfte Zelduin aus diesen unliebsamen Worten einen ganz sonderbaren Mut, den er im Kampf um Jumatahoni gewiss bitter brauchen würde.

„Nein, du sollst nicht umsonst gestorben sein, Zegolas", sagte er sich und streifte seinen linken Ärmel hoch, wo sein kupferner Kompass zum Vorschein kam. Mit geschickter Hand drückte er auf im Metallrahmen versteckten Knöpfen herum und drehte an winzig kleinen Zahnrädern, bis der rote Pfeil sich schließlich neu ausrichtete und schwach leuchtende, giblische Zeichen über die Glasanzeige huschten.

„Es ist nur einen halben Tagesmarsch entfernt", flüsterte er überrascht.

Er hatte zwar gewusst, dass eines der besagten Weltentore hier in diesem Blauwald seinen Platz hatte, doch dass er so nahe war, machte ihm wieder Hoffnung.

Dann wandte er sich Acirus zu und kraulte ihn am Hals. „Die Zeit drängt, mein Freund. Jumatahoni braucht mich. Ich bin bald wieder zurück." Der Riesenvogel murrte leise und versuchte aufzustehen, doch seine dünnen Vogelbeine waren zu schwach, um sein eigenes Gewicht zu tragen und knickten sofort wieder ein. „Bleib hier und ruhe dich aus. Ich bin nicht lange fort", hoffte er, verabschiedete sich von seinem treuen Reittier und machte sich wieder auf den Weg. Sein Herz wog ihm schwer, denn er wusste nicht, ob er Acirus jemals wiedersehen würde.

Mit seinem Blauschwert schlug er sich einen Weg durch den dschungelgleichen Wald frei. Der Boden war von rosarotem Moos bedeckt und flauschig weich. Lilafarbene Wildblumen mit lanzenlangen Stängeln sprossen hier und da vereinzelt aus dem Erdreich, und lange, grüne Lianen mit roten Dornen hingen von den Bäumen herab.

Während seiner Wanderung hörte er noch häufig die krächzenden Rufe der Sauriervögel über sich. Sie suchten scheinbar noch immer nach ihm. Das dicht bewachsene, blaue Blätterdach, das in zwei Speerwurflängen über ihm breitfächerig wucherte, schützte ihn aber ganz ausgezeichnet vor fremden Blicken, so dass er sich relativ sicher fühlte.

Immer tiefer drang er in den Wald vor, den die Gibali Naunoon nannten. Hin und wieder schreckten langohrige, schwarze Hasen und andere Waldtiere vor dem fremden Gast hoch und flüchteten dann ins Unterholz.

Nach fünf Stunden strammen Fußmarsches erreichte Zelduin eine kleine Waldlichtung. Es war keine wirkliche Lichtung, denn die Baumkronen ragten von allen Seiten über den Waldplatz herein, so dass auch dieser Ort schattig war, wenn auch nicht so düster wie der Rest des Dschungels. Die Sonnenstrahlen schienen hier häufiger durch das Bollwerk aus Blättern und Ästen hindurch. Die blassen, von Insekten geschwängerten Lichtsäulen trafen gelegentlich auf das steinerne Denkmal, das hier mitten im Grün errichtet worden war. Es war eine mächtige Steinskulptur, ein in eine Rüstung gehüllter Gibali mit Schwert und Schild und langem Steinbart. Er war von Kopf bis Fuß mit grünem Moos überzogen, an welchem sich weiße Schnecken mit faustgroßen, dunkelgrünen Schneckenhäusern labten.

Mit gezücktem Schwert näherte sich der Jäpa der Statue, die auf einem viereckigen Platz, das die Form eines Schachbretts hatte, stand. Die moosbedeckten Steinplatten waren rissig und glitschig. Hier schien schon lange niemand mehr gewesen zu sein, dachte Zelduin, und dennoch wusste er von dem Zhuk in seinem Hirn, dass es nicht so war, denn hier war ein geheimes Portal versteckt, das denjenigen, der hindurchschritt, direkt auf die Änautilus, dem Hauptschiff der Himmelsflotte Mäols, teleportierte und daher nicht allzu selten benutzt wurde.

Durch Arjons Erinnerungen wusste er ganz genau, was nun zu tun war. Er kletterte auf das kleine Podest, auf dem das in Stein gehauene Denkmal emporragte und widmete sich der riesigen, grauen Zwergenhand, an deren Fingern Dutzende, mit giblischen Runen versehene Ringe aus dunklem Metall prangten; am Daumen klebte eine der Riesenschnecken. Zelduin hob das Weichtier vorsichtig an und setzte es auf den muskulösen Steinarm des Zwergs, wo es sich sofort wieder festsaugte. Dann widmete er sich der grauen Riesenhand.

Als hätte der Meowinger hier schon hundertmal gestanden, drehte er gleichzeitig an mehreren Fingerringen, bis die leblosen Augen des Zwergs plötzlich hellgelb aufleuchteten und kurz darauf wieder erloschen. Einen Herzschlag später ertönte ein ratterndes Geräusch, das von irgendwo tief unter der Erde herrührte. Es klang, als ob riesige Zahnräder klackernd ineinandergriffen und langsam einen Mechanismus in Gang setzten.

Plötzlich begannen sich die schwarzen und grauen Steinplatten des Schachbrettbodens zu verschieben. An einigen Stellen senkten sie sich, um anderen Platz zu machen. Mahlend und schleifend rückten die Steine hin und her und erzeugten dabei ein verräterisch lautes Geräusch, das Zelduin dabei Angst und Bange wurde. Mehrmals schaute er sich zu allen Seiten um, insbesondere die wankenden, blauen Wipfel über sich musterte er argwöhnisch, denn er fühlte sich plötzlich irgendwie beobachtet.

Als er seinen Blick wieder nach unten wandte, war vor ihm ein rechteckiges, klaffendes Loch entstanden, aus dem langsam ein kleines Weltentor in die Höhe geschoben wurde. Feuerwesen und quirlige Luftgeister waren in den Steinrahmen gemeißelt worden.

Als sich das zweizwerghohe Portal schließlich ganz ausgefahren hatte und krachend eingerastet war, ging Zelduin zielstrebig auf das Portal zu, dessen innerer Torkreis sogleich bläulich zu schimmern begann. Es glühte sogar so grell, dass der gesamte, eben noch in ein schummriges Licht getauchte Waldplatz hell ausgeleuchtet wurde; das Schimmern war vermutlich auch aus der Luft zu sehen. Zelduin wusste nicht, was die Zergh mit ihren vielen Augen sehen konnten, aber es war gewiss mehr als ein Mensch imstande war zu sehen. Der Meowinger schaute sich mit mulmigem Gefühl um. Dann steckte er sein Schwert zurück in die Goldscheide und schritt mutigen Herzens durch das Tor.

Das Rad der Zeit verlässt seinen Herrn

Käpitulus 27

Jumatahoni-Galaxis,
Planet Mäol,
4004. Weltenzyklus

Wieder einmal umgab Zelduin diese Angst machende Schwärze, in der er nicht einmal seine eigene Hand vor Augen sehen konnte.

Während die Düsternis an ihm vorbeihuschte, gingen ihm die merkwürdigsten Gedanken durch den Kopf. Er fragte sich, was der Zerghmagus in der Höhle auf Wohomork in seinen Gedanken wohl gelesen hatte? Irgendetwas hatte das riesige Geschöpf zutiefst erschüttert oder beunruhigt. Zelduin hätte nur allzu zu gerne gewusst, was das war, aber vermutlich würde er es nie erfahren, dachte er sich, wie so viele Dinge, nur eines stand fest: Alle Zerghmagusse wussten nun davon, denn sie konnten auf eine magische Weise miteinander kommunizieren. Auch Zarxaurus musste auf diese Weise von dem Jäpa gehört haben, der abseits der Wege reiste und auf irgendeine Art gefährlich zu sein schien…

Ein paar Lidschläge später wurde er aus dem pechschwarzen Tunnel wieder hinausgeworfen. Er landete in der Mitte eines runden, schummrig beleuchteten Saals, an dessen metallenen Wänden kleine und große Bildschirme in den verschiedensten Farben glommen. Um das Portal herum befanden sich ringförmig angelegte Computerkonsolen, deren gelbe, grüne und blaue Knöpfe unaufhörlich blinkten und piepten. Die bärtigen und in edle Gewänder gehüllten Gibali, die vor den fremdartigen Geräten saßen, schauten überrascht und misstrauisch zugleich auf, als der ungewöhnliche, spitzohrige Gast in ihren Saal platzte. Und auch die vier schwer gepanzerten, mit kupfernen Eisenhelmen und Speeren ausgerüsteten Gibalikrieger, die das Tor bewachten, wirkten nicht weniger ungläubig. Einen *Jäpa* hatten sie hier wohl noch nie gesehen.

Dann erst bemerkte Zelduin einen alten, graubärtigen Zwerg, der langsam auf ihn zuschlurfte. Sein Gesicht war eingefallen, in seinem langen Kinnbart klimperte ein halbes Dutzend kostbarer Gold- und Silberspangen, und seine Schnurrbarthaare waren schneckenhausförmig nach oben gekringelt. Er trug einen grauen, unscheinbaren Mantel mit weiten Ärmeln und einem rotblauen Stickmuster. Unter seiner linken Augenbraue klemmte eine Art gläsernes Monokel, das rosafarben schimmerte.

Zelduin erkannte den alten Gibali sofort wieder. Es war Burlok, Meistertechnikus der Änautilus! Er hatte ihn in Arjons Träumen oft gesehen.

Der alte Gibali baute sich vor ihm auf und musterte ihn von Kopf bis Fuß mit seinem Glasauge, das seine Pupille stark vergrößerte, während die Gibalikrieger Zelduin vorsichtig umzingelten, als befürchteten sie, dass sich aus dem kleinen, spitzohrigen Mann gleich ein blutrünstiger Dämon entpuppen könnte.

„Holla, welch ungewöhnlicher Besuch. Ein Elgram", krächzte der Graubart in freundlichem Palääonisch und reichte dem Jäpa seine knorrige Hand.

„*Elgram…*", dachte Zelduin mit Wut im Bauch, und seine Aufregung war schlagartig verschwunden. Seitdem er wusste, was das giblische Wort bedeutete, wuchs etwas in ihm heran, das ihm Angst machte und ganz und gar nicht schmeckte, denn es war ein gewisser Groll gegen alle Zwergenwesen.

Ihm lagen mehrere böse Antworten auf der Zunge, die nur darauf warteten, ausgespien zu werden, aber stattdessen schüttelte der Jäpa dem Gibali höflich die Hand, denn sein Auftrag war zu wichtig, um wegen einer unangebracht hässlichen Anrede einen Streit mit einem uralten Zwerg zu entfachen. Außerdem war das alte Zwergenwort bei vielen Gibali vielleicht auch schon zur nicht böswilligen Gepflogenheit geworden.

„Ich bin Zelduin, Taidossohn, und ich habe eine wichtige Botschaft für euren Königius, Burlok", antwortete der junge Meowinger schließlich recht schroff.

Die Pupille des alten Zwergs drehte sich hinter dem rosafarbenen Monokel einmal im Kreis. „Oh, ho. Ihr kennt meinen Namen. Erstaunlich."

Ein stämmiger, schwarzbärtiger Krieger trat an den Graubart heran und sagte leise auf Giblisch: „Meister Burlok, der Elgram könnte gefährlich sein. Er könnte ein verhexter Sklave der Zergh sein."

„Ich bin weder ein Sklave noch eine Marionette. Ich bin Zelduin, Taidossohn, und ich muss zu eurem Königius!", rief Zelduin in nahezu perfektem Giblisch, ganz zur Verblüffung der Gibali, die ihn nun noch verdutzter anblickten.

Der alte Graubart war der erste, der sich wieder regte. „Oh, du sprichst die Alte Sprache", sagte er überrascht und lächelte wie jemand, der gerade ein seltenes Naturwunder beobachtete, es nicht begreifen konnte, jedoch seltsam fasziniert davon war.

„Wenn ich mich vorstellen darf, ich bin Hérengar Burlok, Meistermaschinist der Änau… ach, das weißt du ja sicherlich schon. Wer hat dich die Alte Sprache gelehrt? Das ist wirklich höchst erstaunlich.“

„Meister Burlok, ich möchte nicht unhöflich sein, aber die Zeit drängt.“

Burlok lächelte besonnen und brachte dabei mit den Fingern seinen gekräuselten Schnurrbart in Form. „Oh, nein, nein, die Zeit drängt uns ganz und gar nicht. Viel zu oft schon wurde sie zurückgedreht, so dass wir alles wieder und wieder von Neuem durchleben mussten. Weißt du, Zeit ist wie eine Nuss. Wenn man sie erst geknackt hat, kann man nicht widerstehen, auch davon zu kosten.“ Der alte Zwerg hob langsam seine Augenbrauen. „Wenn wir etwas haben, dann ist es Zeit, mein lieber Elgram.“

„Ihr irrt euch. Die Zeit läuft uns davon. Ich *muss* zu eurem Königius.“

Plötzlich piepte etwas im Gewand des alten Zwergs. Burlok griff in die Innentasche seines Mantels und holte eines der muschelförmigen Kommunikationsinstrumente hervor. Er drückte einen daran befindlichen, gelben Knopf und lauschte gebannt.

„Hier spricht Gomril Langbörson“, donnerte die brummige Stimme des Großkönigs aus dem Ding hervor. „Was geht da unten vor, Meister Burlok?!“

Der graubärtige Zwerg hob die Sprechmuschel vor seinen Mund. „Es ist ein Elgram durch unser Weltentor gekommen.“

Der Apparat in den Händen des alten Gibali gab ein paar Pieplaute von sich, bis sich die brummige Stimme wieder meldete. „Ein *Elgram*?“

„Ho, mein König.“

Der Apparat knisterte eine Weile wie das Rauschen eines wilden Meeres.

„So etwas hat es in zehntausend Zyklen nicht gegeben. Was will er hier, ho?“, fragte der König mit einem eigentümlichen Unterton, als fühle er sich und sein Reich durch den seltenen Gast bedroht.

„Er sagt, dass er eine Botschaft für euch hat“, krächzte Burlok.

Wieder brauchte der alte König eine kurze Bedenkzeit, ehe er antwortete: „Ich werde ein Komitee zu euch hinunterschicken, Burlok. Gomril, Äönde.“

Dann verstummte die kleine, muschelförmige Sprechbox. Burlok tat sie wieder zurück in seine Tasche und wandte sich wieder dem Neuankömmling zu.

„In meiner zehntausendjährigen Lebensgeschichte habe ich noch nie einen Elgram gesehen. Ist das nicht skurril, ho?“, fragte Burlok, runzelte die faltige Stirn und redete einfach weiter. „Ich habe mir euch Taidossöhne immer ein wenig anders vorgestellt, irgendwie größer und stärker und grimmiger. Sind alle Jäpas so schmal wie Waldschrate, ho?“

Als der alte Zwerg von den anderen Jäpas sprach, musste Zelduin unweigerlich an Zegolas denken. Er unterdrückte die Tränen, die in ihm aufstiegen. „Diejenigen, die ich kennengelernt habe, schon.“

„Oh, wie erstaunlich.“ Burlok zupfte an dem grünen Gewand des Meowingers herum. „Vielleicht werde ich die Schneider anweisen, euch Elgrams kleinere Kleider schneidern zu lassen. Schließlich sollt ihr ja auch ein gutes Bild abgeben, wenn es einem von euch irgendwann einmal gelingt, die lange Reise zum Nullpunkt zu meistern und die Welten zu retten.“ Der alte Graubart richtete sich wieder zu seiner vollen Größe auf und schaute den Meowinger ernst an, wobei sich das Auge hinter dem rosafarbenen Monokel bizarr verformte. „Wie steht es mit den anderen Mindestanforderungen, den Ausrüstungsgegenständen, die wir für euch bereitgestellt haben und auf die Witterungsbedingungen und den jeweiligen Gefährlichkeitsgrad der Planeten abgestimmt haben, ho? Waren sie auf deiner Reise von Hilfe, ho?“

Zelduin erinnerte sich, wie er vor sehr langer Zeit auf dem Planeten Ulmumahante mit einem krummen Feuersteinspeer und einem mickrigen Holzbuckelschild ausgestattet worden war, um gegen Squiggs und zweizwerghohe Zergh zu kämpfen. Hätten die Diener von Zarxaurus ihn wirklich töten wollen, so hätten sie dies wohl mit Leichtigkeit tun können.

Er erinnerte sich auch an Zeledeos' Worte, die er in sein Tagebuch geschrieben hatte: „*…ich würde den Herrn gerne kennenlernen, der die Mindestanforderungen für die Scheibenwelten bestimmt und ihn in ein mit Trollkotze und Koboldkacke gefülltes Affenkostüm stecken…*"

Tja, nun stand Zelduin diesem Herrn Zwerg gegenüber. Den unliebsamen Wunsch des toten Tagebuchschreibers konnte Zelduin natürlich nicht erfüllen - außerdem stammte seine Etikette, die ihm vor langer Zeit einst Rolotario gelehrt hatte, für so eine Tat dann doch aus einem zu guten Hause -, und dennoch wollte er die Chance nicht ungenutzt lassen, um dem Urheber der Mindestanforderungen etwas zu sagen, das Jumatahonis Überlebenschance gewiss erhöhen würde.

„Seit der erste Jäpa auf den Weg zum Nullpunkt geschickt worden ist, sind viele Jahrtausende vergangen. Etliche Mindestanforderungen scheinen mir verstaubt und veraltet zu sein; vielleicht ist es an der Zeit, sie neu zu bestimmen und so zu gestalten, dass wir Jäpas zumindest keine Angst mehr haben müssen, von langohrigen Schwarzgnomen gefressen zu werden", erwiderte Zelduin schließlich mit einem gespielt netten Lächeln.

„Ja, ja, obwohl die Zeit ständig zurückgedreht worden ist und immer noch wird, so ist die Zeit doch weitergelaufen. Erstaunlich, erstaunlich", sagte Burlok zerfahren und ging nicht weiter auf die Antwort ein. Sein unruhiger Geist hatte schon wieder etwas Neues entdeckt, auf das seine Aufmerksamkeit nun gelenkt wurde. Sein verzerrtes Monokelauge hatte den Feuerstab, dessen knorrige Spitze hinter Zelduins Rücken emporragte, fixiert. „Oh, wie ich sehe, bist du Meister Märdrok begegnet. Diese Feuerstäbe haben unsere Runenschmiede gefertigt. Sie sind ein Meisterwerk ihrer Kunst, nicht wahr?"

„Er hat mir gute Dienste geleistet, ja."

„Ohh, und was haben wir denn hier, hoo?" Burlok strich sanft über die güldene Schwertscheide, die an Zelduins Gürtel baumelte. Er erkannte scheinbar nur an dem Knauf und der goldenen, mit Feuerwesen verzierten Metallhülle, um welch edle Waffe es sich hierbei handelte. „Balins magisches Blauschwert, wie erstaunlich. Eine meisterliche Runenwaffe ist das. Da wundert es mich nicht, dass du so weit gekommen bist, Elgram." Ganz verzückt betrachtete er das Schwert, als er plötzlich etwas sagte, das Zelduin das Blut in den Adern gefrieren ließ: „Der gute Balin Bärntson ist übrigens zurzeit auch hier an Bord der Änautilus, ein Überraschungsbesuch. Da könnt ihr gewiss alte Abenteuergeschichten austauschen, jaja…"

Balin war also hier, dachte Zelduin, und er bekam Angst. Er erinnerte sich noch gut an die Abschiedsworte des rotbärtigen Zwergs bei ihrer letzten Begegnung auf Lemuria: „*Wir sehen uns spätestens auf Mäol wieder, wenn ich euch nicht schon vorher finde!*" Der einäugige Gibali hatte sein düsteres Versprechen also tatsächlich eingelöst. Wie unheimlich, fand Zelduin.

Kurz darauf wurde die einzige Tür des Raums aufgestoßen! Es waren dicke, rote Eisenpforten, die mit feinen, goldgelben Runen verziert worden waren. Fünf mit Kurzschwertern und Strahlenpistolen bewaffnete Gibali stürmten schnellen Schrittes in den Saal hinein, ihre tief nach unten gezogenen Silberhelme legten die oberen Hälften ihrer Gesichter in dunkle Schatten, so dass Zelduin nicht erkennen konnte, wer sie waren, doch an der Spitze des nicht gerade freundlich dreinschauenden Empfangskomitees marschierte ein *helmloser* Gibali. Es war jener muskulöse Zwerg, den Zelduin inzwischen am meisten fürchtete: Sein auffälliger, feuerroter Haarkamm wippte bei jedem Schritt hin und her. Auf seinem Rücken ruhte seine riesige Streitaxt, und an seinem Gürtel klimperte sein magisches Blauschwert, eine exakte Kopie des Schwerts, welches der Gibali ihm einst geschenkt hatte. Das Gesicht des Zwergs war wie versteinert, als er sich vor dem schmächtigen Jäpa aufbaute. Dann umspielte der Hauch eines schelmischen Lächelns seine fülligen Lippen; seine haselnussbraunen Augen strahlten dabei unendliche Entschlossenheit und Unerschrockenheit aus. Dann erst bemerkte Zelduin, was diesmal anders war an Balin. Er trug keine Augenklappe mehr, sondern hatte zwei gesunde Augen, die ihn mit stechenden Blicken durchlöcherten.

Burlok trat zur Seite und sagte zu dem rotbärtigen Neuankömmling: „Er hat etwas Besonderes, wie ich finde."

Balin nickte vielsagend. „Herzlich willkommen an Bord der Änautilus, Elgram", sagte Balin freundlich. „Bitte folge mir."

Zelduin war von der Gastfreundlichkeit so überrascht, dass ihm jegliche Worte im Halse stecken blieben, obgleich er spürte, dass die Güte des Zwergs vermutlich nur gespielt war. Ein klitzekleiner Teil seines Hirns glaubte jedoch tatsächlich, dass der Gibali während des letzten Weltenzyklusses vielleicht genesen war.

Balin gab seinen Soldaten ein knappes Handzeichen, woraufhin sich der Tross stumm in Bewegung setzte. Zelduin begab sich kampflos in des Zwergen Schicksals Hände. Eine andere Wahl hatte er wohl ohnehin nicht.

Das gedrungene Wesen mit dem feuerroten Irokesenschnitt marschierte neben Zelduin an der Spitze des Trupps her, ohne seinen alten Schützling eines weiteren Blickes zu würdigen.

Schließlich traten sie auf den Gang vor dem Sternentorraum. Die Wände waren hier mit dunklem Holz verkleidet, und an der Decke hingen runde, gelbe Lichtkugeln, die den Korridor hell ausleuchteten. Langbärtige Gibali eilten an ihnen vorbei. Sie trugen eigenartige Brillen und Monokel vor ihren Augen und hatten große Pergamentrollen bei sich, die sie meist im eiligen Laufschritt studierten. Sie warfen dem spitzohrigen Gast im Vorbeigehen überraschte Blicke zu, die vor Argwohn beinahe überschäumten.

Aus dem Augenwinkel beobachtete Zelduin seinen alten Weggefährten. Sein Herz klopfte wie verrückt. War dies wirklich derselbe Balin, den Zelduin zuletzt auf Lemuria getroffen und der all die Jäpas getötet hatte, und der auch ihn und Zegolas tot sehen wollte? Vielleicht war es auch ein anderer, freundlich gesinnterer Balin, der hier in dieser Parallelwelt vor ihm stand, dachte Zelduin, aber er wusste selbst, dass das eigentlich nicht möglich war.

Kurz darauf, nach einer weiteren Biegung, wurden dann all seine Hoffnungen begraben, als der imposante Zwerg ihn grimmig anlächelte und sagte: „Überrascht, mich zu sehen, ho?" Balin schnitt eine hässliche Grimasse. „Ich habe dir doch versprochen, dass wir uns spätestens hier auf Mäol wiedersehen." Er zwinkerte ihm abwechselnd mit beiden Augen zu, als ob das für ihn eine Art Wohltat wäre. „Ich sehe hübsch aus mit *zwei* Augen, findest du nicht, ho?"

Der alte Balin von ganz früher gefiel Zelduin besser. Ein eiskalter Schauer lief über seinen Rücken. Was hatte der verrückte Zwerg mit ihm vor? Balin könnte ihm mit Leichtigkeit den Hals umdrehen, aber der Zwerg schien andere Pläne mit ihm zu haben. Zelduin fragte sich, wie viele Gibali der rotbärtige Zwerg bereits auf seine Seite gezogen hatte und die sein finsteres Spiel nun mitspielten, das darin bestand, Jäpas zu töten, damit sie am Nullpunkt nicht den Zergh in die Hände fielen...

„*Ich* finde mich jedenfalls hübsch", führte Balin seinen monotonen Dialog fort. „Wo ist dein Weggefährte? Wie hieß er doch gleich... Zekölas, ho?"

„Zegolas", sagte Zelduin mit giftigem Unterton.

„Hoho, und ich dachte schon, ich müsste mich allein unterhalten." Balin lachte in seinen roten Bart hinein. „*Zegolas*, auch gut, hoho. Er sah noch hasenherziger aus als du. Wo ist der Elgram, ho?" Einerseits machte es Zelduin wütend, dass der Zwerg so abfällig über seinen gefallenen

Gefährten redete, aber andererseits beruhigte es ihn ungemein, dass Balin offenbar auch nicht alles wusste. Der junge Meowinger schwieg. „Ich kann zwar keine Gedanken lesen, wie die Zerghmagusse es tun können, aber dein Gesicht ist offen wie ein giblisches Bilderbuch", erzählte Balin munter. „Es ist äußerst bedauerlich. Ich hätte deinen Kumpan liebend gern kennengelernt", fügte er sarkastisch hinzu. „Er ist bestimmt auf Xiloris gestorben, ho? Ein verfluchter Planet ist das, hoho. Welch Wahnsinn hat euch bloß auf diese Zerghwelt getrieben? Nur um schneller hier zu sein, ho? Du bist mutiger, als ich dachte, allerdings auch sehr viel törichter. Mich wundert es ein wenig, dass du noch lebst, Elgram." Der Zwerg neigte grinsend den Kopf zur Seite wie ein kleines Kind, das die Schuld vor seinen Eltern mit einem lieblichen Lächeln begleichen wollte. „Heute ist dein Glückstag, denn ich will dich nicht länger töten. Du brauchst also keine Angst mehr haben, zumindest nicht vor mir."

„Welche Erdgeister haben dich wieder zur Vernunft gebracht?", fragte Zelduin schnippisch.

Balin lachte überheblich. „Seit unserem letzten Treffen sind mehr als sechzehn Weltenzyklen vergangen. Ich habe mich weiterentwickelt und erkannt, dass du lebend viel nützlicher bist."

Das hatte Zelduin schon einmal gehört. Zarxaurus hatte in Arjons Traumwelt ähnliche Worte gewählt, als er vor dem im Sterben liegenden Taidos gestanden hatte. *Leeebend. Zschhh, ihr Elfenmenschen leeebend viel nützlicher seid,* hatte das dreiäugige Wesen gehaucht.

In seinem tiefsten Inneren begannen Groll und Zorn gleichermaßen zu wachsen. Zelduin hätte gern sein Schwert ergriffen und den Gibali damit niedergestreckt. Seine Finger zuckten und wanderten langsam zum Knauf der magischen Waffe herunter, doch rasch zog er seine Hand wieder nach oben, als ihm sein gesunder Menschenverstand die dumme Idee ausgetrieben hatte.

„Eine weise Wahl", sagte Balin, ohne den Jäpa anzugucken.

Zelduin biss sich auf die Lippen. „Wie meinst du das?", antwortete er gespielt unwissend.

„Du bist ein ebenso schlechter Pantomime und Märchenerzähler wie ich", sagte Balin, lachte gelangweilt und sagte nichts weiter dazu.

Sie spazierten an einem großen Bullaugenfenster vorbei, das von einem kupfernen, mit hübschem Blumenmuster versehenen Rahmen eingefasst worden war. Links und rechts vom Rundglas erspähte Zelduin die silbernen Flügel riesiger Propeller, die sich ratternd im Kreis drehten und das gewaltige Luftschiff unermüdlich antrieben.

„Du bist der erste Elgram, der das hier alles zu sehen bekommt. Unsere gute, alte Änautilus", meinte Balin. „Und tragischerweise auch der letzte", fügte er todernst hinzu.

Zelduin bekam eine Gänsehaut, aber er antwortete nicht auf das Gerede des verrückten Zwergs.

Als Zelduin etwas näher an das nach außen gewölbte Rundglas herantrat, erblickte er eine gläserne Kanzel, die aus dem Luftschiff wie ein Geschwür hervorragte. Ein gedrungener Gibali mit Fliegerbrille saß darin auf einem beweglichen Stuhl, an welchem eine doppelläufige Schießvorrichtung angebracht worden war. Einen Lidschlag später sah der Meowinger einen kleinen Schwarm Saurierreiter, der sich von Osten her näherte. Der Zwerg in der Glaskugel behielt die herannahenden Flugechsen ganz genau im Auge und wartete beharrlich. Dann eröffnete er plötzlich das Feuer! Zelduin zuckte vor Schreck zusammen. Blaue Lichtblitze schossen zischelnd und abwechselnd aus den elefantenrüsseldicken Eisenrohren heraus. Die Urzeitvögel mit ihren bleichgesichtigen Herren wurden von den Geschossen regelrecht zerfetzt, ehe sie auch nur in die Nähe der zeppelinartigen Flugmaschine gelangten. In blutigen Fontänen zerplatzten sie wie mit Innereien und roter Farbe gefüllte Luftballons, die man mit einer Nadel angepiekt hat, und fielen dann in mehreren Teilen lautlos vom Himmel.

Der rotbärtige Gibali griff mit beiden Händen ineinander und dehnte sie dann, so dass seine Fingerknöchel laut knackten. „Hast du Angst, Zelduin?", fragte er, als sie weitermarschierten.

„Nein", log der Meowinger, und ihm war aufgefallen, dass der Zwerg ihn erstmals beim richtigen Namen nannte.

Balin fuhr sich mit einer Hand durch seinen aufrecht stehenden Haarkamm und brummte dann mit tiefer Zwergenstimme: „Du solltest aber Angst haben."

„Ich bin schon in weit aussichtsloseren Situationen gewesen", antwortete Zelduin kühn, und damit log er nicht einmal. „Wieso sollte ich also Angst haben?"

„Weil du hier sterben wirst. Die Frage ist nur, ob du es ehrenvoll tust oder nicht."

Balin sagte das mit einer solchen Überzeugung, dass es Zelduin mehr Furcht einflößte, als es ihm lieb war. Er versuchte trotzdem, einen kühlen Kopf zu bewahren. „Es ist mir neu, dass ihr Gibali in die Zukunft zu schauen vermögt."

„Hohohoho, das können wir wahrlich nicht. Diese Gabe besitzen allein die Zerghmagusse… schrecklicherweise. Und dennoch weiß ich, dass hier dein Ende naht. Ich nenne das Intuition, andere Wesen nennen es *giblische Hellseherei*."

Obwohl Zelduin der Zwerg allmählich immer unheimlicher wurde, blieb er trotzig. „Bei uns auf Palaäon gehört die Wahrsagerei zu den verbotenen Künsten, die von Gaunern und Scharlatanen ausgeübt werden."

„Aber wir sind hier nicht auf *Palaäon*, Elgram", sagte Balin mit unheilvoll klingender Stimme.

Zelduin fühlte sich immer unwohler in seiner Haut. Vielleicht war es ein Fehler, hierher zu kommen, dachte er. Dann sagte er: „Du weissagst also, dass ich hier sterben werde, aber *du* bist es nicht, der mich töten wird?"

„Nein, nicht mehr, großes Koboldehrenwort."

„Und wer wird mich dann töten?"

Balin legte eine amüsierte Miene auf. „Dass du das nicht weißt, enttäuscht mich ein wenig. Es ist Zarxaurus", antwortete der Gibali im gemütlichen Plauderton. „Unsere Späher haben uns berichtet, dass der König aller Zergh aus dem Tor auf dem Vulkanberg in unsere Welt gekommen ist." Der rotbärtige Gibali neigte seinen Kopf zur Seite, so dass sein imposanter Haarkamm einen Bogen beschrieb. „Es kommt höchst selten vor, dass er in unsere Welt kommt, denn es ist hier selbst für ihn gefährlich. Man sagt über die Zergh, dass sie in die Zukunft schauen können. Sie sind telepathisch miteinander verbunden. Wenn ein Magus etwas erfährt oder sieht, dann erfahren und sehen es auch alle anderen Magusse. Sie sind uns in vielerlei Hinsichten überlegen." Balins Lippen krümmten sich zu einem genussvollen Lächeln. „Zarxaurus hat einen Grund, hier zu sein, und der bist *du*, Zelduin. Ich habe gesehen, wie er dich verfolgt hat. Er oder einer seiner Hexenkrieger wird irgendetwas in dir gesehen haben, was ihm große Angst macht. Er ist hinter dir her und wird nicht eher ruhen, bis du tot bist." Seltsamerweise schockierte Zelduin diese Prophezeiung nicht, und das nicht, weil sie zur *giblischen Hellseherei* gehörte, sondern weil er selbst daran glaubte. „Und er *wird* dich töten!", fügte Balin lautstark hinzu. Dann sprach er mit ruhiger Stimme weiter, obgleich seine Augen vor Inbrunst glühten. „Allerdings kann ich dich vielleicht retten, und ich möchte dich retten, denn ich habe das merkwürdige Gefühl, dass du in dieser Geschichte noch eine gewichtige Rolle spielen wirst. Deshalb möchte ich mit dir Frieden schließen."

Balin redete wie ein Irrer. Zelduin fragte sich, ob der Zwerg vielleicht schizophren geworden war. Oder sollte der muskulöse Gibali vielleicht tatsächlich wieder klar im Kopf geworden sein? Wohl eher nicht, dachte Zelduin.

„Auf wessen Seite stehst du eigentlich, Balin?"

„Auf der guten. Ich kämpfe für die Freiheit Jumatahonis." Balin kam nun ganz nah an ihn heran. „Hör zu, es tut mir leid, dass ich dich einst umbringen wollte. Die Zeiten haben sich nun geändert, du kannst mir vertrauen. Wir müssen die alten Dämonen in unseren Köpfen verbannen, Zelduin."

„*Wer* bei allen Waldgeistern bist du, Balin?"

„Ich bin ein Gibali, der die Galaxis retten will. Und ob du es glaubst oder nicht, kurioserweise brauche ich dich dafür."

„Du bist doch verrückt geworden."

„Ho, wenn du über zwölftausend Weltenzyklen lang in dieser vermaledeiten Galaxis umhergeirrt wärst, dann wärst auch *du* irre geworden", versprach ihm der Zwerg und knirschte anschließend mit den Zähnen. „Zelduin, wir wollen beide Jumatahoni retten. Lass uns Frieden schließen, im Namen aller Zirkusaffen." Balin blieb stehen und streckte ihm im Gehen seine dicke Patschhand entgegen, seine haselnussbraunen Augen glitzerten dabei wie mit Bernstein durchsetzte Braunkristalle.

Zelduin wusste zwar, dass er sich auf das Wort des Zwergs wahrlich nicht verlassen konnte, und zudem begab er sich nur ungern in das Schicksal eines Verrückten, aber er hatte das Gefühl, dass er keine andere Wahl hatte. Zögerlich ergriff er die Zwergenhand, die die seine beinahe zerdrückte. Zelduins Finger pochten, als der Gibali sie wieder losließ.

„Das Schicksal nimmt manchmal schon eigenartige Wege, ho?", meinte Balin frohen Mutes und ging weiter. „Es wankt ständig hin und her wie ein Meer, das gleich von mehreren Monden mal hierhin und mal dorthin gescheucht wird."

„Ja, jetzt ist es fast wieder so wie in alten Zeiten, als wir noch Gefährten waren", sagte Zelduin mit einer riesigen Portion Sarkasmus.

„Ho, so ist es." Balin rieb sich die Hände, als erwarte er jeden Moment einen köstlichen Festbraten, und flüsterte: „Mein Plan ist wie folgt: Wir werden Zarxaurus hierher locken und ihn dann ein für alle Mal vernichten!", sagte er erschreckend ernsthaft und mit äußerst unlustiger Miene. „Denn wenn der Zerghkönig erst tot ist und wir sein Zeitenrad haben, dann ist das Imperium der Zergh so gut wie besiegt." Damit schien Balins merkwürdige Rede beendet zu sein. Zelduin fragte sich, ob der Zwerg ganz allein an dieser einfältigen Idee herumgetüftelt hatte.

„Das ist alles? Das ist dein brillanter Meisterplan?", fragte der spitzohrige Mensch verwirrt.

Balin hatte einen wahnsinnigen Blick aufgesetzt, so dass Zelduin glaubte, er wäre nicht mehr Herr seiner Sinne. Es überraschte den Meowinger daher umso mehr, dass der Gibali mit ruhiger, vernünftiger Stimme antwortete: „Was ist denn dein Plan, ho? Du wirst doch sicherlich einen haben, sonst wärst du ja nicht hier, ho?"

Zelduin dachte nach, während sie tiefer in den stählernen Bauch des Schiffs vordrangen. Schließlich antwortete er: „Ich habe Dinge gehört und gesehen, die für meine Ohren und Augen nicht bestimmt waren, und ich befürchte, dass diese Dinge Jumatahoni vernichten werden, wenn sich nicht bald etwas ändert. Ich will König Gomril Langbörson davon berichten, denn nur er, der Herr über die Zeit, kann wirklich etwas ändern im Krieg um die Galaxis."

„Hohoho, bei allen Zirkusaffen, hohoho", lachte Balin und zupfte sich an seinem roten Bart. „Was hast du denn gesehen und gehört, ho?" Zelduin wollte dem Zwerg nicht alles preisgeben, denn er wusste nach wie vor nicht, ob er ihm trauen konnte, aber das schien auch gar nicht nötig zu sein, denn Balin wusste wieder einmal mehr, als sein kriegerisches Antlitz vermuten ließ. „Lass mich raten, Zelduin: Du hast gehört, dass ihr Jäpas nicht zum Nullpunkt reisen dürft, weil die Zergh dort etwas Schreckliches mit euch vorhaben, über das aber weiter nichts bekannt ist. Außerdem hast du bestimmt erfahren, dass einige Zerghmagusse konstant sind, und vielleicht hast du sogar herausgefunden, dass jener Zäbrik Drachenson in Wahrheit Nul Heggbor ist und mit den Zergh im Bunde steht. Habe ich etwas vergessen, ho?"

Zelduin bekam große Augen. „Du weißt das alles?", fragte er verwundert.

„Tausende Weltenzyklen bin ich blind durch die Galaxis gewandelt", erklärte Balin. „Aber vor nicht allzu langer Zeit haben mich die Schwertfischbrüder erleuchtet."

„Aber wenn du davon weißt, warum bringt ihr Gibali dann immer noch Jäpas auf die Reise zum Nullpunkt?"

„Weil Gomril die Wahrheit nicht sehen will! Er ist dickköpfig und stur wie ein alter Fluss, der seit Tausenden Jahren in die gleiche Richtung fließt. Er hat einst vor langer Zeit den Lotorionplan ins Leben gerufen, der besagte, euch Jäpas auf die Reise zum Nullpunkt zu schicken, und er wird von diesem Plan keinen Fingerbreit abweichen, völlig gleich, was man ihm sagt. Gomril wird dich nicht erhören, er ist alt und grau und müde geworden im Laufe der Weltenzyklen. Worte werden sein eisernes Gemüt nicht ins Wanken bringen, das weiß ich." Balins Gesicht spiegelte Trotz und Verzweiflung wider. „Aber selbst wenn wir diesen irrsinnigen Befehl stoppen könnten, wäre der Krieg noch lange nicht gewonnen. Es gibt zu viele Elgrams, die irgendwo zerstreut in der Galaxis umherirren, und nur die Götter wissen, wie viele Elgrams die Zergh noch benötigen, um ihr finsteres Werk zu vollenden. Sie drängt wieder … die Zeit."

Wenn es stimmte, was Balin sagte - und Zelduin hatte diesmal das Gefühl, dass er nicht log -, dann sah es noch finsterer für Jumatahoni aus, als er gedacht hatte.

„Und wieso brauchst du mich für deinen närrischen Plan?", fragte Zelduin und hatte eine düstere Vorahnung, die er nicht auszusprechen wagte, sich kurz darauf aber bestätigen sollte.

„Du bist das wichtigste Puzzlestück. Du bist derjenige, der das Böse auf magische Weise anzieht." Ein schlitzohriges Lächeln breitete sich auf Balins Gesicht aus. „Zarxaurus ist hinter dir her. Also wird er schon sehr bald hierher kommen."

Zelduin plagte plötzlich ein verdammt ungutes Gefühl. Trotzdem gab es für ihn aber noch jede Menge Ungereimtheiten. „Zarxaurus weiß doch gar nicht, dass ich hier bin."

„*Zelduin…*", begann Balin als rede er mit einem Kleinkind. „Er kann in die Zukunft sehen. Er wird ganz sicher wissen, dass du hier bist. Er weiß es wahrscheinlich schon länger als du. Außerdem wird das bläulich schimmernde Weltentor, das du unten im Wald von Naunoon aktiviert hast, von den Zergh nicht lange unentdeckt bleiben, und meine Leute im Kontrollraum werden dafür sorgen, dass das Portal so schnell nicht wieder deaktiviert wird. Zarxaurus wird hier bald auftauchen, da kannst du dir absolut sicher sein."

Zelduins ungutes Gefühl vergrößerte sich wie ein schnell heranwachsendes Geschwür. „*Wie viele* Schwertfischbrüder gibt es hier an Bord der Änautilus?"

„Viele. Viele, viele Zirkusaffen."

Zelduin blickte nach hinten über die Schulter, und als er die unter Eisenhelmen halb im Verborgenen liegenden Gesichter der vier Wachleute etwas genauer in Augenschein nahm, erkannte er Alric, Bromdal, Tagdal und den guten, alten Märdrok. Der Graubart, der ihn auf dem Eisplaneten Iscet begleitet hatte, schob seinen silbernen Helm einen Tick nach oben, so dass sein Gesicht für einen Moment von den künstlich erzeugten Lichtern der Änautilus erhellt wurde. Der graubärtige Gibali nickte ihm stumm zu.

„Mach dir keine Sorgen", sagte Balin. „Die sind alle auf unserer Seite, auf der guten."

„*Warum sollte ich mir Sorgen machen, Balin?*", dachte Zelduin sarkastisch. „*An meiner Seite wandelt ein schizophrener Gibali, ich befinde mich auf einem riesigen, fliegenden Schiff, das Hunderte Meter über dem Erdboden dahinfliegt und mit rebellischen Zwergen vollgestopft ist, die jederzeit eine Revolte anstiften könnten, und der König aller Zergh ist auf dem Weg hierher, um mir die Seele zu rauben. Warum also sollte ich mir Sorgen machen, Balin?*"

Zelduin atmete ein paar Mal tief durch. „Dein Plan ist gefährlich. Er könnte das Gleichgewicht Jumatahonis aus der Bahn werfen!"

„Das ist es doch schon längst, Zelduin", antwortete der Zwerg und lächelte dabei lieblich wie ein Mädchen, das sich über den Anblick einer duftenden Blume erfreute.

Kurz darauf erreichte die sechsköpfige Gruppe eine vermeintliche Sackgasse, an deren Ende eine mannshohe und elefantenbreite, kupferne Platte in die Wand eingelassen worden war. In der Mitte der Platte prangte das münzengroße Metallgesicht eines bärtigen Zwergs. Balin drückte auf das Bartgesicht. Es klickte leise, und die winzigen Zwergenaugen leuchteten gelb auf. Einen Lidschlag später glitt die Kupferplatte ratternd nach oben und verschwand über ihnen in der Wand. Hinter der Kupfertür verbarg sich ein viereckiger Raum, in den zwei ausgewachsene Mammutusse hineingepasst hätten und dessen kupferne Wände mit einem feinen Blumenmuster verziert worden waren. Zelduin hatte diese Beförderungsmaschinen in Arjons Traumwelt gesehen. Die Gibali nannten sie Höhentransportapparate.

„Keine Angst, Zelduin", sagte Balin und klopfte gegen den Kupferrahmen des Fahrstuhls. „Das ist gute, alte, giblische Handwerkskunst, ho."

„Ich *weiß*", antwortete Zelduin geheimnisvoll und betrat die eigentümliche Transportmaschine.

Balin warf dem Meowinger einen rätselhaften Blick zu, der eine Art von Verwunderung ausdrückte, die er aber scheinbar nicht preisgeben wollte, denn er sagte nichts weiter dazu.

Als die sechsköpfige Gruppe den Höhentransportapparat betreten hatte, widmete Balin sich der linken Seite zu, wo eine güldene Anzeigetafel angebracht worden war. Darunter ragte ein goldfarbener Hebel heraus, dessen Endstück ein Löwenkopf mit weit aufgerissenem Maul darstellte. Balin schob den Hebel nach ganz rechts, bis er klackernd einrastete. Auf dem darüber liegenden Armaturenbrett leuchtete ein blassweißer Kreis mit der giblischen Zahl *zehn* auf. Ratternd schloss sich die Tür; sie sauste von oben aus der Wand nach unten wie ein Fallgitter. Begleitet von einem lauten Summen fuhr der Fahrstuhl nach oben. Zelduin spürte, wie der höllische Apparat ihm hin und wieder sein Gleichgewicht raubte und seinen Mageninhalt zum Rumoren brachte. Es war doch etwas anderes, in der Realität mit einer solchen Transportmaschine zu fahren als in Arjons Träumen. Nach einer Weile hatte er sich aber an das merkwürdig beflügelnde Gefühl gewöhnt, das ihn an seine Zirkuskindheit erinnerte, wo Rolotario ihm oft aufgetragen hatte, auf einer lebedingen Riesenschildkröte zu stehen, um seinen Gleichgewichtssinn zu trainieren, den er für die Zirkusshow benötigen würde.

„Was macht dich so sicher, dass du Zarxaurus *dieses Mal* besiegst?", fragte Zelduin.

Der Meowinger konnte an Balins Gesichtsausdruck ablesen, dass er sich die Frage stellte, woher der Jäpa wohl wusste, dass er dem Zerghkönig schon einmal gegenübergestanden hatte. Balin versuchte, sich dies aber nicht anmerken zu lassen, rümpfte die Nase und brummte: „Zarxaurus hat Angst vor dir. Er hat Angst vor dem, was er in dir gesehen hat, sonst wäre er nicht hier auf Mäol. Er hat große Angst, und wer Angst hat, wird zu Torheit und Narrheit verleitet. Eine Dummheit hat der König aller Zergh schon gemacht: Er ist in unsere Welt gekommen." Balin zwinkerte ihm zu. „Jetzt muss er nur noch hierher kommen, denn hier auf der Änautilus haben wir einen klitzekleinen Vorteil: Die Korridore sind schmal und die Decken niedrig, sie sind für Gibali gebaut, nicht für Zergh, erst recht nicht für einen Riesenzergh. Zarxaurus wird sich nur mühsam und langsam fortbewegen können. Außerdem ist das Schiff mit den vielen Korridoren und Gängen ein unüberschaubares Labyrinth für ihn. Wir Gibali kennen hier alle Geheimgänge und verborgenen Türen. Wir spielen Katz und Ekäk mit ihm. Wir sind die kleinen Ekäk. Wir fallen ihm in den Rücken und spießen ihn hinterrücks auf. Er hat zwar viele Augen, aber Augen im Hinterkopf hat er nicht. Es ist wie Zarakalaz, ein uraltes Brettspiel. Wenn wir unsere Spielfiguren richtig aufstellen, dann können wir Zarxaurus hier über den Wolken Mäols besiegen. Zusammen können wir die Galaxis retten, Zelduin."

Zelduin hatte arge Zweifel, dass man den dreiäugigen Riesenmagus überhaupt auf irgendeine Weise täuschen oder andersartig überraschen konnte, wenngleich er zugeben musste, dass die Chancen hier oben auf der Änautilus besser standen als anderswo.

„Und welche Spielfigur spiele ich?", fragte der junge Meowinger, obgleich er sich noch nicht entschieden hatte, Balins verrücktes Spiel auch wirklich mitzuspielen.

„Du bist der Königius, die Spielfigur, die die Zergh tot sehen wollen und die es stets zu behüten gilt. Fällt sie, ist das Spiel beendet, denn dann wird sich Zarxaurus rasch wieder zurückziehen und unsere Chance ist verpufft", sagte Balin und stieß die Luft geräuschvoll aus.

„Königius…", sagte Zelduin mit düsterer Aussicht. „Ich bin wohl eher der Wurm am Angelhaken, der in einen Teich voll vieräugiger Fische gehalten wird."

Balin lächelte schräg. „Wir müssen alle unsere Bürde tragen. Ob nun Wurm, Königius oder Ekäk, du musst nichts weiter tun, als hier an Bord der Änautilus zu bleiben… lebendig. Um alles andere kümmern wir uns. Ach, noch etwas: Erwähne nichts davon in Gomrils Gegenwart. Wenn er erfährt, dass Zarxaurus auf dem Weg hierher ist, dann wird er sofort die Zeit zurückdrehen, was zur Folge hätte, dass der Zerghkönig dann wieder unerreichbar weit weg wäre, die Änautilus sich in der Zeit zurückbewegen würde, während du hier an diesem Ort bleiben und ins Meer stürzen würdest. Also hüte lieber deine Zunge, ho?" Balin warf ihm einen unheimlichen Blick zu. „Mögen die Spiele beginnen und die Götter Mäols und alle Zirkusaffen uns beistehen", sagte der Zwerg und schaute an die kupferne Decke der Transportmaschine, als glaubte er, dort seine Gottheiten finden zu können.

Zelduin bekam derweil ein ganz flaues Gefühl im Magen.

Ein leises Piepen verriet den Passagieren, dass der Höhentransporter sein Ziel erreicht hatte. Zischend glitt die Kupferplatte nach oben und verschwand in der Wand. Als er mit Balin aus dem Halbdunkel des Aufzugs ins helle Licht trat, war er fasziniert und überwältigt zugleich, allerdings keineswegs überrascht, denn es war alles genauso, wie er es in Arjons Traumwelt schon so oft gesehen hatte.

Zelduin befand sich auf der Brücke der Änautilus. Sie war nicht nur das Herzstück des Schiffs, sondern auch der vorübergehende Regierungssitz Mäols. Hier wurde über das Schicksal Jumatahonis entschieden. In dem ovalen Raum, der durch mehrere mit dickem Leder gepolsterten Türen betreten werden konnte, blinkten und piepten die eigentümlichsten Maschinen und Apparate in einem monotonen Chor. Mehr als zwei Dutzend Gibali saßen vor den bunt aufleuchtenden Konsolen und flimmernden Bildschirmen. In der vorderen Wand war ein riesiges Panoramafenster eingelassen worden. Es war nach außen gewölbt und so gigantisch groß, dass Zelduin sowohl den wolkenverhangenen Himmel als auch die Berggipfel Mäols sehen konnte. Bewacht wurde die Brücke von sechzehn mit Äxten, Schwertern und Strahlenpistolen bewaffneten Gibalikriegern, die sich links und rechts von der Transportmaschine aufgestellt hatten. Sie beäugten die Neuankömmlinge unter ihren platten Eisenhelmen und buschigen Brauen skeptisch.

In der Mitte des Raums standen sieben klobige Ohrenbackensessel, die halbkreisförmig vor dem Riesenfenster angeordnet waren, so dass die königlich gekleideten Gibali, die es sich darin bequem gemacht hatten, nach draußen schauen konnten. Der in der Mitte stehende Sessel war besonders groß und protzig und mit güldenen Runen verziert; die Armlehnen endeten in weit aufgerissenen Drachenmäulern und die kurzen, dicken Holzbeine in Elefantenfüßen. Der mächtige Sessel stand mit dem Rücken zu Zelduin, so dass der Meowinger nicht sehen konnte, wer darin saß.

Die adligen Zwerge in den anderen Sesseln tuschelten leise miteinander, als Balin und Zelduin an der linken Seite des Raums die Treppe hinabstiegen, um auf die untere Ebene der Brücke zu gelangen. Balins Mannen warteten am Fahrstuhl.

Zelduin bekam allmählich weiche Knie. Gleich würde er dem Herrscher der Galaxis gegenüberstehen. Als er den ersten Fuß auf den unteren Metallboden setzte, konnte er ihn endlich sehen, den Herrn in dem großen Ohrenbackensessel, Gomril Langbörson! Der König aller Zwerge war jedoch nur noch ein Schatten seiner selbst. Arjons Erinnerungen hatten ihm oft genug gezeigt, wie er früher einmal ausgesehen hatte, voller Tatendrang, mit unerschütterlicher Miene und klugen Augen. Einzig allein die mit Edelsteinen besetzte Goldkrone auf seinem Kopf strahlte noch den Glanz der alten Tage aus, den der Zwergenherrscher einst besessen hatte. Jetzt war sein Gesicht eingefallen, er wirkte müde, und seine Haut war fast genauso weiß wie sein Haar. An seinem zotteligen, schneeweißen Bart, der über seinen dicken Bauch bis auf den Boden wallte, schillerten bunte Steinchen und eine große, güldene Spange, die den Bartwuchs bändigte. Sein königliches Gewand war aus samtgrünem Stoff und mit einem feinen, honigfarbenen Stickmuster verziert. An der Seite seines Throns lehnte ein gewaltiger Kriegshammer, auf dessen güldener Metallhaut zahlreiche Runen in bunten Farben schimmerten.

Der einst so stolze König hatte sich auf die linke Armlehne seines Thrones gestützt. Die aschfahlen Augen des Zwergs bewegten sich träge, als Balin sich vor ihm verneigte. Zelduin tat es ihm gleich und ging ebenfalls kurz auf die Knie. Obwohl die grauen Augen des gedrungenen Herrschers fest auf den Jäpa fixiert waren, schienen sie doch ins Leere zu blicken. Nach einiger Zeit formten sie sich jedoch zu engen Schlitzen, und dann erst schien der König seine Besucher wahrzunehmen. Er lehnte sich vor und schaute recht ungläubig drein.

„Mein König", begann Balin mit höflicher Stimme, die ganz und gar nicht zu seinem muskulösen Äußeren passte, „das ist der Sternenkrieger, der durch unser Schiffstor gekommen ist."

„Komm näher, Elgram, meine Augen können nur noch kurz gucken", brummte Gomril mit tiefer und rauer Zwergenstimme.

Zelduin tat, was ihm befohlen wurde, und trat vor den Sesselthron.

„Mmh", machte der Zwergenkönig, als er den Meowinger von Kopf bis Fuß musterte. Dann zupfte er sich an seinem weißen Bart und fragte vorwurfsvoll: „Warum seid ihr nicht auf dem Weg zum nullten Zyklus, Elgram, ho?!"

Es war still geworden auf der Brücke, nur die vielen Geräte gingen weiterhin piepend und ratternd ihrer Arbeit nach. Zelduins Herz klopfte unaufhörlich. Die Spannung knisterte geradezu hörbar. Er hatte geahnt, dass er hier nicht festlich empfangen werden würde, und er wusste, dass er seine Worte weise und mit Bedacht wählen musste, denn Argwohn lag überall in der Luft.

„Das ist eine lange Geschichte, König Gomril Langbörson", antwortete Zelduin mit zittriger Stimme. „Es wird einige Zeit dauern, sie zu erzählen."

Gomril spitzte seine fülligen Lippen und sprach langsam: „Zeit ist normalerweise ein rares Gut, aber in unserer Welt spielt sie keine Rolle, Elgram. Wenn sie uns knapp wird, drehen wir sie einfach zurück."

Der Zwergenkönig klopfte sich auf Brusthöhe auf seinen Samtanzug. Es klimperte leise. Wahrscheinlich hatte er dort das sagenumwobene Zeitenrad versteckt. Gomril schien nicht die leiseste Ahnung zu haben, dass sein dem Untergang geweihtes Reich vielleicht bald unumkehrbar verwelkt sein würde.

Zelduin atmete tief durch. „Vielleicht irrt ihr euch, Majestät, denn ich glaube, dass die Zeit für uns alle bald abgelaufen sein könnte." Gomrils Augen funkelten trügerisch. Er richtete seinen Körper gemächlich auf. „Ich habe Dinge gesehen, die von großer Wichtigkeit sind und eure Welt vielleicht auf den Kopf stellen wird." Zelduin beugte sich vor. „Ich habe eine *große* Geschichte zu erzählen. Das ist der Grund, warum ich nicht auf der Reise zum Nullpunkt bin."

Der Großkönig lehnte sich wieder gelassen zurück und setzte eine erheiterte Miene auf. „Ein Elgram, der mich auf den Pfad der Weisheit bringen will. Das ist witzig, ho ho."

Die anderen Zwergenkönige lachten und spotteten leise. Balin schnaufte beunruhigt. Der rotbärtige Gibali hatte Zelduin davor gewarnt, dass sein König für Dinge, die er nicht hören wollte, kein Gehör finden würde, aber Zelduin war den langen Weg nach Mäol nicht gereist, um gleich wieder umzukehren oder…

„…*ein uraltes Brettspiel zu spielen, dessen guter Ausgang mehr als fraglich ist*", dachte er und sagte mit fester Stimme: „Ich bin nicht hier, um *Zarakalaz* zu spielen." Das Gelächter der gedrungenen Edelherren verstummte allmählich, während Balin ihm einen unversöhnlichen, zum Schweigen verdammten Blick zuwarf. Zelduin ignorierte ihn. „Ich habe eine Geschichte zu erzählen, und es hängt das Schicksal Jumatahonis davon ab, Majestät."

„Hoho. Du bist erstaunlich mutig. Ich bin ganz Ohr, Elgram. Spitzohrige Narren kommen selten auf mein Schiff", verkündete Gomril genüsslich und richtete seine Krone gerade. Die anderen Könige lachten wieder leise, diesmal jedoch etwas verhaltener.

„Ich bin weder ein Narr noch ein Spötter! Ich bin Lotorion, Sohn von Taidos, und ich fühle mich in der Pflicht von den Dingen zu berichten, die ich auf meiner Reise zum Nullpunkt erlebt habe."

Das breite Grinsen Gomrils wurde ein wenig schmaler, war aber noch immer so breit, dass beide Zahnreihen zu sehen waren. Erstaunlicherweise nickte der alte Zwerg kurz darauf bejahend, und Zelduin begann zu erzählen. Er erzählte von Zarxaurus, von Zäbriks doppeltem Spiel und seinem traurigen Pakt, den er mit dem Zerghherrscher geschlossen hatte. Er berichtete von den vielen rätselhaften Dingen, die er durch Arjons Erinnerungen erfahren hatte, Taidos' Gefangennahme und Zarxaurus' plötzlichem Wandel, nachdem der Magus herausgefunden hatte, dass die Jäpas und anderen magischen Meowinger für ihn lebend viel nützlicher seien.

Gebannt hörten die Gibalikönige, die in den Sesseln hockten, zu, und Balin grummelte hin und wieder etwas Unverständliches in seinen Bart hinein, während Gomril gelegentlich belustigt lächelte, die meiste Zeit aber äußerst gelangweilt dreinschaute, als würde ihn das Geschwätz nicht im Geringsten interessieren.

Als Zelduin geendet hatte, schaute der alte, weißbärtige Gibali ihn mit mannigfaltigem Ausdruck an. Nach einer kurzen Weile applaudierte er kurz und sagte: „Hoho, das war amüsant, spannend und auch ein wenig unheimlich. Bravo, meine alten Hofnarren hätten das nicht besser machen können. Am Witzigsten fand ich den Teil mit den Zergh, die sich mit eurem Blut *konstant* machen. Wirklich komisch. Als ob so etwas funktionieren würde."

„Ich habe es mit meinen eigenen Augen gesehen, Majestät. Es funktioniert", sagte der Jäpa und dachte an Zäbrik und seinen Bluttank.

„Das tut es nicht", erwiderte Gomril gelangweilt. „Glaubst du etwa wirklich, dass wir das noch nicht ausprobiert hätten, ho? Alle Gibali, denen unsere Biotechnikusse magisches Meowingerblut gespritzt haben, sind gestorben! Glaub mir, wenn es funktionieren würde, dann würden wir giblische Helden und mächtige Runenmeister zum Nullpunkt schicken und nicht euch elfenhafte Geschöpfe. Das ist ein Märchen, wo auch immer du das her hast, und dennoch hast du ein paar andere Dinge erzählt, die mir ein Rätsel sind."

Der alte Zwerg zupfte sich an seinem weißen Bart und schwieg ein paar Lidschläge lang, während Zelduin über die Worte des alten Königs nachsann. Irgendetwas stimmte hier nicht. Zäbrik war konstant, und Zäbrik war ein Gibali. Wie also konnte er konstant werden? Vielleicht hatte der mysteriöse Gibali noch ein anderes Geheimnis.

„Wie ist dein richtiger Name, Elgram?", fragte Gomril plötzlich.

„Zelduin", sagte der Jäpa im scharfen Tonfall.

„*Zelduin…*", wiederholte der König, und überraschenderweise erkannte der Meowinger so etwas wie einen Hauch von Ehrfurcht im Gesicht des alten Zwergs. „Bemerkenswert, äußerst bemerkenswert. Warum weißt du Dinge, die wir Gibali als Geheimnisse hüten, Zelduin?"

„Weil ich den Zhuk eines Gibali in mir trage."

Balin pfiff leise durch seine lückenhaften Zähne. Damit hatte der muskulöse Zwerg wohl nicht gerechnet, genauso wenig wie Gomril, dessen graue Augen kurz aufblitzten. Dem Zwergenkönig schien nicht zu gefallen, dass ihm ein Jäpa gegenüberstand, der durch einen eingepflanzten Zhuk jede Menge uralter Geheimnisse über das Volk der Gibali kannte, seine gutturale Sprache beherrschte, die Technologien ihrer Technikusse verstand und vielleicht sogar die mystischen Zwergengottheiten hören konnte.

„*Das* ist es also", antwortete der Herrscher. „Ich habe von solchen bizarren Vorkommnissen gehört. Allerdings habe ich auch gehört, dass man verrückt wird, wenn man sich einen fremden Zhuk ins Hirn einpflanzt." Gomril grinste schief. „Das erklärt vielleicht, warum du uns zwischen den Halbwahrheiten, die du uns aufgetischt hast, recht skurrile Märchengeschichten wie flüssigen Honig um die Nase gerieben hast." Der alte Großkönig machte eine kurze Pause und zog seine weißbuschigen Brauen tief hinunter. Dann schrie er plötzlich: „Glaubst du wirklich, dass die Zergh euch Elgrams am Nullpunkt herzlich empfangen werden, um euch dann in irgendein böses Puzzlespiel einzufügen, das Jumatahonis Untergang bereiten wird, ho?! Welche Beweise kannst du uns vortragen, ho?!" Zelduin schwieg, denn er hatte keine. „Man hat dich manipuliert, Elgram! Die Zerghmagusse haben deine Gedanken verzaubert. Gedankenbeeinflussung ist ihre gefährlichste, furchterregendste Waffe in diesem Krieg! Sie handeln mit Illusionen und lassen dich sehen, was du sehen willst. Sie können dein Leben in einen kunterbunten Rummelplatz, einen Jahrmarkt voller Abnormitäten oder einen Zirkus mit Akrobaten, Löwenbändigern und Jongleuren verwandeln, doch nichts davon ist wahr! Die Zerghmagusse spielen gerne mit deinen Gedanken, bis du genau das denkst, was sie wollen! Sie haben dich an der Nase herumgeführt und dir weisgemacht, nicht zum nullten Zyklus zu reisen, aber es ist genau das, was die Zergh *wollen*, denn wenn niemand mehr zum Nullpunkt reist, dann hat Zarxaurus sein trickreiches Spiel schon gewonnen und Jumatahoni ist verloren, ein für allemal, HO!"

Zelduin zuckte zusammen. Konnte das sein oder war der alte Gibali blind und konnte die Wahrheit nur nicht sehen?! Vielleicht hatte Zarxaurus Arjons Erinnerungen tatsächlich manipuliert, dachte Zelduin. Vielleicht war das Spiel um Jumatahoni noch sehr viel komplexer, als er angenommen hatte. Noch bäumte sich Zelduins innerer Geist gegen das auf, was der Zwergenkönig behauptete, doch erste Zweifel kamen in ihm auf und verbreiteten sich wie ein rasch wachsendes Gewitter.

Gomril schlug mit der Faust auf die rechte Thronlehne und stand auf. „Und diese närrischen Schwertfischbrüder verbreiten die Truggeschichten der Zergh auch noch in der gesamten Galaxis! Sie haben damit bereits ganz Jumatahoni verpestet!", schrie er aufgebracht und schaute sich dabei fuchsteufelswild um. „Sie sind alle unwissentlich Marionetten von Zarxaurus! Wenn niemand mehr zum Nullpunkt reist, um Heggbor aufzuhalten, dann haben die Zergh schon gewonnen, versteht ihr das denn nicht?!" Er rief diese Worte nicht nur Zelduin zu, sondern auch allen anderen Gibali, die derweil auf der Brücke stationiert waren, denn vermutlich ahnte er bereits, dass nicht mehr alle auf seiner Seite standen und so dachten wie er.

Konnte Gomril wirklich Recht haben? Waren er, Zegolas, Balin und all die anderen Schwertfischbrüder vielleicht einer gewaltigen Lüge zum Opfer gefallen? Er konnte und wollte das nicht glauben, sein Geist stemmte sich mit aller Gewalt dagegen, doch so oft wie sich die

Dinge schon gedreht hatten, würde es ihn auch nicht wundern, wenn doch alles ganz anders war. Zelduin fühlte sich plötzlich wieder genauso verwirrt wie ganz zu Anfang seiner langen Reise. Er fühlte sich wie ein kleiner, hilfloser Gnom in einem monströsen Labyrinth, das Riesen erbaut hatten.

Plötzlich merkte der Jäpa, dass Gomril ihn mit einem unangenehm stechenden Blick anstarrte. „Nicht einmal auf euch Elgrams ist mehr Verlass", posaunte er spöttelnd heraus. „Du machst diesem Namen alle Ehre, obwohl du ein tapferer Sternenkrieger bist, sonst wärst du nicht hier." Gomril legte eine gespielt traurige Miene. „Umso bedauerlicher, dass du nun sterben musst." Zelduin zuckte leicht zusammen, und ein Schatten der Angst huschte über sein Antlitz. Gomril entging das nicht. „Lügenmärchenerzähler müssen sterben. Sie müssen alle sterben, sonst geht die Galaxis bald unter, ho ho ho." Das alles entwickelte sich ganz und gar nicht so, wie Zelduin und Balin sich das vorgestellt hatten, auch wenn sie unterschiedliche Pläne verfolgten, denn beide drohten zu scheitern, wenn sie es nicht schon längst waren. „Es gibt viele koboldschwache Wesen in dieser Galaxis, die nicht zwischen Gut und Böse unterscheiden können. Was ihr Märchenerzähler ihnen als Wahrheit verkauft, wird sie zutiefst verwirren. Vielleicht fangen sie an, eure Märchen zu glauben, vielleicht gehen sie dann aufeinander los oder unterwerfen sich den Zergh…. oder vielleicht revoltieren sie auch gegen ihren *Königius*." Mit schlitzförmig zusammengezogenen Augen und geöffnetem Mund schaute Gomril den Zwergen auf der Brücke nacheinander tief in die Augen, als wolle er ihnen sagen, dass sie es ja nicht wagen sollten, sich gegen ihn zu erheben. Zelduin entging dabei nicht, dass sein Blick eine lange Zeit auf Balin haften blieb. „Zelduin, ich kann nicht zulassen, dass diese Galaxis zu einem Zirkus voller Affen und Abnormitäten wird, *nicht*, solange ich noch regiere!", donnerte Gomril erbost. Spucke flog ihm dabei aus dem Mund. Dann beugte er sich vor und fügte mit lieblicher Stimme hinzu: „Möchtest du zum Abschied noch etwas sagen, bevor ich dein verwirrtes Lebenslicht auspuste, ho?"

Balin trat vor. „Mein König, wir sollten nichts überstürzen. Der Jäpa könnte uns noch von großem Nutzen sein und…", begann der rotbärtige Gibali.

In Zelduins Kopf drehte sich derweil alles. Die Gedanken zuckten wie Blitze durch sein Hirn und irrten doch hin und her wie Glühwürmchen um ein Lämpchen in der Nacht. Er hätte sich niemals ausgemalt, dass es mit ihm einmal so enden könnte. Alles schien hoffnungslos. Was konnte ein kleiner, spitzohriger Mensch schon tun in diesem großen Krieg? Elfjas engelsgleiches Antlitz manifestierte sich plötzlich vor seinem inneren Auge. Sie schien ihm etwas sagen zu wollen, doch verstand er sie nicht…

Balin redete derweil ununterbrochen auf den Gibalikönig ein. Er gestikulierte wild mit den Händen und versuchte vergeblich, Zelduins Leben zu retten. Zelduin wusste, dass Balin das nicht tat, weil er ihm etwas bedeutete, sondern weil sein Plan mit dem Tod des Jäpas genauso in Flammen aufgehen würde wie Zelduins.

„…wir müssen all unsere Kräfte bündeln, wir brauchen alle Elgrams, Gomril!", protestierte Balin lautstark.

„Hoho, das tun wir nicht, und du weißt das ganz genau, *treuer* Balin!", brummte Gomril, wobei er das vorletzte Wort merkwürdig abwertend betonte. Zelduin spürte, dass zwischen den beiden Zwergen eine gewisse Art von Zwietracht herrschte. Vielleicht hatte Gomril bereits erkannt, dass auch sein altgedienter, rotbärtiger Krieger nicht mehr auf seiner Seite war.

„…alle Rassen müssen wie Brüder zusammen gegen den Untergang kämpfen…", rief Balin, um den König umzustimmen.

Eine Zeitlang stand Zelduin wie benommen da und hörte den beiden Streithähnen zu. Sein Hirn ratterte dabei unaufhörlich wie ein Uhrenwerk; er glaubte nicht mehr, dass sich noch alles zum Guten wenden würde, doch dann fand er etwas in den Tiefen seines Geistes, das ihm vielleicht das Leben retten konnte, ihm zumindest aber mehr Zeit verschaffen würde…

„Ich habe noch etwas zu sagen, König über alle Gibalilande“, sagte Zelduin rasch, doch seine Bitte ging im tiefkehligen Geschrei der beiden Zwerge unter. Sie hörten ihn gar nicht. Er holte tief Luft und rief: „*Zarxaurus* ist auf dem Weg hierher!“

Die beiden Gibali beendeten ihren Disput jäh, und Stille kehrte auf der Brücke ein. Balin hatte seine Augenbrauen weit nach unten gezogen und eine zornige Miene aufgesetzt, während Gomril etwas ungläubig dreinschaute, als würde ein dreiköpfiger Affe vor ihm stehen.

Der Zwergenkönig rückte seine Goldkrone gerade und sagte: „Was ist *das* nun wieder für ein Märchen, ho?“

„Das ist kein Märchen! Zarxaurus ist hier.“

Gomril grinste überlegen. „Das glaube ich kaum. Zarxaurus kommt nur sehr selten nach Mäol. Ich weiß, dass ich meinen blinden Spähern nicht mehr trauen sollte, aber meinen Maschinen, denen kann ich noch trauen. Sie hätten mich längst über einen solch hohen Besuch informiert. Meine Maschinen, Durchwolkenguckrohre und Computer kann man nicht täuschen oder manipulieren, sei dir gewiss, Elgram.“

„Seid kein Narr, König Langbörson. Eure Maschinen arbeiten nicht automatisch, sie müssen bedient werden und sind daher genauso manipulierbar wie eure Späher, die nicht mehr für euch arbeiten. Sie sind Schwertfischbrüder und gehorchen euch nicht mehr.“

Die Augenlider des Königs zuckten unruhig, als ob er ganz genau wusste, dass seine Änautilus schon vor langer Zeit infiltriert worden war. „Und wenn es so wäre, warum sollte das Monster aller Monster hierher kommen wollen, Elgram?!“

„Er ist wegen mir hier, weil er etwas in mir gesehen hat, das ihm Angst macht“, antwortete Zelduin.

Gomril riss seine weißen Augenbrauen hoch und lachte laut: „Hohoho, hohoho, Zarxaurus hat vor nichts Angst, Elgram!!“

Ein junger Gibali mit hellbraunem Bart und einem irrwitzig geformten Metallgestell auf dem Kopf, das von seinem Mund zum Ohr reichte und in zwei muschelförmigen Objekten endete, stand plötzlich von seiner Computerkonsole auf und rief: „Majestät, im Sternentorraum geht etwas vor sich!“ Der Zwerg drehte an einem kleinen Rädchen seiner Metallohrmuschel. „Ich glaube, wir werden angegriffen!“

Gomril bekam große, ängstliche Augen. „Lautmuscheln aktivieren, Funker!“, rief er.

Der junge Zwerg legte einen goldenen Hebel, dessen Kopf die Form eines speienden Drachens hatte und vor ihm auf dem Steuerpult verankert war, um. Abgehacktes Rauschen drang aus drei muschelförmigen Lautsprechern, die am Deckenrand der Brücke befestigt worden waren. Das Rauschen war geschwängert von gutturalem Geschrei, dem Klirren von Metall… und hässlichen Zischlauten… Zerghlauten!

Die scheußlichen Wesen hatten das Weltentor im Wald von Naunoon also tatsächlich gefunden und auch benutzt, so wie es Balin prophezeit hatte, und nun waren sie hier an Bord der Änautilus! Die Präsenz von Zarxaurus spürte Zelduin jedoch nicht. Doch selbst wenn der dreiäugige Herrscher noch nicht hier war, so würde er ganz gewiss sehr bald durch das Schiffstor schlüpfen und Jagd auf ihn machen…

Dann meldete sich aus den Muschellautsprechern eine von wilder Panik ergriffene, alte Stimme: „…werden angegriffen! Sie kommen durch! …Sternentor … nicht deaktiviert! Wir können die Stellung nicht … es sind Horden, Horden! …Zeit muss zurückgedreht werden! Burlok, Äönde…“

Das gespenstische Heulen eines Zergh drang durch alle Lautmuscheln. Es wurde immer lauter und tat Zelduin in den Ohren weh. Einen Lidschlag später drang nur noch leises Rauschen durch die Muschelsprechboxen, bis der Funker auf ein Zeichen des Großkönigs hin den Drachenhebel wieder umlegte und die Muscheln ganz verstummten. Der danebensitzende Gibali drückte mehrere Knöpfe, die daraufhin gelb aufleuchteten; Alarmsirenen dröhnten plötzlich durch das ganze Schiff. Die Gibalikönige, die neben ihrem Herrscher Platz genommen hatten, standen mit besorgten Mienen auf.

Gomril wandte sich derweil einem seiner Gardisten zu, der von besonders kräftigem Wuchs war, einen vollen, schwarzen Bart hatte, in welchem Dutzende Silberringe klimperten, und auf seinem Kopf einen spitzen Kupferhelm trug, aus welchem drei große, gelbe Federn herausragten.

„Hauptmann Ungrim, ihr müsst zum Sternentorraum und das Schiffstor deaktivieren, bevor noch mehr Zergh durch das Portal schlüpfen. Eilt euch!"

„Ho!", antwortete Ungrim knapp, rannte los und erteilte durch ein muschelförmiges Gerät, das in einer Tasche um seinen Brustpanzer hing, weitere Fernbefehle. Er verließ die Brücke mit vier grimmig dreinschauenden Wachleuten durch die kupferne Höhentransportmaschine.

Als die Tür zischend nach unten sauste, widmete sich der Großkönig dem Meowinger zu und musterte ihn eingehend, diesmal mit einem gänzlich anderen Blick, der etwas Rätselhaftes in sich trug. „Du bist ein Handlanger der Zergh, ho?!", rief er mit weit aufgerissenen Augen. „Es gab schon viele, denen das Glitzern von Reichtümern wichtiger war als unsere Galaxis. Du hast die Zergh mit purer Absicht hierhergelockt. Was haben sie dir geboten, Elgram?! Silber, Gold, Elithril? Oder nur dein erbärmliches Leben, ho? Überall sind die Marionetten von Zarxaurus, jetzt sogar schon auf meinem Schiff. Das ist ungeheuerlich!", fluchte Gomril und hob den imposanten Runenhammer hoch, der neben ihm am Thron gelehnt und dessen güldenes Kopfstück die Form eines Ambosses hatte. „Hinfort mit dir, Elgram!", brüllte er so wild, dass sein weißer Bart zitterte und ihm Speichel aus dem Mund flog.

Zelduin musste kein Hellseher sein, um zu erkennen, dass die Unterhaltung nun ein unumkehrbares Ende gefunden hatte und der König für sein Urteil keine weitere Antwort brauchte. Trotzdem war der Jäpa von der Schnelligkeit, mit welcher der alte, weißbärtige König seinen plötzlichen Angriff ausführte, so überrascht, dass er sein Blauschwert zur Verteidigung nicht rechtzeitig ziehen konnte. Das spitze Ambosskopfstück des Runenhammers schnellte auf ihn zu; die schnörkeligen Intarsien darauf leuchteten im hellen Grün und zogen einen Schweif hinter sich her. Im letzten Moment, als Zelduin den Tod schon vor Augen sah, fing eine riesige, zweihändige Runenaxt die Attacke des Königs ab! Gelbe und grüne Funken stoben dort in die Luft, wo die Klingen klirrend aufeinanderprallten. Balin hatte sich seinem König in den Weg gestellt!

Zelduin taumelte zurück und fiel rücklings zu Boden. Gleichzeitig lösten sich Gomrils Wachleute aus ihrer Starre, um ihrem König zu Hilfe zu eilen, doch Balins Mannen hielten sie auf. Alric, Bromdal, Tagdal, Märdrok und vier auf der Brücke stationierte Technikusse griffen die Königsgarde an und sorgten für ein heilloses Durcheinander auf der Brücke. Die sechs zwergischen Edelmänner, die verdattert vor ihren Ohrenbackensesseln standen, und die übrigen Crewmitglieder brauchten ein paar Lidschläge lang, um zu verstehen, was hier vor sich ging: eine Meuterei!

Der Überfall traf die zahlenmäßig überlegenen Soldaten Gomrils kalt. Bevor sie den unerwarteten Feinden geschlossen gegenübertreten konnten, waren fünf von ihnen tot. Alric hatte zwei mit seiner Strahlenpistole erschossen, Märdrok hatte mit seinem Feuerstab einen Technikus in Brand gesetzt, und Bromdal und Tagdal hatten zwei weitere Gomrilkrieger mit ihren Äxten niedergestreckt. Auf der Brücke herrschte ein schreckliches Chaos, so dass Zelduin nicht mehr wusste, wer zur guten und wer zur bösen Seite gehörte. Vielleicht gehörten auch beide zur guten Seite … oder vielleicht doch zur bösen, dachte Zelduin schaurig.

Überall stoben Funken in die Lüfte, Metall klirrte, Apparate explodierten, die bei den Kampfhandlungen versehentlich getroffen wurden, Blut spritzte hier und da in die Höhe und gutturales Geschrei beherrschte den ovalen Saal, neben den schrillen Sirenen, die durch die Änautilus brüllten.

Direkt vor Zelduin standen sich König Gomril und Balin gegenüber. Die beiden Zwerge hatten ihre Waffen hoch erhoben und stemmten sie mit aller Kraft gegeneinander. Das Kräftemessen konnte jedoch keiner der beiden gedrungenen Wesen für sich entscheiden. Breitbeinig schoben sie sich hin und her und kamen sich dabei mit ihren Köpfen ganz nahe.

„Endlich zeigst du dein wahres Gesicht, Balin!", knurrte Gomril mit erhitztem Kopf. „Ich habe schon seit Langem gespürt, dass du dich der Dunklen Seite angeschlossen hast. Das ist hoher Verrat! Du bist ein elendiger Eläom!"

„Die Zeiten haben sich geändert, Gomril!", brüllte Balin zurück. „Du hast das leider noch immer nicht erkannt. Es ist alles wahr, alles, was der Elgram gesagt hat!"

Im Hintergrund sah Zelduin, wie Märdrok im Feuerhagel mehrerer Blitzgeschosse unterging und Tagdal von einem Gomrilkrieger niedergerungen und getötet wurde. Ein Gibali hatte ihm ein Schwert in den Bauch getrieben. Zwerge kämpften gegen Zwerge, für Zelduin war das ein verstörender Anblick. Wer sollte die Galaxis noch retten, wenn sich selbst die Gibali, die Herren über Raum und Zeit, uneins waren, dachte er erschüttert.

„Hohoho! Das ist Humbug, Balin! Es ist bemitleidenswert, dass du auf diese albernen Schauergeschichten hereingefallen bist, und es ist bedauerlich, was aus dir geworden ist." Gomril verschaffte sich einen besseren Überblick, indem sich seine grauen Pupillen kurz hin und her bewegten. Dann fixierten sie sich wieder auf den Zwerg mit dem roten Irokesenschnitt. „Bist du der Anführer dieser jämmerlichen Rebellion, ho!?!"

„Das spielt keine Rolle", erwiderte Balin. Dann sagte er eindringlich: „*Gomril*, wir haben das Rätsel der Zeit geknackt, aber du musst erkennen, dass sich die Zeiten trotz alledem verändert haben!"

Der alte Weißbart zögerte einen Moment. „Ich kann aufgrund meines Alters nur kurz gucken, aber ich erkenne weit mehr, als du glaubst, Balin!"

„Du bist hochmütig geworden, und das ist deine gefährlichste Schwäche!"

„Das Vertrauen in deine rebellischen Freunde ist die deine", rief der König zurück.

Balin schüttelte den Kopf. „Dein Pfad führt ins Dunkel, Gomril. Ich muss das verhindern!"

„Hoo! *Du* bist es, der sich von Zorn und Hass verleiten lassen hat! Du tust das Falsche! Du weißt, dass wir zum nullten Zyklus müssen, um die Zergh wieder dorthin zu verbannen, wo sie einst hergekommen sind!", fauchte der Gibalikönig, drückte seinen Widersacher mit einem heftigen Stoß zurück, um sich einen gewissen Freiraum zu verschaffen, holte dann mit seinem Streithammer weit aus und schlug erneut zu. Funkensprühend krachte der Hammer auf Balins magische Zweihandaxt!

„Der Lotorionplan muss aufgehoben werden, Gomril!"

„Hat Zarxaurus dich verzaubert oder warum sprichst du so wirr, ho?!"

„Wenn ich verzaubert worden bin, so kann ich mich daran nicht erinnern, aber eines kann ich dir sagen: Ich möchte mehr als jeder andere den Kopf des Zerghkönigs rollen sehen." Gomril funkelte ihn hasserfüllt an. „Gomril, lass uns mit dem Versteckspiel aufhören und uns Zarxaurus stellen. Hier an Bord der Änautilus können wir ihn mit vereinten Kräften besiegen."

„Hohoho, das ist Irrsinn! Du sprichst mit der Zunge eines hungrigen Trolls! Zarxaurus ist unbesiegbar, und du weißt das!"

Gomril schwang erneut seinen Runenhammer. Balin blockte auch diesen Hieb ab. Zelduin hatte sich in der Zwischenzeit wieder aufgerichtet und sich mit gezücktem Blauschwert zum großen Panoramafenster zurückgezogen. Er wusste nicht, ob im Moment überhaupt noch jemand auf seiner Seite stand.

Die königliche Garde hatte nach dem ersten längeren Schlagabtausch die Oberhand gewonnen, nur drei von Balins Mannen kämpften noch tapfer, auch Alric war noch am Leben. Der schwarzbärtige Krieger focht mit Axt und Schild und war umringt von Gomrilkriegern, die ihn von allen Seiten beharkten.

Plötzlich begannen die gelben Augen des kleinen Zwergenkopfs, der in der Mitte der kupfernen Tür des Höhentransporters prangte, zu leuchten. Zischend glitt die Kupferplatte nach oben und verschwand in der Decke. Grauer Rauch stob aus dem Inneren des Zwergengeräts heraus. Als erstes erschien Ungrims Kopf aus den Nebelschwaden. Die Gefahr aus dem Sternentorraum schien gebannt worden zu sein, wenn der Hauptmann jetzt schon zurückkehrte, dachte Zelduin, doch irgendetwas stimmte nicht. Ungrims Kopf bewegte sich merkwürdig geradlinig vorwärts, außerdem war er für einen Zwergenkopf viel zu hoch in der Luft. Kurz darauf erkannte Zelduin, was die Ursache dafür war, denn es war *nur* sein Kopf, aufgespießt auf einem langen Stab, der Rest des Körpers fehlte! Der Nebel lichtete sich ein wenig, und weitere schreckliche Details kamen zum Vorschein. Das Haupt des dunkelbärtigen Zwergenkriegers war blutüberströmt, die rechte Schädelhälfte verbrannt und deformiert, und die Augen weit aufgerissen, als hätten sie einen Dämon gesehen…

Einen Wimpernschlag später tauchte der Träger des schaurigen Spießes aus den Nebeln auf, ein hünenhafter Zerghmagus mit einem lilafarbenen Umhang! Es war nicht Zarxaurus, das erkannte Zelduin sofort, aber seine riesige Gestalt und sein bloßes Auftauchen, und das seiner bleichgesichtigen Begleiter, vier an der Zahl, versetzten alle Gibali in einen kurzen Zustand der Schockstarre. Alle Kampfhandlungen wurden jäh unterbrochen, als die riesenhaften Geschöpfe laut fauchend die Brücke betraten und ihr Anführer den Kopf eines am Boden liegenden Gibali, der nur noch wenig Leben in sich trug, mit seinem Krallenfuß knirschend zermalmte.

Die königlichen Zwergensoldaten und Balins Rebellen vereinten sich stumm, um das Böse gemeinsam zurückzudrängen. Geschlossen und laut brüllend traten sie ihren Erzfeinden entgegen, und für einen Moment schien es so, als herrschte wieder Frieden zwischen den beiden giblischen Parteien, aber Zelduin wusste, dass dieses Bündnis wohl nur vorübergehend war und auf Messers Schneide lag.

Ein fürchterliches Gemetzel nahm seinen Lauf. Noch nie hatte Zelduin die kleinwüchsigen Gibali mit solch hasserfüllten Gesichtern gesehen, die fast schon gespenstischen Fratzen glichen. Auch die sechs Gibalikönige hatten zu ihren Schwertern und Kampfstäben gegriffen. Die gedrungenen Wesen hackten auf alles ein, was größer als sie war, mehr als zwei Augen hatte und bleich wie der Tod war. Doch die Zergh schlugen mit bestialischer Gewalt zurück. Wenn ihre schwarzen Schwertklingen und Speere ihre Ziele verfehlten, benutzten sie ihre langfingrigen Klauenhände und ihre mit nadelspitzdünnen Zähnen besetzten Mäuler, um den Gibali ihre widerspenstigen Leben auszutreiben. Überall spritzten Blut und Gedärme in die Luft, Köpfe rollten und abgehackte Gliedmaßen purzelten über den vom roten Lebenssaft glitschig gewordenen Metallboden; nur Balin und Gomril waren noch immer in ihrer Kampfhaltung verharrt und schauten sich grimmig in die Augen, wenngleich sie die beängstigenden Geschehnisse um sie herum nicht ungeachtet ließen.

„Die Zeit muss zurückgedreht werden, bevor es zu spät ist!", knurrte der Zwergenkönig.

„Wie oft willst du das Zeitenrad noch benutzen, ho?!", schrie Balin zurück. „Tu es nicht, Gomril, wir müssen uns Zarxaurus stellen, hier und jetzt!"

Ein Zerghkrieger hob im Hintergrund mit nur einer Hand einen von Gomrils Männern hoch, als sei er ein Spielzeugsoldat aus Stoff und Holz, riss ihm den Kopf ab und schleuderte die leblose Hülle dann gegen die Metallwand, wo sie herunterrutschte und eine breite Blutspur hinterließ. Auf der anderen Seite hackte Alric einem Zergh den Schwertarm ab. Das albtraumhafte Wesen kämpfte jedoch auch mit nur einem Arm weiter. Es schlug den schwarzbärtigen Zwerg mit seiner übrig gebliebenen Klauenhand einfach beiseite. Krachend flog Alric gegen einen eigentümlichen Apparat, der daraufhin wild zu piepen begann und merkwürdige, metallische Geräusche von sich gab. Der Zwerg rappelte sich wieder auf, schüttelte sich einmal, spuckte einen abgebrochenen Zahn aus und griff erneut an! Diesmal gelang es dem stämmigen Wesen, seine Axt von unten in den Leib des Zergh zu treiben. Mit einem unmenschlichen Schrei ging das bleiche Monster zu Boden und starb kurz darauf. Alric schlug trotzdem noch ein paar Mal zu, bis aus dem deformierten Zerghkopf Hirnmasse und Blut austraten.

Zelduin war von der schrecklichen Szenerie auf eine so sonderbare Art fasziniert, dass er gar nicht registrierte, dass der Zerghmagus ihn mit seinen vier schwarzen Augen lüstern musterte und seine linke Klauenhand auf ihn gerichtet hatte. Einen Herzschlag später entfesselte sich ein purpurfarbener Blitz aus seinen knorrigen Fingerkuppen! Zelduin warf sich zur Seite. Das magische Geschoss, einem glühenden Wurzelwerk gleich, flog laut knisternd durch den Raum, verfehlte den Jäpa nur um Haaresbreite und schlug mit einem ohrenbetäubenden Knall in das nach außen gewölbte Rundglas ein. Das Panoramafenster zerbarst klirrend; die Glastücke, die im Sonnenlicht glitzerten, verteilten sich auf dem Brückenboden oder flogen hinaus. Windböen pfiffen nun durch das Loch des zeppelinartigen Gefährts und zerrten an allem Lebendigen und Toten. Zelduin stand auf und suchte nach einem Fluchtweg.

In jenem Moment ließ Gomril einen wütenden Angriffsschrei los, der so laut war, dass selbst zwei Zergh verwirrt aufblickten. Der Gibalikönig vollführte einen wuchtigen Schlag von oben, den sein rotbärtiger Widersacher mit der Axt zwar abblocken konnte, ihn aber aus dem Gleichgewicht und zu Fall brachte. Gomril nutzte den Moment der Ungestörtheit, zog sich rasch zurück und holte das Zeitenrad hervor, das an einer güldenen Kette um seinen Hals hing. Er streckte es in die Höhe, um es abzustreifen. Das Rad der Zeit war kaum größer als ein Erdapfel und schimmerte in einem dunklen Goldton…

Gleichzeitig sprang Balin wieder auf die Beine und warf sich vorwärts, um den König aller Zwerge daran zu hindern, das Zeitenrad zu benutzen. Bevor der Zwerg mit dem sichelförmigen Haarkamm jedoch seinen einstigen Herrn erreichen und Gomril das Zeitenrad aktivieren konnte, schoss plötzlich ein weiterer purpurfarbener, gezackter Blitz durch den Raum, heraufbeschworen von dem vieräugigen Magus. Der magisch glühende Blitzstrahl fetzte in die emporgestreckte Hand des Zwergenkönigs und durchtrennte mühelos Fleisch, Sehnen und Knochen. Gomrils Hand wurde abgerissen und mitsamt dem Zeitenrad, das die dicken Finger des Zwergs noch immer eisern umklammerten, fortgeschleudert. Das Rad der Zeit verließ seinen Herrn. Es beschrieb einen hohen Bogen, drehte sich in der der Luft, und wie das Schicksal es wollte, landete das sagenumwobene Objekt der Begierde mitsamt dem blutüberströmten Körperteil des Königs genau in Zelduins Händen.

Kurz darauf prallte Balin mit dem alten Zwergenherrscher zusammen. Beide Gibali gingen schreiend zu Boden und schauten sich anschließend hektisch um. Als sie sahen, dass der Meowinger das Zeitenrad in der Hand hielt, spiegelten ihre Gesichter plötzlich große Panik wider. Noch nie hatte der Zwergenkönig das Instrument der Macht verloren oder aus der Hand gegeben. Zelduin wusste das aus Arjons Erinnerungen. Er konnte sich nur allzu gut vorstellen, was der alte Herrscher und Balin nun dachten.

Selbst überrascht von dem plötzlich herbeigeflogenen, schicksalhaften Geschenk, von dem Zelduin nicht genau wusste, ob es ein Fluch oder Segen war, konnte er einen Moment lang nichts tun, als es zu bewundern. Zeitgleich löste sich die abgerissene Hand des Königs vom Zeitenrad, fiel mit einem schmatzenden Geräusch zu Boden und ließ das blutverschmierte, güldene Zeitenrad zurück in seinen Händen.

„*Was haben sich die Götter da nun wieder bei gedacht?*", dachte sich Zelduin im Stillen, als er das Zeitenrad missmutig beäugte. Es war umringt von mehreren zackigen Kränzen und ähnelte im entferntesten Sinne dem Blatt einer Sonnenblume. In der Mitte wölbte sich eine kleine Scheibe aus milchigem Goldglas hervor, auf welchem giblische Symbole im hellen Goldton schimmerten. Am Rand des Rundglases befanden sich drei weitere flache Goldringe, die sich in unterschiedlicher Geschwindigkeit im Kreis drehten. Das Zeitenrad war das wohl unglaublichste Ding, was Zelduin je gesehen und der Erfindergeist der Gibali je hervorgebracht hatte.

Völlig fasziniert von dem kleinen Instrument, bemerkte er gar nicht, dass er plötzlich ganz unfreiwillig zur Hauptattraktion des Geschehens geworden war. Erst als er aufschaute, sah er, dass Balins und Gomrils Augen fest auf ihn fixiert waren, und auch die anderen fünf Könige – einer der Edelherren lag geköpft am Boden – glotzten den Jäpa mit weit aufgerissenen Augen an, ihre buschigen Brauen weit nach oben gezogen. Auch die Zergh schienen nun ein noch größeres Interesse an dem Meowinger zu haben. Allein mit ihren gierigen, schwarzäugigen Blicken schienen sie den spitzohrigen Mensch auffressen zu wollen.

„Gib es zurück, Elgram!", grollte Gomril und kam wankend auf die Beine, aus seinem Armstumpf rann unaufhörlich rotes Blut.

Plötzlich sprang der Zerghmagus auf das silbrige Geländer, das den oberen Teil der Brücke von dem unteren abgrenzte. Dann hüpfte er noch einmal in die Höhe und flog wie ein Pfeil durch den Raum, einem Ritt auf magischen Wellen gleich, sein lilafarbener Umhang flatterte dabei im Wind. Mit ausgefahrenen Krallen landete er auf dem Haupt des alten Königs, der laut stöhnend unter dem Gewicht des riesigen Magiers wieder zu Boden gedrückt wurde. Der Zergh wollte gleich weiterlaufen – es war unverkennbar, dass er nach Zelduins Leben trachtete oder dem Zeitenrad, das der Jäpa in der Hand hatte -, doch da hielt ihn Gomril mit seiner noch gesunden Hand fest und brachte das hässliche Albtraumwesen ebenfalls zu Fall.

Nun rappelte sich auch Balin wieder auf. Er ließ seinen einstigen König und den Zerghmagus achtlos hinter sich und stürmte mit irrem Blick auf den Meowinger zu. Zelduin war sich in jenem Moment nicht mehr sicher, ob der Zwerg noch Herr seiner Sinne war, geschweige denn, ob er noch auf der guten Seite stand, falls er das jemals getan hatte. Vielleicht war auch er zu einer Marionette von Zarxaurus geworden. Vielleicht war er einen Pakt mit dem Zerghherrscher eingegangen, genauso wie Zäbrik einst vor langer Zeit.

Zelduin wurde plötzlich heiß und kalt zugleich. „*Wie bin ich bloß in all das hineingeraten?*", dachte er. „*Mögen die Götter mir verzeihen, und du mir auch, Elfja.*"

Er steckte das Zeitenrad in seine Tasche und lief zur linken Tür der unteren Ebene. Dort angekommen, drückte er auf den faustgroßen, metallenen Zwergenkopf in der Mitte der Kupferplatte. Er leuchtete gelb auf, und zischend glitt die Tür nach oben. Auf der anderen Seite lag ein breiter Gang. Zelduin rannte weiter. Hinter ihm hörte er Balin fluchen und schimpfen. Als er sich nach mehreren Trollsprungweiten umdrehte, sah er, dass ihm der Zwerg mit dem Irokesenschnitt dicht auf den Fersen war, seine mächtige Zweihandaxt hatte er auf seinen Rücken geschnallt. Zelduin konnte auch noch einen Blick auf den dahinter liegenden Brückenraum erhaschen. König Gomril schwang seinen riesigen Streithammer, einhändig, und lieferte sich mit dem mehr als doppelt so großen Magus ein blutiges Duell.

Als sich die Tür des Brückenraums automatisch schloss und der Schlachtlärm und der rauschende Wind verstummten, wurde es geradezu unheimlich still, denn auch die Alarmsirenen waren in diesem Teil des Schiffs nur leise zu hören.

„Bleib stehen, Zelduin!", brüllte Balin mit schnaufendem Atem. „Wir stehen doch auf einer Seite."

„Bist du dir da wirklich sicher?", rief Zelduin zurück und rannte weiter, ohne sich erneut umzudrehen.

„Was muss ich tun, damit du mir wieder traust, ho?"

„Es tut mir leid, Balin, aber ich habe dir nie wirklich getraut", antwortete der Meowinger. „Ihr Gibali seid im Laufe der Zeit alle dem Wahnsinn anheimgefallen."

Zelduin bog um eine Ecke; ein weiterer, leerer Gang mit etlichen silbernen Türen erstreckte sich vor ihm. Als auch sein gedrungener Verfolger in den nächsten Gang einbog, rief er: „Was hast du vor mit dem Zeitenrad, ho?"

„Das weiß ich noch nicht."

„Gib es zurück!", bellte Balin.

„Ich habe nicht das Gefühl, dass es bei dir in guten Händen ist."

„Du bist doch genauso verrückt wie ich, wenn du dir tatsächlich einen Zhuk in die Nase geschoben hast." Zelduin dachte darüber nach und zuckte dann innerlich mit den Schultern. Vielleicht war auch er verrückt geworden, aber zumindest konnte er mit Gewissheit sagen, dass er für das Gute kämpfte. „Das Rad der Zeit ist zu wichtig, Zelduin. Das Leben aller Welten hängt davon ab!"

Das war Zelduin nur allzu bewusst, und er lief unbeirrt weiter. Neben den gedämpft kreischenden Alarmsirenen, die von Zeit zu Zeit durch das Schiff dröhnten, hörte er auch hin und wieder das unheimliche Geheul der Zergh und die kehligen Laute der Gibali. Die schrecklichen, bleichen Kreaturen schienen mittlerweile überall zu sein. Manchmal war das Geschrei ganz nahe, dröhnte dumpf durch die metallenen Wände, dann wieder klang es unendlich weit weg.

„Du kannst nicht ewig davonlaufen!", rief Balin keuchend.

Als Zelduin sich umdrehte, stellte er fest, dass der Zwerg auf ihn schon gewaltig an Boden verloren hatte. Die kurzbeinigen Gibali waren nicht als gute Läufer bekannt, das wusste Zelduin. Doch obwohl er schneller war als der Zwerg, wuchs das stetige Gefühl der Angst, das sich in seinem Nacken festgeklammert hatte, denn er befürchtete, dass die Götter mit ihm noch lange nicht zu Ende gespielt hatten. Er hatte sich weder den alten Zwergenkönig noch Balin zum Feind gewünscht, nun hatte er beide, wie es schien, obwohl sie eigentlich alle drei Jumatahoni retten wollten.

Zelduin antwortete Balin nicht und drang immer tiefer in den stählernen Schiffsbauch der Änautilus vor. Bald schon hatte er den muskulösen Gibali hinter sich gelassen. Der Zwerg war nicht mehr zu sehen, und auch seine Schritte hörte er nicht mehr. Dafür eilten hin und wieder andere zwergische Crewmitglieder an ihm vorbei, doch sie interessierten sich nicht für ihn. Vermutlich hatten sie andere Aufträge auszuführen und wussten nicht, dass der Jäpa Gomrils Zeitenrad bei sich trug. Das sollte sich jedoch bald ändern, als Zelduin durch ein weniger belebtes Deck des Schiffs lief.

Durch die muschelförmigen Lautsprecher, die überall im Schiff von der Decke hingen, hallte plötzlich eine brummige Stimme: „Hier spricht König Gomril Langbörson! Wir werden angegriffen! Zergh sind durch unser Schiffstor gekommen! Schwertfischbrüder haben uns infiltriert! Die Brücke haben wir wieder unter Kontrolle gebracht, doch mein Zeitenrad wurde gestohlen! Es ist im Besitz eines Elgrams, der hier an Bord ist. Die Wiedererlangung des Zeitenrads hat höchste Priorität! Alle verfügbaren Soldaten sofort auf…"

Eine heftige Explosion, die das Schiff erbeben ließ, brachte die blecherne Stimme jäh zum Schweigen. Das zeppelinartige Gefährt bekam leichte Schlagseite und knarrte wie ein altes Segelschiff.

Gomril lebte also noch, dachte Zelduin und rannte weiter. Wenn er nun auf Gibali treffen würde, waren ihm diese vermutlich nicht mehr freundlich gesinnt. Beim Laufen spähte er aus einem der großen Bullaugenfenster hinaus. Er sah einen gewaltigen, brennenden Propeller, der sich vom Schiff gelöst haben musste, in die Tiefe rauschen. Etwas weiter unten erblickte er eine der gläsernen Kanzeln, die wie ein Geschwür aus der Änautilus herausragte und in welcher ein Gibali hockte, der unaufhörlich mit seiner Laserkanone auf die weit über ihm fliegenden Pterodaktusse und Sauriervögel schoss.

Am nächsten Rundfenster sah er mehrere Zergh, die an der hölzernen Außenhülle des Schiffs entlangkrabbelten; einer kletterte direkt über das nach außen gewölbte Glas, wobei ein hässlich kratzendes Geräusch entstand. Das vieräugige Monster entdeckte den Meowinger nicht. Die bleichgesichtigen Kreaturen bewegten sich ruckartig und wie Tiere und krallten sich mit Händen und Füßen an der teils metallenen, teils hölzernen Bordwand fest. Kurz darauf erreichten sie die Glaskanzel des Schützen. Einer schlug das Glas ein und holte den zappelnden Gibali aus seinem gläsernen Gefängnis heraus; ein zweiter riss ihm den Kopf vom Leib, den er anschließend mehrfach gegen die Schiffswand schlug, bis er platzte. Dann streckte der Zergh den entstellten Kopf in die Höhe und stieß einen schauderhaften Triumphschrei aus.

Zelduin lief ein kalter Schauer über den Rücken und rannte gleich mit doppelter Geschwindigkeit weiter. Die Zergh setzten ihren Angriff unaufhörlich fort, und kein Gibaligott schien mächtig genug zu sein, um die vieläugigen Wesen aufhalten zu können.

Als Zelduin eine weitere Kreuzung passierte, sah er, dass im rechten Gang ein Zergh mit einem Gibali focht. Das Ungetüm hob den Kleinwüchsigen mit nur einer Hand hoch und warf ihn dann gegen die silbrige Wand, wo er blutverschmiert herunterrutschte. Anschließend stürzte sich das aschfahle Wesen auf den toten Zwerg und begann zu fressen. Die Riesenwesen schienen überall zu sein.

Zelduin schlich an der Abzweigung vorbei und eilte rasch weiter. Arjons Zhuk fütterte ihn stetig ganz still und heimlich mit Informationen, so dass er immer ganz genau wusste, wo er war und welche Richtung er einschlagen musste in diesem riesigen, mehrstöckigen Labyrinth.

Sein Weg führte acht Stockwerke in die Tiefe, die er durch ein schneckenhausförmiges Treppenhaus erreichte. Er versuchte, sich immer abseits der Hauptgänge zu bewegen, da er glaubte, dass in den Hauptkorridoren das größte Chaos herrschte.

Auf der untersten Ebene lungerte eine gespenstische Stille, nur der Wind heulte leise, der durch die dicken Holzwände zu hören war. Die elektrischen Leuchtkugeln, die an der Decke hingen, waren in diesem Bereich des Schiffs ausgefallen; nur durch die großen Bullaugenfenster mit den kupfernen Rahmen schien ein wenig Sonnenlicht hinein, das aber gelegentlich von schwarzen Rauchschwaden getrübt wurde. Die Änautilus schien zu brennen. Der Boden vor Zelduins Füßen war übersät mit Blutspuren, und auch die Wände waren rot. Ein toter Gibali, dem man einen Arm abgerissen hatte, lag reglos im Gang, sein Oberkörper war zerfetzt und sein Gesicht zu einer ängstlichen Grimasse verzerrt. Jemand hatte sich an seinem Fleisch gelabt.

Zelduin lief erneut ein eiskalter Schauer über den Rücken. Vorsichtig pirschte er weiter vorwärts. Sein bläulich leuchtendes Schwert hielt er dabei stets schützend vor sich. Ab und zu hörte er Kratzgeräusche und das Klackern von Krallen auf Metall.

Bei jeder Kreuzung lugte er vorsichtig um die Ecken, bevor er weiterging. Schließlich erreichte er eine schwere Eisentür, auf deren halbkreisförmigen Torbogen sechs giblische Zeichen prangten.

„Schiffshangar", flüsterte Zelduin leise. „Ich bin da."

Ein grauslicher Zerghschrei, der hinter ihm durch die Gänge hallte, ließ ihn erneut hochschrecken. Rasch drückte er den güldenen Zwergenmetallkopf, der sich in der Mitte der Tür befand. Quietschend schob sich das Eisentor nach oben und verschwand über ihm in der Wand. Dahinter befand sich eine kleine Lagerhalle – einen Axtwurf breit und zwei lang -, auf deren rechter Seite ein gewaltiges, längliches, ovales Bullaugenfenster von der Decke bis zum Boden ragte. In der Halle lagerten allerlei skurriles Zeug, schneckenförmige Metallteile, Propeller für Jyrokopter, etliche Holzkisten, kleine Metallkästen, die mit seltsamen, giblischen Zeichen versehen waren, und ein paar Ledersäcke.

Das Lager schien verlassen zu sein, doch als Zelduin die Hälfte des Raums durchschritten hatte, schlossen sich urplötzlich alle drei Tore, die aus der Halle hinausführten. Auch die Tür hinter Zelduin fiel laut knallend ins Raster. Der Zwergenkopf leuchtete nun dunkelrot. Jemand hatte den elektronischen Öffnungsmechanismus blockiert.

Es wurde totenstill, und Zelduin wagte es nicht, sich zu bewegen oder laut zu atmen. Sein Herzschlag verdoppelte sich. Dann ertönten plötzlich tapsende Schritte, und kurz darauf trat aus dem Halbdunkel der hintersten Ecke ein Gibali mit feuerrotem Bart hervor!

Zelduin wurde weiß im Gesicht und schluckte. *„Er hat mich gefunden."*

Balin kam schelmisch lächelnd näher, während Zelduin stocksteif dastand. „Siebentens: Verstecken ist immer nur eine zeitweilige Lösung. Das habe ich dir sogar auf die Papyrusrolle, die ich dir vor langer Zeit gegeben habe, aufgeschrieben. Daher gucke bitte nicht so überrascht." Der Gibali wagte sich auf weniger als drei Katzensprünge an den Jäpa heran und blieb dann vor dem riesigen, ovalen Fenster stehen, seine Miene ernst und freundlich zugleich. „Du hättest nicht so trödeln sollen, dann wärst du vielleicht vor mir hier gewesen, Zelduin." Das gedrungene Wesen zog seinen Gürtel hoch. „Ich habe gewusst, dass du hierher kommen würdest, weil es der einzige Fluchtweg von diesem fliegenden, brennenden Riesensarg ist." Der Zwerg trat noch zwei Schritte vor und beäugte das Blauschwert, das Zelduin noch immer schützend vor seinen Körper hielt. „Mein altes Schwert Hangol. Eine hübsche und mächtige Waffe, die ich dir da gegeben habe, ho?" Der Jäpa hüllte sich in Schweigen. Balin breitete beide Arme aus. „Nun, wir sind ganz allein hier unten. Ich bin so gnädig und biete dir erneut an, dich mir anzuschließen. Was sagst du, Zelduin?"

Zelduin hatte diese Art von Gesprächen ein für allemal satt. Er traute niemandem mehr. „Ich bin noch am Leben und an Bord der Änautilus. Meine Figur in deinem Spiel Zarakalaz hat seine Pflicht bisher erfüllt. Ich spiele den Köder für den großen Zerghherrscher, das ist doch das, was du willst."

„Ho, genau deswegen habe ich dich hier eingesperrt, damit der Königius des Zarakalaz das Spielbrett nicht verlässt." Balin grinste schelmisch. „Allerdings haben sich die Dinge leider unvorhersehbar verändert, so dass die richtigen Spielregeln nun nicht mehr gelten. Zuzuschreiben hast du dir das selber, das weißt du hoffentlich, ho?"

„Und was willst du jetzt noch?"

Balin schüttelte bedächtig den Kopf. „Zelduin, du bist doch kein Zirkusaffe. Du weißt, was ich will, ho?"

„Das Zeitenrad ist hier nicht mehr sicher. Weder in deinen, noch in Gomrils Händen."

„Aber in den *deinen*?!", brüllte Balin zornentbrannt zurück. Dann sprach er mit gedämpfter Stimme weiter. „Die Zeitenräder wurden von Gibali erschaffen, also gehören sie auch in ihre

Hände. Wir lenken damit das Schicksal Jumatahonis und werden irgendwann damit wieder für Frieden und Gerechtigkeit sorgen.“

„Balin, ich bin mir sicher, dass du ein gutes Wesen hast und alles für die Rettung dieser Galaxis tun würdest, aber ihr Gibali habt mit den Zeitenrädern lange genug Gott gespielt. Das hast du selbst einmal gesagt.“

Balin machte ein nachdenkliches Gesicht. „Ich kann mich nicht daran erinnern, dass ich dir *das* einmal gesagt habe.“

„Du hast es mir nicht persönlich gesagt, aber du hast es dem Gibali erzählt, dessen Zhuk ich in meinem Kopf trage.“

Der stämmige Zwerg nickte beklommen. „Zugegeben, das ist irgendwie unheimlich. Ich tippe, dass du Arjons Zhuk in deinem Hirn hast.“ Zelduin schwieg. „Es spielt aber keine Rolle mehr, was ich damals gesagt habe. Das Zeitenrad gehört uns Gibali. Gibst du es mir freiwillig zurück, ho?“, fragte er mehr drohend als höflich bittend und ging langsam ein paar Schritte vorwärts.

„Bleib stehen, oder ich werde das Zeitenrad benutzen!“, sagte Zelduin, holte das güldene Ding aus seiner Tasche hervor und hielt es hoch.

„Hoho, so dumm bist selbst du nicht“, entgegnete Balin ihm kühn. „Selbst wenn du wüsstest, wie es funktioniert, wäre es äußerst töricht von dir, das Rad hier zu benutzen, denn wenn sich die Zeit zurückdreht, würde die Änautilus in die Vergangenheit zurückkatapultiert werden, während du *hier* bleiben würdest, tausende Meter über dem Blaumeer. Dann wäre das Zeitenrad verloren und du auch!“ Das hatte Zelduin natürlich bedacht; er hatte aber auch nicht wirklich vorgehabt, das goldene Rad zu benutzen, er hatte lediglich gehofft, den Zwerg dadurch einschüchtern zu können, und er hoffte das noch immer. „Gib es mir lieber, bevor du damit noch irgendwelche Dummheiten anstellst, ho?“

„Ich *werde* es benutzen, und ich bluffe nicht, Balin!“, rief Zelduin laut und drehte mit einer Hand am Zackenkranz der Zeitmaschine. Er hatte keine Ahnung, wie man das Rad benutzte, und er hoffte, dass er dadurch nicht irgendetwas aktiviert hatte.

Balin blinzelte abwechselnd mit beiden Augen und schaute ihn forschend an. Nach einer Weile schmunzelte er, als ob er den Jäpa durchschaut hätte. „Finden wir es am besten heraus!“, erwiderte er schließlich und zückte sein Blauschwert; die bläulich leuchtende Stichwaffe funkelte im Sonnenlicht, das durch das riesige Bullaugenfenster hereinschien, vor dem sich das ungleiche Paar nun mit gekreuzten Klingen gegenüberstand.

Im Hintergrund, hinter dem dicken Rundglas, tobte eine ungeheure Luftschlacht, wie sie vermutlich selbst die Götter nur selten zu Gesicht bekamen. Knatternde und feuerspeiende Jyrokopter und krächzende Zerghsaurierreiter bekriegten sich, weiße Lichtblitze und Laserstrahlen wurden von der Änautilus abgefeuert und zuckten über den Himmel, während die Zerghmagusse auf ihren schwarzhäutigen Pterodaktussen purpurne Energiebündel durch die Lüfte schleuderten. Balin und Zelduin hatten sich eine würdige Kulisse für ihren Endkampf ausgesucht, so wie die Spectators sie zum Höhepunkt eines monumentalen Theaterstücks erwarten würden.

Zelduin steckte das Zeitenrad wieder zurück in seine Tasche.

Balin lachte laut. „Hohoho, hat dich der Mut schon verlassen…“

Noch mitten im Satz schlug Zelduin mit seinem Blauschwert unverhohlen zu. Es war kein fester Hieb, sondern nur ein halbherzig geführter Schlag, denn eigentlich wollte er den Zwerg gar nicht töten, er zweifelte ohnehin daran, dass er das schaffen würde.

Balin wehrte die erste Attacke mühelos ab. Die magischen Klingen knisterten laut, und blaue Funken stoben dort in die Luft, wo sie sich berührten.

Der rotbärtige Zwerg zog seine buschigen, roten Brauen hoch. „Wir haben schon eine äußerst skurrile Beziehung zueinander, ho? Mal stehen wir auf einer Seite, dann wieder nicht, doch beide kämpfen wir für Jumatahoni. Vielleicht haben sich die Götter ja etwas bei diesem Kuriosum gedacht, ho?“

Balin holte plötzlich aus und schlug mit seinem Schwert zu, aber sein halbhoher Gegenangriff war ebenso schläfrig geführt wie Zelduins Erstschlag. Der Meowinger sprang zur Seite und wich dem gemächlich geführten Hieb aus. Die darauffolgende Attacke des Zwergs kam etwas schneller, doch der Meowinger parierte auch diese geschickt. Blaue Funken schossen in die Luft, als die Klingen aufeinanderlagen.

„Eigentlich wollen wir uns gar nicht töten, ho?“, sagte Balin und umkreiste den spitzohrigen Menschen.

„Eigentlich willst *du* mich nicht töten, weil du weißt, dass Zarxaurus dann niemals mehr hierherkommen wird. Wie nennt man diese verzwickte Spielsituation beim Zarakalaz?“

„Wir spielen kein Zarakalaz mehr, seitdem du die Spielregeln verletzt hast.“ Balins Antlitz spiegelte Trauer und wilde Entschlossenheit wider. „Aber wenn du unbedingt ein Spiel spielen willst, dann lass uns Koboldschach spielen, ho?“

„Was ist das?“, fragte Zelduin misstrauisch und schlug mit halber Kraft zu. Balin blockte den Hieb lachend ab.

„Hohoho. Es ist ein Brettspiel, bei dem man nicht mit Holzfiguren spielt, sondern mit lebendigen Kobolden, Ekäks und Waldgnomen.“ Balin zwinkerte ihm zu. „Keine Angst, es ist kein Spiel, bei dem man Köpfchen braucht, hoho, denn nach ein paar Spielrunden bricht meist Chaos auf dem Spielfeld aus und alle Winzlinge gehen aufeinander los und schlagen sich die Köpfe ein, bis nur noch einer lebt. Dann ist das Spiel zu Ende. Ist ein witziges Spielchen, wenn man keine Spielregeln mag, hoho.“

„Ich mag keine Glücksspiele“, sagte Zelduin rasch und teilte einen weiteren Hieb aus, doch Balin duckte sich geschickt darunter hinweg.

„Aber du steckst doch schon mitten in einem drin!“, meinte Balin, dessen düstere Stimme verriet, dass er allmählich die Geduld verlor. „Was glaubst du passiert mit der Galaxis, wenn Gomrils Zeitenrad verlorengeht, ho?!“ Balin zuckte mit den Schultern. „Das weiß selbst ich nicht, aber ich befürchte, dass die Geschichte der Galaxis neu geschrieben werden muss. Wirf einen sechsseitigen Würfel, auf dem sechs verschiedene schauerliche Zirkusaffengeschichten stehen. Eine davon wird wahr werden, das ist so sicher wie das Tohuwabohu beim Koboldschach!“

Zelduin dachte einen Moment lang darüber nach, dem Zwerg das Zeitenrad einfach zu geben. Er schaute kurz an sich herab auf seine Tasche, wo er die Zeitmaschine versteckt hielt.

Balin registrierte das: „Glaube mir, das Ding in deiner Tasche ist kein Glücksbringer, ganz im Gegenteil, es zieht alles Böse magisch an und verursacht unkontrollierbares Chaos.“

„Wenn du so darüber denkst, dann kannst du es mir ja getrost überlassen.“

„Hohoho, lieber lasse ich mich von einem Zerghmagus schrumpfen und trete als winziger Gibali beim Koboldschach an!“

„Du bist verrückt geworden.“

„Ho, so langsam sehe ich das auch ein, doch ich weiß, falls ich sterbe, wird mein Tod eh nicht von langer Dauer sein. Bin ich doch nur solange tot, bis sich das Zeitenrad wieder dreht, hoh…“

„Dazu muss das Rad der Zeit erst einmal gedreht werden!“, antwortete Zelduin bissig und klopfte auf die Tasche, wo er das Goldrad hineingetan hatte.

Die beiden ungleichen Wesen umkreisten sich wie zwei Wildkatzen, die laut fauchend um ein großes Beutetier stritten und nicht wussten, wer der Stärkere von beiden war. Balins böse Seite spiegelte sich nun wieder klar und deutlich auf seinem Antlitz wider. Vielleicht hatte Zelduin den Bogen überspannt.

„Wenn du stirbst, bist du für immer tot; bedenke dies, Zelduin", sagte der Zwerg drohend.

„Du wirst mich nicht töten", antwortete Zelduin, und ein großer Teil von ihm glaubte tatsächlich daran.

Balin grinste breit und begann zu lachen, erst leise, dann immer lauter. „*Hohohoho*, hohohoho wir spielen *Koboldschach*!", rief er und stieß überraschend zu!

Zelduin wich mit dem Oberkörper zurück. Balins blaue Klinge kam bedrohlich nahe, so dass er dachte, dass es aus mit ihm wäre, doch versengte die magische Waffe lediglich ein paar seiner schulterlangen, blonden Haare. Aus einem unbestimmten Gefühl heraus wusste der Meowinger, dass der Zwerg jederzeit in der Lage war, ihn zu töten. Vielleicht würde er es auch versuchen, dachte er und führte einen energischen Gegenschlag aus. Der muskulöse Gibali parierte den Hieb kraftvoll, so dass Zelduins Schwertarm beim Zusammenprall für ein paar Augenblicke taub wurde.

„Ich kenne einige Zirkusaffen, die haben mehr drauf als du!", spottete Balin mit einem hämischen Grinsen im Gesicht.

„Ach ja?", antwortete Zelduin laut, weil ihm nichts Besseres einfiel. Die Worte machten ihn wütend, und er wusste, dass es genau das war, was der Zwerg damit bezwecken wollte. Trotzdem verlor er kurz die Beherrschung und ließ eine ganze Reihe von ungestümen Schlägen auf seinen Widersacher einprasseln, der jedoch halb tänzelnd den Attacken auswich oder sie mit spielerisch aussehender Leichtigkeit parierte.

„Holaho!", sagte Balin und lachte, während die Blauschwerter knisterten. „Du begehst einen großen Fehler, wenn du denkst, dass du mich besiegen kannst."

„Ich glaube nicht, dass die Götter mich so weit kommen lassen haben, damit ich hier sterbe", sagte Zelduin und versuchte, seiner zitternden Stimme mehr Kraft zu verleihen, da er höllische Angst hatte.

Balin belächelte sein Gegenüber stumm wie einen schlechten Hofnarr, der nach einer dilettantischen Aufführung Applaus und Silberlinge haben wollte. Dabei ließ der Zwerg sein Schwert selbstsicher herabsinken und seine Deckung ein Stück weit offen. Zelduin drehte sich geschwind um seine eigene Achse und schlug dann mit voller Wucht zu. Balin machte einen Satz zurück, um dem stürmischen Hieb auszuweichen. Die Klinge streifte über sein Lederwams. Unbeeindruckt des gefährlichen Angriffs warf sich der Gibali nach vorn und stach mit seiner Waffe zu. Der Jäpa konnte den Stoß ablenken, die Schwertspitze aber verkohlte seine Kleidung und seine Haut auf Brusthöhe. Schmerzen zuckten durch seinen Leib. Langsam wurde aus dem spielerischen Ringen tödlicher Ernst.

„Ich würde mich auf deine Götter nicht allzu sehr verlassen!", posaunte Balin hochnäsig heraus.

„Wenigstens habe ich den Glauben an sie noch nicht verloren", antwortete Zelduin wütend.

„Bist du dir da wirklich sicher, ho? Euer Planet Meowing ist verwelkt. Was sind das für mächtige Gottheiten, an die du glaubst und in die du all deine Hoffnungen steckst, ho?" Balin spitzte seine fülligen Lippen und setzte eine gespielt traurige Miene auf. „Sieh es ein, du bist genauso von den Göttern verlassen wie wir Gibali. Nur stehst du wahrlich ganz allein da, denn du bist der letzte deiner Art … der letzte *Elgram*."

„…hasenherziger, koboldschwacher Zwerg oder Mensch, auf den man sich im Kampf nicht verlassen kann und mit dem man lieber keine Heldenreisen macht…", hallte es durch Zelduins Kopf. Er hatte sich die Worte aus dem Zwergenlexikus gut eingeprägt. „Das mag sein, aber auch feige, hasenherzige Kobolde kämpfen, wenn man sie in die Enge treibt."

„Hooohooo“, machte Balin hochmütig. „Sieh an, du hast die altgiblische Sprache enträtselt. Aber du willst dich doch nicht wirklich einen Kobold nennen, ho? Du bist allenfalls ein vollgefressener Ekäk, ein kleiner, dicker Speisekammergnom, mit dem man wahrlich keine Heldenreisen machen möchte!“

„Glaubst du wirklich, dass du mich mit Beleidigungen besiegen kannst?“

„Ho, aber mein Schwert würde auch genügen.“ Balin ließ seine magische Klinge auf und ab tanzen wie ein Gelehrter seine mit Tinte getränkte Gänsefeder beim Schreiben. „Wirklich komisch, hoho. Du trägst einen giblischen Zhuk in deinem Hirn und kennst dennoch eine der ältesten Traditionen unseres Volkes nicht.“ Der Zwerg grinste verschmitzt. „Nun, du sollst nicht wie ein dummer Ekäk sterben. Wir Gibali haben eine uralte Tradition, älter noch als eure Götter… es gewesen sind, und wir lieben sie, mehr noch als Koboldschach, hoho. Wir duellieren uns mit Worten. So wurden und werden alte Grolls, endlose Debatten und kleine Nachbarschaftskriege beigelegt. Dabei geht es darum, den Ingrimm des anderen heraufzubeschwören, der Ingrimm der Torheit und Narrheit, der immer dann aus dir herauskommt, wenn du wütend wirst. Er lässt dich törichte Dinge tun, wie zum Beispiel mit dem Schwert herumfuchteln, als sei es ein Staubwedel.“ Mit einem seichten Kopfnicken verdeutlichte der Zwerg, dass er damit die Schwertkunst des Jäpas meinte.

„*Interessant*“, dachte Zelduin. „Wenn ich mich nicht irre, hast du mir das Fechten mit dem Blauschwert beigebracht“, antwortete er schließlich wortgewandt.

„Hoho, du lernst rasch… für einen *Elgram*.“ Balin funkelte ihn streitlustig an. „Vielleicht gelingt es dir ja, meinen Ingrimm aus mir herauszuholen. Allerdings weiß ich nicht, ob dir das dann gefällt, hohohoho.“

„Du hättest lieber mit geöffneten Augen durch Jumatahoni reisen sollen, als dich mit albernen Wortkämpfen zu beschäftigen, dann hättest du vielleicht nur ein Dutzend Jahre anstatt zehntausend gebraucht, um zu verstehen, dass die Zergh mit euch all die Jahre ein hinterlistiges Spiel gespielt haben wie die Katze mit einem kranken, alten Speisekammergnom, den sie vor sich her scheucht, um ihn dann doch irgendwann zu fressen, wenn es ihr recht ist!“

Der unverblümte Wortschwall hatte Spuren im Gesicht des Zwergs hinterlassen. Er hielt inne, seine Pupillen vergrößerten sich und jeglicher Genuss war aus seinem Antlitz verschwunden. Zelduin lächelte, um seine Angst zu verbergen, doch er bereute bereits, was er gesagt hatte, obwohl es der Wahrheit entsprach.

„Es war sowieso ein langweiliges Gespräch“, sagte Balin und griff plötzlich an. „HOHO!“

Der rotbärtige Zwerg führte sein Blauschwert klug und mit meisterlicher Akribie, wie es eben jemand tat nach zehntausend Jahren der Übung. Zelduin führte seines wie ein hektischer Dirigent, und er geriet arg in Bedrängnis. Die meisten Hiebe und Stiche konnte er parieren, denn er war ein guter Schwertkämpfer, doch einige Attacken kamen durch, bohrten Löcher in seine grüne Kleidung und kratzten seine Haut blutig. Einmal wurde er übel an der Schulter getroffen, und ein zweites Mal streifte die magische Waffe des kleinwüchsigen Wesens seinen Oberschenkel. Immer wenn Zelduin es wagte, zu einem Gegenstreich auszuholen, wurde dieser kurz darauf mit einem halben Dutzend stürmischer Attacken beantwortet, von denen jedoch nie eine tödlich war, was Zelduin rasch zu dem Entschluss kommen ließ, dass er doch recht hatte und der Zwerg ihn gar nicht töten wollte. Seine Hand würde er dafür dennoch nicht ins Feuer legen, denn Balin befand sich wie im Blutrausch und schien nur noch teilweise Herr seiner Sinne zu sein. Noch unheimlicher fand der Jäpa jedoch, dass der Zwerg plötzlich nichts mehr sagte und nur noch sein Schwert sprechen ließ.

Zelduin war bald mit leichten Schrammen und blutigen Stellen übersät. Sein ganzer Körper schien in Flammen zu stehen, denn die mit der Blauklinge verursachten Wunden brannten höllisch. Die Runen auf dem Leuchtschwert schienen dem Opfer bei jeder Berührung besonders viel Lebenssaft zu rauben. Die Finger seiner Schwerthand fühlten sich von dem heftigen Schlagabtausch bald taub an und kribbelten wie verrückt.

Der Schwerttanz ging noch eine kurze Weile so weiter, bis Balin seine Waffe mit mindestens zweifacher Hasengeschwindigkeit senkrecht auf den Meowinger herabsausen ließ! Zelduin blockte den brutalen Schlag zwar, aber er wurde von den Beinen gerissen und landete rücklings auf dem Boden. Blitzschnell warf sich der Gibali auf ihn, so dass Zelduin eingekeilt unter dem stämmigen Wesen begraben war und sich kaum mehr bewegen konnte. Das magisch leuchtende Blauschwert des Zwergs spürte er an seiner Kehle.

„Du bist mir irgendwie doch ans Herz gewachsen, Zelduin. Wirklich schade, dass deine Geschichte bald enden wird", meinte Balin melancholisch und durchwühlte mit seiner freien Hand die Taschen des Besiegten, bis er das Zeitenrad in der Hand hielt. Er streckte das goldene Ding in die Höhe und bewunderte es mit seinen haselnussbraunen Augen, die sowohl Wahnsinn als auch Hoffnung widerspiegelten, und da war noch etwas anderes, eine Art von Besessenheit, die hin und wieder in seinen Pupillen aufblitzte. Der Gibali war von dem Rad der Zeit völlig fasziniert, er war fast wie in Trance, als hätte er sein Leben lang auf diesen Moment gewartet…

Jenen träumerischen Augenblick nutzte Zelduin, um seinen Schwertarm unter der schweren Last des gedrungenen Wesens zu befreien. Dann stach der Jäpa mit seinem Blauschwert blitzschnell zu! Balins Gesicht verzog sich zu einer verschreckten Fratze.

„Hakrut, zörok!", fluchte der Zwerg, stand auf und torkelte ein paar Schritte zurück. Dann zog er Zelduins Schwert langsam aus seinem rechten Auge heraus… mitsamt seinem Augapfel. Anschließend warf er das Schwert fort. Blut quoll aus seiner leeren Augenhöhle heraus, besudelte sein Gesicht und tropfte dann auf seinen langen, feuerroten Bart.

Zelduin war selbst erschrocken, was er getan hatte, denn der wahre Feind war ja eigentlich irgendwo da draußen. Wie gelähmt blieb er am Boden liegen.

Derweil musterte Balin den Meowinger mit seinem linken, gesunden Auge inbrünstig, während er sich um das andere eine schwarze Augenklappe band, die er aus der Innentasche seines Gewandes geholt hatte. Als er fertig war, sah er wieder aus wie der alte Balin, der so lange sein Gefährte gewesen war.

„Die habe ich immer dabei", sagte der stämmige Gibali und drückte auf seiner schwarzen Klappe herum, bis sie richtig saß. „Und weißt du auch warum, ho? Weil sich einige Dinge merkwürdigerweise immer gleich entwickeln, und es spielt dabei absolut keine Rolle, wie oft die Zeit zurückgedreht wird. Mein rechtes Augenlicht habe ich im Laufe der Zeit immer wieder verloren, wenn auch auf unterschiedliche Art und Weise. Immer und immer wieder, ho-ho. Genauso wie ihr Elgrams immer wieder an eurer Reise zum Nullpunkt scheitert. Stimmt dich das irgendwie nachdenklich, ho?" Es stimmte Zelduin in der Tat nachdenklich, denn es nahm ihm die Hoffnung, dass sich alles doch noch einmal zum Guten wenden würde; seine Kehle war aber so trocken, dass er keinen Ton hervorbrachte. „Tja, einige Dinge scheinen sich immer wieder zu wiederholen oder gleichartig zu entwickeln, als ob die Götter nicht wollen, dass wir das Schicksal Jumatahonis mit diesen verfluchten Zeitmaschinen verändern." Balin hielt das Zeitenrad vor sich in die Höhe und setzte wieder einen verträumten Blick auf.

Zelduin richtete sich auf, wagte es aber nicht, sich dann noch einmal zu rühren. Der Zwerg hatte im Moment zwar nur ein Auge für sein erbeutetes, gülden glitzerndes Diebesgut, aber er wusste, dass sich das rasch ändern konnte…

Zelduin hatte diesen Gedanken kaum zu Ende gedacht, da wandte der Zwerg seinen Blick vom Rad des Schicksals ab und starrte den Jäpa plötzlich an, als stehe er einem Dämon der alten Tage gegenüber. Balins Gesicht nahm merkwürdige Züge an, die der Meowinger bei dem Gibali noch nie zuvor gesehen hatte. Dann erst bemerkte Zelduin, dass das haselnussbraune Zwergenauge nicht *ihn* anstarrte, sondern irgendetwas anderes, das irgendwo hinter ihm seinen Ursprung zu haben schien. Zelduin stand mit dem Rücken zu dem überdimensional großen Bullaugenfenster. Irgendetwas schien da draußen vor sich zu gehen. Die Miene des Zwergs verfinsterte sich immer mehr, sein linkes Auge verformte sich zu einem engen Schlitz. Zeitgleich steckte er sein Blauschwert zurück in die Scheide und hängte sich das Zeitenrad um den Hals. Anschließend band er seine riesige Zweihandaxt vom Rücken los und hielt sie allzeit bereit vor sich. Er umklammerte sie so fest, dass seine Handknochen weiß hervortraten.

Langsam drehte Zelduin den Kopf und warf einen Blick über seine Schulter hinweg. Ihm stockte der Atem, als auch er sah, was da auf sie zukam. Draußen, hinter dem gewölbten Rundglas, flog ein nachtschwarzer Pterodaktus von gewaltigem Wuchs, und er segelte im Sturzflug, schnell wie ein Pfeil, geradewegs auf sie zu! Auf dem riesenhaften Sauriervogel saß ein hünenhafter, in einen roten Umhang gehüllter Zergh, dessen Furcht einflößende Gestalt und Größe unübertrefflich waren. Es war Zarxaurus! Das konnte Zelduin mit Gewissheit sagen, denn er spürte es auf eine sonderbare Weise.

„Er kommt also doch, um mich zu holen…", dachte er, und es gruselte ihn wie damals die alten, märchenhaften Schauergeschichten, die ihm Rolotario einst vor langer Zeit vorgelesen hatte, als er noch ein kleines Kind war.

„Wir spielen wieder Zarakalaz…", flüsterte Balin geheimnisvoll, derweil der Zerghherrscher mit seinem monsterhaften Flugtier auf die Änautilus zuraste; sein roter Umhang flatterte wild hinter ihm. Keine Geschützkanzel des zeppelinartigen Schlachtschiffs eröffnete das Feuer. Vermutlich waren die Laserkanonen von den Zergh, die durch das Schiffstor gekommen waren, alle zerstört worden.

Bevor der Zerghmagus das Schiff erreichte, richtete er seinen schwarzen Zauberstab nach vorn. Sein unheimlich klingender Ruf war selbst durch das dicke Glas zu hören. Ein roter Lichtblitz schoss aus der Stabspitze heraus und krachte kurz darauf in das Bullaugenfenster, auf welchem sich kleine und große Risse bildeten wie ein rasch wachsendes Spinnennetz, das gleich von mehreren Achtbeinern gesponnen wurde. Dann zerbarst die Scheibe! Zelduin hielt sich beide Hände vors Gesicht, um sich vor den umherfliegenden Glassplittern zu schützen, die wie ein kurzer, heftiger Regenschauer auf ihn einprasselten; sie fügten ihm kleine Schnittwunden an Armen und Beinen zu. Balin hingegen krümmte keinen Finger. Die Glasstücke, die seine nackte Haut spickten, schien er gar nicht zu spüren. Er zupfte in aller Ruhe seine Augenklappe zurecht, nahm eine breitbeinige Kampfhaltung ein und flüsterte etwas vor sich hin, das Zelduin nicht verstand - wahrscheinlich war es ein altes, giblisches Gebet.

Einen Lidschlag später rauschte der König aller Zergh mit seinem urzeitähnlichen Monster durch das zerbrochene Bullaugenfenster herein! Zelduin warf sich zur Seite, rollte sich ab und suchte Schutz hinter einer großen Truhe, während der Pterodaktus krachend aufschlug und über den Metallboden schlidderte, wobei seine ausgebreiteten, riesigen Lederflügel dabei etliche Kisten und Körbe umrissen.

„Hierher, Elgram!", rief Balin zu Zelduins Überraschung. Es war, als ob der Zwerg nach einem langen, bösen Traum endlich wieder zu sich gekommen war.

In jenem Moment handelte der Meowinger, ohne viel nachzudenken. Obwohl er sich mit dem Gibali eben noch bekriegt und ihm gar ein Auge ausgestochen hatte, wusste er aus irgendeinem Gefühl heraus, dass das zwergische Wesen ihm nun nichts mehr antun würde. Zelduin lief an Balin vorbei und stellte sich hinter seinen kleinen, aber breiten Schatten.

Zarxaurus war auf seinem Flugsaurier inzwischen zum Stehen gekommen. Die langen Krallen des Urzeitvogels hatten tiefe Kratzspuren auf dem Metallboden hinterlassen. Der Pterodaktus stieß einen ohrenbetäubenden Schrei aus, der von den Wänden widerhallte, und streckte seinen langen Hals dann weit nach oben, um noch imposanter auszusehen.

„Wenn du den Elgram haben möchtest, musst du erst an mir vorbei, hoho!", brüllte Balin dem dreiäugigen König entgegen.

Zarxaurus fauchte etwas in seiner grässlichen Sprache. Der Monstervogel mit dem wulstigen Knochenaufbau auf dem Kopf stürmte daraufhin mit weit aufgerissenem Schnabel vorwärts und quäkte dabei wie ein kleines Kind, das schon lange nichts mehr zu essen bekommen hatte. Der Boden bebte unter dem elefantenschweren Gewicht des Vogels, seine klauenartigen, dreifingrigen Hände an den Flügelenden schnappten dabei gierig auf und zu.

Zelduin zog sich noch weiter zurück, während Balin seelenruhig stehenblieb. Die mandelförmigen, pechschwarzen Augen des riesigen Fledermausvogels hatten den Zwerg fest im Visier, sein nach Verwesung riechender Atem eilte ihm voraus und schenkte Zelduin Übelkeit. Kreischend öffnete der Vogel seinen spitzen Schnabel, so dass seine dünne, lange, aschfahle Zunge zum Vorschein kam. Im letzten Moment, als der gewaltige Schnabel auf Balin herabsauste, löste der Gibali sich aus seiner Starre, machte einen großen Ausfallschritt, sprang dann in die Höhe und schmetterte seine grünlich schimmernde Runenaxt nach unten. Sie durchtrennte den Hals des Tiers wie ein Messer ein Stück weiche Butter. Das Vogelgeschrei erstarb jäh, und die großen Vogelaugen wurden glasig. Gelbes, zähflüssiges Blut spritzend sank der Pterodaktus zu Boden. Seine beiden Körperhälften zappelten noch eine kurze Weile, ehe sie erschlafften und keinen Mucks mehr von sich gaben.

Dann hechtete Balin rasch wieder zurück an seine angestammte Position und stellte sich schützend vor den verängstigten Jäpa. König Zarxaurus blieb auf dem Kadaver des toten Urzeitvogels sitzen und beäugte stumm und ausdruckslos mit seinen drei Augen das blutige Werk, das das kleine, gedrungene Wesen angerichtet hatte. Vielleicht trauerte er um sein Monster, aber Zelduin bezweifelte, dass diese Kreaturen überhaupt Gefühle besaßen.

„Da guckst du, du hässlicher Zirkusaffe, ho?!", brüllte Balin hochmütig den Riesenzergh an, der gemächlich von dem ausblutenden Urtier heruntersteig. Zarxaurus benutzte seinen schwarzen Zauberstab dabei als Kletterhilfe. Er war fast dreimal so groß wie Balin. Seine drei, pechschwarzen Augen waren unergründlich, aber Zelduin war sich sicher, dass mindestens zwei von ihnen auf ihn gerichtet waren. Das vierte war vernarbt und zugewachsen.

„Wir standen uns schon einmal gegenüber, Zarxaurus! Erinnerst du dich daran, ho?", fragte Balin mit entschlossener Miene. Blut quoll noch immer unter seiner Augenklappe hervor.

„Hasshtz, sihhissh!", schrie der Zerghmagus, und ein lilafarbenes Blitzgewitter, das die Form eines wild umherwuchernden Wurzelwerks hatte, schoss aus seiner linken Krallenhand heraus.

Balin aber hob rasch seine magische Runenaxt und fing das Magiegebilde damit ab, das die Klinge eine Weile zuckend umspielte. Die grünen Intarsien darauf leuchteten hell, als sich der Zerghzauber leise knisternd auflöste.

„*Du* kommst *nicht* vorbei!", brüllte Balin.

Der Magus schien vor Wut zu schäumen, denn gelber, klebriger Speichel troff aus seinem spitzzahnigen Maul heraus.

„Gazshh hyyozshh, niyimrozschzh!", fauchte Zarxaurus und marschierte mit langen, ruckartigen Schritten vorwärts. „Ich dichhh schon einmal getööötet haaabe, niederes Wesennn. Ich dichhh wiederrr töööten werrrde, zshhhh!"

„Hohoho, ich und meine Axt haben lange auf diesen Moment gewartet! Stirb, du Ausgeburt der Zirkusaffenhölle!", rief Balin und rannte dem Wesen todesmutig und laut schreiend entgegen, die grünlich glühende Axt hoch erhoben.

Balins Zeitenrad schwang an der Kette um seinen Hals wild hin und her, genau wie das von Zarxaurus. Zelduin konnte es sehen. Wer hier den Sieg erringen würde, der würde im Besitz beider Zeitenräder sein und eine unglaubliche Macht besitzen. Das Schicksal Jumatahonis befand sich auf Messers Schneide, dachte Zelduin schaurig.

Einen Wimpernschlag später prallten die beiden ungleichen Kontrahenten aufeinander. Balin schlug mit seiner Axt hart zu, aber der Magus konnte die wuchtige Attacke mit seinem schwarzen Zauberstab scheinbar spielerisch abwehren. Beide Waffen verkeilten sich ineinander und versprühten magische, weißliche Funken. Obwohl das bleichgesichtige Wesen sehr viel größer war als sein kleiner Widersacher, schaffte es der muskelbepackte Zwerg, den Zerghkönig mit all seiner giblischen Kraft zurückzuschieben.

Zarxaurus fluchte in seiner zischelnden Sprache, während der Zwerg das Riesenwesen lautstark mit Spott verhöhnte: „Ich habe aus Mauselöchern Ekäks gezogen, die waren stärker als du, hohoho!"

Der Riesenmagus beugte sich kurz darauf tief hinunter und kam mit seinem Kopf ganz nah an den kleinwüchsigen Gibali heran, um ihm in die Augen schauen zu können. Zelduin sah, dass Balins Kraft plötzlich nachließ und seine Waffe immer weiter nach unten sank. Irgendeine Hexerei schien ihm seinen Willen zu rauben. Sein haselnussbraunes Auge war weit aufgerissen, und es blinzelte nicht mehr. Er schien hypnotisiert zu sein…

In jenem Moment aber schüttelte sich der Zwerg, erfasste die Situation neu und verpasste dem Zerghkönig eine brutale Kopfnuss; die Knochen des Zergh knackten. Zischelnd, quiekend und mit den Augen blinzelnd zog sich der dreiäugige Riese zurück. Blut lief dem Wesen aus der Nase; es war rotes, glitzerndes Blut. Balin setzte nach und schlug mit seiner zweihändigen Axt immer wieder auf die monströse Kreatur ein, die für ein paar Momente arg in Bedrängnis geriet. Zarxaurus setzte sich mit seinem Stab, an dessen Spitze ein roter Kristall leuchtete, zur Wehr, aber er konnte den wildgewordenen Zwerg, der leichtfüßig um ihn herumwirbelte und immer wieder seine kraftvollen Attacken austeilte, nur schwer im Zaum halten.

„Und du willst *unbesiegbar* sein, ho?!", schrie Balin höhnend und lachte, während er seine Runenaxt tanzen ließ wie ein alter Schwertmeister, der sich ein Leben lang nur der Fechtkunst gewidmet hatte.

Als Zelduin sah, wie heldenhaft und meisterhaft der Zwerg kämpfte, wurde ihm jäh bewusst, dass Balin die ganze Zeit nur mit ihm gespielt haben konnte. Der Gibali schien mit seiner Axt verschmolzen und eins geworden zu sein. Er hatte sich in eine tödliche, knurrende Maschine verwandelt, um die man lieber einen großen Bogen machte, wenn man konnte. Balin ließ seine ganze Wut und seinen Hass an dem Monstrum aus und fügte ihm zwei klaffende Wunden am Bauch zu. Dann aber fand der langbeinige König eine Lücke in der Verteidigung seines kleinen Widersachers und rammte ihm die stumpfe Seite seines Stabs in den Leib. Balin wurde zurückgeschleudert, purzelte über den Boden und kam dann in einer flüssigen Bewegung wieder auf die Beine. Zarxaurus stelzte ruckartig ein paar Schritte rückwärts. Ihm schien der Nahkampf mit dem Zwerg zu gefährlich zu sein. Das Monsterwesen richtete seine linke Klauenhand auf einen umgekippten Stapel Kisten und zischelte etwas unheimlich Klingendes vor sich hin. Die gelben Fingernägel des Riesen tanzten dabei wellenartig auf und ab, als hielte er das Spielkreuz einer unsichtbaren Marionette in der Hand…

Plötzlich begann eine der Kisten zu schweben! Zarxaurus lenkte sie auf irgendeine magische Weise. Dann ließ er seine Klauen in die Richtung des Zwergs schnellen. Die hölzerne Kiste nahm die gleiche Flugbahn und steuerte pfeilschnell auf Balin zu, der die Holzkiste mit seiner Axt in zwei Hälften teilte. Krachend zersplitterte das Holz und verteilte sich rings um das gedrungene Wesen, das auf den Zerghherrscher entschlossen zumarschierte.

Kaum hatte der Gibali das erste magische Hexenwerk des Zerghzauberers zerstört, da rauschte schon die nächste Kiste auf ihn zu, diesmal von der anderen Seite, aber Balin wehrte auch dieses schwarzmagische Geschoss ab und zerfetzte es in Einzelteile. Einen Lidschlag später erhob sich plötzlich eine schwere Truhe. Wankend stieg sie in die Lüfte und nahm kurz darauf Kurs auf den Zwerg. Balin duckte sich unter dem mannshohen Geschoss hindurch, das einen Augenblick später an der Metallwand hinter ihm zerschellte.

Der nächsten, verzauberten Holzkiste, die der Riesenzergh unsichtbare Flügel verliehen hatte, um den Vormarsch des Zwergs zu stoppen, konnte Balin nicht mehr rechtzeitig ausweichen. Mit einem dumpfen Geräusch krachte sie in seine Flanke und warf ihn um. Balin schüttelte sich einmal und stand rasch wieder auf, um ein heranfliegendes Holzfass abzufangen.

Zarxaurus bewarf den Zwerg mit allem, was groß, scharfkantig oder schwer war. Geschoss um Geschoss prasselte auf den Gibali ein. Trotzdem kämpfte er sich mühselig und Hasensprung für Hasensprung weiter vorwärts, als befände er sich in einer stürmischen Windhose, doch Zelduin sah, dass die Kräfte des Zwergs allmählich nachließen.

„Zeigt euch, ihr Götter Mäols, wenn es euch gibt...", flüsterte Zelduin und wagte es nicht, sich zu rühren.

Der Gibali konnte längst nicht mehr alle fliegenden Hexereien abwehren. Viele seiner inzwischen kraftlos gewordenen Axthiebe gingen nun ins Leere. Er wurde zum Spielball für den Zerghmagus, der hin und wieder zufrieden grunzte.

Da krachte plötzlich ein schweres Metallteil in Balins Rücken, was ihn in die Knie zwang. Ein kupfernes Rohr, das ihm eine Sekunde später an den Kopf knallte, brachte ihn schließlich erneut zu Fall, und diesmal stand er nicht wieder auf. Zelduin wollte ihm zu Hilfe eilen, doch der Schreck lähmte ihn, und dann war die Chance schon vorbei. Zarxaurus stakste mit schnellen Schritten auf den leblos wirkenden Zwerg zu, der mit dem Rücken auf dem Boden lag, und zeigte mit seiner grauen, knochigen Hand auf den Besiegten. Lilafarbene Blitze stoben von seinen Fingerkuppen und drangen in den Leib des Zwergs ein, der durch die tödliche Energie bebte und unkontrolliert zuckte. Wie dünne Würgeschlangen aus grellem Licht wandte sich der schreckliche Zauber um den Körper des Zwergs, bis die Magie sich knisternd verflüchtigte. Violetter Dampf stieg nun von dem gedrungenen Wesen auf. Erst dann wagte sich Zarxaurus näher an den Gibali heran. Er beugte sich tief zu ihm hinunter, nahm das güldene Zeitenrad an sich und beäugte es argwöhnisch mit schlitzförmig zusammengezogenen Augen, als ob er nicht glauben konnte, was er da in seiner Klaue hatte.

Zelduin zitterte vor Angst, als er glaubte, im Augenwinkel gesehen zu haben, dass der Zwerg sich noch bewegte. Vielleicht war es auch nur das letzte bisschen Leben, das zuckend aus seinem kleinen Körper entwichen war.

Zarxaurus fing plötzlich hysterisch zu lachen an, hob den Kopf in den Nacken und breitete triumphierend beide Arme aus, als wollte er das göttliche Licht seiner Himmelsherren empfangen...

In jenen düsteren Herzschlägen bäumte sich Balin plötzlich noch einmal auf! Zelduin hatte sich nicht getäuscht, der Zwerg war noch nicht tot. Welche Kraft ihn auch immer am Leben hielt, sie hatte ihn noch nicht verlassen. Mit vor Zorn entflammtem Auge ließ der Gibali seine grüne Axt noch ein letztes Mal kreisen und schlug der widerlichen Kreatur die Hand ab, in der sie das güldene Zeitenrad umklammerte. Zarxaurus zog sich ein paar ruckartige Schritte zurück und stieß einen unmenschlichen Schrei aus, während aus seinem Armstumpf eine Fontäne aus rotem, glitzerndem Blut herausschoss, das halb ihm und halb magischen Meowingern gehörte.

Schwer atmend beugte sich Balin hinunter und befreite das kleine Zeitenrad aus den langen Knochenfingern der abgetrennten Zerghhand, die eben noch Blitze und andere Hexereien heraufbeschworen hatte. Taumelnd rannte Balin mit dem kleinen Goldding in der Hand los. Einen klitzekleinen Hasenherzschlag später beugte sich Zarxaurus' dreimal größerer Schatten auf ihn hernieder! Plötzlich fuhr ein heftiger Ruck durch den Zwerg, und er hob sich strampelnd in die Lüfte; aus seiner Brust kam ein rötlich leuchtender Kristall heraus, Blut tropfte daran herunter. Zarxaurus hatte dem Gibali seinen Zauberstab von hinten in den Rücken gerammt und ihn aufgespießt wie ein Wasserjäger mit seinem Dreizack einen Fisch.

Balin lief noch ein paar Schritte in der Luft weiter, bis er registrierte, dass er keinen Boden mehr unter den Füßen hatte. Kurz darauf ließ er seine schwere, zweihändige Axt fallen, sein Gesicht erbleichte, seine Gliedmaßen erschlafften und sein Kopf sank auf die Brust. Dann schaute er noch einmal auf, fixierte den Jäpa mit seinem haselnussbraunen Auge und warf ihm das Zeitenrad zu, das klimpernd über den metallenen Boden schlidderte und vor den Füßen des Meowingers liegen blieb.

„Rette die Welten, Zelduin. Ich war ein Narr … ein Zirkusaffe", hauchte Balin mit letzter Kraft und sank dann wieder in sich zusammen.

Zelduin war klar, dass Balin das Zeitenrad eigentlich nicht in den Händen eines Elgrams sehen wollte, aber noch viel weniger wollte er es in den Klauen des Erzfeindes seines Volkes wissen.

Zarxaurus stieß einen wütenden Zischton aus. Langsam zog der dreiäugige Riese den blutüberströmten Stab wieder aus dem Gibali heraus, er zischelte dabei unentwegt in seiner hässlichen Sprache. Balin fiel klatschend auf den Boden wie ein Fisch, der sich an Land ohne Arme und Beine nicht abfedern konnte. Er regte sich nicht mehr, doch der Magus traute dem leblosen, rotbärtigen Wesen scheinbar noch immer nicht, denn er trieb seine magische Waffe abermals in ihn hinein. Vielleicht tat er dies auch nur, weil es ihn auf abscheuliche Weise befriedigte.

Dann widmete sich Zarxaurus dem spitzohrigen Jäpa zu, dem vor Angst eiskalt geworden war. Er fror am ganzen Leib. Nun stand er allein im Kampf gegen das Riesenwesen da, wie es schien.

Zelduin musste handeln. Rasch ergriff er das blutverschmierte Zeitenrad vor seinen Füßen und sah sich um. Er entdeckte neben sich sein altes Blauschwert, daneben Balins blutigen Augapfel. Er schnappte sich das Kurzschwert und…

Plötzlich wurde ihm auf seltsam vertraute Weise unwohl. Er kannte das merkwürdige Gefühl, dieses stärker werdende Kribbeln, wusste es in jenem Augenblick aber nicht richtig einzuordnen. Er spürte, dass er allmählich seiner Sinne beraubt wurde.

Draußen vor dem überdimensionalen, ovalen Bullaugenfenster flog ein Schwarm schreiender Sauriervogelreiter vorbei. Mehrere weiße Blitze stiegen von der Änautilus in die Lüfte auf und verschwanden dann im blauen Himmel. Eine der Laserkanonenkanzeln schien noch bemannt zu sein und zu funktionieren. Von der anderen Seite des Raums ertönten dumpfe Geräusche. Etwas knallte laut gegen die ihm gegenüberliegende Metalltür, die nun eine nach innen gewölbte Beule aufwies. Irgendjemand oder irgendetwas war da draußen und versuchte hereinzukommen. Zelduin glaubte, die brummigen Stimmen mehrerer Gibali zu hören, aber er konnte sich auch irren, denn die Geräusche um ihn herum rückten plötzlich in weite Ferne. Ein Rauschen drang in seine Ohren, und dann wurde ihm schwindelig. Jetzt erst begriff er, was mit ihm geschah! Hektisch wühlte er in seiner Innentasche herum, bis er den kleinen Ürüpilz in der Hand hielt, doch es war zu spät, denn ihm wurde bereits schwarz vor Augen. Er kippte vornüber und knallte mit seinem Kopf auf den kalten Metallboden, der Ürüpilz kullerte fort von ihm.

Als er seine Augen noch einmal halb aufschlug, sah er, wie die verbeulte Metalltür plötzlich explodierte! Aus umherwirbelnden Rauchsäulen und den dampfenden Überresten des Eingangs kam ein Trupp stark gepanzerter Gibali, auf ihren Köpfen dicke Eisenhelme, bewaffnet mit magischen Kurzschwertern und großen, bunten Rundschilden, herausgelaufen, an seiner Spitze ein blondbärtiger Zwerg, der Zelduin auf seltsame Weise sehr vertraut vorkam.

Dann holte ihn der Zhuk endgültig aus der Wirklichkeit heraus und warf ihn in die verdammte Traumwelt, die er so fürchterlich zu hassen gelernt hatte…

Dunkelheit umgab ihn. Er verfluchte sich, weil er nicht rechtzeitig gemerkt hatte, welch tückische Krankheit ihn wieder befallen hatte. Er fragte sich, was wohl mit ihm passieren würde, wenn er in der realen Welt sterben würde. Vielleicht müsste er dann bis in alle Ewigkeit in dieser Scheinwelt umherwandeln. Vielleicht hatte Zarxaurus ihn ja schon längst getötet, aber vielleicht war es den Gibali auch gelungen, ihn zu retten, falls sie das denn überhaupt beabsichtigten.

Zelduin wusste, dass es keinen Sinn machte, sich den Kopf über diese albtraumhafte Vorstellung zu zerbrechen und darüber nachzudenken, wie er der Traumwelt wieder entfliehen konnte, denn er war vollkommen machtlos und konnte nichts tun, doch er grübelte trotzdem darüber nach. Er konnte nun eine sehr lange Zeit hier festsitzen. Vielleicht hatten sich die Götter von ihm abgewandt … ein für allemal.

Merkwürdigerweise kündigte sich der Eintritt in Arjons Welt diesmal nicht durch einen grellen Lichtblitz an. Es blieb dunkel. Er spürte, dass er wieder im Tal der Träume war. Sehen konnte er jedoch nichts. Vielleicht war er tot. Zarxaurus hatte ihm vielleicht den Kopf abgebissen oder ihn mit einem bösen Zauber belegt. Vielleicht war es aber auch Arjon, der in dieser Erinnerung schon gestorben war und irgendwo mit geschlossenen Augen herumlag. Dann spürte er aber den Herzschlag des Zwergs! Der Gibali war also nicht tot. Das Herz pulsierte schnell, schneller als sonst, dachte Zelduin. Irgendetwas stimmte nicht. Vielleicht schlief Arjon auch und hatte nur einen bösen Traum…

Plötzlich hörte er Stimmen um sich herum, schrullige, ulkige Stimmen, mindestens drei. Es war Halblingsch, das erkannte Zelduin sofort, doch er konnte das piepsige Geschnatter nicht verstehen.

„Haineimeix slui roian i Meelei brem, i zenzen…“

„Högröt! Ikländ, aruz Olopheös!“, brüllte ein aufgebrachter Zwerg dazwischen, der ganz in der Nähe war. Wenn Zelduin sich nicht irrte, dann war es Alrics Stimme.

„Das hier ist nur zu eurem Besten“, sagte eine der piepsigen Hablingsstimmen. „Und zum Besten für Jumatahoni.“

„Hohoho!“ Zelduin erkannte nur an dem herzhaften Gelächter, dass es sich um Balin handelte, und irgendwie beruhigte es ihn, dass der Gibali auch da war. „Ich kannte mal einen haarigen Kobold, der konnte bessere Witze erzählen als du!“

Die Halblinge unterhielten sich wieder in ihrer eigenen, seltsamen Sprache. Nach einer kurzen Weile hörte Zelduin, wie einer der Halblinge dicht an Arjon herantrat und an seinem Kopf herumzupfte.

„Öokaät!“, fluchte Arjon aus Angst vor dem Unbekannten. Er war aufgeregt, daher schlug sein Herz auch schneller als sonst.

Plötzlich verschwand die Schwärze, als ein kleiner Halbling dem blondbärtigen Zwerg die schwarze Augenbinde abnahm. Der Halbwüchsige hatte ein rundes, bleiches Mondgesicht, eine spitze Nase und ein langes Kinn mit feuerrotem Spitzbart. Er trug einen rotweiß gestreiften Hosenanzug mit rotweißen Kniestrümpfen, eine gleichfarbige Ballonmütze, unter welcher orangerotes, zotteliges Haar herauslugte, und niedlich kleine, fingerlose, gelbe Lederhandschuhe. Sein stechender, grünäugiger Blick kreuzte den des Zwergs einen Moment, dann wandte sich der Halbmann strammen Schrittes ab. Zelduin hatte beinahe schon wieder vergessen, wie ulkig einige

Halblinge aussahen, denn er hatte lange keine mehr gesehen. Gleich drei schrullig gekleidete Halblinge wuselten um ihn herum.

Arjons Augen gewöhnten sich rasch an das diffuse Zwielicht, das in dem runden Kellergewölbe herrschte. Der Rundraum wurde von vier Steinsäulen gestützt und war nicht breiter als fünf liegende Trolle; er ging kegelförmig nach oben, mindestens zehn Speerlängen, und an der winzigen Decke befand sich ein kleines, kuppelförmiges Fenster aus grüngelben Buntglassteinchen, durch das mattes Licht hereinschien. Zelduin wusste aus Arjons Erinnerungen, dass die Halblinge solch skurrile, unterirdische Bauwerke errichteten. Der Raum glich einem kleinen Theater, denn es gab eine dreireihige runde Sitzreihe aus geschliffenem Stein, und in der Mitte befand sich ein schlichtes, graues Steinpodest. Arjon, Balin und Alric waren am Rande des unterirdischen Gewölbes platziert worden und saßen dennoch in der ersten Reihe, denn andere Spectators waren nicht geladen. Mit eisernen Ringen an Händen und Füßen waren sie an einen bestuhlten, massiven Holzwagen gefesselt worden, der mittels eines einfachen Holzschienensystems durch eine Tür in den Raum gefahren werden konnte. An der Deichsel des Holzgefährts, in ein ledernes Wagengeschirr eingebunden, stand ein kleines, weißes Pferdius mit einem dünnen, schneckenförmigen, blauen Horn auf der Stirn.

„Für jedes Barthaar, das du mir krümmst, stopfe ich dir einen fettleibigen Ekäk in deinen verwarzten Hintern!", brüllte der in der Mitte sitzende Balin den Halbling an, der ihm von der Augenbinde befreit hatte, und strampelte mit Händen und Füßen, doch die Eisenfesseln waren selbst für den muskulösen Zwerg zu stark.

Der Kleinwüchsige ignorierte das wilde Gebaren des Zwergs und ging zu den anderen beiden Halblingen herüber.

„Haimei, ilinohi zeni ik takha tukh", sagte eines der kleinen Wesen mit braungelber Ballonmütze und blauweiß gestreifter Pumphose.

„Tuki, olopei tukei", sagte ein anderer, der ein hellblaues Monokel in sein linkes Auge geklemmt hatte und eine gelbblau karierte Tracht trug.

„Takatuki takatuki!", äffte Balin die Halblinge nach. „Wenn ihr uns nicht auf der Stelle freilasst, dann könnt ihr was erleben, ihr verrückten, kleinen Clowns!"

Alles, was Balin erntete, war das überhebliche, spitzbübische Lächeln eines Halblings. Die drei kleinen Wesen marschierten kurz darauf durch eine kleine, runde Seitentür aus dem Saal heraus. Dann waren die drei Gibali und das weiße Einhorn allein in dem kargen, hohen Gewölbe.

„Hähkrüt! Wo bei allen übelgesinnten Koboldgöttern sind wir hier, ho?", fragte Alric und blickte sich um. Seine brummige Stimme hallte von den Wänden wider.

„Ich weiß es nicht, aber mir gefällt das hier ganz und gar nicht", sagte Arjon mit mulmigem Gefühl. An den Wänden und Steinsäulen entdeckte der Gibali eigentümliche Zeichen; Wale, aus deren Mäulern Schwerter herausragten, Fische mit Schwertnasen, ein Leviathan, der sich einmal um die Saaldecke schlang und dessen zackige Rückenflossen aus kurzen Breitschwertern bestanden, und auf dem Boden war das Bild eines Krebstiers mit Fischkopf geritzt worden. Seine sechs Beine endeten in langen, dünnen Krummsäbeln. „Hooo. Seht euch die Zeichnungen an. Das hier ist das Haus von Schwertfischbrüdern."

„Ho-ho. Ich habe das befürchtet", meinte Alric flüsternd. „Wir müssen auf der Hut sein. Man sagt, dass die Brüder die Magie beherrschen und dich Dinge sehen lassen können, die es gar nicht gibt."

„Im Schlaf haben sie uns überrumpelt, diese heimtückischen Harlekins", grummelte Balin vor sich hin. „Aaaaaargh!" Der rotbärtige Gibali mit der Augenklappe unternahm einen letzten Versuch, sich von den Fesseln zu befreien, doch vergebens. Das kleine, kurzbeinige Einhorn schreckte bei dem Schrei jedoch hoch und lief drei Schritte vorwärts. Der Holzwagen rollte dabei ebenfalls in den Steinrillen mit, und die drei stämmigen Fahrgäste wurden kurz von links nach rechts geschaukelt. Als die kurze Fahrt zu Ende war, schaute Balin seine Gefährten mit großem Auge an. „Ha! Seht ihr, so kommen wir hier heraus!" Der Gibali holte tief Luft. „Hooooooooooooooo!"

Balin schrie wie am Spieß und trieb das verstörte Einhorn damit an. Hasensprung für Hasensprung kämpfte sich das Vehikel auf den kreisförmig angelegten Schienen vorwärts, doch die Gleisabzweigungen waren so eingestellt, dass das Mobil nicht zum erhofften Ausgang rumpelte, sondern einmal im Kreis fuhr, bis es wieder an seinem alten Platz angelangt war. Balin verzog sein Gesicht zu einer übelgelaunten Grimasse. Dann stieß er einen halben Fluch aus, als auch er bemerkte, was Arjon sah. Ein kleiner Halbling stand reglos in einer kleinen, überdachten Empore, die sich eng an das flaschenhalsförmige, unterirdische Gewölbe schmiegte. Seine Gestalt war in Schatten gehüllt. Das kleine Männlein klatschte ein paar Mal in die Hände. Ihm schien das Theater, das Balin veranstaltet hatte, gefallen zu haben.

„Wie lange steht der Clown schon da oben, ho?", fragte Balin und prustete laut, da er vom vielen Schreien etwas kurzatmig geworden war.

Bevor seine Gefährten darauf antworten konnten, trat der Halbling aus dem Schatten der überdachten Empore ins trübe Licht. In seiner rechten Hand hielt das Geschöpf, das eine pompöse Ballonmütze in drei verschiedenen Grüntönen auf dem Kopf trug, einen weißen Gehstock, der die Form eines Schwertes hatte; der Griff war ein geschuppter Fisch mit breitem Mund. Die weißen Haare des Halblings und sein faltiges Gesicht zeugten von einem hohen Alter, und dennoch waren seine grauen, von weißbuschigen Brauen halbkreisförmig umrahmten Augen klug und messerscharf. Das Wesen, das noch einen Kopf kleiner war als ein Gibali, trug einen hellgrünen Frack mit güldenen Knöpfen und eine Pumphose, die goldgrün gestreift war. Güldene, prunkvolle Schnallen thronten auf seinen nach oben gebogenen, braunen Lederschuhen, deren Spitzen sich im Kreis kringelten wie die Schwänze von Seepferdchen.

„Lange genug, meine werten Herren", sagte der alte Halbling mit ungewöhnlich rauer Stimme für dieses Völkchen und stelzte die kleine Treppe, die hinab in den Saal führte, hinunter. Sein Stock klackerte leise bei jedem Schritt auf den steinernen Stufen.

„Was bist du, der Harlekin oder der Witzbold dieses Zirkusses, ho?", brummte Balin angriffslustig.

„Mein Name ist Guybrish Harles Monkei", krächzte das alte Wesen mit gleichmütiger Stimme. „Ich bin der *Direktor* dieses *Zirkusses*, wenn ihr das hier so nennen wollt."

„Ah, und wann fängt die spannende Show an, ho?"

„Sie wird gleich beginnen", antwortete Monkei, während er die Stufen langsam hinabstieg wie ein klappriges Ross.

„Wo ist das Orchester mit der Blasmusik, ho?", fragte Balin nicht ernst gemeint. „So komme ich ja gar nicht in Stimmung!" Monkei lächelte dünn, sagte aber nichts. „Und was ist mit jungfräulichen, kreatürlichen Seiltänzerinnen, ho?" Der Halbling grinste schweigend. „Aber einen jonglierenden Possenreißer oder einen Mimen, eines von beiden wird es doch wohl geben, ho? Auf die freue ich mich immer am meisten."

„Das wird es leider alles nicht geben."

„Wenn ich gewusst hätte, dass das hier ein lumpiger Jahrmarktzirkus ist, wäre ich nicht gekommen!"

„Seid euch gewiss, wir haben keinerlei Kosten gescheut", versicherte ihm der Halbling, „und trotzdem wird die Show nur aus einem einzigen Part bestehen, für den wir aber jede Menge Gold ausgegeben haben."

„Oh, dann kommt wohl ein großer, weißer Zauberer aus den fernen Morgenlanden, ho?", sagte Balin sarkastisch.

„Gar nicht so weit verfehlt. Zumindest sagt man jenen Geschöpfen nach, dass sie zaubern können. Er ist allerdings nicht allein die Hauptattraktion. Ihr gehört auch dazu."

„Wie überraschend. Die Show scheint wahrlich barbarisch zu werden. Ich kann es kaum erwarten, dass es endlich losgeht!", meinte Balin ironisch.

„Ihr müsst nicht mehr lange warten, und seid euch gewiss, dieser eine Part wird euch für die Warterei entlohnen, so haben es zumindest die meisten Gibali gesehen, die hier waren." Der weißbärtige Halbling meisterte die letzten Stufen und atmete erst einmal tief durch, bevor er weiterging.

„Ihr wisst, dass wir wieder leben werden, wenn sich die Zeit zurückdreht", sagte Arjon mit bösem Unterton. „Es ist also sinnlos, was auch immer ihr mit uns vorhabt."

„Oh, das will ich doch nicht hoffen, dass es sinnlos ist, und ich weiß, dass es auch nicht so ist."

„Falls ihr denkt, dass ihr uns überzeugen könnt, uns euch anzuschließen, so muss ich euch leider enttäuschen", entgegnete Arjon ihm barsch. „Eher würde ich einen dreiköpfigen Affen heiraten!"

„Und ich würde die Luft so lange anhalten, bis ich blau anlaufe und tot umfalle", lachte Balin herzhaft.

Monkei kicherte. „Ich möchte weder, dass ihr sterbt, noch dass andere schlimme Dinge mit euch passieren, und dennoch kann ich euch nicht versichern, *dass* sie passieren, denn die Show ist alles andere als harmlos."

„Was wollt ihr dann von uns, ho?", sagte Arjon erbost.

„Alles, was ich möchte, ist, dass ihr euch an die *Show* erinnert."

Zelduin las in den Gedanken Arjons, dass der Gibali das Geheimnis seines funktionsuntüchtigen Zhuks lieber für sich behielt. Dennoch war Arjon so verwirrt, dass er nicht wusste, wie er darauf reagieren sollte, genauso wie die anderen beiden Gibali, denn auch diese schwiegen. Watschelnd und mit dem Schwertstock klackernd kam der alte Herr näher und postierte sich direkt vor dem Gefangenenwagen. Erst jetzt bemerkten die Gibali, dass auf der Schulter des Halblings ein kleiner, hellgrüner, mit Warzen übersäter Gnom hockte. Der still dasitzende Wichtel hatte ein kleines Bäuchlein und ließ seine butterblumenstängeldünnen Beinchen hinunterbaumeln. Er hielt sich mit einer seiner vierfingrigen Hände an einem grünen Frackzipfel seines Herrn fest und stierte die giblischen Gäste mit seinen eng aneinander liegenden, gelben Augen nichtssagend an. Auf seinem Kopf trug er eine grüngelbe, mit drei Silberglöckchen beschmückte Narrenkappe, aus welcher seine langen, grünen Spitzohren herauslugten.

„Oh, wie schön, Tiere spielen in diesem Kabinett der Missgeburten also auch mit", spöttelte Balin.

Monkei griff mit seiner freien Hand in die Außentasche seines Gewandes, holte ein rotglasiges Monokel, das an einer goldenen Kette befestigt war, daraus hervor und klemmte es sich vor sein linkes Auge, so dass dieses bizarr groß wirkte. „Das ist kein Tier, das ist ein Ekäk", korrigierte der Halbwüchsige ihn. „Er gehört zur Familie der Grüngnome. Sie sind äußerst intelligent, können primitive Werkzeuge herstellen und sprechen eine eigene Sprache."

„Wir Gibali nennen diese lästigen Tierchen Speisekammergnome. Dass diese gefräßigen Wichtel intelligent sind, ist mir bisher entgangen. Ho, ich hatte mal einen Ekäk im Speisesaal, der hatte sich so vollgefressen, dass er im Mauseloch steckengeblieben ist, höhö. Euer Ekäk sieht auch ziemlich fett aus."

Monkei schmunzelte. „Seid lieber nett zu ihm, denn er wird gleich in euren Kopf hineingehen.“

Balin legte den Kopf schief, so dass sein gewaltiger Haarkamm einen seichten Bogen beschrieb. „Wie meint ihr das, ho?“

Monkei hob seine weißen Brauen. „Was wäre eine Show, wenn ihr schon vorher wisst, was alles darin passiert?“

Zelduin konnte in Arjons Gedanken lesen, dass der Halbling ihm allmählich Angst einjagte, und Zelduin auch, obwohl er wusste, dass das alles schon passiert war, wahrscheinlich vor sehr langer Zeit.

Plötzlich schwangen die ihnen gegenüberliegenden, grünen Türflügel des großen Tors auf.

Monkei wandte sich kurz um und setzte dann eine erhabene Miene auf. „Meine Herrschaften, die Vorstellung beginnt nun.“

„Na endlich“, posaunte Balin heraus.

„*Großartig…*“, dachte Arjon.

Aus den Schatten hinter der Tür stolzierte der Halbling mit der braungelben Ballonmütze und der weißblauen Pumphose heraus. Er hielt ein grünes, kopfgroßes Glasgefäß in der Hand, in welchem sich irgendetwas Glibberiges bewegte.

„Olopei tuz ikit“, sagte der Halbwüchsige und stellte den Behälter ab. Eine braune, mit rosafarbenen Warzen übersäte Unke saß darin, die gelegentlich ihre Bäckchen aufblähte.

„Horrey!“, rief Balin amüsiert. „Eine Kröte! Ist das der verzauberte Zauberer, für den ihr so viel Gold ausgegeben habt, hoho? Müssen wir ihn freiküssen, ho?“

„Nein, die Kröte wird *euch* küssen“, erwiderte der selbsternannte Zirkusdirektor und zeigte mit seinem weißen Schwertstock auf das gliblischige Tier. „Dieses seltene Tier sondert ein Gift ab, das euch während der ganzen Show bei Bewusstsein halten wird. Anschließend könnt ihr gerne sterben, aber es ist wichtig, dass eure Zhuks die Show aufzeichnen.“ Das Oberhaupt der Halblinge klang nun überhaupt nicht mehr humorvoll. „Wisst ihr, viele Gibali sind während der Vorstellung in Ohnmacht gefallen, daher ist das Froschgift so wichtig. Es hindert euch daran. Selbst mir wird manchmal schwindelig, obwohl ich nur zusehen muss.“

Arjon bekam ein ganz beklemmendes Gefühl, und auch Alric und Balin begannen zu schwitzen.

„Wie viele Gibali waren schon hier?“, fragte Arjon.

„Sehr viele.“

In jenem Moment wurde ein anderer Wagen von vier Halblingen durch die grüne Tür auf dem Schienensystem in den Raum gerollt. Der Wagen war wesentlich kleiner als der Gefangenenwagen der Gibali und bestand eigentlich nur aus einem hölzernen Thron, auf welchem ein spitzohriger, hagerer, alter Herr mit langen grauen Haaren saß.

„*Ein Meowinger!*“ Zelduin war überrascht. Als Monkei von einem Zauberer gesprochen hatte, hatte er schon befürchtet, dass ein Zerghmagus zur Vorstellung geladen worden war.

Der alte Mann war in ein graues Gewand gewandet. Er rührte sich nicht, seine Augen waren geschlossen, und sein Kopf lag auf seiner Brust, so dass seine langen Haare sein halbes Antlitz verdeckten. Sein Gesicht war ergraut, und durch die dünne Haut seiner Hände, die bewegungslos auf den Thronlehnen ruhten, sah man deutlich die Blutäderchen hindurchschimmern. Hinter dem Thron ragte eine ominöse Metallapparatur empor. Zwei kleine Kessel, in welchen eine gelbe und eine rosafarbene Flüssigkeit schwappten, waren an der Maschine befestigt worden. Außerdem pumpte ein roter Blasebalg ganz automatisch ständig Luft in einen durchsichtigen Schlauch, der im Mund des Meowingers endete. Ein anderer, dickerer Schlauch, in welcher eine hellgrüne Substanz floss, verschwand unter dem grauen Gewand des Menschen. Zelduin vermutete, dass darin Nahrung transportiert wurde.

„Ein Elgram, wie ungewöhnlich", kommentierte Balin die Szenerie ungebeten, doch wesentlich verhaltener als noch kurz zuvor.

„Das ist kein gewöhnlicher *Elgram*, um es in eurer Sprache auszudrücken", sagte Monkei gelassen, während der Holzwagen von den Halbwüchsigen auf das Podest geschoben wurde, so dass das blasse Sonnenlicht säulenförmig auf den spitzohrigen Neuankömmling herabschien. „Das ist ein Elgram, der schon einmal beim Nullpunkt gewesen ist."

Ein Moment der Stille herrschte, während die Halblinge sich leise schnatternd unterhielten und an den Gerätschaften des Throns herumspielten. Dann plötzlich bewegte sich der Meowinger. Seine Hände und Arme zitterten, sein Kopf erhob sich schwerfällig, so dass sein aschfahles, eingefallenes Gesicht zu sehen war. Seine blauen Augen waren trüb wie die eines toten Fisches und doch konnte Zelduin erkennen, dass sie klar und frei waren, frei von allen Zweifeln. Kurz darauf sank sein Kopf wieder zurück auf die knochige Brust.

„Das ist also die Hauptattraktion", dachte Arjon, und ihm lief ein Schauer über den Rücken.

„Sein Name ist Zeldeus", sagte Monkei. „Er ist vor über zweitausend Jahren am Nullpunkt gewesen, und er ist lebendig wieder zurückgekehrt und hat uns eine unglaubliche Geschichte erzählt. Wir haben ihn in die Obhut genommen."

„Wie rührend", sagte Balin. „Ich bin mir sicher, dass ihr glücklich und zufrieden bis ans Äönde aller Tage leben werdet." Der rotbärtige Zwerg grinste schief. „Also sind wir hier zur Märchenstunde eines Elgrams geladen, wie enttäuschend. Ich hatte sehr gehofft, dass vielleicht doch noch ein Mime kommt. Die finde ich urkomisch. Allerdings kann ich euch eines voraussagen, werter Guybrish Monkei: Der alte Elgram kann so viele Märchengeschichten erzählen, wie er lustig ist, mich wird er nicht blenden!"

Monkei strich mit einem Finger seine weißbuschigen Brauen glatt. „Er wird euch nichts erzählen. Uns Schwertfischbrüdern ist schon lange klar, dass man euch Gibali aufgrund eurer Dickköpfigkeit mit Worten schlecht überzeugen kann. Daher wenden wir eine andere Methode an, die euch hoffentlich von einer anderen Wahrheit überzeugen wird."

Balin grummelte irgendetwas in seinen Bart hinein. Währenddessen werkelten zwei Halblinge am hinteren Teil des Gefangenenwagens herum. Kurz darauf ruckte der Wagen einmal. Arjon konnte sehen, dass die Räder durch eine mechanische Vorrichtung aufgebockt wurden und nun einen fingerbreit in der Luft schwebten.

Monkei betrachtete die Arbeiten durch sein rotglasiges Monokel und streichelte dabei das weiße Einhorn am Kopf. „Die Bremsvorrichtung ist nun aktiviert", erklärte der alte Halbling. „Ihr könnt aber gerne nach der Show noch eine Ehrenrunde drehen – falls ihr anschließend danach verlangt. Ich bezweifle dies allerdings."

Die Gibali schwiegen. Auch Balin sagte nichts; ihm war das Lachen scheinbar vergangen. Drei Lidschläge später ratterten mehrere Zahnräder irgendwo unter ihnen im Wageninneren. Knatschend schoben sich Eisengestänge über ihre Köpfe hinweg, halb fertigen und schlecht geschmiedeten Ritterhelmen gleich.

„Totoiök! Häksuk hög Elimarr!", wetterte Alric, während die Metallhauben die Köpfe der Zwerge fixierten. Nur ihre bärtigen Gesichter blieben frei und ein Teil ihres Schädels. Arjon konnte im Augenwinkel Balins Haarkamm sehen, der aus der oberen, kreisrunden Stelle aus dem Helm herauslugte wie ein Büschel rotes Gras.

„Hoooo! Hoxa! Was ist das für eine Teufelei, ho?!", fluchte Balin und verpasste dem skurrilen Ritterhelm eine Kopfnuss, so dass es laut schepperte.

„Das dient eurem Schutz, damit ihr euch während der Show möglichst nicht verletzt", sagte Monkei, während seine Helfer die Eisenhelme nachjustierten, bis die stämmigen Wesen ihre Köpfe kaum mehr bewegen konnten.

„Ich werde mir euer Gesicht merken und euch in irgendeinem anderen Leben den Kopf abreißen, lasse ihn einschrumpfen und mache ein Nadelkissen daraus!", posaunte Balin heraus und ließ einen gewaltigen Wutschrei los, so dass das Einhorn hochschreckte. Monkei beruhigte es sogleich wieder.

„Ich bezweifle, dass wir uns jemals wiedersehen werden."

„Hoho, da wäre ich mir nicht so sicher."

„Ich schon, weil ich diese Gemächer nie verlasse und das hier ein Rätselort ist, so heißen sie doch in eurer Sprache, oder?"

Rätselorte waren geheime Orte der Halblinge, das hatte Zelduin einst durch Arjons Erinnerungswelt erfahren. Und noch nie wurde je ein Rätselort gefunden, so steht es in allen Legenden.

Balin spuckte dem kleinen Zirkusdirektor vor die Füße. „Wir Gibali haben überall Weltentore gebaut und euch Halblingen damit das Leben auf allen Planeten dieser Galaxis ermöglicht. Ihr solltet uns dankbar sein, doch stattdessen bekämpft ihr uns als wären wir der Erschaffer allen Übels."

Monkei lachte leise, das schrullig klang wie ein lachendes Menschenkind. „Um dies richtig zu stellen: Ihr habt *allen* Wesen Jumatahonis das Leben auf *allen* Planeten ermöglicht, auch den Zergh, und damit habt ihr die gesamte Galaxis ins Chaos gestürzt, auch unsere Heimatwelt. Wofür also sollten wir euch dankbar sein?" Balins Augen hatten sich zu engen Schlitzen verformt. „Fällt eure Urteile nicht so rasch", fügte Monkei mit ruhiger, krächzender Stimme hinzu. „Und wartet erst einmal ab, was ihr gleich sehen werdet, *Balin*."

„Ah, ihr führt also ein Gästebuch in eurem Abnormitätenhaus, ho?", spöttelte der Zwerg mit dem Irokesenschnitt in Anbetracht der Tatsache, dass der Halbling seinen Namen kannte.

„Die Namen aller Wächter der Galaxis stehen auf unserer Liste, Balin, und das aus gutem Grund, denn erst wenn ihr Wächter von der anderen Seite überzeugt seid, wird es wieder Hoffnung geben für unsere Galaxis."

Balin gab einen abwertend klingenden, nasalen Ton von sich. „Das hier ist nichts weiter als ein Zirkus voller Affen, und ihr seid der Affendirektor, hoho. Wir werden uns euch niemals beugen!"

„*Zirkus…*" Plötzlich rückten Zelduin seine alten Zirkusgefährten wieder in den Sinn. „*Jetzt nicht. Ich kann später an sie denken…*"

„Genießt noch einmal die Welt, wie ihr sie kennt, denn sie wird gleich sehr wahrscheinlich verwelken."

„Yomöt elm Zhuk. Ekründ elm Niöl", sagte Arjon leise zu seinen giblischen Gefährten, die daraufhin wissend nickten. Arjon hatte ihnen auf Altgiblisch in Erinnerung gerufen, dass - was auch immer mit ihnen geschehen würde - er der einzige war, der sich durch seinen funktionsuntüchtigen Zhuk an nichts mehr von alledem würde erinnern können und daher vielleicht auch der einzige war, der nach dieser *Show* bei klarem Verstand bleiben würde.

„Zabhuf bryn Hazkol elm Arjon", antwortete Alric, was so viel bedeutete, dass Arjon später einmal das Zünglein an der Waage spielen könne und er froh darüber war.

Der weißhaarige Halbling musterte die drei Gibali interessiert, als ob er zu verstehen versuchte, was sie sagten.

In der Zwischenzeit hatte einer der Halblinge einen zweimenschlangen, rosafarbenen, gibalifingerdicken Schlauch herbeigeholt. An dem einen Ende des Schlauchs war eine güldene, zackige Vorrichtung angeschraubt worden, das andere Ende war hohl, so dass das nackte Innere zu sehen war; mehrere, rosafarbene und purpurne Drähte befanden sich darin. Der Halbling nahm das güldene Endteil in die Hand, trottete zu dem uralten Meowinger herüber und kämmte seine langen, grauen Haare beiseite. Auf seiner Stirn kam eine runde Hautvertiefung zum Vorschein, die mit einem goldenen Kranz ausgekleidet war. Behutsam steckte der Halbmann den Schlauch in das Loch. Es klickte leise. Dann schob er die bewegliche Röhre noch tiefer ins Hirn hinein, bestimmt noch eine ganze Daumenlänge. Der alte Jäpa ließ die Prozedur schweigend über sich ergehen. Anschließend werkelte der Halbling noch einen kleinen Moment an der Apparatur des Holzthrons herum, bis er sich kurz darauf stramm wie ein Soldat neben dem Jäpa postierte. Der scheintote Meowinger schien nun für die Show fertig präpariert zu sein. So allmählich ahnten Arjon und Zelduin, was ihnen gleich blühte.

„Hatte ich erwähnt, dass ihr ein Haufen kranker Zirkusaffen seid, ho?!", brüllte Balin in Anbetracht der scheußlichen Szenerie, die sich ihnen bot.

„Ja, und doch hat dieses unschöne Bühnenbild seine absolute Notwendigkeit", sagte Monkei unbeirrt.

Nun schraubte der Halbling, der das grüne Glas mit der Unke hereingetragen hatte, den Deckel des Froschbehältnisses ab. Anschließend griff er sich die braune Kröte mit seiner behandschuhten Hand. Durch das Glas hatte das mit rosafarbenen Warzen übersäte Wassertier verzerrt und recht klein ausgesehen, doch es war tellergroß und hatte jede Menge kleiner, spitzer Zähne, und sein geöffnetes Maul war so groß wie der Schlund einer Schiffskanone!

Zunächst trat der Halbling mit der schrecklichen Kröte an Arjon heran und hielt sie an sein Handgelenk. Blitzschnell stieß das Froschtier zu und verbiss sich in der haarigen Hand des blondbärtigen Zwergs.

„Skrö Guträäk!", schrie Arjon vor Schmerz. Zelduin fühlte, wie etwas Heißes in den Arm des Zwergs floss. Seine Gliedmaßen krampften. Dem Gibali wurde kurz schwindelig. Die Kröte blies noch einmal seine rosaroten Bäckchen auf, als der Halbling das angriffslustige, vielleicht auch hungrige Tier mit sicherer Handhabe vom Unterarm des Zwergs löste.

„Das Unkengift wandert nun durch euren Körper", erklärte Monkei überflüssigerweise. „Der Schmerz hört bald auf. Dann werdet ihr froh sein, dass ihr das betäubende Froschgift in euch habt, denn es lindert den kommenden Schmerz. Ihr werdet euch bald so fühlen, als ob ihr ein ganzes Fass Schwarzbier getrunken hättet, aber es wird euch die ganze Show über bei vollem Bewusstsein halten, und das ist das Entscheidende."

Der Krötenmann ging auf Balin zu, der sich auf seinem Eisenstuhl hilflos hin und her wandte wie eine Raupe in einem metallenen Kokon.

„Komm mir mit dem hässlichen, verzauberten Ding zu nahe und du wirst es bereuen!", wetterte Balin.

Der Halbling ignorierte das Gerede des Zwergs, vielleicht sprach er auch gar nicht seine Sprache, und hielt die Riesenunke an das Handgelenk des gedrungenen Wesens. Pfeilschnell stieß der Frosch zu und drückte seine Zähnchen in das ledrige Zwergenfleisch.

„Hohoho, *hohoho*! Das kribbelt! Hohoho!", lachte Balin wie ein Irrer und biss sich vor Schmerz immer wieder auf die Lippen. „Bei uns Zuhause haben wir Mückentiere, die bereiten mir mehr Pein! Hohohooooho…"

Balin, der unentwegt zappelte wie ein Fisch im Netz, gelang es plötzlich mit seinem Daumen das rechte Bein der Unke zu angeln und zwischen seinen Fingern einzuklemmen. Die Kröte machte große Augen und blies seine rosafarbenen Bäckchen auf. Bevor der Halbling reagieren konnte, zog Balin den Körper des glibschigen Tiers in seine raue Handfläche und drückte zu.

„Hooohoho", lachte der Gibali schallend, als die blassgelben Augen des Wassertiers weit aus ihren Höhlen hervortraten. Kurz darauf zerplatzte das Geschöpf wie ein zu prall gefüllter Luftballon, der an eine heiße Quelle gerät. Es gab dabei ein unschönes Geräusch, und die Froschinnereien verteilten sich im hohen Bogen; ein matschig grüner Teil landete im Gesicht des Zwergs. „Hohohoho. Damit hast du nicht gerechnet, Häuptling aller kranken Zirkusaffen, ho?! Hoh… (keuch)." Balin hatte sich an einem glibberigen Stück vom Froschgedärm verschluckt, das über seine Stirn auf seine Zunge heruntergerutscht war. Hustend spuckte der Gibali die eklige Innerei wieder aus.

„Damit zögert ihr die Show nur hinaus", monierte Monkei.

„Pah! So gewinnt man Kriege!", erwiderte Balin hochnäsig, während der Krötenmann die Reste seiner Unke aufsammelte und den Saal durch eine Nebentür verließ.

„Ich bin froh, dass nicht alle Gibali so hochmütig sind wie ihr, Balin, denn sonst wäre Mäol schon längst verwelkt, ja vielleicht sogar die ganze Galaxis."

„Horray! Sagt mir, was versteht ein alter, kauziger Zirkusaffe, der sein ganzes Leben an einem sonnenlosen Rätselort verbracht hat, von der großen, weiten Welt, die uns umgibt, ho?"

„Mehr als ihr denkt, Balin, mehr als ihr denkt." Der alte Mann wandte sich seinen Handlangern zu. „Hikit ix obelihox."

Die Halblinge wuselten daraufhin los. Sie schleppten ein drei Ellen langes Metallgerät herbei, das sie zu dritt tragen mussten, so schwer schien es zu sein. Es glich im entferntesten Sinne einer Harpune, nur hatte sie an den Seiten mehrere, funkelnde Kupferrädchen und einen kleinen Propeller, und das Schießrohr war hohl und dick wie ein Zaunpfahl.

Die drei Kleinwüchsigen brachten das sonderbare Gerät über Balins Kopf vertikal in Stellung. Sie drückten es in die obige Öffnung, wo der Eisenhelm ein Loch aufwies und Balins feuerroten Haare herauslugten. Die Augen des Zwergs rollten nach oben.

„Was machen die da, ho?", fragte Balin nervös.

„Ich weiß es nicht", sagte Arjon.

Einer der Halblinge drehte an zwei Kupferrädchen, bis der Propeller und das Harpunending zu rattern begannen. Kurz darauf ertönte ein Pfeifton. Dann klickte etwas laut, und das Schießrohr schnellte eine halbe Zwergendaumenlänge nach unten.

„Gaaahhhh!", schrie Balin. Sein Gesicht verzerrte sich zu einer schaurigen Fratze.

Es klickte erneut, und das Rohr hob sich wieder; es war nun gefüllt mit einem kreisrunden, blutigen Teil von Balins Schädelplatte. An ihr klebten ein paar rote Haare und etwas Kopfhaut. Das Ganze ähnelte einer bizarren Grassode einer fernen Welt.

„Was habt ihr da für einen Hocuspokulus getan, ho?", rief der Gibali entsetzt, als die Halblinge das Gerät wieder entfernten und zu Arjon herübertrugen. Blut rann dem Zwerg über das Gesicht nach unten und versickerte in seinem roten Bart.

„Du hast nun ein drittes Auge auf dem Kopf, mit dem du hoffentlich Dinge sehen wirst, die anderen verborgen bleiben", sagte Monkei monoton.

„Ihr seid der perverseste und abscheulichste Zirkusaffe, der mir je gegenüberstand", sagte Balin; sein Gesicht war ein wenig bleicher geworden. „Wenn diese Horrorshow vorbei ist, werde ich euch suchen und finden, und dann werde ich eure Glieder abreißen und euch in einen Käfig mit gefräßigen Schwarzgnomen werfen."

In der Zwischenzeit hatten die Halblinge das Schädelspaltgerät auf Arjons Kopf positioniert. Der blondbärtige Gibali spürte etwas Kaltes zwischen seinen dicken Haaren. Dann begann es zu rattern über ihm. Ein Pfiff ertönte, es klickte, und dann fetzte das Harpunenrohr in seinen Schädel. Arjon fühlte sich so, als ob ihm ein ausgewachsener Troll auf den Kopf gehauen hätte. Als die Halblinge die fürchterliche Maschine wieder von ihm wegnahmen, spürte der Gibali eine sonderbare Kälte oben auf seinem Kopf. Er fühlte, wie das Blut an allen Seiten seines Schädels hinunterlief. Einer von Monkeis Helfern kam nun mit dem rosafarbenen Schlauch, der aus der Stirn des Meowingers herausführte, herbei und trat vor Balin.

„Yitchik, ahoik", sagte Monkei zu dem kleinen Ekäk, der die ganze Zeit über reglos auf seiner Schulter gehockt hatte.

„Yili hu, yili hu", brabbelte der winzig kleine Gnom, erhob sich und krabbelte flink auf allen Vieren den Arm seines Herrn hinunter. Die Silberglöckchen seiner grüngelben Narrenkappe klimperten leise bei jeder Bewegung.

Monkei setzte das hellgrüne, haarlose Geschöpf auf Balins Helmbedeckung ab. Der Ekäk stellte sich auf seine zwei Beine, klaubte den rosafarbenen Schlauch mit seinen vierfingrigen Händen auf, postierte sich an der Kante des Lochs, das in Balins Schädel klaffte, und glotzte mit seinen blassgelben Augen hinein.

„Yili hu, ylili hu."

„Warum trägt der Speisekammergnom eine Narrenkappe, ho?", fragte Balin mit fragendem Blick.

Monkei antwortete krächzend: „So weiß ich immer, in welchem Mauseloch er gerade ist, oder in welchem Kopf er sitzt. Es kommt auch manchmal vor, dass er unartig ist und dann wegläuft. Mit den Glöckchen finde ich ihn meist rasch wieder, denn er mag die Mütze und setzt sie niemals ab."

An der Mimik des kleinen Mannes erkannte Arjon, dass er keinen Scherz gemacht hatte.

„Er ist manchmal unartig, ho? Tut er nicht immer das, was ihr ihm sagt, ho?", wollte sich Balin vergewissern.

Monkei hob seine Brauen. „Yitchik ist ein dressierter Gnom. Ihr könnt von ihm so viel erwarten wie von einem Kleinkind, das herausgefunden hat, dass es eine Belohnung erhält, wenn es gehorcht."

Balin reagierte auf die Antwort mit Schweigen.

„Ix itrix", sagte der weißhaarige Halbling.

Im Augenwinkel sah Zelduin, wie der grünhäutige Winzling kopfüber in das Kopfloch abtauchte.

„Glaubt ihr wirklich, dass ihr so einfach unsere Gedanken manipulieren könnt, ho?", fragte Arjon. Zelduin spürte, dass dem Gibali übel wurde und er gegen einen wellenartigen Schwindel ankämpfte.

„Nein, wir glauben das nicht, wir wissen es", antwortete der Herr des Hauses.

„Yili hu, yili hu", hallte es gedämpft aus dem Zwergenschädel des rotbärtigen Anführers heraus.

„Was macht Yitchik da drinnen, ho?", fragte Balin und blies die Backen auf. Vermutlich litt er unter gleichartigen oder noch schlimmeren Schmerzen wie Arjon.

„Er verbindet den Portalschlauch von Zeldeus nun mit eurem Althirn, damit ihr *das* sehen könnt, was Zeldeus gesehen hat."

„Wie soll ich mir das vorstellen, ho?"

„Wie ein Bilderbuch in eurem Kopf."

„Oh, wie schön, ich liebe Märchenbilderbücher. Kommen sprechende Tiere und nackte Elfenjungfrauen darin vor, ho?", witzelte Balin, der noch immer zu Scherzen aufgelegt war.

Monkei schmunzelte kurz, dann wurde seine Mimik wieder ernst. „Ja, und gefiederte, fliegende Elefanten auch."

„Ihr seid ein witziges Kerlchen, Guybrish Monkei", meinte Balin nüchtern. „Mein Gefühl sagt mir, dass ich ein Horrormärchen mit keinem schönen Äönde zu sehen bekommen werde, ho?"

Monkei antwortete mit einem frechen Grinsen.

Plötzlich schoss eine rosafarbene, dünnflüssige Fontäne aus dem Kopfloch des Zwergs heraus. „Aaaahhhh!" Balins Gesicht verzog sich zu einer qualvollen Maske.

Aus dem Schädel klimperten leise die Narrenkappenglöckchen. Kurz darauf kam Yitchik aus dem Kopf herausgeklettert. Er war mit Blut und rosafarbenem Glibber überzogen.

„Yili hu, yili hu", sagte der mit Warzen übersäte, gelbäugige Winzling.

Monkei nickte zufrieden. „Du bist nun geistig mit Zeldeus verbunden, Balin. Das, was du nun sehen wirst, wird alles verändern, was du bisher geglaubt hast zu wissen."

„Ich kann es kaum erwarten." Balin rollte mit den Augen, als suche er nach der mentalen Verbindung mit dem reglos dasitzenden Meowinger. „Ich sehe nichts", sagte er gelangweilt. „Euer Hocuspokulus funktioniert nicht. Wir Gibali sind äußerst widerstandsfähig gegen jegliche Art von Magie, hat euch das niemand gesagt, ho?"

Monkei musterte den rotbärtigen Zwerg durch sein rotglasiges Monokel inbrünstig und kaute dabei auf seiner schmalen Unterlippe herum, als erwarte er jeden Moment eine große Überraschung.

„Hoho, ihr habt versagt…", posaunte Balin heraus, als er plötzlich verstummte und sein Gesicht große Verblüfftheit widerspiegelte. Sein Mund öffnete sich zu einem stummen Schrei, und seine Augen öffneten sich weit. Er blinzelte nicht mehr.

Monkei kam zufrieden dreinschauend mit seinem Gehstock klackernd zwei Schritte vor, und Yitchik sprang wieder auf seine Schulter, nachdem er sich von dem rosafarbenen Schleim befreit hatte.

„Jodor Zakakulus, ho?", fragte Alric besorgt.

„Ich … sehe … etwas", sagte Balin wie paralysiert, als stehe er unter einem bösen Zauber. Dann schwieg der Gibali wieder eine Weile.

„Ho?", fragte Arjon nach ein paar Lidschlägen.

„Es ist so… real", sagte Balin fasziniert. „Als sei das alles meine eigene Erinnerung." Plötzlich änderte sich sein Gesichtsausdruck. Er schien erschrocken, verängstigt oder gar entsetzt zu sein. „Hoooo. Ho… *hoo*, das kann nicht sein", hauchte er. Sein Blick suchte Monkei. „Das ist ein Trick. Das kann nicht sein."

„Du weißt, dass es wahr ist, Balin", erwiderte das alte Oberhaupt, trat vor Arjon und setzte sein grünhäutiges Zirkustier auf dessen Kopf ab.

In der Zwischenzeit hatten die anderen Halblinge einen zweiten rosafarbenen Schlauch, der aus dem Hinterkopf des Meowingers herausführte, auf Arjons Eisenhelm gelegt. Der Ekäk griff sich den Gedankenübertragungsschlauch und verschwand kurz darauf im Kopf des blondbärtigen Zwergs.

„Hoooo", sagte Balin, und diesmal sprach er mit voller Überzeugung. „Wir haben uns alle geirrt. Wir sind alle des Todes. Hoooo…"

Arjon spürte, wie der kleine Gnom in seinem Hirn herumwühlte. Ihm wurde schwindelig. Dann fühlte er sich plötzlich wie elektrisiert. Der Ekäk krabbelte aus seinem Kopf heraus und balancierte über den weißen Gehstock zurück auf seinen angestammten Platz auf der Schulter seines Herrn.

Arjon sah auf einmal merkwürdige Dinge. Sie waren verschwommen und undeutlich. Er sah einen gefiederten Adlerkopf von oben. Er ritt auf einem Adlorus. Unter sich ein gewaltiges Meer. Vor ihm tauchte eine Insel auf… mit einem schwarzen Riesenvulkan. Dann riss die Übertragung plötzlich ab. Arjons Herz kam aus dem Rhythmus. Es schlug mal schnell wie das eines Winzlings, dann wieder langsam wie das einer uralten Schildkröte. Er schnappte nach Luft.

„Zilix jitiju", rief einer der Halblinge aufgeregt und kam herbeigeeilt.

„Zakrix xit Eni!“, krächzte Monkei.

Arjons Blick wurde trüb, und sein Herz hörte auf zu schlagen. Dann wurde es urplötzlich dunkel um ihn herum, und die Erinnerung verblasste allmählich. Beinahe hatte Zelduin vergessen, wo er sich wirklich befand: irgendwo auf der brennenden Änautilus! Er hoffte, wieder dorthin, ins richtige Leben, zurückkatapultiert zu werden, doch sein Wunsch blieb unerfüllt. Während er darüber nachsann, was es wohl gewesen sein könnte, das Balin gesehen und ihn so geängstigt hatte, baute sich eine neue Szenerie vor ihm auf…

Er blickte nun von der felsigen Kante eines kleinen Berges auf ein weites Meer hinab, dessen schäumende Wellen sich von der untergehenden Sonne orangerot gefärbt hatten. Ein Zipfel des güldenen Sonnenballs war noch zu sehen, dort wo die schwarzen Schatten mächtiger, zeppelinartiger Schiffe über das Himmelszelt glitten. Die Ausläufer der Bergkette auf der rechten Seite liefen weit ins tosende Meer hinein, und auf einem der Hügel stand die Weiße Stadt mit seinen vielen Türmen und dem majestätischen Himmelspalast.

Diese Erinnerung von Arjon fand also auf Mäol statt, das erkannte Zelduin sofort, auch wenn er nicht wusste, in welcher Zeit sich das hier abspielte. Über ihm glitzerten schon die ersten Sterne, grünlich schienen sie auf die Heimat der Gibali herab.

„Und, wirst du dich uns anschließen, ho?“, fragte jemand mit brummiger Stimme. Als Arjon seinen Kopf zur linken Seite drehte, sah Zelduin, dass es Balin war, der da neben ihm am Rande der Bergkante saß, die kurzen, kräftigen Beine hinunterbaumeln ließ und einen großen Bierhumpen mit kupfernen Beschlägen in den Händen hielt. An dem Holzgefäß prangte ein güldenes, lächelndes Zwergengesicht.

„Märdrok, Bromdal, Tagdal und Alric machen auch mit. Wir könnten dich gut gebrauchen“, fügte der stämmige Muskelprotz hinzu.

Arjon hob seinen Bierkrug an die Lippen und nahm einen kleinen Schluck des schäumenden Gebräus zu sich. „Du weißt, dass mein Zhuk kaputt ist und ich diese Unterhaltung hier schon wieder vergessen habe, sobald sich die Zeit zurückdreht, ho?“

„Die Vergangenheit hat uns gezeigt, dass sich die meisten Dinge immer gleich entwickeln, Zeitverschiebungen sind da irrelevant“, sagte Balin zuversichtlich und zwinkerte ihm zu. „Wenn du mir einmal zugestimmt hast, wirst du es die darauffolgenden Male aller Wahrscheinlichkeit nach auch tun. Das ist so sicher wie das plötzliche Erscheinen und Verschwinden der Zirkusaffen.“

Arjon schüttelte den Kopf. „Wenn diese These der Wahrheit entspricht und du glaubst, dass sich nichts wirklich jemals verändern wird, wie groß ist dann deine Hoffnung, dass deine Rebellion gegen Gomril glücken wird, ho?“

Balin tippte sich mit seinem stummligen Zeigefinger ein paar Mal an sein rotbärtiges Kinn. Er schien zu grübeln, dann nickte er. „Dinge von großer Bedeutung haben sich in der Vergangenheit eher geändert als kleine. Und deshalb habe ich *große* Hoffnung, ho.“

Eine Weile starrten die beiden Gibali hinaus aufs offene Meer. Arjons Blick verfolgte eine Gruppe riesiger, blauer Seefische, die ab und zu auftauchten, um Luft zu holen. Ihre dunklen Schatten mit den spitzzackigen Rückenflossen waren selbst noch dicht unterhalb der Wasseroberfläche zu sehen, denn das Gewässer war kristallklar.

„Balin, ich kenne diese Galaxis und ihre vielen Geschichten größtenteils nur aus Erzählungen, auch wenn ich hunderte Abenteuer selbst erlebt habe, so kann ich mich doch nicht an sie erinnern. Mein kaputter Zhuk zeichnet zwar meine vielen Leben auf, aber sehen kann ich sie nicht. Ich kann nicht auf einen zehntausendjährigen Erinnerungsspeicher zurückgreifen, der mir bei meiner Entscheidung helfen könnte, und wenn ich ehrlich bin, will ich das auch nicht. Ich verlasse mich lieber auf mein Gefühl und meine Intuition, und ich glaube, dass das in diesen düsteren Zeiten, wo Freund von Feind nur noch schwer zu unterscheiden ist, nicht unbedingt das Schlechteste ist, ho?" Balin schob seine Unterlippe vor und nickte zustimmend. „Und bei deiner Rebellion habe ich leider ein verdammt mieses Gefühl. Nein, ich kann kein Schwertfischbruder werden, wenn ich nicht weiß, ob sie wirklich zur guten Seite gehören. Ich kann nicht gegen König Gomril rebellieren, um ein neues Zeitalter einzuläuten, wenn ich nicht weiß, ob wir Jumatahoni so wirklich retten können."

„Tja, ich schätze, das weiß niemand so genau, vermutlich nicht einmal die Götter der Zirkusaffen", seufzte Balin und hob die buschige Braue seines gesunden Auges hoch. „Und auf welche Seite stellst du dich, ho?"

„Wenn ich das richtig sehe, habe ich die Wahl zwischen einem einäugigen, rebellischen Wahnsinnigen und einem alten, närrischen König", sagte Arjon lächelnd. „Ich bin schon seit Langem auf gar keiner Seite mehr. Dazu brauche ich nicht einmal einen Zhuk, weil ich diesen Gedanken schon vor der Einpflanzung des Chips gehabt habe. Aber keine Angst, dein Geheimnis der Rebellion ist bei mir sicher, Freund Balin, *bis* sich die Zeit zurückdreht, dann weiß ich nicht einmal mehr, dass wir uns hier getroffen haben."

Balin schmunzelte auf seltsame Weise. „Ho, darin besteht kein Zweifel."

Der blondbärtige Zwerg beäugte seinen bärtigen Kumpan misstrauisch. „Balin, wie oft haben wir dieses Gespräch schon geführt, ho?"

Der muskelbepackte Gibali grinste wie ein Gauner. „Nur ein paar Mal."

Zelduin spürte, dass Arjon ein wenig verwirrt war. „Und warum fragst du mich dieselbe Frage immer wieder, wenn du meine Antwort darauf bereits kennst, ho?"

„Ich wollte mich nur vergewissern, ob Jumatahoni noch nach ihren alten Gesetzen funktioniert. Jetzt weiß ich, dass sie es tut, unsere gute, alte Galaxis." Der Zwerg strich mit einer Hand durch seinen aufrecht stehenden Haarkamm und trank laut schluckend von seinem Bier. „Manchmal wünsche ich mir, dass wir Gibali nicht so dickköpfig wären, dann hätten wir Jumatahoni vielleicht schon gerettet."

„Vielleicht wollen die Götter das ja gar nicht", meinte Arjon.

„Ho?"

„Vielleicht wollen die Götter nicht, dass unser Volk die Galaxis rettet. Was würde sich schon ändern, ho? Sehr wahrscheinlich würden wir sie irgendwann wieder ins Chaos stürzen und wenn es in tausend Jahren wäre. Vielleicht wollen die Götter, dass Jumatahoni durch ein anderes Wesen gerettet wird."

„Du meinst durch einen hasenherzigen, koboldhaften Zirkusaffen mit spitzen Ohren, ho?"

„Ho, ein Wesen mit dem man lieber keine Heldenreisen macht. Vielleicht sollten wir einem Elgram oder vielleicht auch einem Kajiik, wenn wir denn eines der Katzenwesen finden, das Zeitenrad anvertrauen. Vielleicht wollen die Götter es so. Ihre Wege sind schon seit Langem unergründlich."

Balin nahm noch einen kräftigen Schluck und besudelte mit dem goldenen Gebräu seinen roten Bart. „Arjon, du magst das vergessen haben, aber so oft wir uns hierüber schon unterhalten haben, *das* ... hast du noch nie gesagt."

„Tja, vielleicht ist die Welt nun reif für etwas Neues. Ich habe da so ein merkwürdiges Gefühl, das mir sagt, dass bald etwas Seltsames passieren wird, und ich dabei noch eine kleine oder große Rolle spielen werde."

„Ho?!", machte Balin mit zerknitterter Stirn. „Gut, dass du es wieder vergisst, sobald sich die Zeit verschiebt. Ich mag nämlich keine seltsamen Überraschungen."

„Das Gespräch hier wird mir vielleicht nicht in Erinnerung bleiben, Balin, aber Gefühle vergesse ich nicht. Seltsamerweise bleiben sie durch jegliche Zeitsprünge unberührt."

„Ho?“

„Ho.“

„Und was ist das für ein seltsames Gefühl in deinem Kopf, hoo?“

„Ich kann es dir nicht beschreiben, aber ich werde mit auf die Änautilus kommen.“

„Ah-ho, mmh. Du wirst doch nicht versuchen, meinen meisterlichen Plan zu durchkreuzen, ho?“, fragte Balin mit unlustiger Miene.

„Nein, mir haben die Götter nur dieses Gefühl in den Kopf gesetzt, dass ich dort gebraucht werde.“

„Ich frage mich, welche Götter das sind, die dir zuhören, und ob sie nicht Schabernack mit dir treiben.“ Leichte Zufriedenheit vertrieb die mürrischen Falten in Balins Gesicht, und beide Zwerge lachten in ihre Bärte hinein.

„Wer weiß das schon“, antwortete Arjon.

„Sind nicht die Gnomengottheiten der Ekäks für ihren albernen Schabernack bekannt, ho?“, fragte Balin nicht ganz ernst gemeint, sein Grinsen war breit wie das eines Honigkuchentrolls.

Arjon lachte herzhaft. „Wenn diese lästigen Speisekammermännchen Götter haben, dann soll mich ein dreiköpfiger Affe fressen…“

Am fernen, nördlichen Horizont stiegen plötzlich mehrere Raketen auf. Funkensprühend flogen sie über den Abendhimmel und explodierten dann im bunten Feuerregen. Gelbe, purpurne und grüne Leuchtkugeln erhellten das Firmament, trudelten dann wie fallengelassene Sterne in die Tiefe und erloschen schließlich zischend im Meer. Das Feuerwerk war wunderschön anzusehen, fand Zelduin in seiner stillen Beobachterrolle im Kopf Arjons.

„Daran werde ich mich nie satt sehen“, meinte Balin und stieß mit Arjon an, so dass das blubbernde Gebräu in den Bechern überschwappte. „Mehr als zehntausend Silvavester haben wir hier gefeiert.“

„Mag sein, Balin, ich kann mich nur an ein paar von ihnen erinnern, aber schön waren sie bestimmt alle.“

„Ho, das waren sie… und du warst immer dabei. Ach, wir kennen uns schon so lange.“

Für einen kleinen Moment wurde Arjon wieder ernst. Er blickte Balin tief in sein gesundes haselnussfarbenes Auge. „Ich hoffe nur, dass du das Richtige tust, mein alter Freund.“

Der rotbärtige Zwerg blickte kurz zu den blassen Sternen auf und zupfte sich dann an seinem roten Bart. „Arjon, vielleicht hast du recht. Vielleicht soll ein anderes Wesen diese Galaxis retten, ein Elgram, ein Mensch, ein Halbling, ein Zirkusaffe oder … ein Ekäk!“ Balins Gesicht verwandelte sich in eine grinsende Maske mit irrem Blick. „Aber *das* soll erst geschehen, wenn meine Rebellion gescheitert ist, hohohohoho!“

„Manchmal bezweifle ich, dass du noch Herr deiner Sinne bist.“

„Arjon, manchmal glaube ich, dass du der einzige Gibali in dieser verlorenen Galaxis bist, der im Laufe der Jahrtausende noch nicht verrückt geworden ist.“

„Und dabei hat uns Meister Burlok gelehrt, dass ein kaputter Zhuk, wie ich ihn in mir trage, dich verrückt macht. Merkwürdig, ho?“ Arjon zog aus seiner Tasche einen kleinen, gelben Lederbeutel, öffnete ihn und holte daraus einen grünlich leuchtenden Pilz heraus, biss davon ab und verzog vor Ekel sein Gesicht. „Vielleicht bewahren mich ja die Ürüpilze vor dem Wahnsinn.“

„Ho“, sagte Balin mit wenig Überzeugung in der Stimme und scheuerte mit dem Zeigefinger in der leeren Augenhöhle unter der schwarzen Augenklappe herum. „Arjon?“

„Ho?“

„Findest du nicht auch, dass die Galaxis einem riesigen Zirkus gleicht, ho?“

„Wir wissen beide, dass sie einer ist, nur mit dem Unterschied, dass die Show niemals enden wird.“

„Ho", bejahte Balin kopfnickend. „Und wer glaubst du, ist der Direktor dieses großen Zirkusses, ho?"

Arjon dachte kurz nach. „Weder Gomril noch Zarxaurus, das weiß ich."

„Ho, darauf will ich auch nicht hinaus. Wer, glaubst du, regiert das Universum, ho?"

Arjon grübelte wieder einen Moment lang nach. Schließlich sagte er: „Es könnte ein riesiger Marionettenspieler sein, der selbst die Götter steuern kann."

„Und *daran* glaubst du wirklich, ho?"

Arjon schüttelte den Kopf. „Ho."

„Ha, dann habe ich also recht!"

„Womit, ho?"

„Es gibt keinen riesigen Marionettenspieler. Wir sind alle nur Zirkusaffen! Die Spectators, die von den Rängen zusehen, die Götter, die von oben herabsehen, und die Artisten in der hell beleuchteten Manege sowieso. Wir alle sind nur Zirkusaffen, die immer wieder pünktlich und artig zu ihrem Auftritt auf die Bühne hüpfen." Der rotbärtige Zwerg funkelte ihn mit seinem ihm gebliebenen Auge an. „Allerdings *unterscheiden* sich die Zirkusaffen voneinander, denn die Zirkusaffen, die im Publikum sitzen und nur zusehen, können nichts tun. Sie können nur dasitzen und zuschauen. Sie können die Welt nicht verbessern…"

„Balin, ich bin häufig genug Artist gewesen. Bei deiner Rebellion werde ich nur Spectator sein. Du kannst mich nicht überreden."

„Ho", brummte Balin enttäuscht. „Das war mein letzter Versuch … für heute." Balin grinste schelmisch, während sie noch einmal mit den Bierhumpen anstießen und ein paar Schlucke tranken.

Nach einer Weile sagte Arjon stichelnd: „Sind es nicht eigentlich die Zirkusaffen in der Manege, die machtlos sind, weil sie immer wieder das gleiche tun müssen, ho? Die Spectators hingegen können nach der Show das Zirkuszelt verlassen und tun, was sie wollen. Vielleicht sogar die Welt verbessern, während die Zirkusaffen im Zirkus nach der Show in ihre Käfige müssen."

„Hooo", murrte Balin. „Du hast vergessen, dass die Show niemals endet."

„Vielleicht tut sie es ja hin und wieder doch."

„Ho, und ich dachte, du hättest es verstanden. Ich sage es noch einmal, die Spectators sind zum ewigen Zuschauen verdammt."

„Selbst wenn die Große Show niemals enden wird, so hat es doch vielleicht einen Vorteil, wenn jemand im Publikum sitzt. Er kann das Geschehen von außen betrachten und dann eingreifen, wenn er es für nötig hält."

„Du meinst, wenn die Löwen den Bändiger bereits gefressen haben, ho?", spöttelte Balin.

„Steht der Löwenbändiger denn auf der guten oder bösen Seite, ho?" Balin winkte ab und brummte etwas in seinen Bart hinein, während Arjon breit zu grinsen begann. „Außerdem sieht ein Spectator vielleicht mehr als ein vom Rampenlicht geblendeter, einäugiger Affe im wilden Chaos der Manege."

„Damit meinst du nicht mich, ho?", knurrte Balin und schaute seinen Sitznachbarn schief von der Seite an. Dann brachen beide in tränendes Gelächter aus.

Zelduin beobachtete noch eine Weile den vom Feuerwerk glitzernden Himmel, während die beiden Zwerge scherzten und tranken. Bei der nächsten Zeitverschiebung würde sich Arjon schon nicht mehr an diesen Abend erinnern können, dachte der Jäpa.

Dann wurde die Welt plötzlich trüb wie Sumpfwasser. Ein gleißender Riesenblitz erhellte alles um Zelduin herum. Er hoffte abermals, wieder in sein echtes Leben zurückkehren zu dürfen, doch er wusste, dass sich das anders anfühlte. Es würde sich nur wieder eine andere Traumszenerie vor ihm aufbauen…

Einen Koboldherzschlag später blickte Zelduin durch die Augen Arjons an eine mit dunklem Holz vertäfelte Decke, an welcher ein güldener Kerzenleuchter sanft hin und her schaukelte. Es war dunkel in dem Zimmer, in welchem Arjon lag; nur durch das kleine Bullaugenfenster konnte er etwas von der abendlichen Wolkenlandschaft, die draußen gemächlich vorbeizog, sehen. Zelduin konnte durch Arjons Gedanken spüren, dass er sich an Bord der Änautilus befand, doch die Szene spielte in einer Zeit lange vor Balins Rebellion. Arjon drehte sich auf die Seite und blickte von dem Federbett, in welchem er lag, auf die auf dem Nachttisch stehende Uhr. Ein kupferner, elektrischer Apparat spiegelte vier giblische Goldziffern wider, die blinkend die Tagzeit angaben; ein silbernes, trompetenartiges Rohr streckte sich senkrecht aus der Uhr empor. Grummelnd drehte sich Arjon auf den Bauch und schlief kurz darauf ein. Eine lange Zeit sah Zelduin nur Schwärze, tiefste Schwärze, und dann stieg er wieder hinab in Arjons Träume, von denen er nie wusste, ob sie jemals tatsächlich passiert waren. Die Zhukträume waren immer etwas verschwommen und die Sicht eingeschränkt, als blicke er durch ein schlecht gebautes Fernguckrohr, und die Träume wechselten auch rascher als die Szenen, die Arjon tatsächlich erlebt hatte. Er wusste nicht, warum er ab und zu die Träume Arjons sehen konnte. Vielleicht lag es an der Fehlfunktion des Zhuks, vielleicht hatte der Zhuk aber auch nur die Träume aufgezeichnet, wo ganz bestimmte Bereiche in Arjons Gehirn stimuliert worden waren. Zelduin würde es gewiss nie erfahren, da war er sich sicher.

„Eine Traumwelt innerhalb einer Traumwelt. Wie skurril…“, dachte Zelduin, während sich vor ihm etwas manifestierte: Er sah jede Menge Gibali vor sich und hörte ein lautes, giblisches Stimmengewirr. Es waren Frauen- und Männerstimmen, aber vor allem Kinderstimmen. Zelduin fiel auf, dass er diesmal ganz klein war. Gibali waren an sich schon klein, doch diesmal war er noch kleiner. Die Zwergenfrauen und Männer um ihn herum wirkten gar wie Riesen. Nach ein paar Lidschlägen erst begriff er, dass jener Traum in einer Zeit spielte, wo Arjon noch ein Kind war. Zelduin musste diesmal in Arjons Kinderkörper gefangen sein.

Vor ihm wuselte eine Gruppe kreischender Gibalikinder durch die Menge. Die adrett gekleideten Mädchen hatten ihre Haare zu mehreren Zöpfen geflochten und liefen mit an Schnüren befestigten roten und blauen Luftballons umher, während die in Pumphosen und Stoffwesten angezogenen, bartlosen Knaben sich mit Spielzeuglaserpistolen und Holzschwertern piesackten.

Auf der rechten Seite bildete sich aus den Nebeln des Traums plötzlich ein kleines, blau angemaltes Kassenhäuschen, hinter dessen Tresen ein Halbling mit silbriger Ballonmütze und einem grauen, nach oben gezwirbelten Schnauzbart saß. Viel mehr konnte Zelduin von seiner niedrigen Position aus nicht erkennen. Eine giblische Frau mit strohfarbenen Zöpfen überreichte dem Halbling ein paar Silbermünzen, woraufhin ein dicker, dunkelgrüner Ekäk, der an einer Eisenkugel mit einer Kette an den Tresen festgebunden war, schwerfällig einen Schalter an einem kupfernen, schneckenförmigen Apparatus drückte, der kurz darauf drei braune Eintrittskarten klingelnd ausspuckte. Die stämmige Zwergenfrau bedankte sich, nahm sich die Papierbelege, beugte sich zu dem Gibalikind, in dem Zelduin steckte, hinunter und überreichte ihm eine der Karten, auf der eine einzige, güldene, eckige Rune abgebildet war.

„Pass gut darauf auf, Arjon, ho?“, sagte die Frau mit weicher Stimme und lächelte gütlich, so dass ihre roten Bäckchen hervortraten.

„Ho, Mamaius“, antwortete Arjon mit heller Kinderstimme.

Nun wusste Zelduin mit Gewissheit, dass er sich in Arjons Kinderkörper befand, und gleichzeitig fragte er sich, wie das möglich sein konnte. Der Zhuk hätte dieses Erlebnis eigentlich nicht aufzeichnen können, da Arjon den Zhuk erst im erwachsenen Alter eingepflanzt bekommen hatte. Er schloss dennoch aus, dass es sich bei diesem Traum um irgendeinen

Hocuspokulus, der sich niemals irgendwo real abgespielt hatte, handelte, denn dafür fühlte sich das alles viel zu echt an, das spürte er. Er konnte sich dieses Phänomen nur so erklären, dass – nachdem Arjon der Gedächtnischip in den Kopf hineinoperiert worden war – er von seiner Kindheit geträumt und der Zhuk diesen Traum aufgezeichnet haben musste. Nur so war es möglich, dass Zelduin Dinge sehen konnte, die sich weit vor Arjons Zhukkriegerzeiten abgespielt hatten.

Plötzlich tauchte über Zelduin ein großer, geschwungener Torbogen aus gelben, roten und weißen Glühbirnen auf. Die elektrischen Leuchtkörper bildeten giblische Symbole. In die menschliche Sprache übersetzt hieß es soviel wie: *Zirkus der fantastischen Tierwesen.*

„Ho, sieh mal, Arri!", rief plötzlich ein Knabe mit kreischender Kinderstimme, die Zelduin einerseits irgendwie vertraut vorkam, aber andererseits doch sehr befremdlich war.

Ein stummliger Kinderarm mit kurzen Fingern schob sich von hinten in sein Blickfeld und deutete auf ein unförmig wirkendes, großes, grün geschupptes Drachenmonster, das sich hinter dem Torbogen postiert hatte und die Eintrittskarten einsammelte. In dem weit aufgerissenen, mit etlichen Säbelzähnen bestückten Maul des unechten Tiers war das breite Pfannkuchengesicht eines schwarzhaarigen Halblings zu sehen, der mit etwas grüner Farbe angemalt worden war, damit er besser getarnt war. Zelduin hatte sofort erkannt, dass das nur ein Stoffkostüm war, in welches sich zwei übereinanderstehende Halblinge gezwängt hatten, doch einige Kinder erschraken sich trotzdem ganz fürchterlich.

Auch der junge Arjon zuckte kurz zusammen, bis auch er erkannte, dass das gar kein echter Drache war. „Hohohihi, da ist ja ein Halbling drin, Balin", kicherte er und wandte sich um, und Zelduin blickte in das Gesicht eines rothaarigen, dicken Kindes mit breiter Nase, das eine rotweiß gestreifte Zuckerstange in der Hand hielt, ein blaues Piratentuch um den Kopf gewickelt hatte und eine schwarze Augenklappe vor dem rechten Auge trug; sein anderes war haselnussbraun…

Kurz darauf betraten sie ein Gelände, das von einem mit bunten Lichterketten geschmückten Zackenzaun eingefriedet worden war. Auf der linken Seite befand sich eine hohe, grüne Hecke, über die Arjon nicht hinwegsehen konnte, und auf der rechten Seite standen mehrere, bunt angemalte, kleine und große Käfigwagen, in denen die merkwürdigsten Kreaturen eingesperrt waren. Trauben von laut schreienden Kindern hatten sich um die bedauernswerten Geschöpfe geschart. Einige der Zootiere wirkten äußerst menschlich. Zelduin blieben ein humanoides Tierwesen, das am ganzen Körper und auch im Gesicht braun behaart war, und ein Mischwesen, das halb Halbling und halb Ziege zu sein schien - denn es hatte schwarze, dünne, behufte Beine - in Erinnerung. In einem anderen Wägelchen trollte sich eine Horde unbehaarter, rothäutiger Winzlinge mit spitzen Ohren herum, die immer wieder laut gackernd die Gitterstäbe hinauf- und hinunterkletterten. Daneben war ein auf Rädern befestigter, runder Glasbehälter aufgebahrt worden, in dessen trübem Wasser ein grau geschupptes und mit einem menschenähnlichen Kopf versehenes Reptilienwesen, das jedoch weder Ohren noch eine Nase besaß, schwamm. Dafür hatte das schwarzäugige, wimpernlose Meeresgeschöpf einen langen, gezackten Schwanz, eine bewegliche Rückenflosse und bleiche Schwimmhäute zwischen seinen klauenartigen Händen und Füßen.

In einem Käfig mit besonders dicken Eisenstäben war ein riesiges, fettes, traurig wirkendes Trollwesen, das zwei Köpfe hatte – ganz offenbar eine Laune der Natur, denn der eine Kopf war viel kleiner als der andere - eingepfercht worden. Es grunzte leise vor sich hin und bewegte sich kaum. Im letzten Tiergefängnis stand ein aufrecht gehendes, dunkelfelliges Wolfswesen, das mit seinen schwarzen Pranken wild an seiner Behausung rüttelte und jedes vorbeilaufende Kind laut anfauchte.

Während Balin mit seiner Zuckerstange aufgeregt von Käfig zu Käfig rannte und einige der armen Geschöpfe mit Dreck oder kleinen Steinchen bewarf, so wie es auch einige andere Kinder taten, beobachtete Arjon die Tierwesen lieber aus der Ferne, denn sie waren ihm nicht geheuer.

Als der kleine Arjon das Ende der hohen Hecke erreichte, blickte er auf ein riesiges, rotgelb gestreiftes Zelt, das von innen hell beleuchtet war…

Ohne dass es ein Geräusch gab oder ein Lichtblitz alles in ein gleißendes Weiß tauchte, änderte sich plötzlich die Traumszenerie.

Arjon saß nun in der ersten Zuschauerreihe direkt vor der kreisrunden Manege, die mit einem fünfzwerghohen, spitzzackigen Zaun eingezäunt war. Lautes Stimmengewirr erfüllte die Luft. Mehr als eintausend in bunte Trachten gekleidete Gibali säumten die steil aufragenden Sitzreihen, und auch ein paar Halblings- und Menschenfamilien befanden sich unter den Zirkusgästen. Im Augenwinkel sah Zelduin, dass Balin neben ihm saß, seine kurzen Beine baumelten in der Luft. Er hatte seine Augenklappe hochgeklappt und knabberte genüsslich an seiner gekringelten Zuckerstange herum. Daneben saßen eine Zwergenfrau mit einem breiten, sommersprossigen Mondgesicht und einem rothaarigen Dutt und ein besonders kräftiger, rotbärtiger Gibali mit tätowierten Oberarmen. Er hielt einen Humpen Bier in der Hand, rauchte Pfeife und sah dem erwachsenen Balin aus der Zukunft recht ähnlich, fand Zelduin.

Im Mittelpunkt der Manege, direkt vor der hohen Bühne, von der ein purpurner Samtvorhang herabhing, stand ein Halbling mit langem, schneeweißem Haar, einem goldenen Frack, einer silbernen Peitsche an seinem Gürtel und einer überdimensional großen, goldenen Ballonmütze auf dem Kopf. Er sprach in ein wie ein Schneckenhaus gekringeltes Sprachrohr hinein, so dass seiner Stimme mehr Kraft verliehen wurde.

„…und nun, liebe kleinen und großen Spectators, kommen wir zu einem der Höhepunkte meiner Show! Das nächste fantastische Tierwesen, das ich, Ixo Qalixo, euch präsentieren werde, ist sehr gefährlich“, erzählte der kleine Zirkusdirektor. „Daher möchte ich alle bitten, auf den Plätzen sitzen zu bleiben, nicht zu schreien und pfeifen und auch das Essen und Trinken vorübergehend einzustellen, denn dieses fantastische Tierwesen reagiert äußerst empfindlich auf … *alles*. Applaudieren dürfen Sie natürlich trotzdem.“

Die rothaarige Zwergenfrau, die zwei Plätze neben Arjon saß, half Balin, seine rotweiße Zuckerstange unter seiner Tracht zu verstecken.

Qalixo drehte sich derweil wie ein Tänzer im Kreis und rief anschließend: „Begrüßen Sie nun eines der schrecklichsten Wesen, das die Tierwelt je hervorgebracht hat. Es scheut nicht einmal davor, Trolle anzugreifen; daher rührt auch sein Name: Trollfresser!“ Ein Raunen ging durch das Publikum, und etliche Kinder blickten verwirrt zu ihren Eltern auf. „Ja-haa, wir haben einen echten Trollfresser!“

Dann wurde der Vorhang langsam aufgeschoben. Zunächst eilten vier Halblinge mit mannshohen Speeren in die Mange hinein und postierten sich am Rande des Metallzauns. Kurz darauf ertönte ein wildes, knurrendes Tiergeräusch, das aus dem schwarzen Schlund zwischen den beiden Vorhanghälften herauskam. Einen Augenblick später ertönte ein leises Fauchen. Qalixo gesellte sich zu einem der bewaffneten Wachmänner. Wieder war ein Knurren zu hören, das zweifelsohne von einem Raubtier von beträchtlicher Größe herrühren musste. Einen Lidschlag später trottete ein muskulöser Gibali mit nacktem, von grünen Tattoos überzogenem Oberkörper und einem imposanten, orangefarbenen Irokesenschnitt durch den Vorhang in die Manege. Er zog eine schwere Eisenkette, die er sich über die Schulter gelegt hatte und die mit einem schweren Eisenring an seinem Hals befestigt war, hinter sich her, bis sie nach zwölf Katzensprungweiten plötzlich spannte. Der Gibali drehte sich um und zerrte mit Leibeskräften an den Eisengliedern, die im Halbdunkel, das hinter dem Vorhang herrschte, rasselnd verschwanden, und zwar auf einer Höhe von mindestens drei übereinanderstehenden Zwergen. Auf den Rängen war es fast mucksmäuschenstill geworden, nur einige Kinder quäkten leise.

„Unser Trollfresser scheint heute wieder etwas scheu zu sein, hihihi", sagte der Direktor in sein Schneckenhausrohr hinein. „Aber keine Sorge, der wird schon gleich herauskommen."

Einen langsamen Elefantusherzschlag später verlor die Eisenkette an Spannung und beschrieb nun einen leichten Bogen, und aus dem zwielichtigen Halbdunkel hinter den Vorhängen tauchte die Silhouette einer riesigen, aufrecht stehenden und bedrohlich wirkenden Kreatur auf. Das Tierwesen gab erneut ein tiefes Knurren wieder, als es mit langsamen Schritten aus dem Schatten ins Licht trat. Die Kette war mit einem dicken Eisenring an seinem Hals befestigt, und flankiert wurde es von zwei weiteren, halblingschen Speerträgern. Selbst Zelduin stockte der Atem, als das wolfsähnliche Tier, das größer noch als ein Zergh war, durch die Manege stolzierte. Es war von Kopf bis Fuß mit kurzem, schwarzem Fell bedeckt, nur das bleiche Gesicht war frei von jeglichem Haarwuchs. Die spitzen Ohren hatte es angewinkelt, und seine fast bis auf den Boden reichenden Arme baumelten schlaff hinunter und endeten in schwarzen Klauen. Es hatte menschenähnliche, intelligente, kreisrunde Augen, rosarote, hervorstehende Bäckchen, ein langes, spitz zulaufendes Kinn und einen breiten aber schmallippigen Mund. Am Prägnantesten jedoch war seine krumme, dolchlange und wie ein Vogelschnabel zugespitzte Hakennase, solche, wie man sie nur von Puppen aus Puppentheatern kannte.

Ein intensiver Tiergestank, den das Wesen auszuströmen schien, verbreitete sich allmählich im Zirkuszelt. Das riesige Raubtier, dem man scheinbar nachsagte, dass es auch Trolle fraß, kannte scheinbar seinen Platz auf dem roten, runden, mittig postierten Podest, den es einnehmen musste, denn es ging ganz freiwillig dort hin; der muskelbepackte Zwerg musste es mit der Kette nicht einmal dirigieren.

„Whow!", sagte der neben Arjon sitzende Balin begeistert, als das Wolfswesen auf das Podest stieg und verhaltener Applaus von den Rängen aufstieg. „Ist der riesenhaft, Arri, ho?"

„Hohoho", lachte der rotbärtige, Pfeife rauchende Zwerg amüsiert, der zwei Plätze neben Balin saß. Er klemmte sich ein blauglasiges Monokel in sein rechtes Auge, um die Szenerie vergrößert betrachten zu können. „Bei allen Trollgöttern, ich dachte, diese schauerlichen Geschöpfe kommen nur in Fabeln vor."

„*Auch das böse Leben findet immer einen Weg*", dachte Zelduin im Stillen.

Er spürte, dass Arjon sich vor dem Wesen fürchtete, obwohl der kleine Gibali zu wissen glaubte, dass es ihm nichts antun konnte, weil es eingesperrt war. „*Das ist ein fürchterliches Tier…*", hörte Zelduin Arjon in Gedanken sagen.

„Das ist ein Dämon aus den Alten Tagen", erzählte der kleine Zirkusdirektor mit theatralischer Stimme. „Er hat noch andere Namen, doch es würde zu lange dauern, sie alle aufzuzählen, hihihi. Dieses fantastische Wesen konnte sich durch die Weltentore auf vielen Planeten Jumatahonis einnisten. Auf vielen Welten gilt der Trollfresser inzwischen allerdings wieder als ausgerottet, doch das stimmt nicht *immer*, denn so groß er auch ist, er versteckt sich sehr gerne und kann mit der Dunkelheit verschmelzen. Er ist ein Schatten der Nacht, und diejenigen, die ihn doch einmal zu Gesicht bekommen, haben meist nicht mehr die Möglichkeit, dies zu erzählen, weil sie dann bereits tot sind. Deshalb gilt er auf vielen Welten fälschlicherweise als ausgestorben. Wenn ihr also das nächste Mal durch einen düsteren Wald lauft…"

Während der Halbling mit der goldenen Ballonmütze weitererzählte, blieb das Wolfswesen mit dem Menschengesicht ganz reglos auf seinem Podest stehen; nur seine Augen wanderten unruhig hin und her und suchten scheinbar stetig nach etwas Fressbarem.

Nach einiger Zeit löste Qalixo die Silberpeitsche an seinem Gürtel. „Nun, verehrte Spectators, wollen wir den Ingrimm des alten Dämons aufwecken, damit ihr euch ein Bild von seiner wahren Bestialität machen könnt.“

Arjon war sich nicht sicher, ob er das erleben wollte. Kurz darauf holte der Halblingsdirektor mit seiner Peitsche aus und ließ sie dann nach vorn zucken, wodurch ein lauter Knall ertönte, der die stille Luft zischelnd zerriss. Der Trollfresser bewegte sich jedoch nicht, ganz zum Ärger des weißhaarigen Zirkusleiters, der seine Peitsche gleich noch einmal knallen ließ, aber auch da rührte sich das abscheuliche Riesenwesen nicht einen Koboldfußbreit, als ob es Gefallen daran fand, mit seiner Reglosigkeit seine kleinwüchsigen Herren zu erzürnen.

Balin rutschte aufgeregt auf seinem Stuhl hin und her. „Der ist noch hässlicher als ein stinkender Flusstroll, höhö“, feixte er und lachte draufgängerisch. Dann stellte er sich auf seinen gepolsterten Sitzplatz, wedelte mit seiner rotweiß gestreiften Zuckerstange herum und brüllte: „Heyho, beweg dich mal, du affiger Trollfresserclown!“

Balins Mutter zog ihn wieder herunter und sagte leise aber bestimmt: „Setz dich sofort wieder hin, Balinson. Der Direktor hat ausdrücklich gesagt, dass es während der Show nicht erlaubt ist…“

Die sommersprossige Zwergenfrau hatte den Satz noch nicht einmal beendet, da richtete sich der Trollfresser plötzlich zu seiner vollen Größe auf, spitzte die Ohren, öffnete seinen Mund einen fingerbreit und sprang von seinem Podest in Balins Richtung. Das schwarzhaarige Ungetüm hüpfte zwei Trollsprünge vorwärts und schleifte den Zwerg, der das andere Ende der Kette um seinen Hals gebunden hatte, wie eine Puppe hinter sich her. Während die kleinen und großen Zirkusgäste aufschrien, versuchte der muskulöse Gibali mehrmals aufzustehen, um dem Riesenwesen Einhalt zu gebieten, doch es gelang ihm nicht. Das Wesen schien zu stark zu sein, und dennoch kam es mit dem Gibali im Schlepptau nur langsam voran. Einen Lidschlag später drehte es sich um, packte die Kette mit seinen Klauen und schleuderte den daran befindlichen Zwerg spielerisch gegen den Eisenzaun der Manege, als wäre er leicht wie ein kleines Menschenkind. Blaue Blitze und Funken tanzten dort über das metallene Raster, wo der zu einem gleißend hellen Licht verwandelte Zwerg es berührte. Die halblingschen Zirkusleute schienen den Metallzaun unter Strom gesetzt zu haben, vermutlich falls eines der fantastischen Tiere auszubrechen versuchen würde…

Plötzlich gab es einen lauten Knall! Einer der an der Decke festgemachten, Licht spendenden Sonnenbälle explodierte; es regnete gelbe Funken von der Decke auf die kreischenden Zuschauer herab. Dann erloschen auch die anderen Sonnenbälle, und auch die blauen, über den Zaun zuckenden Blitze erstarben. Es war kaum noch etwas zu sehen in dem Zirkuszelt. Etliche Zuschauer schrien gellend auf, und einige Kinder fingen an zu weinen, während die Halblinge des Zirkusses wilde, schrille Befehle auf Halblingsch hin und her schrien. Dann vernahm Zelduin ein ähnlich fieses Geräusch, das dabei entstand, wenn Fingernägel über eine Schiefertafel kratzten. Kurz darauf hörte er das Knarren von Metall, auf das eine große Kraft einwirkte. Derweil heulte im Hintergrund ein Apparat auf, der kurz darauf wieder verstummte. Für einen kleinen Moment jedoch leuchteten die an der Decke befindlichen Sonnenbälle matt auf, und das Zirkuszelt wurde wie von einem Blitzschlag erleuchtet. Im kurzweiligen Lichtschein konnte Zelduin die Furcht einflößende Silhouette des Trollfressers erkennen, der die Gitterstäbe mit bloßer Muskelkraft schon ein gewaltiges Stück auseinandergedrückt hatte und noch immer daran zerrte wie ein Tier, das sich aus seinem Kokon zu befreien versuchte. Die halblingschen Speerträger bewegten sich vorsichtig und halbkreisförmig auf das Monstrum zu.

Als alles wieder dunkel war, brach Panik im Zelt aus. Einige Zuschauer suchten im Halbdunkel stolpernd nach den Ausgängen. Wieder heulte die Maschine im Hintergrund auf, mal laut, dann wieder leise. Für mehrere Koboldherzschläge lang flackerten die Sonnenbälle immer wieder auf und tauchten das Zeltinnere zeitweilig in ein düsteres Zwielicht.

Arjons kleines Herz überschlug sich beinahe, als der Trollfresser mit der langen Nase laut schnüffelnd seinen grauslich aussehenden Menschenkopf durch die Gitterstäbe schob und eine Hand nach Balin oder seiner Zuckerstange, die er noch immer in seiner Faust umklammerte, ausstreckte! Balin, der vom Arm seiner Mutter in den Sitz gepresst wurde, war inzwischen mucksmäuschenstill geworden, und als die Klauenhand des Trollfressers grabschend nach ihm verlangte, begann er laut zu schreien wie ein Säugling, genauso wie Arjon.

Plötzlich rasselte eine Kette, und das langarmige Ungetüm wurde zurückgezogen. Im schummrigen Licht konnte Zelduin erkennen, dass der tätowierte Zwerg mit dem orangefarbenen Irokesenschnitt wieder auf den Beinen war und dem Dämon furchtlos entgegentrat. Knurrend wand sich das hünenhafte Wesen um und rannte fauchend auf seinen kleinen Peiniger zu. Bevor das schreckliche Tier den Gibali erreichte, eilte Qalixo herbei und zielte mit einer bronzefarbenen Pistole mit trichterförmigem Lauf auf die riesige Kreatur. Krachend entlud sich eine pinkfarbene Staubwolke aus der Waffe, die den Trollfresser für einen kurzen Moment einnebelte. Jäh stoppte das Riesenwesen in seiner Bewegung. Es schnüffelte, rang nach Luft, gab einen knurrenden Laut von sich und kippte schließlich kopfüber auf den sandigen Boden der Manege, wo es mit ausgestreckter Zunge reglos liegenblieb. Im flackernden Lichtschein zog der Zwerg das gewaltige Tier heraus aus der Manege, während die Sonnenbälle allmählich wieder an Leuchtkraft gewannen.

„Setzen Sie sich wieder, liebe Spectators. Ich versichere Ihnen, das gehört alles zur Show", beteuerte ihnen der Zirkusdirektor mit unsicherer Stimme. „Wir haben keine Kosten gescheut und höchste Sicherheitsvorkehrungen getroffen. Ihnen kann nichts passieren. Ich hoffe, der Trollfresser hat Ihnen gefallen, hihihi…"

„Hohey, und das sah alles so echt aus, hoho", lachte der alte Bärntson, während Balins Mutter ganz offensichtlich nicht so recht wusste, ob sie mit ihrem Sohn schimpfen oder ihn trösten sollte.

„Ist es vorbei, ho?", fragte Arjon leise, der seine Augen aus Furcht zu engen Schlitzen zugekniffen hatte.

„Ho, das Monsterus ist wieder fort", antwortete Arjons Mutter und streichelte ihrem Sohn beruhigend über den Rücken.

„Arri, willst du meine Zuckerstange haben, ho?", fragte der kleine Balin mit weit aufgerissenen Augen.

„Ho", verneinte Arjon und schüttelte den Kopf.

Die meisten Gäste hatten sich inzwischen wieder beruhigt und waren zu ihren Plätzen zurückgekehrt, während zwei halblingsche Speerträger das Loch, das der Trollfresser mit bloßer Muskelkraft in den Eisenzaun gerissen hatte, bestaunten. Qalixo kündigte derweil den nächsten Akt an: „Begrüßen Sie nun unser musikalisches, fantastisches Affenensemble!" Der Halbling mit der riesenhaften, goldenen Ballonmütze drehte eine Pirouette und zeigte dann mit beiden Händen auf den Vorhang, der sich wieder wie durch Geisterhand öffnete, während eine laute Fanfare und Applaus durch das Zelt wehten.

Zunächst schlüpfte ein Dutzend braunhaariger, zwergengroßer Affen mit verschrobenen Kobold- und Clownsmasken durch den Vorhang ins Zelt hinein. Sie führten die irrwitzigsten Musikinstrumente mit sich und kreischten dabei aufgeregt. Als sie ihre Positionen erreicht hatten, begannen sie sogleich zu spielen. Die meisten zotteligen Wesen benutzten merkwürdig geformte Blasinstrumente, einer klimperte mit einer Riesenglocke herum, und ein besonders großer, graufelliger Affe blies in ein weißes Rohr hinein, das Ähnlichkeit mit dem riesigen, ausgehöhlten

Stoßzahn eines Elefantus hatte. Dann fuhr ein kleiner Affe auf einem Einrad in den Zirkussaal. Er trug einen grünen Echsenanzug und eine schreckliche Krokodilmaske mit langen Eckzähnen vor dem Gesicht. Kurz darauf erschien ein langarmiger, rotfelliger Riesenaffe mit winzig kleinen Augen und einem schwarzen Zylinderhut auf dem Kopf, der einen bunten Orgelwagen schob, an dessen Rad er mit seinen knorrigen Fingern unaufhörlich drehte, so dass eine dumpfe Glockenmusik stetig aus den wie Trompetenblumen geformten, kupfernen Trichtern herausschallte. Ein kleines Äffchen mit Totenmaske vorm Gesicht und einem Schirm, an welchem kleine Glöckchen klimperten, tanzte auf dem Musikwagen. Einen Lidschlag später stürmte ein als Troll verkleideter, großer Schwarzaffe in die Manege. Das fürchterlich dreinschauende Affenwesen trug einen Ganzkörperanzug mit zwei Ziegenhörnern auf dem Kopf, Gucklöchern für die Augen und einem Schlitz für den Mund. Es jagte den Kindern einen gehörigen Schrecken ein, als es den Stromzaun, der für diesen Akt scheinbar abgestellt worden war, ein Stück weit hochkletterte und wild herumbrüllte. Auch Arjon zuckte zusammen, als das Tier in ihre Richtung starrte.

„Hoooo, ich glaube, das Wesen will meine Zuckerstange haben, Arri", flüsterte Balin aufgeregt und warf die Süßigkeit sicherheitshalber im hohen Bogen fort. „Zuckerstangen scheinen die bösen Affen anzulocken und vielleicht noch ganz andere Dinge…"

Arjon bekam Angst, sagte aber nichts. Derweil füllte sich die Arena rasch mit weiteren Musikeraffen, Clownsaffen und kostümierten Monsteraffen, die andere Abnormitäten des Tierreichs darstellen sollten. Das Affenorchester, das eine pompöse und manchmal recht holprig vorgetragene Musik spielte, sorgte für große Heiterkeit auf den Rängen. Auf der gegenüberliegenden Seite staunten die Spectators über ein schwarzweiß gestreiftes, im Gesicht langfelliges Affenwesen, das gelegentlich Feuer spuckte. Der feuerspeiende Primat wurde von zwei in Skelettanzügen verkleideten Kleinaffen, die sich Huckepack genommen hatten, immer wieder umkreist. Der auf den Schultern sitzende Skelettaffe spielte auf einer langen Holzflöte. Ein anderer weißhaariger Affe mit schauriger Koboldmaske, aus der eine lange, rote Zunge heraushing, balancierte auf einem gelben Ball durch die Manege und jonglierte dabei geschickt mit grauslich aussehenden Gnomenschrumpfköpfen. Er wurde verfolgt von einem grauhaarigen Riesenaffen mit Doppelkinn und hoher Stirn, der eine Lyra spielte und hin und wieder gähnte, so dass seine spitzen, vergilbten Eckzähne zum Vorschein kamen. Außerdem trug er einen spitzen, purpurnen Hut, auf welchem eine funkensprühende Kerze brannte.

In dem wilden Affentohuwabohu ging der kleine Zirkusdirektor mit der güldenen Riesenballonmütze, der zu der unharmonischen Musik mitzutanzen versuchte, beinahe unter. Und immer noch wuchs die Affenhorde. Ein Primat mit kurzem, gelbem Fell, wulstigen Augenbrauen und einem langen, schwarzen Schwanz, an dessen Ende ein kürbisgroßer, roter Ballon schwebte, hüpfte purzelbaumschlagend durch die Vorhänge in den Saal hinein. Auf seinem Kopf thronte eine Narrenkappe, an welcher keine Glöckchen klimperten, sondern die Totenschädel spitzzahniger Kleintiere. Im hinteren Teil der Bühne fiel ein Affe, der in einem grässlichen Trollkostüm steckte und auf Stelzenbeinen herummarschierte, schreiend um, ganz zur Belustigung der kleinen Spectators. Dann stolzierte ein so Furcht einflößend verkleideter Riesenaffe – der mit einer dreischwänzigen Peitsche als Menschen, Gibali und Halblinge kostümierte Babyäffchen vor sich her scheuchte - in die Manege, dass Balin und Arjon sich fürchterlich erschraken, und auch Zelduin zuckte innerlich kurz zusammen, nicht nur weil er wusste, welch schreckliche Kreatur der Affe darstellte, sondern vielmehr welch düstere Zukunftsvision die Affenbande zeigte. Der hünenhafte Affe war in ein grauhäutiges, dämonisches Wesen mit einem vogelschnabelähnlichen Maul, nadelspitzdünnen Zähnen, langen Klauen und vier schwarzen, mandelförmigen Äuglein verwandelt worden. Es war das Kostüm eines Zergh!

Viele Zirkusgäste lachten und scherzten ob der witzigen Szenerie, die den Zergh als Herrn über die Völker der Menschen, Gibali und Halblinge zeigte. Sie hielten diese Vision scheinbar für surreal. Zelduin wusste es besser.

Der Zerghaffe ließ seine Peitsche über den Köpfen der als Menschen, Gibali und Halblinge verkleideten Äffchen knallen, die daraufhin einen Schritt schneller liefen. Als sich seine schreckliche Fratze in Zelduins Richtung drehte, hielt Balin – der während der Vorstellung aus Angst immer tiefer in seinen Sessel gerutscht war - vor Schreck die Hände vors Gesicht und rief weinerlich: „Ahh, der Dämon will mich fressen, ho-ho-ho.“

Balins Mutter schlang fürsorglich einen Arm um ihren Sohn. „Hoo, das ist kein Zerghdämon. Da steckt nur ein Affe drunter. Du brauchst dich nicht zu fürchten“, versuchte sie ihn zu beruhigen.

„Nur ein Affe…“, murmelte Balin und zuckte kurz darauf wieder zusammen, als er durch die Lücken seiner Hände hindurchschielte. „Und was ist mit dem grünen Troll, der da Trommel spielt, ho?“

„Hoo, das ist kein echter Troll, Balin. Das ist nur ein Schwarzaffe in einem Kostüm.“

„Aber die beiden Skelette…“, bibberte Balin.

„Hoo-hoo, das sind alles nur Affen, die sich verkleidet haben.“

Im Augenwinkel sah Zelduin, dass Balin verschüchtert die verrückte Affenhorde betrachtete.

„Das sind alles nur Affen, ho?“

„Ho, das sind alles nur Zirkusaffen, Balinson.“

„Zirkusaffen…“, flüsterte Balin und nahm langsam die Hände wieder herunter. „Hast du das gewusst, Arri, ho?“

Zelduin spürte, dass auch der kleine Arjon Zweifel hegte, und trotzdem bejahte er die Frage so überzeugend, wie ein Kleinkind dazu in der Lage war: „Ho!“

Balin rempelte ihn mit dem Ellbogen an und quäkte: „Hast du gar nicht, du Lügenkobold.“

„Hab ich doch“, widersprach Arjon ihm.

„Und warum hast du dich dann vorhin so erschrocken, ho?“

Arjon rempelte mit seinem spitzen Ellbogen zurück. „Weil der Affe so böse … ich habe mich gar nicht erschrocken!“

„Ha, da hast du dich gerade selber verraten. Du bist nämlich auch ein Angsthasengnom!“

„Und du bist ein doofer, grüner Speisekammergnom, Balin!“

„Du bist selber einer, Arri!“

Die beiden Kinder zankten sich noch eine Weile, während die Mütter die beiden Streithähne vergeblich zu beruhigen versuchten. Dabei merkten die kleinen Raufbolde gar nicht, dass inzwischen ein zotteliger, weißhaariger Riesenaffe mit drei Köpfen - von denen zwei ganz augenscheinlich nur Attrappen waren, denn sie wippten starr hin und her wie die Höcker eines Kamelius - die Bühne betreten hatte. Vor allen drei Köpfen trug das haarige Wesen schreckliche Koboldmasken mit weißroter Kriegsbemalung. Der Affe hangelte sich still von Gitterstab zu Gitterstab, bis er seine Fratzenköpfe durch das Loch, das der Trollfresser in den Zaun getrieben hatte, steckte und die beiden streitenden Knaben stumm musterte. Als Arjon und Balin das vielköpfige Tier schließlich erspähten, jagten sich beide einen Riesenschrecken ein, so dass sie fast von ihren Sitzen hinunterpurzelten.

„Ahhhh“, schrien sie wie im Chor. Der weißhaarige Affe zuckte vor den schreienden Kindern selbst zusammen und verlor dabei die grausliche Maske des echten Kopfes, wodurch sein schrumpeliges, harmlos wirkendes, rosafarben angehauchtes Affengesicht zum Vorschein kam.

„So, jetzt habt ihr euch beide zu Tode erschreckt und könnt wieder lieb zueinander sein“, meinte Arjons Mutter liebevoll. „Und ihr braucht euch nicht mehr zu fürchten. Dreiköpfige Affen gibt es nicht. Wie ihr seht, ist auch dieses Geschöpf nur ein niedliches Zirkusäffchen…“

„Ho, das wissen wir!“, bejahten beide Kinder zeitgleich.

Während die beiden Jünglinge mit großen, wunderlichen Augen die vielen Affen argwöhnisch musterten, wiederholte Balin immer wieder flüsternd dieselben Worte, die er später noch so oft gebrauchen sollte. Er musste es sich scheinbar einreden, damit er es auch wirklich glaubte, was er da vor sich sah. „Es sind alles nur Zirkusaffen … alles nur Zirkusaffen … es sind alles nur Zirkusaffen…“

Dann drang plötzlich wieder ein lautes Rauschen in Zelduins Ohren. Er wusste, was das zu bedeuten hatte: Er kam wieder zurück in die echte Welt!

Die Landschaft vor ihm erbleichte, Balins Kinderstimme verhallte, und dann war er wieder von endloser Schwärze umgeben…

Das erste Geräusch, welches in seine Ohren kroch, war das von schnellen, schweren Schritten auf einem metallenen Boden; leiser Schlachtenlärm war auch zu hören. Zelduin wurde durchgeschaukelt, und ihm war übel. Das Kribbeln in seinen Adern ließ aber allmählich nach. Er war also noch nicht tot, dachte er, und öffnete blinzelnd die Augen. Zwei starke Hände mit dicken, kurzen Fingern umklammerten ihn, die Hände eines Gibali, dachte er erleichtert. Er wurde von irgendeinem Zwerg fortgetragen, doch wer der mysteriöse Fremde war, konnte Zelduin nicht erkennen, denn sein Gesicht war nach unten gedreht. Er sah nur zwei stämmige Zwergenbeine, die in breiten Stiefeln mit verstärkten Eisenkappen steckten, und den kalten Metallboden einer riesigen Halle. Sein Kurzschwert klimperte leise in der Goldscheide an seinem Gurt. Der Zwerg musste es dort hineingetan haben.

Als er seinen eingeschränkten Blick umherwandern ließ, stellte er fest, dass er sich in einem der Hangars des Flugschiffs befand. Ein paar Piloten eilten hektisch durch die Flughalle und bemannten die letzten skurrilen Propellermaschinen, die die Gibali Jyrokopter nannten; die Zwerge schenkten Zelduin und seinem kräftigen Entführer keinerlei Beachtung. Der schwere Geruch von Öl lag in der Luft. Irgendwo hinter ihm zischte es, und seichter Dampf stieg auf und vernebelte ihm kurz die Sicht.

Zelduin wollte auf sich aufmerksam machen, aber weder seine Zunge noch seine anderen Glieder wollten ihm gehorchen. Die Nachwirkungen der Traumwelt lähmten ihn noch, seine Muskeln zuckten unkontrolliert.

Kurz darauf rückte ein großes, ovales, offen stehendes Tor in sein Sichtfeld. Draußen fand ein heftiger Kampf zwischen den Flugapparaten der Gibali und den Echsenreitern statt. Schwarze Rauchfahnen qualmender Jyrokopter bedeckten das Blau des Himmels.

Der fremde Gibali setzte Zelduin in eines der letzten, unbemannten Fluggeräte hinein. Der Meowinger sackte auf der Doppelsitzreihe vor Schwäche zusammen. Er konnte kaum seinen Kopf heben. Zegolas hatte ihm einst davor gewarnt, dass die Nachwirkungen der Traumwelt immer schlimmer werden würden, je öfter er in sie hineingezogen werden würde.

Jetzt schmeckte er plötzlich den bitteren Geschmack eines Ürüpilzes auf seiner Zunge. Der Gibali musste ihm die widerliche Waldfrucht während seines Schlafs verabreicht haben.

Und dann, als der Gibali die Kanzel bestieg und sich neben den Jäpa setzte, sah Zelduin endlich das Gesicht des Zwergs. Es kam ihm irgendwie vertraut vor, er könnte schwören, dass er dem gedrungenen Wesen schon einmal begegnet war, konnte sich aber nicht erinnern, wo und wann das gewesen war.

Der Fremde hatte einen langen, blonden Bart, den er zu drei Zöpfen zusammengebunden und mit silbernen Spangen verschönert hatte. Er trug einen Lederharnisch und einen spitzen

Silberhelm mit Nasen- und Backenschutz. Seine blauen Augen verrieten Intelligenz und ein hohes Maß an Gottvertrauen.

Der Blondbart setzte sich eine Fliegerbrille mit großen, runden Gläsern auf, legte im Fußraum der Kanzel zwei Hebel um und drückte dann vor ihm an der Steuerkonsole auf einen roten Knopf. Laut knatternd nahm der Propeller seine Arbeit auf. Der Gibali umklammerte die Steuerung. Einen Lidschlag später begann der eigentümliche Flugapparat zu schweben. Zelduin schaukelte hin und her, ihm wurde schwindelig und für einen Moment schwarz vor Augen. Er befürchtete schon das Schlimmste, die Traumwelt, aber es blieb nur ein böser Gedanke.

Mit großer Geschicklichkeit manövrierte der Gibali den Flieger aus dem Hangar und durch das ovale Riesentor heraus… in die vermeintliche Freiheit, doch der Himmel war voll mit Tod, Verderb und Geschrei. Die Himmelsflotte Mäols bestand aus insgesamt acht zeppelinartigen Schlachtschiffen. Vier von ihnen brannten, darunter auch die Änautilus, das größte aller Flugschiffe. Die kleinen Jyrokopter und die urzeitlichen Flugechsen wuselten um die Schiffe herum wie Motten um glühende Nachtlampen. Die fliegenden Gefährte der Gibali waren zwar in der Überzahl, doch die Echsenreiter und die Zerghmagusse auf ihren schwarzen Pterodaktussen leisteten erbitterten Widerstand, und sie waren noch immer zahlreich. An allen vier Horizonten wurde die schreckliche Himmelsschlacht ausgetragen. Knapp an Zelduins Seite raste ein brennender Jyrokopter in die Tiefe hinab; der giblische Flugkapitän in der Kanzel war blutüberströmt, sein Gesicht zu einer ängstlichen Fratze verzogen, und er schrie wie am Spieß. Kurz darauf stürzte er ins Meer und ging blubbernd unter. Hoch über dem Meowinger jagte ein Jyrokopter einem Echsenreiter hinterher. Er feuerte unablässig mit der Bolzenschussmaschine, die am Bug des Fliegers befestigt war, auf den Urzeitvogel, durchlöcherte seine dünnen Schwingen, bis dieser flugunfähig war und laut blökend mitsamt seines bleichen Herrn abstürzte.

Der fremde Gibali lenkte sein Himmelsgefährt grazil und gekonnt durch das himmlische Schlachtfeld, als würde das Blut eines Riesenadlers durch ihn fließen. Er musste immer wieder scharfe Kurven fliegen, um Freund und Feind auszuweichen. Zelduin wurde speiübel bei den hektischen Flugmanövern. Wie eine Puppe ohne Muskeln wurde er in der Kanzel hin und her geschleudert.

Als sie ein Stück geradeaus flogen, spürte Zelduin, wie das Leben allmählich wieder in ihn zurückkehrte. Mit einer langsamen Bewegung wandte er sich dem Zwerg zu, doch bevor er etwas sagen konnte, hielt ihm der Gibali einen winzig kleinen, rosafarbenen Pilz unter die Nase.

„Iss das, und es wird dir rasch besser gehen."

Zaghaft und mit zittriger Hand griff Zelduin nach dem rosafarbenen Pilz, der nicht einmal halb so groß wie ein Ekäk war und nach Troll roch. Nach kurzem Zögern steckte Zelduin sich die kleine Frucht in den Mund. Sie schmeckte salzig und war zäh wie Trollfleisch. Kurz nachdem er den Pilz hinuntergeschluckt hatte, wurde ihm warm ums Herz. Er spürte seine Glieder wieder, und auch seine Übelkeit war schlagartig verflogen.

Als Zelduin seinen Blick an seiner Brust hinabgleiten ließ, stellte er fest, dass das güldene Zeitenrad um seinen Hals hing. Der Zwerg musste es ihm umgehängt haben.

„Warum…", begann Zelduin, aber der Zwerg unterbrach ihn jäh und drückte ihm einen ledernen Rucksack, an dessen Seite eine rote Schnur heraushing, in den Bauch. Zwei Schlaufen mit güldenen Schnallen waren ebenfalls daran befestigt.

„Zieh dir das an, rasch", befahl er.

Zelduin hatte so ein Ding von ähnlicher Machart irgendwo schon einmal gesehen, glaubte er. „Was ist d…"

„Ein Fallschirmikus. Du musst an der roten Schnur ziehen, wenn du gleich herunterfällst."

Zelduins Stirn legte sich kurz in Falten. Dann erinnerte er sich. Balin hatte ihm einst auf der Ballonfahrt über den Planeten Akror einen solchen Ledersack gegeben. Er hatte ihn Regendrachen genannt, aber Zelduin wusste noch immer nicht, wie so ein Ding funktionierte, nicht einmal auf dem Zhuk in seinem Hirn hatte er darauf eine Antwort finden können. Dennoch zog er sich das Ding rasch an, denn er wusste, dass man damit fliegen können sollte wie ein Drache. Er schlüpfte mit seinen Armen durch die Schlaufen und zog sie mit den Goldschnallen fest.

„Wer bist du?", fragte Zelduin den geheimnisvollen Zwerg.

Der Gibali gab keine Antwort und konzentrierte sich mit verbissener Miene auf das Fliegen…

Vor ihnen tauchte plötzlich ein Zerghreiter auf! Er kam aus der Tiefe und segelte nun geradewegs auf sie zu, das braunhäutige Urzeittier hatte den Schnabel weit geöffnet und krächzte laut. Der Blondbart reagierte blitzschnell. Er drückte einen braunen Knopf, der mittig auf der Steuerkonsole herausragte, und hielt ihn fest. Zahnräder klackerten, die irgendwo im vorderen Teil des Gefährts versteckt sein mussten. Einen Lidschlag später schossen aus dem Bug des Jyrokopters im Herzschlagtakt eines Kobolds gefiederte Bolzen mit dicken Eisenspitzen heraus. Sie zischten durch die Lüfte und zerfetzten den linken Flügel der Flugechse. Kreischend ruderte das Urzeitgeschöpf mit seiner rechten Schwinge auf und ab, bis es sich drehte und seinen Reiter abwarf. Dann wurde das Flugwesen von einem Bolzen direkt in den Schädel getroffen. Stumm fiel der Vogel vom Himmel herab.

Eine kleine Gruppe Zerghreiter kam aus dem Osten herbei. Die Reiter waren von oben gekommen und beschossen die in ihrer Nähe fliegenden Jyrokopterpiloten mit Pfeilen. Mit tödlicher Genauigkeit fanden viele Geschosse ihre Ziele und holten in kürzester Zeit drei Propellermaschinen vom Himmel. Eines der abstürzenden Fluggefährte krachte oben in eines der riesigen Flottenschiffe hinein, wo es in einem Flammenball aufging und einen beträchtlichen, rauchenden Krater im Schiffsrumpf hinterließ. Kurz darauf wurde der Himmel von Dutzenden Lichtblitzen erleuchtet. Sie waren von einer noch intakten Laserkanone eines über ihnen fliegenden Zeppelinschiffs abgefeuert worden. Zelduin konnte den kleinen Gibali in der gläsernen Geschützkanzel erkennen. Mehrere Zerghreiter wurden von den Lichtstrahlen getroffen und regelrecht in Stücke gerissen. Einen Augenblick lang regnete es Blut und bleiche Gliedmaßen vom Himmel herab.

Plötzlich zischte ein Zerghpfeil knapp über Zelduins Kopf hinweg! Er kam von hinten. Ein zweiter Pfeil bohrte sich links in den Holzrumpf der Maschine. Zelduin blickte sich um. Ein Saurierreiter hatte sich an ihre Fersen geheftet. Der blondbärtige Pilot riss den Steuerknüppel nach vorn. Im Sturzflug ging es nach unten. Dann wieder geradeaus. Der Urzeitvogel mit seinem großen, bleichen Herrn folgte ihnen mühelos. Der fremde Gibali raste nun geradewegs auf eines der riesigen Zeppelinschiffe zu und flog dabei einen Zickzackkurs, doch der vieläugige Verfolger ließ sich nicht abschütteln. Nur noch wenige Hasensprünge von dem fliegenden Riesenschiff entfernt, leitete der stämmige Pilot einen weiteren Sturzflug ein und steuerte das Fluggerät dann dicht an der Bordwand des Himmelsschiffs entlang und an den riesigen Propellern, die das Schiff in der Luft hielten und sich so schnell drehten, dass sie kaum zu sehen waren, mit meisterhafter Geschicklichkeit vorbei, doch der Vogelreiter holte stetig auf und folgte dem giblischen Vehikel auf Schritt und Tritt. Der Gibalipilot flog mehrere Kurven, um den Zergh kein leichtes Ziel zu bieten. Plötzlich krachte es hinter ihnen, und ein hässliches Geräusch ertönte. Als Zelduin sich umwandte, sah er, dass der Vogelreiter in einen der mächtigen Riesenpropeller hineingeraten war, der sowohl den Zergh, als auch den Riesenvogel tödlich verwundet hatte. In mehreren Stücken fielen die beiden Monster in die Tiefe.

Der Meisterpilot drosselte die Geschwindigkeit des Flugmobils ein wenig. Ein paar Augenblicke noch flogen sie unter dem Bauch des Schwesterschiffs der Änautilus hindurch. An der Unterseite ratterten viele, windmühlengroße Propeller, und runde, gläserne Kuppeln wölbten sich aus dem Rumpf hervor. Aus einigen Bullaugenfenstern schauten weibliche und männliche Gibali mit ängstlichen Gesichtern heraus.

Als sie aus dem Schatten des Riesenzeppelins wieder heraustraten, stürzte sich von oben plötzlich ein schwarzer Pterodaktus auf sie herab, auf seinem Rücken ein großer Zerghmagier! Der Magus richtete blitzschnell seinen Stab auf sie. Die Spitze der schwarzen Waffe begann zu knistern und glühen. Der blondbärtige Zwerg versuchte, ein Ausweichmanöver einzuleiten, und riss das Lenkrad nach links. Dann entfesselte sich ein purpurner Feuerball aus der Zerghwaffe. Rasend schnell eilte das Magiegebilde durch die Lüfte, verfolgte die Flugbahn des Jyrokopters und schlug krachend in das Heck ein! Der Flieger wurde heftig durchgeschüttelt, bekam Schlagseite und begann lichterloh zu brennen! Mit nur einer Hand steuerte der Zwerg das fliegende Gefährt weiter, während er mit der anderen eine Strahlenwaffe aus seiner Gürteltasche zog. Er zielte auf den von oben herannahenden, wild schreienden, schwarzen Riesenvogel und schoss. Der blaue Blitz fetzte in die Brust des Tiers. Es verstummte sofort, klappte seine Flügel ein und trudelte unkontrolliert in die Tiefe. Der Magus versuchte, sich noch zu retten, aber sein Schicksal war besiegelt. Er warf den beiden Jyrokopterinsassen finstere Blicke aus seinen vier Augen zu, als er auf seinem urzeitlichen Ungetüm nach unten rauschte. Plötzlich aber richtete er sich noch einmal auf und schleuderte seinen Zauberstab in ihre Richtung…

Das speergleiche Geschoss zersplitterte die dicke Holzwand des Fliegers und bohrte sich dann seitlich in den Leib des Zwergs, der mit schmerzverzerrtem Gesicht aufstöhnte. Der rote Kristall an der Spitze des Stabs ragte aus seinem Bauch heraus. Blut lief aus seinem Mund und besudelte seinen blonden Bart, während die Flammen am Heck der Maschine größer wurden und um sich schlugen wie ein wildgewordenes, flammendes Tentakelmonster.

Mit glasigem Blick und einem mannigfaltigen Ausdruck starrte der Gibali den Jäpa an. „Du musst jetzt gehen."

„Wohin?", fragte Zelduin überrascht. Er erkannte rasch, dass er dem Gibali nicht mehr helfen konnte.

„Ich glaube, das weißt du selbst… am besten", meinte der Gibali schwer atmend und hustete. Er legte seine Hand mit den kurzen Fingern auf die Brust des Meowingers, dort, wo das Zeitenrad um seinen Hals hing. „Läute ein neues… Zeitalter ein."

„Warum hilfst du mir?", fragte Zelduin verwirrt.

„Weil ich mich mit dir auf seltsame Weise … verbunden fühle. Ich glaube, du bist derjenige, der das Gleichgewicht bringt. Möge mich ein dreiköpfiger Zirkusaffe fressen, wenn ich mich… irre." Der Gibali lächelte dünn. „Auf Wiedersehen… Zelduin."

Während Zelduin über die Worte nachsann, drückte der mysteriöse Zwerg nacheinander zwei gelb leuchtende Knöpfe. Daraufhin ertönte ein schriller Pfeifton. Der Gibali nickte dem Meowinger zu. Tränen standen ihm in den Augen. Kurz darauf wurde Zelduin der Boden unter den Füßen weggezogen! Unter ihm hatte sich eine Luke geöffnet, und er wurde mitsamt seinem Sitz nach unten gerissen! Ängstlich klammerte er sich an dem Lederpolster fest, das einen Moment später von einer Windböe fortgeschleudert wurde. Unter ihm befand sich das hellblaue Rundmeer Mäols, welches auf der Süduferseite von einer Bergkette eingebettet war. Laut schreiend sauste er in die Tiefe. Ungefähr eine Bogenschussweite trennte ihn noch vom Aufschlag… und seinem sicheren Tod.

Nach ein paar ihm furchtbar lang vorkommenden Sekunden in höllischer Angst erinnerte er sich an den Regendrachen auf seinem Rücken. Er suchte nach der roten Schnur, fand sie und zog daran. Der Rucksack öffnete sich, ein hellbraunes Tuch, das mit dünnen Seilen an dem Ledersack befestigt war, schoss heraus und entblätterte sich bald darauf zu einem horizontal gewölbten, dreieckigen Segel. Ruckartig wurde Zelduins Flug gestoppt. Langsam segelte er nun abwärts.

Über sich konnte er den brennenden Jyrokopter des mysteriösen Zwergs sehen. Die Flammen hatten fast den gesamten hinteren Teil umschlugen, und auch der rotierende Propeller glich nun einem Feuerrad.

Plötzlich fiel Zelduin ein, was ihm an den letzten Worten, die der Zwerg gesagt hatte, so merkwürdig vorgekommen war. *Dreiköpfiger Zirkusaffe*, das hatte er schon öfter gehört, denn der Zwerg hatte es oft benutzt … in der Traumwelt! Er wusste nun, warum ihm das Gesicht des Zwergs und seine Stimme so vertraut vorgekommen waren…

„Arjon! Es ist Arjon…", dachte er aufgewühlt und schaute dem lichterloh brennenden Himmelsgefährt nach. Er hatte den Zwerg durch seine Erinnerungen zwar nur allzu häufig begleitet, doch mit seinen eigenen Augen hatte er ihn nur ein einziges Mal gesehen und zwar an jenem Tag auf der Welt Dogomor, an dem er ihm den Zhuk aus dem Kopf geholt hatte. In der Traumwelt hatte er Arjons Spiegelbild nur ganz selten gesehen, in einem matten Spiegel oder auf einer unruhigen Wasseroberfläche.

Für Zelduin sollte das kurze Wiedersehen mit Arjon, mit dem er so viele Erinnerungen und Geschichten teilte, ein großes Rätsel bleiben. Das sollte er erst in einer anderen Geschichte erfahren.

Gemächlich trudelte Zelduin mit seinem Fallschirm in die Tiefe hinab. Der braune Stoff flatterte unruhig über ihm. Die Windböen trugen ihn direkt zu den Bergen des Südens, die dort das Rundmeer Mäols umrahmten.

Bald darauf war er nur noch einen Steinwurf vom sicheren Erdboden entfernt. Die Hügelkette unter ihm war mit kleinen, blauen Büschen gespickt und rosafarbenem Moos überwuchert. Ein paar windschiefe Bäume mit platten, gelben Blätterdächern standen am Nordhang und trotzten dem rauen Seewetter. Zelduin streifte mehrere der gelblich schimmernden Baumkronen, bis er auf dem weichen Moosboden aufsetzte. Der hellbraune Schirm legte sich wie eine schützende Hand über ihn. Keuchend wühlte er sich aus dem Segeltuch heraus und befreite sich mit seinem Blauschwert von den Schnüren und dem Ledersack.

Er richtete sich auf und blickte sich um. Hoch über dem Meer tobte noch immer die Schlacht zwischen den Zerghreitern und den königlichen Himmelsschiffen, von denen nun fünf in Flammen standen. Rauchschwaden verdunkelten die Horizonte, und etliche Städte, die Zelduin von seinem Standpunkt aus sehen konnte, brannten lichterloh. Überall wurde gegen die Riesenwesen aus der benachbarten Welt gekämpft. Arjon in seinem fliegenden Himmelsgefährt war nicht mehr zu sehen.

Zelduin krabbelte den Hang hinauf bis zur höchsten Spitze und ließ seinen Blick dann umherschweifen. Er schaute hoch zur Änautilus. Das Feuer fraß sie mehr und mehr auf, doch noch immer glitt sie majestätisch und gemächlich durch die Luft wie ein riesiges Tier, das aufgrund seiner Größe nichts zu fürchten brauchte. Die Jyrokopter und Flugechsen mit ihren schrecklichen Reitern wuselten um das Riesennchiff herum wie aufgescheuchte Bienen um ihr Nest.

Plötzlich erschütterte eine gewaltige Explosion die Änautilus! Der hintere Teil des zeppelinartigen Gefährts verschwand für einen Moment in einer riesigen Feuerwolke. Das zerberstende Holz und knarrende Metall gaben ein Geräusch von sich, das wie ein altes Seeungeheuer klang, das stöhnend aus seinem Schlaf erwachte.

Krachend brach das raupenartige, schwere Heck der fliegenden Festung ab und stürzte senkrecht in die Tiefe; der Bug rauschte auf schräger, horizontaler Linie dem Meer entgegen. Kurz darauf wurde Zelduin von der gewaltigen Druckwelle der Explosion erfasst, die so stark wie der Atem hunderter Luftgeister war. Der Meowinger wurde umgeworfen und landete auf seinem Hosenboden, und auch die Bäume und Büsche gingen vor dem Luftwirbel auf die Knie, um sich kurz darauf wieder zu erheben.

Auch Zelduin rappelte sich rasch wieder auf. Er griff in seine Innentasche und holte ein bizarr geformtes Weitsichtgerät heraus, das Zegolas ihm einst gegeben hatte. Er hielt das längliche Binokel vor sein rechtes Auge und schaute durch die grüne Scheibe hindurch, die die Welt um ein Vielfaches vergrößerte. Rasch hatte er das abstürzende Himmelsschiff gefunden. Er sah das große, zersplitterte Panoramafenster der Steuerbrücke. In dem güldenen Rahmen stand König Gomril Langbörson, seine Arme verschränkt vor seiner Brust, aus dem Stumpf seiner abgetrennten Hand rann noch immer roter Lebenssaft, sein weißer Bart wehte nach hinten über seine Schultern hinweg, seine Kleider waren blutdurchtränkt und seine Goldkrone saß fest auf seinem Kopf. Mit traurigem und nachdenklichem Blick raste er seinem Ende entgegen, und er schien es nicht aufhalten zu wollen.

„Was habe ich getan?“, flüsterte Zelduin erschüttert, als er das Fernrohr langsam wieder senkte. Das Schicksal Jumatahonis schien nun allein in seinen Händen zu liegen.

Ein paar Momente später schlug die Änautilus mehrere Kanonenschussweiten von Zelduin entfernt in die raue See ein. Holz zersplitterte und Metall knirschte und kreischte wie eine Horde bösartiger Feenwesen. Laut zischend wurde ein Großteil der Feuersbrunst, die an Bord des Riesenschiffs wütete, durch das Meerwasser gelöscht. Die Spitze der Änautilus tauchte unter und kam nach drei Lidschlägen wieder hoch wie ein Wal, der an die Wasseroberfläche kam, um Luft zu holen. Dann schwamm das Himmelsschiff auf dem Meer, rauchend und dampfend wie ein erlöschender Vulkan, der langsam wieder in die tiefsten Tiefen des Gewässers zurückgezogen wurde.

Kurz darauf kamen Dutzende Urzeitvögel mit ihren schrecklichen, bleichgesichtigen Herren herbeigeflogen. Sie kreisten wie Aasgeier über der Absturzstelle, einige landeten auch auf dem langsam untergehenden Schiffswrack.

„Wahrscheinlich suchen sie nach mir…“, dachte Zelduin schaudernd. *„Oder nach dem Zeitenrad … oder nach ihrem König…“*

Zarxaurus musste noch irgendwo im Bauch des Schiffs sein, ob nun tot oder lebendig. Vielleicht hatte er das Schiff auch verlassen, bevor es explodiert war, dachte Zelduin im zweiten Moment. Der Jäpa sollte die Antwort darauf schon sehr bald erfahren.

Er beobachtete die schaurige Szenerie noch eine ganze Weile. Das ungute Gefühl in seinem Magen breitete sich dabei stetig aus. *Er* hatte das alles verursacht, er allein, ein unbedeutendes, kleines Wesen … mit welchem man lieber keine Heldenreisen macht, doch sein Gehirn war noch nicht bereit, das alles zu begreifen.

Blubbernd sank der Regierungssitz Mäols. Aus seinen Überresten kamen Dutzende Zergh an die Oberfläche gekrochen. Ihre bleichen Leiber wimmelten mit ruckartigen Bewegungen über das Deck. An einer Stelle tummelten sich besonders viele Zergh. Dann erhob sich aus ihrer Masse eine riesige Gestalt, die mindestens zwei Köpfe größer war als die anderen scheußlichen Wesen ihrer Art. Die Kreatur trug einen roten Umhang, der wild im Wind flatterte. Zelduin brauchte sein Fernguckrohr nicht vor die Augen zu heben, um zu wissen, welchen Namen das riesige Wesen trug.

„Zarxaurus…“, dachte Zelduin, und für einen Moment gefror ihm das magische Blut in den Adern.

Er beobachtete, wie der Zerghmagus einen schwarzen Pterodaktus bestieg, der sich kurz darauf mit anderen Echsenreitern in die Lüfte erhob. Die bizarre Vogelschar, die ihrem König hinterherflog, wuchs rasch zu einem großen Schwarm an, der bald schon aus mehr als einhundert Tieren bestand.

Der Meowinger brauchte eine ganze Weile, um zu erkennen, dass Zarxaurus mit seiner dämonischen Heerschar direkt auf ihn zuflog! Die Angst packte ihn plötzlich wieder, sie schien sein Herz zusammenzudrücken. Er musste etwas tun! Nur was?

Panisch schaute er sich um. Vor und hinter ihm zeichnete sich viele Pferdesprünge weit die gleiche grüne Landschaft mit den wenigen, gelbblättrigen Bäumen und blauen Büschen, die von rosafarbenem Moos eingeschlossen waren, ab. Es gab nichts, wo er sich hätte verstecken können. Er hätte sich gewiss in den Schatten der gelben Blätterdächer verkriechen können, um zu hoffen, dass er unentdeckt blieb, doch seine innere Stimme redete ihm diese törichte Idee rasch wieder aus.

Zarxaurus schien seine Gegenwart ohnehin spüren zu können, der Zerghkönig würde ihn vermutlich überall finden. Wahrscheinlich hatte ihn der Riesenzergh mit seinen drei Augen sowieso schon längst erspäht.

Schließlich zog Zelduin sein Blauschwert aus der Goldscheide, obgleich er wusste, dass ihn das magische Ding vor dieser Übermacht kaum würde behüten können. Mit Schrecken in den Augen sah er die bleichen Reiter auf sich zukommen. Sie waren kaum mehr als eine Kanonenschussweite von ihm entfernt. Inzwischen konnte er ihre zischelnden Rufe hören. Im Hintergrund stürzte ein weiteres Himmelsschiff ab, und am östlichen Horizont, auf einem hohen Berg, sah er die verwelkende, brennende Hauptstadt Mäols. Auch von dem weißen Himmelspalast stiegen schwarze Rauchfahnen auf. Feuerbälle tanzten wie Glühwürmchen über die Ostberge. Riesige Zerghhorden krochen nun auch die flachen Berghänge im Westen hinauf. Ihnen stellten sich Tausende in silberne Rüstungen gekleideter Gibali entgegen, die sich oben auf den Bergkuppen mit gewaltigen Speerschleudern verschanzt hatten und auf die Feinde warteten. Die langbeinigen Wesen aus der anderen Welt waren ihnen allerdings hundertfach überlegen. Mäol war verloren, und er auch. Es schien nur eine einzige Lösung zu geben…

„Ich muss die Zeit zurückdrehen…“, flüsterte er sich zu. Als er seinen Blick senkte, stellte er fest, dass das Zeitenrad bereits unbewusst in seine linke Hand gewandert war.

Die drei Goldringe des Rads drehten sich gemächlich im Kreis. Über das milchige Goldglas huschten unaufhörlich gibliche Symbole. Die Zahl „4004“ schimmerte am unteren Rand. Sie gab die Jetztzeit an. Als der Jäpa das Ding an sein Ohr hielt, hörte er, dass es leise surrte und tickte.

„Wie funktionierst du?“, fragte er die Zeitmaschine, ohne auf eine Antwort zu hoffen.

Durch den Zhuk in seinem Kopf hatte Zelduin zwar ein beträchtliches Wissen über die rätselhafte Technik, ihre alten Lehren und die Traditionen der Gibali erlangt, aber wie das Zeitenrad funktionierte, wusste selbst Arjon nicht und somit blieb dies auch für Zelduin ein Geheimnis. Allerdings hatte der Jäpa Zarxaurus eine sehr lange Zeit in der Traumwelt begleitet, als der Zerghherrscher Arjons Kopf auf seinen Zauberstab aufgespießt hatte. Zelduin war es so möglich gewesen, dem Zerghmagus im wahrsten Sinne des Wortes für eine sehr lange Zeit über seine bleiche, knochige Schulter zu gucken, und er hatte häufig gesehen, wie der Magus das Zeitenrad benutzt hatte, so dass zumindest eine leise Vorahnung in ihm schlummerte, wie das Ding zu bedienen war.

Zelduin wusste, dass die Goldringe und der sonnenblumenähnliche Zackenkranz, der das Rad umgab, etwas mit der Einstellung für die Zeitreise zu tun hatten. Er glaubte, dass die vier Ringscheiben für die Jahre, Tage, Stunden und Glockenschläge standen. Nur wusste er nicht, was genau welcher Ring bewirkte, und die Zeit drängte, denn die Echsenreiter flogen schnell.

„Mögen die letzten lebenden Götter mir helfen...“, dachte er und drehte den äußeren Sonnenblumenkranz vorsichtig um einen Zacken nach links, in entgegengesetzter Uhrzeigerrichtung. Es klickte leise, und ein verborgener Mechanismus wurde surrend in Gang gesetzt. Gelbe Intarsien leuchteten nun überall auf den Ringscheiben, dann erloschen sie wieder... und es passierte nichts.

Zelduin blickte kurz auf. Die Zerghreiter, angeführt von ihrem Furcht einflößenden Herrscher, waren noch immer da und näher gekommen. Vielleicht trennte sie noch eine Bogenschussweite voneinander. Ihr scheußliches Geschrei war laut geworden und eilte ihnen voraus.

Panik ergriff den Meowinger. Er versuchte, sich ins Gedächtnis zu rufen, wie Zarxaurus das mächtige Instrument bedient hatte, aber Zelduins Erinnerungen daran waren nur noch sehr blass, fast schon verwelkt.

Argwöhnisch musterte Zelduin das Goldrad. Er schüttelte es, aber auch da tat sich nichts.

„Verfluchtes Ding, entfalte endlich deine Macht oder die ganze Galaxis wird untergehen!“, rief er es an. Er hörte bereits das zischelnde Lachen des Zerghkönigs. Ihm lief ein kalter Schauer über den Rücken. Behutsam drehte er den äußeren Kranz um einen weiteren Zacken nach links. Wieder flammten die goldgelben, giblischen Zeichen auf, aber kurz darauf erloschen sie wieder, als fehlte ihnen Kraft und Mut. War es vielleicht während des Kampfes kaputtgegangen, fragte er sich. Hundert Dinge gingen ihm durch den Kopf, als sich über ihm plötzlich ein schwarzer Schatten ausbreitete...

Beklommen blickte der Jäpa nach oben. Zarxaurus auf seinem schwarzen Vogel und sein grauhäutiges Gefolge waren da! Die riesigen, urzeitlichen Vögel stießen vom Himmel auf ihn herab. Die fliegende Armee hatte mindestens drei weitere Magusse in ihren Reihen, das konnte Zelduin an ihren lilafarbenen Roben erkennen. Die magiebegabten Zergh hatten ihre Zauberstäbe bereits gesenkt und feuerten rote Blitze auf den spitzohrigen Menschen!

Der Meowinger taumelte zurück, stolperte und fiel rücklings nach hinten. Dabei entglitt ihm das Zeitenrad aus der Hand, aber noch im Flug fing er es wieder auf und umklammerte es fester als je zuvor, als wäre es der größte Schatz Jumatahonis. Und noch während er fiel, fingen die Scheiben des Zeitenrads plötzlich an, sich wild im Kreis zu drehen. Ein immer lauter werdender Glockenton ertönte. Das güldene Rad des Schicksals leuchtete in heller Pracht. Er wusste nicht, wie er es gemacht hatte, aber er hatte das Zeitenrad aktiviert!

Das Letzte, was er sah, waren die feuerroten Blitze, die auf ihn zuschnellten und Zarxaurus‘ dreiäugiges Gesicht, das wie immer starr wie eine Maske war, doch diesmal zeigte es noch etwas anderes: Ungläubigkeit.

Und dann geschah etwas Seltsames. Zelduin hatte gehofft, dass es eintreten würde, denn schließlich war er eine genauso konstante Wesenheit wie Zarxaurus, und bei dem Zerghkönig hatte es auch funktioniert, als dieser sein Zeitenrad benutzt hatte. Die Zeit drehte sich nun zurück, und mit ihr *Zelduin*!

Er hatte in der Traumwelt gesehen – als Arjons Kopf auf Zarxaurus‘ Stab aufgespießt gewesen war -, was passierte, wenn ein konstantes Wesen – ob nun künstlich erschaffen wie Zarxaurus, oder auf natürliche Weise entstanden - das Zeitenrad benutzte: Es bewegte sich ebenfalls in der Zeit zurück. Und daher war es für den Jäpa nicht sonderlich überraschend, was um ihn herum geschah.

Die Welt spulte sich im schnellen Zeitraffer zurück, während die konstanten Wesen urplötzlich von der Weltbühne verschwanden. Zarxaurus, die drei anderen Zerghmagier und ihre konstanten Pterodaktusse waren einfach weg, als hätte eine unsichtbare Gottheit sie vertilgt. Die restliche Vogelschar flog rückwärts, die Änautilus hob sich wieder aus den blauen Wassern empor wie ein alter Meeresgott und flog zu seiner angestammten Position zurück; die Schlacht am Himmel schien von Neuem zu beginnen.

Dann raste der Zeitraffer noch rascher, so dass Zelduin nur noch verschwommene Bilder sehen konnte. Immer schneller und schneller drehte sich die Welt. Die Wolken rasten über das Firmament. Tag und Nacht folgten bald so geschwind aufeinander, dass die Grenzen zwischen den Zyklen verschwammen und alles in ein düsteres Zwielicht getaucht wurde. Sonne, Mond und Sterne huschten über den Himmel wie Sternschnuppen, und sie drehten sich alle rückwärts.

Der Nullpunkt
Käpitulus 28

Jumatahoni-Galaxis,
Planet Mäol,
4002. Weltenzyklus

Während die Zeit verrücktspielte, plagte Zelduin der Gedanke, ob er diese Reise wohl gesund überstehen würde, denn noch nie zuvor hatte ein Meowinger ein Zeitenrad benutzt, dessen war er sich sicher. Er wusste nicht einmal, wie viele Tage er nun in der Zeit zurückwandern würde. Vielleicht würden sich seine Innereien ja aufblähen und platzen, wenn er in der Vergangenheit angekommen war, so wie es vielen anderen Wesen erging, wenn sie eine Zeitreise machten. Zarxaurus hatte das Reisen mit dem Zeitenrad jedenfalls nicht geschadet, aber der dreiäugige König war ja auch ein mächtiger Magus, dachte der Jäpa missmutig.

Viel Zeit zum Grübeln blieb Zelduin jedoch nicht, denn der Zeitraffer verlangsamte sich allmählich wieder, bis er schließlich zum Stillstand kam.

Urplötzlich verstummte das leise Glockenklingeln, und Zelduin fand sich genau dort wieder, wo er das Zeitenrad aktiviert hatte - im freien Fall, das Rad der Zeit fest umklammert. Er landete rücklings auf dem Boden. Zum Glück fiel er weich, denn das hügelige Bergland war auch hier in der Vergangenheit mit flauschigem, rosafarbenem Moos bedeckt. Sein Schädel brummte. Eine Nebenwirkung der Zeitreise, dachte er. Der Kopfschmerz ließ aber rasch wieder nach.

Als er sich stöhnend aufrichtete, stellte er fest, dass sich so einiges verändert hatte. Er drehte sich langsam um seine eigene Achse. Die gelben Bäume rundherum waren kleiner, der Himmel war mit grauen Wolken behangen, und weit in der Ferne sah er die Himmelsschiffe Mäols. Friedlich glitten die zeppelinartigen Fluggeräte über den Horizont. Auch der Himmelspalast auf der im Osten liegenden Hügelkette strahlte wieder in hellem Weiß. Nirgendwo war ein Zergh oder einer der grässlichen Urzeitvögel zu sehen. Es schien Frieden zu herrschen. Zumindest war auf diesem Fleckchen Erde der Kampf um Mäol noch nicht entbrannt. Auf der anderen Planetenhalbkugel wüteten die Zergh schon seit hunderten Jahren, das wusste Zelduin von Arjons Erinnerungen, aber hier schien noch alles friedlich zu sein. Auch von Zarxaurus und seinen konstanten Magussen fehlte jede Spur.

Zelduin blickte auf das goldene Zeitenrad. Er wusste nicht, warum es sich plötzlich aktiviert hatte, aber er war tatsächlich in die Vergangenheit gereist, und es ging ihm gut, mal abgesehen von der gelegentlich vorkommenden geistigen Verwirrung, die sich seit geraumer Zeit in seinem Hirn eingenistet hatte. Auf der runden, gewölbten Scheibe des Zeitenrads schimmerte nun die Zahl „4002“. Er war also zwei ganze Zyklen in die Vergangenheit gereist!

„Manchmal glaube ich, dass das hier alles nur ein bizarrer Traum ist“, flüsterte er kopfschüttelnd, setzte sich erschöpft auf die Bergkante und beobachtete die Änautilus, die gemächlich über den Horizont glitt wie ein alter, riesiger, geflügelter Wal. Balin, Gomril, Märdrok, Alric, Arjon und alle anderen Gibali lebten nun wieder. Ob sie sich zu dieser Zeit aber alle an Bord des Schiffs befanden, wusste Zelduin natürlich nicht. Aber wenn sie es taten, dann würden sie sich wahrscheinlich schon bald wieder die Köpfe einschlagen, denn die Erinnerung an die Meuterei, die Balin angestiftet hatte, war für alle Zeiten in ihre Zhuks gebrannt. Bis auf Arjon dürften sich alle an die hinterhältige Rebellion erinnern können.

Zelduin hatte die Möglichkeit, auf die Änautilus zurückzukehren und das Zeitenrad seinem alten Herrn zurückzugeben. Dann würde zwar alles wieder in geregelten Bahnen verlaufen, aber die Galaxis würde früher oder später verwelken, da war er sich absolut sicher und daher vertrieb er diesen törichten Gedanken rasch wieder. Trotzdem lag das Schicksal Jumatahonis mehr denn je auf Messers Schneide, und Zelduins Anteil an diesem dramatischen Verlauf war groß. Schuldgefühle wucherten in ihm und hausten in seinem Kopf. Er wusste, dass jede Veränderung auch Opfer brauchte, und er fragte sich mit mulmigem Gefühl, was wohl noch alles geopfert werden musste, um diese verdammte Galaxis zu retten.

Nachdem ihn eine Weile lang die finstersten Gedanken gequält hatten, sagte er sich: „Nun, die Götter werden sich hoffentlich etwas dabei gedacht haben. Ansonsten soll mich ein dreiköpfiger Affe fressen.“

Obwohl Zelduin wusste, dass halb Jumatahoni in Flammen stand, genoss er ein paar Augenblicke die Friedlichkeit um sich herum. Dann drehte er erneut an dem äußeren Goldkranz, von dem er nun wusste, dass jeder Zacken für ein Reisejahr stand.

Es klickte und ratterte in dem Ding, dann schwieg es. Er fragte sich, was er vorhin anders gemacht hatte, als er es durch Zufall aktiviert hatte.

Mit beiden Händen umschloss er es und drückte fest zu. Erst jetzt bemerkte er, dass vier Zacken einen dunkleren Goldton aufwiesen und beweglich waren. Die hervorstechenden Ecken waren in je eine Himmelsrichtung ausgerichtet und ließen sich nach innen drücken. Als Zelduin zeitgleich auf alle vier Druck ausübte, rasteten sie ein, die Intarsien glommen goldgelb auf … und die Zeit drehte sich wieder.

Der Zeitraffer spiegelte das Geschehene in rascher Geschwindigkeit wider, begleitet von einem schrillen Glockenton. Kurz darauf war die Zeitreise vorbei. Die Ziffern auf dem Goldrad bestätigten ihm, dass er ein weiteres Jahr in die Vergangenheit gereist war.

„So funktionierst du also", sagte er, und der Hauch eines Lächelns umspielte seine Lippen. Zum ersten Mal spürte er etwas, das er bis dahin noch nie gefühlt hatte, Macht, und er bekam eine ungefähre Vorstellung davon, wie Könige und Götter sich fühlen mussten.

Um ihn herum hatte sich nicht viel verändert. Seine Aufmerksamkeit galt allein dem faszinierenden Ding in seinen Händen. Er drehte die innerste Scheibe des Zeitenrads und aktivierte es erneut. Diesmal war die Zeitreise nur von kurzer Dauer. Anhand der giblischen Symbole auf der Goldscheibe erkannte er, dass er nur um ein paar Glockenschläge zurückgereist war.

Zelduin trieb das Spiel noch eine ganze Weile so weiter, bis er alle vier Ringe ausprobiert hatte. Wie er bereits geahnt hatte, standen sie für Glockenschläge, Stunden, Tage und Jahre. Es ließ sich so relativ exakt bestimmen, wie weit man in der Zeit zurückreisen wollte.

Nachdem er eine Zeitlang mit dem mächtigen Instrument herumexperimentiert hatte, machte er eine erstaunliche Entdeckung: Auf dem milchigen Glas stand nun das Jahr „*3995*"! Innerhalb weniger Herzschläge war er um neun Weltenzyklen in die Vergangenheit gereist. Das allein war schon bemerkenswert genug, aber viel erstaunlicher fand er die Tatsache, dass er das Jahr viertausendeins unterschritten hatte. Soweit er sich nämlich richtig entsinnen konnte, hatte Zäbrik ihm einst erzählt, dass man mit den Zeitenrädern nur bis zum Jahr viertausendeins zurückreisen könnte, jenem Jahr, in welchem die Zeitenräder erbaut worden waren. Diese Gesetzmäßigkeit der Natur schien nur für nichtkonstante Wesen zu gelten, die das Zeitenrad benutzten, nicht aber für konstante Wesen.

„Das *ist äußerst verwirrend*", dachte Zelduin, und seine Stirn legte sich in Falten. Er schüttelte sich, als könne er dadurch die kleinen Geister, die in seinem Kopf für Verwirrung und Chaos sorgten, vertreiben.

Er brauchte einen langen Moment, bis ihm bewusste wurde, was das bedeutete. Er hatte scheinbar eine Möglichkeit gefunden, in wenigen Lidschlägen dorthin zu gelangen, wo alles angefangen hatte.

Plötzlich kam ihm noch etwas anderes in den Sinn. Er fragte sich, was wohl passieren würde, wenn er das Rad in die andere Richtung drehen würde. Er überlegte nicht lange, zuckte mit den Schultern und drehte den zwölfzackigen, sonnenblumenähnlichen Kranz rechts herum. Dann umklammerte er das Goldrad und drückte alle vier dunkelfarbigen Zacken auf einmal, bis sie einrasteten. Die Intarsien auf dem Rad der Zeit leuchteten diesmal hellblau, und der Glockenton, der zeitgleich ertönte, war so schrill, dass sich Zelduin am liebsten die Ohren zugehalten hätte. Die Welt lief wieder im Zeitraffer vor seinen Augen ab, doch diesmal huschten die Gestirne in gewohnter Richtung über das Firmament.

Nach ein paar Augenblicken war der Spuk vorbei und die Welt stand wieder still. Auf der milchigen Scheibe leuchtete nun die Zahl „*3996*" auf. Er war also tatsächlich einen Zyklus in die Zukunft gereist!

„*Irrsinniges Hexending…*", dachte er und lachte leise. Es war ein Lachen, das mehr Hoffnung als Angst in sich trug, obwohl er ganz genau wusste, dass solche Geräte nicht einmal in die Hände von Göttern gelegt werden sollten.

Zeitenräder funktionierten also in beiden Flüssen der Zeit, im Fluss der Zukunft und in dem der Vergangenheit, und es überraschte Zelduin gar nicht mal so sehr, denn er hatte oft darüber nachgegrübelt, wie es Zarxaurus möglich gewesen war, an so vielen Orten in der Galaxis zu so unterschiedlichen Zeiten aufzutauchen. Er hatte den Zerghkönig eine lange Zeit in der

Traumwelt begleitet; von Arjons aufgespießtem Kopf hatte er auf ihn herabgesehen, und er war häufig mit ihm durch die Zeit gereist, doch er wusste nie, wie Zarxaurus das Hexenwerk seiner Zeitreiserei bewerkstelligt hatte. Er wusste zwar nie, in welcher Epoche sie damals gewandelt waren, wohl aber hatte er an den Weltbühnen gesehen, dass er wie ein allgegenwärtiges Wesen zwischen Vergangenheit, Jetztzeit und Zukunft hin und her gesprungen war. Nun hatte sich auch dieses Puzzlestück in das große Weltenrätsel eingefügt. Der Zerghkönig konnte zwischen den Zeitströmen also beliebig hin und her reisen. Geahnt hatte Zelduin das bereits. Nun war es verfluchte Gewissheit geworden.

Er sann eine Weile darüber nach und kam zu dem Schluss, dass das Reisen in die Zukunft nur konstanten Wesen vergönnt sein konnte, denn ansonsten würde das Raumzeitgefüge völlig durcheinandergewirbelt werden. Oder etwa nicht? Zelduin wusste es selbst nicht so recht. Was hatte Balin ihm einst gesagt: *„Zeitreisen sind kompliziert"*, und das waren sie in der Tat.

Der spitzohrige Jäpa zuckte abermals mit den Schultern. Alles muss man nicht verstehen, dachte er sich und widmete sich wieder dem Zeitenrad. Er drehte den Zackenkranz im Uhrzeigersinn, und zwar einmal komplett im Kreis. Das Spiel begann von Neuem, die Symbole glühten bläulich, kreischende Glöckchen dröhnten in seinen Ohren, und die Welt drehte sich abermals vorwärts…

Als er ein paar Sekunden später in der Zukunft ankam, regnete es und der Wind blies ihm stark ins Gesicht. Zelduin zog rasch seine grüne Kapuze über den Kopf, nachdem er sich vergewissert hatte, dass keine Gefahr drohte, weder von einem wilden Tier, noch von irgendetwas anderem. Das milchige Rundglas zeigte nun das Jahr „4008" an.

„Das ist verdammt unheimlich", flüsterte er in die Welt hinaus und ließ seine Blicke umherschweifen. Die Horizonte waren grau, in der Ferne grollte ein Gewitter, doch von den Zergh fehlte jede Spur. Der Himmelspalast war unangetastet, und die Änautilus glitt mit ihren Schwesterschiffen gemächlich über den regnerischen Himmel, aus ihren unzähligen Bullaugenfenstern schien gelbes Licht.

„Der Krieg hat nicht stattgefunden. Diesmal haben sich die Dinge anders entwickelt."

Noch größere Hoffnung keimte in ihm auf. Vielleicht waren Zarxaurus und seine finsteren Heerscharen ja besiegt worden, dachte er. Erneut drehte er am Rad des Schicksals, rechts herum, und diesmal gleich mehrmals im Kreis. Er wollte sehen, wie die Zukunft in dieser Parallelwelt aussah.

Als ihn der Zeitstrom im Jahr „4068" ausspuckte, wurden jedoch all seine Hoffnungsschimmer begraben. Der Himmel glühte rot von den ganzen Feuern, die auf dem Erdenball tobten. Überall hauste das Chaos, Zerghhorden strömten wie graue Flüsse durch die Landschaft, der Himmelspalast wurde mit Feuerbällen beschossen, und vereinzelte Echsenreiter huschten über die Ebenen. Die Himmelsschiffe Mäols glitten friedlich über das Firmament. Vermutlich wussten die Zergh, dass es dort nichts mehr zu holen gab.

Rasch drehte Zelduin die Zeit wieder zurück, um diesen schrecklichen Ort zu verlassen. Er landete im Jahr „4032". In dieser Parallelwelt schien wieder alles in Ordnung zu sein. Der Himmel strahlte blau, Blumen blühten auf dem rosafarbenen Moos und zwitschernde, rotgelb gefiederte Singvögel mit grünen Krummschnäbeln flogen um ihn herum. An diesem Ort und in dieser Zeit hatte der Krieg noch nicht begonnen.

Zelduin drehte die Zeit noch Dutzende Male vor und wieder zurück, doch so oft er dies auch tat, der Verlauf der Dinge schien nicht veränderbar zu sein. Irgendwann kamen die Zergh und eroberten Mäol, immer und immer wieder. Die Gibali – wenn sie auch göttliche Waffen besaßen - hatten keine Chance gegen den scheinbar niemals endenden, bleichgesichtigen Strom, der ihre Heimatwelt überschwemmte. Es waren einfach zu viele. Wenn die Zwerge gut kämpften, dann konnten sie ihr düsteres Schicksal allenfalls um ein paar Jahre oder Jahrhunderte hinauszögern, aber am Ende ging ihre Zivilisation doch unter.

Traurig drehte Zelduin das Rad hin und her. Im Zeitraffer sah er, wie die zerstörerischen Zergh Mal um Mal die Zwergenwelt zum Verwelken brachten, bis die Himmel rot glühten und die Gibali am Rande ihrer Vernichtung standen.

Als er ein letztes Mal einen Blick in die Zukunft werfen wollte, berührte er unabsichtlich mit seiner Handfläche alle vier Ringscheiben auf einmal. Drei Zacken wanderten die Goldringe rechtsherum, und die Intarsien auf dem güldenen Instrument glühten dabei hellrosa. Zelduin wunderte sich darüber nur wenig und aktivierte das Rad. Er hatte schon zu viele wundersame Dinge gesehen, und er glaubte, dass ihn nichts mehr hätte schockieren können, doch er sollte sich irren…

Die Welt drehte sich wieder vor ihm, schneller und schneller. Diesmal dauerte der Zeitsprung sehr viel länger. Dabei ertönten mehrere, melodische Pfeiftöne, die nur selten von ihren Tonleitern auf- oder abstiegen. Sie klangen wie die Rufe von Sirenen, jenen weiblichen Fabelwesen, die in den Meeren lebten und denen man nachsagte, sie könnten allein durch ihren betörenden Gesang, vorbeifahrende Seefahrer anlocken, um sie dann zu töten. Zelduin lief ein Schauer über den Rücken.

Als die Reise mehr als zweihundert Glockenschläge lang dauerte, begann der Meowinger sich allmählich Sorgen zu machen. War das Rad vielleicht kaputtgegangen? War er vielleicht für immer in diesem Nichts zwischen den Welten gefangen? Tiefes Unbehagen stieg in ihm auf. Ihm wurde kalt, als ob eine riesige, unsichtbare, eiskalte Trollhand seinen Nacken gepackt hätte. So muss sich der Tod anfühlen, dachte er, als das Weltenkreisen sich ein paar Augenblicke später plötzlich verlangsamte.

Kurz darauf war der unheimliche Zauber vorbei. Was er hier in der Zukunft aber vorfand, überstieg seine geistige Vorstellungskraft. Seine schlimmsten Albträume waren nichts gegen das, was er nun vor seinen Augen hatte.

„Bin ich in der Hölle?", fragte er sich mit zitternder Stimme und schaute auf das Zeitenrad, auf dessen Milchscheibe die Ziffer „7012" aufleuchtete. „Bei allen Nachtmahren und Gestaltwandlern, ich bin dreitausend Zyklen in die Zukunft gereist!"

Ungläubig glitt sein Blick über die trostlose und verwelkte Welt. Von Mäols Schönheit war nichts mehr übrig geblieben. Die Erde war schwarz und verbrannt, keine Blume blühte mehr, das Meer war trüb und braun und still, und der Himmel glühte tiefrot und war mit dunkelgrauen Wolken verhangen, in denen lilafarbene Blitze ihr Unwesen trieben. Kein Himmelsschiff war mehr in den Lüften zu sehen, dafür aber kreisten etliche Echsenvögel über die Horizonte; auf ihnen saßen Zergh mit langen Speeren, deren Spitzen magisch gelb glühten. Sie wachten nun über diese Welt.

Die zu seinen Füßen liegenden, einstigen Städte und Siedlungen der Gibali hatten sich in graue Ruinen verwandelt. Und wo einst der Himmelspalast gestanden hatte, ragten nun schwarze Türme mit spitzen Dächern empor; der sagenumwobene Königssitz ähnelte nun einem Hexenschloss. Selbst aus der Ferne konnte Zelduin erkennen, dass inmitten dieses schaurigen Ortes eine riesige Zerghstatue errichtet worden war, deren drei steinerne Augen rötlich leuchteten. Zarxaurus schien sich dort ein Denkmal gesetzt zu haben, als er sich diese Welt zu Eigen gemacht hatte.

Ein schneidender, kühler Wind blies Zelduin den trockenen, schwarzen Sand ins Gesicht, als er seinen Blick nach unten richtete, wo endlos erscheinende Sklavenkarawanen von West nach Ost wanderten. Es waren zerlumpte, halbnackte Gibali, Menschen, Halblinge und andere, ihm unbekannte Wesen, die die Zergh mit langen Peitschen wie Vieh vor sich hertrieben.

Diese Welt gehörte nun den Zergh, und wahrscheinlich auch alle anderen Planeten Jumatahonis, dachte Zelduin mit einem erdrückenden Gefühl. Ein dicker, fetter, kratzender Kloß bildete sich in seinem Hals, so als ob er einen kleinen Ekäk verschluckt hätte. Als er sich die schreckliche Szenerie eine Weile lang angesehen und sie sich tief in sein Hirn gebrannt hatte, wurden seine Augen feucht. Die Trauer übermannte ihn, und Tränen kullerten über seine Wangen.

„So kann es doch nicht enden", flüsterte er mit bebender Stimme. „*Elffa*", ging es ihm plötzlich durch den Kopf. „Was wohl aus Palääon geworden ist?"

Die finstersten Visionen spielten sich vor seinem inneren Auge ab und schmerzten ihn.

„Einige Dinge entwickeln sich immer gleich, und es spielt dabei keine Rolle, wie oft man die Zeit zurückdreht", hallte die Stimme Balins in seinem Kopf.

„Neeeeeiiiin!", schrie Zelduin aus Leibeskräften und so laut, dass seine zornige Stimme weit ins Tal hinabgetragen wurde, wo die Gibali, Halblinge, Menschen und die anderen Sklavenwesen verwundert aufschauten. Unendliche Hoffnungslosigkeit spiegelte sich in ihren Augen wider, die Zelduin so noch nie zuvor gesehen hatte und die sich auch dann nicht lichtete, als sie ihn erblickten. Auch die aschfahlen, riesigen Tyrannen hoben ihre bleichen, überrascht dreinschauenden, vieläugigen Gesichter, hielten in ihrer Bewegung inne und beäugten den wundersamen, spitzohrigen Zeitreisenden, der hoch über ihnen auf dem Berg stand.

„So wird es ganz gewiss nicht enden, hoho!", rief der Meowinger wütend in die von allen Göttern verlassene Welt hinein. Einige Gibaligesichter zeigten nun so etwas wie einen befremdlichen Hoffnungsstrahl, als ob sie sich an irgendetwas erinnern würden, das sie schon lange aufgegeben hatten.

Entschlossen packte er das Zeitenrad, legte seine Finger auf alle vier Goldscheiben und drehte sie um fünf Zacken nach links. Wenn er auf diese Weise tausende Jahre in die Zukunft reisen konnte, so musste es auch andersherum funktionieren, dachte er sich. Anschließend drückte er die vier dunklen Kranzblätter nach innen, und die Weltensanduhr stellte sich wieder einmal auf den Kopf, die Zeit lief rückwärts, und der Jäpa verschwand vor den wundersamen Blicken der Wesen, die hier in der Zukunft lebten.

Alles drehte sich um Zelduin herum. Er weinte, als er durch die Zeit Jahrtausende zurückkatapultiert wurde, so schrecklich fand er die Zukunftsvision. Es war das Schrecklichste, was er bis dahin jemals gesehen hatte, doch es sollte noch einen schrecklicheren Ort geben, den er bald schon zu Gesicht bekommen sollte.

Nach etlichen Glockenschlägen, die für ihn verdammt zäh verstrichen, wurde er aus dem surrealen Zeitkanal fünftausend Weltenzyklen in der Vergangenheit ausgespuckt. Das Schicksalsrad zeigte nun das Jahr *„2012"* an.

Zelduin hatte sich mittlerweile an diese Art des Reisens gewöhnt, so dass es ihn kaum mehr überraschte, in dieser längst vergangenen Epoche gelandet zu sein. Er ließ seinen von Tränen verschleierten Blick umherschweifen. Der Himmel war blau, die Sonne mit ihren goldgelben Strahlen erhellte Täler und Berge, ein frischer Wind pfiff ihm um die Ohren, grüne Vögel mit langen, gelben Schwanzfedern flogen zwitschernd durch die Lüfte und überall blühten bunte Blumen. Die Gibalisiedlungen, die zu seinen Füßen lagen, waren gewaltig geschrumpft, und die in ferner Zukunft so große Hafenstadt Giöbloöris zu seiner Linken war noch ein kleines Fischerdorf. Über dem Meer glitten bunte Heißluftballons, an dessen Körben prall gefüllte Fischnetze herunterbaumelten. Und auf der rechten Seite, auf der hohen Bergkette, strahlte der Weiße Palast der Sonne entgegen. Er war noch nicht so groß wie der Palast in der Zukunft, doch seine Schönheit stellte auch in dieser Epoche alle anderen Bauwerke ringsum in den Schatten. Über einem der Palasttürme schwebte ein bizarres Luftschiff, das sich durch Ballons unterschiedlicher Größe und einem riesigen Holzpropeller, der an der Unterseite des Schiffs angebracht worden war, in der Luft zu halten versuchte. Die tüchtigen Gibali, die überall in dieser Welt herumwuselten, gingen nichtsahnend von der bösen Zukunft, die ihnen allen bevorstand, ihrem Tagwerk nach.

Zelduin hob sein güldenes Fernguckrohr vor sein rechtes Auge. Auf einem kleinen Hügel in der Nähe eines Hafenstädtchens entdeckte er eines der Weltentore. Aus dem blauen Schleier des Tors kam eine große Halblingskarawane mit vollgestopften Planwagen heraus, die von kamelartigen, langzotteligen Tieren gezogen wurden. Einige Halblinge, die scheinbar schon vor einiger Zeit angekommen waren, feilschten bereits mit den Gibali, die in der Nähe des Portals einen kleinen Marktplatz errichtet hatten, um ihre exotischen Waren. Zelduin erspähte sogar zwei katzenartige, auf zwei Beinen laufende, menschengroße Wesen, die sich der Handelskarawane angeschlossen hatten. Sie waren von Kopf bis Fuß mit kurzem Fell bedeckt, hatten spitze Fellohren, ein Katzengesicht mit herabhängenden Schnurrbarthaaren und lange, gestreifte Fellschwänze. Das müssen die Kashiik sein, dachte Zelduin, die Katzenwesen. Eines der stolzen Geschöpfe ritt auf einer Art zweibeinigem, gehörntem, weißfelligem Riesenstrauß.

Nach einiger Zeit steckte Zelduin seinen Ferngucker wieder weg. Die friedliche Welt erheiterte sein Gemüt nur wenig, denn er wusste, wie düster die Zukunft dieses Volkes aussah, und auch die der anderen Völker, die von dem großen Krieg, der kommen würde, noch nichts ahnten.

Zelduin hielt sich in dieser Ära Mäols nicht lange auf. Er hatte es auf einmal verdammt eilig, obwohl er jenen Ort fürchtete, den er erreichen wollte, aber wenn er diese Geschichte noch zum Guten wenden wollte, so musste er wohl zum Nullpunkt reisen, glaubte er.

Der Meowinger justierte das Zeitenrad neu und begab sich wieder auf die Reise in die Vergangenheit. Dunkelgelb leuchteten die giblischen Zeichen auf dem Goldding. Er hatte das Jahr null einprogrammiert. Es gab nun kein Zurück mehr. Er schloss seine rot umränderten Augen und wartete...

Ewig lang kam ihm die Zeit vor, bis der schrille Sirenenton endlich verstummte. Er musste das Ziel seiner langen Reise erreicht haben. Blinzelnd öffnete er die Augen, wischte sich mit dem Handrücken die letzten Tränen fort und ließ seine Blicke über das Neuland schweifen. Auf dem Zeitenrad glomm einsam die Ziffer „0“ auf.

„Das ist er also, der sagenumwobene Nullpunkt“, flüsterte Zelduin und starrte in die noch junge Welt hinaus.

LA GRAÄNDE FINALE

Käpitulus 29

Jumatahoni-Galaxis,
Planet Mäol,
0. Weltenzyklus

Das Jahr null nach Heggbor sah recht friedlich aus, fand Zelduin, zumindest auf den ersten Blick. Die vier Horizonte waren mit weißen Wolken überzogen und bildeten so eine undurchdringliche, schneeweiße Masse. Auf dem blauen Ozean fuhren große und kleine Handelsschiffe mit dreieckigen, gelben Segeln und gebogenen Masten, so krumm wie Piratensäbel, umher. Die Siedlungen und Städte der Gibali unter ihm waren noch kleiner geworden; dünne, weiße Rauchfahnen stiegen aus den Schornsteinen ihrer heimeligen Häuser zu ihm empor, und der Himmelspalast existierte noch nicht. Auf der Bergkuppe ragten nur ein paar halb fertiggestellte Türme empor; der Palast befand sich noch in der Bauphase.

Als er sich umwandte und in das Tal auf der anderen Seite des kleinen Gebirges hinabschaute, sah er ein ähnlich idyllisches Bild, aber Zelduin traute dem Braten nicht, und er hatte auch verdammt gute Gründe dafür.

In weiter Ferne, auf dem hellblau glitzernden Meer, entdeckte er schließlich jene kleine Insel, auf der das Portal gestanden hatte, durch das er diese Welt betreten hatte. Zelduin nahm sein güldenes Okularglas zu Hilfe, um den Ort, wo alles angefangen hatte, unter die Lupe zu nehmen. Der Vulkanberg, umgeben von gelben Sandstränden und grünem Dschungel, wirkte etwas kleiner auf Zelduin. Ein paar schwarze, geierartige Vögel kreisten über der Insel, ansonsten sah der Ort einsam und verlassen aus. Das erste Weltentor, das die Galaxis Jahrtausende später ins Chaos stürzen sollte, konnte er nicht sehen. Es war vielleicht noch gar nicht gebaut worden.

„Irgendein Geheimnis verbirgst du doch vor mir“, sagte Zelduin zu der Insel.

Schließlich steckte er das Weitsichtgerät wieder weg, zupfte seinen grünen Umhang zurecht, rückte den Feuerstab auf seinem Rücken gerade und machte sich auf den Weg. Nach einiger Zeit fand er einen schmalen Pfad, der sich im Zickzackkurs ins Tal hinabschlängelte. Das Gebiet, das er durchschritt, war nur wenig besiedelt. Er kam an zahlreichen Viehweiden vorbei, die mit niedrigen Mauern eingefriedet worden waren und auf denen vierbeinige Pflanzenfresser mit kurzen Beinen und einem aufgedunsenen, raupenartigen Körper grasten, der mit kurzem, grauem Fell überzogen war und stets in die Höhe ragte wie ein Schneckenhaus. Die Köpfe der Pflanzenfresser wirkten proportional viel zu klein. Sie hatten kurze Kieferzangen, mit denen sie das Gras auflasen, und interessierten sich nicht für das kleine, menschliche Wesen, das den Bergpfad hinuntermarschierte. Die Gibali, die hier in gemütlichen, mit Stroh gedeckten Bauernhäusern lebten, hingegen schon. Die Frauen und Männer ließen ihre Arbeit ruhen und bedachten den seltsam gewandeten Mann, der nicht aus ihrer Welt zu kommen schien, mit argwöhnischen Blicken. Eine Traube neugieriger, kurzbeiniger Gibalikinder heftete sich bald an seine Fersen. Die kleinen Mädchen und Jungen liefen dem Jäpa im sicheren Abstand hinterher und kicherten und tuschelten dabei leise miteinander.

Zelduin wusste, dass die Gibali, die in dieser Zeit lebten, noch nie einen Meowinger gesehen haben konnten. Daher war er stets auf der Hut, denn er musste damit rechnen, dass diese Gibali einem Wesen aus einer anderen Welt vielleicht nicht freundlich gesinnt waren. Die Zwerge der Vergangenheit taten ihm jedoch nichts, doch reagierten sie auf sein Erscheinen mit viel Argwohn. Zelduin verbarg seine spitzen Ohren unter seinem blonden Haar, und auch sein Blauschwert und das güldene Zeitenrad versteckte er unter seinem Gewand, denn er wollte ihnen keine Angst einjagen.

Nach vier Wegstunden gelangte er in ein kleines, verschlafenes Fischerdorf mit runden, weißen Häusern, die wellenförmige, türkisfarbene Dächer trugen. Die Gibali lebten hier recht altertümlich, was auf Zelduin äußerst befremdlich wirkte, waren sie später einmal doch die Herren über die Galaxis. Elektrischen Strom hatten sie noch nicht erfunden. Piepsende oder blinkende Apparate oder Laserpistolen konnte er an den Gürteln der Zwerge auch nicht sehen, oder all die anderen tollkühnen Erfindungen, die das Volk der Gibali später einmal so groß machen sollte. Das Geheimnis der Runenmagie schienen die kleinen Wesen jedoch schon vor langer Zeit enträtselt zu haben, denn er sah viele Gibali mit glitzernden Runenschwertern herumlaufen.

Im kleinen Hafen des Fischerdorfes ankerte ein großer Zweimaster mit goldenen Bullaugenfenstern, und an den Bootsstegen schunkelten mehrere Segelschiffe, Fischkutter und ein paar skurrile Dschunken mit turmhohen Holzaufbauten, an denen sich Windrädchen drehten.

Die stämmigen Leute, die hier lebten, waren nicht so scheu wie die Gibali, die weiter oben in den Bergen ihr Zuhause hatten; sie grüßten lächelnd, einige betrachteten ihn gar mit einem seltsamen Leuchten in den Augen, so als ob sie lange auf seine Ankunft gewartet hätten. Doch es gab auch hier Zwerge, die ihm finstere Blicke zuschoben oder verängstigt davongingen. Zelduin schien hier kein Fremdling zu sein, obgleich er den gedrungenen Wesen ansah, dass sie einen Meowinger noch nie zuvor gesehen hatten, ganz abgesehen von der merkwürdigen Kleidung und den fremdartigen Goldapparaten, die ab und zu unter seinen weiten Ärmeln hervorlugten und verräterisch in der Sonne aufblitzten.

Schließlich erreichte er einen kleinen Marktplatz, wo es wild herging. Unter bunten Segeln priesen Händlerfrauen und giblische Kaufleute lautstark ihre Waren an. Es gab zahlreiche exotische Früchte, bizarr aussehende Fische, lebendige Seeschlangen, Riesenschnecken mit stacheligen Häusern, geröstete, rote Käfer mit langen Fühlern, die eigentümlichsten Krustentiere, große und kleine Muscheln und noch vieles mehr, was die zwergischen Wesen dem Meer entlockt hatten. Die Gibali feilschten und grummelten und drängten sich wild gestikulierend um die Stände und Buden. Sie benutzten dabei eine alte, giblische Sprache, die Zelduin nur teilweise verstand.

Bei einem Händler, der knusprig braun gebratene Tiere verkaufte, fand Zelduin etwas, das im weitesten Sinne einem Hühnchen ähnelte. Er tauschte es gegen eine seiner letzten, palaäonischen Silbermünzen ein. Die Marktfrau, eine stämmige Zwergin mit breiten Hüften, roten Bäckchen und einem herzlichen Gesicht, das von langen, blonden Zöpfen umrahmt war, nahm das seltsam gravierte Silberstück mit großen Augen entgegen und verbeugte sich anschließend tief.

Zelduin verschlang das gut gewürzte, köstlich schmeckende Hühnertier im Gehen. Den lebhaften Marktplatz ließ er bald hinter sich und steuerte dann auf den kleinen Hafen zu. Auf dem Weg dorthin kam er an einem Brunnenplatz vorbei, wo er seinen Trinkschlauch mit frischem Wasser auffüllte.

Über der kleinen Hafenanlage kreisten weiße Vögel mit gebogenen, blauen Schnäbeln. Sie machten sich über all die Reste her, die für den Fischmarkt nicht gut genug waren. Das erste Boot, das Zelduin anzuheuern versuchte, gehörte einem kräftigen Seemann mit tätowierten Oberarmen, einem langen, roten Schnauzbart und braun gebranntem Gesicht. Als Zelduin auf die Vulkaninsel zeigte und der Gibali verstand, wohin der Fremde wollte, schob er ihm einen seltsamen Blick zu, musterte seine spitzen Ohren, die gelegentlich aus seinem Haar herauslugten, und zog sich dann rasch in seine Kajüte zurück.

Auch die anderen Seeleute zeigten ein ähnliches Verhalten. Sie wandten sich meist schweigend oder leise grummelnd von ihm ab. Ein jüngerer Seemann mit Dreieckshut schlug gar die Hände vor seinem ängstlichen Gesicht zusammen und rannte davon. Irgendetwas schien sie von der einsamen Insel mit dem kleinen, toten Vulkan abzuschrecken. Einige Gibali mieden den Meowinger auch und gingen davon, ohne dass Zelduin auch nur ein einziges Wort zu ihnen gesagt hatte. Sie schienen sich vor ihm zu fürchten.

Schließlich versuchte Zelduin sein Glück bei einem alten Seefahrer mit schneeweißem Bart, dem ein kleines, aber feines Boot aus schwarzem Holz und mit hellrotem Segel gehörte. Am Bug des Bootes, das lang wie zwei Flusstrolle war, war eine Figur in das Holz geschnitzt worden, die einen Kraken mit weiblichem Gibalikopf darstellte. Der alte Kapitän war zwar überrascht, als er Zelduin erblickte und dieser seinen Wunsch äußerte, doch zeigte er sich einverstanden, ohne eine Gegenleistung haben zu wollen.

Das kleine Segel war rasch gehisst. Bei langsamer Fahrt verließ die kleine Jolle den Hafen; die verblüfften Blicke der dagebliebenen Seeleute hafteten noch lange auf ihnen.

„Was ist mit der Insel?“, fragte Zelduin auf Giblisch und sprach dabei sehr deutlich.

Der alte Seebär, der den eigentümlichen Namen Geregor Ikreg Karakgor trug, stand am großen Steuerrad, dessen Längsstreben die Formen von Krakenarmen hatten. Sein Blick war stur nach vorn gerichtet, als er in seinem Altgiblisch und mit unheimlichem Unterton brummte: „Es ist eine Geisterinsel.“

Also war hier, am nullten Zyklus, doch nicht alles in bester Ordnung, dachte Zelduin. „Eine *Geisterinsel?*“, wiederholte er mit fragendem Blick.

„Sehr wohl", knurrte Geregor. Sein weißer Bart wehte über seine Schultern nach hinten. „Wenn man in ihre Nähe kommt, hört man manchmal das Heulen der Gespenster. Und nachts, wenn das Meer still ist, dann kommen die Schreie sogar bis aufs Land. Fürchterliche Schreie, Stöhnen und Jammern."

Zelduin stellten sich langsam die Nackenhaare auf. „Habt ihr die Gespenster schon einmal gesehen, Geregor?"

„Nein, sie sind unsichtbar, aber nachts sieht man über dem Feuerberg ab und zu ein gespenstisches, grünes Leuchten. Es leuchtet weit in den Himmel hinauf."

Irgendetwas ging dort also vor sich, dachte Zelduin mit mulmigem Gefühl. Nach einiger Zeit sagte er: „Viele Gibali haben mich wundersam angesehen. Ihre Gesichter sprachen Furcht und Hoffnung gleichermaßen aus."

„Wir Seeleute sind abergläubisch." Geregor wandte sich um und stierte Zelduin mit seinen blassgrauen Augen an. „Es gibt zwei uralte Legenden. Der ersten Legende nach soll eines Tages ein kleiner Krieger mit spitzen Ohren kommen, der einfach aus dem Nichts auftaucht und die Inselgeister besänftigt und allen Wesen Frieden schenkt." Der alte Zwerg machte ein finsteres Gesicht und beobachtete die weißen Wolken über sich. „Die zweite Legende erzählt ebenfalls von einem kleinen Mann mit spitzen Ohren. Sie endet schrecklich. Dieser mündlichen Überlieferung nach werden die Geister durch jenen seltsamen Krieger erzürnt, der Feuerberg spuckt wieder Feuer und die ganze Welt wird verwelken."

„Wenn es zwei Legenden mit einem guten und mit einem bösen Ende gibt, dann hat sich Jumatahoni vielleicht doch ein Türchen offen gelassen, um ihr düsteres Schicksal zu verändern", dachte Zelduin nachdenklich. „Und warum helft ihr mir, Geregor?"

„Weil ich an das Gute glaube."

„Ja, ich auch", dachte Zelduin im Stillen.

Das kleine Boot fuhr mit einfacher Hasengeschwindigkeit und glitt sanft schaukelnd über das blaue Wellenmeer. Als sie sich der Vulkaninsel bis zur Hälfte genähert hatten, hörte Zelduin zum ersten Mal ein leises Heulen, das der Wind mit sich trug. Geregor blickte nickend in den Himmel, als ob er die Geister verstehen konnte. Zelduin war sich aber nicht sicher, ob das Geheul vielleicht doch nur von den Luftströmen des Meeres herrührte. Kurz darauf wurde dieser Wunschgedanke aber zerschlagen, als gleich ein ganzes Konzert von leisen, jammernden Rufen und Schreien in seine Ohren drang. Mehrere eiskalte Schauer liefen ihm über den Rücken, als er mit unwohlem Gefühl nach oben schaute und doch nichts sah außer weißen Wolken. Das Gewimmer hatte keinen natürlichen Ursprung, glaubte Zelduin, und es begleitete sie noch eine ganze Weile, bis es plötzlich wieder verstummte.

Dann spürte er plötzlich noch etwas anderes, es war eine gewisse Wärme, etwas Vertrautes, das er schon einmal gespürt hatte, aber nicht einzuordnen wusste. Er fühlte eine Präsenz, irgendetwas Magisches. Vorsichtshalber aß er noch ein großes Stück von einem seiner Ürüpilze.

Bald ragte der dunkelgraue Vulkan, der hier und da mit grünen Bäumen und Büschen befallen war, über ihnen in die Höhe wie ein mächtiger, riesiger Speer, dessen oberste Spitze abgebrochen ist.

Geregor brachte die kleine Jolle an einem flachen Sandstrand an Land, aber er blieb im Boot sitzen, da er sich vor dem Betreten der Insel fürchtete. Als Dank für die Überfahrt schenkte Zelduin ihm einen palaäonischen Goldtaler, den der Seefahrer mit einer tiefen Verbeugung annahm.

„Möge die gute Prophezeiung in Erfüllung gehen", sagte Geregor zum Abschied, schloss seine Hände zu einem kurzen, stillen Gebet und fuhr dann wieder fort. Rasch war das schwarze Boot mit dem hellroten Segel zu einem kleinen Punkt geschrumpft.

Der schmale Strand, auf dem Zelduin abgesetzt worden war, war ringsherum mit Palmen, gelben Farnen und anderem Buschwerk eingefriedet, so dass Zelduin nicht viel von der Insel sehen konnte. Über dem grünen Palmendach, wo sich etliche bunte Schmetterlinge und große, graue Falter tummelten, ragte der schwarze Vulkan empor, bedrohlich und majestätisch wie der Sitz eines Gottes. Die Insel sah anders aus, als sie zu dem Zeitpunkt war, als Zelduin vor mehr als viertausend Jahren durch das Sternentor, das ihn auf diese Welt geführt hatte, geschlüpft war; sie war nun sehr viel grüner. Einen langsamen Flusskoboldwimpernschlag fragte er sich, ob er hier finden würde, was Balin am Rätselort gesehen und wovor er so große Angst gehabt hatte.

Dann zückte er sein Blauschwert und lief über den von roten und grünen Muscheln übersäten weichen Sand zum Dschungel hinauf. Mit seinem Kurzschwert bahnte er sich einen Weg durch das dichte Grün. Schon nach kurzer Zeit erreichte er eine kreisförmige Lichtung, die am Waldrand mit einem Holzzaun abgegrenzt war. Auf der dahinterliegenden Wiese grasten drei der ulkig aussehenden, vierbeinigen Pflanzenfresser, die Zelduin schon im Bergland gesehen hatte. Die zeckenähnlichen Tiere hielten das Gras kurz und bewegten sich äußerst gemächlich vorwärts. In der Mitte der Weide ragte ein grüner Hügel auf. Zelduin erkannte ihn wieder. Es war jener Hügel, auf dem das Sternenportal gestanden hatte, durch das er einst in diese Welt gekommen war. Nun wucherten dort nur Gras und gelbe Blumen, die durch den Wind hin und her geworfen wurden. Das Tor war noch nicht gebaut worden.

Auf einem danebenliegenden, flacheren Hügel stand jedoch ein rechteckiges Steintor, groß wie ein Riese. Daneben ragten mehrere elefantengroße, halbkreisförmige Steinbögen aus dem Boden empor, viele waren aus schwarzem Vulkangestein erschaffen worden. Die meisten waren aber zerstört oder nur halb fertiggestellt worden, und alle waren mit gelbem Moos überwuchert.

Irgendjemand lebte hier, der all das gebaut hatte, und Zelduin hatte eine leise Vorahnung, wer das war. Der Meowinger kletterte über den Holzzaun und ging den kleinen Berg hinauf. Die harmlosen Pflanzenfresser mit den raupenartigen, grauen Körpern warfen dem Fremdling aus ihren schwarzgelben Augen nur flüchtige Blicke zu und widmeten sich dann wieder dem Fressen.

Zelduin inspizierte den Hügel mit den steinernen Gebilden. In die Steinbögen waren fremdartige Muster und Symbole eingraviert worden. Sie waren jedoch alle leblos und ohne Magie. Nichts passierte, als der Jäpa an ihnen vorbeischritt. Keines der Tore aktivierte sich durch seine Anwesenheit.

Auf der anderen Seite der Erderhebung entdeckte Zelduin einen Pfad aus grauen Pflastersteinen, der wieder in den Dschungel hineinführte. Er ließ die Testobjekte hinter sich, ging den Weg hinab, öffnete das Holzgatter des Zauns und tauchte kurz darauf wieder in das Dickicht des Waldes ein. Im düsteren Zwielicht umschwirrten ihn bald Dutzende purpurfarbener Glühwürmer. Durch das grüne Blätterdach konnte er hin und wieder einen Blick auf den schwarzen Vulkan erhaschen; er marschierte nun direkt auf ihn zu. Der Steinweg schlängelte sich im Zickzack durch den Palmenwald und ging leicht bergauf. Am Wegrand lagen viele rotschalige Riesennüsse, die hoch über ihm an den Bäumen wuchsen.

Nach einem kleinen Wegstück wurde der Dschungel wieder lichter. Bald darauf trat er aus dem Schatten des Waldes auf die nächste Lichtung, welche direkt an den steil aufragenden Vulkanberg angrenzte. Auch diese Ebene war mit einem Holzzaun umsäumt, und auch hier grasten ein halbes Dutzend der unförmigen Pflanzenfresser. Auf der linken Seite stand eine kleine Scheune, deren schwarze Dachpfannen mit einer dicken, gelben Moosschicht überzogen waren. Eine Kutsche mit breitem Anhänger stand darunter. Das Holzgespann war eigentümlich gebogen und hatte genau die gleiche Form wie die pflanzenfressenden Tiere mit ihren mächtigen Raupenkörpern. Neben dem Scheuer war ein pilzförmiger, weißer Turm mit zwei Erkern errichtet worden. Berge von unbehauenem Vulkangestein lagen davor. Ein überdachter, schwarz verkohlter Steinofen ragte aus dem Mauerwerk heraus. Daneben waren merkwürdig aussehende, eiserne Arbeitsutensilien aufgehängt worden. Ein Wasserfass, etliche Schleifsteine und ein gewaltiger, eiserner Amboss standen ebenfalls unter dem Vordach. Neben dem Amboss lagen überall Vulkangesteinsreste. Einige größere Brocken wiesen sogar künstliche Muster auf, Runen und magische Hieroglyphen. Zelduin stieg der strenge Geruch von verbrannter Kohle in die Nase. Vor kurzem wurde hier noch gearbeitet.

Etwas weiter oben, auf einer Anhöhe, stand eine alte, zweistöckige Villa aus weißem Stein. Auf dem gelb vermoosten Dach, das die Form einer riesigen Welle hatte und sich zu beiden Seiten noch einmal sanft aufbäumte und sich wie ein Schneckenhaus kringelte, befand sich eine riesige Kuppel. Sie wies ein großes Fenster auf, aus welcher ein gigantisches, kupferfarbenes Fernrohr, dick wie ein Trollbein, in den Himmel ragte. In der wagenradgroßen, grünen, gewölbten Glasscheibe am Ende des Rohrs spiegelten sich die vorbeiziehenden Wolken wider. Das obere Stockwerk der Villa hatte einen Holzbalkon, der einmal um das Haus herumführte; das Erdgeschoss war mit einer breiten Veranda ausgestattet worden. Über dem mit zwei Säulen gestützten Eingangsbereich befand sich ein halbkreisförmiges Dach, auf dessen Spitze sich ein hölzerner Windanzeiger drehte, der die Gestalt eines fremdartigen Vogels mit krummem Schnabel hatte.

Zelduin ging schnurstracks auf die Villa zu. Einer der Pflanzenfresser, der mitten auf dem Steinweg stand, trottete gemächlich davon, als der Meowinger sich ihm näherte. Sein nach oben ragender Raupenkörper wackelte dabei hin und her wie der Höcker eines palaäonischen Riesenkamels.

Auf dem Weg zum Dschungelhaus kam der Jäpa an einer großen Sonnenuhr vorbei. Die schwarzen Steine, die hier aus dem Boden ragten, waren dreieckig und mit schnörkeligen Intarsien versehen, die lilafarben schimmerten, obwohl die Sonne hinter einer weißen Wolkenwand versteckt war. Auf den Spitzen der Uhrensteine hockten abstrakte Steinwesen mit spitzen Eckzähnen, die Waldschraten recht ähnlich sahen. Ihr Schöpfer musste einen merkwürdigen Kunstgeschmack haben, dachte Zelduin.

Die Villa war mit einer flachen, weißen Steinmauer eingefriedet. Dahinter befand sich ein gepflegter Vorgarten mit kunstvoll geschnittenen Büschen und Hecken; einige ähnelten gräsernen Seeschlangen, andere flossenlosen Fischen. Ein kleiner Brunnen, dessen Auffangbecken die Form einer überdimensionalen Muschel hatte, ragte auf der linken Seite zwischen grünen, sich wie Schneckenhäuser kringelnden Pflanzen empor. Aus dem steinernen Wasserspeier, eine achtäugige Kreatur mit lachendem Mund und langem Rüssel, sprudelte jedoch kein Wasser mehr. Der Brunnen war mit einer braunen Moosschicht überzogen und schien schon seit Langem nicht mehr zu funktionieren.

Eine halbe Furchenlänge vor der weißen Pforte, die in den hübschen Vorgarten hineinführte, trat plötzlich ein Gibali mit schwarzweiß gestreiftem Bart hinter einem Hügel auf der rechten Seite der Villa hervor! Zelduin blieb stehen und duckte sich, obwohl er sich vor dem Zwerg nicht fürchtete. Er glaubte ganz genau zu wissen, wer er war.

„Nul Heggbor…", murmelte er fasziniert, obgleich er wusste, dass der Meistertechnikus mit dem Bau der Weltentore später einmal die ganze Galaxis ins Chaos stürzen würde.

Der Gibali trug ein langes, hellblaues Gewand mit weiten Ärmeln und weißen Streifen. Er schien den Neuankömmling noch nicht bemerkt zu haben und spazierte gemütlichen Schrittes auf die Villa zu. Er öffnete eines der Holztore, die in den Garten führten, und marschierte weiter zum überdachten Haupteingang.

„Hallo!“, rief Zelduin und gab sich zu erkennen, doch der Zwerg wandte sich nicht um. Er öffnete die schwarze Rundtür und verschwand kurz darauf im Inneren der Villa. Vielleicht hatte er ihn nicht gehört, dachte der Meowinger und folgte dem gedrungenen Wesen.

Quietschend öffnete der Jäpa die Gartenpforte, in deren Holz ein feines Muster aus sich rankenden Dornenpflanzen geritzt worden war. Weiße Kieselsteine ebneten die Wege durch die künstlerisch angelegte Grünfläche. Sie knirschten leise unter Zelduins Füßen. Jetzt erst bemerkte er, dass er sein magisches Kurzschwert noch immer gezückt hatte. Er steckte es zurück in die Goldscheide, denn er wollte Nul Heggbor nicht erschrecken.

Kurz darauf stand er vor der Villa. Über dem von zwei Säulen gestützten, runden Eingangsbereich prangte ein Schild mit einem geschwungenen Schriftzug in altgiblischer Sprache. Er brauchte einen Moment, um es zu entziffern: *„Um Unmögliches zu schaffen, muss man wahrlich kein Gott sein, aber wie einer denken.“*

Mit wild klopfendem Herzen betrat Zelduin die breiten, für Zwergenfüße gemachten Treppenstufen und trat vor den niedrigen Eingang. In der Mitte der schwarzen, runden Tür befand sich ein Türklopfer, ein hässlicher Gnomenkopf, der mit seinen spitzen Zähnen einen Eisenring umklammerte.

Zelduin begann zu schwitzen, als er zaghaft mit dem Ring anklopfte. Er hörte das hallende Geräusch im Inneren des Dschungelhauses, aber es tat sich nichts. Nachdem er einen Moment gewartet hatte und noch immer nichts passiert war, drückte er schließlich den schwarzen Knauf hinunter, es war nicht abgeschlossen. Licht flutete in das Foyer der Villa. Im Inneren war es unheimlich still und kühl. Zwei Wendeltreppen führten in die obere Etage, ein prunkvoller, kerzenloser Kronleuchter hing von der hohen Decke herab, und ein roter Teppich mit güldenen Fransen und einem gut erkennbaren Trampelpfad in seiner Mitte lag auf dem Boden. Auf der gegenüberliegenden Wand prangte ein großes Gemälde, das eine Waldlandschaft mit einer Burg zeigte, eine Jagdszene, bei der männliche Gibali auf großen Widdern, mit Speer und Schild bewaffnet, hinter hirschähnlichen Tieren herjagten. Auf der linken Seite des Gemäldes spielten die gedrungenen Gibalikinder Fangen und duellierten sich mit Holzschwertern, und die Burgfrauen, in weite, helle Kleider gewandet und mit langen, lockigen Haaren, spielten ein Ballspiel mit hölzernen Schlägern. Das Bild stammte vermutlich aus einer sehr alten Zeit, dachte Zelduin, zumindest spiegelte es eine wider.

Auf der linken Seite der Vorhalle befanden sich zwei Ohrensessel aus dunkelgrünem Leder und ein kleiner Tisch, dessen Beine in Löwentatzen endeten. Auf der anderen Seite stand ein wuchtiger Tresen aus dunklem Holz, auf welchem ein mächtiges, aufgeklapptes Lederbuch und eine güldene Glocke lagen.

Zelduin wandte sich dem Tresen zu, um einen Blick in das wuchtige Buch werfen zu können. Namen über Namen in altgiblischer Schrift, die Zelduin nur teilweise entziffern konnte, waren auf die vergilbten Seiten gekritzelt worden. Es war ein Gästebuch, auf dessen Umschlag in giblischen Buchstaben *„Gasthof Vulkarnia“* stand. Etwa in der Mitte des Wälzers hörte die Namensliste, die mit Jahreszahlen versehen war, auf. Der letzte Eintrag galt einem Herrn, der die Welt verändern sollte: *Nul Heggbor.* Zelduins Herz klopfte für einen Moment schneller.

„Er war es also tatsächlich. Zumindest war er einmal hier gewesen…“

Der Meowinger läutete die Glocke, denn er wollte nicht unhöflich sein, aber wie er bereits vermutete, kam niemand. Er drehte sich um und betrat einen der angrenzenden Räume. Die grünen Vorhänge und die kleinen Kronleuchter waren die einzigen Dinge, die hier noch an den wohl alten Speisesaal der ehemaligen Gaststätte erinnerten, der Rest war zu einem Werkraum umfunktioniert worden. Auf den vielen Tischen und Werkbänken erstreckten sich die eigentümlichsten Gerätschaften und Werkzeuge, Apparate mit grünen und gelben Lupengläsern und kupfernen Greifarmen, die schwarze Vulkansteine umklammerten. Der Boden war übersät mit kleingehauenen, schwarzen Steinchen. An den Wänden hingen Konstruktionspläne von rechteckigen, dreieckigen, quadratischen und runden Toren. Sie waren bis ins kleinste Detail mit Runen und Symbolen beschriftet. Ein anderes Riesenpergament zeigte ein farbiges Bild mit verschiedenen Gesteinsarten, die sich in Farbe und Beschaffenheit unterschieden. In einer Ecke stand ein Regal, das mit hunderten Papierrollen gefüllt war.

„Hier hat alles angefangen", flüsterte Zelduin ehrfürchtig und ging staunend an den merkwürdigen Maschinen und geheimnisvollen Plänen vorbei.

Hinter einem schweren, dunkelgrünen Samtvorhang, der einen Teil des Saals abgrenzte, entdeckte er ein zwergenhohes Weltentor. Die Runen darauf schimmerten bläulich. Das Tor war aktiviert. Zelduin fragte sich, wohin es wohl führte. Er betrachtete es eine Weile und ging dann weiter, bis ein leises, piepsiges Gebrabbel in seine Ohren drang. Hinter der nächsten mit Buntgläsern und Büchern vollgestopften Regalecke sah er die Ursache dafür. In einem hohen Regal standen knapp zehn kupferfarbene Käfige, in denen grünhäutige, langohrige Gnome hockten, die Zelduin noch nie zuvor gesehen hatte. Die kleinen Geschöpfe verstummten jäh, glotzten ihn mit ihren runden, braunen Augen an und stellten ihre haarlosen Schlappohren auf, als der Fremdling vor ihre eisernen Gefängnisse trat. An den winzigen Käfigtüren waren Pergamente befestigt, die mit giblischen Runen bekritzelt worden waren, die Zelduin aber nicht lesen konnte. Auf der linken Seite, auf einem massiven Schwarzholtisch, standen drei unterschiedlich geformte, gnomengroße Weltentore, die sich alle aktivierten und bläulich bis violett zu schimmern begannen, als der Jäpa in ihre Nähe kam. Es war offensichtlich, dass Nul Heggbor die Gnome für Versuche oder Fremdeweltenerkundungsreisen benutzte.

Der kleine Zwischenraum hinter dem langgezogenen Speisesaal beherbergte ein altertümliches Labor, das an eine uralte Alchimistenwerkstätte erinnerte. In der Mitte des schummrig beleuchteten Raums stand ein großer Tisch, auf welchem eine Apparatur mit runden, länglichen und dickbäuchigen Glasgefäßen, die mit Schläuchen verbunden waren, befestigt worden war. In den Behältern blubberten und schwappten grüne, lilafarbene und gelbe Flüssigkeiten. Die Regale ringsum waren völlig überfüllt mit kleinen und großen Gläschen, die leuchtende Steine, sonderbar schimmerndes Gebräu und konservierte, tote, groteske Kleintiere, von denen Zelduin nicht eines kannte, enthielten.

Der junge Meowinger verließ die Alchimistenwerkstatt durch die nächste Schwarzholztür. Der angrenzende Saal war mit einer ganzen Reihe kurioser Planetenmodelle gefüllt. Sonnensysteme in Miniaturformat samt ihrer Monde hingen von sich drehenden Kupferscheiben an langen Fäden von der Decke herab. In der Mitte des Raums ragte das Planetenmodell Mäols empor, groß wie ein Trollkopf. All seine Meere, Berge und Ländereien waren darauf bis ins kleinste Detail eingezeichnet worden. Vor der Fensterreihe hing eine riesige Pergamentrolle herunter. Sie zeigte hunderte Planeten, Sterne und Monde. Der Schriftzug *JUMATAHONI* prangte in edlen Großbuchstaben darauf. Die Welt Mäol war in grüner Farbe angemalt und am Rande der Spiralgalaxie mit einer Stecknadel markiert worden, dort, wo die großen Grünplaneten ihre Plätze hatten.

Draußen verdunkelte sich der Himmel plötzlich, und die Sonnenstrahlen leuchteten nur noch mit halber Kraft. Ein Blick aus dem Fenster verriet dem Jäpa, dass dunkelgraue Wolken, die von Norden her kamen, der Grund dafür waren.

Schließlich gelangte Zelduin wieder in die geräumige Vorhalle. Er stellte sich vor die beiden Wendeltreppen, über welchen sich ein geschwungener Holzbogen spannte. Altgiblische Zeichen waren dort hineingeritzt worden: *„Wer es fassen kann, der fasse es"*.

Schließlich ging er die linke Wendeltreppe hinauf. Die Holzstufen knatschten bei jeder Belastung und hallten durch das Foyer. Hinter der ersten Tür, die er öffnete, verbarg sich eine große Bücherei. An den Wänden säumten sich hohe Regale, die mit dicken Wälzern und ganzen Büchersammlungen vollgestopft waren. Einige wohl besonders wertvolle Exemplare waren in kupferne Beschläge eingefasst und mit Schlössern verriegelt worden, damit Unbefugte sie nicht öffnen konnten.

Zelduin ging durch die Bücherhalle und blieb vor einem klobigen Schreibtisch stehen, auf welchem eine elektrische Lampe aus grünem Glas brannte und ein riesiges, in dunkelbraunes Leder gebundenes Buch lag. Es war so groß, dass es fast die gesamte Tischplatte vereinnahmte. Daneben waren drei Tintenfässer aufgereiht worden und ein Holzkrug, in welchem mehrere, weiße Langfedern aufbewahrt wurden. Zelduin widmete sich dem Buch, dessen Rücken die Aufschrift „*Zyklenbuch von Nul Heggbor*“ trug. Er klappte es auf, und die schweren Seiten blätterten ganz automatisch zu einer Stelle, wo das Papier durch häufiges Lesen eingeknickt war. Die dunkelweißen Seiten waren mit handschriftlichen Notizen in altgiblischer Schrift gefüllt. Zelduin hatte Schwierigkeiten, sie zu entziffern, doch er fand rasch heraus, dass es sich um ein Tagebuch handelte. Neugierig überflog er die Einträge des gut Dreitausendseitenmanuskripts: „…erst bei Hitze gibt der magische Vulkanstein sein Geheimnis preis und leuchtet lilafarben. Er besitzt eine unglaubliche Kraft und bringt die Gesetze der Natur durcheinander. Metallene Dinge beginnen in seiner Nähe zu schweben!“ Zelduin blätterte eine Seite um. „…heuer eine seltsame Entdeckung gemacht: Ich habe einen Ring aus dem seltsamen Erz erschaffen, und als ich ihn mir über den Zeigefinger gestülpt habe, verschwand die obere Fingerkuppe im Nichts! Ich habe ihn rasch wieder abgezogen. Mein Finger war unversehrt. Es war, als ob er für eine kurze Zeit von meinem Körper getrennt war, vielleicht in einer anderen Welt…“ Der nächste Teil des Pergaments war unleserlich. „…ich habe endlich eine Ader des magischen Steins in den Tiefen des toten Vulcanius gefunden! Jetzt habe ich endlich genug Magiestein, um etwas Großes zu schaffen…“ „Das rechteckige Tor funktioniert nicht. Es birgt keine Magie. Es ist tot…“ Zelduin sprang ein paar Einträge weiter. „Die Tore müssen rund sein, natürlich, sonst wissen die Naturgeister nicht, wohin du reisen willst.“

Der Jäpa sog die Seiten in sich auf, und dennoch war das Buch zu umfangreich, um alles lesen zu können. Dies hätte sicherlich Jahre gedauert. Er überschlug gleich mehrere Kapitel. „Die Gnomlinge, die ich durch das runde Portal geschickt habe, sind alle tot. Sie sind unsichtbar geworden, und dann ein paar Meter hinter dem Tor tot vom Himmel gefallen. Sie waren verstümmelt, verformt und ihre Leiber aufgeplatzt. Ein scheußlicher Anblick…“ Zelduin blätterte etliche Seiten weiter. „…sie leben! Die Gnomlinge kommen lebend aus dem Tor! Es ist die Magie der Runen! Ich habe alte Lebensrunen in das Tor geritzt…“ „…die Gnomlinge sind am nächsten Tag alle verendet. Sie sind im Kreis gelaufen, und ihre Körper sind dann einfach zerplatzt…“ „…das erste Großtor ist fertig. Die Lebensrunen schimmern blau. Ich habe sie mit flüssigem Blauerz eingraviert, so dass sie mehr Magie in sich tragen. Die Gnomlinge überleben die Teleportation. Horray.“

Ein paar Seiten weiter…

„Heuer habe ich eines meiner Nutztiere, einen Mehoq, durch das Portal geschoben. Der stämmige Allesfresser verschwand und hat sich unten am Berg wieder materialisiert. Seine stummligen Beine waren allerdings in der Erde versunken. Der Ort der Materialisierung ist schwer zu bestimmen…“ „…der Mehoq ist heute gestorben. Sein Bauch hat sich aufgebläht, dann ist er einfach zerplatzt. Ich habe ihn begraben.“ „Heuer ist mein Laborium in die Luft geflogen. Ich muss es neu aufbauen…“

Zelduin nahm wieder einen ganzen Batzen der schweren Seiten und blätterte sie um. „…habe das Geheimnis der Teleportation endlich gelüftet! Die Mehoqs kommen lebend durch das Tor, und sie bleiben am Leben. Horray, hoho, horray!"

Ein Dutzend Seiten später…

„Dies könnte mein letzter Eintrag sein, denn ich werde heute selber durch das Tor schreiten. Auf Wiedersehen, du schöne Welt, falls ich nicht zurückkehre." „Hoho! Es hat tatsächlich funktioniert! Es war ein höchst eigenartiges Gefühl. Mein Leib hat gekribbelt. Ich war für mehrere Glockenschläge in einer schwarzen Zwischenwelt gefangen, bis ich wieder auf meine Insel geschleudert wurde." Rasch überflog Zelduin die nächsten Seiten. „Ich habe herausgefunden, dass man die Tore miteinander verbinden kann, wenn man sie mit denselben magischen Himmelsrunen verziert…" „…habe mit meinem Sternenrohr einen Planeten entdeckt, der bewohnbar aussieht. Es scheint eine schöne Welt zu sein. Sie ist grün und mit einer gelben Wolkendecke. Ich habe sie auf den Namen Xiloris getauft. Ich weiß nur noch nicht, wie ich die unendliche Finsternis, die zwischen den Welten haust, überwinden kann…"

Der Meowinger nahm eine Handvoll Seiten und schlug sie um. Weißes, unbenutztes Papier tauchte in der Mitte des Wälzers auf. Er brauchte eine Weile, um die letzten Einträge zu finden. An den am Rande vermerkten Jahreszahlen konnte Zelduin erkennen, dass Nul Heggbor schon mehr als dreihundert Jahre hier herumexperimentierte. Wissbegierig sog er die letzten, frisch geschriebenen Zeilen in sich auf.

„Ich habe einen Weg gefunden! Blaurunen! Dass ich nicht schon eher darauf gekommen bin! Die Welt der Runen ist wahrlich fantastisch. Wer es fassen kann, der fasse es; das hat mein alter Lehrmeister schon gesagt. Das Tor schimmert nun blau. Ich werde ein neues, noch größeres Tor mit mächtigen Blaurunen bauen müssen, wenn ich nach Xiloris reisen will. Wenn das Weltentor fertiggestellt ist, werde ich eine Kristallkugel hindurchwerfen. Mit meiner Seherkugel kann ich Xiloris dann durch die Augen der Kristallkugel sehen.

Meine Vision ist nun endlich zum Greifen nahe! König Heredos hat mir bereits Gold, Silber und Liothril für die Sternenreise zur Verfügung gestellt. Bald schon werde ich mit einem Trupp aus Technikussen und Baumeistern durch die ganze Galaxis reisen, um ferne Welten zu erkunden. Wir müssen reichlich Magiestein mitnehmen, um auf den fremden Welten neue Tore bauen zu können, und auch das Sternenrohr müssen wir einpacken. Wir werden die Pioniere des Weltraums sein. Ich spüre, dass ein neues Zeitalter beginnt…"

Das war der letzte Eintrag. Zelduin klappte das Buch wieder zu. Noch konnte man das Chaos aufhalten, dachte er. Gedankenversunken öffnete er die Schwarzholztür am Ende des Saals. Der Raum dahinter war klein und abgedunkelt, die Fenster des Erkers mit schweren, dunkelgrünen Vorhängen zugezogen. In der Mitte des Raums leuchtete eine weiße, melonengroße Kugel, die in der Mulde eines Steinsockels eingebettet war. Ihr blassweißer Schimmer erhellte schummrig das Zimmer. Auf beiden Seiten standen weitere Sockel, auf denen dunkelblaue, rote und grüne Kristallkugeln ruhten. Zelduin ging zu der Leuchtkugel in der Mitte. Graue und gelbe Nebelschwaden schienen die Kugel zu umgarnen, doch als der Meowinger näher an sie herantrat, verschwanden sie.

Als Zelduin sich über die Glaskugel beugte, sah er tief in ihrem Inneren etwas Verschwommenes. Es brauchte eine Weile, bis es an Schärfe gewann, und dann… dann sah er sich selbst! Vor Schreck zuckte er zusammen. Kurioserweise sah er, wie er in dem Raum stand und in die Kugel blickte. Als er sich umschaute, stellte er fest, dass eine der dunkelblauen, mysteriösen Kristallkugeln in dem Regal hellblau schimmerte. Die beiden Kugeln schienen auf magische Weise miteinander verbunden zu sein, dachte Zelduin. Nun verstand er auch, was Heggbor in dem Tagebuch gemeint hatte: Der Meistertechnikus wollte eine blaue Kristallkugel durch das Tor werfen, um dann durch die Seherkugel - wie Heggbor sie in dem Tagebuch genannt hatte - in die fremde Welt Xiloris blicken zu können. Die Kugel funktionierte wie ein drittes Auge.

Der Jäpa bewunderte die kleine Miniaturwelt, in der er sich selbst befand, noch eine ganze Weile, ehe er sich von der Zauberkugel abwandte und durch die nächste Tür schritt. Er gelangte in ein kleines Treppenhaus aus dunklem Schwarzholz. Das Ende des geschwungenen Geländers hatte die Form eines hässlichen Gnomenkopfes. Zelduin stapfte die in der Mitte schon ganz abgenutzten Stufen hinauf. Einen halben Steinwurf ging die Treppe in die Höhe. Dann stand er in einem kuppelförmigen Raum, in dessen Mitte das kupferne Fernrohr, das er von draußen schon gesehen hatte, durch ein rundes Fenster aus der Kuppel herausragte. Es wurde am oberen Ende immer breiter; knapp unter dem Deckenansatz hatte es schon die Dicke eines Trollbeins, und es ragte noch ein ganzes Stück weit hinaus. Vor dem imposanten Sternenrohr, in dessen kupfernem Mantel schwarze und goldbraune Intarsien eingearbeitet worden waren und an dessen unterem Ende mehrere Kupferrädchen glänzten, stand ein grüner, dem abgewetzten Leder nach zu urteilen viel benutzter Ohrensessel mit schweren Rollen an den katzenähnlichen Holzfüßen.

Zelduin setzte sich und stierte durch das winzig kleine, grüne Glas am unteren Ende des Fernguckers. Die gewölbte Linse zeigte ihm ein Stück des nachtschwarzen, mit hunderten Sternen behangenen Weltraums. In der Mitte des Sternenhaufens leuchtete eine grüne Planetenkugel, die von gelben Nebelschwaden eingehüllt war.

„*Xiloris*…“, ging es Zelduin durch den Kopf. Beim Anblick dieser zauberhaften Welt war nicht zu erahnen, welch schreckliche Bewohner sie beherbergte, dachte der Jäpa.

Wie ein schlafendes Monster, verhüllt in einen gelben Nebelschleier, drehte sich der Planet gemächlich um seine eigene Achse. Bis er erwachen und seine böse Saat ausstreuen würde, sollten noch Jahrhunderte vergehen…

Dann verschwand das Himmelszelt mit seinen unzähligen Gestirnen hinter einer grauen Wolkenwand. Es wurde düster im obersten Raum des villaähnlichen Gasthofs. Zelduin ging zu dem kleinen Fenster, wo das Fernrohr herauslugte. Dichte, dunkelgraue Wolken zogen über ihn hinweg, und es fing an zu regnen.

Von hier oben konnte Zelduin einen großen Teil der Insel sehen, auch den Hügel mit den eckigen und runden Weltentoren. Er konnte dort eine kleine, gedrungene Gestalt, gehüllt in ein blaues Gewand, ausmachen. Es musste Heggbor sein, der da im strömenden Regen zwischen den Portalen hin und her wuselte. Eines der kleinen Tore leuchtete blassblau. Nach kurzer Zeit trat der Gibali durch das Portal und verschwand darin.

Einen Lidschlag später drangen plötzlich Geräusche aus dem unteren Stockwerk zu ihm empor. Es rumpelte leise, als ob da unten jemand arbeitete. Zelduin schlich die kleine Wendeltreppe hinunter, marschierte durch das oberste Stockwerk, bis er das große Treppenhaus erreichte. Die Geräusche hallten laut durch die Villa, ein Hämmern, dann wieder ein leises Klopfen, Stein splitterte und ab und zu zischte es. Blaues Licht drang aus dem Speisesaal in die Vorhalle.

Zelduin stieg die Wendeltreppe hinab, ging an dem wuchtigen Tresen vorbei und lugte vorsichtig um die Ecke, und da stand er, der große Nul Heggbor! Der alte Gibali war vom Regen klitschnass, er hatte ihm den Rücken zugekehrt, so dass er den spitzohrigen Neuankömmling nicht sehen konnte. Der schwarzweißbärtige Zwerg stand tief gebeugt über einer Arbeitsplatte, brummte ein Lied vor sich hin und ritzte mit einem merkwürdig gebogenen Pickel blaue Runen in einen schwarzen Lavastein. Hinter ihm ragte das zwergengroße Portal auf, dessen innerer Torkreis bläulich schimmerte. Der Zwerg musste jenes Tor mit dem auf dem Berg verbunden haben, vermutlich um sich den Gehweg zu sparen.

„*Gomril hat recht gehabt*", dachte Zelduin. „*Balin, ich und all die anderen Schwertfischbrüder sind einer großen Lüge zum Opfer gefallen. Am Nullpunkt wartet keine böse Überraschung. Alles ist genauso, wie es sein soll.*"

Er beobachtete Heggbor, wie er an seinem Weltentor herumtüftelte. Alles schien in bester Ordnung zu sein… *noch*, denn schon bald würde Heggbor seine Weltentore in der ganzen Galaxis bauen und damit das Ende vom Anfang Jumatahonis einläuten - wenn ihn keiner aufhielt. Düstere Gedanken kamen in Zelduin hoch, die er aber nicht zu Ende denken konnte, denn plötzlich drehte sich der alte Gibali um, erspähte den spitzohrigen Meowinger und starrte ihn mit großen Augen an, seine weißbuschigen Brauen wanderten langsam nach oben und sein Mund bildete ein größer werdendes O. Der Zwerg sah jenem Jäpa, der den Namen Zäbrik Drachenson angenommen hatte, täuschend ähnlich. Er sah nur jünger, lebendiger und hoffnungsfroher aus. Doch allein die Tatsache, dass Heggbor einen oder vielleicht sogar mehrere Jäpas hatte, stimmte Zelduin äußerst nachdenklich, denn seiner Meinung nach konnte das gar nicht möglich sein, obwohl Zäbrik ihm dies bereits gesagt hatte.

„Wer bist du, ho?", fragte der Gibali schließlich auf Altgiblisch und höchsterstaunt.

Obgleich Zelduin die Situation mehr als tausendmal in seinem Kopf durchgespielt hatte, fehlten ihm nun doch die Worte. Ihm blieb auch keine weitere Zeit, darüber nachzudenken, denn plötzlich huschte ein dunkler, zwergengroßer Schatten hinter Heggbor durch den umgebauten Speisesaal. Bevor der Meowinger etwas unternehmen konnte, erhellte ein weißer, zischelnder Lichtblitz den Saal, dann durchfuhr den Gibali ein heftiger Ruck. Er bekam glasige Augen, und Blut quoll aus seinem Mund heraus! Einen Augenblick später kippte er nach vorn über und knallte auf den Holzboden; ein kreisrundes Loch, aus dem eine nach verbranntem Fleisch riechende, blasse Rauchsäule aufstieg, klaffte in seinem Rücken!

Aus dem Dunkel der hinteren Raumecke trat ein Gibali hervor, in seiner Rechten eine tödliche Strahlenwaffe. Im Gesicht sah er fast genauso aus wie Nul Heggbor, nur schien er ein wenig älter zu sein. Er trug eine graue Gibalitracht und einen wallenden, roten Umhang um seine Schultern, sein Bart war schwarz und mit weißen Strähnen durchzogen…

„Zäbrik", fluchte Zelduin leise, und er wusste im gleichen Moment, dass doch nicht alles in Ordnung war am Nullpunkt.

Der alte Gibali steckte seine Waffe weg und guckte den Meowinger mit einem genüsslichen Lächeln im Gesicht an. „Du hast den weiten Weg hierher also tatsächlich gefunden, Zelduin", sagte er mit unangenehmem Unterton und klatschte ein paar Mal in die Hände. „Herzlich willkommen am Nullpunkt! Und, ist es hier so, wie du es dir vorgestellt hast, ho?" Bis vor kurzem war es das noch, dachte Zelduin. Er schwieg. „Ho? Nun, wie auch immer, der wahre Nul Heggbor ist tot!" Der verrückt gewordene Gibali stieß den Leichnam vorsichtig mit seinem grauen Stiefel an. „Er kann das verfluchte Xiloris-Weltentor, das uns so viel Verderben bringen soll, nicht mehr bauen. Die Galaxis ist gerettet! Es ist vollbracht. So werden wir dann in Frieden leben bis ans Ende aller Tage."

Zelduin verzog keine Miene, denn eigentlich musste genau das eintreten, was der Zwerg prophezeite, aber an seinem Tonfall und seiner Mimik erkannte er, dass der Gibali noch eine andere Wahrheit kannte, die er kurz darauf auch preisgab.

„Ich mache natürlich nur Spaß! Wie du ja weißt, nimmt alles wieder seinen normalen Lauf, wenn die Zeit zurückgedreht wird, und das wird Zarxaurus irgendwann tun, da sei dir gewiss. Und dann lebt dieser Heggbor hier wieder." Zäbrik stupste den toten Zwerg erneut mit seiner Stiefelspitze an. „Und dann beginnt alles von Neuem. Heggbor baut die Tore, die Zergh kommen und alles wird verwelken, so wie es immer war in dieser Galaxis. Das ist ein hässlicher Teufelskreis, ho?"

„Das ist nicht möglich!“, sprudelte es aus Zelduin heraus, obwohl er innerlich wusste, dass der schwarzweißbärtige Zwerg recht hatte.

„Erforsche deinen inneren Geist, Elgram, du weißt, dass es so ist.“ Zäbriks grüne Augen blickten unter seinen weißbuschigen Brauen stechend zu ihm hinauf.

„Aber die Zeitenräder können die Zeit nur bis zum Jahre viertausend zurückdrehen, jenem Jahr, in welchem die Zeitenräder gebaut worden sind. Alles, was sich vor dem Jahre viertausend abgespielt hat, kann durch ein Zeitenrad nicht beeinflusst werden“, sagte Zelduin mit halber Überzeugung und fast bettelnd, denn er glaubte seinen eigenen Worten nun auch nicht mehr.

„Ho, das ist richtig“, antwortete Zäbrik überraschenderweise. „Wenn die Zeitenräder von nichtkonstanten Wesen bedient werden, so wie es viele Jahre durch Gomril getan worden ist, dann kann man die Epoche vor dem Bau der Schicksalsräder tatsächlich nicht beeinflussen.“ Die Augen des Zwergs blitzten auf. „Aber wehe dem, wenn eines der Zeitenräder in falsche Hände gerät, in die Hände eines konstanten Wesens, wie Zarxaurus es geworden ist.“ Zäbrik setzte einen gespielt traurigen Blick auf und fuhr melancholisch fort. „Denn dann werden all diese Naturgesetze außer Kraft gesetzt.“ Er zuckte mit den Schultern. „Zeitreisen sind kompliziert, gesagt hat man dir das, ho?“

Zelduin nickte innerlich, doch verstehen tat er es nicht, was sich in seinem Gesicht offenbar widerspiegelte, denn Zäbrik grinste plötzlich allwissend, als ob er die Gedanken des spitzohrigen Wesens gelesen hätte.

„Ho, ich erkläre es dir. Wenn du nun durch ein Zeitentor treten und einen Tag zurückreisen würdest, dann würde Nul Heggbor in dieser vergangenen Parallelwelt wieder leben, weil ich ihn da noch nicht umgebracht habe. Mit einem Zeitenrad oder einem Zeitentor könnte auch ich dorthin reisen, um Heggbor erneut zu töten. Das ist natürlich recht sinnlos, da noch Tausende anderer Heggbors leben… in tausenden Parallelwelten. Ich müsste sie alle töten, was nicht möglich ist, denn es gibt unendlich viele Parallelwelten. Tja, wenn man erst einmal angefangen hat, darüber nachzudenken, wird man irgendwann verrückt, das verspreche ich dir. Weißt du, wie viele Parallelwelten es gibt, ho?“

„Eine Zillion“, hauchte Zelduin. Das hatte ihm Eiändsön einst erzählt. „Eine Eins mit tausend Nullen…“

„Hoho, sehr richtig, wenn man den alten Langbärten Glauben schenkt. Es sind vermutlich weit mehr, niemand weiß das so genau. Das alles ist ein irres Spiel, das wir nicht gewinnen können, Zelduin.“ Zäbrik machte ein trauriges Gesicht, und diesmal schien es ernst zu sein. „Verstehst du nun endlich, warum diese Galaxis unumkehrbar am Verwelken ist, ho?“

Balin und Eiändsön hatten ihm einst versucht zu erklären, was es mit den Welten auf sich hatte, die parallel zu dieser existierten. Er hatte es damals nicht verstanden, und heuer sträubte sich sein Geist ebenso dagegen. Ihm fiel aber auch kein Argument ein, das ihm nun noch die Zukunft hätte versüßen können. Er wollte es nicht wahrhaben, obwohl diese Erkenntnis eigentlich nicht neu für ihn war, sie schlummerte schon seit Langem in seinem Kopf. Nun war sie erwacht.

Eine Ohnmacht machte sich in seinem Kopf breit. Es schien tatsächlich keine Hoffnung mehr zu geben für Jumatahoni. Eiändsön hatte ihm einmal erzählt, dass die alten Langbärte glaubten, dass sich die Nul Heggbors in allen Parallelwelten auflösen würden, wenn nur einer von ihnen sterben würde. Doch sie hatten sich alle geirrt, denn der Gibali vor ihm war ein Jäpa Heggbors, und er war nur allzu lebendig. Zäbrik hatte recht gehabt… all die Zeit. Es gab keine Hoffnung, es hatte nie eine gegeben.

„*Was* machst du hier, Zäbrik?“, fragte Zelduin, nachdem er wieder ein wenig Mut gesammelt hatte.

„Meine Aufgabe zu Ende bringen! Hast du das schon vergessen ho?“ Nein, das hatte Zelduin wahrlich nicht. Er konnte sich noch sehr gut an das Gespräch hoch über den Wolken Uxirmas erinnern, als Zäbrik ihm auf dem Pterodaktus seine Geschichte anvertraut hatte. „Ich muss euch Elgrams zum Nullpunkt begleiten. Ich kann natürlich nicht überall gleichzeitig sein, aber du hast den restlichen Weg ja auch ohne mich gefunden… ganz im Gegenteil zu deinem Gefährten Zegolas. Ist er tot, ho?“ Zelduin schwieg, aber die Erinnerung an den Tod seines Freundes quälte ihn noch immer. „Tja, die Götter sind manchmal grausam, sehr grausam, aber glaube mir, du weißt noch gar nicht, wie grausam die Götter wirklich sind.“ Zäbrik setzte eine unglückselige Miene auf und marschierte an dem Meowinger vorbei. „Komm mit, Zelduin, ich möchte dir jemanden vorstellen. Deine Reise soll nicht ganz umsonst gewesen sein.“

Zelduin war bereit, jederzeit sein Blauschwert zu ziehen, um den schizophren gewordenen Gibali niederstrecken zu können. Ob ihm das jedoch gelingen würde, wusste er natürlich nicht, er bezweifelte es eher.

Mit mulmigem Gefühl heftete sich der Meowinger an die Fersen des Zwergs. Zäbrik ging in die Vorhalle, blieb vor dem großen Wandgemälde stehen und drückte mit einer Hand auf den weißen Ball, mit dem die giblischen Burgfrauen spielten. Leise klickend verschwand der aufgemalte Kreis einen Fingerbreit tief in dem Bild. Kurz darauf begannen Zahnräder zu klackern, irgendein versteckter Mechanismus wurde in Gang gesetzt. Dann fuhr das Gemälde wie der Vorhang eines Theaters nach oben und gab langsam einen geheimen, bogenförmigen Tunnel preis. Der Gang war mit grauen Metallplatten ausgekleidet worden und ging schnurstracks geradeaus. Zwei kräftige Gibali konnten darin bequem nebeneinander hergehen, und er war so hoch, – Zelduin wollte das Bild, das er nun vor Augen hatte, verdrängen, aber es gelang ihm nicht – dass ein Zergh problemlos hindurchlaufen könnte.

Von der Tunneldecke hingen in Metallvorrichtungen geklemmte, grüne Leuchtkugeln herab, die ein sonderbares Licht ausströmten und für eine schummrige Helligkeit sorgten. Die beiden ungleichen Wesen liefen eine Weile nebeneinander her. Ein Windhauch brachte Zäbriks roten Umhang für einen kurzen Moment zum Flattern, so dass Zelduin den Glasbehälter und die Metallvorrichtung sehen konnte.

Der spitzohrige Jäpa brach die unangenehme Stille und sagte: „König Gomril hat mir erzählt, dass ihr Gibali nicht konstant werden könnt.“

„Hohoho, der alte Königius hat dir das gesagt, ho?“ Zelduin nickte. Er wusste nicht, was daran so komisch war. „Seine verwelkende Seele ist von allen Geistern verlassen, und dennoch sagt er in diesem Punkt die Wahrheit, denn nur magische Wesen können zu Konstanten werden, wenn sie es nicht bereits schon sind, so wie du. Das ist auch der Grund, warum nur die Magusse unter den Zergh mit eurem Blut konstant werden können, weil es eben magische Wesenheiten sind.“

„Aber *du* bist kein magisches Wesen. Warum kannst du also konstant werden und die anderen Gibali nicht?“

„Ich bin einen Pakt mit Zarxaurus eingegangen, hast du das vergessen, ho? Er hat einen Teil seiner Magie in meinen Kopf gepflanzt. So wurde auch ich ein magisches Wesen, das sich mit magischem Meowingerblut konstant gemacht hat.“

Das also war das düstere Geheimnis des schwarzweißbärtigen Zwergs, dachte Zelduin schaudernd.

Durch den unterirdischen Gang pfiff ein seichter Wind, der leise Flüsterstimmen in sich zu tragen schien, aber Zelduin hörte noch etwas anderes: ein menschenähnliches Heulen. Es war das gleiche Jammern, das er schon auf der Überfahrt zur Insel wahrgenommen hatte. Es ebbte rasch wieder ab, bis es ganz still war.

„Was war das?", fragte Zelduin verängstigt.

Zäbrik wandte sich ihm zu. Sein grünäugiger Blick zeigte nicht die geringste Spur von Furcht. „Oh, das würde ich dir gerne persönlich zeigen. Folge mir, Elgram."

Zäbrik stapfte voraus, und Zelduin folgte ihm, obgleich er wusste, dass er nicht herzlich empfangen werden würde, wo auch immer der Gibali ihn hinbrachte. Aber hatte er überhaupt eine Wahl?

„Was soll ich tun?", fragte er sich selbst. Er erwog, wieder zurückzulaufen, doch er glaubte nicht, dass Zäbrik das zulassen würde. Der Tunnel war bestimmt mit vielen tödlichen Fallen ausgestattet, die Zäbrik per Knopfdruck aktivieren lassen konnte. Außerdem trug der Zwerg eine Strahlenwaffe bei sich. Zelduin glaubte nicht, dass es nun noch ein Zurück gab. Er könnte das Zeitenrad benutzen und sich hundert Jahre in die Vergangenheit teleportieren, aber es würde ihn nicht wundern, wenn Zäbrik auch dies zu unterbinden wissen würde.

„Wohin gehen wir?", fragte er und fühlte sich wie ein kleines Kind, das sich im Wald verirrt hatte.

Die Schritte des alten Zwergs hallten auf dem metallenen Boden leise wider.

„Wir gehen in den alten Vulcanius hinein. Dort wird deine lange Reise enden."

Mehr gab der steinalte Gibali nicht preis, und Zelduin glaubte, dass ihm nichts anderes übrig blieb, als sich dem ungewissen Schicksal zu beugen.

Nach ein paar Schritten ging es leicht bergab. Mehrere mit den grünen Leuchtkugeln schummrig beleuchtete Gänge kreuzten ihren Weg. Zäbrik lief schnurstracks geradeaus, immer tiefer in den Berg hinein.

Bald schon endete das Labyrinth aus Metallgängen. Sie kamen in eine große Höhle, die zwei Bogenschussweiten lang und mindestens doppelt so breit war, und die weder Boden noch Decke zu haben schien, nur das Glitzern der Edelsteine über ihm, das wie ein gewaltiges Sternenzelt wirkte, verriet ihm, dass der unterirdische Ort zumindest oben eine Grenze hatte, unter ihm jedoch war nur gähnende, schwarze Leere zu finden. Die Riesengrotte glich einer gewaltigen Schlucht, deren Felswände mit Dutzenden künstlich geschaffenen und natürlichen Steinbrücken kreuz und quer miteinander verwoben waren. Auf den spinnennetzartigen Übergängen wandelten sich langsam bewegende und absonderlich weiß schimmernde Lichter umher, Leuchtwesen gleich. Das merkwürdige, unterirdische Konstrukt ähnelte einem im Sterben liegenden Riesengehirn, auf dessen Nervenbahnen blinkende Informationen gemächlich hin und her wanderten.

Der schwarze Vulkanstein glänzte, denn es war feucht hier unten, die Luft war stickig. Überall an den Felswänden der Riesenhöhle waren grüne Leuchtkugeln aufgehängt worden. Sie verliehen dem Ort etwas Unheimliches und beleuchteten steile Pfade, die so weit in die Tiefe führten, dass sie sich irgendwann in der Dunkelheit verloren. Zwischen den dunkelgrünen Lichtern wuselten ebenfalls etliche weiße Leuchtquellen hin und her. Es schienen Wesen mit Lampen zu sein, die Zelduin aber nicht genauer erkennen konnte, da sie zu weit entfernt waren. Eine imposante Bogenbrücke führte direkt vor ihnen über die Schlucht. Rote Runen glommen auf den quadratischen, schwarzen Brückensteinen.

„Was ist das für ein merkwürdiger Ort", dachte Zelduin und trottete hinter dem Zwerg her.

„Das hier ist das Bergwerk", erklärte Zäbrik, als hätte er die Gedanken des Meowingers gelesen. „Hier wird der seltene Magiestein, der für den Bau der Weltentore benötigt wird, geerntet."

Leises Hämmern und Klopfgeräusche drangen von überall her; die Echos wurden zwischen der Schlucht hin und her geworfen. Die Wesen mit den Lampen waren mit Spitzhacken bewaffnet und überall dort anzufinden, wo der Vulkanstein lilafarben schimmerte.

„Was sind das für Wesen?", fragte Zelduin, er hatte bereits eine äußerst düstere Vorahnung, die sich kurz darauf bestätigte.

„Das sind meine Jäpas", sagte Zäbrik wie selbstverständlich.

Der Meowinger schluckte. Die Antwort erschütterte ihn, obwohl er sie bereits erahnt hatte. Es waren so viele. Mindestens einhundert wandelnder, weißer Lichtpunkte konnte er von seinem Standpunkt aus sehen.

„Einige Jäpas sind schon seit Jahrhunderten hier im Vulcanius", fügte Zäbrik hinzu, Hass schwang in seiner Stimme plötzlich mit. „Sie arbeiten alle für Zarxaurus."

Auch das erschütterte Zelduin, denn er hatte bis zum Schluss gehofft, dass der Nullpunkt von dem Zerghmagus unangetastet geblieben war. Zarxaurus' Klauen schienen alle Orte Jumatahonis fest umklammert zu haben, auch den Nullpunkt.

„Wie kann man bloß zu einem solch ehrlosen Wesen werden?", sagte Zelduin verächtlich. „Ich kann nicht glauben, dass sie alle so sind wie du."

„Das ist auch nicht wahr", antwortete der alte Zwerg traurig. „Sie handeln nicht aus freiem Willen, wie ich es tue. Sie werden von Zarxaurus auf magische Weise manipuliert, er hat ihnen ihre Gefühle geraubt und sie so zu gefügigen Dienern gemacht."

Einer der Bergwerker schlurfte von der anderen Seite der Brücke auf sie zu. Als der Zwerg noch näher kam, sah Zelduin, dass es tatsächlich ein Jäpa Heggbors war, unverkennbar waren sein schwarzweiß gestreifter Bart und seine grünen Augen. Er schien ein Spiegelbild Zäbriks zu sein, doch aus der Nähe betrachtet, glich der Zwergenjäpa nur einem Schatten seiner selbst. Sein grünäugiger Blick ging ins Leere, sein Gesicht war eingefallen, bleich und kühl, als ob seine Seele ihn schon vor langer Zeit verlassen hatte. In seiner Linken baumelte eine kleine, weiße Laterne hin und her, er hatte eine Spitzhacke geschultert, und auf dem Rücken war ein Bluttank befestigt worden. Außerdem trug er eine halbkreisförmige, goldfarbige Metallhaube auf dem Kopf. Zelduin hatte diese Art von Kopfbedeckungen schon häufiger gesehen, und zwar bei den Zerghmagussen.

„Sie sind schon fast tot", sagte Zäbrik, als der gruselige Gibali an ihnen vorbeimarschierte. Das Zwergengespenst würdigte sie keines Blickes. Zelduin hatte das Gefühl, dass der Zwerg sie nicht einmal registriert hatte. Ihm lief ein kribbelnder Schauer über den Rücken. „Zarxaurus kontrolliert sie auf eine magische Weise durch die Goldhauben auf ihren Köpfen", erzählte Zäbrik emotionslos. „Er hält sie damit auch am Leben. Er hat sie zu magischen Wesen gemacht, genauso wie mich. Sie sind seine Sklaven für alle Zeiten."

„Und warum hat der Zerghkönig dir keine solche Haube auf den Kopf gesetzt?", fragte Zelduin berechtigterweise.

„Sieh sie dir an", sagte der alte Gibali melancholisch. „Das Leben ist aus ihnen gewichen. Sie sind halbtot und haben keinen freien Willen mehr. Wärst du einem solchen Geist bis zum Nullpunkt gefolgt, ho? Nein, wärst du nicht. Zarxaurus brauchte jemanden wie mich, dem die Elgrams vertrauen, damit sie ihr Ziel nicht aus den Augen verlieren und sie wie brav erzogene Hausgnome zum nullten Zyklus reisen, denn schon viel zu viele Elgrams sind umgekehrt, weil sie von den Schwertfischbrüdern bekehrt wurden. Die Bruderschaft hat leider viele Elgrams davon überzeugen können, dass am Nullpunkt eine böse Überraschung auf sie alle wartet."

So stehen die Dinge um Zäbrik also", dachte Zelduin, für den sich ein weiteres Teil in das große Weltenpuzzle eingefügt hatte.

Der schwarzweißbärtige Gibali schaute Zelduin mit gespielter Trauer an. „Und ich muss dir leider mitteilen, dass diese böse Überraschung sehr real und viel bösartiger ist, als du dir in den finstersten Träumen vorstellen kannst, aber das wirst du ja gleich selbst sehen."

Damit schwand auch Zelduins letzte Hoffnung auf ein gutes Ende. Arjons Erinnerung, die er in der Änautilus gehabt und den Rätselort mit Guybrish Harles Monkei gezeigt hatte, hätte ihn warnen sollen, hierher zu kommen. Balin hatte es gesehen. Er hatte durch die geistige Verbindung mit dem alten Meowinger, der angeblich schon einmal am Nullpunkt gewesen war, irgendetwas Schreckliches gesehen, woraufhin er selbst zum Schwertfischbruder mutiert war.

„Ich hätte nicht hierher kommen dürfen", glaubte Zelduin.

Seine rechte Hand legte sich auf den Knauf seines Blauschwerts…

„Deine Torheit hast du auf der Reise zum Nullpunkt nicht verloren, ho?!", sagte Zäbrik drohend, der die Absicht des spitzohrigen Jäpas offenbar bemerkt hatte. „Falls es dir tatsächlich gelingen sollte, mich zu töten, was ich arg bezweifle, dann wird ein anderer Jäpa meinen Platz einnehmen." Der Zwerg schüttelte den Kopf und seufzte. „Das Schicksal Jumatahonis ist längst besiegelt, versteh das doch endlich. Zarxaurus wird triumphieren, und wenn er es tut, werden ich und meine Jäpas endlich unseren langersehnten Frieden finden. Er wird uns von unserem leidenden Dasein befreien und unsere Totenruhe nie mehr stören."

„Das ist ein erbärmlicher Wunsch in Anbetracht des Preises, den alle anderen Völker Jumatahonis dafür bezahlen müssen", meinte Zelduin barsch.

„Jumatahoni ist doch schon längst verwelkt. Es spielt keine Rolle mehr", antwortete Zäbrik monoton, blieb auf der Mitte der Brücke stehen, stützte sich auf dem Steingeländer ab und starrte hinab. „Es ist sinnlos, sich einem Feind zu stellen, der so viel mehr Macht besitzt als wir sie jemals auch nur annähernd besitzen werden."

Zelduin gesellte sich an die Seite des Zwergs und blickte ebenfalls hinab. Unter ihm, auf einem Steinplateau, das knapp zwei Steinwürfe von ihm entfernt lag und mit mehreren, schmalen Bogenbrücken mit den Felswandpfaden verbunden war, spielte sich eine bizarre Szene ab.

Ein abgrundtief hässlicher Zergh mit fettem, bleichem Wanst, der mit grünen Schleimbeuteln übersät war, stand in der Mitte des Steinpilzes. Ihm war ein riesiger, runder Glasbottich, in welchem eine hellrote Flüssigkeit hin und her schwappte, auf den Rücken geschnallt worden. Zelduin hatte eine solche Monstrosität schon einmal gesehen, und zwar in Arjons Erinnerungswelt; nachdem Taidos' Heer besiegt worden war, war eine solche verunstaltete Kreatur auf dem Schlachtfeld aufgetaucht. Sie hatte die toten Meowinger mit Schläuchen angezapft und ihr magisches Blut in den großen Glasbehälter gefüllt. Nun erfuhr Zelduin, was der Grund für diesen bizarren Akt gewesen war.

Ein Teil des Blutes diente der Abnormität zweifelsohne, um sie selbst konstant zu machen, denn mehrere dünne Schläuche führten direkt in den Wanst der Kreatur hinein, aber der andere Teil war für all die Geisterzwerge gedacht. Zwei von Nul Heggbors Ebenbildern standen um den abscheulichen Monsterzergh herum, Schläuche führten von ihren Rückentanks zu dem überdimensionalen Blutbecken des Zergh. Die zwergischen Sklaven des Zerghkönigs pumpten sich dort frisches, magisches Meowingerblut ab, damit sie ihre Konstantheit behielten. Es war eine schaurige Szenerie, fand Zelduin.

Schweigend trottete Zäbrik weiter und sagte mit trauriger Stimme: „Komm mit, Elgram. Du hast längst noch nicht alles gesehen."

„Und wenn ich wieder zurückgehen will?"

„Welch unreifer Gedanke", antwortete der alte Gibali und ging einfach weiter.

Als Zelduin sich umwandte, sah er zu seinem Erschrecken, dass sich am Höhlenausgang vor der Brücke drei Zerghmagusse postiert hatten, die ihm den Rückweg versperrten. An den Spitzen ihrer speerlangen Zauberstäbe leuchteten rote Edelsteine, und auf ihren grauen Köpfen schimmerten dieselben güldenen Metallhauben, die auch die halbtoten Geisterzwerge trugen.

„Kontrolliert Zarxaurus auch die Magier?", rief Zelduin Zäbrik hinterher und schloss langsam wieder zu dem gedrungenen Wesen auf.

„O ja, sie alle sind seine Marionetten. Er kontrolliert sie mit irgendeinem Hocuspokulus, da sie sich sonst gegenseitig bekämpfen und vermutlich auch versuchen würden, ihm seine Krone streitig zu machen", erzählte der schwarzweißbärtige Gibali. „Zergh unterscheiden sich da nicht von Squiggs. Wirft man ihnen einen Haufen Knochen vor die Füße, nimmt sich der Stärkste von ihnen *alles*. Zarxaurus beherrscht sie durch die Goldhauben, die allerdings nicht die unheimliche Wirkung auf sie haben wie auf meine Jäpas, die dadurch grau und seelenlos werden."

Am anderen Brückenende erwartete sie ein grün beleuchteter Tunnel. Der schwarze Vulkanstein war hier grob behauen worden. Sie durchschritten ein Gewirr aus Gängen, den Katakomben des Vulcanius, bis sie vor einer runden, roten Eisentür standen, auf welcher hellrote Runen glommen. Auf Augenhöhe glotzte sie der metallene Kopf eines lachenden Gnoms an. Zäbrik holte einen großen Goldschlüssel, in den ebenfalls rote Intarsien eingearbeitet worden waren, aus seiner Tasche hervor und steckte ihn in das rechte Gnomenauge. Die Runen auf der Rundtür leuchteten nun heller und glitzerten lebendig. Zelduin, der durch Arjons Erinnerungen sehr viel über die giblische Kunst der Runenmagie gelernt hatte, wusste, dass es unendlich viele Runen gab, doch er hatte nie welche gesehen, die so seltsam rötlich schimmerten wie die verzierten Dinge im Vulcanius. Sie glitzerten in einer solch vertrauten Eigenartigkeit, dass es nur eines bedeuten konnte, das Zelduin beinahe das Blut in den Adern gefrieren ließ.

„Was sind das für rote Runen?", fragte er zaghaft.

„Dass ihr Menschenwesen immer erst Worte hören müsst, um Dinge vollständig zu verstehen", sagte der alte Gibali abfällig. „Sie sind natürlich aus magischem Meowingerblut gemacht, damit alles konstant bleibt und sich die erschaffenen Dinge nicht gleich wieder auflösen, wenn die Zeit zurückgedreht wird."

Zelduin bekam eine Gänsehaut, obwohl er die Antwort bereits erahnt hatte. Es musste viel Blut nötig gewesen sein, um all die Runen zu erschaffen, glaubte er.

Als die rote Pforte knarrend aufschwang, offenbarte sich ihnen ein weiterer dunkelgrün beleuchteter Höhlengang. Fauliger Geruch strömte aus dem Gang heraus, und ein leises Wimmern drang aus der Düsternis zu ihnen. Dann hallte ein gedehnter, menschlicher Schrei durch das unterirdische Labyrinth. Zelduin erschauderte. Er folgte dem alten Zwerg in die finstere Unterwelt des Vulkans. Grüne Leuchtkugeln hingen von der schroffen Höhlendecke herab und sorgten für eine gespenstische Atmosphäre. Bleiche Wurzeln schlängelten sich am Boden entlang; einige kamen aus der Decke und verschwanden wieder in Felsspalten und Ritzen. Aus etlichen Höhlenlöchern tropfte grüner, zäher Schleim, der sich an vielen Stellen zu einer glibberigen Substanz verfestigt hatte. Der Felsboden war übersät mit dem klebrigen, grünen Zeug.

Als Zelduin sich duckte, um eine der bleichen Wurzeln etwas näher in Augenschein zu nehmen, stellte er fest, dass das gar kein Baumwerk war, sondern eine Art Schlauch aus einem halb durchsichtigen Tierdarm, in welchen etwas Geleeartiges floss. Mehrere dieser tierischen Schläuche waren aufgerissen oder zerplatzt; gelber Schleim quoll daraus hervor und besudelte den Boden.

„Pass auf, dass du nicht ausrutscht, Zelduin", sagte Zäbrik ernst. „Es wäre bedauerlich, wenn du so kurz vor dem Ziel deiner Reise stolpern und dir womöglich noch das Genick brechen würdest. Es ist im Moment etwas dreckig hier unten. Meine Jäpas kommen gar nicht hinterher, die defekten Nahrungsleitungen zu flicken."

Zelduin verstand nicht recht, bis sie um eine Ecke bogen, dann wurde ihm das Ausmaß der bösen Überraschung, die hier auf ihn warten sollte, erst gewahr. In dem Schleim an der linken

Tunnelwand klebte ein menschliches Wesen! Fast sein ganzer Körper war mit der grünen Substanz überzogen und hielt ihn gefangen. Seine Augen waren geschlossen. Ein Schlauch führte in seinen Bauchnabel hinein und versorgte das arme Wesen mit dem gelben Zeug, das es wohl am Leben hielt. Andere dünne Schläuche waren mit metallenen Klemmen an seinem gesamten Körper angebracht worden. Eine rote Flüssigkeit floss darin, die aber nicht in das Wesen hineingepumpt, sondern aus ihr herausgezogen wurde.

Kurz darauf erkannte Zelduin, dass der rote Lebenssaft wie Meowingerblut glitzerte und dass das Wesen spitze Ohren hatte und ihm verdammt ähnlich sah! Es war ein Jäpa Lotorions. Zelduin hatte es befürchtet, aber die Wahrheit traf ihn wie ein Blitzschlag. Wie konnte man nur so etwas Grausames tun, fragte er sich. Ihm wurde speiübel.

Achtlos trottete Zäbrik an dem eingewobenen Wesen vorbei, das aussah wie das eingesponnene Lebendfutter einer Spinne. Als Zelduin an dem Jäpa vorbeilief, öffnete der Gefangene seine Augen, und sein Mund formte sich zu einem O, doch nur ein leises Stöhnen drang aus ihm heraus.

Zelduin wich vor Schreck zur Seite, er rutschte auf einer gelben Schleimspur aus und stolperte rücklings auf die andere Tunnelwand zu. Etwas Klebriges, Warmes haftete an seinem Rücken. Panik ergriff ihn. Er befreite sich rasch von der zähen Masse, die dabei ein schmatzendes Geräusch von sich gab. Als er sich umwandte, blickte er in die hoffnungslosen Gesichter zweier, spitzohriger Menschen, die ebenfalls von der verkrusteten, grünen Substanz gefangen gehalten wurden. Mit flehenden Blicken schauten sie ihn an, ihre Augen waren glasig und trüb. Einer von beiden hauchte leise: „Hiiiilf mir…“

Als Zelduin den Gang hinunterschaute, sah er, dass das schleimige Zeug an den Höhlenwänden zahlreiche, magische Meowinger vereinnahmt hatte wie ein lebendiges, pflanzliches Wesen.

Dem Jäpa stellten sich die Haare zu Berge. Etwas sagte ihm, dass dies nur ein böser Traum sein konnte, aber innerlich wusste er, dass es die Realität war.

Mit weichen Knien ging er weiter. In jenem Moment wusste er nicht, warum er so handelte. Einige in die Kruste eingebetteten Meowinger streckten bettelnd ihre Hände nach ihm aus, sofern sie diese noch bewegen konnten, oder sie beugten sich vor, bis das Grünzeug sie festhielt. Etliche von ihnen wimmerten leise, einige heulten, aber die meisten schwiegen und hatten ihre Augen fest verschlossen.

„Wie fürchterlich. O ihr Götter, wo seid ihr all die Jahre gewesen…“, ging es Zelduin immer wieder durch den Kopf, als er an den halbtoten Menschen vorbeilief.

Weiter vorne im Gang erblickte er einen Geisterzwerg, ein Jäpa Heggbors, der einem an der Wand hängenden Meowinger mehrere Schläuche in den Körper schob und sie dort fest verankerte.

Zelduin wurde in jenem Moment klar, dass ihm das gleiche Schicksal blühen würde. Zäbrik hatte nicht gelogen, damals, als er mit seinem Pterodaktus hoch über den Wolken geflogen war und er Zelduin versprochen hatte, dass er leben würde, wenn er am Nullpunkt ankäme. Der Zwerg hatte ihm jedoch nicht gesagt, dass er hier langsam verwelken würde wie eine Frucht mit weicher Schale.

Unendliche Wut und auch Angst stiegen in ihm auf. „Ist das hier alles dein makabres Werk, Zäbrik?“, rief er erbost.

„Ho, aber ich bin nicht stolz darauf. Du hast allerdings immer noch nicht alles gesehen“, antwortete der alte Zwerg monoton wie eine Maschine.

Zelduin ballte die Fäuste zusammen, als er nach einer weiteren Kurve plötzlich den mit hellgrünem Licht durchfluteten Tunnelausgang erspähte. Als er hinter dem kleinwüchsigen Gibali durch die ovale Öffnung schlüpfte, wurde er von einem schaurigen Chor aus heulenden Rufen begrüßt. Was er sah, wollte er nicht glauben. Tränen schossen ihm in die Augen, und ein dicker Kloß bildete sich in seinem Hals. Er begann zu zittern, seine Hände wurden feucht und über seinen Nacken liefen mehrere eiskalte Schauer.

Er befand sich nun direkt im Schlund des kegelförmigen Vulkans. Der Schacht, aus dem er herausgekommen war, war auf mittlerer Höhe der riesigen Höhle in den Stein getrieben worden. Zwei Bogenschussweiten über ihm war die kreisrunde Bergöffnung zu sehen. Dunkle Gewitterwolken zogen grollend über den Himmel und schütteten unaufhörlich ihre glitzernde Regenpracht aus, die durch die Öffnung in den Vulkan hineinflog und in einer langen, grünlich schimmernden Säule in die Tiefe stürzte. An der äußeren Wand schlängelte sich ein Pfad hinauf und hinunter. Es erinnerte Zelduin an das Innere eines gewaltigen Schneckenhauses. An den schroffen Felswänden hingen hunderte Meowinger! Kaum ein Fleck in der Riesenhöhle war unbesetzt. Die zuckenden Gliedmaßen und sich langsam bewegenden Körper und Köpfe der Gefangenen erweckten gar den Eindruck, als ob das alles ein einziger lebender Organismus sei.

Die meisten verlorenen Seelen waren vermutlich Jäpas von ihm, schätzte Zelduin. Eingebettet in grünen Schleim und mit Schläuchen gespickt, hingen sie da und faulten langsam vor sich hin. Sehr wahrscheinlich waren einige von ihnen hier schon seit Jahrhunderten, wenn nicht gar seit Jahrtausenden! Mehrere Heggborjäpas arbeiteten hier. Die Gibali mit ihren Goldhauben und weißen Laternen watschelten in dem riesigen Treppenhaus auf und ab und begutachteten die an den Wänden hängenden Blutspender. Dunkelgrüne Leuchtbälle waren in gewissen Abständen an dem Steilpfad aufgehängt worden und tauchten die schaurige Szenerie, die sich Zelduin bot, in ein schummriges, unwirkliches Licht.

„Es sind so viele…", dachte Zelduin laut, bis ihm die Furcht die Kehle zuschnürte.

„Es sind neunhundertfünfzig", antwortete Zäbrik wie ein Besessener. „Das sind fast alles deine Jäpas. Ein paar andere magische Meowinger sind aber auch unter ihnen."

„Das ist die Hölle", sagte der junge Meowinger ängstlich.

„Nein, die Hölle ist das hier nicht. Das ist alles durch mich und meine Marionetten erschaffen worden."

Zelduins Blick kreiste ruckartig durch das Vulkaninnere, ohne seinen Kopf dabei zu bewegen. Das schreckliche Schauspiel lähmte seine Glieder. Hunderte Schläuche führten von den Meowingern über die Felssimse in die Tiefe hinab. In den meisten sprudelte rotes Blut, doch einige waren auch leer. Etliche Jäpas schienen tot zu sein oder aber nur noch so wenig Blut in sich zu tragen, dass sie keines mehr abgeben konnten. Die roten Schläuche führten mehr als zwei Bogenschussweiten in die Tiefe hinab und verschwanden dann in einer pechschwarzen, kreisrunden Schlucht, in der Dunkelheit des Berges. In der Düsternis unter ihm ragte ein flaches, rundes, in ein grünes Licht getauchtes Felsplateau in die Höhe.

„Was hast du bloß getan, Zäbrik?!", fragte Zelduin mit zittriger Stimme und wollte die Antwort eigentlich gar nicht wissen.

„Schreckliche Zeiten bringen schreckliche Dinge hervor", antwortete der Gibali monoton.

„Was ist das hier?"

„Das ist feinste, giblische Handwerkskunst, und zwar ihr Meisterwerk aller Meisterwerke", erklärte der alte Zwerg und setzte sich langsam wieder in Bewegung. Er marschierte den langen Pfad hinab. Zelduin folgte ihm mit wackligen Schritten. „Hier fließt all das magische Glitzerblut zusammen. Unaufhörlich strömt es ins Berginnere und dringt bis zum Kern des Planeten vor und nährt dort das uralte Planetenherz. Eines Tages, wenn wir genügend Meowinger haben, dann wird euer Blut den ganzen Planeten ernähren und konstant machen. Und wenn Mäol eine Konstante geworden ist, seine Wälder, Meere, Flüsse und Berge konstant sind, dann werden die

Zeitenräder an Macht verlieren. Wenn eine aus konstantem Holz und Metall gebaute Änautilus einmal zerstört ist, so bleibt sie auch zerstört. Die Zergh werden dann den endgültigen Sieg davontragen, und dann haben wir ihn endlich…“, sagte Zäbrik und seufzte gedehnt, „…unseren *Frieden.*“

Aufkeimender Hass gab Zelduin neue Kraft. „Du widerst mich an!“, brüllte er und sprach das aus, was er die ganze Zeit über schon dachte.

Er stürmte auf den Gibali zu und wollte ihn in die Tiefe stoßen, doch der alte Langbart wandte sich geschwind um, zückte behände seine Strahlenwaffe und schoss. Ein rosaroter Blitz kam aus der Metallmündung, traf Zelduin am Bauch und schleuderte ihn hart zu Boden. Seine Ohren klingelten, und grauer Nebel umhüllte den Verstand des jungen Meowingers. Er konnte sich noch bewegen, doch seine Glieder fühlten sich taub und unendlich schwer an. Tastend glitten seine Hände über seinen Körper. Er hatte merkwürdigerweise keine offene Wunde am Bauch. Sein fragender Blick wandte sich dem alten Gibali zu, der mit allwissender Miene auf ihn zustapfte.

„Ich habe die Waffe auf Betäubungsstrahl gestellt“, erzählte Zäbrik milde lächelnd. „Wir brauchen dich lebend, das weißt du doch.“

„Wir…?“, fragte Zelduin. Die Betäubung ließ langsam wieder nach. Er richtete sich mühselig auf und wankte hin und her wie ein betrunkener, langbeiniger Waldschrat.

„Zarxaurus und ich.“ Zäbrik zielte mit der Waffe noch immer auf den spitzohrigen Jäpa. Seine grünen Augen zeigten nicht den Hauch von Vernunft oder Barmherzigkeit.

In Zelduins Kopf drehte sich alles. Seine rechte Hand glitt auf Brusthöhe, wo er das Zeitenrad unter seinem grünen Gewand versteckt hielt. Er konnte es immer noch benutzen, glaubte er, wenn er keinen Ausweg mehr sah, denn das Goldrad hatte ihm der Zwerg nicht abgenommen, wie auch all seine anderen Waffen. Zäbrik schien sich seiner Sache scheinbar nur allzu sicher zu sein. Die Handbewegung des Meowingers blieb von dem kleinwüchsigen Wesen jedoch nicht unbemerkt.

„Benutze es“, sagte er herausfordernd, und Zelduin stockte der Atem. Er wusste also von dem Rad. Zelduins Gesicht schien Bände zu sprechen, denn der alte Zwerg fügte grinsend hinzu: „Ho, ich weiß, dass du Gomrils Zeitenrad hast. Zarxaurus hat es mir ins Ohr geflüstert. Damit hast du uns einen großen Dienst erwiesen. Das Rad in unseren Händen zu wissen, wird das Meisterwerk hier ungestört weiter gedeihen lassen können.“ Zäbriks weißbuschige Brauen hoben sich. „Benutze es. Du kannst diesem Ort nicht mehr entfliehen, weil wir immer da sind, völlig gleich, in welcher Epoche du landest. Hunderte Zerghmagusse bewachen den Vulcanius zu jeder Zeit. Benutze es, und du wirst es sehen.“

Zelduins Blick senkte sich betrübt. Seine magischen Sinne sagten ihm, dass der Zwerg nicht log.

„Warum tust du das?“, fragte der Meowinger beinahe flehend.

„Der Preis für den Frieden ist hoch, für den Frieden Jumatahonis und den meiner Jäpas. Sie werden endlich erlöst werden, wenn das Werk hier vollendet ist, ho ho.“

„Das ist *Wahnsinn*, Zäbrik. Deine Jäpas willst du retten für den Preis abertausender anderer Wesen?“

„Ho, dann herrscht endlich Frieden“, antwortete Zäbrik wie in Trance.

„Nein, dann beginnt die Hölle.“

Der Zwerg schaute mit irrem Blick in die Luft, als faszinierten ihn seine eigenen Gedanken. Dann entspannten sich seine Gesichtszüge. „Komm mit. Ich muss bald wieder los, um deine Brüder aus der Zukunft zu holen.“

Zäbrik trieb den Meowinger mit gezückter Waffe vor sich her. Im Kopf benebelt stolperte Zelduin vorwärts. Er lief an all den armen Lotorions vorbei, die vermutlich alle eine unendlich lange Reise hinter sich hatten, um letztendlich hier zu verrotten, genau wie er es bald tun würde. Nur die Angst vor dem Tod behütete Zelduin davor, über die Felskante in den Schlund des Vulkans zu springen.

„Was hast du mit mir vor?", fragte Zelduin, ohne sich umzudrehen.

„Nun, ich denke, das weißt du."

„Bringst du mich zu deinem *Meister*?", fragte Zelduin und wankte nach links.

Zäbrik schwieg einen Augenblick. „Ho. Er ist schon lange hier und wartet auf dich. Er hat eine ganz besondere Bestimmung für dich, aber welche das ist, hat er mir nicht verraten."

Große Furcht kehrte in Zelduins ohnehin schon ängstliche Seele ein. Er hatte befürchtet, dass der König aller Zergh hier war.

„Zäbrik, es gibt noch Hoffnung. Warum tust du das hier alles?", fragte Zelduin erneut.

„Gesagt habe ich dir das, ho?"

„Ich verstehe deine Pein, aber du wirst ganz Jumatahoni ins Verderben stürzen, wenn du Zarxaurus bei seinem düsteren Plan hilfst." Zelduin blieb stehen, schüttelte sich, um den Nebel in seinem Hirn loszuwerden und drehte sich um. „Heggbor, noch hast du die Möglichkeit, die Zukunft zu ändern. Zusammen können wir Zarxaurus besiegen." Der Zwerg musterte den spitzohrigen Mann. „Zäbrik, in dir steckt noch Gutes."

Zelduin spürte, dass da noch etwas in dem Zwerg schlummerte, das noch nicht vom Bösen aufgefressen worden war, und dennoch wusste er nicht, ob sein geistiger Verfall schon so weit fortgeschritten war, dass es bereits zu spät war, ihn noch zum Guten bekehren zu können.

Der uralte Gibali schwieg wieder einen Moment, seine Augen blickten ins Leere. Er schien zu überlegen. Dann verformten sich seine Gesichtszüge zu einem verbitterten Lächeln. „Du kannst die Zukunft nicht mehr ändern, Zelduin! Ein paar kleine Dinge entwickeln sich manchmal anders, ho, das stimmt, aber der große Gottespfad steht fest und ist unverrückbar. Die alten Götter haben die Geschichte Jumatahonis längst fertig geschrieben. Die Zergh werden gewinnen, sie werden gewinnen! Zarxaurus hat es mir erzählt, und er wird es wissen müssen, denn er vermag in die Zukunft zu schauen." Zäbrik zupfte sich an seinem schwarzweiß gestreiften Bart und setzte einen nachdenklichen Blick auf. Dann verzog sich sein Antlitz zu einer hässlichen Fratze, als leide er unter einer schrecklichen Krankheit, und bellte: „Geh weiter, Elgram! Mein Meister erwartet dich, und er wartet nicht gerne."

Zäbrik schien nicht mehr Herr seiner Sinne zu sein, glaubte Zelduin, und seine letzten Hoffnungen verpufften jäh. Er würde an diesem Ort sterben, da war er sich nun sicher.

Auf dem Weg in die Tiefe kam er an vielen Schächten und Tunneln vorbei. In einigen Gängen standen Zerghmagusse, die ihn unheilvoll anstarrten. Zum ersten Mal fühlte Zelduin, was es bedeutete, keinerlei Hoffnung mehr zu haben. Elfja tauchte plötzlich vor seinem inneren Auge auf, blass und schemenhaft. Er hatte sie lange nicht mehr gesehen und spürte gleichzeitig, dass er sie nie wiedersehen würde.

Taumelnd setzte er seinen letzten Marsch fort. Viele gefangene Meowinger riefen leise um Hilfe, als er an ihnen vorbeiging, andere schauten ihn mit rot umränderten Augen an, aber die meisten schienen seelenruhig zu schlummern, vielleicht waren sie auch tot. Zelduin wollte so nicht enden, aber er wusste, dass es so kommen würde. Er fügte sich in sein bitteres Schicksal und ging weiter.

Bald konnte er erkennen, dass das kreisförmige Plateau unter ihm mit drei schwarzen Bogenbrücken verbunden war. Über der Plattform, die vom Regen eingehüllt wurde, liefen mehrere Schläuche und Kupferketten sternförmig zusammen und verschwanden dann in der

Tiefe. Außerdem erkannte er, dass in der Mitte des Felsens eine menschenähnliche, graue Statue emporragte. Die Menschenskulptur saß auf einem Thron, ihr Körper vornüber gebeugt, so dass die langen, nach vorn gefallenen, grauen Haare ihr Gesicht verdeckten.

Als Zelduin noch ein Stück auf der endlos erscheinenden Schneckenhaustreppe nach unten gelaufen war und die benebelnde Wirkung des Betäubungsstrahls allmählich an Kraft verlor, bemerkte er, dass sich die grauen Haare der Statue im glitzernden Regen ganz sanft bewegten. Es war keine Statue, es war ein Mensch, der da unten saß! Und plötzlich wusste Zelduin, wer das da unten auf dem Thron war!

Nachdem er eine gefühlte Ewigkeit an den vor sich hin siechenden Meowingern vorbeigetrottet war, erreichte er die Ebene, auf der sich das Steinplateau befand. Die mit hellroten Runen verzierte Brücke, vor der er nun stand, war eine halbe Furchenlänge lang und fünf Schritt breit. Sie führte auf den in der Mitte liegenden Steinkreis, wo er nun ganz deutlich erkennen konnte, dass da ein menschliches Wesen saß, gekrümmt und bleich, und in eine dreckige, blaue Robe gewandet. Es rührte sich nicht, als ob der Tod oder etwas anderes Vernichtendes schon vor langer Zeit in das Wesen eingedrungen war.

Als Zelduin seinen Blick nach oben wandte, sah er, dass ein ganzes Dutzend Zerghmagusse mit ihren rötlich funkelnden Zauberstäben über ihm am Rande des Wendelganges Stellung bezogen hatten. Es gab kein Entrinnen mehr.

Die pechschwarze Schlucht, die sich zu beiden Seiten der Brücke erstreckte, wirkte plötzlich wieder verlockend auf Zelduin. Wenn er den Schritt wagte und sich jetzt hinunterstürzte, würden ihm vermutlich jahrhundertelange Qualen erspart bleiben, und Jumatahonis Untergang würde sich ein wenig hinauszögern, dachte er, aber so viel Mut besaß er nicht, selbst jetzt nicht, wo all seine Hoffnung begraben lag und er bald Teil einer gewaltigen, bösen Maschine werden würde, die Mäol konstant machen und das finstere Schicksal Jumatahonis ein für alle Mal besiegeln würde.

„Geh, Zelduin“, befahl Zäbrik schwermütig.

Mit mulmigem Gefühl schlurfte er über die schwarze Steinbrücke. Kieselsteine knirschten unter seinen Stiefeln. Dann betrat er das nasse Steinplateau, das direkt unter der Vulkanöffnung lag und vom Nieselregen heimgesucht wurde. Dünne Regentropfen benetzten seine Kleider und seine Haut. In der Mitte des Felssimses saß eine dürre Menschengestalt auf einem metallenen Thron, der eine imposante, gezackte Rückenlehne hatte. Es war ein Mann. Die Hände und Beine des Herrn waren mit dicken Metallfesseln, auf denen dunkelrote Runen glitzerten, an dem eisernen Stuhl festgeschnallt worden. Sein Haar war lang, durchnässt und verdeckte sein Antlitz, aber die spitzen Ohren waren trotzdem noch gut zu sehen. Die blauen Kleider des abgemagerten Meowingers hingen in Fetzen von seinem ergrauten Körper herab. Ein gelber Schlauch führte in seinen Bauchnabel hinein, die Nahrungsleitung, und ein Dutzend weiterer Schläuche war an seinen Armen, Beinen und an seiner Brust angebracht worden. Dünnes, sehr dünnes, rotes Blut floss darin langsam aus ihm heraus.

„Mein Meister hat mir befohlen, dich zu deinem Vater zu bringen“, sagte Zäbrik und zeigte auf den Mann auf dem Eisensitz. „*Das* ist dein Vater, Taidos Hemania, gefallener Königius Tadrons von Meowing.“

Obwohl Zelduin schon gewusst hatte, wer der graue Herr war, brannten sich die Worte in sein Hirn wie Feuer. Sein Herz zog sich zusammen und schmerzte, als wäre es von einer Trollhand umschlungen, die langsam zudrückte.

„Wann hört dieser Albtraum auf?“, fragte er sich, als er direkt vor dem alten Mann stand. Tränen rannen über seine Wangen, als er sich niederkniete, um seinem Vater ins Gesicht schauen zu können. Das Antlitz des uralten Meowingers war wie versteinert, die Augen fest verschlossen, die

Wangenknochen stachen weit hervor. Obwohl der Mann nur noch ein schattenhaftes Abbild seiner selbst war, konnte Zelduin ganz genau erkennen und spüren, dass es Taidos war. Er hatte ihn oft genug gesehen in Arjons Traumwelt, doch früher war er einst ein großer Magier gewesen, und nun schien er von seiner Seele verlassen worden zu sein und nur noch aus Haut und Knochen zu bestehen. Es brach Zelduin beinahe das Herz, ihn so verwelkt zu sehen.

„Vater?", fragte Zelduin, aber der uralte Herr reagierte nicht. „Vater, ich bin es, Zelduin."

„Seit siebentausend Jahren sitzt er hier nun schon. Und die magischen Fesseln sorgen dafür, dass das auch so bleiben wird. Sie sind mit Zauberbannrunen belegt, damit der alte Königius nicht mehr zaubern kann." Zäbrik seufzte. „Er ist schon vor langer Zeit eingeschlafen, vor mehr als eintausend Jahren. Irgendetwas hält ihn aber noch am Leben, denn sein Blut fließt noch immer und speist unsere Planetenmaschine, die Mäol irgendwann konstant machen wird, wenn wir genügend Meowinger haben…"

Zelduin hörte nicht mehr hin, denn die Worte schmerzten ihn sehr. Er schaute seinen Vater an und streichelte ihm über die Wange. Der Geist des alten Mannes schien schon vor langer Zeit fortgeflogen zu sein.

In dem Moment, in welchem er sich wieder aufrichten und von dem Wesen, das einst sein Vater gewesen war und über ein Königreich geherrscht hatte, abwenden wollte, sah er, dass Taidos' Augenlider plötzlich unruhig zuckten, die Augäpfel hinter der dünnen, grauen Haut langsam, dann immer schneller hin und her wanderten. Seine schmalen, trockenen Lippen zitterten.

„Palanta?", hauchte der alte Mann fast unhörbar.

Als Taidos das alte, palaäonische Grußwort benutzte, kamen in Zelduin all die Erinnerungen an den Geist hoch, der in der finsteren Dunkelheit zwischen den Welten Kontakt zu ihm aufgenommen hatte.

„Palanta", antwortete Zelduin leise.

Schließlich öffneten sich Taidos' verklebte Augen blinzelnd. Verwundert blickte er den jungen Meowinger aus schmalen Schlitzen an. Das Blau seiner Augen war getrübt, doch als die geweiteten Pupillen sich allmählich wieder zusammenzogen und sein Blick an Schärfe zu gewinnen schien, huschte ein Lächeln über sein vom Regen benetztes Antlitz.

„Lotorion?", krächzte der alte Mann und hustete. Eine graue Staubwolke stob aus seinem Mund.

Zäbrik, der ununterbrochen weitergeredet hatte, verstummte jäh, als Taidos' Lebensgeister sich plötzlich wieder regten. Der Zwerg schien höchst erstaunt zu sein.

„Ja, ich bin es, Zelduin, dein Sohn", antwortete der junge Jäpa gerührt, und für einen klitzekleinen Augenblick spürte er sogar so etwas wie Glück.

Taidos richtete sich langsam und mühselig auf. Seine Muskeln knirschten, und seine Knochen knackten wie ein alter, morscher Baum im Wind. Als Zelduin mit seiner Hand seinem Vater die langen, nassen Haare aus dem Gesicht kämmte, lächelte Taidos erneut.

„Ich erinnere mich an deinen Namen, Zelduin. Wir haben schon miteinander gesprochen", sagte der alte König röchelnd. Er atmete schwer wie ein Kranker kurz vor seinem Tod. Zelduin nickte. „Zwischen den Welten, wenn ich auf magische Gedankenreise gehe, kann ich meiner Stimme mehr Kraft verleihen", flüsterte er und holte geräuschvoll Luft.

„Du hast irgendwann aufgehört, zu mir zu sprechen", sagte der junge Meowinger.

„Die Magie ist stark in unserer Familie, doch ich bin im Laufe der Jahrtausende schwach geworden, alt und grau. Du hast mir meinen Glauben geraubt, als du mir sagtest, dass ich gar nicht existieren würde. Da habe ich mir Gedanken gemacht und mich in mein seelisches Schneckenhaus zurückgezogen." Sein Blick ging kurz ins Leere, und seine Lider klappten gemächlich zu und wieder auf. „Und irgendwann habe ich tatsächlich geglaubt, dass ich schon tot bin, doch dabei habe ich nur geschlafen, hier unten, all die Jahre." Taidos' Stirn kräuselte sich. „Die Götter haben sich bestimmt etwas dabei gedacht, dass ausgerechnet du mich wieder geweckt hast." Der alte Edelmann hustete schwach, schaute sich beklommen um und entdeckte Zäbrik, der wie gelähmt dastand und den alten Königius mit offenem Mund anstarrte. Schließlich wanderte Taidos' träger Blick wieder zurück zu Zelduin. „Nimm dich in acht vor ihm. Er hat ein schwaches Wesen und gehört zur dunklen Seite."

„Ich weiß", antwortete Zelduin leise.

Taidos' Antlitz erhellte sich plötzlich. „Ist der Krieg etwa vorüber? Ist Zarxaurus besiegt?" Seine grauen, buschigen Brauen wölbten sich voller Erwartung nach oben. „Bist du gekommen, um mich zu befreien?"

Zelduin schüttelte langsam den Kopf. „Nein, Vater, es tut mir leid, ich habe versagt."

Die blauen Augen des alten Mannes verloren in jenem Moment an Leuchtkraft, und sein Blick senkte sich kurz nach unten. „Oh, dann hättest du nicht hierher kommen sollen."

„Ich weiß."

„Und… warum bist du dann hier?"

„Das ist eine sehr lange Geschichte, Vater…"

„ZSHAHAHAHAHA! ZSSSHAHAHAHARR!", hallte es plötzlich durch den alten Vulkan.

Zelduin zuckte zusammen und schaute noch oben, wo er den Ursprung der hässlichen Zerghstimme vermutete. Der feuchte Nieselregen prasselte ihm ins Gesicht. Das zischelnde Gelächter schien von überall zu kommen, und das leiser werdende Echo hallte dutzendfach von den Wänden wider. Ganz weit oben sah Zelduin die Vulkanöffnung. Blitze zuckten über den düsteren Himmel und erhellten das Vulkaninnere mit seinen spitzohrigen Gefangenen ab und zu, und leises Donnergrollen war gelegentlich zu hören.

Plötzlich rasselten die Kupferketten über Zelduin, als ob etwas Schweres daran hing. Und auch die Schläuche bewegten sich, die über Taidos sternförmig zusammenliefen.

„ZSHAHAHAHAHAR!", dröhnte es wieder durch den Berg, diesmal klang die Stimme sehr viel lauter, und sie jagte Zelduin mächtig Angst ein, denn er wusste, wem sie gehörte.

Mit zittriger Hand zückte er sein Blauschwert, das Zäbrik ihm nicht abgenommen hatte, und streckte es abwehrend in die Höhe. Direkt über ihm war der Vulkan schummrig dunkel, denn die Leuchtkraft der grünen Balllaternen an den Seitenwänden reichte nicht bis zum Mittelpunkt, wo die Regensäule schimmerte, und auch die kleine Leuchtkugel, die vor dem Metallthron stand, spendete nicht genügend Licht. Ab und zu wurde die Schwärze über ihm aber vom Blitzgewitter erhellt. Irgendetwas kroch die Schläuche und Ketten zu ihm herab. Es glich einem großen, spinnenartigen Wesen. Zelduin wusste, was da auf ihn zukam. Und dann gab sich der Neuankömmling zu erkennen. Kopfüber kroch der Zerghkönig an den Schläuchen und Kupferketten hinunter, bis das kleine Laternenlicht vor dem Thron sein hässliches Antlitz erhellte, dann verharrte er. Mit Händen und Füßen klammerte sich Zarxaurus an dem spinnennetzartigen Gewirr fest. Seine drei Augen stierten den jungen Meowinger lüstern an. Zelduin stellte fest, dass die linke Hand des Zerghherrschers, die Balin ihm in der Änautilus abgeschlagen hatte, wieder voll funktionsfähig war. Mehrere Metallschienen verknüpften die erbleichte Hand mit dem Unterarm des schrecklichen Wesens. Er hatte sie scheinbar einfach wieder angenäht.

Zarxaurus streckte seinen langen, dünnen Hals nach vorn und ließ seine schwarze Zunge einmal kurz vorschnellen wie eine Schlange. „Zshhhhhhhh. Ichhh die Familienzusammenkunft nurr stöööre ungerrrn." Der hässliche Kopf mit der verblichenen Goldkrone drehte sich ruckartig zu Taidos herüber. „Du ausss deinem langen Schlaaaf erwacht bissst, zshhh. Eine

Überraschung das issst. Ichhh glaubte, du seiest bereitsss im Totenreich, zshahaha!" Während Zarxaurus lachte, klapperten seine nadelspitzdünnen Zähne. Dann sprach er mit gedämpfter Stimme weiter. „Warum er issst hier?!", wiederholte die magische Kreatur Taidos' Frage zischelnd und zeigte auf Zelduin. Der dreiäugige König kam noch ein Stückchen weiter hinuntergekrochen. „Deine Fraaage ich dirrr beantworten kann, Taidosss, zshahahar." Zelduin horchte auf, voll Neugier und Abscheu. „Er seinesss Vatersss Platzzz einnehmen wirrrd, szhorkla, szhorklu." Er musterte die Schläuche, die aus dem Körper des Meowingerkönigs hinausführten. In ihnen floss wenig Blut, das dazu noch dünn und wässrig wirkte. „Du alt bissst und nicht mehrrr genug Lebenssaft abgibssst, zshhh. Dein Sooohn an deine Stelle trrreten wirrrd, zschahaha! Du lange genug gesessen hassst auf diesem Thrrron." Zarxaurus ließ seinen Blick durch die Vulkanhöhle schweifen. Dann schaute das riesige Wesen auf den jungen Meowinger herab, gelber Speichel troff aus seinem Maul und landete knapp neben dem Jäpa. „Habe ichhh dirrr nicht ausgesucht einen schönen Platzzz in meinem Panoptikaaa, Zzzelduin, zshahahahahar?"

„Die Götter aller Welten werden irgendwann über dich richten, Zarxaurus!", sagte Taidos plötzlich mit lauter Stimme, die wie Donner grollte.

Gleichzeitig erhellte ein greller Blitz die Vulkanhöhle, als ob die himmlischen Herren ihn erhört hätten. Zelduin bekam eine Gänsehaut, und der Zerghkönig schaute irritiert in die Höhe. Als er jedoch merkte, dass sich die Menschengötter scheinbar wieder beruhigt hatten, senkte er seinen Blick und richtete seine rechte Klauenhand auf den alten Meowingerkönig. „Zshschweig, zshhh, du niederesss Elfenwesen!", rief er, und ein lilafarbener Blitzstrahl löste sich aus seiner Fingerkuppe. Fauchend wirbelte das Geschoss durch die Luft und traf Taidos in die Brust. Der uralte Meowinger versteifte sich wie ein Tier, das in eine Totenstarre fiel, seine Hände und Beine krampften. Dann erschlaffte sein Körper. Taidos sank auf seinem Thron zusammen, seine Brust hob und senkte sich schwer.

Zelduin konnte in seinem Augenwinkel beobachten, dass Zäbrik, der der Szenerie stumm und reglos beigewohnt hatte, plötzlich einen Ausdruck des Entsetzens zeigte, als ob irgendetwas in ihm gerade eben zerstört worden war.

Zarxaurus grunzte zufrieden und wandte sich dann wieder dem jungen Meowinger zu. „Es ein Platzzz issst, der deinesgleichen würdig issst, zshahahahahaha!"

Zelduins Körper wurde von einer unendlich großen Angst beherrscht. Zitternd hielt er sein magisches Schwert empor, obgleich ihm bewusst war, dass sich Zarxaurus von einer solchen Waffe vermutlich nicht lange aufhalten lassen würde. Schweiß rann ihm von der Stirn, sein Herz pulsierte wie verrückt, und seine Gedanken fuhren Karussell. Plötzlich sah er wieder Elfja vor seinem inneren Auge, ihr engelsgleiches Gesicht, ihre blauen Augen und ihr gelbes, wallendes Haar. Hinter ihr waren die blassen Silhouetten der anderen Zirkusmitglieder zu sehen, Rolotario, der Affenmensch Gronk und der fiese Halbling Tagonix…

Zarxaurus' hässliches Grunzen holte Zelduin wieder in die Realität zurück. Der Magus kletterte geschickt an den Schläuchen und Kupferketten hinunter und sprang dann zwanzig Fuß von Zelduin entfernt auf das Plateau. Sein roter, vom Regen schwer gewordener Umhang flatterte behäbig hin und her.

Zelduins Schwertarm folgte jeder Bewegung der trollgroßen Kreatur. Zarxaurus streckte seinen Hals nach vorn und stierte das spitzohrige Wesen mit seinen drei Augen inbrünstig an. „Zshhhhhh, zshorca. Ichhh sehe, wundern du tussst dich, dass ichhh eine solche Eeehre dirrr zuteilwerrrden lasse, Elfenmenschhh, zshhhhhh."

Zelduin lief ein eiskalter Schauer über den Rücken. Der Magus schien seine Gedanken lesen zu können. Er wunderte sich schon seit Langem, warum der Zerghkönig hinter ihm her war, und umso mehr wunderte es ihn, warum der Zerghmagier ausgerechnet *ihn* für diesen grausamen

Platz auserwählt hatte. Es gab tausende Jäpas. War er denn anders als all die anderen? Zelduin erinnerte sich an Balins Worte. Der Zwerg hatte behauptet, dass Zarxaurus in die Zukunft sehen könne und irgendetwas in dem Jäpa gesehen hätte, wovor er sich sehr fürchten würde.

Der junge Meowinger sammelte seinen restlichen Mut zusammen und fragte: „Was hast du in mir gesehen?"

Der Riesenzergh regte sich nicht, und dennoch hatte Zelduin das Gefühl, dass sich seine Miene verfinsterte. „In die Zzzukunft blicken ichhh kann, zshhhhh. Und gesehen ichhh haaabe, dass du mirrr den Tooood bringssst, zshahahahahaha!"

„*Deswegen also…*", dachte Zelduin, obgleich es ihm schwerfiel, an eine Zukunftsvision zu glauben, die von einem Wesen kam, das ihm fremdartiger nicht sein konnte, und dennoch machte sie ihm Hoffnung.

„Dann steht die Zukunft also schon fest?", fragte Zelduin mutig und umklammerte sein Schwert fester.

„Zshhh zshh zsh! Zsharkola! Es nur Visionen sssind. Tückisch sie sssind. Veränderbar die Zzzukunft issst, zschhhh!", rief Zarxaurus und spuckte dabei gelbe Schleimstücke aus seinem spitzzahnigen Maul aus.

Am Klang der Worte erkannte der Meowinger, dass der Zergh zweifelte. Das Wesen zeigte damit etwas Menschliches, dachte Zelduin schauderhaft, denn auch die Menschen wiegelten sich manchmal gegen etwas auf, das eigentlich unwiderruflich feststand, und das nur, weil sie es nicht fassen konnten oder von der Hoffnung geblendet wurden.

Er wusste nicht warum, aber die Vision, die der Zergh gesehen hatte, machte dem Wesen scheinbar noch immer Angst, obwohl der junge Jäpa seinen eigenen Tod schon riechen konnte. Zarxaurus allein war vermutlich mächtig genug, um Zelduin mit einem kurzen Fingerschnippen zu töten, doch da waren auch noch rund zwei Dutzend Zerghmagusse, die über ihm aus den Tunneln gekrochen waren und auf dem Wendelgang Stellung bezogen hatten. Er hatte wirklich keinen Grund, Hoffnung zu haben, und dennoch hatte er sie.

„Zschhht, du nun Zeuge wirrrst, wie dein Vvvaaater wird steeerrrben, damit der Platzzz wirrrd frei für dichhh", zischelte der dreiäugige König, streckte seine langfingrige Klaue in Taidos' Richtung aus und spie etliche unheimlich klingende, abgehackte Silben aus. „Orklush, zsakshusch, muordsho."

Eine unsichtbare Kraft stieß den Meowingerkönig plötzlich zurück an die Thronlehne. Sein Hals schnürte sich zusammen, und sein Gesicht wurde weiß wie Schnee. Er rang nach Luft, die Augen fest verschlossen; seine knorrigen Hände umschlossen krampfhaft die Armlehnen. Taidos stöhnte, und sein Atem begann zu rasseln.

Zelduin musste etwas tun, doch Zarxaurus schien seine Gedanken bereits gelesen zu haben, denn er wandte seinen hässlichen Kopf plötzlich zu ihm und zischelte: „Tue nichtsss Tööörichtes, zshhhh, oder willst du auch noch sssterben!" Der schreckliche König schien zu lächeln. „Du fürchtest dichhh, das ist guuut, zsharrruurr!"

Zelduin umklammerte sein Schwert eisern, blendete all seine ängstlichen Gedanken aus, lief taumelnd los und rief dabei: „Ich fürchte weder Sturm noch Wind, denn ich bin ein Zirkuskind!"

Der Magus, der einen Moment eine Maske der Verwunderung trug, reagierte blitzschnell. Mit einer lockeren Handbewegung und einem bizarr klingenden Wort, das über seine aschfahlen Lippen huschte, stoppte er den jungen Jäpa jählings. Ein unsichtbarer Zauber wirbelte Zelduin in die Lüfte und schleuderte ihn zurück! Er knallte mit dem Rücken gegen den Eisenfuß des Throns und verlor dabei sein Blauschwert. Es schlidderte über den nassen Felssims, rutschte über die Kante und fiel dann in die Tiefe.

Zelduins Schädel dröhnte. Rasch rappelte er sich wieder auf und griff über seine Schulter nach hinten, wo er den knorrigen Feuerstab zu fassen bekam. Er wusste, dass er damit gegen diese mächtige Kreatur vermutlich nicht viel auszurichten vermochte, aber es war besser als mit bloßen Fäusten zu kämpfen, dachte er. Schwungvoll streckte er den Stab nach vorn und flüsterte dabei jenes geheimnisvolle Wort, das er inzwischen meisterhaft beherrschte…

„Flägüös.“

Zarxaurus' Umhang fing Feuer, das sich rasend schnell durch den roten Stoff fraß, obwohl dieser völlig durchnässt war. Kurz bevor die magischen Flammen alles verspeist hatten, riss sich das graue Monster sein Feuerkleid vom Leib und warf es fort. Der rote Samtumhang landete am Rande des Plateaus, wo er rasch und lichterloh niederbrannte. Auf Zarxaurus' Rücken war die makabre Konstantheitsmaschine zum Vorschein gekommen. Halbnackt sah der Riesenzergh noch monsterhafter aus, als er es eh schon war, fand Zelduin, und es schauderte ihn.

Bevor er zu einem zweiten Streich ausholen konnte, bewegte die riesige Kreatur ihren Kopf minimal nach vorn und bediente sich irgendeines stillen, hässlichen Zaubers, der die magische Waffe in Zelduins Händen heftig vibrieren ließ, bis sie kurz darauf krachend in zwei Teile zerbrach und zu Boden fiel.

Für einen kleinen Moment hatte Zelduin tatsächlich geglaubt, dass er Zarxaurus hätte besiegen können. Wie närrisch, dachte er. Nackt und hilflos fühlte er sich. Nun hatte er nur noch seine Magie. Er wusste inzwischen, wie stark seine Magie, die Magie der Feuermagier, war, und dennoch zweifelte er, dass er das Monster aller Monster damit würde beeindrucken können.

Der Zerghkönig lachte zischelnd und kam mit ruckartigen Schritten näher. Zelduin flüsterte alte Worte, die er aus Taidos' Mund in Arjons Traumwelt oft gehört hatte.

„Eäl Faliminus!“

Gleißende Flammen leckten plötzlich zwischen den Fingern seiner rechten Hand hindurch. Er spürte, wie die magische Kraft mit schneller Hasengeschwindigkeit aus seinem Körper gesogen wurde und in seine Feuerhand wanderte. Laut zischend verwandelte sie sich in einen Feuerball, den er dem Herrscher der Unterwelt entgegenschleuderte.

Das mächtige Wesen reagierte gemächlich, als ob es den Angriff bereits vorausgeahnt hätte und ganz genau wüsste, dass es nichts zu befürchten hatte. Es hob seine Krallenhand und blockte das feurige Magiegebilde geradezu spielerisch ab, als bestünde der Flammenball aus weichem Schnee. Der Feuerball pulverisierte sich. Rasch verglühende Funken stoben in alle Himmelsrichtungen davon, aber Zarxaurus blieb gänzlich unversehrt. Der Riesenzergh lachte hässlich.

„Zshahahahahaha! Erbärmlich deine Magie issst. Sie erwartet hätte stärker und größer ichhh, zshhhhar!“

Zelduin wankte auf seinen Beinen hin und her wie ein neugeborenes Reh. Der Zauberspruch hatte ihn viel Kraft gekostet. Er wusste, dass er wahrscheinlich nur diese eine Chance bekommen würde. Seine innere Stimme sagte ihm jedoch immer wieder, dass die Hoffnung auf ein gutes Ende noch nicht tot war. Also sammelte er seine letzten Energiereserven und stürmte torkelnd auf das riesige Wesen zu. Wenn die Götter so etwas wie Gnade kannten, dann mussten sie sich jetzt einfach zeigen und aus ihren Wolkenheimen kommen, dachte er.

Über Zelduin grollte dumpf das Gewitter, ansonsten war es gespenstisch still geworden. Die jammernden Rufe der anderen Jäpas waren bis auf ein paar wenige verstummt. Vermutlich beobachteten sie alle den ungleichen Kampf, der am Grund des Vulkans stattfand und sich dem Ende zuzuneigen schien.

Zarxaurus ließ den jungen Meowinger bis auf zwei Schritte an sich herankommen, dann hob er wieder seine schreckliche, langfingrige Klaue empor. Er blickte den Jäpa dabei an wie ein Gott, dem es überdrüssig geworden ist, mit seinen Kreaturen zu spielen. Kurz darauf ergriff Zelduin wieder eine unsichtbare Macht. Wie durch eine riesige Geisterhand wurde er langsam in die Lüfte gehoben, und als die Klauenfinger des Zerghkönigs zuckten und sich spreizten, wurde Zelduin zurückgeschleudert. Er knallte auf den feuchten Boden, purzelte über den nassen Fels und kam kurz vor dem Eisenthron zum Stehen.

Benommen hob er seinen Kopf. Ein greller Blitz erhellte die Vulkanhöhle. Hinter ihm röchelte Taidos. Im Augenwinkel sah er, dass Zäbrik noch immer wie paralysiert dastand und stumm zuschaute. Er hätte ebenso gut eine Statue sein können. Was auch immer in seinem Kopf vorging, irgendetwas schien ihn zutiefst verwirrt zu haben.

Zelduin glaubte, dass er diesen Kampf hier und jetzt nicht mehr gewinnen konnte, aber vielleicht zu einem späteren Zeitpunkt. Und auch wenn Zäbrik ihm gesagt hatte, dass er diesem Vulkan niemals mehr entfliehen würde können, so wollte er es dennoch nicht unversucht lassen. Er griff nach dem Zeitenrad, das er unter seinem Gewand versteckt gehalten hatte, und begann zu drehen, doch bevor er es aktivieren konnte, war Zarxaurus über ihm und schlug ihn mit der rechten, angenähten Hand nieder.

Bunte Sterne kreisten um Zelduin herum. Hilflos musste er zusehen, wie Zarxaurus das Objekt der Begierde packte und es ihm abstreifte. Wie eine Trophäe streckte er das Golddding in die Höhe und lachte dabei hässlich. Dann hängte er sich das Rad der Zeit um seinen grauen Hals, wo nun zwei Goldräder baumelten. Er besaß nun die Macht eines Gottes, glaubte der junge Jäpa. Das Böse hatte wahrhaftig gewonnen, so wie es Zarxaurus vorhergesehen hatte, dachte Zelduin traurig.

Der dreiäugige König richtete sich zu seiner vollen Größe auf und lachte lauter als je zuvor.

„ZSHAHAHAHA! ZSCHAHAHAHAHAHAR!"

Dann senkte das riesenhafte Albtraumwesen seinen schaurigen, undurchdringlichen Blick und zischelte: „Ichhh demonstrieren dirrr nun werde, wasss wahre Machhht bedeutet!" Zarxaurus breitete beide Klauen über ihm aus und fächerte seine Finger auf. „Zsakrul, zsakruuul Tothozsh!"

Lilafarbene, knisternde Blitze stoben aus seinen Fingerkuppen und fuhren in den Körper des jungen Meowingers. Die böse Magie strömte durch Zelduins ganzen Leib und fügte ihm unerträgliche Schmerzen zu, so dass er sich krümmte und hin und her wandte wie ein Wurm am Angelhaken.

Dann unterbrach Zarxaurus sein Hexenwerk für einen Moment. „Närrischer Elfff, ichhh dich gefüüügig mache wie einen räääudigen Hund, zshhhhhhhhhhar!"

Ein unsichtbarer Zauber packte Zelduin an den Füßen und schleuderte ihn wie eine Puppe durch die Lüfte. Er landete auf der anderen Seite des Plateaus. Stöhnend rollte er sich auf den Rücken.

„Zshahahahaha! Du deinen Platzzz noch finden wirssst, Zelduin!", grollte das dreiäugige Monstrum und stakste mit ruckartigen Bewegungen auf den Meowinger zu. Dann wiederholte der mächtigste aller Zerghmagier seine Prozedur und beschoss den Jäpa erneut mit gleißend hellen, lilafarbenen Blitzstrahlen. „Ichhh dich zäääähmen werrrde, zshorkzolusch!"

Zelduin erfuhr unsägliches Leid, Höllenqualen gleich. Die dunkle Magie knisterte laut, bohrte sich durch Fleisch wie Knochen. Sein ganzer Körper fühlte sich taub an, seine Lebenskraft schwand.

„Neeeiiin…", rief Zelduin und hob winselnd seine linke Hand. Er hatte solche Schmerzen, dass er gar mit dem finsteren Gedanken spielte, sich Zarxaurus zu unterwerfen.

Der Zerghkönig hielt kurz inne, beäugte das widerspenstige Spitzohr zu seinen Füßen stumm und jagte dann gnadenlos den nächsten Blitzstrom in den Jäpa hinein.

Zelduin rollte sich vor Schmerzen zusammen wie eine Raupe und schloss die Augen. Ein schriller werdender Pfeifton klingelte in seinen Ohren. Er stand kurz vor der Ohnmacht, oder war es gar der Tod, der sich da durch das zunehmende Taubheitsgefühl, das sich bis in seine Fingerspitzen ausgebreitet hatte, ankündigte? Sein Herz pulsierte wie verrückt. Er glaubte, dass es jeden Moment zerplatzen würde.

Hin und wieder öffnete er seine Augen, die ihm aus den Höhlen zu springen drohten. Zäbrik stand noch immer am Plateaurand und schaute der Szenerie mit wachsamer Neugier zu. Zelduin schrie um Hilfe und blickte den schwarzweißbärtigen Zwerg flehend an wie ein Hund, der schon seit Tagen nichts mehr zu essen bekommen hat. Wenn der Gibali so etwas wie Mitleid empfand, zeigte er es nicht, aber er schaute mit ernstem Blick zwischen ihm und dem Zerghkönig hin und her, als ob er plötzlich nicht mehr genau wusste, wer von den beiden ungleichen Wesen ihm das lang ersehnte Heil bringen würde.

Zelduin schloss erneut seine Augen, seine Willenskraft ließ nach, derweil sich die Schwarze Magie durch seinen krampfenden Körper fraß und alles zu zerstören schien.

Als der Jäpa seine vor Schmerz und Angst feucht gewordenen Augen noch einmal halb öffnete, sah er die Welt um sich herum nur noch blass und verschwommen. In kurzen, ganz finsteren Momenten wünschte er sich, dass seine Lebenslichter bald ausgehen würden, damit er die Qualen nicht mehr ertragen müsste, aber er wusste, dass der schreckliche Magus ihm diesen Gefallen nicht tun würde, weil er ihn lebend brauchte.

Als Zarxaurus seinen übermächtigen Zauber einen kurzen Moment aussetzte und Zelduin für einen Augenblick wieder relativ klar sehen konnte, spielten ihm seine Gedanken plötzlich Hirngespinste vor, denn er sah, wie Zäbrik am anderen Ende des Plateaus seine Strahlenwaffe hochhielt und damit auf Zarxaurus zielte. Der Zwerg stand seinem alten Meister im Rücken, so dass dieser ihn nicht sehen konnte, scheinbar auch mit seinen drei schwarzen Pupillen nicht.

Zelduin verdrehte vor Pein die Augen, doch als ein gleißend heller, blauer Blitz über den Steinkreis zischte, wurde er jäh wieder hellwach. Zäbrik hatte seine Laserwaffe abgefeuert! Zarxaurus wirbelte herum, als hätte ihn etwas Übersinnliches vor der Gefahr gewarnt. Jetzt erst wurde Zelduin bewusst, dass sein Hirn gar nicht phantasierte. Zäbrik hatte sich tatsächlich gegen seinen Meister gewandt! Der Zerghmagus jedoch blockte das blaue Energiegeschoss mit seiner Hand mühelos ab, es zerplatzte im knisternden Feuerregen.

Zarxaurus' knöcherner Brustkorb hob sich. „ZZZSHHAAAZZ!", zischte er mit einer urgewaltigen, Furcht einflößenden Stimme, der er mit dunkler Magie ganz offenbar noch mehr Düsternis verlieh. „Ihrrr Urväter, Heggborrrs, alle Narren seid! Töricht du bissst, Zäbrik, wenn du glaubsst, dass du tööten mich kannsst mit dieser Waffe! Und noch törichter du bissst, wenn du glaubsst, dass deine geisterlosen Jääpas ichhh befreit hätte, wenn die Zeeeit der Weltenwende issst gekommen, die Zeit, wo die Blutmaschine funktioniert und allesss konstant machhht und der Sssieg unser issst, zshahahahaharrr!"

Das Gesicht des alten Zwergs hatte sich in eine Maske verwandelt, die alle unschönen und zornigen Gefühle gleichzeitig auszudrücken versuchte. Jahrtausende hatte er für die Freiheit seiner Jäpas gekämpft, doch er wurde betrogen. Er und all seine Jäpas wurden betrogen. Grimmigkeit breitete sich mehr und mehr auf seinem Antlitz aus, doch von seinen Gedanken gab er nichts preis. Er feuerte noch zweimal auf den Riesenzergh, aber der fing die beiden blauen Todesboten mit einem nicht sichtbaren Bannzauber ab.

„Deine Bemüüühungen erbäärmlich sssind, genauso wie dein schwacher Geissst! Deine Jäääpas für michhh arbeiten werden bisss in alle Eeewigkeiten, zschahahahahahar, zsssschahahaha…"

Noch während der Zerghherrscher hysterisch lachte und ihm gelber Schleim aus dem Maul lief, richtete Zäbrik die Strahlenwaffe auf Taidos und schoss viermal auf ihn! Es klirrte mehrmals und der Eisenthron samt Gefangenem wurde in einen dampfenden Nebel gehüllt.

Warum hatte er das bloß getan, dachte Zelduin, und wollte laut schreien und loslaufen, aber er war zu schwach, und seine Zunge blieb an seinem Gaumen kleben.

Als sich der Nebelschleier jedoch lichtete, erkannte Zelduin erst, was Zäbrik getan hatte: Die Laserstrahlen hatten die vier Energiefesseln, die den alten Meowinger seit Tausenden von Jahren an den Thron gefesselt hatten, zerstört. Taidos war frei! Mit gesenktem Haupt saß er da und rührte sich nicht. Rauchfahnen stiegen von den zerborstenen Magiefesseln auf; die roten Runen darauf verglühten allmählich.

Das hochmütige Gelächter des hünenhaften Zergh war inzwischen verstummt. Dann schrie er etwas in seiner hässlichen Sprache und richtete seinen knorrigen Finger auf den alten Gibali. Ein durchgehender, gezackter, roter Blitzstrahl schoss aus der Fingerkuppe, traf den schwarzweißbärtigen Zwerg auf Brusthöhe und fegte ihn wie ein leichtes Blatt über das Felsplateau. Zelduin glaubte zu erkennen, dass Zäbrik lächelte, als er über den Rand des Felsens geschleudert wurde und in die Tiefe stürzte.

Dann legte Zarxaurus seinen Kopf in den Nacken und bellte ein paar Zischlaute nach oben. Die Zerghmagusse, die sich auf dem Wendelgang postiert hatten, setzten sich daraufhin ruckartig in Bewegung und stelzten den Gang hinunter. Scheinbar war sich Zarxaurus nun nicht mehr allzu siegessicher. Misstrauisch beäugte der König aller Zergh den alten Meowingerkönigius, der noch immer reglos auf dem Thron saß. Der Brustkorb des alten Mannes hob und senkte sich langsam und unermüdlich. Er lebte also noch.

Vorsichtig stakste Zarxaurus ein paar Schritte vorwärts und blieb dann jäh stehen, als Taidos ganz langsam seinen Kopf hob. Sein langes, graues Haar verdeckte sein halbes Gesicht, aber Zelduin konnte klar und deutlich erkennen, dass der alte Herr seine Augen weit geöffnet hatte, unendlicher Zorn spiegelte sich darin wider.

Eine Weile starrten sich die beiden uralten Widersacher feindselig an. Blitze des tobenden Gewitters erhellten die Höhle immer wieder, der Regen prasselte unaufhörlich auf sie hernieder, und das Gewimmer und Getuschel der gefangenen Jäpas wurde wieder lauter.

Dann erhob sich Taidos von seinem Thron, anmutig wie ein alter Gott, der nichts zu fürchten brauchte. Seine ausgemergelte Gestalt wirkte plötzlich drahtig und robust, und seine blassgraue Haut gewann ein wenig an Farbe, als ob neues, magisches Blut in ihm sprudeln würde.

„Siebentausendeinhundertdrei Jahre habe ich auf diesen einen Moment gewartet", krächzte Taidos mit rauer Stimme und zog langsam einen Blut saugenden Schlauch nach dem anderen aus seinem Leib heraus. „Ich werde hier sterben, Zarxaurus, das spüre ich, aber du wirst mit mir untergehen, das verspreche ich dir!" Zuallerletzt zog der Meowingerkönig den Nahrungsschlauch aus seinem Bauchnabel heraus. Das gelbe Zeug besudelte den ganzen Boden. Ohne dabei zu lächeln, fügte Taidos hinzu. „In deinen Visionen hast du deinen Tod ja schon gesehen."

Der Zerghkönig war ungewöhnlich still geworden. Seine Hochmütigkeit war verflogen, stattdessen hatte sich ein Hauch von Verwirrung und Unsicherheit in seine Fratze gesetzt.

Zarxaurus zischelte etwas in seiner schaurig klingenden Sprache. Die Klauen seiner herabhängenden Arme begannen daraufhin lilafarben zu leuchten, wabernde Lichtkränze bildeten sich an den spitzen Fingernägeln, züngelnden Flammen gleich. Auch über Taidos' Lippen huschten geheimnisvoll klingende Silben, die irgendeinen Zauber heraufbeschworen, der nicht zu sehen war. Ein paar Sekunden später jedoch umgab Taidos eine bläulich schimmernde Sphäre, die sich wie ein Schild um ihn herum ausbreitete.

Dann jagte Zarxaurus einen mächtigen Blitzstrahl, den er mit beiden Klauen heraufbeschwor, auf den alten Meowingerkönig. Taidos' Schild wehrte den Energiestrahl jedoch ab, und lilafarbene Funken stoben dort in die Luft, wo das magische Geschoss auf die milchig blaue, halb durchsichtige Wand traf.

Noch eine ganze Weile maß der Zerghkönig seine Kräfte mit der Schutzmagie des alten Königius, bis er scheinbar einsah, dass seine Zauber wirkungslos blieben. Schließlich beschwor er drei lilafarbene Blitzkugeln, aber auch diese zerschellten knisternd an der hellblauen Kugel.

Zarxaurus ließ einen entsetzlichen Schrei los, wobei seine schwarze Zunge weit ausgestreckt war und gelbe Schleimstücke aus seinem Maul flogen. Dann griff er an und stürmte mit ruckartigen Bewegungen vorwärts. Taidos machte einen Schritt zurück, damit er einen sichereren Stand hatte. Kurz darauf prallte die dreiäugige Kreatur gegen die hellblaue Schutzwand. Taidos wurde durch die Gewalt des Aufpralls ein paar Katzensprünge weit zurückgeschoben, aber sein blauer Schild verhinderte, dass der Zerghkönig ihn in Stücke reißen konnte; sie hielt allen Nahkampfattacken des Monstrums stand, seine messerscharfen Nägel kamen durch den Energiewall nicht hindurch. Trotzdem wurde der alte Meowinger in der kugelförmigen Sphäre von der fast doppelt so großen Kreatur zurückgedrängt. Sie schob ihn zum schwarzen Abgrund. Zelduin sah, dass auf Taidos' Stirn der Schweiß stand. Sein Vater stemmte sich mit aller Gewalt gegen die Kraft seines Erzfeindes, und trotzdem rutschte er auf den finsteren Vulkanschlund immer weiter zu. Zelduin wollte aufstehen und helfen, doch seine Glieder waren wie gelähmt. Er konnte nur hilflos zusehen.

Kurz darauf schon stand Taidos direkt am Plateaurand. Die losen Randsteine unter seinen Füßen rieselten in die Tiefe. Gleich würde er über die Klippe fallen, befürchtete Zelduin, doch es kam anders…

Taidos nuschelte ein paar seltsame Worte vor sich hin, und einen Lidschlag später gewann sein blauer Schild plötzlich an Farbe, und es gelang ihm, der Macht des schrecklichen, aschfahlen Monsters Einhalt zu gebieten. Die Kräfte der beiden Erzfeinde schienen nun ausgewogen zu sein. Woher der uralte Königius auch immer seine Magie hernahm, sie schien ihn all die Jahre nicht verlassen zu haben, dachte Zelduin und bekam eine Gänsehaut.

Die beiden alten Könige standen sich so einen langen Moment gegenüber, Zarxaurus schreiend und schäumend vor Wut, und Taidos ruhig wie ein Fels in einer stürmischen Brandung. Dann verfinsterte sich die Miene des alten Meowingers abermals. Erneut drangen Zauberworte aus seinem Mund, diesmal laut und voller Leidenschaft ausgesprochen.

„Xerosia, Liyantruok, Uzaimainte!"

Er bediente sich dabei einer Sprache, die Zelduin noch nie zuvor gehört hatte. Taidos' Gestalt wirkte plötzlich größer, oder war er tatsächlich ein Stück gewachsen? Zelduin vermochte es nicht zu sagen, aber er sah nun Unglaubliches: Taidos schob den riesigen, sich mit Händen und Füßen wehrenden Zerghkönig langsam zurück. Zarxaurus schien der Magie des alten Mannes nichts entgegensetzen zu können, und seine untertänigen Magusse waren noch zu weit weg, um ihm beistehen zu können. Sie liefen den Wendelgang hinunter, aber sie würden noch etliche Lidschläge brauchen, bis die ersten die Plattform erreichen würden.

Taidos schob die schreckliche Kreatur derweil immer weiter auf den Abgrund zu. Zarxaurus schrie wild und fauchte. Er biss und kratzte, aber der magische Schutzschild war undurchdringlich für ihn. Die Götter waren tatsächlich gekommen und hatten Taidos seine uralten Kräfte wiedergegeben, dachte Zelduin, und noch während er das dachte und von einer heilen Welt träumte, ließ Zarxaurus einen gewaltigen, unmenschlichen Schrei los, der ihm durch Mark und Bein ging.

Die lilafarbenen Flammen, die die Klauen des Magus umspielten, wurden plötzlich rot, und auch der Schlund seines weit aufgerissenen Mauls begann in gespenstischer, roter Farbe zu leuchten. Er hob beide Hände und fächerte seine knorrigen, dünnen Finger weit auf. Kurz darauf strömten Feuerstrahlen aus seinen Handmulden und auch seinem Maul. Knisternd trafen die Strahlen auf den blauen Schutzschild, der dem magischen Feuer standhielt, jedoch zunehmend blasser wurde. Zarxaurus hatte sein Gesicht zu einer grinsenden Fratze verzogen. Er schien zu merken, dass er einen Zauber gefunden hatte, der der Magie des alten Meowingers ganz offenbar überlegen war.

Die zuckenden Feuerflammen umgarnten die blaue Kugel wie die Tentakel eines Kraken, der ein Beutetier umschlang. Der kugelförmige Schutzwall verlor immer mehr an Kraft, und auch Taidos' stetiger Zaubergesang konnte ihn nicht wiederherstellen. Bald leckten die ersten kleinen Flämmchen durch das bläuliche Magiegebilde hindurch. Der Schutzschirm bekam immer mehr Löcher wie ein von Motten zerfressenes Kleid. Kurz darauf löste sich die blaue Kugel auf, und die rote Feuersbrunst raste auf den uralten Magier zu. Jetzt hatte der letzte Glockenschlag für Taidos geschlagen, dachte Zelduin, doch im gleichen Atemzug griff der Königius mit beiden Händen über seinen Kopf in die Luft, als ob es dort etwas zu pflücken gäbe, und rief: „Beälius!"

Dann riss er seine Hände schlagartig nach unten. Es gab einen dumpfen Knall, der Boden vibrierte einen Moment, ein nebliger Ring entstand um den Beschwörer herum und Wind kam auf, der sich blitzartig ausbreitete und die Feuerstrahlen des Zerghherrschers einfach auslöschte, so als hätte ein Kind eine Kerze ausgepustet. Auch Zarxaurus selbst hatte alle Mühe von dem kurzlebigen, aber äußerst stürmischen Zauber nicht weggepustet zu werden.

Als sich die weiße Magie gelegt hatte und es für eine kurze Weile unheimlich still wurde, zeigte Zarxaurus einen sonderbaren Ausdruck. Es war ihm anzusehen, dass er rätselte, woher der uralte Meowinger die Macht und Kraft für dieses magische Duell hernahm. Kurz darauf blökte er: „Duuu nicht gewinnen kannssst, Eeelfenkönig, denn all meine Visssionen deinen Tooood enthalten, shzazzzzrr!"

„Warum fürchtest du dich dann vor mir…?!", schrie Taidos dem Ungeheuer krächzend entgegen, bis ihm vor Kraftlosigkeit die Stimme versagte.

Zarxaurus fauchte und streckte dabei seine schwarze Schlangenzunge aus. Anschließend widmete er sich wieder seiner mächtigen Schwarzmagie und entfesselte den nächsten Zauber, der sich in Form einer schwarzen Sturmwolke von seiner Fingerkuppe löste und auf den alten Meowinger zujagte. In der schwarzen Windhose wuselten entstellte, verzerrte Geisterfratzen herum. Die pfeifenden, magischen Winde erfassten Taidos, der sich mit aller Gewalt dagegen stemmte. Seine alten Kleider und sein ergrautes Haar flatterten im Sturm. Er schien dem düsteren Zauber gewachsen zu sein, doch dann verlor er den Halt und wurde zurückgeschoben, Hasensprung für Hasensprung. Taidos hielt seinen Kopf in den heulenden Wind und murmelte etwas vor sich hin. Einen Moment darauf wirkte der Magier größer als je zuvor, und er trotzte dem Höllenwind, als wären ihm riesige, unsichtbare Vogelschwingen gewachsen, die ihm dabei halfen, nicht fortgeschleudert zu werden. Staub und Steine flogen an dem Meowinger vorbei in den Vulkanschlund. Ein größerer Stalagmit, der am Rande des Plateaus aufragte, brach unter dem tosenden Geisterfratzensturm krachend ab und rauschte ebenfalls in die Tiefe, aber Taidos blieb stehen wie ein ausgewachsener Flusstroll in stürmischer See.

Der Meowingerkönigius schien gewillt zu sein, so lange auszuharren, bis dem Zerghkönig die Kraft oder die Lust ausging und der Magiesturm sich wieder legen würde, doch dann streckte er urplötzlich seine Faust nach vorn, so dass seine Handknochen weiß hervortraten. Im gleichen Atemzug bildete sich eine weiße, spitze Nebelwolke, die sich in Windeseile einen Weg durch den schwarzen Sturm bahnte. Als Zelduin genauer hinsah, bemerkte er, dass der Nebel die Form eines weißen, geflügelten Glücksdrachens hatte. Die finsteren Geisterfratzen wichen vor der weißen Magie zurück. Kurz darauf durchbohrte der Nebeldrache den aschfahlen König und warf ihn zu Boden. Der mächtige, schwarzmagische Zaubersturm war gebrochen; er ebbte rasch zu einem lauen Lüftchen ab und löste sich dann gänzlich auf.

Der Riesenzergh rappelte sich rasch wieder auf und spie dabei ein paar hässliche Zischtöne aus. „Zshozrut! Krzshuou! Nzzimrozsch!" Er wagte sich jedoch nicht näher an den alten Meowinger heran, der keuchend aber aufrecht in der Mitte des Plateaus stand.

Momente später strömten die ersten Zerghmagusse über eine der drei Brücken, die zum Steinkreis führten. Ruckartig und zischelnd bewegten sie sich vorwärts. Taidos hob langsam seine Rechte und nuschelte dabei etwas vor sich hin. Plötzlich kam pfeifender Wind auf. Ein heftiger Windstoß pustete zwei Magusse wie Strohpuppen über den Rand der Brücke, ein dritter konnte sich gerade noch an einem großen Felsen festklammern. Zwei andere magiebegabte Zergh stelzten rasch wieder zurück und drückten ihre großen Leiber nah die Bergwand, damit der künstliche Wind sie nicht fortfegte. Kurz darauf war der magische Spuk wieder vorbei.

Die Zerghmagusse, die sich anschickten, über die anderen beiden Brücken zu laufen, blieben jäh stehen und beäugten den spitzohrigen Magier misstrauisch. Sie wagten sich nicht weiter. Auch Zarxaurus schien zu wissen, dass seine Goldhaubendiener des Todes waren, wenn sie weitergingen, denn er schrie ihnen keine Marschbefehle zu, sondern blieb geheimnisvoll still.

„Zshurszohom", sagte der Zerghkönig nach einer Weile. Mit langen, behäbig wirkenden Schritten umkreiste er seinen einstigen Gefangenen und bewarf ihn dabei hin und wieder mit lilafarbenen Magieblitzen, die der Meowinger jedoch mit einer Hand und scheinbar ohne viel Kraftaufwand abwehren konnte. Zarxaurus schien das nur zu tun, um die magische Ausdauer des alten Mannes zu testen. Zischelnd stakste der dreiäugige Herrscher um das spitzohrige Wesen herum.

Für einen Moment glaubte Zelduin, dass Zarxaurus in Taidos seinen Meister gefunden hatte, doch zu diesem Zeitpunkt wusste Zelduin noch nicht, welch fürchterliche Dämonen der Zerghkönig imstande war heraufzubeschwören. Das Riesenmonster sollte seine wahre Macht erst noch zeigen.

Der spinnenartige König blieb bald darauf stehen, um den unheimlichsten Zauber zu wirken, den Zelduin jemals sehen sollte.

„Meissster der Winde du bissst", zischelte das große Wesen. „Aber gegen dasss, wasss jetzt kommt, kein Wind gewachsssen sssein wirrrd!"

Zarxaurus schloss zwei seiner pechschwarzen Augen, erhob seine zischelnde Stimme zu einem gruseligen Singsang, spreizte seine Krallenfinger und bewegte sie zunächst kreisförmig in der Luft, dann noch schlangenlinienförmig dazu, als spiele er beidhändig auf einem Musikinstrument. Dann wurde sein Gezischel jäh lauter, und er ging eine Oktave höher. Und Taidos schien zu wissen, was da auf ihn zukommen würde, denn er wirkte plötzlich auf eine Art erschüttert.

„Uschhadam, Zashtaram, Zshazscharem, Uschhadam, Zashtaram, Zshazscharem, Uschhadam, Zashtaram…"

Plötzlich verdunkelte sich alles im Vulkan! Zelduin wusste nicht, ob es die Wolken waren, die für die plötzliche Düsternis verantwortlich waren, er hoffte es, aber er glaubte, dass die schrecklichen Hexenkünste des Zergh der Grund dafür waren. Selbst die Blitze des Gewitters an der Oberfläche Mäols, die ab und zu die Vulkanhöhle hell beleuchtet hatten, spendeten nun kaum noch Licht. Zelduin fröstelte es.

Zarxaurus hob und senkte seine langen, knochigen Arme nun ganz langsam, als ob er zu fliegen versuchte. Dann erfüllten plötzlich leise Grunzlaute die Höhle; die Furcht einflößenden Tiergeräusche schienen vor überall zu kommen, und sie wurden lauter und lauter…

Nach drei Lidschlägen kroch die erste abscheuliche Kreatur, einer Ausgeburt der Hölle gleich, über den Felsenrand auf das Steinplateau. Sie war schwarz, etwas größer noch als ein Mensch, auf vier Beinen krabbelnd und hatte einen Kopf, der noch hässlicher war als der eines Zergh. Acht kleine, runde Äuglein, die nicht blinzelten, hatte ihr Erschaffer scheinbar ganz willkürlich in das Gesicht der haarlosen Kreatur gesetzt, ihr Kinn war lang und dünn, genauso wie der eiförmige Schädel, und das Maul, aus dem die widerlichen Grunzlaute kamen, war mit Dutzenden kleiner Spitzzähne umrandet. Die langen Krallen des Geschöpfs klackerten auf dem Steinboden, als es sich grunzend auf den alten Meowinger zubewegte, dem das Grauen förmlich ins Gesicht geschrieben stand, als wüsste er, dass er gegen diese Magie, sofern es sich denn um welche handelte, nichts auszurichten vermochte.

Einen Herzschlag später krochen weitere der widerwärtigen Spinnenkreaturen aus dem Dunkel des Vulkanschlunds auf das Plateau hinauf, als kämen sie direkt aus der Hölle.

Taidos zauberte einen weißen Blitz herauf und warf ihn einer der Ausgeburten entgegen, doch zu Zelduins Schrecken flog das weiße Lichtgeschoss einfach durch das Spinnenwesen hindurch. Jetzt erst bemerkte der junge Jäpa, dass die Kreaturen halb durchsichtig waren und ihre Form sich manchmal wie ein Schatten dehnte und streckte, als gehörten sie gar nicht in diese Welt und könnten ihre Gestalt hier nicht vollständig manifestieren. Zelduin glaubte, dass Zarxaurus das Tor zu einer anderen Dimension geöffnet haben musste. Wo sonst sollten diese fürchterlichen Geschöpfe so plötzlich herkommen, dachte er.

Taidos beschwor noch andere Zauber herauf, Feuerbälle, Nebelwinde und andere bunt leuchtende Magiegeschosse, doch sie waren alle wirkungslos und flogen durch die grunzenden Schattenwesen einfach hindurch. Der alte Königius zauberte schließlich wieder einen kugelförmigen Schutzschild um sich herum, der milchig hellblau schimmerte. Für die Höllenkreaturen jedoch schien das magische Gebilde gar nicht zu existieren, denn sie durchschritten die Magiewand einfach, als bestünde sie nur aus Nebel. Alle Magie schien gegen diese Wesenheiten machtlos zu sein.

Zarxaurus sang noch immer sein schauriges Zauberlied und lockte so noch mehr der schwarzen Bestien in diese Welt, während die ersten nebulösen Kreaturen Taidos erreichten. Sie verbissen sich an seinem ganzen Körper, brachten ihn langsam zu Fall und zerrten an Haut und Haaren. Gleich würden sie ihn in Stücke reißen und auffressen, dachte Zelduin. Er konnte nicht hinsehen und doch tat er es, und er machte dabei eine erstaunliche Entdeckung, denn obgleich die Geschöpfe jeglicher Magie getrotzt hatten und durch ihr schattenhaftes Dasein unbesiegbar zu sein schienen, so schien dies auch gleichzeitig ihre Schwäche zu sein: Die Wesen konnten dem spitzohrigen Magier zwar Schaden zufügen, doch blieb er ganz offenbar gering, denn die Bisse und Krallenstiche hinterließen nur kleine Wunden, was an ihrer nur halb manifestierten Schattengestalt liegen musste. Trotzdem schien dieser Makel der Andersweltgeschöpfe Taidos nur ein wenig Zeit zu verschaffen. Sein langsamer Tod schien bereits besiegelt zu sein. Der Meowingerkönigius hatte nicht den Hauch einer Chance gegen die Höllentiere. Bald darauf kämpfte er nicht mehr gegen die Kreaturen an und fügte sich nach kurzem Kampf seinem Schicksal. Sein Vater blickte ihn mit glasigen Augen an. Zelduin wollte aufstehen und ihm zu Hilfe eilen, doch er konnte nicht, sein Körper war noch immer wie gelähmt und gehorchte ihm nicht. In jenem Moment bemerkte Zelduin jedoch, dass sein Vater trotz großer Angst und scheinbarer Reglosigkeit noch nicht aufgegeben hatte, denn da war noch etwas in seinem Antlitz, das Zuversicht ausstrahlte. Während sich die Schattenwesen an ihm labten, sah Zelduin, dass sich die Lippen des alten, spitzohrigen Wesens bewegten, nur ganz wenig, beinahe unmerklich, aber sie bewegten sich…

Plötzlich glommen hier und da Lichter im Vulkan auf, weiß und schemenhaft wie Gespenster! Die menschengroßen Lichtlein huschten durch die Vulkanhöhle und zogen dabei einen langen Schweif hinter sich her. Scheinbar ziellos tanzten sie umher, doch bald schon sah Zelduin, dass sie alle zu ihm herabflogen. Als sie näherkamen, erkannte der junge Jäpa, dass die Nebelgeschöpfe menschliche Gesichter trugen, und wenn er sich nicht irrte, hatten sie spitze Ohren. Er wusste aus einem unbestimmten Gefühl heraus, dass das die verlorenen Seelen der Jäpas waren, die hier vor langer oder kurzer Zeit gestorben waren und scheinbar keine Ruhe gefunden hatten. Taidos musste sie in seiner letzten Not herbeigerufen haben.

Ein paar Trollherzschläge später wurde Zelduin Zeuge eines übernatürlichen, schaurigen aber blutlosen Kampfes, der seinesgleichen suchen sollte. Die weißen Geister heulten und jammerten wie der Wind und stürzten sich mit fünffacher Hasengeschwindigkeit auf die Höllenwesen. Sie zerrten die schwarzen Geschöpfe fort von Taidos und schrien sie an, wodurch die Kreaturen grunzend zurückwichen. Das Geistergeheul war schrill und unerträglich, so dass sich Zelduin am Liebsten die Ohren zugehalten hätte, wenn er die Kraft dazu gehabt hätte. Einige der achtäugigen Kreaturen schienen sich durch das bloße Gekreische in Luft aufzulösen; ihre Gestalt verblasste einfach, bis sie sich in einer zischelnden Staubwolke pulverisierten. Sie verschwanden und gingen vermutlich dorthin zurück, wo sie hergekommen waren - wo auch immer das war. Andere Schattentiere machten kehrt, sobald sie das Plateau erklommen und die Geister sie laut heulend begrüßten. Ein paar der vieläugigen Wesenheiten aber blieben und versuchten die halb durchsichtigen Seelen zu bekämpfen. Sie schlugen und bissen vergeblich nach ihnen, sprangen sie an und durch sie hindurch. Die Seelen waren nicht greifbar für die schwarzen Schatten. Die letzten widerspenstigen Kreaturen schrien die Geister mit ohrenbetäubenden Lauten an, bis die scheußlichen Geschöpfe dem Gekreische scheinbar nicht mehr standhalten konnten und sich auflösten wie schnell vergehende Aschewolken. Als Zelduin sich umsah, stellte er fest, dass alle Höllenwesen besiegt waren.

Taidos blutete aus zahlreichen Wunden, und trotzdem gelang es ihm, sich schwerfällig und keuchend aufzurichten. Die Geister seiner Kinder kreisten um ihn wie ein lebendiger Schutzschild. Mehr als einhundert verirrter Seelen waren gekommen, um ihm in seinem letzten Kampf beizustehen.

Zarxaurus hatte inzwischen aufgehört, sein dämonenbeschwörendes Lied zu singen. Blinzelnd schaute er den alten, in weiße Geister gehüllten Mann an, so als ob er nicht verstehen könne, welch großen Kräfte in ihm wallten. Nicht einmal ein zischelnder Fluch glitt über seine grauen Lippen.

Taidos blickte sich nach allen Seiten um, dann glitt sein Blick nach oben. Er betrachtete mit nachdenklichen Augen die Seelen seiner Kinder, die über ihm umherschwirrten und so eine geisterhafte Windhose bildeten. Schließlich wandte er sich wieder seinem jahrtausendealten Feind zu und schaute ihn hasserfüllt an. Dann streckte er beide Arme mit offenen Handflächen nach vorn, und als ob die Geister ihn hören konnten, flogen sie heulend vorwärts, um Zarxaurus ein Ende zu bereiten.

Ein geisterhafter Sturm prasselte auf den Schwarzmagus hernieder. Die Seelen bedrängten das Riesenwesen von allen Seiten. Sie zerrten an ihm, peitschten ihn im Vorbeifliegen mit ihren Nebelhänden und kreischten dabei so laut, dass Zarxaurus vor Schmerz immer wieder seinen Kopf schüttelte. Der dreiäugige König schlug mit seinen Klauen wild um sich, doch er konnte den Geisterwesen nichts anhaben. Hin und wieder wirkte der Magus einen Zauber, doch auch seine Schwarze Magie konnte die Geister weder töten, noch verscheuchen.

Angestrengt beobachteten Zelduin und Taidos das schaurige Schauspiel, das sich ihnen bot. Zarxaurus fauchte wie ein Besessener und tanzte im Seelensturm, als vollführe er einen unheilvollen Hexentanz. Dann sank er auf die Knie und hielt sich mit beiden langfingrigen Händen den Schädel, als könne er die Qualen nicht mehr ertragen. Seine bizarre Planetenmaschine, die so viele verlorene Meowingerseelen erzeugt hatte, schien nun seinen eigenen Untergang herbeizuführen. Der Riesenzergh stieß mehrere unmenschliche Schreie aus. Die anderen Zerghmagusse, die die Szenerie vom Rande des Vulkans aus beobachteten, wichen verschreckt zurück, als ob sie den Tod ihres Oberhauptes schon in ihren Zukunftsvisionen gesehen hätten.

Der epische Kampf um Jumatahoni schien nun zu Ende zu gehen, dachte Zelduin, doch das Blatt sollte sich noch einmal wenden. Zarxaurus' unmenschliche Schreie ähnelten den Lauten der Geister plötzlich auf eine unheimliche Weise. Er schien sie nachzuahmen, bis er mit ihnen im Einklang war. Dann heulte er plötzlich in der Sprache der Geister. Er öffnete dabei sein Maul so weit, dass er einen ganzen Menschenkopf hätte verschlingen können. Noch Furcht einflößender war jedoch, dass weder seine Zähne, noch seine Zunge und sein Rachen zu sehen waren; da war nur diese gähnende, schwarze Leere in seinem Mund, eine Schwärze, die genauso finster war wie das Nichts zwischen den Welten.

Einen Menschenherzschlag später tanzten die weißen Geister wilder und schneller um den grauen Zerghkönig herum, als ob sie irgendetwas beunruhigte. Zu Zelduins Schrecken erhob sich Zarxaurus in all dem geisterhaften Wirrwarr wieder zu seiner vollen Größe und heulte dabei wie ein altes Spukgespenst. Der junge Jäpa traute seinen Augen nicht, als er sah, wie eine der Seelen in das Riesenmaul des Zergh eingesogen wurde und in der Schwärze verschwand. Zelduin hoffte zunächst, dass die Seele gleich wieder herausfliegen würde, doch sie blieb im Bauch der aschfahlen Kreatur. Zwei Lidschläge später verschlang Zarxaurus die nächste vor Angst kreischende Seele. Sie wollte noch wegfliegen, aber irgendeine unsichtbare Macht ließ sie nicht fort. Mit welch finsterer Magie der dreiäugige Herrscher auch immer einherging, sie schien auch Wesen fressen zu können, die nicht aus dieser Dimension stammten. Zelduin lief ein eisiger Schauer über den Rücken, der nicht mehr von ihm weichen wollte.

Ein verstorbener Lotorion nach dem anderen wurde von dem langbeinigen Magus heulend eingeatmet, bis sich der Wirbelsturm aus Geistern allmählich lichtete. Etliche Seelen flohen ängstlich schreiend in alle Himmelsrichtungen und retteten sich vor dem seelenfressenden Zergh. Zarxaurus verspeiste noch die letzten Geister, die geblieben waren, um zu kämpfen; dann beendete er den unheimlichen Zauber und legte sein Augenmerk wieder auf den alten Meowinger, der mit rasselndem Atem einfach nur dastand, der Regen benetzte sein Gewand und seine Haut.

Der Herrscher aller Zergh vergeudete nun keine Zeit mehr. Er streckte beide Klauen nach vorn und schrie: „Zchammthuhoorr!"

Ein zuckendes Blitzgewitter, das lilafarben leuchtete, schoss aus den schwarzen Krallen des Zergh auf Taidos zu! Der Meowingerkönigius hob seine Hände und wirkte leise flüsternd einen Gegenzauber. Weiße Lichtblitze strömten wie verzweigtes Astwerk aus seinen Fingern und hielten das lilafarbene Zaubergewirr in Schach. Laut knisternd und knallend prallten die Energiestrahlen aufeinander und wogten hin und her wie ein Schiff auf hoher See. Taidos jedoch schien zu schwach zu sein, um länger gegen die magischen Urgewalten ankämpfen zu können, denn die lilafarbenen Blitze drängten die weißen Strahlen von Taidos immer weiter zurück.

Das magische Kräftemessen dauerte nur ein paar Herzschläge, dann wurde Taidos' Magie gebrochen, und Zarxaurus' Zauber traf den alten Meowinger wie einen Donnerschlag. Er flog durch die Luft und landete unsanft auf seinem alten Thron, wo er so viele Jahrtausende gesessen hatte. Lilafarbene Blitze strömten über den zuckenden Körper des Meowingers, bis sie kurz darauf vergingen. Schwer atmend und wie paralysiert blickte der spitzohrige Mensch auf, Blut quoll aus seinen offenen Wunden. Er versuchte aufzustehen, stemmte sich mit seinen Händen auf die Thronlehnen, dann knickten seine Ellenbogen ein, und er sackte in sich zusammen. Seine Gestalt wirkte nun wieder kleiner, zerbrechlicher und seine Haut grauer. Seine Zauber, die ihm kurzfristig übernatürliche Kräfte verliehen hatten, schienen verflogen zu sein.

Zarxaurus ging in die Hocke und stieß sich wie ein Frosch mit seinen langen, dünnen Beinen ab. Seine Goldkrone funkelte im Blitzgewitter, als er durch die Lüfte flog und direkt vor dem Eisenthron landete.

„Duuu nun sterrrben wirssst, Elf! Zsccaahhohh!", fauchte der Zerghkönig und grub seine linke Klaue dort in die Brust, wo Taidos' Herz saß. Die spitzen Fingernägel drangen tief in seine Haut ein.

Zelduin sah, wie die Augen seines Vaters trüber wurden und an Leuchtkraft verloren. Die anderen Zerghmagusse am Rande des Vulkans kamen nun langsam wieder näher, als ihr König dem alten Meowinger die letzten Lebenslichter stehlen wollte und der Sieg zum Greifen nahe schien.

„*Also hat das Böse doch gewonnen…*", dachte Zelduin traurig, als er seinen Vater, den er nie richtig gekannt hatte, sterben sah. Er selbst war durch Zarxaurus' finstere Magie noch immer wie gelähmt und ausgezehrt und konnte sich kaum bewegen. „Wo sind bloß all die alten Götter hingegangen?", fragte er sich und blickte kurz nach oben, wo die schwarzen Gewitterwolken über das düstere Himmelszelt glitten. Er sah sich schon auf dem Thron sitzen. Jahrtausende würde er dort allmählich verwelken, wie sein Vater.

Als sein Blick wieder nach unten wanderte, rührte sich Taidos schon nicht mehr. Zarxaurus trieb seine Klaue immer tiefer in das verblichene Fleisch des Meowingers hinein, bis seine dünnen Finger nur noch bis zur Hälfte zu sehen waren. Er riss sein Maul dabei weit auf, so dass seine zuckende Zunge zu sehen war; seine drei pechschwarzen Augen funkelten begierig. Lüstern beugte er sich vor, und als er das tat, schwangen die beiden Zeitenräder, die um seinen Hals hingen, klimpernd und verlockend nach vorn…

Für einen Koboldherzschlag lang glaubte Zelduin, dass sich die Augenlider seines Vaters noch einmal bewegten, doch er hatte sich geirrt, da war nichts. Ein weiterer langsamer Augenblick verging. Dann sah er es jedoch deutlich: Die Pupillen seines Vaters wanderten gemächlich unter seinen dünnen, bleichen Augenhäuten von unten nach oben…

Blitzschnell zuckte die knorrige Hand des tot geglaubten Meowingers plötzlich nach vorn und umklammerte eines der Zeitenräder! Spielerisch und in Windeseile huschten die dürren Finger über das Goldrad und drückten Knöpfe und drehten an Rädchen, ehe Zarxaurus reagieren konnte, sich wild schreiend von Taidos losriss und ruckartig zurücksprang. Argwöhnisch blickte er an sich herab, auf eines der Zeitenräder, das auf seiner aschfahlen Haut hin und her baumelte und plötzlich goldgelb leuchtete. Giblische Zeichen wuselten über das milchige Glas, die Blätterkränze klackerten leise. Es aktivierte sich!

Ungläubig zogen sich die drei Augen des Zerghkönigs zu engen Schlitzen zusammen. Dann ließ er einen unheimlich klingenden Schrei los, der so unmenschlich und Angst einflößend war, dass Zelduin eine prickelnde Gänsehaut am ganzen Körper bekam. Der Ruf hallte laut durch das Vulkangewölbe, wurde zwischen den Wänden hin und her geworfen, vervielfachte sich etliche Male, drang immer höher hinauf und war *so* laut, dass selbst das Donnergrollen nicht mehr zu hören war.

Der letzte kaltherzige Blick des riesigen Wesens galt Zelduin. In den dunklen Pupillen lag etwas Unheilvolles. Zelduin spürte, wie das Wesen aus der anderen Welt ihn stumm verwünschte und verfluchte. Er sollte diesen gruseligen, dreiäugigen Blick noch lange in Erinnerung behalten, und er sollte ihm noch viele Albträume bescheren.

Und dann verschwand Zarxaurus plötzlich!

Er war wie vom Erdboden verschluckt, als hätten Dämonen ihn in ihr unterirdisches Reich mitgenommen. Tatsächlich aber hatte das Zeitenrad ihn in irgendeine andere Zeit teleportiert, welche das auch immer war. Zelduin wusste, dass er wiederkommen würde, völlig gleich, wo er gelandet war. Mit den Zeitenrädern konnte er wie ein Gott hin und her reisen. Er würde gewiss wiederkommen und beenden, was er angefangen hatte, da war sich Zelduin sicher.

Es geschah dann allerdings etwas sehr Unheimliches: Nur ein paar Lidschläge nach dem Verschwinden des schrecklichen Zerghherrschers begannen die Zerghmagusse, die sich auf dem Wendelgang und vor den drei Brücken rund um das Plateau versammelt hatten, zu taumeln und zu wanken. Etliche Magusse ließen ihre Zauberstäbe fallen, fassten sich mit schmerzverzerrtem Gesicht an die Goldhaube auf ihrem Kopf; einige kratzten und zerrten an den glänzenden Kopfbedeckungen, versuchten vergeblich, sie abzubekommen, als wäre ihnen gerade eben bewusst geworden, dass darin böse Geister säßen, die für ihre plötzliche Pein verantwortlich waren.

Nach kurzem Kampf kippten die meisten bleichgesichtigen Wesen einfach um und rührten sich nicht mehr, als hätte man sie mit einem bösen Fluch belegt. Einige fielen von dem Wendelgang hinunter und rauschten stumm in die Tiefe. Andere sanken auf die Knie und fielen in eine Art Starre, noch andere krochen auf allen Vieren verstört umher oder kauerten auf dem Boden oder hielten sich an den Wänden fest, als hätten sie ihren Gleichgewichtssinn verloren.

Irgendeine unheimliche Macht hatte diese Wesen urplötzlich in den Wahnsinn getrieben. Zelduin erinnerte sich, dass Zäbrik einst gesagt hatte, dass die Zerghmagusse alle Sklaven von Zarxaurus seien und durch die Goldhauben beherrscht werden würden. Was hier auch immer vor sich ging, Zelduin gefiel es, auch wenn er es verdammt unheimlich fand.

Die Stimmen der magischen Jäpas, die im Vulkan gefangen waren, erhoben sich plötzlich. Es glich beinahe einer Art Jubel. Für ein paar Augenblicke glaubte Zelduin sogar ein Lied, ein altes Meowingerlied, aus den Rufen und dem Flüstern herauszuhören. Es war ein schauriges Konzert, fand Zelduin, aber es war irgendwie auch schön, denn er wusste, was die Stimmen sagen wollten.

Langsam kehrte wieder Leben in Zelduins Körper zurück. Die lähmende Wirkung, die durch die lilafarbenen Blitzstrahlen hervorgerufen worden war, ging plötzlich rasch wieder zurück. Allein Zarxaurus' Präsenz schien seine Regenerierung verhindert zu haben.

Als er auf dem nassen Boden lag und neue Energie seine Adern durchströmte, hörte es plötzlich auf zu regnen. Auch das Grollen der Gewitterwolken war leiser geworden. Gleichzeitig tauchten über ihm die weißen Seelen auf, die Zarxaurus nicht gefressen hatte. Sie huschten durch die Lüfte und verharrten dann vor dem alten Königius, der sie gerufen hatte.

Taidos blickte zu ihnen auf und hauchte: „Ihr seid nun frei… meine Kinder. Geht in Frieden und beginnt neue Leben."

Die Geister blieben noch einen Moment, dann verblassten sie, und der alte Meowinger lächelte.

Es war *doch* wichtig gewesen, dass so viele Jäpas den Nullpunkt erreicht hatten, denn ohne sie wären die Dinge vielleicht anders verlaufen, dachte Zelduin.

Dann tauchte ein erster Sonnenstrahl auf. Zaghaft und trüb schien er durch die dunkelgraue Wolkenwand. Wind kam auf und zerrte für einen kurzen Moment heftig an Zelduins Kleidern. Momente später tat sich der Himmel noch weiter auf. Helle Sonnenstrahlen krochen in den Krater hinein wie goldener Honig, der langsam in eine Schüssel gegossen wurde. Die feuchten Wände glitzerten.

Kurz darauf war Zelduin in der Lage, sich aufzurichten. Noch leicht benebelt wankte er auf den Eisenthron zu, wo sein Vater mit gesenktem Haupt saß. Er stützte sich auf eine der Lehnen ab und berührte Taidos sanft an der Schulter.

„Vater?", flüsterte er leise.

Der alte Meowinger blickte ihn angestrengt an und lehnte sich zurück, seine Augen waren rot umrändert, sein Gesicht bleich wie Knochen, und aus der klaffenden Wunde seiner Brust lief stetig glitzerndes Blut heraus. Er war dem Tode nahe, dafür musste man kein Medikus sein. Zelduin sah es, er war untröstlich, obgleich er seinen Vater nur aus Arjons Erinnerungswelt kannte.

„Es ist vollbracht", flüsterte Taidos mit heiserer, aber unerschütterlicher Stimme, die nicht den Hauch eines Zweifels beherbergte. Dann schaute er seinen Sohn mit mannigfaltiger Miene an. „Das Goldene Zeitalter kommt…", hauchte er und schluckte. „Du… du musst es nur noch einläuten…" Taidos lächelte, während seine Augen sich langsam schlossen. Einen Augenblick später öffneten sie sich noch ein letztes Mal. „Wache über Jumatahoni, Zel… Zelduuu…iin."

Dann gingen seine Augenlider ganz langsam zu, und diesmal blieben sie verschlossen. Sein Brustkorb hob und senkte sich noch einmal, dann erschlaffte er, aber das glückliche Lächeln auf seinem Gesicht verschwand nicht. Mit dem letzten Atemzug spreizte Taidos bei seiner rechten Hand Zeige- und Mittelfinger vom Ringfinger und dem kleinsten Finger. Der alte Meowingergruß war seine letzte Regung. Er hatte seinen Frieden gefunden. Zelduin spürte, dass das Leben aus dem Körper seines Vaters nun vollends gewichen war. Seine unsichtbare Seele würde nun zu seinen Kindern gehen, seiner Frau und all den anderen Wesen, die ihm etwas bedeuteten, da war sich Zelduin sicher. Er drückte ihm einen Abschiedskuss auf die Stirn.

Der junge Jäpa fühlte sich auf einmal schrecklich allein. Alles um ihn herum schien tot zu sein oder bald zu sterben. Die Zerghmagusse verendeten elendig, aber auch die wenigen Jäpas Heggbors, die auf dem Wendelgang umhergeschlurft und ihrer schrecklichen Arbeit nachgegangen waren, fochten nun den schier aussichtslosen Kampf mit dem Tod. Die goldenen Metallhauben auf ihren Köpfen wurden scheinbar auch für sie zum Verhängnis.

Die warmen Strahlen der Sonne kitzelten auf Zelduins Haut, während er blinzelnd nach oben schaute. Hinter der runden Krateröffnung leuchtete nun ein hellblauer Himmel.

Plötzlich hörte er eine wohlvertraute Zwergenstimme, die aus den Tiefen des Vulkans zu kommen schien!

„Ho?", sagte sie.

Zelduin stockte der Atem. Es war eindeutig Zäbriks Stimme! War der Zwerg etwa von den Toten wiederauferstanden oder phantasierte er nur?

Nach einer kurzen Weile rief der Gibali noch einmal: „Hoho?"

Zelduin hatte sich nicht geirrt, er war es wahrhaftig! Der junge Meowinger wusste nicht, was das zu bedeuten hatte. Er ging zum Rand des Plateaus und blickte herab in die Finsternis, und dort, knapp zwei Speerlängen unter ihm, auf einem schmalen Sims, stand der alte Zwerg mit dem schwarzweiß gestreiften Bart. Er sah abgekämpft und ermattet aus, sein Bart war an etlichen Stellen versengt, er hatte eine blutende Wunde an der Stirn, und seine Arme waren zerschrammt. Er musste dort unten gelandet sein, als Zarxaurus ihn in die Tiefe geschleudert hatte.

Als der Zwerg den Meowinger erblickte, zeigte sein Gesicht tiefe Demut. In seinen Augen spiegelte sich Verachtung wider, Verachtung für sich selbst. Sein Mund bebte, aber er brachte kein Wort heraus. Dann aber fand er seine Stimme wieder.

„Ist das schreckliche Märchen vorbei, ho?", fragte er zittrig.

„Zarxaurus ist fort", antwortete Zelduin nüchtern. „Taidos hat das Zeitenrad des Zerghkönigs benutzt und ihn in eine andere Zeit teleportiert."

Ein Teil der Angst, die sich auf Zäbriks Antlitz ausgebreitet hatte, verschwand in jenem Moment. Tränen standen dem gedrungenen Wesen in den Augen. „Ich war wie vernebelt", sagte er und senkte reumütig sein Haupt. „Wenn es nicht zu spät wäre, würde ich alles wieder gutmachen…"

Zelduin spürte auf eine magische Weise, dass alle bösen Geister den Zwerg verlassen hatten. Der Meowinger legte sich flach auf den Bauch und reichte dem Zwerg beide Hände. Ungläubig blickte Zäbrik auf, als könne er nicht glauben, dass Zelduin ihm für seine bösen Taten vergab. Der Anflug eines bescheidenen Lächelns huschte über sein trauriges Antlitz.

„Es ist nicht zu spät", erwiderte Zelduin.

Nach kurzem Zögern kraxelte Zäbrik schließlich ein Stück der Felswand hinauf und ergriff die zarten Hände des Meowingers. Unter größter Anstrengung zog Zelduin den beleibten Gibali zurück auf das Plateau. Nachdem sie beide erschöpft durchgeatmet hatten, richteten sie sich auf. Die beiden durch ein merkwürdiges Schicksal verbundenen Gefährten schauten sich aus nächster Nähe eine lange Weile an. Zäbrik weinte still, und auch Zelduin kullerten Tränen über die Wangen, als sein Gehirn allmählich realisierte, welch großes Drama sich hier abgespielt hatte und wie knapp die Welten vor ihrer völligen Vernichtung gestanden hatten.

Dann brach der alte Gibali die Stille und sagte: „Ich habe nicht mehr daran geglaubt, dass noch Gutes in mir steckt." Er schüttelte den Kopf und schluckte einen Teil seiner düsteren Vergangenheit hinunter. Eindringlich schaute er den spitzohrigen, kleinen Mann an. „Ich habe nicht mehr an die alte Prophezeiung geglaubt, Zelduin."

„An welche Prophezeiung?", fragte der junge Meowinger.

„Es gibt eine uralte Legende." Zäbrik wischte sich den Rotz von der Nase. „In ihr heißt es, dass das Gute dann zurückkehren wird, wenn der graue Herr unter dem Berg wieder erwacht." Zäbrik schniefte. „Ich habe nicht mehr an diese alte Prophezeiung geglaubt, zu lange hatte Taidos schon geschlafen. Ich dachte, dass seine Seele schon in den Himmeln sei, doch als du ihn berührt hast und er tatsächlich wieder zum Leben erwachte, da begann ich an jene uralte Legende zu glauben." Die Trauer übermannte den Gibali. Dann hoben sich seine weißbuschigen Brauen. „Aber erst als Zarxaurus dir seine Zukunftsvision preisgab, die Vision, in der du ihm den Tod bringst, wusste ich, dass sie wahr werden würde, die alte Prophezeiung. Ich wusste, dass die Zeit nun gekommen war, und ich spürte etwas in mir, dass ich schon lange nicht mehr gespürt hatte." Seine Augen zogen sich kurz zu engen Schlitzen zusammen. „Herz. Löwiusmut, wie man auf Giblisch sagt."

„Dann war es also eine alte Legende, die dich wieder auf den Pfad der guten Seite gebracht hat…", sagte Zelduin gedankenversunken und dankte heimlich den Göttern, die die Legende vor langer Zeit unter dem Volke der Gibali gesät haben mussten. Noch bevor er den Satz ausgesprochen hatte, befiel ihn aber ein schrecklicher Gedanke, den er fast schon verdrängt hatte. „Zarxaurus wird wiederkommen, oder?"

Zäbrik ließ seinen Blick durch den erhellten Vulkankrater schweifen. Die meisten Zerghmagusse waren tot oder lagen wie gelähmt am Boden, einige zuckten noch oder liefen verwirrt im Kreis umher, genauso wie die wenigen Jäpas Heggbors, die das gleiche grausame Schicksal peinigte.

„Nein, er ist tot", sagte Zäbrik mit düsterer Stimme. „Schau dir all seine sterbenden Sklaven an."

„Was geschieht mit ihnen?", fragte Zelduin und verspürte so etwas wie Mitleid.

„Zarxaurus hat sie durch die Goldhauben kontrolliert. Er war mit ihnen magisch verbunden, so dass er ihre Gefühle, Bewegungen und Gedanken manipulieren konnte, wie es ihm beliebte."

Er atmete ein paarmal durch. „Dass jetzt alle im Sterben liegen oder verrückt geworden sind, lässt nur einen Schluss zu: Ihr Meister ist tot."

„Aber dann müssten sie doch jetzt alle frei sein", sagte Zelduin verwirrt.

„Das sind sie auch, aber sie haben im Laufe der geistigen Gefangenschaft vermutlich verlernt, eigenständig zu denken. Sie bestehen nur noch aus Haut und Knochen, den Rest hat sich Zarxaurus vor langer Zeit von ihnen genommen."

Das war eine schaurige, aber logische Erklärung, fand Zelduin, und dennoch beruhigten ihn die Worte nur wenig. „Was soll Zarxaurus getötet haben? Er ist doch nur durch die Zeit gereist."

Zäbrik zupfte sich an seinem schwarzweiß gestreiften Bart. Er trat an den Rand des Steinkreises und schaute in die düstere Schlucht hinab. „Das hier ist ein Vulcanius, ein toter Vulcanius, aber früher, vor vielen tausend Jahren, muss er einst aktiv und randvoll mit glühend heißer Lava gewesen sein. Taidos hat Zarxaurus wahrscheinlich in jene Zeit zurückgeschickt, wo der Vulcanius noch Feuer spuckte. Kein Lebewesen überlebt darin. Unsere alten Geschichten der Ahnen erzählen, dass selbst Götter in den Feuern der Berge umkommen."

Ein Schauer jagte über Zelduins Nacken und kroch langsam seine Wirbelsäule herab, als er sich den Todeskampf des Zerghkönigs vorzustellen versuchte. Er sah Zarxaurus, wie er mitten in die blubbernde Lava hineinteleportiert wurde, wie sich seine bleiche Haut langsam von ihm ablöste, seine Augen wie zermatschte Früchte ausliefen, seine Knochen sich pulverisierten und seine Seele – sofern er denn eine besaß - vom Feuer gefressen wurde, bis nichts mehr von ihm übrig war. Ihm gingen noch andere gruselige Visionen vom Tod des Zerghherrschers durch den Kopf, und so schrecklich sie auch waren, sie beruhigten ihn auf eine seltsame Weise und ließen etliche Steine von seinem gebeutelten Herzen purzeln.

Dann fiel ihm ein, dass auch die beiden Zeitenräder für alle Zeiten verloren waren. Keine Macht der Welt würde ihn je mehr in die Zeit katapultieren können, in der er einst gelebt hatte. *Nichts* würde ihn zu seinen alten Weggefährten zurückbringen können; Rolotario, Gronk, Tagonix und… Elfja. Als er an sie dachte, spürte er einen sanften Stich in seinem Herzen, als hätte ihm dort jemand eine Nadel hineingepiekst. Eine Träne kullerte aus seinem rechten Auge, rollte über seine Wange und fiel dann herunter.

Als er die düstere Fantasie fortwischte, bemerkte er, dass Zäbrik sich vor ihm niedergekniet hatte und die Schläuche, die von dem Bluttank auf seinem Rücken tief unter seine Haut gingen, einen nach dem anderen herauszog. Dann löste er etliche Metallarme der schrecklichen Maschine, die bogenförmig seinen Brustkorb umklammerte. Als er damit fertig war, stand er auf, drehte Zelduin den Rücken zu und zog seinen roten Umhang hoch, so dass der gläserne Bluttank und die Metallvorrichtung, die den Behälter festhielt und mit Haut und Knochen verbunden zu sein schien, gänzlich zum Vorschein kamen.

„Hilf mir, mich von diesem Ding zu befreien", sagte Zäbrik.

„Aber es könnte deinen Tod bedeuten", befürchtete Zelduin.

„Ich will keine Maschine mehr sein", antwortete der alte Gibali bestimmt. „Es wird höllisch wehtun und ich werde meine Konstantheit verlieren, aber ansonsten wird mir nichts passieren", versprach ihm der Zwerg und nickte zaghaft, sein Gesicht war blass. „Du musst kräftig an der Apparatur ziehen."

Nach kurzem Zögern erfüllte Zelduin dem Gibali schließlich den Wunsch. Er packte den Metallkörper und zog mit Leibeskräften daran. Das Blut in dem Glasbehälter schwappte hin und her, die Apparatur war an etlichen Stellen mit dem Körper des Zwergs verwachsen. Hier und da dehnte sich die Haut bis zum Äußersten wie ein aufgeblähtes Segel, ehe sie sich von den Metallteilen mit schmatzenden Geräuschen löste. Zäbrik ächzte, als die letzten, unter dem silbernen Zylinder versteckten Schläuche aus seinem Rücken gezogen wurden; sie hinterließen kleine Löcher, aus denen hellrotes Meowingerblut herausfloss.

„Hab großen Dank, Zelduin“, sagte Zäbrik, drehte sich mit schmerzverzerrtem Gesicht um, nahm die teuflische Maschine, die nichtkonstante Wesen konstant machte, an sich und warf sie in die pechschwarze Schlucht hinunter. „Dich brauche ich jetzt nicht mehr“, flüsterte er ihr hinterher.

Zäbrik knüpfte seinen roten Umhang fest zu. Es dauerte nicht lange, bis sein Gesicht wieder etwas an Farbe gewann. Er richtete sich zu seiner vollen Zwergengröße auf und verneigte sich dann vor Zelduin.

„Du hast mich wieder auf den Pfad des Lichts gebracht, Zelduin. Ich verdanke dir mein Leben und bin fortan dein Diener, ho.“

„Du bist frei, Zäbrik“, erwiderte Zelduin nach kurzer Überlegung.

Der alte Zwerg schaute ihn pflichtbewusst an. „Ich bin der letzte Jäpa Heggbors, der die Zukunft kennt. Ich bin der Urvater der Weltentore. Mit deiner Erlaubnis, Zelduin, würde ich gerne zusammen mit Nul Heggbor dieser Galaxis wieder Leben einhauchen.“

Zelduin wusste zuerst nicht recht, was der Gibali damit meinte, bis ihm bewusst wurde, dass durch Taidos‘ Aktivierung des Zeitenrads an der Oberfläche Mäols schon wieder ein neuer Nul Heggbor in die Welt gesetzt worden war.

Der junge Meowinger schaute das gedrungene Wesen mit zerknitterter Stirn an. „Nein, wir müssen den neugeborenen Heggbor aufhalten, denn wenn die Weltentore wieder gebaut werden, dann wird sich die düstere Geschichte wiederholen und alles beginnt von neuem.“

„Das muss es nicht“, sagte Zäbrik mit weisem Unterton. „Um Xiloris werden ich und der neue Heggbor einen großen Bogen machen. Niemals mehr soll dort ein Weltentor gebaut werden. Dann wird der verwünschte Planet bis in alle Ewigkeit allein um seine grüne Sonne kreisen, bis sie erlischt.“

„Ich bin mir nicht… *sicher…*“, begann Zelduin geheimnisvoll und voller Sorge. Er dachte nach und schaute nach oben, wo all die spitzohrigen Jäpas an den Wänden hingen und leise heulten oder sangen. Die Gefahr war groß, dass das Chaos zurückkehren würde, wenn alle Welten wieder miteinander vernetzt waren. Er hatte Jumatahoni gerettet. Sein Auftrag war eigentlich erfüllt. Frieden war eingekehrt.

„Die Geschichte ist zu Ende…“, dachte er glücklich, aber etwas bedrückte ihn noch und schnürte sein Herz zusammen, als ob es von einer großen Trollhand umklammert wurde. Erst kurz darauf wusste er, was es war, das ihm den Schmerz bereitete: Es war Heimweh.

Plötzlich erschien Elfja vor ihm, diesmal wieder so deutlich wie früher. Sie lächelte wie ein Engel. Dann verblasste sie. „Ich will nach Hause, Zäbrik“, sagte Zelduin leise.

Zäbrik ging einen Schritt auf den Meowinger zu und löste eine kupferfarbene Kette, die um seinen Hals hing. Daran baumelte eine güldene, kompliziert aussehende Uhr mit einem sonnenblumenähnlichen Zackenkranz! Jedoch war der Golddeckel eingedrückt, mehrere Zacken verbogen, und an einer Seite war das Gehäuse so stark beschädigt, dass das Innere der Golduhr zu sehen war. Nichts darin bewegte sich, kein Rädchen surrte; das Gerät schien kaputt zu sein.

„Zarxaurus Blitzstrahl hat es zerstört, aber mit etwas Glück kann ich es vielleicht wieder reparieren, und dann kannst du nach Hause“, sagte Zäbrik und betrachtete das Ding mit zwei Gesichtern.

„Es gibt ein drittes Zeitenrad, und du hast es all die Zeit bei dir gehabt?“, fragte Zelduin ungläubig und war dennoch froh, dass es so war, denn wenn der Zwerg es tatsächlich reparieren konnte, dann war das sein Schlüssel nach Hause.

„Ho, ich habe es selbst konstruiert.“

Zelduin hatte sich schon immer gefragt, wie es dem konstanten Zwerg möglich gewesen war, an so vielen Orten zu so unterschiedlichen Zeiten zu erscheinen. Dieses Rätsel hatte sich nun gelöst.

„Dann kann ich also tatsächlich wieder nach Hause?", fragte der junge Jäpa erneut und bekam feuchte Augen.

„Ho, wenn ich es repariert habe." Zäbriks Blick wurde plötzlich sehr ernst, fast schon unnachgiebig. „Und wenn wir die Weltentore wieder bauen."

„Nein", hauchte Zelduin ganz leise. *Dann beginnt alles wieder von vorne...*"

„Dann kannst du nicht nach Hause."

„Gibt es keinen anderen Weg?"

„Wenn wir die Weltentore nicht bauen, dann werden die meisten Planeten tot und leblos bleiben. Auch Palaäon wird dann nie so sein, wie du es kennengelernt hast. Die einzigen intelligenten Lebewesen, die dort jetzt hausen, sind Riesenaffen. Die Halblinge und Menschen kamen erst sehr viel später durch ein Sternentor auf deine Welt. Wenn die Weltentore also nicht gebaut werden, bleibt auch Palaäon ein urzeitlicher Planet."

„Aber die Weltentore sind der große Fluch dieser Galaxis", sagte der Meowinger. „Sie haben unsägliches Leid über alle Völker gebracht. Wenn sie wieder gebaut werden, dann werden die Völker Jumatahonis vielleicht niemals in Frieden leben können."

„Wenn sie nicht gebaut werden, gibt es vielleicht keinen Krieg, aber die meisten Völker werden nie anfangen zu existieren." Zäbrik breitete beide Arme aus, als wünschte er sich göttlichen Beistand. „Die Tore waren Fluch und Segen zugleich, aber mit unserem Wissen über die Zukunft haben wir die Möglichkeit, die Galaxis nach unseren Vorstellungen zu erschaffen. Wir können sie so gestalten, wie sie sein sollte: friedlich und voller Leben, und nicht friedlich und tot, denn das wäre sie, wenn die Sternentore niemals gebaut werden." Er holte tief Luft und fügte hinzu: „Die blauen Weltentore müssen wieder strahlen von einem Ende der Galaxis bis zum anderen."

Zelduin grübelte angestrengt, seine Gedanken fuhren Karussell. Was hätte Taidos jetzt getan? Er hätte es bestimmt nicht gewollt, dass die Welten Jumatahonis leblos bis ans Ende aller Tage durch die unendliche Schwärze des Alls kreisen würden. Nein, das hätte er ganz bestimmt nicht gewollt. Ein Goldenes Zeitalter war voller Leben...

„Zäbrik?"

„Ho?"

„Glaubst du, dass alles gut werden wird?"

Der alte Zwerg setzte eine humorlose Miene auf und schloss kurz die Augen. Als er sie wieder öffnete, sagte er: „Hoo ... lass uns Jumatahoni neues Leben einhauchen, Zelduin."

Seine raue Stimme war voller Hoffnung. Das Gemüt des Meowingers wankte hin und her wie eine herabfallende Schneeflocke im Wind. Er schaute auf seinen Vater, der friedlich auf seinem Thron schlummerte. Dann nickte er, ganz unmerklich und kaum sichtbar...

Epilog

Jumatahoni-Galaxis,
Planet Mäol,
1. Weltenzyklus

Die orangefarbene Flüssigkeit war überall. Sie war zäh, blubberte hier und da, wogte wild hin und her und strömte schlangenlinienförmig nach oben. Sie bildete dabei die abstraktesten Formen; einige glichen großen Embryonen oder gesichtslosen Geistern.

Dann tauchte plötzlich noch etwas anderes in der breiigen Masse auf. Es war ein bleicher Schatten, der sich mit langen, dünnen Gliedmaßen nach oben kämpfte und ein gespenstisches Heulen von sich gab, das durch den gewaltigen Lavastrom verzerrt und rasch erstickt wurde. Es war eine bleiche Kreatur, die durch die flüssigen Innereien des Planeten hastig nach oben schwamm, bis sie kurz darauf die wabernde Oberfläche durchstieß und sich auf den Kraterrand rettete, wo die Lava rasch erkaltete und sich dampfend schwarze färbte.

Die riesige Kreatur, die sich aus den feurigen Fluten erhoben hatte, war nackt, von Kopf bis Fuß verbrannt und verstümmelt. Drei seiner vier Augen waren ausgebrannt, leere dunkle Höhlen, aus denen gelber Schleim herauslief, klafften dort. Sein Körper war übersät mit eiternden Pusteln und Geschwüren, und an seinem Rücken war eine ominöse Maschine mit einem Glastank befestigt worden. Auf seinem sehnigen Leib, festgehalten durch feingliedrige Goldketten, funkelten die beiden güldenen, unzerstörbaren Zeitenräder, unangetastet und unversehrt wie eh und je. Sie dampften, und die orangefarbenen Lavaklumpen tropften von ihnen herab.

Zarxaurus umklammerte eines der glühenden Räder, als kenne er keinen Schmerz, und musterte es argwöhnisch. *<Mäol, 100.000 Zyklen vor Heggbor>*.

Als dem Zerghmagus bewusst wurde, dass er einhunderttausend Jahre in die Vergangenheit teleportiert worden war, schüttelte er sich und blickte sich mit seinem ihm übrig gebliebenen Auge skeptisch um. Der hellblaue Himmel über ihm war vom schwarzen Atem des Vulkans verdunkelt worden. Über dem nördlichen Horizont glitten mächtige, urzeitliche Vögel mit ledriger Haut, riesigen, schwarzen Schwingen und langen, krummen Schnäbeln dahin. Der Vulkan war umringt von einem Meer aus grünen Bäumen. Aus den Wipfeln ragten die Köpfe langhalsiger, echsenartiger Urzeitgeschöpfe empor. In weiter Ferne war das trompetenartige Gebrüll fremdartiger Tiere zu hören.

Zarxaurus zischelte etwas in seiner hässlichen Sprache vor sich hin, es klang nach einem grauslichen Fluch. Dann packte er das Zeitenrad mit beiden Klauen, aktivierte es behände und verschwand nur drei Augenblicke später wieder von der Bühne der Urzeitwelt.

Düstere Finsternis umgab ihn. Ein paar Lidschläge später spuckte der Strom der Zeit die grässliche Kreatur wieder aus. Es war Nacht, und die goldgelben Sterne standen zahlreich am Himmel. Der Vulkan war erloschen, und rund um den Fuß des Berges waren etliche, bläulich schimmernde Weltentore errichtet worden. Auch der Gasthof Vulkarnia mit dem kuppelförmigen Dach, aus welchem das riesige Fernrohr herausragte, stand wieder an seinem alten, angestammten Platz.

Ein Blick auf das Zeitenrad verriet dem Monstrum, dass es das Jahr *Eins* nach Heggbor war. Zarxaurus gab ein schmatzendes, widerliches Geräusch von sich, seine Kiefer knackten, aus einer Eiterbeule auf seiner Stirn rann ihm gelber Schleim in zwei seiner toten Augen. Der Zerghherrscher pulte die klebrige Eitermasse mit seinen langen Fingernägeln aus den leeren Höhlen wieder heraus. Mit ruckartigen Bewegungen ging er schließlich los und stelzte auf seinen gebrechlich wirkenden Beinen den Kraterhang hinunter.

Rasch war der zurückgekehrte Zerghkönig ins Tal hinabgestiegen. Der weiße Gasthof leuchtete im aschfahlen Mondlicht. Mit ungewöhnlich schnellen Schritten stakste Zarxaurus durch den unbewachten Garten der ehemaligen Gaststätte. Pfeilschnell schoss er durch die geschlossene Tür wie ein Geist, dem Wände nichts ausmachten. Die Wendeltreppe schwebte er hoch, flog durch mehrere mit schummrigem Kerzenlicht beleuchteten Korridore und schnüffelte dabei unentwegt wie ein Tier, das ein Beutetier witterte.

Dann hielt er plötzlich vor einer Tür aus Schwarzholz, bewegte seinen Hals nach vorn und sog die Luft geräuschvoll durch seine kurze Nase ein. Zarxaurus grunzte aufgeregt und stieß ein leises, unheimliches Fauchen aus. Dann aber beherrschte er sich wieder und drückte behutsam den vergoldeten Griff hinunter. Die Tür schwang auf. Hinter ihr verbarg sich ein gemütlich eingerichtetes Zimmer. Zarxaurus schlich mit schnellen, ruckartigen Bewegungen durch den Raum, bis er vor einem kleinen Bettchen stand, in welchem ein spitzohriges Geschöpf lag, das in eine dicke, weiße Decke eingehüllt war und tief und fest schlummerte.

Lüstern betrachtete der Zerghkönig das Gesicht des Meowingers. Als er sich über den Jäpa beugte, tropfte ihm gelber Speichel von seinen schmalen Lippen und aus seinen Augenhöhlen heraus. Er strich mit seiner langfingrigen Klaue sanft über den Kopf des Meowingers und ließ sie weiter bis zur Brust herabwandern. In dieser Position verharrte er einen Moment, ehe er seine Hand in den Leib der kleinen Gestalt hineingleiten ließ, als bestünde sie nur aus Nebel. Als er sie wieder herauszog, befand sich darin ein rotes Herz, das schwerfällig pochte.

Zarxaurus zischelte leise und hielt das blutende Ding hoch wie eine Trophäe, während er langsam zudrückte und seine gelben Fingernägel sich tief in das Fleisch gruben. Das Blut spritzte aus allen Öffnungen, als er das Herz zerquetschte, bis die letzten Lebenslichter daraus entwichen waren und es schließlich aufhörte zu schlagen…

„Aaaahhhh!“, schrie Zelduin, warf seine Bettdecke beiseite und richtete seinen Oberkörper auf. Kalter Schweiß stand ihm auf der Stirn, und seine Augen waren angsterfüllt. *„Das war nur ein böser Traum, wieder nur dieser böse Traum…“*, dachte er, atmete tief durch und legte eine Hand auf die Brust, um sich zu vergewissern, dass sein Herz noch am rechten Fleck saß. Es klopfte still und unermüdlich, vielleicht etwas schneller als sonst.

Ein Jahr war vergangen seit der Endschlacht um Jumatahoni und dem Verschwinden des Zerghkönigs. Zarxaurus war nicht wieder zurückgekehrt. Vermutlich hatte Zäbrik mit seiner Theorie recht gehabt und der Herrscher aller Zergh war im alten Bergfeuer umgekommen und schon lange tot, aber ein Teil von Zelduins Gehirn mahnte ihn dennoch stets zur Wachsamkeit, denn vielleicht hielt sich Zarxaurus auch nur im Verborgenen, um neue Kräfte zu sammeln. Und dieser winzig kleine Teil in Zelduins Hirn sorgte immer wieder dafür, dass er des Nachts schreckliche, sich ständig wiederholende Albträume bekam.

Mulmig schaute er sich um. Hinter den beiden nach Osten ausgerichteten, großen Rundfenstern seines Zimmers schlich dicker Nebel vorbei. Der Morgen graute schon, so dass alles in ein schummriges Zwielicht getaucht war. Die dreieckige Silhouette des großen Vulkans konnte Zelduin gelegentlich durch den weißen Morgenschleier sehen. Auf dem kleinen Nachttisch neben seinem Bett lag eine silbern glänzende Strahlenwaffe mit dünnem, kurzem Lauf. Zäbrik hatte sie ihm gebaut. Daneben befand sich eine Holzschüssel, gefüllt mit grünen Ürüpilzen, denn der Fluch, den der Zhuk heraufbeschworen hatte, quälte ihn noch immer.

Nachdem Zelduin den immer wiederkehrenden Traum in die hinterste Ecke seines Hirns vertrieben hatte, kehrte wieder ein wenig Müdigkeit in seine Knochen zurück, aber einschlafen konnte er nun nicht mehr. Er wurde von irgendetwas wach gehalten, als ob er bereits spürte, dass gleich etwas Ungewöhnliches passieren würde…

Nur ein paar Herzschläge vergingen, als plötzlich die Welt um ihn herum verblasste!

Zelduins Herz pochte wild. Er beobachtete den grauen Nebel, der draußen hinter den Rundfenstern gemächlich vorbeizog… und dann urplötzlich verschwand! Er machte einem hellblauen Himmel mit weißen Wölkchen Platz. Die obere Hälfte der Sonne lugte am rechten Kraterhang vorsichtig hervor und färbte den unteren Horizont und die Wolkenbäuche goldgelb.

Dieses künstlich hervorgerufene Phänomen, das die Welt schlagartig zu verändern vermochte, kannte Zelduin nur allzu gut. Und es machte ihm Angst. Es war eine Angst, die er geglaubt hatte, vergessen zu haben.

„Die Zeit hat sich zurückgedreht!“, dachte Zelduin und seine Nackenhaare stellten sich auf. Erinnerungen an alte Zeiten wurden wach, wo das Schicksal der Galaxis von drei Zeitenrädern bestimmt und vom Chaos beherrscht wurde.

Dann wurde ihm jäh gewahr, dass die Ursache für dieses merkwürdige Schauspiel wahrscheinlich eine ganz andere war als jene, die ihm zuallererst in den Sinn gekommen war.

Er schlüpfte in sein grünes Gewand, zog seine braunen Lederstiefel an und nahm die Strahlenpistole von seinem Nachttisch und steckte sie in den Halfter an seiner Hose. Mit mulmigem Gefühl trat er vor eines der Rundfenster, das von der Decke bis zum Boden reichte. Argwöhnisch musterte er die flache Kuppe des alten Hohlbergs. Trügerisch still ragte der schwarze Vulcanius vor ihm auf, die Spitze war von weißen Wolken umschlungen. Für einen kurzen Augenblick glaubte er, hinter der Wolkenwand die Silhouette eines riesengroßen, bleichgesichtigen Wesens mit einem glitzernden Zeitrad in der Hand zu sehen, aber als die

Nebel aufklarten, war die Gestalt verschwunden. Zelduin schüttelte seinen Kopf, um den Schlaf zu vertreiben, der ihm scheinbar Trugbilder vorgaukelte.

Dann geschah es wieder! Die Welt verblasste und veränderte sich. Graue Wolken hingen nun am Himmel, die ihre schwere Regenlast auf die Erde niederwarfen, und stürmischer Wind zerrte an den Wänden des alten Gasthauses. Die Zeit hatte sich erneut gedreht. Zelduins Herz überschlug sich kurz. Fröstelnd zog er seine Robe enger um seinen Leib...

Plötzlich klopfte es an der Tür. „Meister Zelduin?", drang eine gedämpfte, männliche Stimme durch das Holz.

Zelduin erkannte sie sofort. „Komm herein, Zelxius."

Die dunkle Schwarzholztür schwang auf, und ein alter, spitzohriger Meowinger erschien. Er trug eine grüne Robe mit Kapuze und langes, blondes Haar, das zu einem Zopf zusammengebunden war. Sein Gesicht, welches Zelduins sehr ähnelte, war kantig, seine blauen Augen groß, weise und voller Mut. An seinem Hals sah man noch die runden Narben, in denen einst die Schläuche steckten, die sein kostbares Blut jahrelang in das Planentenherz gepumpt hatten. Er gehörte zu jenen glücklichen Jäpas, die Zelduin nach dem Endkampf befreien konnte und noch genügend Kraft zum Weiterleben hatten.

„Meister Zäbrik erwartet euch beim Brunnenplatz", sagte Zelxius höflich. „Und ich soll euch von ihm ausrichten lassen, dass ihr nicht beunruhigt sein müsst wegen des launischen Wetters dort draußen."

Zelduin atmete erleichtert auf, denn er glaubte nun ganz genau zu wissen, was es mit den merkwürdigen Ereignissen des hiesigen Morgens auf sich hatte, und er sollte sich nicht irren.

„Ich mache mich gleich auf den Weg, Zelxius."

Der Jäpa verneigte sich, während sein langes Haar nach vorn fiel. Dann verließ er schweigsam den Raum.

Zelduin widmete sich der kleinen, unscheinbaren Holztruhe, die neben dem Esstisch stand, zu. Behutsam klappte er den mit Feuerwesen verzierten Holzdeckel auf. Darin lag, eingebettet in ein schwarzes Ledertuch, ein bläulich schimmerndes Kurzschwert. Es war Balins altes Runenschwert Hangol. Zäbrik hatte die wertvolle, magische Waffe aus den Tiefen des Vulkans wieder hochgeholt.

Der junge Meowinger nahm Hangol aus der Truhe und steckte es in die Goldscheide an seinem Gürtel. Dann öffnete er die Tür und ging hinaus. Zwei junge, spitzohrige Jäpas, gekleidet in lange, grüne Gewänder und bewaffnet mit silbrigen Langschwertern, bewachten die Tür seines Quartiers. Sie nickten ihm freundlich zu.

Der lange Korridor wurde von vielen Kerzen, die in güldenen Wandhaltern steckten, hell erleuchtet. Er folgte dem deutlich erkennbaren Trampelpfad auf dem verblichenen, roten Fransenteppich, bis er die kleine Sitzecke des oberen Stockwerks mit dem riesigen, runden Panoramafenster erreichte. Dort blieb er eine Weile stehen. Bei klarem Wetter konnte er von hier oben die halbe Insel überblicken. Nun war alles in einen dunstigen Regenschleier gehüllt, und an der nach außen gewölbten Glasscheibe lief das kühle Nass herab, das die Landschaft dahinter verschwimmen ließ. Durch die Gischt war nicht viel zu erkennen von der Außenwelt, nur das matte, verschwommene Leuchten einiger Weltentore, die Zäbrik in der Zeit nach dem Sieg über Zarxaurus errichtet hatte.

Dann entdeckte Zelduin eine kleine, gedrungene Gestalt, die im Garten des Gasthofs stand und vom windgepeitschten Regen völlig durchnässt war. Es war Zäbrik, und er hielt etwas in den Händen, das dunkelgelb leuchtete!

Als Zelduin den Gibali so dastehen sah, sah er ein Wesen vor sich, das den Weg von der dunklen zur guten Seite geschafft hatte, und Zelduin wusste, dass der Gibali niemals mehr auf die dunklen Pfade zurückkehren würde. Zäbrik war inzwischen ein guter Freund von ihm geworden.

In jenem Moment verblasste die Welt abermals! Die grauen Wolken lösten sich auf, und es hörte auf zu regnen, Zäbrik verschwand und tauchte ein paar Meter neben seiner alten Position wieder auf, direkt neben dem Steinbrunnen mit den breit grinsenden Gnomengesichtern. Plötzlich strahlte auch wieder die morgendliche Sonne, die alles in ein zartes Rot tauchte.

Zäbrik hantierte mit dem kleinen Leuchtding herum, als wäre nichts geschehen. Um den alten Zwerg herum herrschte nun reges Treiben, das durch das schummrige Regenwetter vorher nicht zu sehen gewesen war. Vor der Gaststätte auf der Waldlichtung war ein riesiger Steinplatz erbaut worden, dessen steinerne Wege mit acht blauen Weltentoren verbunden waren. Auf dem Platz wuselten etliche in grüne Roben gekleidete Meowinger herum. Sie stapelten kleine und große Schwarzholzkisten und rollten Fässer herbei; auf einigen standen auch die Namen ehrenhafter, giblischer Braumeister. Etwa zwei Dutzend Meowinger ritten auf den zeckenähnlichen Pflanzenfressern, die unermüdlich mit magischem Vulkangestein gefüllte Karren von den alten Bergminen zum großen Weltentorplatz zogen, wo die Karren schließlich inspiziert wurden und die Reiter neue Befehle erhielten. Anschließend stellten sich die spitzohrigen Reiter mit ihren plumpen Zugtieren in langen Karawanen vor den acht Weltentoren auf, die kreisförmig um den runden Platz errichtet worden waren. Jedes Portal wurde von mindestens drei Meowingern bewacht, so dass sie sofort deaktiviert werden konnten, falls das Weltenschicksal aus den Bahnen zu geraten drohte. Der letzte Nul Heggbor war schon seit mehreren Mondphasen fort. Er war mit einem Trupp Abenteurer in die Nachbarwelt Namora gereist, um dort Weltentore zu errichten.

Tag und Nacht wurde an der neuen Galaxis gearbeitet. Es war viel passiert seit der letzten Schlacht um Jumatahoni, dachte Zelduin gedankenversunken. Mehr als ein Jahr war seitdem vergangen. Zarxaurus' Marionetten waren alle gestorben, als ihr Meister verschwunden war, die einen früher, die anderen später. Die Zerghmagusse siechten dahin, genauso wie die fetten Abnormitäten mit den riesigen Blutgefäßen auf dem Rücken, doch auch die Lebenslichter der Jäpas Heggbors erloschen. Ein paar ganz willensstarke Magusse überlebten. Sie waren allerdings so geschwächt, dass Zelduin und Zäbrik sie mühelos töten konnten. Sie hatten alles im Vulcanius getötet, was mehr als zwei Augen hatte. Anschließend hatten sie die Meowinger von ihrem elendigen Schicksal befreit. Für die meisten war die Hilfe allerdings zu spät gekommen. Viele waren bereits tot, andere starben in Zelduins oder Zäbriks Armen oder waren zu schwach, um alleine weiterleben zu können, denn sie waren schon seit Jahrhunderten im Vulkaninneren gefangen gewesen und hatten ihren Lebenswillen bereits seit Langem verloren, nur die Nahrungsschläuche hatten sie all die Weltenzyklen lang am Leben erhalten. Es hatten aber auch zahlreiche willensstarke Meowinger überlebt. Zwei Drittel von ihnen waren Jäpas Lotorions, die anderen waren magische Meowinger, Frauen und Männer, die die Zergh einst von Meowing entführt und vor vielen Jahren an diesen finsteren Ort gebracht hatten. Die gestorbenen Meowinger hatten sie im Wald begraben und zu ihren Ehren ein großes Feuer entzündet, dessen züngelnde Flammen in jener Mondphase weit in den Himmel gereicht und die Seelen zu ihrer letzten Ruhestätte in den Sternen begleitet hatten. Die überlebenden Magier hatten viel Zeit gebraucht, um sich zu erholen, und einige brauchten sie noch immer, aber sie lebten, und sie gaben Zelduin Hoffnung, Hoffnung auf eine bessere Welt. Sie schworen Zelduin ewige Treue bis an das Ende aller Tage.

„Wahrlich, es ist viel passiert…“, dachte Zelduin und schwelgte in Erinnerungen, als Zäbrik ihn erspähte, ihm zuwinkte und mit einem Handzeichen bat, zu ihm herunterzukommen. „Der Abschied naht“, flüsterte er. Er spürte es.

Dann riss er sich aus seinen Gedanken fort und begab sich zur großen, zweistöckigen Empfangshalle. Er marschierte die Wendeltreppe hinunter, vorbei an dem großen Wandgemälde, hinter welchem sich der Geheimgang ins Vulkaninnere verbarg. Im Foyer wuselte ein ganzes Dutzend alter, langbärtiger Gibali hin und her, die sich aufgeregt unterhielten und etliche Papierrollen und die skurrilsten Messgeräte und Apparate bei sich trugen. Es waren die besten Technikusse und Gelehrten des Landes, wie Zäbrik sagte, der die weisen Gibali über die alte Ahnenregierung Mäols einberufen lassen hatte. Sie alle arbeiteten tüchtig für die neue Ordnung der Galaxis.

Draußen wurde Zelduin von Zäbrik bereits erwartet. Der alte Gibali stand neben dem Brunnen mit den abstrakten Gnomengesichtern. Er trug ein rotbraunes Gewand, dunkelgrüne Lederstiefel und einen Umhang in gleicher Farbe mit silbernem Stickmuster.

„Es ist vollbracht!“, verkündete er stolz und lächelte besonnen. Beide Hände hielt er hinter seinem Rücken versteckt. „Schließ die Augen und streck deine Hände aus.“

Zelduin tat, was Zäbrik von ihm verlangte. Er wusste, was der Zwerg ihm gleich geben würde. Kurz darauf spürte er etwas Kaltes, Metallisches in seinen Handmulden. Er öffnete seine Augen vorsichtig zu engen Schlitzen, dann riss er sie ganz auf, als er sah, was der Gibali ihm in die Hände gelegt hatte. Ein Gefühl des Glücks durchströmte seinen Körper. Für einen Moment war er wie gelähmt.

„Du hast das Unmögliche möglich gemacht, Zäbrik.“ Ein Teil von ihm konnte es noch immer nicht glauben, während der andere allmählich zu realisieren begann, dass die Tore zu seiner alten Heimat wieder weit aufgestoßen worden waren.

„Ich habe jede Sonnen- und Mondphase daran herumgetüftelt“, brummte Zäbrik vergnügt. „Es funktioniert genauso wie die verlorengegangenen Zeitenräder.“

Fasziniert betrachtete der Meowinger die kleine Zeitmaschine mit dem sonnenblumenähnlichen Zackenkranz. Er wusste nicht, was er sagen sollte, so gerührt war er. Ihm rann eine Träne über die Wange.

Zäbrik legte dem schmächtigen Meowinger eine seiner großen Patschhände auf die Schulter. „Du kannst jetzt wieder dahin zurück, wo du hergekommen bist, Zelduin.“

Es gab Zeiten, da hatte sich Zelduin von den Göttern beinahe abgewandt, aber nun schienen sie alles wieder gutmachen zu wollen. Das Glück schien ihm wieder hold zu sein. Er würde endlich wieder in seine alte Welt zurückkehren können, ja, er würde wieder nach Hause reisen können. Mit Augen voller Dankbarkeit blickte er auf das gedrungene Wesen herab.

12 Tage später…

Zelduin und Zäbrik hatten sich am Tag des Abschieds auf der Lichtung mit den drei Hügeln eingefunden, auf welcher Heggbor der Erstgeborene die ersten eckigen und ovalen Weltentore errichtet hatte. Hier, inmitten des Dschungels, war es ruhig und still. Niemand sonst ging hierher, nur ein paar der zeckenähnlichen Vierbeiner, Moboroks, wie sie auf Giblisch hießen, grasten auf der Waldlichtung. Die Moboroks mit den kamelartigen Fetthöckern ließen sich von den seltenen Gästen nicht stören. Leise grunzend und röchelnd klaubten sie mit ihren langen, bleichen

Zungen das Grün auf, sogen es geräuschvoll ein und kauten genüsslich darauf herum. Es dämmerte bereits, und die ersten Sterne funkelten am Himmelszelt.

Am Vorabend hatte es für Zelduin ein kleines Abschiedsfest gegeben mit Speis und Trank und Musik und Tanz. Zelduin hatte sehr viele Tränen vergossen, denn er wusste, dass er in diese gegenwärtige Zeit vielleicht niemals mehr zurückkehren und seine Brüder und Schwestern und die Gibali wohl nie wiedersehen würde. Zu Beginn der Mondphase waren Dutzende großer Feuer auf der ganzen Insel entfacht worden, und ein altes Meowingerlied wurde gesungen, das von den Ahnen Meowings und längst vergessenen Helden erzählte. Zelduin erinnerte sich, dass Zegolas es einmal gesungen hatte in einer stillen Nacht. Vielleicht würde man in einer fernen Zukunft auch einmal über ihn singen, dachte Zelduin, über ihn, Taidos und Zäbrik.

Der himmlische Gesang der letzten Mondphase hallte noch immer in seinen Ohren wider, jetzt, wo er vor dem Grab seines Vaters stand, um auch ihm Lebewohl zu sagen, bevor er die lange Reise in die Zukunft antreten würde.

Er hatte einen ledernen Rucksack geschultert mit allerlei nützlichen Dingen, Essen und Trank für mehrere Tageszyklen und einer großen Ration an Ürüpilzen. Einen kleinen Beutel mit den wunderbringenden Waldfrüchten hatte er immer griffbereit an seinem Gürtel befestigt, gleich neben der goldenen Scheide von Balins altem Blauschwert Hangol. Außerdem klimperten zwei kleine Reisebierfässer mit allerbestem Dunkelgebräu an der Lederschnalle seines Rucksacks. *Fetzmanns Bestes* stand in geschwungenen Buchstaben darauf, das Bräu eines exquisiten Zwergenbraumeisters. Zäbrik hatte darauf bestanden, dass er sie mitnahm, denn er meinte, dass sich ein Wandersmann ohne Goldgebräu im Gepäck niemals auf Reisen begeben sollte. So würde man auf düsteren Pfaden zumindest nicht alleine sein, wie er stets zu sagen pflegte, und das meist mit einem breiten Grinsen im Gesicht. Über Zelduins Kopf ragte die knorrige Spitze seines zusammengeflickten Zauberstabs empor. Er war gut gerüstet für die lange Reise in die Zukunft.

Zäbrik hatte ihn zu den drei Hügeln der Berglichtung begleitet. Das ungleiche Paar stand auf dem größten der drei Hügel vor dem Grab des alten Meowingerkönigius. Nur eine ovale, mit grünem Moos überzogene Steinplatte, die aus dem Boden herausragte, zeugte von den sterblichen Überresten seines Vaters, der hier tief unter der Erde ruhte.

Hier schläft Taidos Hemania,
Königius Tadrons von Meowing
** 3226 **
~ 10.000 Zyklen alt

„Mögen die Götter dich immer in Frieden ruhen lassen“, sagte Zelduin, kniete nieder und faltete die Hände zusammen. Er sprach ein altes Gebet in der Ursprache der Meowinger, das Zegolas ihm einst gelehrt hatte. Auch Zäbrik betete und murmelte etwas auf Giblisch vor sich hin.

Als Zelduin die kleine Andacht beendet hatte, erhob er sich und wandte sich dem schwarzweißbärtigen Gibali zu. „Zäbrik?“ Die grünstichigen Augen des Zwergs blickten zu ihm auf. „Werde ich Elfja in der Zukunft wiedersehen?“ Es schnürte ihm kurz die Kehle zu, als er an seine alte Liebe dachte.

Zäbrik zupfte sich an seinem langen Bart und setzte eine mannigfaltige Miene auf. „Wir werden mit der Besiedelung Palaäons im Weltenzyklus Dreihundertfünf beginnen, genauso wie Heggbor es damals bei seiner großen Wanderung durch die Galaxis getan hatte. Aber nur die

Götter wissen, wie sich das Leben dann auf deiner Heimatwelt entwickeln wird. Ich vermag es nicht zu sagen, ob Elfja in fünftausend Jahren geboren wird, aber…" Er hob seine linke Braue, die einen leichten Graustich hatte. „…bekanntlich entwickeln sich ja die meisten Dinge immer nach demselben Muster, völlig gleich wie oft die Zeit zurückgedreht wird." Der Zwerg zwinkerte ihm zu.

Zelduin wusste, dass viel Wahrheit in dieser Phrase steckte, er hatte es oft genug selbst erlebt. Allerdings machten ihm die Worte auch ein wenig Angst, denn es könnte bedeuten, dass auch das Böse irgendwann einmal wieder in die Galaxis einkehren wird, so wie es immer war.

Zelduin schaute nach oben, wo zwischen den dünnen Wolken bereits etliche helle Sterne glitzerten. Palaäon war von hier mit dem bloßen Auge nicht zu sehen, aber er wusste, an welchem Fleckchen Nachthimmel er sich versteckte. Er hatte den Planeten oft durch das Fernrohr, das aus dem gelben Kuppeldach des Gasthofs herausragte, beobachtet. Tot und unbewohnt schien seine alte Welt stets zu sein; des Nachts glühten keine Lichter auf ihr, denn die Menschen und Halblinge hatten die Welt mit ihren Nachtlaternen noch nicht erobert.

„Zäbrik, versprich mir, dass du Jumatahoni so aufbaust, wie es sein sollte, und Palaäon so, wie es früher einmal war."

„Ho, das werde ich." Der alte Gibali machte dabei ein todernstes Gesicht. „Sei unbesorgt, Zelduin. Jumatahoni wird gedeihen und blühen."

Stumm betrachteten die beiden die wunderschön anzusehenden, glitzernden Abendhorizonte. Die Sterne blinkten an jenem Abend besonders hell und zahlreich, als hätte jemand dort oben funkelnde Edelsteine aufgehängt.

Schließlich holte Zelduin Zäbriks altes, instandgesetztes Zeitenrad unter seinem Gewand hervor. Beide Wesen musterten das Golddding wie eine verfluchte Hexenkiste, bei deren Öffnen man nie wusste, was herausschlüpfte.

Dann wurden Zelduins Augen jäh feucht, und er brach die Stille: „Ich werde nicht zurückkommen, wenn die Zukunft blühend und friedlich ist." Eine Träne kullerte ihm über die Wange. „Ich werde dich nie vergessen, Freund Zäbrik."

Der stämmige Gibali schloss den schmächtigen Meowinger in seine Arme und drückte ihn fest an sich. „Vielleicht sehen wir uns eines Tages doch wieder, Zelduin. Wer weiß schon, was die Götter noch mit uns vorhaben."

Als sie sich aus der Umarmung lösten, wischte Zelduin sich die Tränen fort und drehte behände am Zackenkranz des Zeitenrads. „Mach's gut, Zäbrik."

„Ho. Allzeit gute Reise, Zelduin", brummte Zäbrik und trat einen Schritt zurück. „Mögest du Elfja wiederfinden."

„Auf Wiedersehen", sagte Zelduin, schaute dem Gibali noch einmal tief in die Augen und drückte dann gleichzeitig auf die vier dunkelfarbigen Goldzacken des Zeitenrads. Sie rasteten ein, und die Intarsien auf dem Glas glommen hellblau auf; das Rad der Zeit war aktiviert.

Rasch verblasste Zäbriks Gestalt vor ihm. Er sah noch, wie der Zwerg mit seiner dicken Patschhand winkte, dann verschwand er. Die ganze Welt verschwamm, die Gestirne rasten über das Firmament und alles wurde in ein dunkles Zwielicht getaucht. Die Zeit drehte sich wieder…

Epilogus

Jumatahoni-Galaxis,
Planet Mäol,
4005. Weltenzyklus

Zelduins ganzer Körper kribbelte, als er durch die Zeit flog und die Vergangenheit hinter sich ließ. Eine gefühlte Ewigkeit war er in dem Zeitentunnel gefangen. Dann drehten sich die Gestirne wieder langsamer, bis die Sonne, die Monde und die anderen Himmelskörper eine endgültige Position einnahmen. Das Zwielicht verschwand. Zelduin war angekommen in der Zukunft…

Mulmig blickte er sich um. Er stand noch immer auf dem größten Hügel der Waldlichtung. Es war später Abend, die Horizonte hatten eine violette Färbung angenommen, und die Sterne funkelten hell über ihm, der Mond strahlte in vollem Weiß. Die Bäume, Palmen und Farne ringsum waren ein kräftiges Stück gewachsen. Die Grabplatte seines Vaters war mit einer gelbgrünen Moosschicht überzogen, der Stein war rau und bröckelte an vielen Stellen, die Inschrift konnte er kaum noch erkennen.

Direkt hinter ihm stand eine fünfköpfige Moborokherde, darunter auch drei Jungtiere, die sich zwischen den stämmigen Beinen der großen Dickhäuter versteckten. Die fetten Pflanzenfresser glotzten das spitzohrige Wesen, das urplötzlich vor ihnen aus dem Nichts aufgetaucht war, mit ihren schwarzgelben Glubschaugen verdutzt an und schnüffelten leise.

Zelduin warf einen Blick auf den Zeitmesser an seinem Handgelenk. Die Zahl 4005 leuchtete auf dem gelben Milchglas. Es hatte funktioniert! Das war exakt der Zeitpunkt, an dem er ankommen wollte, denn wenn seine Berechnungen stimmten, dann würde er hier einen alten, gefiederten Gefährten antreffen, den er vor langer Zeit hatte zurücklassen müssen. Bevor er sich aber auf die Suche nach ihm machen würde, wollte er sich noch über etwas anderes vergewissern.

Er ging den Hügel hinunter, vorbei an den Überresten der alten Weltentore. Als er über die kniehohe Wiese lief, bemerkte er, dass auf der Spitze eines anderen Hügels ein kleines, rundes Sternentor stand, das vorher noch nicht dort gestanden hatte; merkwürdigerweise war es *so* klein, dass nicht einmal ein Halbling hindurchgepasst hätte. Zelduin erklomm den kleinen Berg, bis er direkt vor dem winzigen Tor stand, das ihm gerade einmal bis zum Bauchnabel ging. Es war in Staub und Dreck eingebettet und von Spinnweben eingehüllt. Zelduin wischte den Schmutz und das Spinnengewebe fort, bis der schwärzlich glitzernde Magiestein zum Vorschein kam. Auf dem Torbogen war eine Inschrift zu erkennen, die matt schimmerte, als das Mondlicht auf sie fiel. Es waren giblische Schriftzeichen:

Zäbrik Drachenson, einhundertelfter Jäpa Nul Heggbors,
** Geboren 150 Zyklen vor dem Nullpunkt & in den Himmel gegangen 814 Zyklen nach dem Nullpunkt **

„*Das ist Zäbriks Grab…*", dachte Zelduin. Er hatte gewusst, dass der Gibali in dieser Zeit nicht mehr leben würde, und dennoch fühlte es sich merkwürdig an, jetzt, wo er vor dem Miniaturweltentor stand, das die letzte Ruhestätte des Zwergs zierte.
Auf dem inneren Ring entdeckte der Meowinger noch einen eingravierten Spruch:

* * *

Dunkle Zeiten brauchen große Helden, sagt man, doch es waren kleine, spitzohrige Leute, die Jumatahoni retteten.

In Gedenken an alle Jäpas und eine Galaxis, die eigentlich schon verwelkt war.
Das Leben jedoch findet immer einen Weg.

* * *

„*Ja*", dachte Zelduin zwiegespalten. „Nur hoffentlich finden die Zergh niemals wieder einen Weg in unsere Welt", flüsterte er. „Ruhe in Frieden, Zäbrik."
Er betrachtete die Totenstätte noch einen langen Moment. Dann wandte er sich von ihr ab, stapfte den Hügel wieder hinunter und verließ die Waldlichtung. Der kleine Wanderpfad, der zum Gasthof Vulkarnia führte, existierte noch immer, allerdings war er mit Ranken und Gestrüpp überwuchert, und Dutzende knorrige Wurzeln wölbten sich wie Seeschlangen aus dem Erdreich empor. Mit Balins Blauschwert bahnte er sich einen Weg durch das Dickicht, bis er den Waldrand erreichte und die vom Mond erhellte Lichtung mit der villaähnlichen Gaststätte betrat. Es war still, nur das leise Zirpen einiger Insekten und das Brummen von Nachtkäfern waren zu hören.

Zelduin ließ seinen Blick umherschweifen. Die rechte Hälfte des Gasthofes war eingestürzt, der Rest stand noch, wenn auch auf wackeligen Holzbeinen, und auch der Mittelbau mit der gelben Kuppel, aus welchem das Fernrohr - inzwischen alt und rostig - herauslugte, hatte dem Zahn der Zeit über die Jahrtausende getrotzt. Der morsche Aufbau ragte allerdings etwas windschief in die Höhe. Im Vorgarten wucherte das Gras wild vor sich hin, die kreisförmig angeordneten Weltentore leuchteten nicht mehr und waren von Schlingpflanzen umschlungen; eines der Portale war in sich zusammengefallen, nur die eine Hälfte des Bogens ragte noch hoch wie der Stoßzahn eines Riesenelefantus. Der Ort schien schon vor langer Zeit verlassen worden zu sein.

Als Zelduin die Hälfte des Weges zum Gasthof zurückgelegt hatte, bemerkte er erst die schwarze, gedrungene Gestalt, die knapp einen Steinwurf entfernt rechts von der Hausruine auf einem kleinen Hügel stand! Sie war pechschwarz und groß wie ein Riese, aber sie rührte sich nicht. Zelduin rutschte das Herz in die Hose, bis er kurz darauf erkannte, dass es sich nur um eine Statue handelte, eine überdimensionale Zwergenstatue.

Der junge Meowinger stakste durch die hüfthohen Gräser zu ihr herüber. Eine schmale, spiralförmig verlaufende Treppe ebnete ihm den Weg hinauf zur Hügelspitze, wo der steinerne Gibali aufragte und nachdenklich gen Himmel blickte, in der einen Hand ein Fernrohr und in der anderen eine Spitzhacke. Der Gibali war aus magischem, nahezu unzerstörbarem Vulkanstein zusammengesetzt worden, das an vielen Stellen purpurn schimmerte. Als Zelduin direkt vor dem riesenhaften Zwerg stand, sah er, dass es ein Abbild Zäbriks oder Nul Heggbors war. In den Augen der Statue glitzerten grüne Smaragde, und sein Bart war mit schwarzen und weißen Edelsteinen verziert, die ein irrwitziges Streifenmuster bildeten. An dem Sockel des steinernen Denkmals prangte eine Tafel, in die giblische Buchstaben gehauen worden waren.

Nul Heggbor
<u>Urvater aller Torebauer</u>

~

Ich habe ihnen Leben eingehaucht,

sie bevölkert,

ihnen Schönheit gegeben,

und nun blühen sie endlich … meine Welten.

~

Die Worte lockten Zelduin ein zartes Lächeln auf die Lippen. Ehrfürchtig starrte er die Skulptur eine Weile an. Er fragte sich, wie viele Jahre sie hier wohl schon stand und Wind und Wetter trotzte.

Schließlich wandte er sich von ihr ab und ging zum halb zerstörten Gasthof hinunter. Der hässliche Gnomenkopf hing noch immer an der morschen Eingangstür und hielt den Ring zum

Klopfen mit seinen spitzen Zähnen emsig fest. Zelduin glaubte nicht, dass jemand da war, also öffnete er die alte Schwarzholztür vorsichtig. Knarrend schwang sie auf…

Plötzlich schoss ein Schwarm schwarzer, faustgroßer und höllisch kreischender Flugtiere aus dem Halbdunkel heraus! Zelduin duckte sich rasch. Kurz darauf erkannte er, dass es harmlose Riesennachtfalter waren.

Als der letzte an ihm vorbeigeflogen war, trat er in das uralte Haus ein. Die Gerüche von altem Holz und Papier drangen ihm in die Nase. Der Boden in der Eingangshalle war mit dickem Staub überzogen, der in die Luft stob, sobald er seine Füße darauf setzte. Mulmig blickte Zelduin sich um. Außer dass der Empfangsraum um mehrere tausend Jahre gealtert war, hatte sich eigentlich nicht viel geändert. Der Tresen mit dem Gästebuch stand noch an derselben Stelle, auch wenn er von Holzwürmern zerfressen war, und selbst das riesige Wandgemälde hing noch an seinem alten, angestammten Platz; die Farben waren allerdings längst verblichen und am Rand abgeblättert.

Zelduin ging die linke Wendeltreppe, die noch nicht ganz so morsch wie die rechte war, hinauf. Die Stufen knarrten und ächzten, aber sie blieben standhaft, so alt sie auch waren. Oben angekommen wandte der Jäpa sich zur linken Seite und betrat das ehemalige Arbeitszimmer Zäbriks. Etliche runde Schwarzholztische waren dort aufgereiht worden, und auf ihnen standen die Globusse der unterschiedlichsten Welten. Die Miniaturplaneten waren eingestaubt und mit Stecknadeln gespickt, deren Köpfe die Form von Weltentoren hatten; sie symbolisierten die Standorte der Sternenportale. Als Zelduin Zäbrik verlassen hatte, waren in diesem Raum nur eine Handvoll Globusse untergebracht gewesen. Nun waren es hunderte Welten, die die Gibali und Meowinger während seiner jahrtausendelangen Sternenreise scheinbar besiedelt hatten.

Zelduin ging an den kürbisgroßen Planetenmodellen vorbei, bis er vor Zäbriks pompösen Schreibtisch stand, auf welchem seit eh und je sein großes Tagebuch lag, eingestaubt und durch feuchtes Wetter wellig geworden, eine Ecke war ganz offensichtlich von Tieren angenagt worden.

Zelduin wischte die Staubschicht weg und öffnete den Wälzer. Knirschend löste sich ein Teil des Lederumschlags. Als der Meowinger die alten Papyrusseiten anfasste, zerbröselten sie an einigen Stellen; die Zeichen und Symbole darin waren kaum noch lesbar. Er blätterte bis zum letzten Eintrag, dessen schnörkelige Buchstaben er nur mühselig entziffern konnte, doch er erkannte sofort, dass es Zäbriks Handschrift war: <*Weltenzyklus 750: Auf fast allen Planeten sind nun Weltentore errichtet worden. Der Handel zwischen den Völkern blüht wieder. Alles ist am Wachsen und Gedeihen. Die Menschen, Gibali, Halblinge und Kashiik verbreiten sich allmählich in der Galaxis, aber auch andere friedliche Rassen erweitern ihre Imperien, so wie es immer war. Sie reisen zwischen den Welten umher, gründen neue Städte und füllen das Universum langsam mit Leben.*

Lieber Zelduin, falls du diese Zeilen liest, dann könnten es meine letzten sein. Mein Werk scheint vollendet. Um alles andere werden sich nun die Götter kümmern müssen. Ich bin alt, grau und müde geworden und werde mich bald zur Ruhe setzen. Nul Heggbor, der Erstgeborene, ist mit einem Abenteuertrupp in der Galaxis unterwegs, erforscht fremde Welten und baut überall neue Portale. Meine Reise aber ist nun zu Ende. Ich wünsche dir viel Glück, Zelduin, in allen Zeiten und auf allen Welten, wo auch immer du sein magst. Dein alter Gefährte und Freund Zäbrik Drachenson. Möge die Macht der Götter mit dir sein.>

Gerührt ließ Zelduin seine Hand noch einen langen Moment auf dem alten Papier ruhen, ehe er das Buch behutsam wieder zuklappte.

Schließlich wandte er sich um und ging in den angrenzenden Raum. Bald hatte er die kleine Wendeltreppe, die zum Riesenteleskop führte, erreicht. Das Gebälk knarrte und quietschte, als er die schmalen Stufen hinaufstieg.

Das gewaltige Fernrohr war ganz weiß durch die Spinnenweben, die es einhüllten. Wie eine alte Piratenkanone ragte das Rohr aus dem Fenster des Kuppeldachs heraus. Zelduin fragte sich, ob es noch funktionierte.

Vorsichtig entfernte er die Spinnweben von der kleinen, blauen Linse am unteren Ende des Gucklochs. Dann presste er sein linkes Auge an die Scheibe des Fernguckers. Der Nachthimmel war verschwommen und trüb, aber als er an den Kupferrädchen, die links und rechts am Rohrende angebracht waren, mit geschickter Hand drehte, tat sich das Sternenzelt in seiner ganzen Schönheit vor ihm auf. Gelb, rot, grün, blau und violett funkelten die Sterne. Die glitzernden Welten Jumatahonis zogen Zelduin wie eh und je in den Bann. Er brauchte nicht lange, um die gelbe Sonne zu finden, die seiner alten Heimatwelt Licht spendete. Er durchforstete jeden Winkel des kleinen Sonnensystems, aber Palaäon konnte er nicht finden, als hätten finstere Dämonen die Welt verhext und in eine andere Dimension verbannt.

Sein Herz begann zu klopfen. Konnten die Götter so grausam sein, fragte er sich, als im gleichen Augenblick ein kleiner, blauer Planet hinter der Sonne hervorkam, und er glitzerte und funkelte!

„Palaäon…", hauchte Zelduin und hielt dann den Atem an. Für einen Moment war er paralysiert wie ein Wesen, das plötzlich seinem Gott gegenüberstand, den es jahrelang gehuldigt hatte, aber nicht geglaubt hatte, dass er wirklich existierte.

Nach einer Weile zoomte er mit einem der Rädchen noch ein Stückchen näher an die alte Welt heran, so dass die Ozeane und Kontinente zu sehen waren. Überall glühten Lichter. Palaäon lebte wieder, so wie Zäbrik es versprochen hatte. Zelduins Augen wurden feucht. Er wusste, dass Elfja in dieser Zeit noch nicht geboren war, aber eines Tages würde sie es ganz gewiss, das spürte er.

„Eine lange Reise steht mir noch bevor", dachte er glücklich und lächelte. *„Aber vorher muss ich noch einen alten Gefährten finden..."*

Epilögius

Jumatahoni-Galaxis,
Planet Palaäon,
4923. Weltenzyklus

Die Landen unter ihm waren noch immer so schön, wie er sie in Erinnerung behalten hatte. Die Berge, Täler, bunten Wälder und kristallklaren Flüsse, alle waren sie wieder da, wo sie früher auch waren, selbst die Städte waren wieder an ihren alten Plätzen gegründet worden. Die orangefarbene Nachmittagssonne hatte ihre goldgelben Fangarme weit ausgeworfen und verlieh der Landschaft etwas Zauberhaftes. Es war eine geradezu märchenhafte Welt, als hätte sie jemand gemalt.

Als Zelduin vor zwei Tagen durch eines der neu gebauten Portale in seine alte Welt gekommen war und seine Hände und Füße seit sehr langer Zeit endlich wieder palaäonischen Boden berührt hatten, war er in Tränen ausgebrochen und hatte geheult wie ein Kind. Viele, viele Jahre war er fort gewesen, und nun war er tatsächlich wieder hier, Zuhause.

„Kraahaa!", rief sein alter Wegbegleiter, auf dem Zelduin in Gedanken schwelgend durch die Lüfte segelte.

„Ja, Acirus, mir gefällt es hier auch", erwiderte der Meowinger lachend und streichelte über den Rücken seines treuen Adlers.

Zelduin hatte seinen alten, gefiederten Gefährten tatsächlich wiedergefunden. Der Adlorus hatte auf Mäol gewartet, mehr als ein Jahr lang, und zwar ganz in der Nähe von der Waldstelle entfernt, wo er ihn einst hatte zurücklassen müssen. Zelduin war überglücklich gewesen, als er den braungefiederten Vogel über den grünen, mäolschen Baumkronen erblickt hatte, und auch aus Acirus' großen, gelben Augen waren an jenem Tage Tränen geflossen. Der Riesenadler war genesen, und er flog wieder schnell wie der Wind, wie in alten Zeiten. Zelduin war mit ihm durch viele Weltentore geflogen, bis er wieder dort angekommen war, wo seine Reise einst begonnen hatte.

Die warmen Winde Palaäons rochen nach Heimat, zerzausten sein schulterlanges, blondes Haar und zerrten an seinem grünen Gewand. Zwei Tage und Nächte war er über die Landen der Alten Welt geflogen, bis er am Horizont endlich das gewaltige Trongebirge erspähte. Die grauen Berge ragten wie der riesige, spitzzackige Rückenkamm eines Drachens empor. Die größten Gipfel unter ihnen waren mit weißem Schnee eingehüllt.

Am frühen Abend, als es bereits zu dämmern begann und einer der beiden Monde schon aufgegangen war, hatte er die riesige Gebirgskette, die die Westmark von der Ostmark trennte, erreicht. Als er die riesigen Gipfel überflog, blendete ihn die Sonne, die sich dahinter versteckt gehalten hatte. Dann aber – als er sich die Hand an die Stirn hielt, um sich vor dem grellen Himmelslicht zu schützen und der Blick auf seine Heimatlanden endlich frei war – erhellte sich sein Gesicht. Die Strahlen der tief stehenden Sonne tauchten die Berghänge in ein Meer aus Gold und verliehen den Ländereien Latarions einen zarten, wunderschönen Goldstich. Ein Flickenteppich aus grünen, roten und blauen Wäldern und gelben und braunen Feldern zeichnete sich unter ihm ab. Türkisblaue, glitzernde Flüsse schlängelten sich zwischen ihnen hindurch und ergossen sich in das große Rondiasmeer, das sich vom nördlichen bis zum südlichen Horizont erstreckte. Das östliche Königreich war mit vielen kleinen Dörfern und Städtchen gespickt, deren Lichter hell leuchteten. Und inmitten dieser herrlichen Lande befand sich die größte und prächtigste Stadt Latarions. Ihre weißen Bauten und Häuser waren umsäumt von einer hohen Mauer, und in der Mitte der Stadt ragte ein kleiner Berg auf, auf welchem ein weißer Palast mit vielen Kuppeln und Türmen errichtet worden war; sein königlicher Glanz stellte alles um ihn herum in den Schatten.

„Luhem", flüsterte Zelduin und sein Herz sprang höher. „Hier hat alles angefangen…"

Die Spannung schnürte ihm die Kehle zu. Eine Weile später kreiste Acirus hoch über der alten Stadt. Zelduins Blicke durchforsteten angestrengt die Straßen und grünen Wäldchen rund um Luhem. Er wusste noch ungefähr, wo er und seine alten Zirkusgefährten ihr letztes Nachtlager unter freiem Himmel aufgeschlagen hatten; die wippenden Baumkronen versperrten ihm jedoch die Sicht.

Dann aber – am Rande der südlichen Handelsstraße - entdeckte er ein kleines Feuer inmitten eines grünen Wäldchens. Es war ein Lagerfeuer, und gleich daneben glomm eine bunte Lichterkette, die keine Zweifel übrig ließ.

Er begann vor Aufregung zu schwitzen, und sein Herz klopfte schneller. Alles, wirklich alles hatte sich tatsächlich wieder so ereignet und entwickelt, wie es einst gewesen war. Zelduin konnte es noch nicht glauben.

Der Adlorus segelte in immer enger werdenden Kreisen in die Tiefe. Dann landete er nicht weit entfernt von dem Waldlager.

„Bleib hier, Acirus", sagte Zelduin, streichelte den Vogel über den gelben Schnabel und stapfte los. Der Riesenadler murrte leise, denn es gefiel ihm nicht, dass sein Herr ihn schon wieder verließ.

Der Wald war dicht bewachsen und roch nach frischen Tannenzapfen. Zelduin bahnte sich einen Weg durch die tief hängenden Äste und das Gestrüpp. Vor Aufregung hatte er ganz weiche Knie bekommen.

Nach einem kurzen Wegmarsch sah er zwischen den grünen Tannen und Laubbäumen den matten Schein des Lagerfeuers und den der Lichterkette, die an einem Zirkuswagen befestigt war.

Leise pirschte Zelduin sich an das Nachtlager heran. Dann hörte er plötzlich eine tiefe, kehlige Brummstimme. Sie war leise, unverständlich, und wenn man sie zum ersten Mal gehört hätte, sicherlich sehr Furcht einflößend, aber Zelduin zauberte sie ein glückliches Lächeln auf die Lippen, denn es war Gronks Stimme!

Er wollte am liebsten loslaufen und den Affenmenschen umarmen, aber er wusste, dass das wahrscheinlich keine so gute Idee war, denn für den Affen war er vermutlich nur ein fremder, ulkiger, spitzohriger Waldgnom - so hatte ihn Gronk zumindest früher immer genannt -, und Zelduin wusste, dass Gronk mit Fremden und wilden Tieren jeglicher Art, die seiner Zirkusherde zu nahe kamen, nicht gerade zimperlich umging.

Nachdem Zelduin ein paar Mal tief durchgeatmet hatte, schlich er weiter vorwärts. Kurz darauf hörte er das Knistern des Feuers. Dann konnte er zwischen dem Geäst den bunt beleuchteten, blauen Zirkuswagen mit der Aufschrift <ROLOTARIOS FAHRENDES KABINETT DER KURIOSITÄTEN> sehen! Davor standen die beiden weißen Pferde mit ihren lilafarbenen Mähnen und aufgesteckten Langmuscheln, damit sie wie Einhörner aussahen. Ihr Anblick ließ Zelduins Augen feucht werden. Vielmehr konnte er im schummrigen Abendlicht jedoch nicht erkennen. Er musste näher herangehen, jedoch war dann die Gefahr groß, dass er entdeckt werden würde, und das wollte er nicht, zumindest noch nicht. Glücklicherweise stand der Wind günstig, so dass Gronk ihn nicht riechen konnte.

Zelduin verharrte einen Moment und beobachtete die Feuerstelle. Hin und wieder sah er einen großen, behaarten, schemenhaften Schatten, Gronks Silhouette, dachte Zelduin. Dann hörte er noch eine andere männliche Stimme, die noch leiser war, aber auch diese kam ihm äußerst vertraut vor. Sie wechselte rasch zwischen heldenhafter Theatralik, trauriger Melancholie und übertriebenem Frohsinn hin und her.

„Rolotario…!", flüsterte er, fast so laut, dass er sich beinahe verraten hätte.

Er beschloss, noch ein Stückchen näher an das Lager heranzugehen und auf einen großen Laubbaum zu klettern. Geschickt hangelte er sich an den bleichen Ästen hinauf, bis er eine breite Astgabel hoch im Baum fand, die sein Gewicht noch tragen konnte. Von hier aus würde er eine gute Aussicht über das gesamte Zeltlager der Zirkustruppe haben. Behutsam bog er einen dicken, blätterbehangenen Zweig beiseite.

Und da saßen sie: Gronk, Rolotario und Tagonix! Sie hatten sich um das wärmende Feuer gesellt und hielten Stöcke mit aufgespießten Erdhörnchen in die lodernden Flammen. Sein Herz sprang abermals höher, als er seine alten Gefährten erblickte, doch Elfja war nirgendwo zu sehen. Konnte es sein, dass sich die Dinge doch anders entwickelt hatten und Elfja kein Mitglied der skurrilen Zirkusgemeinschaft geworden war? Vielleicht war sie ja auch gar nicht geboren worden…

Dieser Gedanke verpasste Zelduin einen schmerzenden Stich ins Herz. Doch dann entdeckte er zwischen zwei Bäumen eine aufgespannte Wäscheleine, auf der neben bunten Zirkuskostümen und einer rotgrün karierten Halblingstracht ein graues Kleid mit hübschen Rüschen und weitem Kragen hing.

„*Das hat Elfja immer getragen!*", erinnerte sich Zelduin aufgeregt. „*Dann ist sie hier….*"

Eine wohlige Wärme umschloss sein Herz, und sein Mund formte sich zu einem glücklichen Lächeln. Schlagartig fühlte er sich wieder in die Zeit zurückversetzt, aus der er einst gekommen war. Es war beinahe so, als wäre er nie fort gewesen. Er war wieder Zuhause!

Mit dem faszinierenden Blick eines Goldgräbers, der einen riesigen Drachenschatz gefunden hat, oder dem eines Kindes, das zum ersten Mal Schneeflocken vom Himmel herabfallen sieht, betrachtete Zelduin seine alten Gefährten und vergoss dabei mehrere, stille Tränen.

Rolotario zupfte sich an seinem schwarzen, spitzen Kinnbärtchen und erzählte altes Seemannsgarn, so wie er es früher schon gerne getan hatte. Sein rotes Gewand mit den weißen, weiten Ärmeln und der schwarze, dreieckige Kapitänshut auf seinem Haupt verliehen der Geschichte zumindest etwas Glaubhaftigkeit. Der stumme, kleinwüchsige Tagonix mit dem roten Pottschnitt blickte ausdruckslos ins Feuer, sein hässliches Pfannkuchengesicht mit den kleinen, fiesen Äuglein wurde vom flackernden Lichtschein teuflisch angestrahlt, während Gronk sichtlich bemüht war, der mit absoluter Sicherheit frei erfundenen und äußerst bizarren Geschichte des Zirkusdirektors zu folgen. Die nach unten hängende, wulstige Unterlippe und die von links nach rechts rollenden Pupillen des hünenhaften Affen verrieten jedenfalls, dass er offenbar nicht allzu viel verstand.

„…und jenes Schiff wurde gesegelt von einer Horde wilder Affen, joho!", erzählte Rolotario hochtrabend, und Gronks Augen blitzten auf, denn *Affe* war ein Wort, das er kannte. „Ahoi. Sie segelten zur sagenumwobenen Affeninsel, wo ihre riesigen, giraffengroßen Vorfahren einst gelebt hatten, die tief unter der Erde, wo rote, pulsierende Lavaströme flossen, einen Schatz vergraben hatten. In der Sage heißt es, dass der Goldhort in einem unterirdischen Höhlenlabyrinth versteckt wurde und nur mit einem sprechenden Menschenkopfkompass gefunden werden kann. Aber selbst wenn man tapfer genug ist, um den Schatz zu suchen, so muss man auf der Hut sein, denn in den alten Geschichten heißt es, dass er von *Geisterpiraten* bewacht wird, huuu." Rolotario schloss den Satz mit einem theatralischen Mienenspiel ab, das Gronk seinem verwirrten Gesichtsausdruck nach zu urteilen genauso wenig zu deuten wusste wie dem Rest des Märchens. Der muskulöse und nur mit einem Lendenschurz bekleidete Primat verlor bald das Interesse an der Geschichte und kümmerte sich lieber um seinen kleinen Schmorbraten, an dem er schmatzend herumknabberte.

Zelduin hätte seinem alten Meister stundenlang zuhören können, doch dann vernahm er plötzlich eine sanfte Frauenstimme! Zelduins Körper begann zu kribbeln. Und kurz darauf trat aus dem Schatten des Waldes jene Frau, die er *so* oft in seinen Träumen gesehen und die ihm immer wieder Mut zugeflüstert hatte und die er… liebte.

„Elfja…", hauchte er und konnte es nicht glauben. Wie lange hatte er auf diesen Augenblick gewartet. Und wie oft hatte er geglaubt, sie nie wiederzusehen. Wie oft hatte er die Götter deswegen verflucht. Aber sie war es wirklich, und sie hatte sich nicht verändert. Sie war noch immer so schön wie früher. Zelduin schmolz dahin und vergaß dabei fast zu atmen, als er sie voller Verzückung betrachtete. Sie trug einen braunen Rock und eine rotrosafarbene Tunika. Ihr blondes, lockiges Haar wehte ihm lauen Wind, ihr engelsgleiches Gesicht lächelte zufrieden, und ihre blauen Augen strahlten voller Zuversicht.

Er war am Ziel seiner Reise angelangt, dachte er in jenem Moment. Jene Sekunden des Glücks vergingen für ihn wie im Zeitraffer. Alles schien wieder so, wie es sein sollte. Die Glocken der Liebe klingelten in seinen Ohren. Glück, Sehnsucht und Geborgenheit strömten durch seine

Adern und wirbelten seine Sinne mächtig durcheinander. Nie zuvor hatte er ein solches Gefühl erlebt, und er wünschte sich, dass es niemals mehr vergehen würde.

Die alte Ordnung war wiederhergestellt, glaubte er, doch die Götter sollten ihm noch einen letzten Streich spielen, denn plötzlich betrat noch ein weiteres Wesen die kleine Waldbühne. Es war schlank und zartgliedrig und trug einen grünen Umhang, braune Stiefel, hatte schulterlanges, blondes Haar, ein recht kantiges Gesicht, meerblaue Augen und … *spitze* Ohren!

„Das kann nicht sein“, dachte Zelduin, als er sein Ebenbild sah. *„Das kann unmöglich sein! Bei allen Waldgeistern, wie ist das möglich?!“*

Diese neue Realität zerriss Zelduins heile Welt auf einen Schlag, aber vor allem stellte es ihn vor ein großes Rätsel, das ihm höllisches Kopfzerbrechen bereitete. Seine Stirn legte sich in krause Falten, sein Herz pochte wild wie das eines ängstlichen Hasen, der wusste, dass er gleich geschlachtet werden würde. Wilde und abstrakte Visionen vernebelten seinen Kopf. Balin und Zäbrik hatten ihm oft genug gesagt, dass sich einige Dinge immer gleich entwickeln würden, aber dass er hier auf einen seiner Jäpas treffen würde, hatte er nicht für möglich gehalten; nur ein winziger, finsterer Gedanke, den er vor langer Zeit gehabt hatte und der rasch wieder verflogen war, weil er ihn für zu verrückt gehalten hatte, hatte sich mit diesem Gedankenspiel beschäftigt, das nun wieder zu neuem Leben erwacht war und ihm verflucht viel Angst einjagte. Er fürchtete sich nicht vor seinem Ebenbild, nein, wohl aber vor den anderen Dingen, die sich dann ebenfalls vollkommen gleich entwickeln könnten.

„Du gehörst doch gar nicht hierher“, flüsterte er leise, als er den spitzohrigen Meowinger, der auf seinem Rücken einen Korb mit Feuerholz trug, mit schmalen, feindseligen Augen musterte.

Zelduin hatte geglaubt, dass der Spuk um seine Jäpas aufhören würde, jetzt, wo er, Zäbrik und Heggbor die Galaxis neu geordnet hatten. Aber er hatte sich geirrt, sie hatten sich alle geirrt. Lotorion war abermals wiedergeboren worden! Es musste etwas mit dem Zrak, das Ding, das Zelduin einst vor langer Zeit eingepflanzt worden war und das ihn nichtkonstant gemacht hatte, zu tun haben, glaubte er.

„Er befindet sich scheinbar in einer Art Zeitschleife und wird immer wieder geboren, genau wie all die anderen Wesen, die ich geglaubt hatte, nie wiederzusehen…“

„Meine hübsche Prinzessin!“, rief Rolotario überschwänglich, stand auf und begrüßte Elfja mit einer tiefen Verbeugung und einem zarten Handkuss. „Ahoi, hoi, mein lieber Zeldoin“, begrüßte er den Meowinger und hob seine Hutspitze kurz an. Dann wandte er sich wieder dem jungen Mädchen zu. „Welch teure Gaben hast du dem fruchtbaren Wald heuer entlocken können, edle Braut?“, fragte er und schielte mit gewölbter Augenbraue auf den kleinen Flechtkorb, den sie um ihr Handgelenk gehängt und mit einer roten Decke zugedeckt hatte. Dann hob er rasch seinen Zeigefinger, sog die Luft geräuschvoll ein und sagte: „Nein, lass mich raten, mein Kind: Schnecken sind es nicht, auch kein Schokoladenwicht. Ich rieche etwas, das tief unter der Erde sitzt, und nur gefunden werden kann von einem Schwein, das ist gewitzt.“ Er verzog kurz seine Mundwinkel, als ob ihm der Reim nicht gefallen hätte. Dann zuckte er mit den Schultern. „Zu klein ist der Korb für einen Büffel, daher tippe ich auf köstliche Trüffel!“

Elfja kicherte und zog eine Ecke des roten Tuchs hoch. „Ach, lieber Rolotario, ich habe Erdäpfel mitgebracht und…“

Als Zelduin Elfjas helle Engelsstimme hörte, war er wieder wie benebelt. Ihm wurde erneut warm ums Herz, und für einen Moment vergaß er all seine Sorgen und auch das Kopfweh.

Leider hielt der Moment des inneren Friedens nur ein paar Augenblicke an. Rasch war er wieder in der gnadenlosen Realität angelangt. Zelduin verfolgte die Szenerie mit einem höchst merkwürdigen Gefühl im Bauch. Als er Zeldoin betrachtete, der sich im Schneidersitz vor das

Feuer gesetzt hatte und es schürte, stellte er fest, dass er ihm ähnlicher sah als alle anderen Jäpas, denen er auf seiner langen Reise bisher begegnet war.

Nach einer Weile fragte er sich, was wohl passieren würde, wenn er nun den Baum hinunterklettern und ins Licht der kleinen Waldlichtung treten würde. Vielleicht würden seine alten Gefährten denken, dass er ein Geist Zeldoins sei. Vielleicht würden sie sich auch die Frage stellen, wer von beiden der echte sei. Zelduin stellte viele Mutmaßungen an. Sicher war wohl nur, dass er viele entgeisterte Blicke ernten und die heile Welt der Zirkuskinder mit einem Schlag zerstören würde.

Dann befiel ihn ein ganz böser, unehrenhafter Gedanke, der ihm zuflüsterte, Zeldoin still und heimlich zu töten und einfach seine Rolle einzunehmen. Dann könnte er bis zum Ende aller Tage an Elfjas Seite sein. Zelduin lief ein eiskalter Schauer über den Rücken.

Da war sie nun, seine alte Familie, so nah, und doch so fern. Verwirrte Gedanken schwirrten wie Irrlichter in seinem Kopf umher, ein Gefühl, das er schon geglaubt hatte, vergessen zu haben. Aber so viel er auch grübelte, ein Gedanke gewann dabei mehr und mehr die Oberhand und drängte die anderen, teils äußerst finsteren Geistesblitze zurück in ihre dunklen Ecken und Nischen. In Zelduins Hirn reifte allmählich der Gedanke heran, dass sich die Götter ganz gewiss etwas dabei gedacht haben mussten, Lotorion nicht sterben zu lassen.

„Hab Vertrauen, Zelduin", sagte er zu sich selbst. Er hoffte nur, dass die Geschichte, in der er wandelte, nicht doch noch ein böses Ende nehmen würde, denn im Moment war er sich da ganz und gar nicht mehr so sicher.

Der Abend verging und die Monde wanderten über das funkelnde Firmament, als Zelduin einen herzzerreißenden Entschluss fasste, der ihm schwerer fiel als alles andere, was er in seinem Leben als Bürde getragen hatte. Außerdem hatte er das Gefühl, dass die Götter nicht wollten, dass er sich hier zur Ruhe setzte, und er wollte sie nicht erzürnen, weil er wusste, was er ihnen zu verdanken hatte.

Als die Nacht schon alt war und alles um ihn herum tief und fest schlief, kletterte er von seinem Ausguck herunter. Er wollte nur noch ein einziges mal Elfjas Gesicht aus nächster Nähe sehen und ihre wärmende Aura spüren.

Vorsichtig betrat er die von den Mondlichtern erhellte Lichtung. Das Feuer glühte nur noch schwach und knisterte leise. Gronk und Tagonix lagen daneben, eingewickelt in rote Decken. Der riesige Menschenaffe schnarchte laut, so dass seine Lippen bei jedem Atemstoß vibrierten, während der Halbling leise durch seine Zahnlücken säuselte. Zeldoin hatte sich einen Schlafplatz abseits der Lichtung ausgesucht, und Rolotario schlummerte wie immer in seinem blauen Rundzelt mit den güldenen Fransen. Den großen Zirkuswagen hatte der Direktor anstandshalber Elfja überlassen; wenn Rolotario auch kein feiner Edelherr war und er seinen kleinen Reichtum größtenteils durch Tricks und Gaunerei erworben hatte, so hatte er die Etikette gegenüber hübschen Frauen dennoch stets gewahrt. Das schien auch in dieser Parallelwelt der Fall zu sein, dachte Zelduin und schlich auf Zehenspitzen durch das Lager, bis er vor der schmalen Tür des blauen Zirkuswagens stand. Ein geschickter Handgriff in den Spalt neben dem Schloss öffnete die Pforte. Knarrend schwang sie auf und gab das gemütliche Innere des fahrenden Kabinetts preis.

Auf dem Tisch der kleinen Sitzecke lagen mehrere Bücher und vollgekritzelte Papyrusrollen, Notizen Rolotarios. Ein schwarzes Tintenfass mit einer großen Rabenfeder und eine dicke, grüne Kerze, deren Wachs den halben Tisch besudelt hatte, standen ebenfalls auf der Holzplatte. Die kleine Küche war aufgeräumt wie immer, die Suppenlöffel hingen in Reih und Glied, und die Töpfe und das Silberbesteck glänzten wie eh und je.

Zelduin wandte sich zur linken Seite und trat durch einen gelben Samtvorhang … und da lag sie, auf einer weichen Gänsefedermatratze, bedeckt mit einer dünnen, roten Decke. Sie schlief ganz friedlich. Zelduins Herz hämmerte so laut, dass er es hören konnte.

Vorsichtig trat er an die Bettkante heran und kniete sich nieder, so dass er mit Elfja auf Augenhöhe war. Ihre Atmung war flach und ruhig wie die eines großen Tiers, das aufgrund seiner Größe keine Fressfeinde kannte. Ihre Augen waren fest verschlossen und sahen aus wie sichelförmige Halbmonde, ihr feines Gesicht lächelte, obgleich sie sich in irgendeiner fremden Traumwelt befand. Sie strahlte eine Aura aus, die Zelduins Magen zum Kribbeln brachte. Sein Herz stand in Flammen, obwohl er bereits beschlossen hatte, nicht lange zu bleiben.

Eine ganze Weile schaute er sie verliebt an. Dann drückte er ihr einen zarten Kuss auf die Stirn.

„Du bist das faszinierendste Wesen, das ich kennenlernen durfte", flüsterte er ihr leise zu. „Danke, dass du immer bei mir gewesen bist und mir an den finstersten Orten Gesellschaft geleistet hast. Ich glaube, dass uns irgendetwas Übernatürliches miteinander verbindet, was es auch immer ist. Ich habe mir oft die Frage gestellt, warum die Götter ein so hübsches Wesen in ein solch skurriles, fahrendes Kabinett gesteckt haben. Jetzt weiß ich, warum sie das taten. Ohne dich wäre ich nie so weit gekommen. Ohne dich wäre die Galaxis vielleicht nie gerettet worden. Die Götter müssen das gewusst haben." Er atmete tief durch. „Ich habe mich nie getraut, dir zu sagen, was ich wirklich für dich empfinde, und ich werde wohl auch keine Möglichkeit mehr dazu haben, aber vielleicht hörst du mich ja ab und zu in deinen Träumen." Zelduin betrachtete sie durch einen Tränenschleier. „Lebe wohl. Mögest du glücklich leben bis ans Ende deiner Tage, und mögen die Götter stets an deiner Seite wandeln. Ich lie … be…"

Zelduin hielt inne, denn Elfjas rhythmische Atmung hatte plötzlich ausgesetzt, und auch ihr Gesichtsausdruck hatte sich verändert. Sie lächelte nicht mehr. Dann erwachte sie und öffnete blinzelnd die Augen, ihre haselnussbraunen, mandelförmigen, wunderschönen Augen. In ihnen spiegelten sich tiefe Verwunderung und Verwirrung wider, und als sie Zelduin musterte, wurde dieser Ausdruck rasch noch stärker.

„Zeldoin…?", sagte sie müde und rieb sich die Augen.

Zelduin stockte der Atem. Sie war wach, und sie hielt ihn für den Jäpa da draußen! Zweifellos war es der schummrigen Dunkelheit zu verdanken, dass Elfja nicht erkannte, dass sich vor ihr nicht der echte Zeldoin befand.

Elfja betrachtete ihn angestrengt. Für einen Moment glaubte Zelduin, dass sie bemerkt hatte, dass er nicht der war, für den sie ihn hielt, aber er irrte sich. Sie schaute kurz aus dem Fenster. Dann wandte sie sich wieder ihm zu.

„Es ist mitten in der Nacht. Was tust du hier?", fragte sie halb vorwurfsvoll und halb besorgt und setzte sich aufrecht hin. Zelduin war wie gelähmt, als hätte ihn ein Giftpfeil getroffen. „Und wem haben diese merkwürdigen Worte gegolten?" Sie hatte ihn also gehört! *Lebe wohl. Und mögen die Götter stets an deiner Seite wandeln. Übst du für ein neues Theaterstück?"*

Dichter Nebel breitete sich in Zelduins Hirn aus, als hätte er ein ganzes Fass Zwergenschwarzbier allein ausgetrunken. Er konnte keinen klaren Gedanken fassen. Elfja schaute ihn mit ihren haselnussbraunen Knopfaugen nun noch besorgter an.

„Du bist ja ganz bleich im Gesicht. Geht es dir nicht gut?"

Zelduin wurde schwindelig. All die Schmetterlinge in seinem Bauch schienen nun auf einmal losfliegen zu wollen. Dann aber war er für einen kurzen Moment wieder Herr seiner Sinne und fand seine Sprache wieder: „Ich liebe dich, Elfja. Für alle Zeiten … und in allen Welten…"

In Elfjas Augen spiegelten sich Überraschung, Wissen, aber vor allem unendliche Glückseligkeit wider. Ihre Pupillen schimmerten wie Regenbögen. Dann beugte sie sich zaghaft vor und küsste ihn auf den Mund. Bunte Lichter, fliegenden Feenwesen gleich, wuselten um Zelduin herum. Er war das glücklichste Wesen Jumatahonis, da war er sich sicher. Einen Lidschlag später wurde ihm schwummerig, dann verlor er das Bewusstsein und kippte vornüber in Elfjas Schoß…

Mehrere Stunden später erwachte Zelduin im Halbdunkel des Zirkuswagens. Er lag zusammen mit Elfja in dem kuscheligen Federbett, so wie die Götter sie geschaffen hatten, und nur mit der dünnen Samtdecke bedeckt. Sie hatte sich eng an ihn geschmiegt und schlief seelenruhig.

Zelduin brauchte einige Zeit, um zu realisieren, wo er sich befand, und vor allem, was passiert war. Die Erinnerungen, die in ihm hochsprudelten, zauberten ein zartes Lächeln auf sein Antlitz. Die Götter schienen mit ihm zu sein, auch wenn er von diesem Hort der Glückseligkeit bald schon wieder Abschied nehmen musste, daran hatte sich nichts geändert, er hatte sich unverrückbar entschieden.

Zelduin schwelgte noch in Gedanken, als durch den kleinen Spalt der Gardine ein heller Strahl hereinfiel. Das erste Morgenlicht! Es war höchste Zeit aufzubrechen. Er war ohnehin schon viel zu lange hier. Vorsichtig löste er sich aus Elfjas Umklammerung, die ihren Arm um ihn gelegt hatte. Er drückte ihr einen Kuss auf die Stirn. Dann stahl er sich aus dem Bett, kleidete sich an und nahm den Griff der alten, blauen Tür in die Hand…

„Wo willst du hin zu so früher Morgenstund, Zeldoin?", fragte Elfja mit müder Stimme.

Zelduin wandte sich nicht mehr um, aus Angst erkannt zu werden. „Ich… bin gleich wieder da." *Irgendwann, ganz bestimmt. Vielleicht nicht in dieser Zeit, aber in irgendeiner anderen ganz bestimmt.*

Er ging rasch aus der Tür und schloss sie leise. Draußen war der Wald schon zu neuem Leben erwacht. Die Vögel zwitscherten, und viele Insekten summten durch die Lüfte. Als Zelduins Blick zur Feuerstelle hinüberglitt, stellte er fest, dass auch Tagonix und Gronk bereits aus den Federn waren, ihre Schlafplätze waren leer. Sie waren allerdings nirgendwo zu sehen, was Zelduin auch ganz recht war.

Er schlich durch das Zirkuslager, als er plötzlich eine vertraute, leise Stimme hörte, die der seinen ganz ähnlich war. Er blieb jäh stehen und lauschte fasziniert. „*Halte durch! Zzzzzz. Ich werde dich retten, Elfja… und den Drachen töten. Zzzzzz.*" In jenem Moment entdeckte er Zeldoin, der am Rande der Lichtung lag, in eine Decke gehüllt war und im Schlaf redete.

„*Er träumt den gleichen Traum, den ich damals geträumt habe…*", dachte Zelduin mit mulmigem Gefühl.

Dann hörte er plötzlich ein leises Plätschern und Rascheln von der anderen Seite des Lagerplatzes her. Sein Blick fiel auf die gedrungene, gnomenhafte Gestalt des Halblings! Tagonix, der in ein blaugelb gestreiftes Kostüm gekleidet war, stand nicht weit von der Feuerstelle entfernt halb hinter einem Baum und urinierte gegen einen grünen Busch. Als der stumme Halbling seine Notdurft verrichtet und seinen Hosenschlitz zugeknöpft hatte, drehte er sich um und trottete auf die gegenüberliegende Seite. Tagonix hatte Zelduin, der in seiner Bewegung innehielt, nicht gesehen, vermutlich weil er noch schlaftrunken war. Der fiese Halbling mit dem verschrobenen Gesicht und dem roten Pottschnitt baute sich vor dem am Boden schlafenden Meowinger auf, grinste hinterhältig und verpasste ihm dann ohne Vorwarnung einen Tritt in die Rippen. Zeldoin stöhnte leise, rollte sich auf den Rücken und machte blinzelnd die Augen auf. Als der Jäpa aber nicht sofort aufstand, grinste der Halbling noch fieser und trat mit der Stiefelspitze noch einmal zu.

„He! Ich bin doch schon längst wach!", beschwerte sich Zeldoin und stützte sich auf seine Ellenbogen, und als er das tat und das ganze Lager überblicken konnte, entdeckte er Zelduin, der reglos auf der Lichtung stand. Zeldoins Augen blitzten auf. Er schüttelte seinen Kopf, da er Zelduin wohl für ein Trugbild hielt, reckte seinen Hals nach vorn, um sein Ebenbild dann mit noch größerer Verwirrung anzustarren. Zelduin konnte nur zu gut verstehen, was im Kopf des Jäpas nun vor sich gehen musste.

Tagonix, der den merkwürdigen Gesichtsausdruck Zeldoins registrierte, wandte sich mit schlitzförmig zusammengezogenen Augen um. Als auch er den Neuankömmling erblickte, der fast genauso aussah wie sein spitzohriger Zirkusgefährte, wurde er kreidebleich, als wäre ihm der Tod höchstpersönlich begegnet. Seine kleinen, kühlen Augen riss er so weit auf, dass sie aus den Höhlen herauszufallen drohten. Sein Mund formte sich zu einem stummen Schrei. Was der fiese Halbling auch immer denken mochte, man sah ihm an, dass er den Glauben an seine Gottheiten soeben verloren hatte. Zelduin tat das kleinwüchsige Wesen fast ein wenig Leid, aber eben nur fast.

„Buh!", machte Zelduin.

Tagonix zuckte zusammen, seine roten Haare stellten sich ein wenig zu Berge, und Zelduin sah, dass der Schritt des Halblings feucht wurde, obwohl er gerade eben erst Wasser gelassen hatte. Dann rannte der Kleinwüchsige Hals über Kopf davon und verschwand im Wald.

Hinter Zelduin applaudierte plötzlich jemand, und der Lautstärke nach zu urteilen, mussten es sehr große Hände sein. Der Meowinger drehte sich rasch um. Gronk trat klatschend auf die Waldbühne. Der Affenmensch hatte das Geschehen offenbar für ein Theaterstück gehalten und die Vorstellung recht amüsant gefunden. Dann aber blieb er stehen und hörte jählings auf zu klatschen. Er glotzte zwischen den beiden spitzohrigen Menschen hin und her und spielte sich dabei mit seinem linken, fleischigen Zeigefinger an seiner herunterhängenden Unterlippe herum. Sein kleines Gehirn hatte scheinbar begriffen, dass hier etwas nicht stimmte.

„Wer bist du?", fragte Zeldoin verwundert.

Zelduin wandte sich um und musterte den Jäpa einen langen Moment, ehe er mit weiser Stimme antwortete: „*Das*... spielt keine große Rolle, denn eigentlich sind wir alle nur Affen in einem riesengroßen Zirkus, *Elgram*."

Der Jäpa senkte seine dunkelblonden Brauen. „Ich heiße Zeldoin." Er legte seinen Kopf schief, als er die edle, mit Feuerwesen verzierte Scheide des Blauschwerts und den güldenen Zeitmesser an dem Handgelenk des Fremden entdeckte. „Du trägst seltsame Gegenstände mit dir. Woher kommst du, wenn ich fragen darf?"

Zelduin schaute sein Gegenüber mit einem mannigfaltigen Gesichtsausdruck an. „Ich komme ... aus der Zukunft..."

Plötzlich klappte ein blauer Fensterladen des Zirkuswagens auf und Elfjas goldgelbes Haar war kurz zu sehen. „Zeldoin, komm wieder herein, ja?", wehte ihre liebliche Stimme über die Lichtung.

In Zeldoins Augen spiegelte sich etwas wider, das Zeit brauchte, um es zu verstehen. Zelduin hielt den Zeigefinger vor seinen Mund. Gronk grinste unverschämt breit, so dass seine großen, schlechten Zähne zum Vorschein kamen.

Zelduin trat einen Schritt auf Zeldoin zu und sagte: „Mögen die Götter stets eine Hand über dich halten. Du wirst sie brauchen, Elgram. Und passe gut auf Elfja auf." Dann nickte er Gronk zu, der plötzlich untröstlich traurig dreinschaute und mit einer seiner riesigen Patschhände winkte, als wüsste er bereits, dass der nächtliche Besucher sie schon wieder verlassen würde. „Macht's gut, ihr Zirkusaffen."

Zum Abschied hob Zelduin seine Hand und spreizte Zeige- und Mittelfinger von seinem Ringfinger und dem kleinsten Finger. Gronk versuchte mehrmals, die alte Meowingergeste nachzuahmen, scheiterte aber vergeblich, denn jedes Mal fächerten sich seine dicken Finger auf wie die Krallen einer Wildkatze.

Dann wandte Zelduin sich ab und verschwand im dunklen Wald. Nach etlichen Hasensprüngen drehte er sich noch einmal um. Durch das dichte Blattwerk konnte er hin und wieder einen Blick auf die Lichtung erhaschen. Zeldoin und Gronk standen noch immer wie gelähmt da und schauten in den schummrigen Wald hinein. Dann rief Elfja ein zweites Mal, und Zeldoin löste sich aus seiner Starre und ging zum Zirkuswagen hinüber, während er noch mehrmals über die Schulter zurückschaute. Dann öffnete er vorsichtig die Tür und verschwand in dem blauen Wägelchen.

Wehmut ergriff Zelduin, obgleich er glaubte, dass er das richtige getan hatte. Trotzdem vergoss er Tränen, viele Tränen. Er wäre gern geblieben, aber als Wächter der Galaxis wurde er woanders gebraucht, an vielen Orten, und in vielen Zeiten. Außerdem wusste er noch immer nicht, ob sich die Geschichte Jumatahonis mit all ihren Schrecken und Schicksalen vielleicht doch noch einmal wiederholen würde.

„Bald schon werden sich die Götter entscheiden müssen…", dachte er voller Gedanken und wischte sich mit dem Handrücken die feuchten Tränen fort. Dann machte er sich auf den Rückweg.

Zwei Tage später stand Zelduin auf dem Luhemer Marktplatz. Es war Nachmittag, die Sonne schien grell vom Himmel herab, und es war nicht ein einziges Wölkchen an den Horizonten zu sehen. Auf dem großen, steinernen Platz herrschte reges Treiben, denn es war Markttag. Die Gewürz-, Fleisch- und Obsthändler priesen schreiend ihre Waren an, und überall duftete es nach Backwaren, vertrauten Kräutern und anderen Köstlichkeiten. Menschen und Halblinge wuselten gleichermaßen zwischen den mit bunten Segeltüchern überdachten Verkaufsständen hin und her. Der Handelsplatz des Adelsviertels zog viele Einheimische und Fremde an, doch am hiesigen Tage gab es in Luhem noch ein anderes Spektakel, das Frauen, Männer und vor allem Kinder in ihren magischen Bann zog, denn es war ein Zirkus in der Stadt, so wie es immer war zu dieser Zeit, dachte Zelduin gedankenversunken, der inmitten der jubelnden Zuschauermenge vor der Zirkusbühne stand.

Er trug ein schwarzes Mönchskostüm, das er hier in Luhem von einem Schneider erworben hatte. Die schwarze Kutte reichte bis auf den Boden herab und verbarg all seine geheimnisvollen Gegenstände, die er bei sich hatte. Die Kapuze hatte er sich tief ins Gesicht gezogen, damit er von Schatten umhüllt war und im Verborgenen blieb.

Der Zirkus war direkt vor dem großen, runden Portal vor dem Kirchenplatz aufgebaut worden. Die Intarsien auf dem steinernen Portalbogen waren matt und leblos. Zelduin hatte sich all die Jahre gefragt, warum ihm die Zeichen auf dem Tor so vertraut vorgekommen waren. Jetzt wusste er es. Weil er sie einst selbst in den Stein gemeißelt hatte. Bevor er von Zäbrik Abschied genommen hatte, hatte er das palaäonische Marktplatztor zusammen mit dem schwarzweißbärtigen Zwerg gebaut.

Die sich allmählich dem Ende zuneigende Theateraufführung unterschied sich von der alten Vorstellung – als Zelduin selbst noch Teil des Zirkusensembles war - kaum. Es waren nur ein paar kleine, vielleicht sogar unwesentliche Dinge anders. Gronk war nicht mehr als bösartiger Zergh aufgetreten – was Zelduin auf seltsame Weise beruhigte -, sondern als ein grüner Flusstroll mit kitschig langen Säbelzähnen und giftgrünen Riesenohren. Und in Elfjas falschem Zaubertrank, der versprach, Halblinge auf magische Weise zu vergrößern, hatte Rolotario eine gehörige Portion Weingeist zugetan, was man an den umhertorkelnden und nach starkem Branntwein riechenden Halblingen erkennen konnte.

Die Zauberaufführung war ungewöhnlicherweise ohne einen einzigen Fauxpas oder Zwischenfall verlaufen. Zu Zelduins Zirkuszeiten war der Meowinger früher oder später meist immer mit Tagonix bös aneinander geraten, was häufig dazu geführt hatte, dass der Auftritt im Chaos versunken war. Der Halbling verhielt sich diesmal aber seltsam scheu gegenüber dem Jäpa. Nicht eine einzige Stichelei hatte er ausgespien, und auch nichts anderes ausgeheckt. Er wirkte gar etwas ängstlich, wenn Zeldoin ihm auf der Bühne zu nahe trat. Vermutlich lag ihm der unheimliche, nächtliche Besuch noch immer schwer im Magen. Zelduin konnte sich ein gelegentliches Schmunzeln nicht verkneifen.

Inzwischen war die fünfköpfige Zirkustruppe hinter dem dicken, roten Samtvorhang, mit dem das Weltentor abgehängt worden war, verschwunden. Die zahlreichen Zuschauer riefen immer wieder *Zuuugaabe, Zuuugaabe*. Die Menschen- und Halblingskinder brüllten aufgeregt und klatschten dabei taktlos in die Hände.

Dann ging der Vorhang auf, und angeführt von Rolotario erschienen die selbst ernannten Zauberer noch einmal. Das gelbrote Gewand des Zirkusdirektors flatterte im lauen Wind, als er sich am Rande der Holzbühne postierte, die Arme weit ausbreitete und mit dramatischer Stimme verkündete: „Geehrte Spectators, zum Ende unserer Darbietung bieten wir noch etwas ganz Besonderes, ho-ho!" Gronk schleppte einen kupfernen Kessel herbei, in welchem eine rosarote Flüssigkeit hin und her schwappte, und positionierte ihn mittig auf dem Podest. Zeldoin schulterte die dazugehörige, schwertgroße Schöpfkelle und lehnte sie gegen den Bottich, und Elfja brachte ein Tablett mit kleinen Krügen herbei.

Rolotario redete in Dichtersprache weiter: „Stark wie ein Riese zu sein, wer hat nicht einmal davon geträumt? Ich glaube jeder von euch, und wer nicht, der hat etwas versäumt! Die magische Formel war nicht leicht zu finden gewesen, wir mussten erst Hunderte von Büchern lesen. Wir haben getüftelt, gezaubert und hart gearbeitet, doch nichts von dem hat sich als das Richtige bewahrheitet. Doch dann haben wir die Zauberformel endlich gefunden, und ich denke, sie wird euch köstlich munden. Sie schmeckt etwas bizarr, das ist wahr, doch wer nicht von ihr kostet, ist ein Narr." Ein Raunen ging durch das Publikum. Der Direktor machte eine geheimnisvolle Geste und zeigte mit seinem langen Zeigefinger auf einen dürren Halbling, der in der ersten Reihe stand. „Der Trank macht dich stark wie ein Bär, du kleiner Herr." Die Augen des Kleinwüchsigen blitzten auf. „Seht her, ich werde nun davon kosten."

Rolotario tauchte die Kupferkelle in die schleimige Substanz ein und befüllte damit einen kleinen, güldenen Kelch. Anschließend reckte er das Trinkgefäß wie einen Pokal in die Höhe, so dass der Goldkrug von jedermann gesehen werden konnte. Die Zuschauer waren still geworden und schauten gebannt zu, als der Zirkusdirektor die rosarote Flüssigkeit in seinen Rachen träufelte. Als er den Kelch geleert hatte, wischte er sich über den Mund und zupfte sein spitzes Kinnbärtchen zurecht. Dann breitete er wieder beide Arme aus und spreizte die Beine, so dass er wie ein aufgezogener Hampelmann dastand. Seine weiten Ärmel und der dünne Stoff seiner grüngelb gestreiften Ballonhose flatterten im Wind. Die Kinder kicherten, während die Erwachsenen leise miteinander tuschelten. Zelduin kannte den Trick. Rolotario hatte in sein Kostüm jede Menge aufblasbarer Gummikissen eingenäht, die er mit zwei Blasebälgen, die in seinen Schuhen versteckt waren, aufpumpen konnte, was er in jenem Moment auch tat, und nur sichtbar war für das geschulte Auge eines Taschenspielers.

Unter den staunenden Blicken der ahnungslosen Spectators wurde der Direktor langsam immer muskulöser. Seine Arme und Beine wurden dick wie Baumstämme, und auch sein Oberkörper blähte sich auf. Der Lederstoff knirschte und dehnte sich bis zum Äußersten, ein güldener Knopf sprang von seinem Gewand ab und landete in den Händen eines mit offenem Mund dastehenden Halblings. Bald sah Rolotario aus wie ein unförmiger, fetter Höhlenkobold.

Durch das leichtgläubige Publikum gingen Rufe der Begeisterung. Der Zirkusmann grinste breit, so dass seine blitzblanken, weißen Zähne zum Vorschein kamen.

„Dieser magische Trank macht auch aus dem kleinsten *Zwerg*… einen hünenhaften *Zergh*…“

Als Rolotario jenen Namen, den Zelduin eigentlich nie wieder hören wollte, aussprach, gefror dem Meowinger das Blut in den Adern. Er hatte geglaubt, dass der Albtraum zu Ende sein würde. Vor langer Zeit schon hatte er sich gefragt, wieso die Halblinge und Menschen Palaäons von den Zergh wussten, wenn doch diese Wesen ihre Welt noch gar nicht heimgesucht hatten. Er wusste, dass sie in vielen Märchenbüchern auftauchten und hier zu Lande als Fabelwesen galten, aber er hatte nie eine Erklärung dafür gefunden, wie die Geschichten über sie entstanden waren. Wahrscheinlich waren die schrecklichen Zerghmärchen von Weltentorreisenden mündlich überliefert worden. Zelduin sollte es nie erfahren, aber in jenem Moment schwappte wieder eine Welle der Angst durch seinen Körper. Was, wenn die Zergh eines Tages doch wieder eine Möglichkeit fanden, von ihrem Planeten wegzukommen; vielleicht hatten sie gar schon längst einen Weg gefunden. Ein eiskalter Schauer lief Zelduin über den Rücken, als er darüber nachsann. Sein ganzer Körper war wie elektrisiert.

„…und für nur einen Silberling könnt ihr jenen Wunder vollbringenden Zaubertrank erwerben“, rief Rolotario in die staunende Menge hinein. „Ihr braucht nicht zu scheuen, tretet näher, und ihr werdet den Silberling nicht bereuen!“ Der Direktor nahm seinen pompösen Dreieckshut vom Kopf und verbeugte sich elegant. „Unsere Kuriositätenshow ist nun zu Ende für heute, aber wir kommen wieder, liebe Leute. Es war mir eine Ehre wie eh und je.“

Rolotario, Elfja, Zeldoin, Gronk und Tagonix stellten sich noch einmal in einer Reihe auf, fassten sich an die Hände und verbeugten sich tief. Die Zuschauer jubelten und klatschten, einige warfen auch Blumen auf die Bühne, und die Kinder kreischten lauthals. Etliche kaufwillige Halblinge scharten sich um den Mogelzaubertrank und hielten wild mit den Händen wedelnd Silbergeld in die Höhe.

Zelduin schaute seinen ehemaligen Zirkusgefährten, die sich noch eine lange Weile feiern ließen, gedankenversunken zu. Die Zauberaufführung war zu Ende, und mit ihrem Ende war für Zelduin auch ein Kapitel seines Lebens vorbei. Ein neues brach an, das allerdings nicht frei von Ängsten sein würde, denn die Zergh könnten immer wieder kommen. Dass sich das Weltentor während der Vorstellung nicht aktiviert hatte und die Zergh hier und jetzt nicht erschienen waren, musste nicht bedeuten, dass sie Jumatahoni nicht doch eines Tages wieder ins Chaos stürzen würden. Zelduin wusste das, schließlich hatte er schon oft genug am eigenen Leib erfahren müssen, dass die Dinge sich immer wieder gleich entwickelt hatten. Für diesen Moment jedoch blieb das Portal still und reglos, doch die Angst würde immer in seinem Nacken sitzen bleiben…

Plötzlich blähte sich der rote Torvorhang auf! Zelduin hielt den Atem an. Etwas wölbte sich aus dem Stoff hervor, Finger… mit spitzen Nägeln, nein, es waren Klauen! Und in der Mitte trat ein vieläugiges Gesicht mit weit aufgerissenem, spitzzahnigem Maul hervor! Zelduin konnte den Zergh durch den Stoff deutlich erkennen! Er legte die Hand um den Knauf seines Blauschwerts, denn er rechnete jeden Moment damit, dass Horden der schrecklichen, langbeinigen Wesen aus dem Tor strömen würden.

Einen Lidschlag später jedoch wurde der gesamte Vorhang vom Wind angehoben, und er öffnete sich kurz. Da war nichts hinter dem Vorhang, nur Luft. Als der Windstoß nachließ, glättete sich das schwere Stück Samt wieder. Das gespenstische Schreckgespenst, das er eben noch gesehen hatte, war verschwunden. Es war nur seine Fantasie, die ihm etwas vorgegaukelt hatte.

„Das sind nur Hirngespinste oder Koboldzaubereien“, sagte er sich und atmete tief durch.

Er schüttelte sich, um die düsteren Visionen wieder aus seinem Kopf zu bekommen. Dann hob er sein Kinn, schaute in den Himmel und betete still. Dabei strömte Licht unter seine tief sitzende Kapuze, so dass sein Antlitz für einen kleinen Moment enttarnt wurde.

Als er seinen Blick wieder senkte, sah er, dass ihm der Jäpa auf der Bühne direkt in die Augen schaute. Sein Gesicht zeigte eine Mischung aus ängstlicher Neugierde und einer gewissen Art von Faszination vor dem Unbekannten.

In jenem Moment erinnerte sich Zelduin daran, dass ihm ganz zu Anfang seines Abenteuers – als er selbst auf der Theaterkulisse gestanden hatte – genau die gleiche unerklärliche und unheimliche Begegnung hatte. Er hatte damals einen Mönch in einem schwarzen Gewand mit Kapuze gesehen, der ihm wie aus dem Gesicht geschnitten war. Zelduin fragte sich, ob er sich damals selbst gesehen hatte. *Zeitreisen sind kompliziert*, schoss es ihm durch den Kopf. Er musste plötzlich an Balin denken, der jene Worte so oft zu ihm gesagt hatte. Der rotbärtige Zwerg mit dem Irokesenschnitt war bestimmt auch wiedergeboren worden.

„*Was er jetzt wohl macht?*", fragte er sich. Dann musste er auch an all die anderen Gibali denken, die ihn auf der Reise zum Nullpunkt begleitet hatten. Alric, Tagdal, Bromdal, Eiändsön, der alte Märdrok und Arjon. Und *Zegolas*, der gute Zegolas. Er schaute jetzt bestimmt von oben zu…

Als Zelduin seine Gedanken fortwischte, bemerkte er, dass Zeldoin ihn noch immer völlig entgeistert anstarrte. Rasch zog er seine Kapuze tief ins Gesicht und stahl sich still und heimlich davon. Die vielen Dinge, die sich in der hiesigen Zeit genauso ereigneten wie damals vor vielen, vielen Jahren, waren ihm verdammt unheimlich.

Er huschte durch die Menschen- und Halblingsmassen hindurch, bis er den schattigen Unterstand eines halblingschen Gewürzladens erreichte, von wo er das Geschehen aus ungestört beobachten konnte. Er würde hier noch eine Weile Wache halten und auf das Weltentor aufpassen, das vor ihm aufragte wie ein uraltes Göttermahnmal.

Immer wenn sich der Vorhang durch eine Windböe aufblähte, bekam er eine Gänsehaut. Das Tor aber aktivierte sich nicht und blieb tot. Auch nach vier Kirchenglockenschlägen, die halbstündig durch die Gassen und Straßen der Oberstadt dröhnten, blieb das Weltentor stumm.

Zwei Glockenschläge später stapfte Zelduin über das Weideland vor der Stadt. Der Kazamwald, der Luhem wie die Sichel eines riesigen, dunkelgrünen Halbmondes umschloss, lag vor ihm. Der Meowinger hatte die tänzelnden Schatten, die durch die hin und her wippenden Baumkronen entstanden, noch gar nicht erreicht, da wurde er bereits von einem freudvollen Vogelschrei begrüßt, der so manchen Wandersmann sicherlich einen höllischen Schrecken eingejagt hätte. Der braune Adlorus war zwischen den dicken Baumstämmen kaum zu erkennen. Zelduin hatte seinen treuen, gefiederten Gefährten hier draußen vor der Stadt gelassen, da er hinter Luhems Mauern sonst für großes Aufsehen gesorgt hätte, denn einen Riesenadler hatte hier auf Palaäon gewiss noch niemand gesehen.

„Krahaa! Kraaah", kreischte Acirus und flatterte vor Aufregung so wild mit den Flügeln, dass er kurz vom Boden abhob.

„Es ist alles gut, mein Freund", versprach ihm Zelduin und streichelte dem Vogel über seinen gelben Riesenschnabel. „Die Dinge entwickeln sich … wie sie es von Anfang an hätten tun sollen…"

Seine Gedanken schweiften kurz ab. Er musste an Elfja denken und hoffte, dass sie in Frieden und glücklich leben würde bis ans Ende aller Zeiten.

„Kraah?"

„Ja, Acirus. Wir werden diese Welt gewiss noch oft besuchen." Zelduin kraxelte auf den Rücken des Vogels und schwang sich in den Ledersattel. Eine ganze Weile grübelte er über all jene Dinge nach, die er erlebt hatte. Dann sagte er: „Flieg, Acirus!"

Augenblicklich breitete der Adlorus seine mächtigen Schwingen aus und erhob sich in die Lüfte. Die Baumkronen raschelten, als der Adler durch das grüne Blättermeer brach. Die Sonne stand bereits tief am violett gefärbten Himmel und hatte schon an Leuchtkraft verloren. Acirus gewann rasch an Höhe und ließ sich dann von den Aufwinden Latarions tragen. Bald schon hatte er eine Höhe von drei Bogenschussweiten erreicht. Der Vogel zog mehrere, große Kreise und blickte sich mehrfach zu seinem Herrn nach hinten um, als ob er nicht so recht wüsste, wohin die Reise nun gehen solle.

In tiefe Gedanken gehüllt schaute Zelduin noch einmal auf Luhem herab, dort, wo alles begonnen hatte. Von hier oben wirkte die Stadt surreal klein, als hätten Gnome sie erbaut. Die Menschen und Halblinge darin waren geradezu winzig. Sein Blick fing den großen Marktplatz ein, wo Rolotarios Kabinett der Kuriositäten aufgebaut war. Der Zirkusdirektor stand am Wagengespann des eigentümlichen Zirkusvehikels und fütterte seine beiden als Einhörner verkleideten Pferde mit Mohrrüben. Tagonix und Gronk schenkten den falschen Zaubertrank an etliche, ungeduldig wartende Kleinwüchsige aus. Elfja in ihrem zauberhaft weißen Kleid und Zeldoin in seinem Elfenkostüm standen Hand in Hand auf der Bühne und küssten sich.

Acirus murrte leise. „Kraaa?"

„Nein, die Zeit werde ich nicht zurückdrehen. Sie soll fortan nur noch in eine Richtung laufen, in die Zukunft", sagte Zelduin und fasste sich auf die Brust, wo das neu geschmiedete Zeitenrad hing. „Von jetzt an sollen wieder die Götter über Jumatahoni herrschen. Und wir dienen ihnen. Wir sind nur einfache Wächter der Galaxis." Plötzlich kam ihm Balin in den Sinn. „Balin würde jetzt gewiss sagen: Ob Mensch, Halbling, Gott, Löwenbändiger, Jongleur, Pantomime oder Direktor, wir sind alle nur Zirkusaffen."

Als Acirus einen lauten, krächzenden Schrei ausstieß, blickten die kleinen und großen Bürgerinnen und Bürger des Städtchens nach oben. Ganz offenbar fragten sie sich, was das für ein seltsamer Himmelsgast ist. Und auch das frisch gebackene Liebespaar, an dessen Geburt Zelduin nicht ganz unschuldig war, blickte verträumt zu ihm auf. Rolotario spielte sich an seinem Kinnbärtchen herum, derweil er nach oben starrte, Gronk hob seine Hand an die Stirn, um sich vor dem Sonnenlicht zu schützen und grinste wie ein magischer Kobold, während Tagonix in ängstlich geduckter Haltung die Flugbahn des Riesenvogels verfolgte. Sie alle würden nie erfahren, wer der himmlische Reiter wirklich war und was sie ihm zu verdanken hatten; es war nicht weniger als ihr Dasein auf der Welt.

Er, Taidos, Zäbrik und all die anderen Jäpas hatten die Galaxis gerettet, und das erfüllte ihn mit Stolz, auch wenn er wusste, dass ihre Heldentaten ungerühmt bleiben und die meisten Wesen Jumatahonis ihre Namen niemals erfahren würden.

„*Wir sind unsichtbare Helden*", dachte er.

„*Auch Helden sind nur Staubkörner im Rad der Zeit...*", hallte Taidos' Geisterstimme durch seinen Kopf.

Zelduin nickte. „*Ja, Vater. Balin hat wahrscheinlich recht. Eigentlich sind wir alle nur Affen in einem riesengroßen Zirkus.*"

Er winkte Elfja und Zeldoin und den anderen Zirkusmitgliedern zum Abschied einen langen Moment zu. Dann wandte er sich an sein gefiedertes Reittier.

„Auf zu den Sternen, Acirus! Wir fliegen zurück zu unserer Heimat, nach Meowing!"

Der Adlorus krächzte bejahend und hob seinen gelben Schnabel in den Wind. Dann segelte er dem südlichen Horizont entgegen, wo der Himmel rosafarben glühte, von kleinen Wölkchen behangen und mit Hunderten grüner und blauer Sterne gespickt war…

Zeldoin hob zum Gruß die Hand und winkte dem fremden Himmelsritter zu. Er wusste, dass es der geheimnisvolle, nächtliche Besucher der vergangenen Mondphase war, der merkwürdigerweise genauso ausgesehen hatte wie er. Eigenartigerweise fühlte er sich mit ihm verbunden, so als ob er ihn schon eine lange Zeit kennen würde.

„Wer ist das?", fragte Elfja nach oben schauend, wo der kleine Reiter auf seinem Adlorus flog.

„Ich weiß es nicht genau", sagte Zeldoin fasziniert und nahm den Arm wieder herunter, ohne den Blick von dem Vogelreiter abzuwenden, der nun gen Süden flog. „Er hat gesagt, dass er aus der *Zukunft* kommt."

Elfja schaute Zeldoin forschend an. Der spitzohrige Mann erwiderte den Blick mit tiefschürfender Miene. Dann legte er einen Arm um sie, denn er merkte, dass sie Angst bekam, und zog sie eng zu sich heran. Elfja schmiegte sich an ihn und schaute wieder nach oben. Zeldoin tat es ihr gleich.

Der himmlische Ritter auf seinem fliegenden Riesenadler war schon zu einem kleinen Punkt zusammengeschrumpft. Bald schon wurde er eins mit dem rosafarben funkelnden Himmelszelt und verschwand…

~ Äönde ~